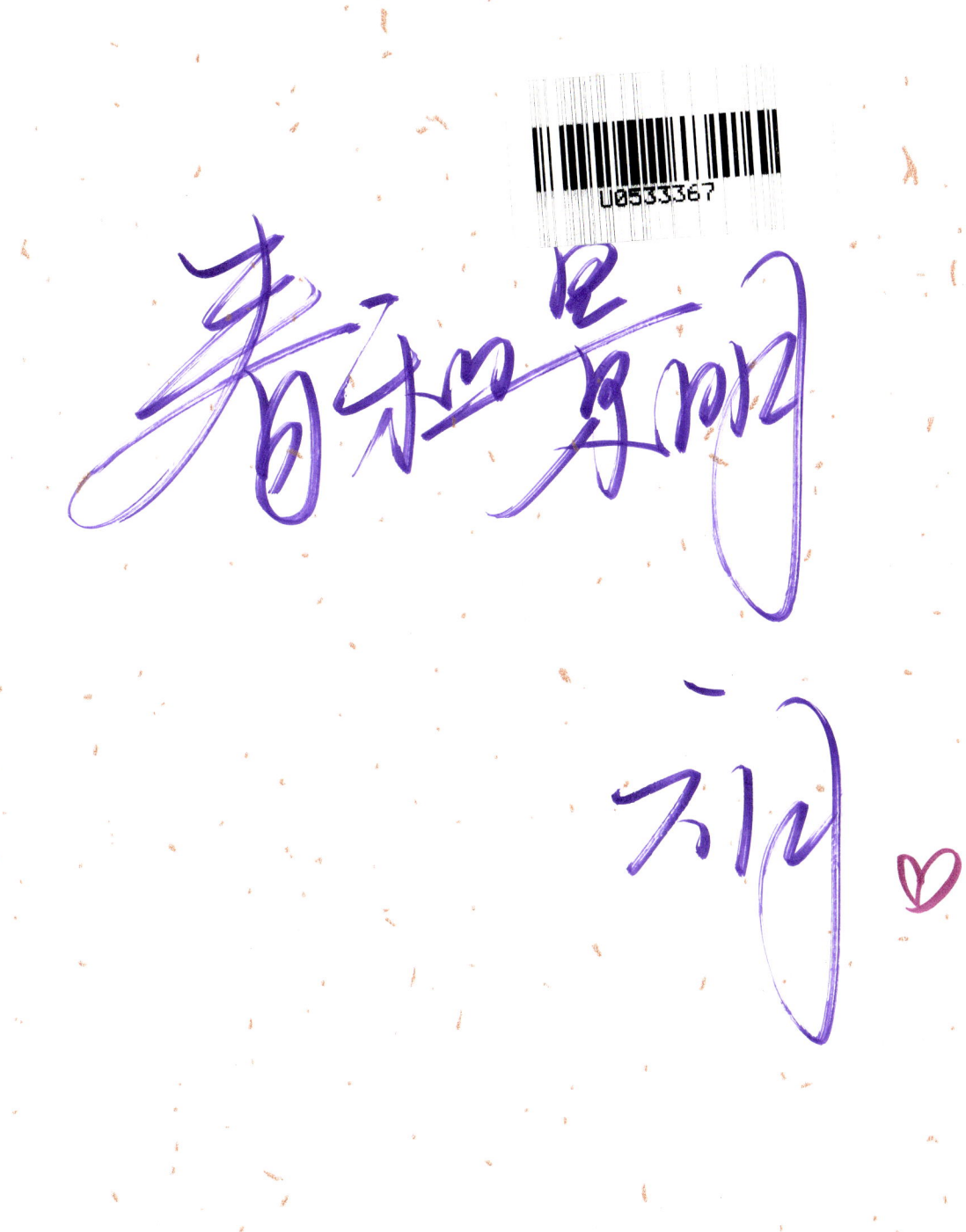

有些事情是要硬扛过去的
　　咬着牙头扛过去.
时光会带来尘埃
　　把所有的痛楚封闭

　　　　　　大同

[六月 —— 著]

上册

青岛出版集团 | 青岛出版社

图书在版编目（CIP）数据

桃花马上请长缨 / 六月著. -- 青岛 : 青岛出版社, 2025. -- ISBN 978-7-5736-3220-3

Ⅰ. I247.5

中国国家版本馆CIP数据核字第2025Q2M153号

TAOHUAMA SHANG QING CHANGYING

书　　名	桃花马上请长缨
作　　者	六　月
出版发行	青岛出版社（青岛市崂山区海尔路182号）
本社网址	http://www.qdpub.com
邮购电话	18613853563
责任编辑	郭红霞
特约编辑	孙小淋
校　　对	郭金乔
装帧设计	千　千
照　　排	梁　霞
印　　刷	三河市良远印务有限公司
出版日期	2025年4月第1版　2025年4月第1次印刷
开　　本	16开（710mm×980mm）
印　　张	37.5
字　　数	777千
书　　号	ISBN 978-7-5736-3220-3
定　　价	69.80元（全2册）

编校印装质量、盗版监督服务电话 4006532017　0532-68068050

目录

上册

第一章	镇北侯府无弱女	1
第二章	去南疆战场，急！	41
第三章	我乃宋怀安之女宋惜惜	74
第四章	惜惜实力碾压，易昉急了	110
第五章	易昉作死被掳，屠村事发	144
第六章	南疆事了，回京领赏	167
第七章	皇帝口谕，惜惜招婿	195
第八章	北冥王求娶，惜惜应许	217
第九章	慧太妃出手，慧太妃败走	240
第十章	寿宴打脸，婚期终定	262

目录

下册

第十一章	母亲的期盼，迟来的嫁妆	285
第十二章	王爷把瑞儿带回来了	316
第十三章	与王爷感情升温中	344
第十四章	谁都比不上宋惜惜	373
第十五章	师兄为她开画展扩人脉	396
第十六章	大婚！有情人终成眷属	429
第十七章	拿回东珠，一起返师门	469
第十八章	替婆婆出头，飒爆了	500
第十九章	燕王与淮王	524
第二十章	自讨苦吃的战家	557

第一章
镇北侯府无弱女

文熙居。

廊前的风灯映照着窗棂上的剪纸，剪纸的影子巨兽似的投在屋内的墙壁上。

宋惜惜坐在花梨木圆背椅上，双手交叠在身前，素色衣裳裹着她纤瘦的身体。她望着眼前的人，她等了一年的新婚丈夫。

战北望半旧的战甲未脱，看起来威风凛凛，俊美的脸上是掺杂了一丝歉意的坚定："惜惜，赐婚的旨意已下，易昉是一定会进门的。"

宋惜惜的眼神晦暗不明，她疑惑地问道："太后曾说，易昉将军是天下女子的表率，她甘心为妾？"

战北望听到此话，有点儿愠怒："不，不是妾，她是平妻，与你不分大小。"

宋惜惜姿势不动，说："将军知道的，平妻只是听着好听，实则是妾。"

战北望蹙眉："什么妾不妾的？我与她在战场上互生情愫，情投意合，而且我们是以军功求的赐婚，这门亲事是我们自己浴血奋战拼来的，我其实不需要征求你的意见。"

宋惜惜唇角扬起，讥诮道："情投意合？你出征前对我说了什么？你还记得吗？"

一年前，他们大婚当晚，他便率援军出征，出征前，他掀开了她的红盖头，对她许诺："我战北望此生只爱惜惜一人，永不纳妾！"

战北望有些难堪，别过了脸："那样的话你忘了吧，娶你时，我不懂情爱，只觉得你适合当我的夫人，直到我遇到了阿昉。"

他说起心上人，眉目温柔缱绻，深深的情意藏于眼底，再转过头来对宋惜惜说话时，表情却十分冷漠："她和我见过的所有女子都不一样，我爱极了她，望惜惜成全。"

宋惜惜的嗓子里似乎吞了一只苍蝇，她有些恶心，却还是不甘心地问："那父亲和母亲可都同意？"

"他们同意。这是陛下赐婚，而且易昉率性坦荡，俏皮讨喜，她方才已经去拜见过母亲了。"

他们同意？呵呵，这真是讽刺得很，那她这一年的付出算什么？

宋惜惜眉毛一挑："她在府中？"

战北望说起易昉，声音很温柔："她正在与母亲说话呢，她哄得母亲很开心，病情都好多了。"

"好多了？"宋惜惜说不出心里是什么感觉，"你出征的时候，她的病情已经很严重了。我请丹神医来为她治病，我白日处理府中内外事务，晚上过去侍疾，吃睡都与她在一起，她的情况才好转了点儿。"

她不是邀功，只是在叙述，简单的一句，却道尽了她一年来的辛劳。

"但如今见了易昉，她的身体更好了。"战北望眼神诚恳，"我知道委屈了你，但请你看在大局上，成全我和易昉。"

宋惜惜扯了一下嘴角，眼中似乎有泪光，仔细看，却是一抹锐意："你请易将军过来与我见一面，我有些话要当面问她。"

战北望一口拒绝："不必找她说，惜惜，她和你认识的女子不一样，她是女将军，最不屑于内宅里的纠缠，她应该不会和你见面。"

宋惜惜反问道："我认识的女子是什么样的？或者在你眼里，我是什么样的？将军似乎忘记了，我也是武将侯府出身的女儿，我的父亲与我的六个哥哥，三年前战死在南疆战场……"

"那是他们。"战北望打断她的话，"你终究是个养在内宅里的娇贵女子。易昉瞧不上这样的女子，而且她性子直率，不拘小节，只怕与你见面后会说些让你不高兴的话，你何必自找难堪？"

宋惜惜抬起头来，声音依旧是温柔的："不要紧，她如果说了不中听的话，我当没听到就行，顾全大局，识大体，是每一位宗妇最基本的修养。将军信不过我吗？"

战北望有些无奈："你何必自讨没趣？这是陛下赐婚，而且以后易昉进了门，你们分东西院，她也不会跟你抢夺掌家之权。惜惜，你看重的东西，她不屑。"

"你觉得我眷恋这掌家之权吗？"宋惜惜反问。将军府的家可不好当啊！光老夫人每个月吃丹神医的药便要花上百两银子，其他人的吃穿用度，人情往来，样样都少不了银子。

将军府是个空壳子，这一年来，她用嫁妆补贴了不少，换来的却是这样的结果。

战北望彻底没了耐心："算了，不与你说了，我本来只是过来知会你一声，不管你同意不同意都改变不了结果。"

宋惜惜看着他冷冷地拂袖而去，心里更觉得讽刺了。

"姑娘，"宝珠在一旁抹眼泪，"姑爷实在是欺人太甚。"

"别乱叫！"宋惜惜淡淡地扫了她一眼，"我与他还没有夫妻之实，他算不得你姑爷。你去把我的嫁妆单子取来。"

"为何取嫁妆单子？"宝珠问道。

宋惜惜往她的脑门儿上一敲："傻姑娘，这样的人家，咱们还待啊？"

宝珠捂住额头，"呜呜"地叫了一声："但是，这门亲事是夫人为您说的，侯爷在世的时候也希望您嫁人生子。"

听宝珠说起母亲，宋惜惜的眼里有了泪光。

父亲没纳妾，只娶了母亲一人，母亲生了六子一女，兄长们全都跟着父亲上了战场，三年前的南疆一战，他们全都没回来。

她武将家族出身，虽是女孩，却自小习武，七岁那年，她被父亲送到梅山上跟着师父学武，熟读兵书策论。

直到她十五岁下山，才得知父兄已经在一年前死在了南疆战场上。

母亲哭得眼睛都瞎了，抱着她："你以后就如上京的贵女一样，觅个良婿，成婚生子，安稳一生，我就只有你一个女儿了。"

她的心像是被剜了一块，痛得连眼泪都掉不下来。

然后她用了一年的时间去学三从四德，学宗妇掌家看账的本事——她想让母亲开心。

她是镇北侯府的嫡女，再加上她容色冠绝全城，一时间，登门求亲的人络绎不绝。母亲为她选择了战北望，是因为战北望在母亲面前立誓，说若娶得惜惜为妻，永不纳妾。

可半年前，镇北侯府满门遭到屠杀，老弱妇孺均死于屠刀之下，连下人都没能幸免，每个人身上都被砍了一百零八刀，尸骨残缺破碎。

可怜她最小的侄子才刚刚两岁半，他是三哥的遗腹子。

京兆府与巡防营赶来，抓住了几个人，这些人竟是西京的探子。

前方战事吃紧，西京的探子竟然不惜自曝身份也要灭了镇北侯府满门，而且以那样残忍的手法，就像是在泄愤。

她得知消息后奔回府中，只看到祖母和母亲被大卸八块的尸身。

整个府邸，处处都是鲜血，每个人的死状都极为惨烈。

如今，镇北侯府只有她一个孤女，再想振兴镇北侯府是不可能了，至少外人都认为不可能。

毕竟，人人都觉得她只是个弱不禁风的女子。

易昉则不一样，她立了战功，又是当朝第一位女将军，更得到过太后的赞许，以后有她扶持战北望，战北望的路便可走得更稳一些，战家人自然同意这门亲事。

宝珠取来嫁妆单子,道:"这一年,您补贴出去的现银有六千多两,但商铺、房屋、庄园都没动过,夫人生前存在钱庄里的存单,还有房契、地契等,全部放在匣子里上了锁。"

"嗯!"宋惜惜看着单子,母亲当时给她的陪嫁极多,唯恐她在夫家吃苦受委屈,想到这里,她的心又开始痛了。

宝珠在一旁难过地问道:"姑娘,咱们能去哪里呢?难不成还回侯府去吗?要不咱们回梅山去吧?"

宋惜惜眼前闪过满府殷红的血液,还有惨死的家人,心脏剧痛:"去哪里都好,比留在这里强。"

"您一走,那不是正好成全了他们。"

宋惜惜淡淡地说:"那就成全他们吧。我若不走,便要在这里磋磨一辈子。宝珠,侯府如今只剩下我一个人,我要好好地活着,这样才能让父母兄长他们的在天之灵放心啊!"

"姑娘!"宝珠哭得伤心。她是家生子,侯府遭屠,全部人葬身在那一场屠杀中,包括她的家人。

如果离开将军府,她们还回侯府去吗?可侯府死了那么多人,每一处都让人心碎。

"姑娘,再也没有别的办法了吗?"

宋惜惜眼神深沉:"有,我到御前以父兄之功逼陛下收回成命,若陛下不允,我便一头撞死在那金銮殿上。"

宝珠吓得急忙跪下:"姑娘万万不可啊!"

宋惜惜的眼神里透出冷意,她却突然一笑:"你家姑娘有这么傻吗?即便是到了金銮殿,我也只会求一道和离的旨意。"

战北望娶易昉,是赐婚。

那么她和离,也要求一道旨意。她走也要走得风风光光,而不是悄无声息,像是被人扫地出门一样。

镇北侯府的家底可以让她这辈子都衣食无忧,她没必要这么委屈自己。

外头有人唤了一声:"夫人,老夫人请您过去!"

宝珠轻声道:"是老夫人身边的翠儿姑娘,怕是老夫人想要说服您。"

宋惜惜收敛神色,起身道:"那就去吧。"

夕照如血,秋风瑟瑟。

将军府是先帝赐给战北望的祖父的,将军府显赫过,但现在已经没落。

战家的儿郎们多半是在战场上打拼,入朝的文官很少,加上战北望的父亲战纪仕途上不得意,二叔战罡也只是京兆府的府丞,只有战北望和大哥战北卿在军中还算得力，但在打赢这场战事之前，他们也不过是四品将军。

大房和二房没有分开住，依旧住在将军府，毕竟分了家只会更加衰败。

宋惜惜带着宝珠来到战老夫人的房中，老夫人瞧着气色确实好些了，半躺在床上，含笑看着宋惜惜："来了。"

房中还有战北望的大哥战北卿和他的夫人闵氏，三妹战少欢和其他庶出的子女也都在。

二房的二老夫人陆氏也陪坐在一旁，但是她神色冷淡，似乎颇为不屑。

"母亲，二婶，大伯，大嫂。"宋惜惜依旧按照以往的称呼见礼。

"惜惜，来！"老夫人让她坐在床前，亲切地拉着她的手，欣慰地道，"现在北望回来了，你也有依靠了，这一年实在是委屈了你，加上你娘家又出了这样的事，镇北侯府就剩下你一个人了，幸好一切都过去了。"

老夫人确实是个人精，把话说到了前头：你娘家没人了，就剩下你一个，以后事事还要仰仗战家。

宋惜惜抽回了手，淡淡地说："母亲今日见过易昉将军了？"

老夫人没想到她这么直接，笑容僵了一下，随即笑着说："见过了，是个粗鲁的性子，容貌和你的也没得比。"

宋惜惜望着老夫人："如此说来，母亲不喜欢她，对吗？"

老夫人笑容勉强："喜欢不喜欢的，才见第一面，哪里谈得上呢？不过，既然陛下已经赐婚了，她进将军府就是既定的事实，往后她和北望一同在军中立功，而你掌着将军府的内宅，享受着他们拼回来的军功，这样多好啊！"

"确实很好。"宋惜惜笑了笑，"倒是委屈易将军为妾。"

老夫人笑着说："瞧你这傻孩子，陛下赐婚，易将军怎么会为妾？再加上她是朝廷的武将，是朝廷官员，哪里有官员当妾的？是平妻，不分大小的。"

宋惜惜道："无大小之分？我朝有这个规矩吗？"

老夫人的神色有些冷淡了："惜惜，你素来懂事，既然嫁入了战家，就应当事事以战家为先。经兵部审核，易昉此战立下的功劳比北望的都大，往后他们夫妻一心，加上有你掌家操持内务，总有一日，他能像他祖父那样成为显赫一时的名将。"

宋惜惜神色冷淡："他们夫妻一心，那就没我什么事啊！"

老夫人不悦："怎么会没你什么事？你不是还掌着将军府的中馈吗？"

宋惜惜道："以前是因为大嫂身子不适，我暂时掌家，现在大嫂的身子已经康复，往后当家的还是大嫂，府中的事我便不过问了，明日把账一对，交接了就行。"

大夫人闵氏一听，连忙说："我不行，我的身子还没好利索，再说这一年你掌家，大家都很满意，还是由你继续管着吧。"

宋惜惜的唇角扬起一抹讥讽的笑容：大家都满意，不就是因为她拿了银子出来贴补吗？

她补贴的大部分是老夫人的医药费。丹神医的药很贵，而且丹神医不是寻常人请得来的，一个月上百两的银子，这一年下来，光老夫人吃药就花了上千两银子。

至于府中其他的开支，她偶尔也会贴补些，例如布匹绸缎，主要是侯府正好有这项生意，一年四季送些布匹过来给大家做新衣裳，倒是也不心疼。

不过此一时，彼一时，以前她是真心想和战北望过日子的，现在她不能当冤大头。

她站起来说："就这么决定了，明日交接一下，府中的事，我往后就不管了。"

"慢着！"老夫人急了，神色顿时阴沉下来，"惜惜，你这就是不懂事了，男人嘛，哪个不是三妻四妾？你连这一点都看不开，外人会说你心胸狭隘，善妒。"

或许是宋惜惜这一年太听话，性子也瞧着可欺，所以让他们有了错觉，以为只要对她严厉些，就能镇住她。

宋惜惜神色淡然，一改往日的温顺："嘴巴长在别人的身上，他们要说什么，我管不着。"

老夫人气急了，喉咙里堵着痰，咳嗽了好一阵子。按照以往，宋惜惜该上前去给她抚拍后背了，但是她站着不动，门外夕照的淡光打在她白皙的脸上，更显得她不胜娇美，仿佛画中人一般。

"二嫂，看你把母亲气的。"三妹战少欢上前来，少女的脸有些婴儿肥，她气鼓鼓地瞪着宋惜惜，"这又没委屈你，你以为侯府还像往日那般显赫吗？你的父兄母亲都没了，只剩下你一人，你还要以世家小姐的身份自矜，就不怕二哥休了你吗？"

宋惜惜看向这个小姑子，她身上的这件杏黄色衣裳还是入秋的时候，自己叫人给她做的，如今她穿着自己让人做的衣裳，问自己的罪，倒真是懂事得很啊！

宋惜惜淡淡地道："把你身上的衣裳脱下来再跟我摆威风。"

战少欢气得脸颊发红："这衣裳又不是我求着你给我做的，不要就不要，回头我就扔给你。"

"好，还有你头上戴的珠翠首饰，一并还给我。"宋惜惜说完，扫了一眼全场的人，唯有二老夫人的脸色是好看的，其他人一并沉着脸。

"没什么事了吧？那我就先走了。"宋惜惜说完，大步走了出去。

战家的人面面相觑，谁都没想到素来好说话的宋惜惜这一次的态度这么强硬，连母亲的话都不听了。

老夫人冷冷地说："她总会听话的，她没有别的选择。"

是啊，如今她已没有娘家可依靠，除了留在战家，别无他法，而且战家没有委屈她，她依旧是正妻。

翌日一早，宋惜惜带着宝珠回了镇北侯府。

满园萧瑟，落叶堆积。

不过是半年无人打理，侯府的院子里便长出了一人高的野草。

再次踏入侯府，宋惜惜心如刀绞。

半年前，她惊闻家中遭人屠杀，精神崩溃地跪在祖母和母亲的尸体前，她们冰冷得没有一点儿温度，府中的每一处都染了鲜血。

侯府里设了祠堂，她宋家列祖列宗还有母亲的牌位都在祠堂里。

她和宝珠张罗着祭品，眼泪就没停过。

点了香，她跪在地上，对着父母的牌位磕头，哭过的眸子里眼神坚定："父亲，母亲，你们若在天有灵，请原谅女儿即将要做的决定。不是女儿不愿嫁人生子，过安稳的生活，实在是战北望并非良人，不足以让女儿托付终身。但你们放心，女儿和宝珠一定会活得很好。"

宝珠也跪在一旁，泣不成声。

拜祭之后，她们上了马车，直奔皇城而去。

正午，秋阳灼人，宋惜惜和宝珠站在宫门前，跟两尊木头似的，动也不动，足足等了一个时辰，也没人出来宣她进去。

宝珠难过地说："姑娘，陛下只怕不会见您，觉得您是来阻挠赐婚的。您昨晚没吃饭，今日也没吃早膳，身子还撑得住吗？要不奴婢跑去给您买点儿吃的？"

"我不饿！"宋惜惜毫无饥饿的感觉，心里只有一个坚定的信念支撑着她，就是和离，然后回家。

"您就别再跟自己怄气了，饿坏了自己的身体，多不值当。

"要不就算了？好歹您还是正妻，是战夫人，她就算名义上是平妻，其实也就是个妾，姑娘，要不咱们忍了？"

宋惜惜冷淡地说："宝珠，这样没志气的话就不要再说了。"

宝珠叹气，眼神茫然：那能怎么办啊？

本以为等到将军回来，姑娘就能舒心些，没想到却要面临这种局面。

御书房里，吴大伴第三回禀道："陛下，战夫人还在宫门外候着。"

肃清帝放下折子，揉揉眉心："朕不能见她，旨意已经下了，朕是不可能收回成命的，让她回去吧。"

"禁军劝过了，她不走，就那样站了一个多时辰，都没挪过一步。"

肃清帝心里也挺不是滋味的："战北望以战功求赐婚，朕本也不愿，可若不应承，他和易将军都下不来台，他们好歹是立了战功的。"

吴大伴说："陛下，若论战功，镇北侯府和萧大将军的军功无人可比。"

肃清帝想起了镇北侯宋怀安。当年他还是太子，初入军中，就是镇北侯带着他的，而他与宋惜惜也是旧识，不过她那时候还小，六七岁的娇娃娃，白瓷一样的肌肤，甚是可爱。

　　他这个皇帝也是从尸山血海里走过来的，知道武将的艰难，所以战北望以军功求赐婚，他犹豫了一下，最终还是答应了。

　　除了皇弟北冥王，如今朝中再无得力的武将了，这一场与西京的战事，萧大将军的三少将军断了一臂，七少将军战死了，只不过这些消息都被瞒下了。

　　可吴大伴说得对啊，若论军功，战北望和易昉是远远比不上镇北侯的。

　　"罢了，让她进来吧，她若能同意这门亲事，她要什么，朕便给她什么，哪怕是诰命封号，朕都应了。"

　　吴大伴松了一口气："陛下圣明！"

　　宋惜惜跪在御书房里，低头垂下眸子。

　　肃清帝想起镇北侯府一门如今只有她了，不禁有些怜惜："起来说话！"

　　宋惜惜双手交叠，跪下磕头："陛下，臣女今日求见，实在冒昧，但臣女也想求陛下恩典。"

　　肃清帝道："宋惜惜，朕已下了旨意，不可能收回成命。"

　　宋惜惜轻轻摇头："求陛下降旨，准许臣女与战将军和离。"

　　年轻的帝王一怔："和离？你要和离？"

　　他本以为她是来求他收回赐婚圣旨的，却没想到她是求一道和离的旨意。

　　宋惜惜强忍着泪水："陛下，战将军与易将军以战功求了赐婚的旨意，今日是臣女父兄的忌日，臣女也想以他们的军功求一道和离的旨意，求陛下恩准！"

　　肃清帝眼神复杂："惜惜，你知道和离之后，你要面对什么吗？"

　　"惜惜"这个称呼，她已经许久没从陛下的嘴里听到过了。

　　以前陛下还是太子的时候，偶尔会到侯府去找她的父亲，他总会寻到一些好玩的小礼物送给她。

　　后来她去梅山跟师父学艺，便再也没见过他了。

　　"知道！"宋惜惜绝美的容颜上露出一抹笑，只是这笑容怎么看都带着点儿讽刺的意味，"但君子有成人之美，惜惜虽不是君子，但也不想阻碍战将军和易将军，成为他们恩爱夫妻的一根刺。"

　　"惜惜，镇北侯府已经没人了，你难道还回侯府去吗？你可想过将来怎么办？"

　　宋惜惜道："臣女今日回府拜祭父兄，看到侯府已经荒芜了，臣女想回侯府住，再为父亲收养一个儿子，往后也不至于让他们没了香火供奉。"

　　肃清帝本以为她是意气用事，没想到她竟考虑得这么周全了。

　　"其实你是正妻，易昉撼动不了你的地位，你实在没必要和离。"

　　宋惜惜抬头，含泪的眸子目光坚定："陛下，那毫无意义，臣女不想这样蹉跎一生。侯府如今只剩下臣女一人了，而父兄一生光明磊落，铁骨铮铮，臣女也不想将就着苟且一生。"

"朕知道你心仪战北望，你舍得？"

心仪？谈不上，只不过她素来敬慕武将，加上母亲希望她嫁人生子，过安稳的日子，她这才嫁了。

宋惜惜笑了，笑容如绝境里开出的花："他舍了我，我就舍得了他。"

她柔弱的面容下却有着顽强的骨干，这让肃清帝有些震撼，他不曾见过这样的女子。

他有些恍惚，记忆中那个不知忧愁，整日爱笑的小小少女，嫁了人，又马上要成为弃妇了。

虽是和离，但在世人眼中，她却依旧是弃妇啊！尤其战北望是当众求的赐婚。

女子多么艰难，她则尤其艰难。

日后她还如何议亲啊？家里连个人都没了。

念及此，再想起侯爷之功，战场上侯爷救过他，他也救过侯爷，战友之情使得他格外怜惜这个女孩。

肃清帝说："朕准许了，你且回去吧，过几日，和离的旨意会下到将军府。"

宋惜惜松了一口气，下拜："臣女谢主隆恩！"

肃清帝看着她，又想起了那个六七岁的娇娇女，心脏蓦地一软："惜惜，往后若是有人欺负你，尽管进宫来找朕。"

"臣女谢恩！"宋惜惜再一次拜下。

宋惜惜走后，吴大伴从外边疾步走进来："陛下，太后派人过来，请您得空去一趟。"

肃清帝叹气："大概也是因为惜惜的事，让她着急担忧了。摆驾。"

寿康宫里的牡丹开了，富丽堂皇，国色天香。还有那些爬在宫墙上的蔷薇，也开出了绝美的花。

太后端坐在正殿里的一张黄花梨木圆后背交椅上，身穿绛紫色外罩纱袍，发髻上插着白玉扁方，一脸憔悴。

"儿臣参见母后！"肃清帝上前行礼。

太后望着他，屏退了左右，才叹气道："你那道赐婚的旨意实在太不明智了，你这样做，既愧对宋侯爷，也给天下臣民起了一个坏头。"太后的声音渐渐严厉，"商国有律，朝中官员成亲五年内不得纳妾。五年已经是极短的日子了，按哀家来说，除非年过四十无所出，方可纳妾。如今陛下当众赐婚，使易昉成为战北望的平妻，是给大家带了个头啊！如此一来，女子还有活路吗？

"战北望大婚当日出征，他甚至都还没与惜惜洞房啊！才刚回来，夫婿便要娶平妻了，陛下，你这是要逼死她吗？"

太后说完，泪水扑簌簌地落下："可怜，他们就只有一个女儿在世了，还要被人欺负成什么样？"

太后之所以会这么难过，是因为她和宋惜惜的母亲是手帕交，那个女孩是她看着长大的。

肃清帝见母后落泪，跪在她的面前，愧疚地道："母后，是儿臣考虑不周，当时在城门口，他当众以退敌军功求一道赐婚旨意，朕知道不妥，但他说自己别无所求，也不需要赏赐，朕若不成全，他也下不来台。"

太后生气地道："他下不来台，就要惜惜做出牺牲吗？宋家牺牲的人还不够多？这一年，她过得有多艰难，你不知道吗？"

肃清帝也疼惜宋惜惜，却不得不道："母后，战北望已经变了心，即便娶不了易昉过门，也不会真心对待宋惜惜了，方才宋惜求到朕的面前，求一道和离的旨意，朕准了。"

太后的手剧烈地一颤："什么？这傻孩子，怎么就求和离的旨意了？和离之后，她去哪里啊？"

"她说回侯府，为她父亲收养一个儿子。"

太后连连叹息："侯府还回得去吗？她见过那里满地都是亲人的尸体，在那个地方住，她就不怕夜夜做噩梦？"太后心疼得无以复加，"她既然入宫了，怎么不来见哀家？哀家可以给她做主，可以教她如何镇住易昉，用不着和离啊！战北望既然立下了军功，求个诰命，她可以风光富贵一辈子，为何要选一条这么艰难的路来走？"

"母后，她心意已决，说不愿意被他们二人蹉跎一辈子。母后想啊，她心里若是有战北望，日日看着他和别的女子恩爱，这日子还怎么过下去？"

这话说到太后的痛处了。

她爱先帝，但先帝爱的人是淑贵妃，还有后来的宁妃、万贵妃等。

太后的脸色变得灰白："女子这一生就是这么艰难。易昉身为女将军，哀家曾赞赏过她，本以为她能让女子的地位提升，没想到她得了势，回头第一脚踩的就是女子，哀家对她很失望。"

肃清帝的脸色也不太好，他也对战北望与易昉深感失望，但碍于他们刚刚平定边城，不好过多地斥责，只能叫战北望进宫来敲打敲打。

翌日，战北望奉旨进宫，本以为入宫便可见驾，毕竟如今他是朝廷新贵，没想到他在御书房外足足等了一个时辰，吴大伴才出来说："战将军，陛下正忙着呢，说是叫您先回去，改日再宣您进宫。"

战北望一脸愕然。他在御书房外等了那么久，也没见到有大臣进出啊，可见陛下没有在与朝臣商议政事。

他问道："吴公公，陛下原本传我来所为何事？"

吴大伴笑着说："大将军，奴才不知。"

战北望觉得莫名其妙，但是也不敢直接闯进去问陛下："烦请公公指点一下，是不是我哪里做错了呢？"

吴大伴还是笑着说："大将军刚凯旋，只有功，没有过。"

"那陛下……"

吴大伴躬身："大将军请回吧。"

战北望还想再问，吴大伴已经转身上了石阶，他也只得怀揣着不安离开。

庆功宴上，陛下对他和易昉赞赏有加，怎么才隔了一日，便对他如此冷待呢？

他到宫门外牵了马，却听到正阳门守宫门的禁军在窃窃私语："昨日大将军的夫人来了，如今大将军也进宫了，会不会是赐婚的事生了变故？"

"别乱说，陛下当着官员和百姓的面说了恩准，怎么会再生变故？"

战北望脸色一沉，疾步走了回来："昨日，我的夫人进宫了？"

两名禁军犹豫了一下，点头说："是的，她在这里等了一个时辰，陛下才见她。"

战北望昨日一整日都在易家，并不知道宋惜惜的行踪，没想到她进宫了。

怪不得陛下今日的态度与原先的大相径庭，竟是她进宫求了陛下撤回赐婚的旨意，好重的心机！

亏易昉昨天还为她说好话，说她不甘也正常，女子的心胸本来就狭隘，怨不得她。

他策马径直奔回府，下马后丢了马鞭给门房，便直奔文熙居去。

"宋惜惜！"

宝珠一听到这咆哮的声音，吓得急忙跑过来拦在宋惜惜的面前，惊慌失措地看着他："你……你想做什么？"

"宝珠！"宋惜惜缓缓地说，"退下吧。"

宝珠听了姑娘的话，退到姑娘的身边站着，却依旧警惕得像只小老虎。

战北望看着宋惜惜，她静静地坐在椅子上，想到她进宫求陛下收回旨意，他对她的那点儿愧疚之心荡然无存。

他的眸子对上宋惜惜乌黑沉静的眸子："你在陛下面前告状了，求陛下撤回赐婚的旨意，对吗？"

宋惜惜摇头："没有！"

"没有吗？"他讽刺道，俊美的脸庞充满了轻视，"敢做不敢当可不是将门出身的女儿所为，宋惜惜，你真虚伪。"

宋惜惜望着面前这个愤怒的男人，觉得他很陌生，陌生到让她心底发寒。

她甚至怀疑这不是她认识的战北望，也或许她从不曾真正地认识过他。

战北望见她不说话，觉得她是心虚，急得大喊："你说话啊！你到底跟陛下说了什么？陛下是不是答应了你，要撤回旨意？"

宋惜惜垂下眸子，道："陛下没答应，你们的婚礼还是会如期举行的。"

战北望松了一口气，却依旧冷冷地说："这是我以战功求来的，如果陛下真的撤回旨意，必定会让将士寒心，但陛下今日传召我去，又不见我，估计是因为你告状说自己受了委屈。宋惜惜，我不与你计较，但我对你也真的是仁至义尽了。

"希望你能安安分分的，不要再闹事，我与易昉成亲之后，也会让你有自己的孩子，到时候，你下半辈子也算有依靠了。"

宋惜惜垂下眸子，淡淡地吩咐道："宝珠，送客。"

宝珠站出来："将军请离开！"

战北望拂袖而去。

宋惜惜还没说什么，宝珠的眼泪就像断线的珠子，"吧嗒"落个不停。

宋惜惜哄道："怎么了？"

"我替姑娘委屈，姑娘不觉得委屈吗？"宝珠鼻音重重地问道。

宋惜惜笑着说："委屈啊！但哭能解决什么问题？还不如想想以后，如何让咱们二人过得更好些，我宋家岂有软弱之辈？"

宝珠拿手绢擦了眼泪，嘴巴扁得像鸭子："怎么人人都来欺负姑娘？您对将军府的人这么好。"

"因为在他们的眼中，我现在不重要。"宋惜惜笑着说。她其实一直都不重要，重要的是她带过来的嫁妆。

宝珠的眼泪落得更凶了，因为在她的心里，姑娘最重要。

"好了，别哭了，该干吗干吗去，日子总是要过的。"宋惜惜刮了她的脸颊一下，"去吧。"

"姑娘，"宝珠努力地擦着眼泪，"那当初跟随您嫁过来的人，到时候您也要全部带走吗？"

"他们的身契在我这里，我一旦离开，易昉不会善待他们，他们自然是跟着我走更好。"

当初宋惜惜嫁过来的时候，母亲叫梁嬷嬷和黄嬷嬷陪嫁过来，还有四名家丁和四名丫鬟。

因为这一年老夫人病重，她掌管将军府，所以陪嫁过来的人都担任府中要职，一是考虑到将军府人手不足——公爹和战北望的俸禄不高，也没做什么营生维持家计，所以府中养不起那么多人；第二个呢，也是考虑到她用自己的人能省些心力，免得还要立威才能令下人服帖，老夫人身子不好，她也可以多抽时间去照顾。

至于她的嫁妆，也补贴了不少，婆母吃的药很贵，光凭府中的收入难以维持，但好在用的只是商铺的利润和房子的租金，还有地里、庄园的部分收成。

第二天，宋惜惜如往日一般过去照顾老夫人。

但她今日过来，只是因为丹神医来了。

老夫人见她过来，以为她想通了，便欣慰地道："一会儿易昉也要来，你们见个面，以后就是姐妹了，要和睦相处。"

宋惜惜不回答，在一旁等着丹神医，等他开了方子，才道："丹伯父，我送您出去。"

"嗯，我恰好也有几句话要跟你说。"丹神医叫童子拿了药箱，也不跟老夫人说一句话，便与宋惜惜一同出去了。

走到回廊里，丹神医说："傻姑娘，这家人都没有好心肠，不值得你对他们这么好，往后你不必派人去请我，我不会再来了。"

宋惜惜说："丹伯父，我知道了，以后我不会派人去请您了，我已经打算和离了。"

丹神医这才笑了起来："好姑娘，这才是宋家女儿该有的决断，我不缺他们家这点儿银子，昔日若不是看在你的面子上，我也不会给她治病。"

丹神医阅人无数，那个老夫人一看就是个贪心的人。

宋惜惜送走丹神医之后，便回了文熙居，过了半个时辰，战北望却带着易昉到文熙居来找她。

她正在小书房里整理这个月府中的账册，看到他们进来，她的眼神定在了他们十指交缠的双手上。

小巧的金兽香炉里燃着让人心神安宁的沉香，她静静地呼出一口气，也好，直接说开吧。

她让宝珠出去之后，说："二位请坐。"

易昉换回了女装，绯色百褶裙上绣着金蝴蝶，她坐下，裙裾也跟着垂下，那蝴蝶仿佛静止了。

易昉长得不算漂亮，但英气十足。

"宋氏！"她先开口，直视宋惜惜。她在军中待过，杀过敌，自认为一身威严可逼得宋惜惜不敢直视她，但是宋惜惜一双美目十分澄明，并未有半点儿回避，倒是让她有些意外。

"将军有话请说。"宋惜惜道。

"听说你想见我，所以我来了。我只问你一句话，你是否愿意与我和平共处？"易昉开口便咄咄逼人，态度强硬，"我希望你说真话，而不是在我面前做戏，楚楚可怜那一套对男人有用，对我无用。"

宋惜惜看着她："太后曾说易昉将军是天下女子的表率，不如请易昉将军回我一句，我除了与你和平共处，是否还有别的选择？"

易昉严厉地说："你不用扯别的话题，你有没有别的选择，那是你自己的事情。"

宋惜惜听到这话，笑了，这一笑让她看起来美艳无双，让易昉心里莫名其妙地生出了一丝不舒服的感觉。

宋惜惜看着他们："我当然愿意和你和平共处。"

和离之后，他们就再无瓜葛，也无仇恨，她愿意与她和平共处，只不过没有和

· 13 ·

平共处的机会罢了。

易昉不悦："我说了，不要在我的面前撒谎，你说真心话还是撒谎，我看得出来，你若愿意与我和平共处，也不用进宫去求陛下收回旨意。陛下怎么会听你的？你以为你装出楚楚可怜的模样，就能把陛下迷惑住吗？"

宋惜惜眼神一冷："易将军，慎言！"

宋惜惜忽然板起脸来，倒是让易昉怔了怔。

宋惜惜清丽的面容上充满厉色："不是人人都有将军这种驰骋沙场的勇气与本事，非将军这般的人，难道都是在惺惺作态？"

她看向战北望，声音不高不低："至于你，当日你登门求娶，对我母亲承诺过，往后只有我一人，不会纳妾，如今是你失信于我，别弄得好像我阻碍了你们似的。"

易昉"呵呵"地笑了一声，瞧着战北望："原来你还跟她这样说过啊。如此说来，倒是我横在你们夫妻之间，我才是那个多余的人。"

战北望执着她的手，看向宋惜惜，恼怒了："我那日与你说过，当时我不知道什么是爱情，直到我遇到了易昉才知道，我轻许诺言却做不到这确实是我的不对，可如今我心里只有易昉。而且我们也没想过要伤害你，你依旧是战夫人，以后我们二人在军中的日子多，我和易昉所生的孩儿也可由你来抚养，如此也可巩固你的地位。"

宋惜惜面色微变："你说什么？我以后还要帮你们养孩儿？"

战北望说："你若想有自己的孩子，我可以跟你生一子或者一女，但自此之后……"他自知这样的话有些伤人，但是心上人在面前，他便咬咬牙说了，"你怀上之后，你我便不再同房。"

宋惜惜看向易昉，问道："你呢？你也同意这样？"

易昉心里虽然有些泛酸，却说："我并非善妒的人，而且为你着想的话，你有自己的孩儿，下半辈子也有依靠了。至于你有孕之后，他去不去你的房中，这我管不着。"

听最后一句话的语气，显然她已经有些生气了。

战北望连忙保证："放心，只要她怀上，我此生便再也不碰她。"

"不用保证，我也不是那么小气的人。"易昉扭过脸去，眉眼间尽是不悦。

宋惜惜看着眼前的二人，只觉得无比荒诞。她站起来看着易昉，厉声说："女子在世已经十分艰难，你为什么还要这样糟践女子？你自己也是女人，不能因为你上了战场，杀过敌，便这般轻贱女子，难道我宋惜惜在你们眼中，就只有靠着战家的子嗣才能活下去吗？我这辈子就没有自己要做的事，没有自己想过的人生，我就非要给你们当陪衬，在这内院后宅里苟活一生？你们把我宋惜惜当成什么人了？"

易昉一怔，随即皱眉："你这样说，未免太小题大做了。"

宋惜惜冷声道："战北望，我们和离吧，别的话都不要说了，撕破脸并不体面。"

"和离？你怕不是在威胁我们吧？"易昉冷笑，"我岂是会随便被你威胁的？你尽管闹，闹大了，损害的是你自己的名声。"

她知道的，京中的贵妇最爱惜名声，像宋惜惜这样的侯爵府邸出来的千金，会更重视名声。

战北望也道："惜惜，我不会与你和离的，我们这样说是为了你好。"

"不必！"宋惜惜收敛了神色，身上竟然散发出一股威严的气势，"你只是怕被人说你薄情寡义，见异思迁。你们事事都是为了自己，却口口声声说是为了我好，岂不虚伪？让人听着恶心！"

战北望神色一急："我并没有这样的意思，你不要误会。"

易昉却冷笑着摇头："真是夏虫不可语冰，到现在还要维护所谓的贵家小姐的颜面，矫情得很。我本来是想跟你说个明明白白的，没想到你的心思这么重，胡乱揣测，倒像是我们要谋算你什么。我们只不过是为你着想，和离之后，你等于成了弃妇，在外的日子一定没有在将军府好过，你又何必赌这口气，与自己过不去呢？既然我的好意你不领情，我也不说了，随便你怎么做吧。我易昉是钟情于他，没什么好遮掩的，坦坦荡荡，有人说，有人骂，我都认了。"

宋惜惜道："既然你不怕外人非议，就没有必要来此一趟。"

易昉往前一步，立于她的面前，冷冷地说："我只怕有些人借着和离的名义，在外人面前装可怜，阻挠我与北望的婚事，我们用自己的战功换取的婚事，容不得你来破坏。"

宋惜惜摇头，只觉得可笑："你们走吧，这样的谈话实在没有意思，你们是为国立功的将军，我实在不愿对你们口出恶言。"

她的父兄都是武将，都战死在沙场上，保家卫国的武将在她的心里有至高无上的地位，她不想再与他们纠缠，免得说出些不好听的话来。

"宝珠，送客！"她唤了一声，垂下眸子，掩住眼底的冰冷。

宝珠在外边早就听不下去了，姑娘一叫她，她立刻进来，冷冷地道："两位将军，你们彼此钟情是你们的事，请别来糟践我家姑娘，也别拿战功来压我家姑娘。"

"大胆！"易昉怒喝，"一个卑贱的丫鬟，也敢对本将军大放厥词？"

宝珠心疼自家姑娘被这样欺负，有些话，姑娘顾着修养不说，她是一个粗鄙的婢子，她不怕。她红着眼眶说："我一个卑贱的丫鬟，尚知礼义廉耻，你身为朝廷的女将军，却在战场上与别人的夫婿勾勾搭搭，如今还仗着军功欺负我家姑娘……"

"啪！"

清脆的巴掌声在宝珠的脸上响起。

战北望怒打宝珠一巴掌，然后冷冷地盯着宋惜惜："这就是你教出来的丫鬟？没大没小。"

宋惜惜起身疾步跑过去，扶着宝珠，见她的脸颊瞬间便肿了起来，可见战北望用了多大的力气。

她回头，眼神很冷，甩手一巴掌便打在了战北望的脸上："我的人，也容你随意打骂？"

战北望没想到她竟会为了一个丫鬟动手打他一巴掌，男人的脸，岂是妇人可以随便打的？尤其是当着易昉的面。

但他不可能打回去，只好冷冷地瞪了宋惜惜一眼，带着易昉离开。

宋惜惜抚摩宝珠的脸颊："疼吗？"

"不疼。"宝珠没哭，反而笑了，"好在很快我们就可以离开将军府了。"

"陛下说圣旨几日之后便到，也不知道是哪一日。"宋惜惜真的一刻都不想待在将军府了。

当战北望对她说陛下赐婚的时候，她想见易昉一面，是因为她当初对易昉颇有好感，毕竟易昉是当朝第一位女将军，她觉得易昉不可能愿意与人分享一个丈夫。

但今日她见了，也听了易昉说的那些话，真是幻灭啊！她对易昉将军实在是失望得很。

他们的婚事定在十月，如今已经八月中了，将军府一定会抓紧时间筹办，但府中能出面筹办婚事的人，除了她，就只有二房的婶母二老夫人。

所以，她一定要绝了战家人让她出面筹办婚事的念头。

婚事最终被交给二老夫人去办，但二老夫人对战北望这种薄情寡义之辈十分厌恶，不过是碍于亲族情分，加上长嫂确实病着，不得不接过来办。

下聘前夜，二婶叫来包括战北望在内的全家人一同商议，老夫人非得把宋惜惜也叫过来，宋惜惜知道他们打的是什么主意，不过，正好她也想听听他们到底有多厚颜无耻。

战北望的父亲战纪、二叔战罡都在，战北望的弟弟与妹妹也皆在场。

战家提亲的时候，对方开出的聘礼、聘金都列了一份单子，单子上的一些基础的东西，二婶都准备好了。

现在就是聘礼、聘金的其他部分，二婶定夺不了，才叫大家一起来想想办法。

战纪是看过聘礼单子的，当时他就说过不可能拿得出来。一年前娶惜惜的时候，宋夫人说战老夫人常年吃药，战家的家底实在不算丰厚，所以就没多要，只拿了五百两的聘金和一些普通的首饰作为聘礼。倒是陪嫁过来的又是房屋，又是庄园，又是商铺，光白银都陪嫁了十万两，其中家具、锦缎、被褥更是一间屋子都堆不下。

这一年，也是惜惜用嫁妆帮衬着，战老夫人才能请丹神医登门，吃他开的药丸维持着身体，否则的话，怕是战北望出征不到一个月，战老夫人人就没了。

战北望见大家为难，便取了礼单过来看。看完之后，他问二婶："这有什么问题？一万两聘金，金镯子两对，羊脂玉镯子两对，赤金头面两副，锦缎五十匹，也就这些啊！其他零碎的东西不多。"

"不多？"二老夫人冷笑一声，"可惜如今府中连一千两的现银都拿不出来。"

战北望诧异地道:"怎么会?谁管的账啊?是不是亏空了?"

"我管的账。"宋惜惜淡淡地说。

"你管的账?那银子呢?"战北望问道。

"是啊,银子呢?"二老夫人冷笑着,"你以为我们将军府是什么世家大族吗?这座将军府,是你祖父当初官拜总兵时先帝赐下的。你的父亲和叔父每年的俸银加禄米,不超过两千两,而你,一个四品宣武将军,俸银加禄米多得过你爹吗?"

"那祖父留下的产业,多多少少总是有些收益的吧?"战北望道。

二老夫人道:"多多少少,维持得了这么大的府邸的开销?光你母亲每日吃的药便要三两银子一服,三天服用一颗药丸,五两银子一颗,这些都是惜惜掏自己的陪嫁银子买的。"

战北望哪里肯信?他觉得二婶在帮着宋惜惜刁难他。

他失望地把礼单放下:"说白了,你们就是不想拿这笔银子罢了,既然如此,聘礼和聘金我来想办法,我立了战功,陛下会有赏金的。"

二老夫人说:"你的战功不是用来求娶易昉了吗?既然你们情投意合,又何必在意聘金的事?去跟她商量商量,少要点儿就是了。"

老夫人咳嗽了一声之后,道:"到底是陛下赐的婚,不可轻慢了人家,这银子,咱们家不是拿不出来。"

她看向宋惜惜,笑着伸手招呼她过来:"惜惜,这笔银子你先拿出来,等我们宽裕一些了,再给你补回去,如何?"

战少欢嗤笑了一声,说:"母亲,都是一家人,说什么补回去呢?想必嫂嫂是个贤惠大方的人,这一万两银子对她来说不过是九牛一毛,她肯定拿得出来。"

"少欢,不能这样跟你的嫂嫂说话,她这一年为我们将军府已经付出了许多,你们都要念着她的好。"老夫人故作发怒,斥责女儿,又口口声声地让大家记着宋惜惜的好。

她顿了顿,又看向宋惜惜:"好了,就这么决定了。惜惜啊,母亲知道委屈了你,等易昉进门之后,你给她立立规矩,让她知道你才是正室夫人。"

众人都看向宋惜惜,连战北望都看了过来。

昨日被宋惜惜打了一巴掌,他现在还觉得有些别扭,所以拉不下脸来问她。

见宋惜惜没说话,二老夫人道:"除了聘金,还有这些赤金头面啊,首饰啊,也一并让惜惜出了吗?"

老夫人温和地道:"自然也不在乎这点儿了,惜惜,对吗?"

二老夫人看向宋惜惜,微微摇头,示意她不要答应。

宋惜惜知道二婶是为了她好,提醒她呢,不过她本来也不会答应,所以她缓缓地摇头:"这银子我来掏不合适,将军府娶亲,该由将军府出银子。"

老夫人的脸色顿时就沉了下来:"惜惜,你这样就不懂事了,都是一家人,还分什么你我，再说了，这不是跟你借吗？等日后手头宽裕了，自然会还给你。"

宋惜惜看向战北望："将军觉得呢？"

这个男人但凡要点儿脸，都不可能说出让她从自己的嫁妆里出给他娶平妻的聘金这种话吧。

战北望也觉得自己堂堂男子汉，怎么能用她的嫁妆，正欲开口的时候，老夫人连忙道："惜惜，这些事情你做主就行，你到底是他的妻子，他的事也是你的事，夫妻一体嘛！"

宋惜惜温和地说："母亲说得有道理，那将军说句话吧，如果向我借，我是愿意借的。"

老夫人笑容一滞：借？

不过她方才也是说的借，说等将军府宽裕了便还给宋惜惜，宋惜惜这样说，倒是让她无法反驳，只是她心里却埋怨宋惜惜不懂事，竟然跟自己的夫君计较，宋惜惜娘家的人都死绝了，银子不花在将军府，花到哪里去？

战北望摇头："我自己去想办法，不用借你的。"

说完，他便转身出去了。

一屋子的人都看着宋惜惜，宋惜惜福了个身："若没有别的事，我就先回去了。"

"惜惜留下！"老夫人的脸色沉了沉，这会儿怒气上来，也不咳嗽、不虚弱了，毕竟昨天还吃了一粒丹神医的药丸。

宋惜惜看着她："您还有什么吩咐？"

老夫人语重心长地道："我知道你进宫求过陛下，你这样做实在是不智，易昉嫁进来，以后立下功劳，光耀的是我们将军府的门第，你也能因此获益，等来日功劳积攒得多了，给你封个诰命，也是你的福气。"

宋惜惜没反驳："您说得对。"

老夫人见她又像以前那样温顺了，便满意地继续说："一万两银子，对你来说也不多，那些头面首饰，估计两三千两就能拿下，这银子，你便出了吧。"

宋惜惜点头："可以。"

老夫人这才松了口气，觉得之前宋惜惜就是闹闹小脾气，便笑着说："还是惜惜懂事啊！放心，以后北望如果敢欺负你，我第一个饶不了他。"

二老夫人在一旁急赤白脸的：她怎么那么傻？哪里有用自己的陪嫁给夫婿纳妾的道理？这分明是欺人太甚。

宋惜惜却看着二老夫人，问道："就是说，聘金和聘礼加起来是一万三千两左右，那么酒席呢？酒席要多少？"

二老夫人没好气地道："酒席以及旁的加起来也要个几千两，你也要出了吗？"

她自己痴傻，那就让她痴傻吧。

宋惜惜微笑着说："可以，回头让将军给我打一张欠条，我便把银子送到。"

全场除了二房那边的人，全部黑了脸。

老夫人气道："荒谬，哪里有相公跟妻子拿银子还要打欠条的？"

宋惜惜微怔："不打欠条，怎么算得上借？母亲，您方才不是说的借吗？借银子打欠条，那是天经地义的事，不打欠条才荒谬吧！"

"至于说，"宋惜惜站着，不卑不亢地道，"没有相公跟妻子拿银子还要打欠条的道理，也没有夫君娶妾要用原配的嫁妆给聘金的道理啊！这样的事传了出去，只怕会让将军面上无光，将军府也会沦为笑柄，我也是为将军府的名声着想呢，母亲认为对吗？"

老夫人气得脸都黑了："我才夸了你懂事……"

"为将军府的名声着想不也是懂事吗？"宋惜惜笑着，微微弯腰给她拍了拍后背，"母亲别动怒，昨日刚服了药，这药效只能维持五天，五天之后，丹神医就不再登门给您治病了。"

"你说什么？"老夫人一把抓住她的手，转头看着她，"你居然这么恶毒，让丹神医不再给我治病？"

战少欢推了宋惜惜一把，怒道："宋惜惜，你不让丹神医给母亲治病，你是要害死我的母亲吗？"

宋惜惜拂袖，战少欢只觉得一股凌厉之气袭过来，把她逼得踉跄着退后两步，扶住椅背，才勉强站稳。

她有些吃惊：宋惜惜的力气怎么那么大？

宋惜惜淡淡地说："小姑慎言，是丹神医昨天自己说不会再来的，你们可以去问问他到底是他自己不来的，还是我不让他来的。"

说完，宋惜惜转身出去了。

老夫人不信丹神医不来，毕竟昨天丹神医还来送了药，且对她的病情叮嘱了一番，老夫人当即派人去药王堂请丹神医，结果丹神医连面都没露，只让坐堂大夫回了一句话。

这句话，管家一字不漏地告知了老夫人，差点儿没把老夫人气死。

丹神医的原话是："以后不必来请我了，将军府的所作所为让人寒心，替德行有亏的人治病，会折我的寿，我不想早死。"

老夫人怒道："一定是她让丹神医不来给我治病的！没想到她的心这么狠啊！当初北望娶她的时候，我还以为她贤惠温婉，这一年也没看出来她是这么狠心肠的人，她这是要害死我，没有丹神医的药，那就是要我的命。"

战纪在一旁没作声，显然心里是不高兴的，他觉得这个儿媳妇没以前听话了，本以为她闹闹小脾气就过去了，没想到这一次直接断了夫人的药，这样闹就太过了。

他吩咐自己的小儿子战北森："去找你的兄长，让他不管用什么法子，让他的媳妇消停些，再这样闹下去，你母亲的命都要被闹没了。"

"是！"战北森飞快地往外跑。亏他以前还觉得嫂嫂人不错，想不到她这么狠毒。

战少欢则怒气冲冲地直奔文熙居，结果连文熙居的门都进不去。

战少欢站在门口，粉脸含霜，怒骂道："宋惜惜，你给我滚出来！

"怪不得我二哥会喜欢易昉，易昉就不会像你这样玩阴招儿，活该你被二哥嫌弃。

"宋惜惜，你以为躲起来就行了？这里是将军府，你有本事一辈子别出来，你敢谋害婆母，你不得好死！"

文熙居里传出宝珠的声音："三小姐，你那日不是说要把东西还回来吗？那就先还回来再说话。"

战少欢冷冷地道："凭什么？那都是她送给我的，哪里有送出去的东西还要人还的道理？"

她本来是想还的，结果回去一看，才发现很多首饰、衣裳都是二嫂送的，还回去之后，自己就没几件见得了人的首饰，衣裳更没几件好的了，以后出门要穿得简朴寒酸，她才不要呢，自然就不想还了。

宝珠的声音不徐不疾："那也没有收了人家的礼，回过头来骂人家的道理。"

战少欢一时语塞，但随即怒道："让她等着，等我二哥回来定会休了她！"

说完，战少欢气呼呼地走了。

宝珠也气呼呼地回屋："一群贪得无厌的人！还是姑娘说得对，待在哪里都比待在这里好。陛下那道和离的旨意怎么还没下来呢？"

宋惜惜笑了笑，一跃而起，从柜顶取出一个箱子，再跃下。

她打开箱子，里面是一条放置了很久的红鞭。

这条红鞭是她下山的时候师父送给她的，自从嫁入战家，她就没再用过这条鞭子，除了每日的运气周天之外，也不怎么练武了。

"姑娘，要和谁打架了吗？"宝珠当年陪着她上了梅山，她在梅山的那几年，也是宝珠伺候她的，宝珠知道她的武功修为有多高。

"不是，只是拿出来看看。"宋惜惜抚摸着红鞭，如今她在守孝，即便是要动手，也不能用这条鞭子，"等我们离开战家之后，回府修缮修缮，便去梅山探望师父。"

"好啊！"宝珠眉开眼笑。回梅山好啊，大家都对姑娘很好，把她当宝贝似的看待。

宋惜惜把红鞭放回箱子里，但没把箱子放回柜顶，这是要带走的，自然没必要放上去了。

"母亲应该不会怪我不孝，毕竟我嫁了，是他负了我。"宋惜惜轻声道。

宝珠红了眼眶："夫人若是知道，只会恼将军府的人，不会怪姑娘的。"

宋惜惜微微叹息："嫁人生子，终究不是宋家女的宿命。"

宝珠吸吸鼻子："是他们不懂姑娘的好，若论兵法武功，易昉连姑娘半分都比不上，是大将军和夫人不舍得让您上战场，否则的话，有她易昉什么事？"

宋惜惜笑了："在你心里，我总是千般好万般好的。"

"那是！"宝珠抬起头，鼻尖都红了。

战北望在外面转了一圈，找相熟的朋友借银子，但借到手的只有一千两，距离聘金、聘礼、酒席所需要的一万多两还差好多。

当然，他若拉得下脸，找勋贵家族去借，借个两三万两也不是问题，毕竟他初立功归来，正是朝中新贵，许多人都上赶着巴结他。

可他拉不下脸啊！

借银子之事本来就尴尬敏感，他怎么愿意丢脸？

思来想去，他觉得还不如找宋惜惜借，在她的面前丢脸，总好过在别人面前丢脸。

回府的路上，他见三弟迎面策马而来，没等他问，战北森便说："二哥，你快些回府去，母亲快要被二嫂气死了。"

听到又是宋惜惜的事，他厌烦地道："她又怎么了？"

战北森说："她让丹神医以后不给母亲治病。"

战北望还以为是多大的事呢，原来只是母亲治病的事："京中的大夫这么多，丹神医不来，便找别的大夫，不行的话，我便去请太医。"

不过，由此可见宋惜惜的人品有多差，竟然从母亲的病入手，这些阴险的手段，她可真是精通啊！

她真的不如易昉，易昉从来都是坦坦荡荡的，不会在背地里耍阴招儿。

战北森听他这样说，急道："没用，你出征后没多久，母亲就病发了，当时二嫂是请过太医的，请了好几位太医，都没能缓解母亲的病情，反而越发严重，后来是请丹神医来，吃了名贵的药丸，这才护住了性命，日渐好转。"

战北望一听，顿时满眼怒色："好啊，她是想用母亲的性命来逼我。"

战北森连连点头："就是，她自己进宫求陛下，陛下没同意撤回赐婚的旨意，她便用这种法子来逼你放弃娶易昉将军进门，这个女人实在是太歹毒了。"

战北望当即策马回府，直奔文熙居。

作为将军，他的武功自然高强，文熙居的大门阻挡不了他，他一脚便踹开了大门，直奔而入。

宋惜惜正在吃莲子羹。莲子是宝珠自己去采的，正新鲜，宝珠给她做了一碗清心去火。

战北望一手扫落她面前的莲子羹，素白瓷碗"哐当"一声落地。

"宋惜惜！"战北望咬牙切齿，"你有完没完？你到底要闹到什么时候？要闹成什么样子？"

"宝珠。"宋惜惜神色平静地看着地上的碎碗，还有精心熬的莲子羹，觉得浪费了宝珠的心血，"把碎碗打扫干净，我与将军说几句话，你不用进来。"

宝珠拿来扫帚，把碎碗和莲子羹扫干净后便出去了。

宋惜惜抬起头，看着对她怒目而视的战北望："丹神医的事？"

战北望厉声道："你还有脸问？"

宋惜惜笑了："我为什么没脸问？倒是丹神医不去给你的母亲治病，你们应该好好想想自己是不是没脸。"

战北望冷冷地道："装什么？是你不让丹神医来给母亲治病的，你想用这种手段要挟我不娶易昉，卑鄙。

"宋惜惜，我告诉你，就算我不娶易昉，也不会待你好半分，你让我觉得厌恶、恶心。

"如果早知道你是这么有心机、心肠这么恶毒的女人，我是绝对不会娶你过门的。我真后悔，我当初是瞎了眼。"

宋惜惜仰头问他："那你为何不休妻？"

战北望没想到她忽然说出这么一句话："什么？"

宋惜惜站起来，一字一句地说："我说，既然你如此厌恶我，为何不休了我？你既然深爱易昉，想与她厮守，那我就是一个多余的人，又这般让你讨厌，你为什么不休妻？"

"我……"战北望怔了怔，休妻，他自然不会这样做。

宋惜惜往前一步，绝美的面容上尽是嘲讽："是没有休我的理由吗？我告诉你，有，我善妒，我不孝顺，我无所出，我心思恶毒，我长舌多话，顶撞翁姑，哪一条都可以休了我。"

战北望深吸一口气，不可置信地看着她。

她是真心想要被休，还是以此胁迫他？但他绝不会休妻，一旦休妻，外头的唾沫星子都能把他和易昉淹死。

而且，军中的人也会以他们为耻——军中人人都尊宋侯爷为英雄名将，他不能失了军心。

"宋惜惜，我不会休你。"他厌烦又苦恼，"我也不会薄待你，我只是希望你别闹出这么多事端。尤其是你这一次以母亲的病来要挟我，你不觉得自己太恶毒了吗？你有什么要求，有什么不满，可以冲我撒气，别折腾母亲，你这是不孝，传出去，你的名声也不好听。"

宋惜惜面容寒冷："你是不会休我，还是不敢休我？休了我，对你百害而无一利，你害怕被人指着脊梁骨，说你薄情寡义，更害怕失去我父亲麾下旧部对你的支持，你既想要爱情，又想要前程，天下没有这种两全其美的事。我侯府如今是没人了，但是我也不一定要依靠你们将军府才能活下去，你小瞧了我，也高看了你自己。"

战北望被她说中心思，恼羞成怒："别的废话也不必说了，婚事乃是圣上定的，我一定会娶易昉过门，至于别的条件，你尽管提，我都答应你。"

"没有条件，我不需要。"宋惜惜立于他的身前，傲骨铮铮，眼中并无泪水，眼角下的一颗泪痣显得越发殷红，衬得她面容胜雪，美艳无比。

战北望恼怒得很，也心烦无比："说真的，宋惜惜，我以为这门亲事你会欣然接受，你的父兄都是武将，我以为你不会为难易昉。"

"呵呵。"宋惜惜讽刺一笑，"我丈夫要娶别的女子，还要我欣然接受？你把我想得太大方了。战北望，就这样吧。"

战北望见她油盐不进，不禁发了狠："好，既然你这般绝情，我便到御前找陛下说说理，陛下赐的婚，你故意刁难，这是抗旨不遵，你就等着陛下降旨申饬吧。"

宋惜惜道："笑话，我一介女流，又不曾入朝为官，陛下如何申饬我？你倒不如去找太后，就说我不同意让易昉进门，太后不是素来欣赏易昉吗？尽管找太后告状去。"

"别以为我不敢，你断了母亲的药，便是大不孝，我自然可以请太后降罪于你。"

"慢走不送。"宋惜惜一点儿都不在乎。

"你不要后悔！"战北望看着她那张冰冷的脸，狠狠地撂下话，拂袖而去。

"将军还是先把聘金的事解决了吧。需要我借银子给你吗？"

宋惜惜嘲讽的话从身后传来，战北望脚步一顿，随即大步离去。

他的确想过向她借银子，但经过这一件事，他宁可去找易昉商量减少些聘金，也绝对不会开口向她借银子。

宝珠在门口探脑袋："姑娘，他如果向你借，你真的借啊？"

宋惜惜揉揉腮帮子，刚刚说话太多，嘴巴好累。揉了一会儿，她才回答宝珠的问题："借啊，他拉得下这个脸，我倒是可以借给他，就按照外头的利钱算，到期本息一同归还。"

"你就不怕他不还吗？"

"不还？那就日日找人上门催债啊！"宋惜惜瞧着被扫去了门角的莲子羹，可怜兮兮地道，"宝珠，可还有莲子羹？我还想喝。"

"有啊，熬了一大锅，还有燕窝，你要吃哪个？"

宋惜惜顿时开心起来："都来一碗，你也吃，剩下的给嬷嬷她们送过去吧。对了，他们也都收拾好东西了吧？"

"都收拾好了，只等圣旨一下，咱们便卷铺盖走人。"宝珠彻底摆脱了前几日的郁闷情绪，开心了起来。

"嗯，现在彻底闹掰了，就等圣旨下来了。估计战北望会去找易家商量，让易家少要点儿聘金，易昉大方，肯定会同意，毕竟她和所有的女子都不一样嘛。"

"呸！"宝珠表示鄙视，"一万两聘金，真拿将军府当豪门啊！姑娘，您当初嫁过来的时候，夫人只收了一千几百两的聘金，真亏。"

宋惜惜露出一副可怜兮兮的表情："是啊，我卖便宜了。"

宝珠又笑了起来，笑着笑着，泪水就流了下来。姑娘嫁过来多委屈啊！夫人当初真的以为战北望重承诺，说什么一辈子都不纳妾，却是骗人的鬼话，害了姑娘一辈子。

她抹着眼泪，下去端着莲子羹和燕窝上来，又叫嬷嬷们过来吃。

陛下赐旨让他们和离的事如今还是保密的，当然，宋惜惜从娘家带过来的人各个可靠，忠心耿耿，她们知道了也不要紧，毕竟要早做准备。

她现在唯一担心的就是陛下不下旨让他们和离，毕竟被休与和离差别很大。

女子被休弃，是拿不回嫁妆的。

按道理说，就是一道圣旨的事，为何要拖这么多天呢？陛下莫非还想等他们成亲之后，再下这道和离的旨意？

那可真是折磨人啊！她一刻钟都不想待在这里了。

晚些时候，她叫了大嫂闵氏过来对账交接。早就该交接了，但这几日发生的一件件事，让她心烦，所以就耽误了。

闵氏是真的不愿意接这烂摊子。

她其实也很同情宋惜惜，可是，她的夫婿说了，易昉嫁进将军府，对将军府大有裨益，因为西京投降，主要的功臣是易昉，兵部那边可都记着呢。

只不过他们的功劳用来求了赐婚，所以陛下才没有别的赏赐，但陛下如今要培养年轻武将，战家算上易昉，那就是一门三杰，陛下怎么也会看重些的，更不用说还有宋惜惜这位侯府嫡女。她的娘家可是为朝廷、为商国立下过汗马功劳的，除非北冥王收复南疆，否则侯府的战功无人能比。

"大嫂，"宋惜惜把账本递给她，"这就是如今将军府账上的银子。至于每年的地租，也都有明细，今年的收入全都花光了，账上的这九百两是我先借给公中的，我如今收回，你有没有什么问题？"

"收回？那账上岂不是一文钱都没有了？"闵氏惊愕地道。

宋惜惜道："各家贴补些，也是可以渡过难关的，而且公爹、大哥，还有战北望的俸禄是按月发放，省一省，这日子总是过得去的。"

"这么大的将军府，怎么会穷成这样？"闵氏很不理解。当然，她也不是怀疑宋惜惜，在宋惜惜进门之前，将军府已经捉襟见肘，遣散了不少下人，是宋惜惜嫁进来后，带了许多仆从、护卫，加上这部分开销全是她出的，婆母吃药的钱也是她出的，将军府这才维系住。

"不知道呢。"宋惜惜说。

她当然知道。

一个是因为老夫人常年求医，吃的也都是名贵药材。

第二个是生意经营不善，将军府便没有想法子继续做，而是卖了一些铺子出去，得来的钱挥霍了一阵子便没了。

剩下的资金来源便是两家店铺的租金和一些田租，还有公爹、二叔、大哥、战北望他们四个人的俸银。

如果不是先帝赐了将军府，他们估计连房子都买不起。

京中买不起房子的官员一抓一大把，就连吏部侍郎也是去年才买的房子，听闻还借了银子，才买得起一间三进三出的房子，算是相对体面了。

"惜惜，我实在不能管这笔账，还是你管吧。"闵氏头痛得很，叫各家拿银子出来贴补公中，哪里是件容易的事？

宋惜惜笑着说："无妨，大嫂先管一阵子，等易昉将军进门，你再以身体不适为由，把中馈交给易昉将军就好。"

闵氏想了想，也只能这样了，宋惜惜以前是好说话的人，现在一字一句都看似温柔，却毫无商量的余地。

把掌家之权交出去之后，宋惜惜便闭门不出了。

除了她从娘家带过来的人，其他人她一个都不见，连吃的饭都是文熙居的小厨房做的，梁嬷嬷和黄嬷嬷亲自去买菜，亲自下厨。

宋惜惜把人全部召回来之后，整个将军府便乱成一团了。

闵氏只能临时叫管家把能干事的人提拔上来，顶了黄嬷嬷她们的空缺，然后还按照往日的章程去办。

但是，如今要办婚事，人手定然是不足的，而宋惜惜嫁进来之后买的人又被黄嬷嬷她们送走了，如今各个屋里伺候的人手都不够。

闵氏禀报了老夫人，老夫人气得扶住额头："真没想到她这么不懂事，我真是瞎了眼，往日还待她这般好，没叫她站过一日的规矩。"

闵氏听了这话，心里也没有觉得老夫人对她和宋惜惜不公平。

她入门的时候是站过规矩的，但是她和宋惜惜不一样，宋惜惜是带着家财嫁进来的，进来后掌家、伺候婆母，样样都亲力亲为。

当然，这样的话她是不敢当着老夫人的面说的，只犯愁地道："母亲，银钱本就短缺，如今哪里还有余钱去买婢女、小厮？"

老夫人气归气，但还想从宋惜惜的手中榨出银子来，她左思右想，毫无办法，只得道："你叫二房那边的人去跟她说，二房那边的人与她的关系还不错。"

闵氏道："我问过二婶了，二婶说她拉不下脸，而且聘金她也还在想办法呢。"

老夫人问道："那她想出什么办法了吗？"

"她说唯一的办法便是把铺子都卖了。"

"卖铺子？"老夫人皱起眉头。前几年府里艰难，一直在变卖产业，如今手头的产业没两间了。

她想了想，下了决心："那就卖吧，卖了以后可以再买回来，北望和易昉还会继续立军功的。"

军功能换的赏赐可多了，镇北侯府不就是靠着军功积攒到这泼天的富贵的吗？

北望和易昉还年轻，又立下了这样的大军功，以后陛下定然会重用他们。

她纵然是个妇道人家，也知道自从宋惜惜的父兄战死之后，朝中难觅年轻大将，而北冥王已经在南疆战场上打了两年多，也不知道是否能回来。

所以，陛下必定会重用北望和易昉，将军府富贵荣耀也指日可待。

"那儿媳便找人去卖了。"闵氏告退。

将军府卖产业的事，是黄嬷嬷说给宋惜惜听的。

宋惜惜伏案写字，一手簪花小楷练得很不错，她听了黄嬷嬷的话，抬起头来："嗯，这确实是他们眼下唯一的办法。"

"以前公中没钱，让您把陪嫁的银子拿出来补贴，怎么不见她们说要卖铺子？"黄嬷嬷气道。

"那怎么能一样？"宋惜惜笑了起来，"她还等着易昉进门，和战北望夫妻一心，在军中再立奇功，到时候要什么没有？"

宝珠正在给小泥炉扇风，听到这话，"哼"了一声："当初姑娘拿嫁妆出来补贴，是想着等将军立功回来，陛下定有赏赐，便可把嫁妆的亏损补回去，谁知道人家拿军功来求亲了。"

宋惜惜写得有些累了，把笔搁下："总归是我自己傻。只盼着和离的旨意早些下来，我们早日离开，省得再听他们家的事。"

但这一等又是三四天，旨意还没赐下，老夫人又发病了，请不来丹神医，吃不上丹雪丸，她的胸口便开始疼痛。

宋惜惜到底还是心软了："如果能够好聚好散，丹伯父那边我去打声招呼，请他继续给老夫人治病，但银子我是不会再出了，他们吃得起便吃。"

老夫人这一发病，府中闹了半宿，最后还是请太医来暂时稳住了病情。

太医对战北望说："下官以前也来给老夫人诊治过，但下官医术不精，京中治疗心疾最好的大夫就是丹神医，他的丹雪丸才是老夫人的救命药，如今下官能帮老夫人控制病情，也是因为她服用了一年的丹雪丸，底子还在，但以后发病次数增多，下官就无能为力了。"

说完，太医告辞而去。

战北望恼得眼睛都红了——今晚他亲自去请过丹神医，丹神医连见都不见他。

他认定宋惜惜是想要以此相逼，让他放弃娶易昉，这样的手段太恶劣了，竟然拿母亲的命来要挟，实在卑鄙。

他直奔文熙居，一脚把门踹开。

宋惜惜还没就寝，在灯下写字，见他挟一身怒气而来，她皱起眉头，显然，他是来兴师问罪的。

"嬷嬷，宝珠，你们先出去。"

"明日把丹神医请来，否则……"他高大的身影一步步朝着宋惜惜逼过去，面容凛冽如寒霜。

宋惜惜抬眸直视："否则如何？"

他咬牙切齿："否则，我休了你！"

宋惜惜定定地看着他："休我？"

战北望居高临下，冷冷地道："你那日说得对，光是七出之条的一条不孝，就足以休了你！"

灯下，宋惜惜肌肤胜雪，容颜绝色，她淡淡一笑："你终于把这句话说了出来，也好，我现在知晓你的确有休我之心，那我就等你的休书。"

他冷冷地盯着她："你应该知道，一旦我休了你，你的嫁妆就不可能拿回去了。"

宋惜惜又笑了笑，说："哦，嫁妆，好，嫁妆送给你，明日请两方族长、四邻八家、你我的媒人一同坐下，你休书一下，我当即签字摁手印。"

战北望的手指几乎抵住了她的鼻子："等着，明日午时，我休你出门！"

说完，他拂袖而去。

黄嬷嬷急忙进来，跺脚道："姑娘，您一旦被休，嫁妆都要送给他，怎么能这般意气用事啊？"

宝珠也急得要落泪了："就是啊，这不是便宜了他们吗？夫人当初可是把半个侯府的产业都陪嫁给您了。"

宋惜惜坐在椅子上，想起他方才的狠绝之色，心里浮起了一丝痛楚。若说她这一年对他没有过半点儿期盼，那是假的，虽然他们的感情不深，但总归是有的，因为这是母亲给她选的夫婿。

她说："休了我，他也要付出很大的代价，至于嫁妆，带得走带不走，那还是两说呢。"

梁嬷嬷说："对，姑娘伺候了他的母亲一年，他立功回来，求了赐婚便马上休妻，如今又变卖了铺子，谁都知道是为了姑娘的嫁妆，这样的人，百姓不戳着他的脊梁骨骂死他才怪，言官也定会上奏。"

宝珠忧心忡忡："就怕他不管不顾，意气用事，那咱们姑娘终究会吃亏啊！就算姑娘可以把嫁妆全部拿回去，也落了个被休弃的名声，多不好听。"

宋惜惜倒是有些担心：陛下会不会反悔了？

那日她以父兄的军功求旨，但父兄毕竟已经牺牲了，陛下又着重培养新武将，就怕陛下权衡过后，还是不愿意给她赐这一纸和离书。

嫁妆她不担心，因为嫁妆单子在她的手中，存单和银票她可以全部带走，产业全部在镇北侯府的名下，他们能拿到的，也不过是绸缎、布匹、屏风、玉器以及部分首饰之类的东西。

损失肯定是有损失，但不会太大。

只是如果战北望真的做到这一步，那么以后也休怪她无情。

黄嬷嬷恨恨地道："亏姑娘方才还说去请丹神医呢，呸，不值得！"

老夫人房中的灯彻夜未熄。

当战北望提出要休妻的时候，战父首先反对："你休了她，言官定会参你，这样做无疑是自毁前程。"

大哥战北卿也道："二弟，父亲说得对，你想想，军中多少武将都是她父亲昔日的旧部。你这一次能斩获奇功，也是他们襄助你，你在军中还没稳住，一旦失去他们的支持，后果难以预料。"

"可她拿母亲的安危要挟我，我实在难以忍受！"战北望的脸庞上尽是冰冷之色。

老夫人已经缓过来了，但方才的难受让她对宋惜惜恨得牙根痒痒，她忽然想到了什么，猛地抬头，声音粗哑："休，休了她，她被休出门，嫁妆也休想带走。"

战北望道："我没打算要她的嫁妆！"

"为何不要？她既然是被休出门的，嫁妆自然归我们将军府。"老夫人抚着胸口，那里还有微微的疼痛，"拿了她的嫁妆，那么多银子，还请不来丹神医吗？北望，你出去借过银子，知道一文钱难倒英雄汉的滋味吧？我们把店铺都卖了才凑够给你办婚事的银子，这家底算是掏空了。"

战纪急道："夫人，是嫁妆重要还是北望的前程重要？你要懂得衡量！"

老夫人的脸色在灯火里显得异常阴沉："老爷，你也说过，陛下如今需要培养新的武将，言官就算上折子参他，陛下也会高高拿起，轻轻放下，最多申饬几句罢了。"

战北望道："父亲，母亲，大哥，此番休妻，我或许是一时冲动，但我实在忍受不了这种狭隘自私、喜欢玩弄手段的女人做我的妻子，我想过了，休了她，我虽会背负骂名，也会被言官参奏，但如今南疆战事吃紧，我估摸着北冥王打不下，肯定是要增援的，到时候我和易昉便可作为援军前往。西京战场，我们能获胜，南疆战场，我们也一定能获胜，而收复南疆是真正的不世奇功。"

他的眼神十分热切。南疆战事打了几年，一直都没有赢，连镇北侯一门都全部死在了南疆战场上。之后北冥王出征，至今已经两年多，看样子也收复不了南疆，如果南疆是在他和易昉的手中收回来的，这才是真正的大功劳啊！

而且，收回南疆也算是为镇北侯一门复仇，到时候，谁还敢说他负了宋惜惜？

"我就忍辱负重一段日子，你们相信我和易昉，我们一定可以再上南疆战场的。"

战北望这番话把战纪和战北卿都说动了。

老夫人更是激动:"既然如此,那就休妻。她有忌妒之心在先,不容平妻,连陛下的赐婚旨意都想违抗,更因妒忌而不孝,若不是请了太医来,我今晚说不定就死了。"

贪念像一条毒蛇,盘踞在老夫人的心头。

她已经忘记了那位放下世家小姐的架子,亲自侍奉她一年的儿媳妇曾经有多么孝顺。她也忘记了她不止一次在别的夫人面前赞赏宋惜惜孝顺知礼,说能娶到宋惜惜为妻是战北望之福,亦是将军府之福。

"不过嫁妆是千万不能让她带走的,北望,你不可犯傻,知道吗?"她警告战北望,"把她休回侯府去,侯府的产业也足够她安稳度过一生,但我们需要这些银子为你的前程铺路。"

战北望摇头:"不,我不要她的嫁妆,我只是想休了她。"

老夫人又急又怒:"不可,她一分嫁妆都休想带走。来人,把她的嫁妆单子给我取来。"

战北望急忙阻止:"母亲,您听我的,她的嫁妆我不能要。"

老夫人气道:"你真傻啊!你这个傻儿子,她欺负我们欺负成什么样子了?你对她心软,她却想要你母亲的命!"

战北望神色坚定:"父亲,母亲,大哥,拿她的嫁妆并非大丈夫所为,我绝不能要。明日烦请父亲和大哥把两方族长请来,再把当日做媒的媒人一同请来做个见证,至于四邻八方,随便请两家来,走个过场便是。"

"当日为你们保媒的是燕王妃。"战纪皱起眉头,"燕王妃是宋夫人的表妹,是宋惜惜的表姨母。"

老夫人道:"那就不请她,请那个登门下聘的媒人,我记得是从西坊请来的。"

燕王妃的身体不好,燕王府交给侧妃打理,将军府虽不惧一个不得宠又无子的燕王妃,但还是尽量不与皇家人闹起来。

战北望道:"一切交给母亲定夺,我出去一趟。"

"这么晚了你还出去?去哪里?"战北卿问了句。

"就是出去走走。"战北望大步走了出去,他要去找易昉,跟易昉解释此事。

他知道易昉最恨欺负女子的男人,他想告诉易昉,他不是欺负宋惜惜,他只是恼她做事太过、太绝。

战北望半夜到易家去也不是头一回了。

易昉的父亲易思远曾经是镇北侯的部下,后在战场上受了伤,残了一条腿,便再也不能上战场了。

所以易昉立下战功回来,易思远是最高兴的,觉得自己家中还有能为国出力的武将。

对于赐婚一事,他不是那么高兴,但是易昉说服了他,说宋惜惜识大体,同意这门亲事，他这才没说什么。

但是易母对女儿嫁入将军府之事满意得很，大张旗鼓地宣扬了出去，聘金和聘礼也是她要求这么多的。

战北望用小石子儿敲了窗户，没过一会儿，易昉偷偷开门，战北望便溜了进去。

易昉的闺房里摆放的全部是兵器，虽然并不是什么名贵的兵器，但她就是喜欢点了灯，屋中全是刀光剑影的感觉。

二人抱在一起，如豆的灯光照着二人，易昉压低声音问道："怎么这么晚过来了？"

易家不大，客厅小小的，客厅左右各有一个房间，后面还有一个小院子，小院子里有两间房，是易昉的兄长和嫂子住的。

所以易昉说话不敢太大声，唯恐被他们听到。

"易昉，"战北望扶着她的双肩，脸色凝重，"我要休妻，希望你能理解。"

"休妻？"易昉愕然，"为何？"

"今晚母亲发病，我去请丹神医，但请不来。"

"那老夫人没事吧？"易昉急忙问道。

"现在没事了，请了太医，但太医说母亲的心疾必须用丹神医的丹雪丸才能缓解，丹神医是宋惜惜请来的，他和镇北侯是至交，所以他听宋惜惜的话，宋惜惜让他不来，他就不来了。"

易昉听明白了："所以，她以你母亲的病来逼你，不许我们成亲，是吗？"

"没错，我今晚已经把话说出去了，要休了她，但你放心，我不会要她的嫁妆，我也不是欺负她，实在是她做事太绝情，我才会休她的。"

战北望解释着自己休妻的原因，担心她会因此误会他是个薄情负心汉，欺负女子。

易昉也恼怒："她这样做实在太过分了，这已经不是孝顺不孝顺的问题，她是恶毒，想谋害婆母呢。"

战北望道："所以，你也同意我休了她，对吗？"

易昉想了想，心里也在权衡利弊。

休妻，弊是大于利的。那个正室的名分她不是不看重，只是现在休妻会阻碍他们的前程，她的前程自然也是十分紧要的。

只不过那个人是宋惜惜啊，那日与她会面，见她一笑倾国，易昉的心里便有一种不舒服的感觉。

这种惯会勾引人的狐媚长相，难保来日战北望会再一次为她倾倒。

休了她，自己入门便为正室，父亲原先不高兴的一点就在于平妻也是妾，那自己当了正室，父亲就没理由不高兴了。

而且，谁不想当正室呢？易昉之前之所以同意当平妻，是没有办法，因为他们的感情发生在他成亲之后，好在他和宋惜惜没有圆房。

再说了，一个娇贵软弱的贵家小姐，她自问还是拿捏得住的。当家主母又如何？不过是为他们奔波劳碌，操持内宅之事的人罢了。

这都是易昉之前的想法，那日见宋惜惜咄咄逼人，易昉才意识到要拿捏她也不是一件容易的事。

既然如此，那还不如休了她。

易昉随即点头："她这般恶毒，实在是不能忍，就按照你说的去办吧。至于嫁妆……"她想了想，"按照我朝律法，但凡被休弃出门的女子，嫁妆不可带走，如果让她带走，是你仁慈；不让她带走，也有律法可循，但这件事我就不给你意见了。"

"嫁妆，我不要她的。"战北望还是这句话。

易昉望着他，满眼的倾慕："我知道你品德高洁，不屑用她的嫁妆，再说了，偌大的将军府，难道还稀罕她的那点儿嫁妆吗？"

被心上人这么一说，战北望顿时满心欢喜，道："我不仅不会要她的嫁妆，她这一年贴补给将军府的银两，我也一并退还。"

易昉神色一僵："贴补？她这一年用嫁妆贴补过将军府？"

战北望满脸窘迫之色："母亲长期吃丹神医的药，此药甚是名贵，将军府入不敷出，她嫁进来之后，便贴补了些。"

易昉惊愕得很："将军府还需要她来贴补？将军府怎么会入不敷出？我听父亲说，当年你的祖父被赐予将军府的时候，还得到了许多良田商铺。"

"是有这么回事，但经营不善，都卖了。"

易昉吃惊地看着他，心里像是被人泼了一盆冷水："那……将军府如今就剩下一个空壳子了？"

战北望道："是的，但不要紧，我们冒尖了，以后俸银也好，赏赐也好，都不会少。"

他一心想着和易昉共创前程，一时的艰难，他觉得可以克服，他深信易昉也会愿意同他共渡难关。

易昉的心情顿时复杂起来。

她不知道曾经显赫的将军府已经式微至此，是啊，细细想来，也不难理解，战北望的父亲和二叔都没有身居要职，他的大哥也碌碌无为，将军府全靠他原先的军功苦苦支撑。

当日他迎娶宋惜惜，大张旗鼓，满城皆知，十里红妆是一箱一箱地被送往将军府，当时她看了个热闹，也觉得十分震惊，认为两家的家底应该是差不多的，如今想来，那场婚礼应该是镇北侯府勉强支撑起来的风光。

若是如此，那么宋惜惜的嫁妆定然十分丰厚。

她的心情发生了些许变化，她犹豫半晌，道："若悉数退还嫁妆，岂不是让人觉得你理亏？"

战北望有些吃惊："你的意思是……？"

易昉转过脸去，声音有点儿含糊："我只是觉得，退还部分嫁妆已经能够显示出你的仁义。"

战北望怔了怔："但我怎么能要她的嫁妆？我堂堂四品将军，怎么能用弃妇的嫁妆？"

易昉想了想，转回头看着他，眼神平静如水："你母亲是要长期吃药的，那药又不便宜。你我此番立的功被用来求了赐婚，想来不会再有别的赏赐。你我虽都是四品将军，可每年的俸禄就这么多，就算全部归于公中，只怕也维持不了开销。"

"而且……"她觉得说出这话来有些难堪，遂迅速地说了一句，"就算我们日后能继续累积军功，也不是一朝一夕可成，武将总是艰难些，总不能让你母亲的病继续恶化，所以，要么全部退还，要么承受不孝之名。"

战北望没想到她会这样说，他说不出心底涌起的那股情绪是失望还是无奈，可他仔细想了想，易昉说的话是有道理的，也是为他着想，怕他担负不孝的罪名，被言官缠着不放，于前程有碍。

想到此，他心里微暖："易昉，你放心，我会处理好的。"

易昉一心为他，他不能让易昉跟着他背负骂名。

易昉听了他的话，也就不好再说什么了："你怎么做，我都支持你。"

这句话给了战北望很大的力量，他情不自禁地拥她入怀："易昉，你放心，我绝不会让你吃苦的。"

易昉把头伏在他的肩膀上，几不可闻地叹了口气，如此说来，他同意扣下宋惜惜的嫁妆了。

不是她贪图宋惜惜的嫁妆，实在是宋惜惜手段卑劣，竟然以战老夫人的病来威胁战北望。江湖上也讲究一个快意恩仇呢，她宋惜惜做出这样的事，让她受点儿教训也是应该的，至少她以后做人不会再这么卑鄙。

这对宋惜惜也是大有裨益的，只有吃过亏，她才能长记性。

第二天一早，将军府的人便开始忙活休妻的事。

两家结亲，父母之命，媒妁之言，三书六礼都走了流程的，所以休妻也要有个章程——

要有见证人，要证实被休的那个人确实犯下了七出之条。

尤其是将军府和镇北侯府都不是小门小户，休妻这样的大事，不可能一纸休书便了了。

宋家那边，镇北侯这一脉已经没有人了。

这几十年来，他们这一门战死的战死，早夭的早夭，到了镇北侯的父亲，倒是生了三个儿子，可惜也全部战死了。

镇北侯自己生了六个儿子一个女儿，五个儿子早早地娶亲，生儿育女，哪怕镇北侯和六位少将军都留在了南疆战场上，其中有五位少将军也已经生了儿子。

但这些儿子全部葬身于半年前的那场暗杀里。

所以如今这一脉就只剩下宋惜惜一个人。

倒是镇北侯的曾祖父分出来的一脉，如今掌着宋氏一族的大事，也不是族长，只是辈分较高，宋惜惜要尊称他一声"太叔祖父"。

这位太叔祖父一门都在京中，家中无子弟入仕，而是在京城经商，生意做得还可以。

镇北侯府被灭门的那一次，也是这位太叔祖父带着宋氏子弟去帮忙料理的后事。

所以今日战北望休弃宋惜惜，将军府把他老人家请了过来。

他老人家已经九十高龄了，陪同过来的是他的孙子宋世安，虽是孙子，但宋世安今年也已经五十多岁了。

宋家是知道赐婚一事的，有人愤怒，为宋惜惜感到不平；但也有人看笑话，毕竟镇北侯府曾经多么显赫，让人眼红了。

宋太叔祖宋太公被请来的时候，气得胡子都飞起来了，不顾战北望如今是朝廷新贵，只冷冷地道："男儿薄幸，自古如此，不算什么新鲜事，但得了新妇便要休妻的也是少见。今日将军府若不给出个说法来，老朽便闹到陛下跟前去。老朽已经是大半截身子入黄土的人，什么都不怕，只要老朽活着一日，就不容许有人这般欺负我宋家的人。"

战纪知道这位宋太公性情暴躁，也不敢得罪他，道："老爷子，您放心，今日请您来，就是要把两个孩子的事明明白白地处理好，您少安毋躁。"

宋世安也在一旁宽慰祖父，道："一会儿惜姐儿出来，我们先问问她，不能什么事都由他们一家人说了算。"

宋太公怒道："甭管什么事，就冲他战北望出征一年，我们家惜姐儿给他守了一年，侍奉公婆，善待叔姑，打理家事，他都不该这样欺负人。"

"老人家少安毋躁，等人都到齐了，您再说也不迟。"战北望淡淡地说。

四邻八舍他是不敢请的，将军府的隔壁都是官邸，请官员过来见证休妻之事，于自己的前程有害。

本来战北望想请官府管辖户籍的官员过来，顺便在休书上盖章，但他不愿意让太多人见证休妻一事，遂决定等休书下了之后，亲自送去衙门。

将军府这边也把长辈们都请了过来。

战北望的祖母死得早，二房的二太夫人却还是健在的。二房这些年也没出几个有能耐的人，只有一位入仕，却只得了个闲散官职，与战纪和战北卿差不多。且两家早就分家了，只在年节或者有红白喜事的时候来往一下。

如今二太夫人作为长辈被请了过来，过来后，她得知是战北望要休妻，还暗暗吃惊了一下：在这个节骨眼儿上休妻，那不是自毁前程吗？

但是她很快就想明白了这个道理：宋氏一族已经没落，任镇北侯当初再战功赫赫，如今的侯府却连个接班人都没有，对将军府来说，不过是明日黄花，而易昉将军是当朝第一位女将军，入了太后的眼，当今陛下又是个孝顺的明君，易昉必定还能继续高升，哪怕她再无战功，太后也会以她为女子树立一个榜样。

战北望有她襄助，日后自然也会步步高升。

易昉再怎么样，也比宋惜惜好，毕竟镇北侯府对于战北望的前程再无襄助之力了。

不过，就算是这样，战北望也用不着休妻啊！

除非是易昉不愿当平妻，容不下宋惜惜，将军府要做出选择。

宋惜惜所犯的忌妒与不孝这两条，来的时候她就听说了，凭借这两条，战北望确实可以把宋惜惜休了。

但是，这一年来，宋惜惜是如何待她的婆母的，所有人都看在眼里——孝顺得很；至于善妒，内宅里有哪个女人不善妒？若善妒的都要被休出门，岂不是满大街的弃妇？

宋惜惜如今闹点儿小脾气，大抵也是想争一争，好在易昉面前立威。

战北望既然知道宋惜惜是这样的心思，那哄一哄，总不至于闹到要休妻的地步。

所以，二太夫人很肯定，就是易昉容不下宋惜惜，要在进门之前让战北望休掉原配，自己好当正房夫人。

是啊，像易昉这样有前程的女子，又怎么会甘心当个平妻呢？

所以，二太夫人没打算说什么话，免得两边不讨好。

"她怎么还没来？派人去催催！"战老夫人等得有些不耐烦了，便催促下人去找宋惜惜。

下人急忙去催宋惜惜，这时，门房却送了一封信给战北望，说是易昉将军叫人送来的。

战北望想着，可能是易昉不忍心让他休了宋惜惜，所以写信来求情。

他叹息一声：易昉总归是护着女子的，可惜宋惜惜并不领情。

他走出门，到了回廊的拐角处才打开信看，看完之后，他呆若木鸡，然后猛地拿起信再仔细看字迹，是易昉的字迹没错。

也就是说，这封信真的是易昉写给他的。

但他们俩不都说好了吗？不要宋惜惜的嫁妆。为何易昉却在信中说务必扣下一半的嫁妆？虽然理由很充分，这是律法规定的，而且如果没有扣下嫁妆，反而显得将军府理亏。

信中还说，只扣下一半的嫁妆已是将军府仁慈，若换作其他人家，一文也不还。

可他战北望堂堂男子汉，怎么能要下堂妻的嫁妆？传出去，他定会名声尽毁。

战北望心绪紊乱之际，一抬头，却见宋惜惜站在他的面前，他完全没有听到脚步声，吓得一个激灵，手中的信掉落在地上。

宋惜惜低头瞧了一眼，战北望喝了一声："不许看！"

他急忙弯腰捡起信，慌忙藏于袖中。

宋惜惜看着他，绝美的面容上露出了冷笑："易昉将军可真会为我着想，替我保留了一半的嫁妆。"

"不，这不是易昉的信，不是她写的。"战北望辩解道，可信的末尾有落款，他的辩解显得苍白无力。

宋惜惜挑起眉毛："是吗？那我问将军一句，今日休妻，是否会把嫁妆悉数归还，让我带走？"

看到这封信之前，战北望会一口答应，哪怕父亲和母亲都反对。

但是，易昉写了信过来，要他留下一半的嫁妆，他如果不按照易昉说的去做，易昉会很失望的。

宋惜惜一笑，说："犹豫了？看来，你们也没有多清高嘛。"

她语气轻柔，却字字诛心。

她的笑容似初春盛开的桃花，却给人寒梅似的冷冽之感。

战北望又羞又恼，但一个字都说不出来，只能眼睁睁地看着她带着讥笑，从他的身边走过。

宋太公一见宋惜惜便问："惜惜，将军府可有欺负你？你不必害怕，太叔祖为你出头。"

宋惜惜眼中泛起泪水，跪在了宋太公的面前："太叔祖，今日劳烦您老人家亲自来一趟，实在是惜惜不争气，给您添麻烦了。"

"起来。"宋太公看到她，想起镇北侯府一门忠烈，心里一痛，差点儿老泪纵横，"起来，咱们站直了跟人家说理。镇北侯府纵然只剩下你一人，也绝不低人一头。"

战老夫人听了这话，冷笑了一声："宋太公这是什么意思？本来易昉进门是要当平妻的，与她平起平坐，又不是要压她一头，您这话倒像是我们欺负了她，我们欺负她了吗？"

她看着宋惜惜，一脸痛心疾首之色："惜惜，你扪心自问，你自入我战家的门，可有人骂过你、打过你？我这个做婆母的可有叫你站过一日规矩？"

宋惜惜缓缓地摇头："没有。"

战老夫人听见这话，越发悲愤："既然如此，你为何要害我？就是因为忌妒易昉进门吗？那是陛下赐的婚，你犯了忌妒，也犯了不孝之罪，今日休你出门，你有什么话说？"

宋太公道："慢着。你说她不孝，但满京城的人都知道她进门之后是如何侍奉你的，她睡在你的房中，就是为了照顾你的起居饮食，伺候你吃药针灸，怎么算得上不孝？"

战老夫人冷笑："没错，我当初也以为她是个孝顺懂事的孩子，但赐婚旨意一下，她便停了我的药，连过来给我请安都不愿意，还进宫求陛下撤回婚事，孝顺不孝顺另说，但敢问宋太公一句，她是不是犯了忌妒之条？"

宋太公一时语塞。

女子善妒的确在七出之条里，只是女子善妒乃是常态，只要不闹出大的事端，谁会以善妒为由休妻？

可常理说不过律法，律法确实有此规定。

"休了我吧，我同意。"宋惜惜看着战老夫人，不想与她纠缠，"但我必须问老夫人一句，我陪嫁过来的嫁妆……"

老夫人咳了一声，道："我们将军府不图你的嫁妆，但你是被休出门的，按照律法，嫁妆要全部扣留，一文不得返还，我念在你伺候了我一年，只扣下七成，其余的你可以带走。"

"欺人太甚！"宋太公怒喝，"这还叫不图她的嫁妆？你们这是欺负她宋家无人了。所谓的忌妒，不过是女子耍耍性子，算什么大罪？就算在七出之列，也可酌情处理。我看你们就是想让那个女人当正妻，又贪图惜惜的嫁妆。做人如此不要脸，传出去，你们将军府的脸还要不要了？"

宋世安对战北望道："战将军，我敬重你为国立功，你今天说句公道话，休妻是非休不可吗？一定要休的话，你们果真要扣下七成嫁妆？"

"五成！"战北望站在门口，看了一眼里头的众人，唯独避开了宋惜惜的目光，"她的嫁妆，退还五成，宋太公和宋伯父如果不服，可以到官府提告，看我的做法是否合理。"

宋世安怒道："五成？亏你说得出口，惜惜嫁给你的时候，十里红妆，那是多少银子、多少田庄铺子，你们怎敢大开饕餮之嘴？"

战北望握住已经被揉成了一团的信，声音冰冷地道："我说了，你们尽管提告，休书我已经备下，先给你们过目。"

他示意管家把休书送上，宋惜惜伸手接过。

管家几不可闻地叹了口气，退了下去：夫人多好啊！将军为什么要休了她？

宋惜惜看了一下休书，的确是他亲笔所写，这一年她收到过家书，认得他的笔迹。

休书写得很简单，只写她犯了不孝与忌妒之罪，最后还祝愿她能再觅良婿。

"希望你以后再嫁，不要像这样玩弄手段，真诚待人，才会得到幸福！"战北望语气复杂。休书给出去之后，他心里不知道为什么有些难受。

"多谢将军教我做人。"宋惜惜扬起了休书，"还没有官府盖章。"

战北望避开她的视线:"我会亲自拿过去……嫁妆方面,我的确已经厚待你,按照律法,被休出门者,嫁妆不可带走,希望你别怪我,一切是你咎由自取在先。"

宋惜惜早已把嫁妆做了妥善的安排,他们能拿走的不多,她只是不想再与他们一家纠缠下去,毕竟这么久都没等到和离的旨意,她担心陛下要等到易昉进门之后才会下旨让他们和离。

她说:"没什么怪不怪的,用一点儿银子看清楚将军府里都是些什么人,也算是值得了。"

战北望被这话刺激到了,冷冷地说:"你不要再口出恶言,否则……"

宋惜惜抬眸:"否则如何?七成?可以啊,七成也好,九成也行,给我留几十两,让我别饿死就可以了。这样说,将军满意吗?"

战北望十分难堪,他不想再和宋惜惜争吵,但是她说话总是不饶人,让人气恼。

"我说了,五成就是五成。耽误你一年,我也略感愧疚,但一切都是你……"

宋惜惜打断他的话:"别愧疚了,夺我一半嫁妆的愧疚,比泥都贱,就这样吧。"

战老夫人听她这么说话,怒气涌上来,对宋太公道:"你看看她,你看看她,有半点儿做人家妻子的样子吗?"

宋太公冷冷地道:"都要被休出门了,难不成还要跪下给你磕个头?不诅咒你们就算积了口德了。"

宋太公年迈,看透了世事,但镇北侯府一家,男儿皆牺牲在战场上,剩余的人除了宋惜惜,全部被杀,如今连惜惜也遭到这样的对待,他再通透、再豁达,也没办法忍住怒气。

但他知道自己这怒气只是无能的怒气,因为镇北侯府没有人了,宋家别的子孙也不争气,只能眼睁睁地看着惜惜被人欺负,他们什么都做不了。

战老夫人被气得七窍生烟:"有您这么说话的吗?别仗着年纪大就满口恶言!我们没有亏待过宋惜惜,被休出门,是她咎由自取。你问问她,如果她容得下易昉,何至于进宫去求陛下撤回赐婚的旨意?扣下她一半的嫁妆又如何?那是律法容许的,将军府没有欺负人,是你们宋家人心胸狭窄。你们且放眼看吧,宋家再无能人出,但我家北望将成为商国最负盛名的大将军!"

宋太公和宋世安被战老夫人怼得一个字都说不出来,因为她说得没错,宋家确实出不来能人,战北望却风头正盛,加上易昉这位女将军,他们日后确实大有可为。

"母亲,别说了,这件事到此为止吧!"战北望不想把话说得太难听,只想尽快解决此事,然后好好地筹办婚事,迎娶易昉进门。

扣留一半的嫁妆并不是他的本意,所以他面对着宋家的人,总感觉心虚。

战家其他人都没怎么说话,因为都心虚,他们没办法像战老夫人这样出言讨伐。

尤其是二太夫人,她听着战老夫人的话都觉得刺耳——简直就像刚得志的小人,她十分后悔过来,弄得她里外不是人。

"宋惜惜,把嫁妆单子拿出来吧!"战老夫人冷冷地道,"我知道你把嫁妆单子收了起来。既然北望同意给你留五成,那么就按照嫁妆单子来分!"

为了预防宋惜惜暗中做手脚,她道:"你别打算用假的嫁妆礼单来糊弄我,你的礼单,府中当初有抄录下来,存了一份。"

宋惜惜笑了:"既然这样,直接把府中抄录的那份拿出来不就行了吗?何必叫我拿?"

她嫁进门后就掌着中馈,嫁妆礼单一直放在账房的私柜里,只有她才有钥匙,根本不可能抄录一份。

而且她这一年一直把嫁妆银子拿出来补贴家用和药费,这么自觉,他们怎么会去抄录一份,以防出现今天这样的情况呢?

战老夫人"哼"了一声:"叫你拿你就拿,不拿出来的话,你就这么离开将军府吧,一件物什都不许带走。"

宋太公气得两眼翻白:"你……欺人太甚!"

宋惜惜看着自己伺候了一年的婆母,恨不得抽自己几个耳光。

她的孝心全被当作了驴肝肺。

她把礼单拿出来,眼神冰冷地看着战北望,道:"来拿!"

礼单几乎递到战北望的胸前了,他只要伸手就可以拿到。

他犹豫了一下,战老夫人急道:"还不赶紧拿?把该分的分了,今日趁早把事情办妥。"

战北望沉沉地叹了一口气,伸手去拿单子,手一伸,却落空了,宋惜惜迅速地收回了手。

战北望愕然:"你这是做什么?"

"我说,凭你的本事,从我的手上拿到这份礼单。"宋惜惜冷淡地说。

战北望厌恶地道:"你又想玩什么花招儿?你要逼我抢吗?"

"我只是想看看我们商国的将军,武功到底有多好!"

说完,她把手中的嫁妆礼单往上一扔。

战北望轻蔑地一笑,一跃而起,眼看就要把单子拿到手,但一道掌风托起了单子,随即一条红鞭凌空抽来,迅速卷住了他的手腕,往下一拖,他竟止不住地下坠,直至落地。

宋惜惜轻轻一跃,用鞋尖踩着他的脑袋飞了上去,两个指尖夹住了正在房梁边旋转飘飞的礼单,又身姿轻盈地落下,双脚着地的时候,竟然没发出一点儿声音。

宋惜惜露的这一手震惊了所有人。

就连宋太公和宋世安都不知道她会武功。

战北望更是瞳孔地震:"你……你会武功?"

宋惜惜红唇轻启:"不算很会,但比你略好一点儿。"

战北望恼羞成怒："口出狂言！"

他一掌袭来，宋惜惜侧身一避，倏然从他的身旁飞出，那身形快得战北望几乎看不清楚，他尚未反应过来，她人已经站在了院子里。

战北望一咬牙，追了出去，凌空连环踢脚，速度非常快，却连宋惜惜的衣裙都没有沾到。

宋惜惜把鞭子往腰间一缠，用玉掌催动树叶，树叶如刀片般朝战北望袭过去。

催动树叶哪里有什么杀伤力？战北望挥出掌风，想把树叶推回去，没想到树叶片片从他的双手上划过，再划过他的脸、头发、衣裳，一滴滴鲜血从一道道细碎的伤口中渗出，落在了地上。

他的脸上左边有三道伤痕，右边有三道伤痕，虽然都是皮外伤，却像被猫抓过一般，极其狼狈又滑稽。

"好，好！"宋太公激动地大喊，"镇北侯府无弱女！"

战北望震惊地看着宋惜惜：她的武功造诣哪里只比他高一点儿？十个他也不是宋惜惜的对手。

她会武功，为何从来不说？

宋惜惜捏着嫁妆礼单，冲他笑了起来，这一笑，像盛夏明亮的太阳，璀璨夺目。

随后，她把嫁妆礼单一扬，再落下的时候，那礼单已变成片片碎纸，像冬日里飘落的白雪。

"啊，你毁了嫁妆礼单！"战老夫人看到这一幕，心都碎了，大怒，"好，好，你滚吧，将军府里的任何一样东西你都不能带走，连你的衣物也不可以带走！"

宋惜惜笑着道："你觉得，若我要带走将军府里的东西，有人能拦得住吗？"

战老夫人恼羞成怒："你敢！你敢带走，我便马上去官府提告，你是被休的，一文钱的嫁妆你都休想带走！"

她扶着嬷嬷的手，急忙出来指挥道："来人，把她赶出去！她陪嫁过来的人，一个都不能走，那些人也是'嫁妆'。"

就在下人犹豫着要不要上前的时候，门口传来了高呼："圣旨到！"

众人脸色一变，立刻肃容。

战老夫人顾不得宋惜惜，立刻指挥道："快，设下香案，接旨！"

下人连忙在正院摆出香案，刚摆好，便见陛下身边的吴大伴领着几名禁军进来。

战北望上前下跪："臣战北望接旨！"

吴大伴笑着说："将军起来，圣旨不是给您的，是给宋姑娘的。"

战北望尴尬地站起来，他还以为陛下降旨是另有赏赐呢。

战老夫人倒是自认为猜到圣旨的内容了，立刻道："定是陛下得知她反对赐婚，所以下旨训斥。烦请公公回禀陛下，宋惜惜犯下七出之条，已经被休了。"

吴大伴眼神淡淡地看向战老夫人，再看向战北望："将军要休妻？"

战北望一时摸不准圣旨的内容，反而担心宋惜惜进宫求陛下撤回旨意，陛下同意了，但应该不是这样，如果是，那么圣旨就是给他的，而不是给宋惜惜的。

因此，他略一沉吟，道："宋惜惜犯了七出之条，今天本将军请了宋家的人过来，也请了媒人做见证，休她出门。"

吴大伴收起笑容，语气变得冰冷："原来如此，那倒不必让将军担上休妻的恶名，陛下自有圣裁。"

他举起圣旨："宋惜惜听旨！"

宋惜惜缓缓地松了一口气，跪下："宋惜惜接旨！"

吴大伴展开圣旨，宣读："奉天承运，皇帝诏曰，镇北侯宋怀安守护我商国疆土多年，立下赫赫战功，镇北侯与六位少将军收复天山更是立下万世奇功，后为夺回我商国疆土南疆，一门七杰全部阵亡，朕与满朝文武、商国百姓感念镇北侯为国做出的贡献，特追封镇北侯为镇国公。"

圣旨一出，宋太公与宋世安激动得无以复加，宋太公更是老泪纵横：陛下没有忘记镇北侯一门的牺牲啊！

倒是战家的人，听了这道旨意，脸色无比复杂：怎么现在才封国公之位？要封，刚牺牲的时候就该给身后之封了。

吴大伴继续宣读："镇国公世袭三代，但因镇国公一门男丁全灭，只有宋惜惜一女尚在，因此，宋惜惜的夫婿可袭国公之位。若是宋惜惜的夫婿另有爵位，也可从宋族中选一子过继为镇国公夫妇的养子，人选由宋惜惜定。"

"啊！"战老夫人闻言，差点儿昏倒。宋惜惜的夫婿可袭国公之位？那……那如果没有休她，北望岂不是可袭国公之位了？

武将，要多艰难才能爬到国公之位上？北望怕是这辈子都不可能了，能封个伯爵、封个侯，已经是祖坟冒青烟了。

"另，宋惜惜前些日子进宫，禀报于朕，当日战北望求娶之时曾说此生不会纳妾，她才下嫁到战家，如今战北望以战功求娶易昉将军，她请求与战北望和离，朕与太后商议，认为是战北望负约在先，宋惜惜请求合理，朕予以恩准，和离书，朕已命人拟好，从此两家再无关系，钦此！"

第二章
去南疆战场，急！

宋惜惜磕头，双肩缓缓放松：这道圣旨来得好慢，但幸好来了。

"宋惜惜谢主隆恩！"

战北望脸色苍白，呆若木鸡。

宋惜惜那时候进宫，竟然是求陛下准许和离？不是为了阻挠他和易昉的婚事？她从知道赐婚的消息之后，就打算和离了？

他曾经以为，她使出那些手段只是想独占他，所以他觉得她妒忌、小气、自私、狭隘，容不了人，甚至手段卑劣，但原来不是……

战北望说不出心中是什么感觉，看着宋惜惜接过圣旨，明媚的笑容浮现在脸上，说不出地美丽动人，他忽然想起见她的第一面，自己便是为她的容貌所吸引。

初见她的那一刻，他甚至连呼吸都忘记了。

可后来，他遇到了易昉……

战老夫人也没想到会这样，她怎么也没想到宋惜惜会主动请求和离。

陛下恩准了和离，那她的嫁妆就可以全部带走。

将军府已经是一个空壳子了，她把嫁妆全部带走，将军府如何为继？

"惜惜，惜惜，都是一场误会！"她急忙过来，拉住了宋惜惜的手臂，"是母亲误会了你，母亲以为你有心阻拦北望和易昉的婚事，才会让北望以妒忌为由休了你。"

宋惜惜抽回自己的手，与她拉开距离："既然是误会，说清楚就好了。"

她转身对吴大伴道："吴公公，我就不留您喝茶了，过几日等您得空，到镇国公府去，让您尝一下宝珠的手艺。"

"好！"吴大伴望着她，解释道，"陛下之所以这么久才下旨准许你们和离，是因为要先派工部的人把镇北侯府翻新装潢一下。工部那边日夜赶工，终于竣工了，姑娘随时可以回去住。"

宋惜惜眼中泛红，哽咽道："谢陛下隆恩！"

"一切都过去了，以后会好的。太后还说，您已经许久没去给她老人家请安了，她十分想您，您什么时候得空，便进宫一趟吧。"

吴大伴说完，便带着禁军离开了，没跟战家的人多说一句话。

战老夫人还拉着宋惜惜的袖子："惜惜，你往日有去跟太后请安？太后念着你，想着你，你怎么平日也不进宫去走走，探望一下太后啊？你怎么没跟母亲说太后待你这般好啊？"

"往日，"宋惜惜挣开她白骨爪一般的手，"我已嫁入将军府，不是侯府嫡女，且没有诰命在身，进宫请安名不正言不顺，便不去了。"

她又站远了一些，对着战老夫人福身："这一年，承蒙关照，多谢了。"

这一年，在翻脸之前，战老夫人确实待她不错。

只不过，现在她才看清楚，那些所谓的不错，只不过是因为她掏心掏肺地付出在先。

战北望走到她的面前，眼神复杂，且夹杂着一丝愠怒："从我告诉你陛下给我与易昉赐婚开始，你就打算和离了，对吗？"

"没错！"

"我不明白，你是正妻，她是妾，你为什么不能接受，非要和离？"

"妾？"宋惜惜笑了，"你当初不是这样同我说的，还记得你的原话吗？'什么妾不妾的'，'不是妾，她是平妻，与你不分大小'，你还让我不要去招惹她，记得吗？"

"我……"战北望哑口无言。半晌，他问道："就是因为这个？我就没有一点儿值得你留恋的地方？"

宋惜惜语气坚决："没有，从你负约，以战功求娶易昉开始，你在我心中便一文不值了。你还记得你和易昉一同指责我玩弄手段，玩弄内宅心计吗？她说她不屑于做这些，但其实我更不屑，我甚至连告诉你我不屑都不屑说。"

说完，她转身跪在了宋太公的面前。宋太公老泪纵横，眼泪一直没停过。

宋惜惜朝他磕了三个头，抬起头来的时候，眼眶也红了："让太叔祖担心了，等我安顿好，再去探望您！"

"好！"宋太公泪眼婆娑，看不清楚眼前的少女，但觉得她意气风发，他欣慰至极，"这个地方咱们不宜久留，晦气，老头儿我先走了，你也马上离开。"

"是！"宋惜惜起身，恭送他与宋世安离开。

二房家的老太太也趁机走了。她本来还想上前说两句的，但方才宋惜惜被刁难的时候她没说话，如今也没脸说，便当她今日没来过。

战家所有人都站在原地，似乎都不能接受这个结果：宋惜惜摇身一变，成了国公府嫡女，而且她的夫婿可以袭国公之位。

破天荒的事吧？怎么可能让异姓的人来袭爵呢？

但是，陛下的旨意又说得明明白白，可以的。如果北望没有与她和离，那么北望便可以袭爵了。

这场泼天的富贵，就这么与他们擦肩而过了。

他们忙活了一场，什么都没捞着，连她的嫁妆都没有要到一文钱。

宋惜惜在他们愣怔的时候便回屋去了。梁嬷嬷和黄嬷嬷带着四个丫鬟、四名家丁，还有宝珠，已经把所有的东西打包整齐。宋惜惜方才没让他们跟着出来，而是让他们留在屋中收拾东西。

"陪嫁之物，还有好多是桌椅、柜子，一时半会儿搬不走，明日再派人来搬走。"黄嬷嬷说。

"对，就算是痰盂都要带走，不能便宜了他们！"梁嬷嬷恨恨地道。

宋惜惜点头："走，咱们回府。"

陪嫁过来的还有两辆马车，大家把东西放在马车上之后，小厮又跑去雇了两辆马车过来，一行人浩浩荡荡地离开了将军府。

将军府没人再有脸面挽留宋惜惜，他们都躲在正厅里没出来。和离书已经下来了，宋惜惜和战家再无关系，而且她是国公府的千金，还可以袭爵，又有太后照拂，战家得罪不起。

许久，战北望的父亲战纪才幽幽地说了句："其实，这是顶好的一门亲事，宋惜惜也是顶好的儿媳妇，是我们家没这个福分。"

大嫂闵氏看着战北望："其实我早就想问了，二叔，你看上易昉什么了？她比宋惜惜好在哪里？"

战北望的嘴巴张了张，他想起了休妻之前收到的易昉的那封信，顿时一个字都说不出来了，反而想起了宋惜惜那句不咸不淡的话——"看来，你们也没有多清高嘛"。

闵氏叹了口气："易昉进门之后，只怕还是请不来丹神医，她也不会像惜惜那样照顾母亲，惜惜以前是跟母亲在一个屋子睡的，就怕母亲半夜发病。"

"她果真……果真这么孝顺吗？"战北望失落得很，似乎又不愿意承认，"她只怕是装的。"

"装也要装得出来，希望以后易昉也能装一装。"闵氏心里其实很恼火，因为她觉得易昉不会照顾老太太，那么照顾老太太的任务就落在了她的身上。

战北望道："不，易昉进门之后也会孝顺母亲的。"

闵氏道："且看着吧。"

战少欢不高兴了："大嫂，你现在说这些话是什么意思？你既然这么稀罕宋惜惜，跟着她走不就行了吗？"

闵氏淡淡地瞧了小姑一眼："惜惜待我不错，我许多衣裳、首饰都是她送的，我为她说句话，有什么错？我不像有些人，收了别人那么多好处，拿了别人那么多东西，回头还要骂人家。"

闵氏说完，不顾战少欢的黑脸，转身出去了。

她烦躁得很，现在由她掌家，要银子没银子，要物什没物什，老太太那边还要花一大笔银子吃药，而剩下的铺子也被卖了迎娶易昉，将军府真是穷得"叮当"响。

当天傍晚，易昉找人把战北望约了出去。

二人在湖边走着，战北望一直沉默着，没说话。

易昉还不知道情况，本以为约他出来，他会主动交代休妻的情况，没想到他竟然一个字都没说，而且脸上还像是被猫抓了一样。

走了一会儿，她停下来，忍不住问道："休了吗？可扣下了一半的嫁妆？"

夕阳的余晖徐徐落下，照着易昉有些黝黑的脸，他忽然想起了宋惜惜那张明媚绝色的脸，心里蓦地一痛。

"没扣下？"见他不作声，倒是一副沉痛的样子，易昉不禁有些气恼，"我不是让人给你送了信，叫你务必扣下一半的嫁妆吗？将军府的底子都空了，不扣下的话，我们以后怎么过活？"

战北望看着她："但那是她的嫁妆，不是我的，不是我赚来的。易昉，你嫁给我，是怕过苦日子吗？"

"我不是这个意思。"易昉转过身去，不想让他看见她眼中的计算，"我只是希望我们以后能够一心一意地在军中建功立业，而不是时常要为银子发愁。"

"节俭些，日子总是过得下去的，将军府又不是揭不开锅了。"战北望道。

易昉转身："所以，果真没扣下？她把嫁妆全部带走了？"

战北望看到她眼中的失望和恼怒，忽然觉得心里一寒，也忽然觉得索然无味："给她休书的时候，圣旨到了，原来她早前进宫是求陛下赐一道和离的旨意，从一开始她就打算和离，没打算和你共事一夫。"

"什么？"

"她说，她不屑！"

易昉冷笑："她不屑？她这么说的？她还不屑？我都没嫌弃，她嫌弃与我共事一夫？呵呵，真是搞笑，她把自己当什么了？"

战北望面无表情地说："今日陛下在圣旨里追封镇北侯为镇国公，三代承袭。她现在是国公府的嫡出千金，她日后所嫁的夫婿可以袭爵，她也可以从旁支过继一人培养袭爵。"

易昉目瞪口呆："啊？陛下怎么会下这样的旨意？她所嫁的夫婿可以袭爵，这怎么可能？那她岂不是……"

她岂不是成了香饽饽？

本来不管是和离还是被休，她都是弃妇，会有人娶她，但绝对不会是什么好人家。

现在不一样了，陛下给了她一条大好的退路，娶了她可以袭国公爵位，只怕京中的世家子弟对她要纷纷向她提亲了。

44

但是凭什么？这是从未有过的事，陛下为什么会给她开这个先例？

"易昉，她会武！"战北望望着湖边飘落的树叶，想起宋惜惜摘叶伤人的武功，他这辈子大概都做不到。

"会舞？会跳舞？这算什么本事？"易昉嗤之以鼻。

战北望怔怔地道："她可能也会跳舞，但我说的是她会武功，今日我与她交了手，我的脸就是被她催叶所伤。"

易昉摇头："我不信，怎么可能？你说她会武功已经够离谱儿了，还说她可以摘叶伤人？不可能，据我所知，世上没几个人能做到。"

"不是摘叶，那叶子是她催动内力发出的，不需要摘。"

易昉看着他："你不是在骗我吧？我不信，我真的不信，你说得太夸张了。"

战北望没说话，因为今日一战，他一败涂地，说起来都觉得难堪。

"到底是真的假的？"易昉追问。

战北望叹气："算了，不说这些了。"

易昉捶了他一拳，娇嗔地道："我就知道你在骗我。算了，不管是休出去的还是和离的，事情解决了就行。她不屑与我共事一夫，其实我也不屑与她共事一夫。以她学的那些见不得光的内宅手段，我是玩不过她的，这才是她的真本事。"她一侧头，在他面前露出俏皮的模样，"她的这些本事，我是真的学不来。不过，要让我学她那样娇娇柔柔地跟你说句肉麻话还是可以的。"

她将双手交叉，放在身前，不露齿地微微笑着，娇柔地喊了一声："夫君！"

喊完之后，她故意浑身打了一个冷战："天啊，肉麻死了，好造作啊！她怎么会那么造作？"

战北望也打了一个冷战，却是因为易昉这造作的言行。其实宋惜惜并未这样做过，她说话的声音是轻柔，但是不卑不亢，态度温柔中见坚韧，而且绝不说废话。

易昉撒欢儿跑开了——虽然没能扣下一半的嫁妆，但是宋惜惜离开了，她就是正妻，不必委屈自己当所谓的平妻了。

人生嘛，有失就有得，她素来豁达，才不像宋惜惜那样矫情呢。

战北望没跟上去，反而在湖边坐了下来。

今日和离的旨意下来，像是一道晴天霹雳，把他混沌的脑子劈开了。

他想起了许多事。

他想起第一眼见到宋惜惜时，他被惊艳得久久无法回神；想起登门求娶时，他是多么激动、紧张、忐忑；想起她在问了他几个问题之后，答应嫁给他时，他是何等狂喜。

他想起筹办婚事以及迎娶她进门时自己的心境，想起大婚当日出征时，他有多舍不得惜惜。

他甚至在行军的路上都想着掀起惜惜的红盖头的时候那份惊艳之感，简直不敢相信自己能娶惜惜为妻。

后来，战事吃紧，死了很多弟兄，他不知道什么时候会轮到自己，渐渐地，他不再想惜惜，而是与易昉和兄弟们一同商议如何杀敌。

他看到易昉翻身上马的姿势英勇无比，那一刻，他忽然觉得，原来女子可以这样飒爽。

那个惨烈厮杀的战场，让他觉得宋惜惜离他很远很远：那样矜贵的内宅女子，其实也没有那么好吧？

他爱上易昉，是从她说了很多她的想法时开始，她觉得女子该和男儿一样，不需要人保护，因为女子足够强大，可以保护自己。

她是那样开朗、飒爽、英姿勃发，那个时候一对比，他真的觉得宋惜惜只有一张脸。

她那样娇贵的人，全凭武将们浴血奋战守护着。

他似乎忘记了宋家一门七杰的战死，和宋家的人相比，他和易昉的功劳算什么？

宋惜惜回到了镇北侯府，不，如今已经是镇国公府了。

大门上的牌匾已经被换掉，如今的牌匾是太傅亲笔书写之后，工匠按照太傅的字迹雕刻的。

中门大开，宋惜惜进府。

府中各处都有修缮过的痕迹，正厅和各处院子的门全部被换了，再也寻不着那些血迹与刀痕。

墙壁上的血迹，洗刷不去的，也被刷了一层白灰遮盖。

宋世安叫了宋氏子弟过来帮忙，把东西卸下且全部归置好。

一顿忙活之后，宋世安与宋惜惜一同在府中各处走着。

曾经的府邸是何等热闹，现在又是何等冷清。

宋世安对她说："如今国公府只有你一个主子，且家仆也只有你从婆家带回来的那些，你要先找个帮忙掌家的男管事，再找些粗使丫头和小厮，厨房、花园、马厩也少不了人，你若不方便去找，伯父可代你去找。"

宋惜惜感激地道："伯父生意繁忙，我不敢叨扰您，黄嬷嬷和梁嬷嬷会去办的。"

宋世安望着她，叹息道："同宗同族之间说什么叨扰？往年你父亲领兵再忙，回来总会邀约我们这些族兄弟过来相聚，听他说战场上的凶险，听得我们既崇拜又心惊肉跳，可更多的是自豪，因为我们宋家的人在保家卫国。可往后，我们宋家再无武将了。"

宋族旁支的子弟很多，可大都选择读书或者做生意，功勋显赫的世家，再也出不了武将，实在让人惋惜。

宋惜惜不语，眼神难掩悲痛。

"以后与战家那边断了来往，不要恨他们，也不要见他们，过好自己的日子便可。"宋世安叮嘱说。

"伯父放心，我知道的。"宋惜惜福身。

宋世安望着恬静贤淑、容貌美丽的侄女，道："总有一日，战北望会后悔的。"

宋惜惜的眼神冰冷又坚定："或许吧，可我不在意了。"

宋家的人，拿得起，放得下。

宋世安微微点头，对她的决然坚毅十分满意："明日我会命人去把你陪嫁的家具搬回来，你不必再出面。"

宋惜惜福身："有劳伯父。"

宋世安摆摆手，离去了。

黄嬷嬷和梁嬷嬷商量请牙行的人上门，先买些家仆、侍女回来。眼下虽只有姑娘一位主子，但国公府门第高，加上姑娘和离回府，万万不可被人小瞧了去。

除了家仆、侍女，还要找一位外院的总管事。

之前陪嫁去将军府的有几位，但还不够资格担任外院总管事，所以黄嬷嬷便找姑娘定夺。

宋惜惜在将军府掌家一年，知道外院管事的重要性，选人不可草率，可一时半会儿也没什么合适的人选，便道："等明日伯父过来，请他帮忙物色一位。你先去买些人回来，教导规矩。"

"是！"黄嬷嬷转身去了。

当年的镇北侯府，从洒扫小厮到一屋的掌事侍女、各处的嬷嬷婆子，都是行事有度、懂规矩的人，京城的勋贵人家无不赞赏。

可惜在那一场灭门之祸中，这些人都没了。

新买回来的人也是要好好培养的，不能让下人不规矩的言行毁了国公府的名声。

晚些时候，牙行的人来了，带着一批小厮、丫鬟，这些人的年纪从十二岁到二十岁不等。

宋惜惜没出面，让两位嬷嬷挑选。

因为姑娘身边如今只有宝珠一人——之前陪嫁过去的四大侍女有三个被安排到将军府中去掌事，如今回来了，她们也先掌着府中的一些要务——所以要先给姑娘挑选几个入屋伺候的人。

黄嬷嬷见有几个容貌出挑、神色淡定的，便问了她们的名字。

那几个人站了出来，其中一人回答说："我们还没有名字，若嬷嬷愿意收下我们，请姑娘赐名。"

黄嬷嬷听了这话，甚是满意，问道："可认字？"

"认得几个字。"她们异口同声地说，显然来之前牙人是教过的。

国公府虽是武将世家，姑娘却是饱读诗书的人，肯定希望身边伺候的人识字。

"行，你们留下，在姑娘身边伺候，至于你们的名字，回头叫姑娘赐名便是。"

四人大喜："多谢嬷嬷！"

黄嬷嬷不假辞色："先别谢我，在姑娘身边伺候是要学规矩的，若规矩学不好，只能做二等或者三等丫鬟。"

四人闻言，一同福身："奴婢一定会好好学规矩的。"

挑了这四个人，两位嬷嬷又挑了些丫鬟和小厮，又叫牙人物色车夫、木匠和养马、养花的人。

至于外院管事和账房，那肯定不能让牙人找的。

牙人收了银子，笑得合不拢嘴："放心，明日送到，让嬷嬷来挑选。"

他把身契送上之后，又给两位嬷嬷送了个红封，赔着笑脸说："还请嬷嬷多多关照，以后还需要什么，尽管找我们牙行，我们在多个行业皆有涉足。"

嬷嬷接了红封，微微颔首，不再言语，遣人把牙人送出去。

姑娘刚和离归来，外头的人都想知道姑娘如今是什么情况，所以嬷嬷一句话也不多说，免得让这些精明狡猾的牙人胡乱猜度些什么，往外头传去。

因为人还没齐全，黄嬷嬷便只领着今日买的那四个丫鬟去给姑娘看。

宋惜惜依旧住在出阁之前所住的玲珑阁。玲珑阁没有任何修缮过的痕迹，因为自从她出嫁之后，玲珑阁就没有人居住了，除了日常清洁打扫，没人进来，所以事发的时候，没人在玲珑阁被杀，这里没有血迹，自然不需要粉刷墙面以覆盖血迹。

玲珑阁有一个兵器房，放着她练过的兵器；也有一个小书房，放着她读过的书，其中大部分是兵书策论。

出嫁一年，像噩梦一场，如果她没嫁人，杀手来的时候，以她的武功，不至于满门覆灭。

如今，宋家既有战魂，也有冤魂。

她在兵器库里望着自己曾经练过的武器——长枪、长剑、短刀、鞭、戟。她是师门最出色的弟子，练武之时，她心里想的是有朝一日自己能像父兄那样上阵杀敌。

但是，南疆一役，父兄皆阵亡，母亲哭得眼睛都快瞎了，对她只有一个要求：嫁人生子，从此放下武器，不再想着上战场。

她自小一身反骨，什么事都爱跟父母对着干，唯独那一次很乖很听话，跟着母亲和嫂子学掌家管账。她学什么东西都很快，母亲说，她没有成为最好的女将，一定可以成为最好的主母。

但是母亲错了，她也错了，她应该一直反叛，一直不听母亲的话，那么也不至于满门覆灭。

满门灭绝，她始终想不通，西京探子为何要这样做。

调查出来的结果，是父亲曾在西京战场上大捷，以一万将士退西京十万兵马，西京人觉得受到了羞辱，所以卷土重来，战北望和宋惜惜的外祖父萧大将军迎战，西京人在战败之时，派所有在京城的探子灭了镇北侯府满门。

这个调查结果看似合理，但完全经不起推敲，因为探子扎根于京城绝非容易的事，可能经历了一代又一代的人才成气候，他们没理由倾尽所有去杀一些不能上战场的老弱妇孺来出气。

赔上所有的探子，只为了出一口气，这根本不划算，西京皇帝不会下这样的命令。

可此事已经无从调查，探子死的死，没死的也逃回了西京，根本找不着了。

她不禁又想起了父兄，心里又酸又痛。

父兄曾经把南疆夺回来过，但没守住，南疆又被夺了回去，最后父兄更是惨死在战场上。

如果北冥王取得胜利，夺回南疆，也算是了却父兄的心愿了。

回家的第一晚，宋惜惜睡得并不好，她做了噩梦，梦里都是母亲、嫂子、侄儿他们被杀的场景，半夜便醒来，再也不能入睡，两眼睁大，看着帐顶，脑子在不断地思索。

从家人身上的伤可以看出凶手的狠辣，凶手是在泄愤。

两国交战，西京就算输了，也不可能这样做。

他们又不是第一次输，之前被父兄打得溃不成军，斩杀三万兵马，西京探子也没有任何动静，怎么这场战役输后，西京探子却不惜暴露身份也要杀了镇北侯府的老弱妇孺来泄愤？

宋惜惜在床上翻来覆去，睁着眼一直到天亮。

宝珠进来伺候的时候，看到她面容憔悴，以为她因战北望的绝情而伤心，也不敢问，偷偷地躲起来拭泪。

天一亮，宋世安就带着宋家子弟登门去搬嫁妆，檀木桌椅、家具、金丝绣屏风……但凡礼单上有的，他们全部带走，不愿留下半点儿便宜了将军府。

老夫人呼天抢地，骂宋惜惜不孝不义、狭隘、自私、善妒。

宋世安听了这些话，气得肺都炸了，厉声骂道："我那侄女进门后如何待你、孝顺你，你去问问左邻右舍，看看有没有人说她半句不好！

"你还说她狭隘、自私、善妒，怎么不想想你们的战将军做了什么亏心事？新婚之日出征，回来却以战功求娶别的女人，还请了族亲长辈、老媒人过来见证休妻，想贪了她的嫁妆，你们亏心不亏心啊？做出这样没脸没皮的事，还敢在这里大声哭喊，就不怕被四邻八舍听了去，满京城百姓指着你们的脊梁骨骂？

"那些嫁妆是宋家以战功和性命换来的，用以保惜惜一世无忧的，如今这些英杰逝去才多久？你们便要敲骨吸髓，再把她休出家门。呸，太不要脸了！

"不跟这些人说了，搬走，直接搬走！"

战老夫人被骂得恼羞成怒，却无法还嘴。见他们要搬走那扇檀木金丝屏风，她猛地扑了上去："什么都可以带走，唯独这扇屏风不能带走。"

宋世安冷冷地看着战北望："这可是太后给惜惜的陪嫁，你们战家要得起吗？贪心也没有这么贪的。"

战北望的一张脸跟被火烧了似的红，他羞得无地自容，上前拖开母亲，大声道：

"都是她的，还给她便是！不就是些身外物吗？儿子能为您赚来的。"

战老夫人被儿子拖住，挣扎得发髻散乱，却挣扎不开，只得破口大骂："那个贱人出了门便是弃妇贱妇，我倒是要看看她能说什么好人家！即便有人愿意娶她，也不过是为了世袭国公之位，我就不信，京城的豪门世家的好男儿会愿意娶一个弃妇。"

宋世安"哼"了一声："这就不劳夫人担心了，她往后嫁人还是留在府中，都与将军府无关，从圣旨下来赐和离的那一刻开始，她和你们战家就毫无关系了。"

他再也不愿意看老夫人那张丑恶的嘴脸，下令道："搬走！"

战北望听了他说的那句话，心里犹有不甘："你回去转告她，希望她不会后悔。"

宋世安冷冷地道："这句话我会带到，告辞！"

老夫人捶胸顿足："都被他搬走了，什么都没有了，往后将军府连我的药都买不起了！"

战北望心里很不是滋味，却只能安慰母亲："放心，南疆战场很快就需要我和易昉了，我们会再次立功回来的。"

战老夫人哭得声嘶力竭："她怎么这么绝情啊？不就是个平妻吗？怎么就容不下？一个孤女，她还真的把自己当成贵女了啊？"

战北望扬了扬嘴角。如今她是国公府的嫡女，自然是贵女了。

"活该她满门被灭，活该，活该！"战老夫人怒道。

对于宋家被西京探子灭门一事，战北望也觉得很奇怪：西京探子为何要杀那些老弱妇孺？收获和付出的代价完全不对等。

但宋家的事情已经和他没有关系了，他不会再管。

宋惜惜会后悔的，其实他知道这件事情的时候，也想帮她调查，是她自己不要这个机会的。

看着宋家的人把值钱的家具全部搬走，老夫人的心在滴血，再看长媳闵氏眼神冷淡地站在廊上旁观，老夫人气不打一处来："你就不知道过来拦着？"

闵氏淡淡地说："我可做不出来这种没脸没皮的事。"

老夫人怒道："放肆，连你也要忤逆我？"

闵氏看着她，想起宋惜惜入门一年所做的点点滴滴，再看婆母如今这副凶悍恶毒的模样，不禁心寒："忤逆好啊！宋惜惜倒是孝顺，换来了什么？希望易昉进门之后也会像宋惜惜那样孝顺您吧。"

"她一定会的！"老夫人恶狠狠地盯着她，"你休要再提那个贱人的名字，她若真的孝顺，就不会断了我的药！"

闵氏说："我问过了，宋惜惜没有断你的药，是丹神医觉得战家的人薄情寡义，不屑登门再给您治病。"

战少欢刚从内院出来就听到闵氏的话，当即大怒："大嫂，你怎么敢这样跟母亲说话？帮着外人来指责母亲，若是让大哥听见了，定然要休了你。"

若是往日，闵氏肯定要骂战少欢这个小姑子几句，但是见识过将军府的人的薄情寡义之后，她还是住了口，因为无故休妻这种事，他们战家的人真的做得出来。

她和宋惜惜不一样，她如果被休，只有两条路，要么出家当姑子，要么一条白绫自挂东南枝。

"行，我错了，我得罪不起！"闵氏说完，便转身走了。

闵氏的示弱和眼中一瞬间闪过的慌张，战北望看得清清楚楚，那种神色代表什么，他很明白。

他的心里十分复杂，本来以为凯旋，等待他的是一家团聚，既有贤妻掌家，他也可以与心爱的女子厮守，毫无后顾之忧地一同拼搏高远的前程，可他万万没想到会是这种境况。

但他马上安慰自己，很快就会好的，等吏部定了他和易昉的官职，他和易昉再去南疆战场上立下不世之功，他战北望就会成为朝廷新贵，没人再敢非议将军府半句。

镇国公府与他和易昉是不能比的，他们家已经没人了，就算宋惜惜的武功再厉害，她也不懂战场上的谋略，更不会打仗。

她和易昉始终是不一样的。

他默念了一句：宋惜惜，你会后悔的。

宋世安带着人把嫁妆全部搬回了镇国公府。

宋惜惜出来道谢，请大家进去吃茶。

宋世安却摇头："这茶我暂时不吃，我还有别的事要忙。对了，战北望叫我给你带句话，他说希望你不会后悔。"

宋惜惜敛眸："侄女听到了，但没有话要转告他。伯父既然有事要忙，侄女不敢强留。"

宋世安对她的回答很满意，宋家什么都可以没有，但傲骨不能没有，然后他就率人离开了。

他不是不想进去吃茶，只是如今国公府还乱着，新来的人肯定没那么快学好规矩，他一人也就罢了，偏偏还带着族中子弟，人多嘴杂，万一下人有什么做得不周的地方被传了出去，就不好了，镇国公府如今经不得一星半点儿的流言蜚语。

宋惜惜回到玲珑阁，修书一封，命人快马加鞭地送回师门，请师门调查西京和商国在成凌关的那场战事。

她心里有些猜测，但不敢肯定，所以需要调查清楚以及拿到证据。

外祖父萧大将军和三舅、七舅在成凌关戍守，去年年底，成凌关借调了十万兵马去支援南疆战场，因而西京与成凌关的守军打起来的时候，外祖父需要找朝廷要援军。

战北望和易昉是作为援军去的，但这场战事的真实情况到底如何，她不知道，更不能寄信去问外祖父和舅舅，因为她的怀疑一旦被证实是真的，外祖父作为元帅，罪责很大。

接下来足足一个月，宋惜惜闭门谢客，当然，即便她不闭门谢客，也没几个人登门求见，宋族的人是不会过来打扰她的，除非有要紧事。

府里头的人事已经安排妥当，伺候她的几个侍女经过嬷嬷的教导之后，也变得懂规矩、知进退。

账房陆先生是伯父宋世安介绍过来的，说人品可靠。

其他岗位，从侍卫、护院、马夫到木匠、花匠、厨子、小厮等，在内院、外院都安置妥当了。

外院的管事以前是侯府的人，叫陈福，因堕马伤了腿，宋夫人准许他回家养伤与家人团聚，当黄嬷嬷找外院管事的时候，他出现在了国公府门口。

陈福回来掌管外院，回来的那天，这位年近六旬的老汉在自己的房中哭了一场。

侯府成了国公府，昔日的主子只剩下姑娘一个人了，姑娘还与战将军和离了，他的心里很难受。

伺候宋惜惜的除了宝珠，还有四个嬷嬷挑选的人，宋惜惜给她们起了名字，分别是明珠、雪珠、冬珠和瑞珠。

"五颗珠"把宋惜惜伺候得很好，日日燕窝和汤水没断过，滋养了一个月，她的容貌更胜从前。

年前，战北望便娶了易昉进门，易昉是以正妻的身份进门的。

婚礼办得盛大又体面，虽然闹出了和离的事情，但到底是陛下赐婚，收到喜帖的官员甚至皇亲都去参加喜宴了。

战老夫人看到这么多宾客临门，礼物也堆得跟小山似的，觉得总算是挽回了些面子。

新人拜了天地之后，拜高堂时，老夫人笑得合不拢嘴。兵部说了，那一战，易昉的功劳最大，因为是她主导签下和约，取得了商国与西京的和平。

持续多年的边乱，是她的儿子和儿媳妇平定的，这让老夫人感到无比骄傲。

但接下来的喜宴却让老夫人目瞪口呆，甚至气得浑身哆嗦。

宾客是有数的，所以席位也有定额，易昉却请了百十来个兵士到场吃喜宴。

他们就这么乌泱泱地空手来了。易昉作为新娘子，本该暂时待在新房里，但当她听到战友们来了，竟然直接跑出来，亲自招呼那些兵士。

这也就罢了，到底是军中女将，洒脱不羁些也可以理解，日后她也是要像男儿那般上战场、入官场的，问题是，她没跟任何人说过会有士兵来，而且他们一来就是一百多人，占了好多席位，导致许多收到喜帖而来的宾客没有席位。

这些可都是给面子来的文武官员，朝中显贵啊！打好了关系，对战北望在官场上会有很大的助益，如今他们只能全部站在寒风中哆嗦着身体，造孽啊！

战老夫人猛地瞪向闵氏，让她快些想办法。闵氏也惊得手足无措，没人跟她说过还有宾客啊！她都是按照宾客名单布置席位的，这怎么安排啊？

那些宾客也十分惊愕，见忽然来了一百多个没什么规矩的人，而且他们一来就占了座位，开始吃吃喝喝，还与新娘子嘻嘻哈哈，笑声震天，这幅画面怎么看怎么怪异。

其中不乏世家贵胄，这些人是看在陛下的面子上来的，哪里见过这种阵仗？这将军府虽不是世家大族，却也传承多年，怎么陛下赐婚的婚礼上会出现这样的乱局？

本来还有些人站着等主家安排，可等来等去也没看到下人摆席，便知道是怎么回事了，但谁也没说什么，只是不咸不淡地跟战北望告辞，说家中尚有要事办，今日到场主要是送上贺礼的，喜宴吃不吃都不打紧。

战北望都蒙了，他也不知道士兵们会来。

他看着一位位宾客带着家眷离开，觉得像有人一巴掌一巴掌地掴在自己的脸上，让他又羞又怒。

他顾不得还有已经入席的宾客在场，上前一把拉起易昉："你来，我与你说句话。"

易昉起身，还回头笑着跟士兵们说："你们先喝着，我马上回来。"

"将军这么着急和新娘子亲热吗？哈哈哈！"

"将军，可悠着点儿，一会儿还要敬酒呢。"

"哈哈哈，可不是吗？这儿可比不得军中的营帐。"

在场的入了席的宾客听见这样露骨的话，脸色都很难看，他们几乎是同时起身，连"告辞"都没说，直接带着家眷离开了。

战北望都要气疯了：这些荤话往日在军营里说说就罢了，今日到场的都是朝中显贵，连晋王与晋王妃都带着世子和郡主来了，现在他们也离席了，丢下一句"不知所谓"便走了。

战北望听到这句话，只觉得全身的血液都往脸上冲，一张脸紫一块红一块，他羞得无地自容。

他把易昉拖回后院，气得胸口仿佛被什么东西堵住了，转了几个圈才控制住情绪，语气却依旧带着气恼之意："你为什么把他们请来了？请来了怎么也不先告诉我们一声？现在宾客都走光了。"

易昉方才和兄弟们喝着酒，根本没留意宾客的情况。

她本就与一般的内宅女子不同，既然是武将，狂放一些，与士兵同乐，又有什么问题？还能让那些女客看到她的与众不同，也让文武大员们看到她与士兵同乐，厚待兵士且得军心。因此她自顾自地豪迈饮酒，表现自己，以为宾客看她的眼光会是充满仰望和欣赏的。

所以听说宾客都走了，她愕然地看了一眼全场，只见除了士兵，其他的宾客全都走了："他们为什么走啊？"

"席位不够！"战北望见她还不知道为什么，气不打一处来，"所以我问你为什么把他们都请来了？他们本来就不该和这些宾客坐在一起。"

易昉听见这话，顿时火冒三丈："他们是嫌弃士兵吗？他们凭什么啊？他们的安逸富贵都是士兵们浴血奋战换来的，凭什么士兵们不配与他们同坐吃喜宴？"

战北望看着她愤慨的脸，也忍不住提高声音："这不是配不配的问题，而是我们不能把他们请来，他们应该在卫所！这一百多人，你说调来就调来，你问过卫所的将领了吗？如果你没问，他们便是擅自离开卫所，是要吃军棍的！就算刘将军同意他们来，你也应该事先告诉我们，我们多备几桌，与前厅的宾客分开，也不至于弄到现在有一百多位宾客无席位可坐啊！"

易昉觉得他这番指责好没道理，她冷笑一声："我今日才过门，你便这么大声地呵斥我，以后不定是什么样子呢。再说了，这些士兵也是与你一同出生入死过的，一同见证了我们的爱情，请他们来吃喜宴，就算我没有事先说给你们听，但谁家办这么大的喜事不会预留十桌八桌宴席？至于他们擅自离营的事，这何须你来担心？刘将军不是那种不通情达理的人。"

易昉的气势一盛，战北望的气势便弱了下来，他不想在大婚之日与她闹得不愉快，便只追问了一句："如此说来，他们离营得到了刘将军的允许？"

易昉没问过刘将军，只下了一道命令，让他们务必到场，但她认为这不重要，刘将军是很好说话的。所以她略过了这个问题，指责战北望："是你们自己准备不周，你们可以去各家问问，谁家办娶媳妇这样的大喜事会不多预留些桌席？我也不知道这婚事是谁办的，办得这么不体面，怎好意思埋怨我？"

在这个问题上，战北望是有些理亏了。

他知道，一般大家族办喜事，除了邀请的宾客，还会开流水席给百姓吃，如果母亲和大嫂也在外头开了流水席，起码士兵来的时候是有地方坐的，不至于抢占了宾客的席位。

于是他把怒气转移到了大嫂闵氏的身上，因为婚礼的所有事情都是由她来办的，但他看到已经喝得脸颊发红的易昉，再想起她方才和士兵们畅饮时的亲热劲，心里头还是有些不痛快："你别喝了，回新房去吧。"

易昉见宾客都走了，如今跟士兵们一同欢喜也没有意义，无人瞧得见她的与众不同，便点了点头，道："你还是要问一下大嫂，为何婚宴办得如此寒酸失礼。"

战北望道："我会去说的，我先送你回新房。"

今日的喜气全被扫光了，他的面子也丢尽了，尤其是晋王夫妇走的时候丢下的那句"不知所谓"和那些鄙视的目光，是他这辈子受过的最严重的侮辱。

易昉也很恼怒，宾客全部离开，这也是在落她的面子。

她乃是太后亲口夸奖的唯一一位女将，今日大婚，更该是众星拱月，却不料弄成了如此狼狈的局面。

她把所有的问题都归咎在老夫人和大嫂闵氏的身上，认为是她们办事不力，舍不得花银子多开几桌宴席，失礼于宾客，才导致了这样的局面。

她其实都气炸了，但今日是喜日，她不想发脾气，只得暂时忍下，明日再找她们说说。

她虽不掌内宅之事，但作为将军府的二夫人，她不容许这种小气寒酸的事情发生。

回到新房,她越想越恼怒。

自从知道战北望与宋家女和离,她能以正妻的身份入门后,她便十分期待这场举世瞩目的婚事,毕竟这门婚事是他们二人以战功换来的,是皇上亲自赐的婚,前所未有,理当风光盛大。

也确实如此,今晚来的宾客全都有头有脸,不少皇室宗亲、文武官员携家眷到场祝贺,想来比当初宋氏嫁过来的时候要更排场。

她还想着等到宾客全部入席,他们新人敬酒的时候,好好认识一下当朝大员,尤其是吏部和兵部的官员,她更想要结识一下,因为吏部和兵部如今还没有给她定品,授予她武将军衔,她等得委实有些心急了。

结果闵氏的吝啬寒酸将她的打算全破坏了,还害她成了京城中的笑柄。宋氏知道此事,会把嘴巴都笑歪了吧。

想到宋惜惜幸灾乐祸的表情,她一肚子的火气没地方撒,一抬手,把新房里摆满菜肴与合卺酒的桌子掀翻了。

宾客全走了,只剩下一堆粗鲁的兵士,老夫人气得差点儿心疾发作。

将军府的其他人也面面相觑:就没见过哪家办喜事办成这个样子,还是皇上赐的婚呢。这件事如果传出去,只怕将军府会成为京城的笑柄。

战北望找到闵氏,心头的怒火再也压不住了,他一拍桌子:"大嫂,如果你不想帮我把婚事办得体面些,便同我说,现在好好的一场喜宴成了笑话,宾客都跑光了,我日后如何在朝中为官?"

闵氏满腹委屈,泪水"吧嗒叭嗒"地落下:"我也是按照宾客名单来布置的,谁知道忽然来了这么多人?这件事能怪我吗?再说了,以前掌家的人也不是我,有什么喜庆之事或者茶话宴,都是惜惜来办的,我见她也是按照宾客名单布置的,从没出过差错,谁知道会来这么多人?"

"你别提她!"战北望心里头烦乱得紧,"就算以前不是你掌家,但办婚宴这样的大事,你就不会多预留一些席位?"

"我多留了两桌啊!"闵氏看向自己的丈夫战北卿,哭着道,"不信你就问你大哥,你大哥说多留两桌便够了,因为这一次宴请的宾客非富即贵,婚宴的菜肴都是上品,其中有六道菜都是山珍海味……"

说白了,就是她手里的银钱有限。

战北卿见妻子被二弟痛斥,也恼了:"你不用凶你嫂子,这场婚礼办得已经足够体面了,如果不是忽然来了那么多人,是断不可能出半点儿差错的。"

战北望道:"但多留一些席位的话,就算来这么多人也出不了差错,银钱不够的话,你可以提前跟我说,我想办法便是。"

老夫人捂住胸口:"都给我闭嘴!"

她狠狠地瞪了闵氏一眼:"还有你,哭哭啼啼的,像什么话?今日我们将军府是办喜事，不是办丧事，把你的眼泪收回去。"

闵氏转过脸去，把眼泪擦干，但心里实在委屈，本来就是吃力不讨好的差事，她也不愿意干，如果不是婆母逼着她，她是不会沾手的。

老夫人看了一眼外头正在忘形地吃喝的粗鲁兵士，心里头厌恶得很，但如今只剩下这些宾客了："你们都出去陪着喝点儿，不管如何，到场了便是宾客，别的事明日再说。"

战北望只得转身出去，勉强挤出笑容，和士兵们一起喝酒。

士兵们见所有的宾客都离开了，心里自然是有想法的，认为这些权贵大员嫌弃他们是兵痞子，不愿意同他们一起吃喜宴。

被人轻贱，他们心里也委屈，所以多灌了几杯酒之后，便都离开了。

这场婚宴最终闹得所有人都不开心。

战北望回到新房后，看到桌子被掀翻，汤和酒撒了一地，菜肴和盘子、碗的碎片到处都是，他气得眼前发黑："你有必要这样吗？"

易昉坐在床上，转过脸去："我受了这么大的委屈，怎么不至于啊？就没见过谁家这样办喜事的。"

战北望从牙缝儿里挤出一句话来："你不把他们叫来不就没事了吗？"

易昉站起来，怒气冲冲地道："翻来覆去没完了？我叫他们有什么错？他们是我的兄弟，是你大嫂没多预留一些酒席，我明天肯定是要找她算账的，她毁了我的婚礼！"

战北望看着她，心里那种无力感越发浓重。

在战场上的时候，他们也会像现在这样顶嘴吵架，但那时吵架是因为战术，她有她的道理，他有他的谋算，各自意见不同罢了，不会影响感情。

可现在他们吵架，他单纯觉得她就是无理取闹。

他沉默了一会儿，转身出去命人进来打扫。

这是他用战功求来的女人，今晚的婚礼也确实很失礼，不管是谁的错，她的委屈都是真的，所以他忍了。

他不能让自己感觉到哪怕一丝后悔，他还要看宋惜惜后悔呢。

呵，宋惜惜如果知道他和易昉的婚礼办得这样失礼，一定会偷着笑吧。

镇国公府。

今晚，宋惜惜练武之后出了一身汗，便泡了个热水澡，又叫宝珠送了一壶桃花酒来，她一人饮酒。

这一个月，她大都是这样过的，白天看书，晚上练武。嫁到将军府一年，她没练过一招一式，虽然不至于生疏，但有些招式使得确实不如以前好了，她要练回来。

她并不知道今天是战北望和易昉大婚的日子，黄嬷嬷和梁嬷嬷管束下人十分严厉，但凡与将军府有关的事，府中一概不准议论。

宋惜惜饮到三分醉时，宝珠挑起帘子走进来，手里拿着一张字条："姑娘，您的大师哥的信鸽来了。"

宋惜惜立刻放下酒杯起身,接过她手中的字条展开看,看完之后,她的脸色骤变。

"姑娘,怎么了?"宝珠见状,连忙问道。

宋惜惜坐回椅子上,怔了许久:"宝珠,给我上一壶酒烧刀子。"

宝珠被吓住了:"姑娘,该不会是出什么事了吧?"

她跟在姑娘身边这么多年,从府里跟到师门,再从师门跟回京城,姑娘从学规矩后嫁入将军府直到如今,只喝过两次烧刀子。

第一次,是从万宗门回来的时候,她得知侯爷和少将军们全部牺牲在南疆战场上。

第二次,是侯府惨遭灭门。

一定是出了很大的事,姑娘才会喝烧刀子。

"去拿!"宋惜惜的气息有些不稳,显然心里甚是焦躁。

"是!"宝珠转身出去,派人出府去买烧刀子。府中是没有这种烈酒的,两位嬷嬷不允许有。

宝珠出去之后,宋惜惜侧身,几个深呼吸之后,把气息沉下来。她必须冷静,必须足够冷静理智。

她起身把字条放在蜡烛上,火焰吞噬着字条上的那几个字——"易昉杀降屠村"。

她的猜测没有错,这场战事真的有问题。

西京与商国并非谁要侵略谁,只是因为边线问题争斗多年,但两国之间有共识,即便开战也不杀平民,不杀俘虏。

易昉屠村,杀了平民,所以西京探子不惜倾巢而出,杀侯府的人泄愤。

成凌关一战,外祖父萧大将军是主帅,父亲当年也镇守过成凌关,击退过西京人数次,加上她是战北望的夫人,所以这一次,他们将新仇旧恨全都报在了侯府所有的老弱妇孺身上。

但她不解的是,易昉屠村,西京人心中愤怒,应该是集合兵力攻入成凌关,为无辜枉死的平民复仇,而不是选择投降与易昉签下和约,划定边线,互不再犯。

和约是易昉做主签下的,所以兵部论功的时候,易昉的功劳最大,战北望为次。

这场战事为什么会是易昉主导的?外祖父呢?

宋惜惜百思不得其解,看来只有等大师兄从成凌关回来,自己才能得知这场战事的真实情况了。

如今唯一可以肯定的是,自己满门遭到西京探子屠杀,是因为易昉杀降屠村。

但令她不明白的是:易昉杀降屠村,皇上为何不降罪,反而定她为首功?

据她所知,皇上绝非残暴嗜杀之辈,他登基之后,也再三晓谕军士:两国交战,不伤平民。

难道说,皇上压根儿不知道此事?

还有外祖父对易昉杀降屠村之事持什么态度?他镇守成凌关多年,没杀过一个西京的平民，他怎么会赞成易昉这样做？

外祖父传回的塘报她没有机会看——塘报应该是先被送去兵部，兵部誊抄一份之后，把正本递呈给皇上。

所以，兵部应该有外祖父送来的塘报和捷报，她需要潜入兵部一趟。

兵部晚上没什么人，但毕竟六部衙门在千步街两侧，与皇宫相邻，禁军不会巡视千步街，可巡防营的人会巡逻到那边去。

只是她必须看到这场战事的塘报，还有外祖父上呈的战后奏本。有一点可以确定：外祖父也肯定了易昉的功劳，否则兵部不会这样论功。

西京人睚眦必报，易昉杀降屠村，不管他们是因为什么投降的，都不会轻易善罢甘休，最大的可能是与沙国结盟，在南疆战场上出现。

她找出舆图看了一下，西京人要出现在南疆战场上，不经过商国的话，需要先到沙国，再从沙国到南疆，要将近三个月。

沙国现在对南疆是志在必得，但是商国这边有北冥王镇守，他们久攻不下，战事处于胶着状态。

一旦西京人加入，北冥王必败。这一变数，北冥王根本无从得知，自然也没办法提前预防，就算提前知道，没援兵的话，他一样会败。

西京人是要拼尽全力去复仇的，这一点，从他们让京城的所有探子倾巢而出，屠杀侯府满门便可知道。

南疆战事已经拖得太久了，兵马疲乏，粮草不继，北冥王的处境一定很难。

如果她的猜测为真，那么朝廷必须马上派援军到南疆去，而从京城或者淮州卫所带兵到南疆，起码需要一个月，甚至更久。

此事不能再拖。

但她没有证据证明西京人正在调兵前往沙国，唯有等大师兄的消息。

现在首先要去兵部拿到这场战役的塘报和捷报。

当宝珠拿着烧刀子进来的时候，姑娘却没在房中。

她四处找了一下，练武房、书房、花园，都没有姑娘的踪影。

她急了，急忙叫来那"四颗珠"一起找，还禀报给了黄嬷嬷和梁嬷嬷，随即发动所有人满府邸寻找，都没有看见姑娘。

最后还是宝珠发现红鞭不见了，才确定姑娘出门去了。

大晚上的，姑娘带着红鞭出门，多半是要动手。两位嬷嬷对视一眼，眉头蹙起。

姑娘不知道今日战北望和易昉大婚，但她们知道，只是没告诉姑娘。

莫非姑娘知道了？要去找战家的麻烦？

但她们马上否定了这个猜测，姑娘不会这么做，姑娘做事素来利落干脆，既然入宫求了和离，就不会再与战家那边纠缠不清。

黄嬷嬷下令："不必再找了，全都回去睡觉。宝珠，你回玲珑阁等着，姑娘应该很快就会回来,她只是喝了酒,出去走走,醒醒酒罢了。"

"是!"

各人领命,都回屋去了。

宝珠回玲珑阁守着。她也可以肯定姑娘不是去了战家,姑娘突然出门,应该和那张字条有关。

不知道出了什么事,那张字条她没看,姑娘叮嘱过,但凡飞鸽传书,她都不能打开。

等到半夜,外头忽然又有"扑棱"之声,宝珠立刻起身跑出去,只见又有一只信鸽落在了栏杆上。

她认得这只信鸽是谁的,是姑娘二师姐的信鸽。她上前拆下信鸽腿上绑着的字条,然后回了屋。

同一个晚上,先是大师哥的信鸽,继而是二师姐的信鸽,宝珠猜测一定是出什么大事了。

当夜,宋惜惜顺利地潜入了兵部文书房。

不需要费劲寻找,成凌关一战的所有塘报都被放在架子的左上方,她拿出随身携带的夜明珠,蒙上轻纱,遮住部分光芒,然后躲在角落里,一份份地翻看塘报。

看完之后,她全身冰冷,泪水止不住地流下。

战北望和易昉是作为援军去的,他们到了成凌关之后,参与了战役,但他们的战场经验不算丰富,所以第一场战役,三舅为了救战北望,断了一臂。

七舅在援军抵达之前就已经阵亡了,她的七舅,在她的记忆中还是个意气风发的少年郎,就这么战死了。

外祖父在援军抵达之前就受了箭伤,所以最后的战事基本上是战北望主导。

最后力挽狂澜的人确实也是战北望和易昉,他们带兵闯入西京的鹿奔儿城,战北望负责烧西京的军需库与粮草,易昉则带队俘虏了西京的几名小将领和部分士兵。

也是这几名被俘虏的小将领使得西京投降,双方就在鹿奔儿城签下了和约,签下和约之后,易昉带队回到成凌关,才把俘虏的小将领放了。

塘报中完全没有提及屠村和杀降的事,要么是外祖父隐瞒了下来,要么是外祖父根本不知道,但不管他知不知情,一旦查实,作为主将,他必定会被问罪。

宋惜惜把塘报和奏本放回去,施展轻功,离开了兵部。

宋惜惜回到玲珑阁时,宝珠还在等她。

见她穿着一身夜行衣回来,宝珠也不问,只是递上字条:"您二师姐的信鸽送来的。"

宋惜惜立刻接过,展开一看,不禁倒抽一口凉气——被她猜中了。

二师姐说,西京的三十万兵马已经取道沙国,扮作沙国兵士,往南疆战场而去,而且是带着粮草去的。

沙国与西京真的结盟了,或者说不是结盟,是西京倾尽全力去帮助沙国,为了复仇,也为了瓜分南疆。

她沉吟片刻，道："宝珠，替我挑一身衣裳，明日我要进宫求见皇上。"

"是。姑娘先休息吧，如今已是半夜，奴婢先去把燕窝炖上。"宝珠也不问别的，有些事情她帮不上忙，就只能照顾好姑娘的饮食起居。

"不用炖了，你也去睡吧。"宋惜惜的声音带着哭过后的沙哑，她脱掉夜行衣，塞回柜子里。这身夜行衣是她出嫁之前做的，没带去将军府，如今穿着宽松了许多，这一年她瘦了不少。

宝珠福身出去，但她没去睡觉，还是去了小厨房炖燕窝——明日一早姑娘起身，添些羊奶便能喝。

唉，姑娘真可怜。

翌日早朝之后，肃清帝便去给皇太后请安。

昨日收到南疆塘报，皇弟已经收复多地，如今只剩下伊力和西蒙两个地方还未收复，他相信不出一个月便可收复这两处，届时，整个南疆便会回到商国的版图中，所以肃清帝今日甚是开心。

他还没到皇太后的寝宫，便有人来报："皇上，镇国公府的宋大姑娘求见，如今便在宫门外等着。"

肃清帝听到是她，便道："她是进宫给太后请安的吧？让她进来。"

吴大伴摇头："皇上，宋大姑娘并非来给太后娘娘请安，说有要事面圣。"

肃清帝想起昨天是战北望和易昉成亲的大喜日子，虽说婚礼被闹得一团糟，丢尽了将军府的面子，但也算是顺利完成了。

她今日进宫面圣，是因为心里不甘？

既然不甘，她为何要进宫求一道和离的旨意？而且和离之后，他也给了她一个很好的安置，她若再不甘心，还要生事，那委实太不懂事了。

肃清帝不想管他们这些儿女情事，只觉得厌烦，但想起上次宋惜惜进宫时，他想起她少时的模样，一时心软，让她有什么事便进宫找他，本来只是安抚她的话，没想到她竟然当真了，肃清帝只好忍着脾气道："让她去御书房。"

看看她这一次还有什么要求，如果太过分，他也该敲打她几句了。

御书房。

肃清帝看着跪在汉白玉地板上的宋惜惜。

宋惜惜穿着一身素白的束腰衣裳，披着一件蓝色披风，头发并未如上次入宫求见时那般绾成妇人发髻，而是被扎成了高马尾，以一根素白色绸带绑紧，她脸色苍白，眼眶有些红，眼底还有淡淡的乌青阴影，似是一宿未睡，微卷的睫毛似沾着泪水，看似梨花带雨，却没有楚楚可怜的感觉，眼中蕴藏着一种力量与坚毅。

"臣女叩见陛下！"她的声音比昨晚更沙哑了，昨晚宝珠退下之后，她蒙着被子哭了很久。

"哭过？"肃清帝蹙眉，俊朗的脸上有些不悦，"是为了战北望和易昉大婚之事？"

宋惜惜摇头，正欲说话，肃清帝却继续道："和离的旨意是你进宫求的，既然已经和离，从此你们婚嫁各不相干，你何必再为前尘伤神？如若放不下，当初就不该求朕赐你们和离。"

肃清帝的声音听着温和，实则已透露出厌烦之意。

宋惜惜立刻语速极快地回话，以免被皇上打断："臣女是哭过，但并非为了战北望，既然已经和离，臣女就不会再有半分情绪，臣女哭，是因为接到师姐来信，得知臣女的七舅阵亡了，三舅断了一臂，外祖父受了箭伤，至今尚未痊愈。"

她自然不会说是潜入兵部偷看了塘报才得知此事的。

肃清帝一怔，随即缓缓地叹了口气："这件事朕本想先瞒着你，毕竟你的家人半年前才……惜惜，你七舅为国捐躯，他是商国的英雄，朕已经下旨追封他为英勇神将，你别太难过，小心伤了自己的身体。"

宋惜惜的泪水在眼眶里打转，却硬生生地被她逼了回去："臣女知道，他们是武将，与我的父兄一样，国有战事，马革裹尸是他们的宿命，臣女今日求见是另有要事。臣女的大师兄在外游历，发现西京有三十万兵马进了沙国，而且作沙国兵士的装扮，正在前往南疆战场。"

肃清帝一听，当即蹙眉，喝了一声："荒谬，一派胡言！"

西京与商国刚签订和约，定下边线，约定从此互不犯境，西京如果敢立马撕毁和约，岂不是信誉全无？谁还愿意与西京互市来往？

而且，他昨天才收到南疆的塘报，说战事大利，已进入收尾阶段。收复南疆乃是不世之功，是他与皇弟自小的心愿，也是皇祖父和父皇临死之前念念不忘的国之重事。

南疆战场打到今日，沙国已经是强弩之末，胜利指日可待，她却说西京三十万兵士援助沙国，这怎么可能？

沙国与西京虽然交好，也有文化来往与商贸互市，但从未有过军事上的联盟。

宋惜惜知道皇上定然不会轻易相信，遂呈上一封信："此信乃臣女的大师兄所写，请陛下过目，信与不信，由陛下定夺，臣女的大师兄姓沈，名青禾。"

大师兄自然没有写过这封信，这消息是二师姐送来的。

只不过，大师兄十八岁便出师门当了游侠，曾撰写过《商国志》，记录商国的名山大川，在商国的名气很大，所以宋惜惜模仿大师兄的笔迹写了这封信。如果她说是二师姐打探回来的消息，皇上定然不会采信。

昨晚她冷静下来，思前想后，觉得南疆战场必将十分凶险，如果朝廷不派兵增援，北冥王这一战十有八九会败，南疆战场上的将士也回不来了。

增援之事迫在眉睫，拖不得，西京大军已经进了沙国，正奔往南疆战场，如今即便派出援兵，也有可能迟于西京大军到达。

至于战后如何清算成凌关和鹿奔儿城战役，外祖父是否会受到牵连，只能以后再考虑了。

丢失南疆，是所有商国人心里的痛，父亲在世时也时常说，若能收复南疆，死也无憾。

父亲曾做到过，可惜最后还是没守住，让沙国卷土重来，再度夺走南疆，眼下，一切该以南疆国土与南疆战场上二十万将士的性命为重中之重。

听到是她的师兄沈青禾报来的信，肃清帝有些吃惊，急忙命吴大伴把信递呈上来。

他看着信中的字，确实是青禾先生的笔迹。他当太子时，曾有幸得到过青禾先生的墨宝，所以对于青禾先生的字迹，他认得出来。

信中大部分写的都是青禾先生游历所见，唯有最后一段写道："攀过落霞山，竟见数十万西京将士全部换上沙国兵服，且有粮草随行，由沙国三皇子亲迎入境。愚兄甚是费解，不知西京与沙国是否结盟，但结盟为何要迎近三十万将士入境？愚兄如今悄然尾随他们，发现他们往南疆战场而去，恐怕是要对我国南疆出手。兹事体大，你斟酌一下是否要禀报皇上……"

宋惜惜始终垂着头，心里有些忐忑，担心皇上看出端倪来。

肃清帝看完之后，叫吴大伴取来沈青禾的墨宝比对，字迹确实没有什么分别。

但是，肃清帝素来爱好书法，对文字研究得十分透彻，他看得出这封信的字迹确实像沈青禾先生的，但有极力模仿的痕迹。

还有，沈青禾是不可能在沙国写这封信的，因为沙国没有这种生宣。这种宣纸，是商国宣城制造，自从沙国入侵南疆后，两国便不再互市，沙国是买不到这种宣纸的。

再细闻墨汁的味道，他确定是京城白书斋的墨砚研磨出来的墨汁，那墨香的味道虽不特别，但他当太子的时候时常购买白书斋的墨砚，他分辨得出来。

所以，这封信是假的。

宋惜惜一看皇帝的眼神就知道自己写的这封信被识穿了。他们这位皇帝陛下，贤能聪慧，且对大师兄十分敬仰，定然对他的墨宝有过一番钻研。

只是情急之下，她没有想到更好的办法，因为出兵之事刻不容缓，一天都不能多等啊！

肃清帝抬起头看她，眼神严厉："你可知道，凭你这封伪造的信，朕可以砍了你的脑袋？

"胡闹也要有个度，和离是你自己求来的，现在又不甘心，你到底想做什么啊？

"你好歹也是万宗门出来的弟子，你这般胡闹，就不怕给师门抹黑，让万宗门因你而蒙羞？"

面对皇上的这番诘问，宋惜惜只能坦然承认："皇上，臣女承认信是假的，您要如何治臣女的罪，臣女都无话可说，但这信中的消息千真万确，臣女愿以项上人头保证。"

"胡闹！"皇帝一拍御案，神色既严厉又失望，"如今镇国公府就剩下你一个人，要朕拿你的人头，是不是要让你们镇国公府满门灭绝？你到底明白不明白朕的苦心？朕破了先例，准许你未来的夫婿袭爵，是为了保你下半辈子得享尊荣富贵，这是你的父兄以性命为你挣来的，你怎可如此糟践？伪造这个消息，让朕增派援兵，是想让战北望和易昉再上南疆战场吗？战场凶险，你是不是盼着他们都死在战场上？宋惜惜，你怎么会变成这个样子？你非要把自己弄得如此面目可憎吗？"

一番斥责带着羞辱，让宋惜惜急得脸颊发红，耳尖都变得滚烫了："皇上，这封信确实是我伪造的，消息也不是我大师兄传来的，是我二师姐飞鸽传书送给我的，我之所以说是大师兄探查到的，是担心您不信我的二师姐……"

"够了！"皇帝的神色冷厉起来，"越说越离谱儿！你二师姐一介女流，纵然也懂得武功，又怎知兵家大事？又怎能潜入沙国，得知西京兵马进入沙国之事？"

宋惜惜就知道他会这样想：唉，到最后还是哪个法子都不行。

"皇上……"

皇帝不容宋惜惜再分辩，大喝一声："来人，送宋大姑娘回府，派人日夜轮班盯着门口，年前不许她出府门半步！"

说完，他起身拂袖而去，宋惜惜想追上去，却被禁军拦住了。

她不能跟禁军动手，否则，皇上会更加认为她是为了战北望和易昉的婚事而胡搅蛮缠。

她看着皇上拂袖而去的背影，急忙喊道："皇上，臣女的父亲乃是商国顶天立地的武将，兄长们在战场上也是让敌人闻风丧胆的少将军，臣女纵然不如他们，也不会纠缠于儿女私情。既然与战北望和离，自当一刀两断，臣女不会将军国大事与儿女私情牵扯在一起，请皇上相信臣女一次。"

肃清帝站定，却没有回头，只冷冷地掷下一句话："你既然知道宋公与少将军们是顶天立地的英雄，就不要做些损害他们名声的腌臜事。朕可以给你尊荣，也可以收回。回去吧，朕就当你今日没有来过，好自为之。"

说完，肃清帝大步离开了。

宋惜惜举起手，想叫住肃清帝，但她略一思忖，又无奈地放下了手。

腌臜事？在别人的眼里，甚至是在皇上的眼里，她就是这样是非不分，只知道胡搅蛮缠的人？

宋怀安的女儿，便连一点儿儿女私情都放不下吗？

她年少离家去了万宗门，回京两年，第一年跟着母亲学规矩，学做一位合格的夫人；第二年侍奉婆母，执掌将军府，至少在京城，她从未做过半点儿出格的事，就因为和离一事，人人都觉得她是小心眼儿、自私狭隘之人？

她无奈地离开了御书房。禁军一路跟随，哪里都不许她去，让她务必回府禁足，唯恐她闹出更极端的事来。

宋惜惜回到府中，陈福见有禁军跟随她回来，并未流露出诧异之色，只是微笑着招呼了一句："请诸位大人进来喝口茶。"

禁军淡淡地道:"不必了,我们奉命守在门口,不会进府打扰大姑娘。"

陈福虽不知道发生了什么事,但听他们这样说,还是叫人送上茶水点心,放在门口,然后把大门关上了。

大门关上后,陈福才问宋惜惜:"大姑娘,这是怎么了?"

宋惜惜进入正厅,摘下披风坐下,再派人请来黄嬷嬷与梁嬷嬷,才道:"皇上每日都会派人监视着我,不知道要监视到什么时候,但我有要紧事要离府,我走了之后,国公府每日就像我在的时候那样运作,能瞒多久便瞒多久,若瞒不住,便说我回了师门。"

陈福也是府中的老人,知晓大姑娘并非一般的内宅女子,他道:"大姑娘要去做什么事,尽管去,老奴会守着国公府。"

梁嬷嬷和黄嬷嬷也都点头。这两天鸽子飞得勤快,定然是出什么事了。

"姑娘打算什么时候走?"梁嬷嬷问道。

宋惜惜表情决然,眼下的泪痣显得格外殷红:"今晚便走。我想要出去,并非难事,但我需要骑马,所以得想个法子先把我的马牵到别院去。"

她的枣红马跑得快,且与她有默契,她必须尽快去南疆战场把这个消息告知北冥王,让他提前做好战略防御。

陈福道:"这件事好办,过两日,淮王府的澜郡主成亲,老奴骑马去给郡主送礼,送完之后,把马送到别院去,再从外头买一匹马回来。"

宋惜惜这才想起表妹要成亲的事。婚期是早就定下的,当时她还在将军府,姨母派人送来了帖子。

表妹出嫁,她这个当表姐的给表妹添妆送礼合情合理,而且姨母也给过帖子,母亲在时,和姨母来往频繁,感情深厚,她不能参加表妹的婚礼是有些遗憾,但也是没法子的事。

宋惜惜道:"行,就这么办,反正禁军不会限制你们出入。梁嬷嬷,我与表妹关系好,你去库房里挑几样好东西送过去。"

"是!"梁嬷嬷转身便出去了。

陈福带着几个锦盒策马出门去了,禁军果然没问他去哪里,反正只要宋家大姑娘没出门就行,皇上是禁她的足,与府中的其他人无关,而且偌大的国公府,每日进出采买也是少不了的。

陈福到了淮王府,说是国公府姑娘来给郡主添妆了。

门房进去禀报,没一会儿,淮王府的曾管事出来,两人拱手见过之后,曾管事说:"陈管事好,王妃说了,国公府姑娘和离回府,正是需要银钱的时候,就不必为郡主破费了。添妆不必,但心意收下了,陈管事请回吧,无事就不必来了。"

陈福愣了愣,看着曾管事冷漠的脸,忽然明白过来了。

淮王妃嫌弃姑娘是和离之人,她添妆晦气,所以淮王府不要。

陈福心里憋着一口气,但高门大户培养出来的素养让他保持着礼貌:"既然如此，那就请你代为转告我们姑娘对郡主的祝福，告辞。"

"不送。"曾管事淡淡地说。

陈福心里恼极了，其实姑娘闭门谢客的这一个月，外头传的风言风语他都知道——

人人都说姑娘善妒，容不得战北望娶平妻，又不敬公婆，本来将军府休妻都是可以的，不过皇上看在侯府满门忠烈的分儿上，赐了她一道和离的旨意。

但别人这样说也就罢了，淮王妃与夫人是同胞姐妹，夫人在世时，姐妹二人时常来往，感情很好，当年淮王妃生郡主的时候难产，也是夫人请丹神医去才没有导致一尸两命。

姑娘在战家受了委屈，淮王妃这位姨母没出面帮过忙不说，如今姑娘送礼添妆还被他们如此轻慢，姑娘到底做错了什么？

陈福气归气，姑娘交代的正事却不敢忘，他把马儿骑到了城外的别院里，礼物也暂时放在别院里，准备过两日，等姑娘出门了再拿回去，免得姑娘知道后心里难受。

他出去买了一匹马，又买了些出门所需的干粮，还去丹神医的药王堂买了些治疗风寒、时疫以及外伤的药。

他什么都没说，但丹神医见他买这些药，便一股脑儿地给了一大堆药瓶："拿回去给你们家姑娘，她知道这些药的用处。"

陈福要给银子，丹神医一瞪眼："拿去。"

陈福作揖。目前，丹神医是除宋族人之外，唯一一个还愿意对姑娘好的人，这份恩情，他陈福记着。

陈福回到国公府的门口，却见一辆马车停在外头，梁嬷嬷正在与一名妇人说话，那名妇人面容疲惫憔悴，正一个劲儿地哀求着。

"让我进去见见惜惜吧，我真的有要紧事求她。"

梁嬷嬷冷冷地道："我家姑娘已经与战北望和离了，你们有什么要事都与她无关，大夫人，请回去吧，别闹得太难看。"

"梁嬷嬷，我家婆母发病了，请不来丹神医，也买不到药王堂的丹雪丸，他们只知道为难我，我实在是没办法……"

"大夫人！"梁嬷嬷打断她的话，"将军和新夫人立下战功，是有大能耐的人，没有他们解决不了的事，就算有，也不该来找我们家姑娘。

"难听的话，老婆子便不说了，我家姑娘昔日待大夫人如何，大夫人心里有数，不求大夫人念着以往的情分，只希望别来惹下话柄，再让人指责我家姑娘不孝。"

闵氏拉住梁嬷嬷的手，哭丧着脸："梁嬷嬷，我知道惜惜待我好，你跟她说说，再帮我一次。外头那些人说的话与我无关啊，不是我出去说的，是……唉，总之，与我无关。我若请不到丹神医，我婆母肯定容不下我。"

梁嬷嬷甩开她的手，看了陈福一眼："陈管事，回府吧。"

国公府的大门关上，把闵氏挡在了外头。

关于将军府，梁嬷嬷一句话都不想评论，倒是见陈福一副愁眉不展的模样，问道："陈管事，怎么了？"

陈福把马鞭交给马夫，活动了一下左腿，今日骑马去的地方多，伤过的腿便有些胀痛。

"淮王妃没收姑娘给郡主的礼。"陈福的声音很轻，他唯恐别人听了去。

梁嬷嬷一怔："王妃与我们夫人是姐妹，且素来感情……行，明白了。"

虽然皇上封了这国公之位，但姑娘和离回府，外头又说得那么难听，再加上夫人已经不在了，姨甥的情分也就没了。

世家大族都认为姑娘是受到父兄的荫庇，才会得到皇上的格外关照，所以谁都瞧不起姑娘。

陈福说："那些礼物我放在别院的侧屋里，姑娘今晚进去牵马时应该不会发现，这件事情就别让她知道了。"

"嗯，别让她知道，免得她堵心难受。"梁嬷嬷点头道。

闵氏来过的事，梁嬷嬷也没有去告知姑娘——今晚她便要出远门了，梁嬷嬷不想让将军府的这些烂事影响她。

陈福把丹神医的药送到玲珑阁，交给宋惜惜，宋惜惜打开一看，只见里面各种常用药和名贵的丹药都有一些，连丹雪丸都有一瓶，这可是治心疾的良药，贵得很。

"这要多少银子？银子给他了吗？"宋惜惜问道。

"他没收，只是叫老奴拿走。"

宋惜惜微微点头："行，那我就先拿着，银子等我回来再给他。"

她打开另外一个包袱，里头包着几包点心和干粮，陈福说："这天瞧着要下雪了，姑娘出门在外，带上这个包袱，防着有时候因为大雪，投不了客栈。"

宋惜惜轻声道："辛苦了。"

陈福别过脸："姑娘收拾好行装了？"

"收拾好了。"宋惜惜把东西全部放进自己的包袱，看着鼓鼓的一大包，她笑了笑，眼眶有些发热，"陈管事，我走了之后，府中的一切就拜托你和嬷嬷了。"

"府中的事不必担心，姑娘平安回来就行。"陈福不知道她要去哪里，但是丹神医给了这么多伤药，他甚是担心。

宋惜惜望着他，眼睛微红："陈管事，我父亲喜欢用什么兵器？"

"钩镰长枪！"

陈管事眼前浮现出侯爷在雪地里舞枪的情形：飞起扫，落地刺，转身挑，英姿矫健，令人难忘啊！

"姑娘去万宗门的时候，侯爷……国公爷不是给姑娘送了一支桃花红缨枪吗？那时候，姑娘只能用双手托住，尚不会用。"

宋惜惜回武器房取出那支桃花红缨枪：银枪头，红线与红绳子绑在枪头与枪柄交接处，十分亮眼醒目。

父亲当年给这支红缨枪取名为桃花枪，因为此枪锋利，通体雕刻着桃花。其中几朵桃花里是有机关的，摁下便有小暗箭散射。

红缨一抖，枪头直刺，使人闻风丧胆。

她一掌击出桃花枪，枪身颤抖，在空中发出"铮铮"的声音，她踏地飞起，在空中接住桃花枪，回身一扫，满地刚落的残叶被扫到了一角。

她用桃花枪再一刺，便如有北风掠过，那堆起的残叶四散飞起。

她于乱叶中飞身，长枪所到之处，尘埃卷起——

一扫，枝叶满地。

二扫，石子儿飞起。

三扫，疾风迫人。

穿着一身素白衣裳的宋惜惜，身形快如闪电，若非红缨枪的红色，根本分辨不出她的方位。

可分辨得出也没用，她的枪法变幻莫测，不知道什么时候枪头会对准什么地方。

这一练便是半个时辰，她双腿凌空一展，矫健轻盈的身躯几个飞速旋转，回身以内力催动长枪一击，一块圆石顿时化作尘埃。

陈福惊叹之余，上前查看，只见满地的残叶都被刺穿了一个洞，无一例外。

陈福惊喜无比："姑娘的枪法比诸位少将军还要好，几乎可以媲美国公爷了！"

宋惜惜把长枪持在手中，感觉很称手。她的额头上有细微的汗珠，脸颊嫣红，如一朵盛放的红梅。苦练了一个月武艺，她终于恢复到下山时的水平了："这一次出门，我就带着桃花枪去。"

援军是一定会有的，只是或许会很迟，所以她要召集万宗门的弟子和一些旧友先上战场，与北冥王一同守到援军抵达。

北冥王如今与沙国在南疆开战，沙国的动向他肯定会知道的，然而，探子不可能深入沙国，所以得知消息的时候，北冥王已经很难迅速调整战术应敌了，何况兵马也有限。

下雪了，雪花落在枝头。

午后申时左右，四周一片雪白。

漂亮的雪景，宋惜惜却无心欣赏，她盘算着这一路要如何以最快的速度赶到南疆战场。

枣红马说是可以日行千里，实则不行，一天能走五百里就不错了，而且她不可能日夜兼程，一定要给枣红马预留休息的时间。

她预计五天可以抵达南疆，这是保守估计，如果马儿的脚程快一些，四天便可抵达。

她手持桃花枪进了屋，雪珠奉上热茶，宋惜惜饮了几口，便吩咐道："叫宝珠把我的鸽子笼提进来，还有，准备文房四宝。"

在万宗门八年，一开始的时候她胡天胡地，整日满山跑，直到被人摁在地上打得毫无还手之力，她才开始勤奋练功。

她的天赋极好，十三岁时，除了师父、师叔之外，整个师门她几乎没有对手。

万宗门在暮云山脉，那一带方圆百里内还有许多门派，挑战了师门的师兄师姐之后，她觉得自己独孤求败，便去别的门派挑战，得罪了很多人，但那时大家年少气盛，也意气风发，她得罪的人，最后许多都变成了她的好友。

她写了几张字条，上面都是同样的几个字："去南疆战场砍人头，急！"

她将一张张字条绑在信鸽的腿上，然后将信鸽全部放飞。

做完这些，宋惜惜便要沐浴睡觉，准备晚上出发。

她刚要躺下，便见梁嬷嬷进来禀报："姑娘，战家的二老夫人来了，同闵氏一起来的。闵氏今日已经来过，被老奴拦下了，没想到她又回去请了二老夫人来。"

若是旁人，梁嬷嬷是无论如何也不会来禀报的，但这位二老夫人素来与老夫人不和，也看不惯老夫人的行径，为姑娘说过公道话，而且半年前侯府被灭门时，二老夫人帮忙筹备了后事，所以梁嬷嬷才会过来禀报一句。

见与不见，让姑娘自己决定。

宋惜惜道："请到暖阁去，我马上来。"

国公府的暖阁在前院侧厅，除后院之外，如今便只有这一处烧着地龙。

闵氏进了暖阁之后，忧心如焚，一直探头看，嘴里念叨着："怎么还没来呢？"

倒是二老夫人坐在花梨木圆后背交椅上，因为暖和，便解下了白狐毛围脖儿，汤婆子也置于一旁，听见闵氏叨叨个不停，她蹙眉道："这里是国公府，前院后院远着呢，你以为像将军府，豆腐块大点儿的地方，走几步便到？"

闵氏讪讪地道："我这不是着急吗？母亲都疼大半日了。"

二老夫人"哼"了一声："她怎么有脸叫你来？"

闵氏说："二婶不是也来了吗？"

二老夫人冷冷地说："我与你怎么一样？"

她是找借口过来探望惜惜的，不知道惜惜这一个月是否过得好，她实在是不放心。

这第一场雪下了不到一个时辰，便停了。

宋惜惜依旧穿着素白的衣裳，簪着白花。回到府中后，她的衣裳大都是白色的——父孝、母孝皆是三年，所以她不着艳色的衣裳。

她依旧像在将军府时那样行动不疾不徐，进了门便先福身见礼："见过二老夫人。"

然后她对着闵氏行了个平礼，微微颔首。

二老夫人起身，上前执着她的手，打量了一番，见她皮肤柔润白皙如凝脂，气色也不错，容色比在将军府的时候更胜三分，二老夫人才微微放下心来，只是想起她在将军府的日子，眼眶不禁一红："惜惜，近来可好？"

"二老夫人放心，惜惜一切都好。"宋惜惜扶着她坐下，微微一笑，明眸上挑，"二老夫人最近还好吗？"

"好，都好。"二老夫人坐了下来，见宋惜惜确实没有因为战北望和易昉成亲而神伤，这才彻底放心。

"惜惜，"闵氏在一旁还礼，"是这样的……"

"大夫人着什么急啊？"二老夫人斜睨了她一眼，"你婆母一时半会儿也死不了，容我与惜惜叙叙话。"

宋惜惜一听这话，便知道闵氏前来是因为战老夫人的病又发作了，但她没搭腔，而是与二老夫人说着话。

二老夫人将双手放在身前，蓝色的如意纹样褙子还是去年入秋时宋惜惜叫人为她做的，包括放在一旁的白狐毛围脖儿。

"外头的人说什么，你不必管，人都是健忘的，保管过了年，他们便再也记不得你的事情，所以你万万不可因为那些流言蜚语而堵心难受。"

宋惜惜道："外头的说什么，我不知也不管。"

二老夫人听到这话，更加心安了，便不再说这个话题，也没问外头为何会有禁军，只问了她日常都在做什么，有什么消遣。

二人说了一盏茶左右的工夫，闵氏在一旁听她们闲话家常，急得如同热锅上的蚂蚁，坐不是，站也不是，最后干脆直接打断了她们的对话："惜惜，我今日来，是有一事相求。"

二老夫人神色淡漠地端起茶来喝，反正要问的，她都问了；该知道的，她也知道了，接下来不管闵氏说什么，她都不会帮一句腔。

宋惜惜看向嘴唇脱皮的闵氏，这么冷的天，她的嘴角还起了火泡，可见最近是真的忙昏了头。

"大夫人有话请讲。"宋惜惜温和地道。

闵氏听她唤这句"大夫人"，心里有些难过："你往日都是叫我'大嫂'的……罢了，我还说这些做什么？今日来，是因为婆母的病昨天夜里又发作了，到了今日一早，更是气得直接昏了过去。如今人是醒了，可若没有丹雪丸，大夫说也熬不了多少时日，所以我来求你，劳烦你去跟丹神医说说情……"

闵氏也知道现在还来求人家是很不要脸的行为，但她没有法子，她的眼泪都快掉下来了："婆母说，我若请不来丹神医，便要休了我。你知道的，我入门四年，如今只有一个女儿，以前你在的时候，都是你侍疾尽孝，她要休我，一句'不孝'便可把我休出门去，我实在是没有办法才来求你的。"

"昏过去了？"宋惜惜想起一个多月前，她才服过丹雪丸，就算发病，也不至于昏过去啊，"为何忽然这么严重？"

闵氏满脸愤怒："还不是因为昨日二叔和易昉大婚的事……"

她说了一半，自知失言，连忙闭嘴。

宋惜惜"哦"了一声，神色平静。

她记得二人的婚期是在十月底，但具体哪一天还真的不知道。

宋惜惜见闵氏既焦躁又不安的样子，不禁莞尔："无妨，你就说吧。"

她今晚便要离开京城，如果事情今天没解决，明日、后日，闵氏肯定还要来，不如趁早把事情解决了，省得闵氏日日在府门口求见又进不去，把事情闹大。

她知道闵氏不被战老夫人喜欢，除了没生儿子，还因为闵氏的娘家不得力，嫁妆也没多少，更无魄力与世族大家贵女的气度与风华。

闵氏没为难过她，更没端过长嫂的架子，所以她愿意让闵氏吐吐苦水。

闵氏的眼泪便似断线的珠子，不断地往下掉，她说了婚宴上的乱象：宾客都跑光了，请来的兵士最后也不欢而散，所有人都怪罪她，包括她的夫婿战北卿。

洞房花烛夜，易昉掀翻了桌子，战北望本来走了，被老夫人得知之后，又撑了回去。

"这也就罢了，"闵氏说得又气恼又委屈，"今日一早，嬷嬷去新房取帕子，却没见到落红，婆母以为他们昨晚怄气，没圆房，易昉却大胆地承认，说他们在回京的路上便已经睡过了，与他们一队回京的将士都知道，婆母一听，直接气昏过去了。"

梁嬷嬷在一旁听着，立马便沉了脸："这些事情，大夫人不必说的，我家姑娘还未经人事，听不得这些。"

姑娘是什么身份？怎么能听这种无媒苟合的腌臜事？

这种腌臜事，战北望和易昉不藏着掖着也就算了，竟还让这么多人知道，怪不得会把战老夫人气出个好歹。要知道，将军府虽然如今没落了，但战老夫人是极爱面子的，当初她即便贪图姑娘的嫁妆，也寻了好些个借口。如今外头传的那些说宋惜惜不孝顺公婆的话，大半都是她放出去的。

梁嬷嬷曾在将军府管事，里里外外都是一把手，闵氏很佩服她，如今见她的脸色陡然一沉，闵氏心里莫名其妙地一怵，讪讪地道："嬷嬷说得对，是我失言了。"

二老夫人听着，心情却万般复杂：惜惜入门一年还没圆房，也幸好没有圆房，没便宜了那个忘恩负义、薄情寡义的战二。惜惜日后若再得佳婿，也是清清白白的女儿家，没半点儿让人诟病的地方。

闵氏绞着手帕。她实在是没有法子了，只能哀求宋惜惜："方才是我失言了，你就看在昔日同为一家人的分儿上帮帮我，请丹神医出诊，不出诊也行，卖些丹雪丸给我们便好。"

宋惜惜不语，神色冷淡，即便是闵氏，也认为是她让丹神医不去给老夫人治病的。

梁嬷嬷恼道："大夫人这话说得奇怪，你们请不来，我们家姑娘就请得来了？丹神医不去给你们的老夫人治病，是因为瞧不上你们老夫人的德行，和我们姑娘一点儿关系都没有。你这话若是传了出去，我家姑娘指不定又要被人说了。"

闵氏"唉"了一声："横竖我如何说都是错，我也不说了，惜惜，我给你跪下吧。"

说着，她便要真的朝宋惜惜跪下。

梁嬷嬷眼疾手快，一把拉住了她，再也忍不住心里的怒气，直接骂道："大夫人何苦这样折辱我家姑娘？你好歹是她的前嫂子，你给她下跪，她如果受了你这一跪，该如何自处？"

二老夫人也觉得闵氏不得体，压根儿不是宗妇的料，冷淡地斥责道："你来找过惜惜，尽了心，尽了力，办不到就回去和他们说，让他们去请，他们多大的能耐啊！怎么偏偏让你出头？什么事都大包大揽，你傻不傻？"

闵氏带着哭腔说："他们说了，若我办不到，便休了我。他们家都是些什么人，诸位都是清楚的，他们真的会休妻。"

宋惜惜看着闵氏绝望的眼神，想来当初将军府策划休她的事情把闵氏吓到了。

闵氏哭出声来，又急忙用帕子捂住了嘴，过了好一会儿才继续说："惜惜，是真的，我不骗你，母亲觉得将军府今非昔比，已经能跻身京圈权贵之列，我掌家的日子，她时常流露出对我的不满，说我是长媳，却没有长媳的气度，她还直言后悔当初让夫君娶了我。

"我与你不一样，我若是被休，回不了娘家，还会被娘家人骂死，说我给他们丢脸了，害了妹妹和侄女们的婚事，我只能在被休之前死在将军府，连姑子庵都去不了。"

闵氏的娘家，宋惜惜是知道的。

她的父亲是枢密院的七品编修，官职不高，也没什么实权，但读书人最重礼仪名声，若是家里出了个被休的姑娘，闵编修是绝对容不下的。

战老夫人觉得如今将军府不一样了，纵然婚礼闹成那样，也只是个暂时的笑话，但是不妨碍战北望和易昉的前程，将军府只会越攀越高，连带着也会提携长子战北卿，如此一来，将军府需要一位真正能稳得住家里家外的宗妇。

但闵氏显然不行，否则当初她进门的时候，战老夫人就让她掌家了。

二老夫人听了闵氏的话，也抿着唇，不作声了，她知道闵氏说的是事实。

与那样的人同出一脉，是她此生最大的污点，可她们二房也确实没有出色之人，将军府只有一座，多年不分家，两房所赚的银钱全部归于公中，如今二房也拿不出银钱来买个小宅子，所以，她没有能力保住任何人，保不住宋惜惜，也保不住闵氏。

倒是宋惜惜略一沉吟，道："丹神医对忠孝之人最为敬重，他老人家如今是恼怒老夫人把事情做得太绝，如果能让战北望和易昉去药王堂跪一两日，兴许能打动他老人家。"

闵氏一听，头摇得跟拨浪鼓似的："二叔和易昉绝对不会愿意到药王堂跪请的，他们是有官身之人，怎么会愿意跪一个平民？"

宋惜惜望着她，意味深长地道："那就你去跪，跪两三天，请得来，是你的功劳；请不来，京中的百姓也把你的孝心看在了眼里。再者，你大寒天跪在药王堂，落了病根儿，往后三天两头儿不舒服，也没人会说你什么。"

闵氏闻言，心顿时一震，瞬间明白了宋惜惜的意思。

宋惜惜压根儿没想让战北望和易昉去，而是要她去，只要她的孝名在外，将军府要以不孝的罪名休她，就绝无可能。

二老夫人也点头："大夫人，你真的要好好感谢惜惜，经此一事，你这位将军府的长媳，孝名就打出去了，哪怕是功勋世家见了你，也得尊称你一声'大夫人'。"

说完，她不禁又叹了口气：惜惜也孝顺婆母，可惜在府中侍疾，外头的人见不到，也不知道。

　　惜惜也是吃了不会宣扬的亏。闵氏若是去药王堂下跪求药，出入药王堂的都是勋贵人家，即便是寻常百姓，路过时也能看到，不管最终丹神医去不去，闵氏的地位都稳了。

　　闵氏连忙道谢："多谢惜惜指点，否则我真的不知道怎么办才好。"

　　她从接管中馈，到操持战北望的婚事，再到老夫人病发，事事都不合他们的意，日日遭骂不说，还要重新站规矩，这短短一个月，过得像一辈子那样漫长。

　　宋惜惜也只能帮到这里了，道："我在府中设了佛堂，未来几个月，我都要在佛堂里诵经，为我国公府满门冤魂超度，所以闭门谢客，希望二老夫人和大夫人见谅。"言下之意，就是希望她们不管发生什么事，都别再登门求见。

　　二老夫人和闵氏走了之后，宋惜惜也没回去睡觉——已经日暮了，等天黑便要出发，现在不睡也罢。

　　她想起闵氏说的战北望婚礼上发生的事，忽然有些想笑。

　　原来这就是战北望喜欢的真性情。

　　可这真性情最终也没有让他高兴，还丢尽了将军府的颜面，婚宴之上，宾客全部走掉了，这可是前所未有的啊！

　　易昉……

　　宋惜惜心里咀嚼着这两个字，努力压下的恨意与怒意如翻江倒海一般又涌了出来。

　　如果不是她贪图功劳，杀降屠村，侯府满门也不会被屠尽。

　　在这之前，宋惜惜从未恨过易昉，丈夫被夺也好，自己被蔑视侮辱也罢，宋惜惜依旧敬她为国征战出力，取得了西京与商国的和平。

　　但现在，她恨死易昉了。

　　易昉杀降屠村的事，外祖父是否知晓，她不知道。

　　陛下多半是不知的，因为所有的塘报、奏本都没提及此事，但也不排除兵部没有誊抄与此事有关的奏本。

　　此事还需要再调查，去南疆之事却刻不容缓了。

　　亥夜，她穿上夜行衣，手持长枪，挑着包袱，在宝珠担心的眼神中离开了。

　　禁军守在正门外，这会儿多半在打盹儿，宋惜惜从后门离开，在暗夜的掩护下，施展轻功，迅速离开了。

　　翌日一早，她便出现在城外的别庄外，跃进院子里头，便见枣红马被拴在正院外，福伯办事妥帖，给马儿准备了马料，她抱了一把过来喂它。

　　宋惜惜抚摩着马儿的额头，轻声道："闪电，我们要出发去南疆，要跑很远很远的路，但给我们的时间有限，辛苦你了。"

　　闪电用鼻子顶了她的额头一下，便继续吃马料。她望了院内片刻，见偏厅的门开了，便进去坐了一会儿，打算等闪电吃完，再休息片刻便出发。

她拿出夜明珠放在桌子上，却见桌子上有几个锦盒，她认得这几个锦盒，是她叫福伯送去给表妹添妆的，怎么会在这里？

她微微怔了怔，随即便想到是什么原因了。

她的唇角勾起一抹讥讽的笑：原来，姨母也嫌她啊！也是，一个婚姻不幸的人去给一个准新娘添妆，是她不懂事。

她将手从锦盒上移开，并未受到困扰，这些礼物代表了她对表妹的祝福，她也尽了表姐的心意，这就足够了。

暗夜，北风呼啸，一匹枣红马快如闪电般奔跑在官道上，马背上的人披着黑色斗篷，斗篷被风吹起，显露出轻盈的身段。

她一手持着桃花枪，一手抓住缰绳，风在耳边"呼呼"作响，刮在她娇嫩细腻的肌肤上，给她带来刀割似的疼痛。

这张脸原本没这么娇嫩，都是因为回京养了两年，现在连点儿北风都扛不住了，真没用。

她有些气恼地在半道停住马，用一块黑布把脸裹得严严实实的，只露出两只黑曜石般的眸子，继续驱马前行。

天亮时，她已经跑了二百多里，到了代县。

她停下来休息，也让马儿歇歇脚，顺便去买马料。这一路要辛苦闪电，所以宋惜惜给它买的马料都是最好的。

她也吃了点儿干粮，喝了牛皮水袋里的茶水。茶水已经冷透了，但喝了两口，她整个人都清醒了许多。

她没歇息多久便继续出发，出发没一会儿，下雪了，好在雪不大，零零星星的，倒是让官道看上去像是撒了一层薄薄的糖霜。

这大好河山，她已经两年没出来看过了，只是如今不是贪看风景的时候，她按照闪电的节奏继续赶路。

晚上住在客栈，闪电和她都好好地睡了一觉。出门在外，她特别警醒，天没亮便起身梳洗，然后在脸上蒙上黑布，继续出发。

路程自然是艰辛的，天气又那样冷，宋惜惜的脸上纵然有黑布蒙着，皮肤也被风吹得粗糙了许多。

在客栈里，她照了照铜镜，瞧见自己原本掐得出水的肌肤变得红彤彤的，像是要开裂了，便取出一瓶茶籽油，往脸上涂抹着，倒不是为了漂亮，而是裂了会疼。

出发的第五天清晨，她抵达了南疆。

这一路，让她觉得不妙的是，官道上完全没有看到运送粮草的队伍，也就是说，北冥王以为赢定了，不需要再源源不竭地运送粮草了。

但即将有一场恶战啊！

第三章
我乃宋怀安之女宋惜惜

宋惜惜抵达南疆后，打听了一番，知道如今只剩下伊力和西蒙还没收回来。

北冥王用兵如神，已经把丢失的南疆国土收回了九成，只剩下这两座城，怪不得路上没有运送粮草的队伍。

北冥王的兵马如今都在伊力，收回伊力之后，就可以把沙国人逼回西蒙，继续进攻西蒙，把沙国人赶走，整个南疆便可收归商国。

她策马直奔伊力。到了如今，马疲人乏，但是就差最后一哆嗦了，所以她让闪电加速赶路，今日之内，一定要见到北冥王。

天黑后，她终于接近了前方战地——北冥王屯兵于伊力城外，还没攻下伊力城。

自进入南疆，满目疮痍，战火蔓延过的地方充满了悲情。

宋惜惜对这片土地又爱又痛，因为父兄就是在这片土地上阵亡的。

但现实容不得她多想，她策马直奔营地，举着桃花枪高喊："宋怀安之女宋惜惜求见北冥军主帅。"

她一路喊着，策马飞奔过去，喊得声音嘶哑。路上自然有阻拦她的人，但是闪电势如破竹，竟从守卫兵士的阵营中直冲过去。

"宋怀安之女宋惜惜，有紧急军情禀报，求见北冥王！"

宋惜惜大喊着，嘶哑的声音在这安静的夜里显得特别突兀。

营帐里，篝火亮起，她看到士兵拿刀纷纷冲出，但听到是宋怀安之女，他们都没有轻易出手。

她翻身下马，将桃花枪垂下，看着盔甲破损步步逼近的士兵方阵，她牵着马，摘下脸上的黑布，露出面容，大声道："我乃宋怀安之女宋惜惜，有重要军情禀报北冥王。"

听到是宋怀安之女,士兵们没有举起兵器,甚至连眼中的敌意也消失了,都好奇地看着她,但也不让她上前半步。

双方就这么僵持着的时候,一匹黑色的骏马从前方急驰而来,停在了宋惜惜的马前。

马背上,身穿金甲,身形高大的男子居高临下,脸上又脏又黑,络腮胡子虬结,遮住了半张脸,只露出一双射着精光、炯炯发亮的眸子。

黑色骏马在宋惜惜的身边绕了一圈,马背上的男人俯身看着她,出声问道:"你是宋怀安之女?"

他的声音透着些许沙哑,也充满了怀疑。

"正是!"宋惜惜抬头看着眼前的将领,不确定他是不是北冥王谢如墨。

她少时见过谢如墨,但那个时候的谢如墨还是一个少年,只是因为自幼习武,他比同龄的少年高出许多。

谢如墨年少时便面如冠玉,她从师门回京的路上,听闻过许多他的事情,多半是说他骁勇善战,万夫莫敌,也听说他是当世第一美男子,可眼前的人,绝对说不上好看,只是充满威严,有将帅之风,尤其是那双眸子,如暗黑无边的天地间射出的一抹带着凉意的锐利之光。

男人望着她手里的桃花枪,眼中有犀利之色闪过,凝神片刻后道:"本王信你,随本王来!"

宋惜惜松了口气。他就是北冥王谢如墨啊!她本以为要费些周章才能见到他,没想到刚抵达伊力城外,只高喊了几句,便把他给引出来了。

她策马跟随谢如墨,就着十步一堆的篝火看过去,心不由得一沉。

南疆本来有三十万兵马,又从成凌关借调了十万过来,总共有四十万兵马。

但以她的观察,如今只怕连二十万都不足了。

北冥王这一路攻城略地,收复南疆二十三城,如今只余下两城,宋惜惜不用想也知道定然牺牲了不少将士。

二人抵达主帅营帐外时,先锋与副将分别立于营帐两旁,宋惜惜看了他们一眼,他们一样盔甲破烂,面容黝黑,胡子虬结。

在距离主帅营帐不到十丈的地方,也有几位武将站着,远远地看过去,其中一人宋惜惜认识,他叫方天许,是父亲的旧部,她年幼时,方叔叔还抱过她。

方天许大步过来,站在宋惜惜的面前,打量着她,有些激动地问道:"惜惜?"

"方叔叔!"宋惜惜唤了一声,眼眶有些发热。

方天许的嘴唇哆嗦了一下,他微微颔首,便转过脸去。见到惜惜,他想起了侯爷和六位少将军。

除了方天许,还有好几位宋怀安的旧部慢慢走近,在篝火的映照下,他们的眼睛发红。

其中一位老将问道："宋姑娘，夫人的身体可好？寒腿可还有发作？"

宋惜惜的心顿时剧痛，眼泪差点儿落下，但她憋住了，点了点头之后，飞快地道："我有重要的事情和王爷说，方叔叔，回头再叙话。"

谢如墨立在主营前，高大的身影笼罩在宋惜惜的身上，他用习惯性的命令口吻道："既有军情，进来禀报。"

他挑起帐先进去，宋惜惜握住桃花枪，跟着进去了。

营帐里冷得很，比外头暖和不了多少，正中央是一张案桌，桌上摆放着舆图，还有一个沙盘，是用来推演战情战术的。

南侧是一张床，被褥都脏成了灰黑色，有血腥味和药材的味道，角落里还丢了些染血的纱布。

凳子、椅子都是没有的，但沙盘旁边铺着一张席子。

北冥王先坐下，他的坐姿有些奇怪，并非盘腿，而是一腿伸直，一腿弯曲。

他言简意赅地道："说，有什么重要军情？"

宋惜惜放下长枪，望着他漆黑如墨的眸子，道："王爷，我二师姐在沙国探得消息，西京约三十万兵马进了沙国，换上了沙国士兵的战甲，正奔往南疆战场。"

北冥王皱起眉头："你二师姐探得的消息？本王记得你去了万宗门，那么你二师姐也是万宗门的人？"

"是。"宋惜惜担心他不信，"王爷，我二师姐探听到的消息不会有假，不过兵马人数上或许有出入，三十万，可能不止，也可能不足。"

北冥王盯着她："为何不直接禀报皇上？"

宋惜惜道："我已禀报，但无凭无据，皇上不信。"

"你二师姐……"北冥王摇摇头，漆黑的眸子闪了闪，"你告诉皇上是你二师姐探听到的消息？你错了，你应该告诉他是你大师兄打听到的消息，他会相信的，皇上对你大师兄沈青禾甚是敬服。"

"我说的便是大师兄给的消息，但我确实走错了一步，我冒充大师兄的笔迹写了一封信，被皇上识破了。"她顿了顿，望向北冥王，"言下之意，王爷相信了？"

北冥王道："你二师姐叫萍无踪，她是江湖上最有名的暗探，她探查到的消息，不会有错。不过皇上并不认识江湖中人，整个万宗门，除你之外，他也只认识你大师兄一人。"

宋惜惜没想到他对万宗门如此了解，一路上的担忧终于放下了。

她这时才觉得极度疲惫，只好双腿发抖地坐在席上，也顾不得失礼了，实在是许久没有这样着急地赶路过，有些吃不消。

北冥王见她这般，笑了，露出洁白的牙齿："累坏了吧？几日赶到的？"

"五天。"宋惜惜轻轻地喘了一口气，"我还好，就是我的马儿真的累坏了。"

"了不起！"北冥王眼中露出欣赏之色，对外大声喊道："喂马，备膳！"

外头传来洪亮的声音："是！"

宋惜惜连忙问道："王爷不先想对策？或者派人火速传信回京，让皇上增派援兵？"

北冥王将后背靠在案桌上，漆黑修长的手指在腿上敲了敲，眸子眯了眯："募兵。援军没这么快来，要扛过首战，就必须先募兵，还有筹集粮草。"

他看着宋惜惜，眼中难掩赞赏："你亲自前来南疆报信，这个做法是对的，让本王有足够的时间想应对之策。本王叫人领你下去休息两天，然后送你回京城去。"

宋惜惜摇头："我不回去，我的父兄就是死在了南疆战场上，我已经寄信给我的朋友，让他们一同来南疆杀敌。"

北冥王眸子一沉，整个人变得严肃起来："胡闹，上战场岂是你想的这么简单？侯爷和几位少将军已经捐躯了，你若有个三长两短，本王如何向你的母亲交代？而且本王听闻你嫁给了战北望……嗯？对啊，你嫁给了战北望，成凌关大捷，战北望应该已经回朝了，为何他不去禀报皇上？他是功臣，皇上对他的话，应该是会信几分的。就算皇上不信，也该是他来报信，而不是让你来。"

北冥王的一番话让宋惜惜愣怔了半响。

他在南疆战场上关注到成凌关的战事一点儿也不奇怪，因为两边都在开战，有时候也要互通战况。父兄战死之后，他就取代父亲的将帅之位，在南疆领兵与沙国人打仗，至今已经三年，国中大事，他在战场上或许会关注到，但她嫁给战北望这样的小事，他也知道？

只是，他知道她嫁给了战北望，却不知道侯府满门被屠。

宋惜惜没有回答这个问题，垂下眸子，安静了片刻才抬起头，问道："王爷难道不该问西京为何与沙国结盟吗？西京才与我商国签订互不犯边的和约没多久，便撕毁和约，乔装打扮成沙国士兵，与沙国联手，在南疆对我们出手。"

宋惜惜觉得王爷相信得太快，甚至没多问一句，就确定她说的是真话，如此倒是让人觉得有些武断草率。

但北冥王能从凶悍的沙国人手中收复二十余城，绝不是这么轻率的人。

所以，他为什么这么容易就信了她的话？就算他相信二师姐，可这话是她传来的，并非二师姐亲传。

他就不担心是假消息吗？毕竟，连皇上都没相信。

北冥王用手指抓了一下虬结的络腮胡，想理顺些，但胡子打了结，他的手指能穿进去，但梳不下来。

他蹙着眉头，眼眸像野兽捕猎一样露出一抹锐利的光："成凌关一战有问题，本王在得知大捷时，便派人前去调查，但至今还没有调查结果传回来，你知道是什么问题吗？"

宋惜惜没回答，反问道："为何成凌关大捷王爷觉得有问题？"

北冥王条分缕析："成凌关一战，你七舅阵亡，三舅断了一臂，外祖父萧大将军重伤，阵前主将是援军将领战北望。他并没有多少实战经验，奉萧大将军的命令，带兵闯入鹿奔儿城烧粮草，放出南疆即将大胜的消息，这本来只是缓兵之计，让萧大将军有时间治伤并调整战术，竟然就这样逼得西京人投降了，本王不信。"

他的分析让宋惜惜甚是敬服——

只有战场老将才知道，仅仅烧了粮草就逼得敌军投降有多离谱儿。而且事关僵持多年的边线问题，为此两国开战无数次，小战役，大战役，扰攘数十年。加上西京并非没有粮草供给，粮草被烧，便运送粮草，没有投降的必要，再不济，退军停战，商国大军是不会杀入西京的。

"所以，是什么问题？"北冥王问道。

宋惜惜没隐瞒，反正他已经派人去调查了，迟早会调查出来："易昉杀降屠村。"

北冥王脸色骤变："皇上知道吗？"

"我不知道皇上是否知晓，但……但成凌关的所有塘报，包括最后的大捷奏本都没有提及此事。当然，我看到的只是兵部的誊抄本，不是递呈给皇上的所有奏本。"

"你潜入兵部？"北冥王用眼神锁紧她，"你可知偷看兵部文书乃是杀头大罪？你糊涂……你可以问你的夫婿战北望啊！他是援军主帅。"

他站起来，高大的身影投在营帐上，像怪兽一般，他似乎非常生气，俯身，压低声音怒道："你就算潜入兵部，也不该说出来，即便是对本王也不能说！这么轻易相信别人，不知道人心险恶，你在万宗门都白学了？"

"我……"

北冥王眼带厉色："这件事情，对任何人都不要再提起，连你的母亲也不能说。"

她垂下眸子，微微颔首。

"战北望知道吗？"他又问道。

"他不知道。"

他皱起眉头："怎么回事？你不问他，却去闯兵部，偷看军情塘报，杀降屠村是易昉所为，还是他下的命令？"

宋惜惜又摇头："我不知道。"

"易昉……本王记得她是你父亲的旧部易思远的女儿，易思远残了一条腿，她便从了军，因为有一股狠劲儿，剿匪立了功，被封为百户所。你刚才说是她杀降屠村，她怎么会有这种权力？"

易昉是朝中唯一的女将，北冥王知道她。

宋惜惜沉默了。一般情况下是不可能的，但如果她和战北望早有首尾，且战北望十分相信她，就有可能让她带兵单独行动。

她眼中闪过很多复杂的情绪，但她不想在这个时候说那些与战况无关的事，便道："不管如何，成凌关一役存在杀降屠村的事实，如今那三十万西京士兵已经在路上，预计二十五天左右会抵达西蒙，然后直奔伊力。"

北冥王盯着她看了好一会儿，才缓缓地道了句："你有没有想过？就算易昉杀降屠村，西京也不需要投降，除非易昉手里的俘虏中有西京的大人物，迫使西京不得不降。如果签下和约之后，易昉放了那个人，西京顶多是吃了大亏，日后可以卷土重来，报此大仇，他们却选择了直接与沙国结盟。"

宋惜惜顺着他的思路想下去，脸色变了变："那位大人物在易昉手里的时候遭受过酷刑，签下和约，放了他回去之后，他死了？"

"思路清晰，虎父无犬女啊！"北冥王虽然是赞赏的态度，言语里却带着一丝愠怒，"可你私闯兵部，如此胆大妄为，实属不智，你考虑过后果吗？还敢在本王面前说，就不怕死？"

宋惜惜轻声说："王爷不会让我死的。皇上就算知道，也不会杀我，顶多是囚禁、下狱、流放。"

毕竟镇国公府就剩下她一个人了。

"元帅，膳食备下了！"营帐外响起了年轻洪亮的声音。

北冥王瞪了她一眼，随即扬手："先下去把肚子填饱。"

宋惜惜起身出去之后，听到身后传来他下令的声音："五品以上将领，全部进来！"

"备膳"这个说法很"贵族"，但实际上只有两块光饼和两根肉干，这些都是战场上方便携带的食物，送到阵前的军粮多半是这些。

当然，如今屯兵于此，也可以做一些热粥热饭，只是这个时候天色已经很晚了，军营的灶一开就是大锅，没理由为了她专门开火。

不过，伙夫还是十分体贴地给她烧了一壶热水，让她至少能喝口热的暖暖身子。

小小的营帐是临时搭建的，被褥很厚很重，脏兮兮的，有的地方结了厚厚的一层硬块，宋惜惜伸手一摸就知道是凝结在被褥上的血。

带她进来的是一名身材高大的年轻士兵，浓眉大眼，胡子拉碴，他挠挠头问："吃得下吗？吃不下的话，我叫人给您做点儿热汤。"

"不用，这就很好了。"宋惜惜咬着光饼，冲他感激地笑了笑。天冷，光饼也硬邦邦的，硌得牙齿疼。

"那就行。我叫张大壮，自小跟在王爷的身边，您有什么事情，就唤我，这里没有丫鬟侍女什么的可以伺候您。"

"不用伺候，我自己可以，我……"宋惜惜本想说她没这么娇弱，但觉得多余，便只笑了笑，"谢谢！"

"那我出去了。"张大壮转身便走，"您将就着吃，将就着睡吧。"

"行！"宋惜惜也不多话。她实在是饿了，光饼和肉干全被她吃完了，她又喝了几口热水，肚子胀鼓鼓的。

她掀开帐帘瞧了外头一眼，篝火大都熄灭了，只有主帅营帐前的还亮着。她打了个哈欠，疲倦至极，也不管那么多了，让他们商议去，她要睡觉了。

因为疲倦，因为北冥王相信了她的话，她的一颗心完全放松，这一觉睡得死沉死沉的。这种在外野营的日子，她在师门的时候不是没有过，她不怕吃苦。

但她觉得有些奇怪的是，北冥王似乎很了解万宗门，也对她颇为关心，按理说，他们年少时的交集比较少啊！

接下来几日，宋惜惜都没见到北冥王，也没见到父亲的那些旧属。她没被限制自由，可以出入军营，听张大壮说，那晚北冥王召集将士商议之后，便传令开始募兵了。

南疆人恨极了沙国人，沙国人侵占他们的土地，杀了他们的百姓，抢了他们的财物，掳走了他们的姑娘，此仇不共戴天，因此，一听阵前主将说要募兵攻打伊力和西蒙，彻底把南疆收回，热血男儿纷纷前来投军。

宋惜惜虽然自小习武，也听父兄说过不少战场上的事，有时候兄长来信都会说战场之凶险，她也看过不少兵书，历来比较大的战役都是有记载的，她都熟读，但她没有参加过任何一场战事，一切只停留于纸上谈兵。

她问张大壮："王爷可有命人上奏朝廷，要求支援？"

"有，但援兵和粮草不知什么时候才能到，王爷说我们必须先募兵。"

"那如今募到多少人了？"宋惜惜多问了句。

"四千人！"张大壮也没避着她。宋侯爷、宋元帅的女儿是值得信任的，她用五天时间从京城到南疆报信，这不是一般人能做到的。

宋惜惜震惊：才三四天，就募到了四千人？按照这个速度下去，在西京人到来之前，募集几万人不成问题啊。

但是，新兵蛋子没经验，上战场纯属送人头啊！

张大壮似乎是看出了宋惜惜的担忧，道："入伍的士兵已经开始训练了，所以如今诸位将领都不得空。"

宋惜惜问道："那有什么需要我帮忙的吗？"

"有！"张大壮马上点头，"今日一早来了几个人，说是来找你的，但是王爷还在查他们的身份，你可以去认一下，看看是不是你的朋友。"

宋惜惜一听，想着应该是"棍儿"他们来了，急忙道："快领我去。"

张大壮领着她前往后方，远远地，宋惜惜就看到了几道熟悉的身影。

她手持桃花枪，施展轻功飞了过去，大声喊道："'棍儿'，'馒头'，辰辰，万紫。"

四个人一抬头，便见凌空飞来一人，桃花枪一晃一挑，其中一名青衣少年一跃而起，持剑抵挡，两个人便在空中过了几招儿。

只见剑快如闪电，桃花枪神出鬼没，那红缨像是散开的焰火，看得一众士兵都傻了眼：好厉害的剑法与枪法啊！

瞬间，二人落地，青衣少年"哼"了一声："枪慢了。"

"'棍儿'，你的剑法比之前好了。"宋惜惜打量着少年，笑得甚是灿烂，"嗯，也长高了。"

"棍儿"是古月派唯一的男弟子，叫孟天生，因为当初他的师父不让他用真刀真枪，只让他用棍子练习剑法，所以得了个外号叫"棍儿"。

他比宋惜惜小一天，所以宋惜惜能在他的面前摆出姐姐的架子。

"馒头"、辰辰和万紫也围了上来，七嘴八舌地问着。

"惜惜，听说你成亲了，是不是真的？"

"你的夫婿是个武将，听说叫战北望，对不对？"

"师父不让我们下山，我们也打听不到你的消息，去万宗门那边问，你师父凶得像恶鬼一样。"

"惜惜，我真的不敢相信你嫁人了，你怎么能嫁人呢？你这种泼辣的性子，怎么能当人家的媳妇？"

"馒头"是镜花派的弟子，从小就胖，脸颊圆滚滚的，大家便叫他"馒头"。

辰辰也是镜花派的，但她长得就很好看，扎着高马尾，用红色的绸带一绑，那叫一个娇艳野性。

万紫是赤炎门的小师妹，和宋惜惜一样出自名门。她出身江南世家沈家，叫沈万紫，上头有一堆师兄师姐宠着。沈家的钱多到数不清，整个赤炎门都是她家养着的，所以她是赤炎门的宠儿。

万紫性格骄矜，本来不屑于和任何人来往，毕竟她在自己的门派里十分受宠。

但是宋惜惜十岁那年，摁住万紫，打得她头破血流，按理说这种情况，整个赤炎门的人都会跑去万宗门报仇，可万紫的师父一听说是被万宗门的弟子揍的，连忙下令关闭山门，免得反而被万宗门的人登门来讨说法。

看到师门如此惧怕万宗门，沈万紫气坏了，背着包袱就离开了赤炎门，谁知竟在山中迷了路，又遇到了野兽，恰好宋惜惜在山上练功，救了她。

自此，二人就成了好友。

宋惜惜看着他们你一句我一句地问着，像万宗门外山林里聒噪的鸟儿，她大喊一声："闭嘴，现在不是说这些事情的时候。他们在募兵，我们去报名从军，杀得沙国人片甲不留。"

上战场，总要有一个名正言顺的身份，哪怕是个最低级的士兵也无所谓。

听到可以名正言顺地砍别人的脑袋，四位小伙伴都激动坏了，急忙朝募兵处奔去。

负责募兵的小将见三个少女也来报名，当即扬手让她们回去。

沈万紫冷哼着跃起，凌空一鞭抽下，旁边的一块大石头顿时碎成了几块。

沈万紫执鞭冷冷地问道："保家卫国，分什么男女？你就说收不收？"

募兵处的人都惊呆了，忙不迭地点头："收、收！"

募兵只是暂时的，等战事结束，她们就可以解甲归家，有这么厉害的功夫，肯定是要先收下的，砍一颗脑袋是一颗嘛。

五个人成了最低级的卒，但是沈万紫素来要强，问道："杀几个敌人可以晋升？"

那个小将说："一颗人头奖励一两银子，杀敌三十人可晋升一级，依此类推。"

沈万紫嘴巴一翘："那捞个将军当当岂不是极容易的事？"

大家哄笑：虽然刚才她露的这一手很不错，但是上战场杀敌哪里有么容易？小姑娘就是天真。

新兵被招募入伍后，当日就要开始集训。

他们五个人和一批新兵蛋子被送到了训练场，握刀练习、砍杀练习等基础的训练对他们五个人来说再容易不过。

十项训练，他们仅用一盏茶的工夫就通过了考核，让一众新兵蛋子都傻了眼。

只不过，到学习战场理论的时候，他们就乖乖地坐下来听课了。

除了宋惜惜对打仗比较熟悉之外，其余四个人对战争都没有什么了解。

宋惜惜有营帐，虽然营帐小小的，但是他们几个人挤一下还是可以的。

晚上一回到营帐，他们就迫不及待地问宋惜惜嫁人的事。

宋惜惜抱着膝盖，笑着说："是啊，嫁了，又和离了，现在依旧是单身。"

"太好了！"辰辰激动地拍着手，"柳师兄知道你成亲的事后，难过了好久，现在你和离了，你可以嫁给柳师兄了。"

宋惜惜将一根指头摁在她的眉心："我才不要，柳师兄那么凶。"

"能比你师父凶？你师父凶起来，方圆百里的门派掌门人都害怕。"辰辰挨在她的身边，托腮道，"不过，嫁人好不好玩呢？听说是要睡在一起的，你跟他睡在一起了吗？"

宋惜惜说："清清白白，连手指头都没碰过，我们刚成亲，他就出征去了，回来没几天，我们就和离了，他现在已经另娶了新妇。"

对于这段婚姻，宋惜惜就这么简单地一句带过。

"这么快？"沈万紫"呸"了一声，"男人真不是好东西，以后我嫁猪嫁狗都不会嫁给男人。"

"棍儿"说："滋滋，你这话可不对啊，说那个人渣就说那个人渣，不要带上所有男人，我和'馒头'都是好男人。"

他转头去找"馒头"："馒馒，你说对不对……你找什么啊？"

"馒头"正在营帐里翻找，一边找一边闻："有肉香味，是不是藏了吃的？"

"就知道吃，你这个胖子。""棍儿"踹了他的大屁股一脚。

"馒头"理直气壮地说："不吃饱，哪里有力气打仗啊？惜惜，你是不是藏了吃的？"

"哪里有吃的？前线条件艰苦，我几天都没吃饱了。"宋惜惜摸了摸肚子。除了来的那个晚上她吃了两根肉干，之后就净吃光饼了，光饼还从两块变成了一块。

士兵的人数是上去了，但是军粮明显不够了。

"馒头"的脸垮了下去："啊，要饿肚子啊？朝廷怎么能差军粮呢？"

宋惜惜坐在脏兮兮的被褥上，双手一合："应该在筹集军粮了，放心，肯定能填饱肚子的。"

她还是在笑，但是小伙伴们对视一眼，都觉得惜惜的眼里似乎笼着一层从没有过的忧愁。

上京。

南疆塘报飞速到达上京，肃清帝一看，脸色大变，连夜召集兵部尚书以及京军武将入宫，其中便包括战北望和易昉。

兵部尚书李德槐看到急报，额头出了细密的冷汗："西京居然与沙国联手，要夺走南疆？但怎么会？西京才与我们签了互不犯边的和约。"

兵部左侍郎黄大人也惊得双腿发软："三十万西京大军与沙国二十万大军联合，我们如何抵挡？北冥王收复二十三地，只余伊力和西蒙两地，兵将折损已过半，如今的兵力怕是只剩下十几万，且粮草难续，毕竟南疆地大，攻下二十三城之后，便没有大规模筹集粮草了。"

右侍郎孙大人道："皇上，如今派遣援兵只怕也来不及了啊！这条消息我们的探子竟然没有探查出来，可见我们在沙国与西京的探子可能全部被杀了。"

肃清帝想起十天之前，宋惜惜曾进宫禀报过此事，当时还拿了一封伪造的信，说是她师兄沈青禾打探到的消息，可他当时还以为她耽于儿女私情，见不得战北望和易昉成亲，遂怒斥了她一顿，命人送她回府禁足，没想到她说的竟是真的。

如果十天前他就相信了她，立刻派出援兵，再命人筹集粮草，以皇弟统率之能，未必不能与西京、沙国联军一战。

易昉和战北望对视一眼，他们等待的机会终于来了。

成凌关的战功，他们用来求了赐婚，只要在南疆战场上再次立功，那么他们就会成为势头正盛的武将新贵。

到时候，谁还敢笑话他们？

那场婚礼带来的耻辱，战北望至今不能忘记，这段日子虽与易昉圆房，但他的心里头总是憋着一口气。

另外，母亲得知他和易昉婚前便已经苟合，气得当场发病，他亲自去请丹神医，结果连丹神医的面都没见到。

后来易昉也出面去请，丹神医连门都不开，把易昉气得够呛。

最后还是大嫂闵氏去药王堂前跪了两日，终于买到了五颗丹雪丸。丹雪丸是真的贵啊！原先丹神医说一颗三十两，闵氏跪了两日，终于买到了五颗，却是一百两一颗。

母亲这病，即便把将军府卖了，也不可能长期吃这药。

大嫂博了个孝顺之名，他和易昉却遭受嘲讽和耻笑，他们凯旋的功劳已经无人再提起，大家只记得婚宴上宾客全走掉的狼狈。

所以，他们太需要战功来重拾光芒了。

二人几乎是同时跪下，易昉道："皇上，战况紧急，请务必增派援军，臣愿意与战将军领援军前往南疆，争取在西京大军抵达之前赶到南疆战场。"

战北望一怔，想阻止已经来不及了。皇上立刻问道："你能在西京兵马抵达之前先到南疆？"

易昉毅然道："臣定全力以赴。"

"好，朕准了。战北望为主将，易昉为副将，朕令你们立刻点十万京军出城，连夜行军，不得耽误。"

易昉愣了一下，道："皇上，十万兵马怕是不够。如今南疆战场上的兵马不足二十万，西京与沙国联手，起码有五十万兵马，而且沙国有神火器。臣希望能让京中神火营一万将士全部出战，还有三万玄甲军随同出战，由战将军统领。"

兵部尚书李德槐连忙反对，道："皇上，玄甲军乃是皇上亲兵，不可随便调离京师。"

肃清帝沉吟片刻，道："神火营一万将士全部跟随战北望出征，玄甲军调派一万五，跟随十万京军出征，援兵抵达之后，全部交由北冥王统率。"

易昉道："皇上，微臣认为，京军不服北冥王，还是由微臣与战将军统领比较好。"

"荒唐！"李德槐沉下脸来，"一个战场怎么可以有两位主帅？而且京军全部是镇国公宋怀安培养出来的，北冥王也出自镇国公麾下，玄甲军更是北冥王为皇上培养的，他们怎么会不听北冥王的？如果不听军令，这样的将士要来何用？"

丞相穆谨严姗姗来迟，了解情况之后，他也认为需要立刻出兵，援军全部交给北冥王统领。

穆丞相已经年逾七十，古稀之年，却还没告老，证明他在朝堂上有定海神针的作用。所以他的话，肃清帝是听的。而且他分析得也有道理。

肃清帝道："就这么决定了。你们回府交代几句，随李卿家一同前往点兵，抵达后，将京军虎符转交给北冥王。"

· 84 ·

"是！"战北望和易昉领命。

肃清帝看着易昉："你方才说的，能先于西京大军抵达南疆战场，希望你不要辜负了朕的厚望，若能办到，朕重重有赏。"

"微臣定当全力以赴。"易昉抬眸，眼神坚定。

战北望和易昉告退之后，肃清帝与丞相商议监军人选，以及如何尽快筹集军粮送往南疆战场。

胜败在此一举，商国已经拿下了二十三城，若在此时功亏一篑，肃清帝不甘心。

战北望和易昉离宫之后，战北望就皱着眉头说："你怎么能保证我们先于西京大军抵达战场？西京人已经出发超过十日，我们如今还未动身，就算日夜赶路，也快不过西京人。"

易昉一副踌躇满志的模样："没有办不成的事，只要全力以赴，一定可以。"

战北望气结："你说得容易。我们原先带领京军前往成凌关支援，足足两个月才抵达，如今要去南疆，满打满算也只有二十天，你怎么赶得及？"

易昉不满地道："你有工夫说闲话，还不如快些回府交代一下，收拾东西去点兵，马上出发。"说完，她冷笑了一声，"我知道你最近对我不满，在府中，我处处得罪人，你母亲如今也不怎么喜欢我了，但我要用实力告诉他们，宋惜惜做的那些花架子一点儿用都没有，我们只有上战场，真刀真枪地立下战功，让将军府跻身权贵名流的圈子，这才能为将军府的门楣增光。"

战北望听她提起宋惜惜，不由得皱眉："好端端的，说她干吗？"

易昉冷冷地说："说她怎么了？戳你肺管子了？我提她一下都不行了？你跟她是什么关系啊？难不成和离之后还藕断丝连？我看她这一招儿是以退为进，否则怎么引得你去国公府找她？"

战北望眼中有一丝怒意浮现："我说了，我去国公府找她，是想找她出面去请丹神医。除了丹雪丸，母亲的病总要把脉跟进，不能一味地服药而不知道效果啊！再说了，我去国公府后也没见到她。"

易昉冷冷地道："那还不是以退为进，故意不见你的？借着孝顺的名头，谁知道你们二人怀的是什么鬼胎？"

战北望看着她冰冷的脸，觉得心烦无比，也不想和她继续争执这个问题："我们马上就要上战场了，别为一个已经和离的人争吵不休了，好吗？"

易昉也知道他们最近总是被这些乱七八糟的事情裹挟，导致夫妻关系十分恶劣，他们二人马上就要上战场了，不能因此失了默契："是你不许我提她的，你这般护着她，谁知道你的心里是不是有她？"

"我的心里只有你。"战北望牵着她的手，轻声说，眸子却看向了阴沉的天空。

"男人啊，得陇望蜀，我是知道的。"易昉叹气，语气却十分坚定，"但是我一定会让你知道，娶了我是将军府的福气，是你的福气。宋惜惜顶多能帮你孝顺母亲,但这些事情大嫂就可以做;我却能助将军府重回巅峰,重振你太祖父与先祖父的威名。"

这是战北望此生最大的心愿。

战北望微微颔首,却有些不明白:"说来奇怪,为什么西京会与沙国联手对南疆战场发起进攻呢?分明我们在成凌关逼得他们投降,签了和约,他们承诺不犯边的。"

易昉道:"我们签的和约,是不犯成凌关边线,他们相助沙国,却是在南疆战场,南疆我们尚未全部收复,如今伊力与西蒙还在沙国人的手中,他们去的就是伊力和西蒙,所以算不上撕毁和约。"

"这么说也有道理,但是仔细想想我还是觉得奇怪,沙国与西京素来没什么军事来往,如今沙国居然愿意让西京三十万将士进沙国,就不怕西京人别有用心吗?"

战北望在战场上的经验虽不算十分丰富,可他也觉得这两国突然结盟有些奇怪。

"谁管他们?"易昉耸耸肩,"总之,这是我们的大好机会,我还怕他们不来呢。"

战北望却不这么想。

之前他确实想上南疆战场,但那是在仅有沙国士兵的情况下。如今西京三十万人席卷至西蒙和伊力,沙国会不会持续增派士兵尚不知道,就眼下的情况来说,敌军已有五十万兵力。他带的京军拢共不足十二万,再加上如今北冥王手上不足二十万的将士,满打满算也就三十万,而北冥王的兵马已经十分疲惫,伤兵也多,加上粮草不继,饿着肚子等供给,现在肯定无法攻下伊力,只能在原地等大军到来。

最重要的是,如今是冬日,南疆一带严寒,不利于作战,反倒是沙国人皮糙肉厚,有"黑熊将"之称,不惧寒冷,即便是大冬天,他们都可以赤身在冰面上嬉戏。

总之,两国实力悬殊,这一战很难,如果沙国持续增派兵力,想要一举夺回丢失的城池,彻底控制南疆,那将会难上加难,商国大败的可能性极大。

自己若能打赢,那自然能建功立业;如果打输了,估计连性命都要丢在战场上了。

宋怀安与他的几个儿子就是战死在了南疆战场上,南疆战场之凶险,由此可见一斑。

偏偏易昉承诺带着大军在西京兵抵达之前就到达南疆战场,这基本上是不可能的,她却轻易地夸下海口。她到底缺乏官场经验,如果此战大败,皇上问罪之时,他和易昉罪责难逃。

所以,在这大好的机会面前,他显得忧心忡忡,没有易昉这么乐观。

"对了,你知道皇上为何派禁军在镇国公府门口盯着宋惜惜吗?"易昉忽然问道。

战北望摇头,他不想说宋惜惜的事,否则她又没完没了。

易昉拢了一下披风,唇角勾起:"自然是免得她作妖。听闻她是在我们大婚第二天进宫，然后被禁军送回来的，自此禁军便轮班守在国公府的门前，可见她进宫一定是跟皇上提了一些过分的要求，或许与你我有关，她见不得我们好。"

战北望也略有耳闻，只是不敢打探太多，免得易昉不高兴，没想到她自己偷偷去打听了。

"我倒是想看看，"易昉挽着他的手臂，眼中露出了得意之色，"等我们从南疆战场凯旋，她是否还会端着世家贵女的清贵模样，而不露出心底的忌妒。"

战北望忍不住回了句："宋家军功无数，想来她不会忌妒。"

易昉"哼"了一声："宋家军功唯一与她相关的，便是她可以吃着父兄的血肉，享受着父兄的军功带来的尊荣，有一分是她自己挣来的吗？"

战北望轻叹一声："易昉，我们不要说她了，她与我们再无半点儿关系，她过得富贵还是落魄，都与我们无关。"

"自然无关。"她这般说着，又似悲悯地道了句，"我也不必为难她，女子本就可怜。"

战北望听了这话，沉默良久。以前他听见易昉这么说，心中定然敬服欣慰，可成亲之后他才发现，易昉本质上十分轻贱女子，轻贱女子的程度比男子更甚。

暗夜像巨兽般吞噬着人间，一丝光亮都瞧不见，连星子都躲在厚厚的云层里了。

战北望和易昉要上南疆战场的消息让战老夫人既激动又担心。

她知道上战场是祸福相依，大胜，自然就是立大功；大败，命就丢在战场上了。

不过，所有的情绪在心头过了一遍之后，战老夫人选择相信自己的儿子，相信易昉，毕竟成凌关一战，易昉是首功呢，她有能力。而且他们夫妇是将军，只需要指挥作战，冲锋陷阵是兵卒的事。

这么一想，高兴就掩盖了担忧，战老夫人当即命人为他们准备出征所需的物品。

就在战北望和易昉率兵离开京城几日之后，商国安插在沙国的探子终于有消息回报至御前。

密报的内容与北冥王从南疆传回来的一模一样，也与半个月之前宋惜惜进宫禀报的一模一样。

年轻俊美的帝王愤怒地撕碎了密报：大半个月的差距啊！

若他之前信了宋惜惜的话，立刻命援军开拔，同时筹集粮草，商国的胜算便会多出几分。

虽然易昉说可以赶在西京兵马赶到南疆战场之前抵达，但是肃清帝也上过战场，算过距离和行军速度后，他知道这绝对不可能。

他不禁懊恼至极："朕怎么会认为宋惜惜耽于情爱，小气狭隘，舍不得战北望而想报复他？分明她送来的是要紧军情，朕却不信。"

吴大伴小心翼翼地在一旁添茶，轻声道："也是因为宋姑娘伪造了沈青禾的信，皇上才不信她的。"

　　肃清帝摇摇头："若她没有伪造沈青禾的信，朕更不会相信她的空口白牙之言，毕竟，我国与西京才签订互不犯边条约，也正是因为这条约是易昉主导签下的，所以朕认为她是想推翻易昉的功劳。"他苦笑，"朕是以小人之心度君子之腹了，她是宋镇国公的女儿，自小又在万宗门学武长大，怎么会是那种放不下感情的人？"

　　吴大伴忽然想起一件事来："皇上，那日奴才到将军府宣旨，恰好看到战将军与宋姑娘过招儿，宋姑娘的武功着实厉害，战将军在她的手下竟过不了几招儿便败了。当然，奴才不懂得武功，也许是战将军让了宋姑娘。"

　　肃清帝也见识过战北望的武功，知道他虽非绝顶高手，但武艺在年轻武将里属于一等："战北望的武功不错，他应该是让着惜惜了。吴大伴，你去国公府一趟，传惜惜进宫。西京人如此反复，朕觉得成凌关一役可能有朕不知道的事情。"

　　吴大伴亲自去了国公府一趟，撤走禁军之后，进府传宋惜惜进宫。

　　陛下召见，国公府的人便瞒不下去了，只得如实告知，并跪下请罪。

　　吴大伴回宫禀报，肃清帝闻言，甚是惊愕："你是说，朕派禁军盯着她，不许她出门，她当天晚上就跑了？去了南疆报信？"

　　吴大伴跪下道："皇上息怒。据国公府的管家陈福说，因为军情要紧，她在京中除了皇上之外，并无人脉可托，只能亲自跑一趟。又据梁嬷嬷说，她是单枪匹马去的，因此预计五日可到南疆。她应该是见到北冥王，禀报了军情，北冥王核实之后，才发急报回京请援兵的。"

　　吴大伴说完，偷偷地看了皇上一眼，又道："国公府的管家陈福说，宋姑娘临走之前说，等她回来，会亲自向皇上请罪。"

　　肃清帝道："她何罪之有？她去南疆报信，皇弟可早做准备，不至于被打个措手不及，军情有时早一日、早一个时辰都不一样，她有功，是朕没信她。"

　　肃清帝说着，微微侧过身子："朕派禁军盯着她，她都能半夜逃出去？看来她的轻功不弱啊！"

　　吴大伴笑着道："皇上，她毕竟在万宗门学武七八年，万宗门乃我商国第一大派，听闻她是师门最有天赋的弟子。"

　　"是吗？"肃清帝对万宗门的了解仅限于沈青禾，倒不知道宋惜惜如此厉害，"朕有些奇怪，当初宋夫人为何会给她挑了战北望这位夫婿？以宋家的家世，选什么样的世家男儿没有，为何偏偏选了个没落的将军府？"

　　吴大伴犹豫了半响，才轻声道："听闻当初求娶的人很多，但只有战北望一人对宋夫人立誓，永不纳妾。"

　　肃清帝怔了怔，神色便有些不悦了："那还真是讽刺，承诺不纳妾，刚立功便求娶平妻，还让朕当了帮凶，宋夫人看走眼了。"

　　吴大伴叹气："可不是，宋夫人看走眼的岂止战北望一人？"

肃清帝看着他："还有什么事？"

吴大伴道："早些日子，永安郡主出嫁，宋姑娘派人给郡主添妆，没想到连门都进不去，宋姑娘送的礼物也被全部退回，淮王妃嫌和离的女子晦气。"

肃清帝微愠："竟有这样的事？淮王妃与宋夫人是亲姐妹，永安与惜惜自幼便十分亲厚，做表姐的给表妹添妆，有什么晦气的？这是朕做主赐的和离，淮王妃是觉得朕赐下的旨意晦气吗？"

吴大伴说："女子和离，不管是什么原因，总是会被人轻贱，更何况如今国公府只有宋姑娘一人，没有东山再起的可能，人走茶凉，连亲姨母的为人也不过如此。"

肃清帝想起母后与宋夫人的交情，沉下脸来："此事万万不可让母后得知，她极为喜爱惜惜，恨不得收惜惜为义女，如果让她知道惜惜和离之后被人如此轻贱慢待，又要气得心疾发作了。"

吴大伴应道："是，奴才知道分寸。"

肃清帝又想起宋惜惜所受的委屈皆因他为战北望和易昉赐婚而起，心头越发恼怒，下令道："传朕旨意到淮王府，令淮王夫妇自省一个月，除夕不必入宫了。"

吴大伴眼神微闪："是！"

吴大伴退了出去，抬头望天，只见天上灰蒙蒙的一片，顿时想起一个人来，心头仿佛被压了一块大石头，几乎喘不过气来。

也是这样灰蒙蒙的严寒的天，当时还是太子的皇上膳食被人下毒，他因伺候不周、监察不力，被先帝责罚，打了五十杖，奄奄一息。

是那人无意中从太后那里得知，找来丹神医为他医治，这才救回了他的性命，否则，他早就死在了那年的寒冬。

如今，她的女儿遭人轻贱蔑视，他怎可袖手旁观？

所以，素来不多话的他，今日在皇上面前告了一状。淮王不入朝为官，只是个闲散亲王，留在京城侍奉太妃，所以告淮王的状，皇上也不会觉得他是在干预朝中的事。

他叫了两名黄门，一同前往淮王府宣旨。

淮王夫妇面面相觑，都不知道自己哪里德行有亏，皇上竟不念叔侄之情，令他们夫妇自省一月，连除夕都不许入宫陪伴母妃了。

淮王领旨之后起身，偷偷地把吴大伴拉到一旁："公公，还请明示，本王与王妃到底做错了什么，惹了天怒？"

什么都不知道才是最可怕的。

吴大伴扬了扬拂尘，摇摇头，道："老奴不知，只是奉旨行事。"

一句"奉旨行事"，让淮王不敢再追问，皇上天威，罚也是赏。

吴大伴走了之后，夫妇二人面面相觑。他们在京城侍奉母妃，皇上也给了恩典，让太妃出宫，在淮王府与他们同住，皇上素日里跟他们也算是比较亲厚的，怎么没个缘由便罚了下来？

他们可什么都没做啊，也什么都不敢做。

这件事真是奇了怪了。

腊月隆冬，大雪封住了战北望大军前进的路。

本来出京之后，大军已经抓紧时间赶路了，没想到这场大雪连续下了两日，到处都是积雪，严寒尚可勉强忍受，这行军速度却被严重拖慢了。

一脚下去，再要把脚拔出来，那就十分艰难。

南疆也下过一场雪，好在不大。新兵的训练基本已经完成，招募的新兵蛋子有三万，兵器和战甲也在塔城赶制，有望在西京大军抵达之前被全部送到前线。

北冥王来找过宋惜惜，本来是打算严令她回京的，但是宋惜惜说她已经入伍，现在回京就是逃兵，宋家不出逃兵。

北冥王拿她没法子，只能令他们五个人互相照应，毕竟一旦打起来，武功未必能施展开来，因为那时就是人堆人，敌我纠缠在一起。

北冥王把辰辰给吓坏了，她说这位阵前主帅跟个野人似的。

沈万紫淡淡地道："只有他一人像吗？我看这些兵士都像野人。"

是啊，在南疆战场上，他们耗了三年又三年，当初的主帅是宋惜惜的父亲，如今的主帅是北冥王谢如墨。

"馒头"说："不要紧，野人打仗厉害。"

腊月二十三，小年夜，战争打起来了。

伊力城门大开，数之不尽的"沙国"士兵杀了出来。他们之中有些是西京人，有些是沙国人，但穿着一样的战甲，根本分不清楚。

第一次上战场，他们五个人都有些手足无措，这打仗与比武是真的不一样，近身肉搏，所有人举起的大刀都没有招式，只是把人往死里砍。

北冥王的大军是不能后退的，因为后方就是塔城，塔城已经收复，如果大军退回塔城，塔城很容易被攻陷，所以要在这野外打。

宋惜惜很快就找到了节奏，瞬间如同血脉觉醒一般，直冲中间的敌军而去，一支桃花枪挑得飞快，招招刺入敌人的喉咙，全部是一枪毙命。

她想过擒贼先擒王，但是，她读过不少兵书，知道穿着金甲，骑着骏马的将帅未必是真的将帅，有可能是假冒。所以，她人生的第一场仗是硬仗，杀就完了。

她杀得筋疲力尽，从天亮杀到天黑，全身的力量都用完了，敌人却像是杀之不尽。

她的全身沾满了鲜血，都是敌人的鲜血。她被砍了一刀，在肩膀处，但是伤势不重，因为那一刀被竹甲卸了部分力道，所以只是皮外伤而已。

入夜，沙国兵马退回了伊力城，将城门关上。

第一战，商国捷。

宋惜惜和几个小伙伴躺在地上，累得已经不想动了。

他们全身都是血，如果不是还有呼吸，只怕会被当作尸体收了。

方天许带人清理战场。商国军队死了三千二百人，伤者暂时还没有统计出来。

沙国人死了六千，被俘三百，不过六千是保守数字，因为沙国人退的时候也拖走了一些尸体。

"惜惜，你杀了几个人？"沈万紫躺在满是鲜血的地上，觉得喘气都有些费劲。

"我数到三十的时候就没数了。"

宋惜惜抬了抬手臂，觉得桃花枪重得很，打仗真的是很累的事。

"我数了，我杀了五十个！""馒头"想一个鲤鱼打挺，帅气地跃起，但是鲤鱼了一下，人还是躺在地上。他的兵器是剑，因为敌军人数太多，剑被打落，后来他用拳头和双脚杀人，结束后才捡回自己的剑。

沈万紫说："我杀了六十三个。"

北冥王的副将张大壮走了过来，他也浑身血污。

宋惜惜先坐起来，再用桃花枪支撑着自己站起来："张副将。"

"宋惜惜！"张副将用惊喜和激动的眼神看着她，"你知道你歼敌多少吗？"

"不知道，我后来没数了。"

张副将一击掌，激动得眸子生辉："元帅亲自清点了你杀的敌人，你是用桃花枪刺敌人的喉咙，只清点这部分，就有三百多，还没算不是一枪封喉的。你太了不起了！你真的是第一次上战场吗？诸位将军都说你不愧是宋元帅的女儿！"

"杀了这么多吗？我是真的没数，太累了。"宋惜惜站着双腿都在发抖，也不知道是冷的还是累的。

"快去，元帅召见你们！"张大壮见她又要坐下来，连忙道。

"馒头"一个鲤鱼打挺起来，顿时恢复了精神："元帅召见？那我们得去。"

之前那个小将说杀三十个人就可以晋升，他杀了五十个，足够晋升了，惜惜杀了三百多，真厉害，不愧是他们这群人中最出色的武者。

他们互相搀扶着来到了帅营，挑开帐帘进去，没想到里头已经坐了好几位将军，方天许将军也在其中。

"馒头"脚步一顿，因为里头实在是没地方让他们进了。

结果他一停，后面跟着的人没料到，全部扑在他的身上，五位神勇的少年少女乱七八糟地倒在地上，惹得哄堂大笑。

这人丢大了，沈万紫气得很，站起来踹了"馒头"一脚。

北冥王也笑了，他的眼神落在宋惜惜的脸上，眸子特别亮："宋惜惜，了不起！"

宋惜惜想谦虚一下，但实在没什么力气了，便疲惫地笑了笑。

"惜惜，有宋元帅之风！"方天许也十分激动，上前用力地拍在她的肩膀上，宋惜惜被他拍得几乎跪下来。

她努力稳住身子，不能丢了父亲的面子。

"宋惜惜听封！"北冥王站起来走到宋惜惜的面前，伟岸的身影几乎把宋惜惜笼罩在其间，同时，他沙哑的声音响起，"本帅封你为千户所，领兵一千，这一千士兵任由你来调配。

"至于其他几人，封你们为百户所，隶属于宋惜惜麾下。"

对军制不熟悉的几个人开始掰着手指算：百户就是一百个军户，那还不错，好歹管着一百个人，毕竟千户是管一千人嘛。

现在宋惜惜成了他们的老大，无碍，本来在梅山她就是老大。

宋惜惜眼睛大睁：这么快就晋升了？还一下子升得这么高？

北冥王显然很高兴，当着诸位将军的面称赞了宋惜惜一番，之后让众人出去，他要单独和宋惜惜讲几句。

帅营里只剩下北冥王和宋惜惜二人。

宋惜惜作为刚刚晋升的宋千户，虽然很想坐在地上，但还是挺直腰身站立着，望向北冥王："元帅有何吩咐？"

"坐下来说。"北冥王自己先坐下。他脸上的血污还没擦干净，胡子都被血液粘在了一起，显得脏兮兮的，唯独那双眸子亮闪闪的。

宋惜惜艰难地坐了下来。

北冥王从案桌上抽出一封密信，递给她："这就是西京与沙国联手的原因。"

宋惜惜眼神一凛，西京与沙国联手的原因，大概也是她满门遭灭的原因。

伊力城。

西京的元帅苏兰基站在城楼上，看着远处的商国士兵，仇恨与愤怒在眼中燃烧。

"南疆，他们守不住的。"苏兰基冷冷地说，眼中的仇恨似乎能把远处的商国人焚烧掉。

"你的士兵伤病多，休整几日再打。"沙国元帅维克多说。

苏兰基摇头，他的头上戴着一顶厚厚的帽子，嘴里哈着白气，双手扶在城楼的砖块上："不，不能让他们高兴太久，后天继续发动攻击，三天之内，我们要拿下塔城。"

维克多倒是无所谓，反正现在冲锋陷阵的大部分是西京人，他们是自带军粮过来的。

"你让我们调查的事查到了，那位叫易昉的女将军确实在商国的援军里，如今正奔赴南疆战场。"

苏兰基拳头紧握，额头青筋尽显："此人，我要不惜一切代价生擒。"

维克多不解：一个女人而已，何以痛恨至此？

"此人与你们有何深仇大恨？还有，你们西京在商国京城不是有探子吗？为何要我们沙国的探子打探情报？"

"我们西京的探子，"苏兰基的双手缓缓地松开，他沉沉地吐了一口气，白气萦绕着他疲惫的脸，"已经完成了他们的使命。"

维克多不知道西京为何襄助他们沙国，而且是毫无条件地襄助，他只知道沙国的陛下与西京皇帝结盟，约定拿下南疆之后，两国互市加强，开通海域，这是有利于两国的好事，所以不算是西京的条件。

维克多觉得，或许是因为他们在成凌关一役败给了商国，还投降了。

维克多看不起投降的人，当然，他不会表现出来。

这边，宋惜惜离开帅营，缓缓地走回军营，眼里藏着滔天恨意。

北冥王给她看的密信上写着：易昉俘虏的将士中有一位小将是西京太子，他本来是去战场上历练一下的，结果在鹿奔儿城被易昉俘获了。被俘之后，他没有透露身份，因为嘴硬而被易昉手下的将士灌了屎尿，这些将士对他极尽羞辱之后，居然还将他去势了。

太子被俘也是西京投降的原因，他们是为了从易昉的手里换回太子。

可惜这位太子承受能力太弱，被释放之后，居然拔刀自刎了。

西京自然不愿意让人知道自己国家的太子被灌过屎尿，还被去势了，更不想让人知道太子因为承受不住折辱而自刎，所以没有在成凌关一线发难，而是选择了与沙国联手，在南疆战场上复仇。

和约是在鹿奔儿城签的，签得十分仓促，怪不得成凌关大捷易昉是首功，而易昉甚至都不知道她折辱的那个小将是西京太子。

怪不得西京探子不惜倾巢而出也要屠杀她侯府满门。

易昉！

她极力忍下心头的滔天恨意。北冥王说，一切以大局为重，在南疆战场上，暂时不提成凌关的事。她明白的，忍得喉头腥甜，满嘴血腥味，她也只能先忍着。而且，这件事情很有可能牵连外祖父，她不忍也得忍。

西京人要复仇，却选择不直面真相，而是拐弯抹角地在南疆战场上复仇。

易昉害苦了南疆，否则以北冥军之势，攻下伊力和西蒙指日可待。

现在西京人来了，要牺牲多少将士才能换得最终的胜利？

回到营内，宋惜惜已经收敛了所有的情绪。

虽然晋升为宋千户，她却依旧只能和辰辰他们住在那个小营帐里，只不过多了两床被子，是从塔城送过来的新被褥。

因为"馒头"和"棍儿"是男性，所以他们在中间拉了一个帘子，脱衣裳疗伤。

大家或多或少都受了伤，但都不算严重，只是天气寒冷，疼痛感会比平日强烈。

宋惜惜派发了治伤的药，但谁都没要她的。谁上战场不带点儿药？各门派都有自己的治伤圣药。

宋惜惜把药收回："省了。"

"惜惜，听说你的前夫带着那个新妇来支援我们，到时候你们见面，会不会很尴尬啊？"辰辰把衣裳穿好，把地上的药粉清理了一下，问道。

"尴尬什么？"沈万紫"哼"了一声，粉脸上笼罩着寒霜，"视他们如猪狗便是，咱们眼里可看不了这两坨脏东西。"

"馒头"挑起帘子："话说，为什么你的母亲要把你嫁给战北望那个贱人？"

"他说永远不纳妾。"宋惜惜躺了下来，浑身像是被马车碾过，又酸又痛又累，"母亲大概是觉得我在万宗门混了这么多年，不擅长内宅争斗，怕我在妻妾之争上吃亏。"

辰辰一张千娇百媚的脸已经变得脏兮兮一片，血迹擦不去，都凝固了，像一块一块的红斑："我不是很懂内宅的事，但是你母亲这样想是没错的，就是遇上了个人渣。"

"馒头"在帘子后又把伤口缠了几层，道："那你母亲一定很后悔吧？要是我，定然带着家奴前去把将军府闹个天翻地覆。你也是，在万宗门的时候这么泼辣，怎么那个人渣如此待你，你也不给他几鞭？"

宋惜惜闭上眼睛："京城贵族圈和江湖不一样，我和离出门，已经被人瞧不起了，如果我再殴打夫婿，哪怕是前夫婿，人家也会指着我的族人的脊梁骨骂，更会连累我族中尚未嫁娶的弟弟妹妹。"

"怎么会连累你族中的人？这是你的事。""馒头"觉得不可思议。

沈万紫淡淡地道："就是会连累。她若是有弟弟妹妹尚未说亲，人家打听到他们家出过和离女，这和离女还痛打前夫，这样的人家，谁敢做姻亲？"

沈万紫出身江南大族，这样的事没少听说。

像她沈家出了姑母那样的人，也导致族中子弟嫁娶困难——当年她姑母早就定亲了，却与一个书生私奔，还成了人家的妾，高门大户瞧不起，低嫁低娶也有失门楣，反正规矩一大堆，沈万紫想起来就觉得脑壳疼。

辰辰说："那不打紧，等我们打了胜仗回去，你不必出门，我们代替你去收拾他。"

宋惜惜睁开眼睛，望着辰辰笑道："不用等到打了胜仗，他们很快就会来到南疆，他是援军主将，我在想，我要不要跟元帅说一说我和他的事情。"

沈万紫从包袱里找出一个牛皮酒袋，仰头喝了一口，道："你没做错，不用交代，让他们自己来交代。"

"滋滋，你竟然有酒？太过分了，有酒也不拿出来！""棍儿"闻到酒香，一把扯掉帘子，要去夺沈万紫手中的酒袋。

沈万紫一手抛给宋惜惜，宋惜惜接过酒袋，一跃而起，径直飞到帐外。

"砰"的一声，宋惜惜蹲在地上，酒袋也丢下了，用双手捂住鼻子：痛……痛痛痛！

她撞上什么铜墙铁壁了吗？鼻子都要歪掉了。

一只大手捡起了地上的酒袋，男人扭开闻了闻，晶亮的眼里尽是狂喜之色，说出口的话却充满了愤怒："岂有此理，在军营之中私藏美酒，没收！"

说完，男人一转身便走了。

宋惜惜蹲在地上揉着鼻子，双眼流着眼泪，只蒙眬地看到一道高大的身影飞也似的跑回自己的帅营去了。

"酒被元帅没收了。""馒头"怔怔地说，随即扼腕长叹，"哪怕给我喝一口也行啊，闹什么闹呢？现在被没收了。"

沈万紫也没想到元帅会来，随即"嘿嘿"一笑："我那么大的一个包袱，难道只放一袋吗？"

"馒头"和"棍儿"急忙进去，一口一个"姑奶奶"地喊着，五个人分着喝了另一袋酒。

爽！

第二场战事的号角吹响，铁蹄声阵阵，似踏破山河般令人震撼。

北冥王下令，此番以伤敌为主，少杀多伤。

"馒头"觉得奇怪："能杀为什么不杀？伤了，等伤好之后，他们又会上战场的。"

宋惜惜一挑桃花枪："明白了。"

"馒头"问道："为什么？"

宋惜惜道："阵前不问，听元帅的，也听我的，伤手脚筋，或者砍手砍腿，当自己的性命受到威胁时，杀！"

她已经没有工夫多说，厮杀已经开始了。

宋惜惜一支桃花枪十分显眼，敌军仿佛是针对她而来，竟有百余人围攻她。

二十五支长矛一同刺出，宋惜惜却冲天而起，瞬间消失，敌军收势不及，长矛大都刺在了自己人的身上。

宋惜惜喝了一声："滋滋，蛇缠决！"

沈万紫飞了过来，一条长鞭如灵蛇般迅速卷走所有的长矛，与此同时，她喝了一声："惜惜，天女散花！"

宋惜惜手持桃花枪，凌空飞来，桃花枪一扫，蕴含了柔劲的长矛全部飞散出去，一根根地扎在了敌人的身上。

她们对视一眼：配合更爽！

敌军针对他们五个人分别进行围困，他们便化五为一，整体行动，彻底把敌军针对他们五个人的节奏打乱了。

五个人背对背，"馒头"的刀，"棍儿"的剑，辰辰的锤头，沈万紫的鞭，无一落空，宋惜惜的桃花枪更是招招见血，出手不是挑断手筋便是断了脚筋，再在身上戳个窟窿。

进攻的号角声伴随着厮杀声、惨叫声、刀剑声响彻整个伊力城外。

血雾漫天，映入眼帘的，除了兵器就是血液。

北冥王不断地调整战术，带领商国大军一步步地推进。他自己也下场厮杀，他的武器是金错刀，锋利无比，一出手便能削断敌人的手臂。

今天这一战，以制造伤兵为主，所以，他没有下死手。

这并非仁慈，作为沙场战将，他从来都没有圣母心。

伤兵多，敌军就不得不放缓进攻速度——军医是远远不够用的，所以需要留下部分兵士照顾伤兵。

没有哪个主帅会不顾伤兵的死活，因为这会影响士气。

这一战，直到天黑，商国这边才鸣金收兵。

北冥王对宋惜惜竖起了大拇指："你又立功了！"

敌人的血溅在宋惜惜的脸上，像是结了一道道血色的痂。

她不是很看重战功，她只想收复南疆，这是父亲的心愿。

父亲与兄长们葬身于此，那么她宋家就算只剩下她一个人，也要把南疆从敌人的手中夺回来。

北冥王看着她那张血迹斑驳的小脸：来的时候，她的脸虽说被寒风吹得像是熟透的红果，随时都要烂了，但那时候的模样确实是极美的，如今……如今瞧着是不是个女人都不好说了。

宋惜惜的头发乱糟糟的，敌人飞溅过来的血液凝结在她头发上，导致她的头发要么卷在一起，要么东南西北地倒着，鸡窝也比她的头发好看些；她身上的竹甲已经有多处破损，染满了血迹；脸上没有一寸地方是干净的，不是血迹就是污泥，她已经多日不曾沐浴梳洗。总之，就连街边的乞丐，瞧着也比她整洁三分。

"难受吗？"北冥王想起自己每年去万宗门时看到的那个热烈鲜活的少女，当初她是那样畅快恣意，如今活脱脱跟换了个人似的。

"饿！"宋惜惜干裂的嘴唇张开，吐出一个字。

北冥王脸上的胡子动了动："嗯，都饿，忍着。"

"累！"宋惜惜有气无力地道，"站着都费劲。"

"宋惜惜！"北冥王的眼神变得严肃，"你可知，我商国自建国以来，还不曾有武将第一次上战场就歼敌这么多,连你的父亲也没有,你很了不起。所以,给我挺起胸膛走出去。"

宋惜惜挺起胸膛,像只骄傲的孔雀,迈着外八字步,双手叉腰,一瘸一拐地走出了帅营。

北冥王在她的身后笑着,眼中却有些心酸:这个女娃啊,他自小看着她长大,本以为……

塔城筹集到的军粮被送来了,虽然不多,但是将士们终于吃了顿饱饭。

北冥王晚上召集千户以上的将领开会,宋惜惜拿桃花枪当拐杖,一瘸一拐地去了。

进了帅营,大家都用欣赏的目光看着她。

宋家女将,了不起!

北冥王传召武将们过来,是要推演下一场战事。

满脸络腮胡的北冥王推了一枚棋子,眼中绽放出冷光:"下一场,攻城!"

大家闻言,都觉得元帅此举过于冒险,以西京和沙国联军现在的兵士数量和军备武器,攻城毫无胜算。

唯有宋惜惜问了句:"佯装攻城,是吗?"

北冥王的眼神落在她的脸上:"没错!"

宋惜惜又问:"第一次,佯装攻城;第二次,依旧是佯装攻城;第三次才是真正的攻城,对吗?"

北冥王招手:"宋千户,过来。"

宋惜惜拄着桃花枪走过去:"元帅。"

北冥王站起身,伸手捏了一下她的脸颊:"你怎么如此聪明?简直是天生的将领!"

宋惜惜"咝咝"了两声:"元帅,疼!"

"哈哈哈!"北冥王笑声洪亮,"当了兵痞子,可就不许这么矫情了。"

宋惜惜不矫情,实在是这严寒让她娇养了两年的脸终日要破似的生疼。

元帅的手指粗糙,长满了茧子,一捏她的脸,就跟几根针扎进去似的。

北冥王笑过之后,道:"我们要在援军抵达之前攻下伊力城,把他们赶到西蒙,然后在西蒙与他们展开最后一战。宋千户,本王很期待你们夫妻合作,希望你们能在战场上大放异彩。"

宋惜惜想了想,觉得还是要把她和战北望和离的事告诉大家,免得到时候战北望和易昉带着援军来到,大家依旧以为她和战北望是夫妻,会弄得她很尴尬,而且也容易生出嫌隙,虽然她和易昉结了仇,但她们暂时是同一阵线的。

她刚要说,便听到林将军道:"战北望那小子实在是三生修来的福气啊!能娶到宋千户这样武功高强又骁勇善战的夫人。"

方天许看着宋惜惜，笑着说："惜惜，如果日后他敢欺负你，尽管告诉方叔叔，方叔叔替你收拾他，哪怕他日后武职在方叔叔之上，方叔叔也不会饶他。"

"用得着你吗？"林将军也笑着说，"如果战北望敢欺负她，她手底下的兵自然会站出来。不过，宋夫人亲自挑选的女婿，自然差不到哪里去，咱们就不要瞎说了，免得影响人家小夫妻的感情。"

提到是母亲亲自为她挑选的夫婿，宋惜惜到嘴边的话顿时被逼了回去。

北冥王看见她的神色，总觉得她隐瞒了什么事情，但是她不说，他也不好追问。

这个晚上，宋惜惜没睡着。

来前线这么多天，除了第一天和今天吃饱了肚子，其他时候基本是半饥饿状态，但是睡觉都睡得死沉死沉的，今晚吃饱了，反而睡不着了。

前线真的好艰苦，难为父亲和兄长能坚持这么多年。

她自然也是能坚持下来的，只是她和战北望的事一直没跟元帅和诸位将军叔叔说清楚，实在是不妥。

可她怎么说呢？说母亲为她挑的这个人，刚立了战功便嫌弃她，要娶易昉那样的女将军吗？

大家大概会以为，她来南疆上战场，是因为不甘心，想要证明自己比易昉出色。

京城里的人说什么闲言碎语她都不在乎，但这里是战场，是父兄牺牲的战场，她不想让自己继承父亲遗志的忠义之心被误会为在争风吃醋。

可他们迟早会知道，战北望和易昉一来，这件事就瞒不住了。

她坐起身，耳边的呼噜声瞬间停止了。

大家虽然睡得沉，但也警觉，宋惜惜一起身，他们就都醒了。

"棍儿"没听到号角声，便隔着帘子问道："惜惜，你睡不着吗？"

"我心里有事。"宋惜惜用双手抱着膝，郁闷地说了句。

大家都坐了起来，辰辰挨着她的肩膀，双眼闭着问道："有什么心事啊？"

宋惜惜问道："我想跟元帅他们说我和战北望的事……你们觉得，如果我直接说了，元帅会不会认为我上战场是为了和易昉比啊？"

"棍儿""啊"了一声："你上战场不是为了把她比下去吗？我以为你是要晋升，力压她一头呢。"

宋惜惜翻了翻白眼："连你都这么认为，那么他们肯定会这样想。"

沈万紫挠了一下头皮，头好痒啊，像是有虫子在咬："跟她比又怎么了？难道你不比她出色吗？你现在是宋千户，宋千户啊！你知道千户是几品吗？如果朝廷定品，那你就是正五品的将军了，只不过现在是阵前升的你，兵部还不知道。"

宋惜惜躺下，将双手枕在脑后："我不是为了跟她比，我的父兄战死在南疆，我想助元帅收回南疆，完成父兄的遗愿。"

"棍儿"道:"对啊,我记得惜惜以前说过,要像她的父亲和哥哥那样,成为最出色的武将,她不是为了跟易昉比。"

"我们信,但外面的人谁信?"沈万紫讲话素来一针见血,"他们肯定会想,如果她要成为最出色的武将,为什么去选择嫁人,进内宅侍奉公婆,打理家务,在被丈夫抛弃之后才想起上战场?"

"馒头"说:"其实他们信不信都无所谓,关键是皇上和北冥王信不信,他们才能决定惜惜的去留和升迁。"

大家都沉默了。可不是吗?什么闲言碎语受不得呢?那都不要紧,要紧的是,皇上和北冥王是否会认为她把战场当作了内宅的竞争之地。

辰辰睁大眼睛:"那又怎么样?咱们惜惜是实打实地立下了战功,第一战,第二战,说她是首功,绝不为过。"

"棍儿"拍着被褥,气愤地说:"对,惜惜,管别人说什么呢!再说,这也不是你的错,是男贱人和女贱人的错,咱们不用解释什么,那对贱人来了自然会解释,他要是敢把罪名往你的身上扣,哪怕他是将军,我以下犯上也要扭下他的脑袋。"

宋惜惜吸吸鼻子:"他们大抵……会说我母亲的眼光不好。"

沈万紫说:"宋夫人的眼光确实不好,回京后我要说说她。"

宋惜惜的眼泪一下子就流下来了:"你说不了她了,我家里如今就剩下我一个人了。"

这件事情,宋惜惜还不曾和小伙伴们说过,这是她心里的痛,她不敢说,一说就痛得浑身颤抖。

"棍儿"和"馒头"猛地掀开帘子,黑暗之中,两张惊骇的脸露出来,二人与辰辰、沈万紫对望一眼,异口同声地问道:"什么?"

宋惜惜把头伏在膝盖上,滚烫的泪水大滴大滴地落下:"他们被潜伏在京城的西京探子杀了。西京探子全部出动,我侯府满门鸡犬不留。我那时候还是战北望的妻子,住在将军府,所以避过了那场灭门暗杀,但如果我在……如果我没嫁人,他们就不会死。"

另外四人惊骇无比。

满门遭屠,真是灭顶之灾。

他们四个人上前把宋惜惜抱住,陪着她落泪,辰辰哭着道:"惜惜别哭,你还有我们。"

沈万紫推开他们几个,把惜惜抱在怀中,抚着她的后背,带着哭腔却咬牙切齿地道:"那些西京探子都死了吗?没死的话,我们打了胜仗之后,把他们找出来,报仇!"

"死的死,逃的逃,探子一旦脱身,想要再找出来就很难了。"

宋惜惜把易昉杀降屠村的事隐瞒了下来。以他们的性格,如果知道是易昉杀降屠村而导致西京探子全部发疯屠杀她满门，才不会顾什么大局，大抵等她一来便会杀了她。

这件事情没那么简单。

"找出来很难不代表找不出来，等打完仗，我们就去找！"沈万紫怒道。

纵然她在江湖，也知道西京和商国因边线问题有过不伤平民的约定，打不过就杀一门老弱妇孺，算什么好汉？简直卑鄙无耻！

"对，等打完仗，我们就去找。"辰辰也说。

"馒头"和"棍儿"也用力地点头："惜惜放心，那些人逃不了的。"

宋惜惜展开双臂回抱他们，眼泪还是收不住。每次想起家人，她不哭则已，一哭就难以自抑。

这一晚，五个人都没睡好，第二天他们的眼睛都红肿得很厉害。

得亏沈万紫拿了粉给大家涂涂抹抹，加上他们的脸上本来就脏兮兮的，才没被人看出来。

商军第一次佯装攻城，打了沙国人一个措手不及，不过他们的反应很迅速，以为商军真的要攻城，当即集合兵力赶到城楼上，弓箭手一排排地放箭。

攻城的人手持盾牌，一拨一拨地往前冲，云梯也被抬过来，攻城的投石器也都被运过来了，可打了一个时辰，甚至连云梯都没架上去，商军就退了。

苏兰基站在城楼上远眺，冷冷地道："他们急了，就凭这点儿兵力便想要攻城？以为伤了我们这么多兵士，我们便无力反抗？看来北冥王也不过如此。"

维克多站在他的身旁，道："北冥王若无实力，怎能一连攻下我方二十余城？别小看了他，轻敌是大忌。"

苏兰基冷冷地睨了他一眼："被他们攻下二十余城，是你们没用。"

维克多皱起眉头：西京人怎么如此狂妄自大？真当自己有三十万兵马便天下无敌吗？

商军第二次攻城的力度要比第一次的力度大些：派出三万士兵，投石器抛出了许多石头，砸得城墙有了些裂缝，但是依旧敌不过箭雨，坚持没多久便溃不成军，灰溜溜地逃了。

苏兰基"哈哈"大笑："北冥王不过如此啊，再等几日，等他们连吃的都没有了，我们大举进攻，拿下塔城。"

塔城野外的帅营里，北冥王双手摁在案桌上，高大的身体前倾，眸子晶亮得如同天上的星子。

"传令下去，凌晨大举进攻，只要把伊力城拿下，吃的管够，肉也管够，棉衣与被褥以及其他军需应有尽有。西京人富庶啊，他们是带着一车车粮草和其他军需来南疆的。"

一听到有肉吃,大家两眼放光,实在是北冥军盼肉久矣,恨不得一口一口地囫囵吞下。

舆图一展开,北冥王指着伊力城内的一个小圆圈,招呼宋惜惜上前,修长漆黑的手指往那个小圆圈一指:"宋千户,破城之后,你带三千兵马直奔乐安,包括粮草在内的军需便囤于此处。沙国与西京如今伤兵多,一旦城破,他们会先转移伤兵,粮草为次,毕竟那些东西西蒙也有,对他们来说不是太紧要,可我们实在是太需要了。"

大家这才明白,为什么北冥王在上一场战役里要求制造尽量多的伤兵,而不是歼敌。

在战场上,他从来都没有圣母心。

十六岁封王,封号北冥,刀刀都要取人命的人,怎么会仁慈?

宋惜惜闻言,浑身热血翻涌,粮食、肉、铠甲、棉衣、被褥,他们太需要太需要了。

"保证完成任务!"宋惜惜大声说。

"三千不够,便给你五千、七千,总之,需要多少人手,你尽管说。"北冥王道。

宋惜惜仔细看了看地形图,乐安在城西,那个地方没什么横街杂巷,能一鼓作气冲过去,护着粮仓军需。

"不用,三千人足矣。"宋惜惜信心满满地说。

北冥王叫了一声"好",继续道:"除宋千户之外,其余的人随本帅歼敌,把他们赶出伊力城。"

宋惜惜觉得攻城很有难度,便问道:"元帅可是有了攻城计划?"

北冥王回答得很干脆:"没有,硬攻!"

当晚北冥王便清点了会轻功之人——会轻功还不行,轻功还要厉害,能飞上伊力城城楼。

城楼上有十二座弓弩机,居高临下,对着攻城的士兵,一座弓弩机一次可以放十八支箭。还有神火器,虽然神火器一次只能打一枪,但是对攻城将士来说,还是很大的隐患。

需要武功高强之人飞上城楼,迅速摧毁弓弩机,缴获神火器,剩下的便是强攻了。

其实等援兵到来之后再攻城,自然稳妥许多,但是没有粮食继续支撑他们等下去了。

攻下城,抢到粮食,他们才能活下去。

军中懂得轻功的人不少,但是能飞上那么高的城楼,还能在落地之后迅速摧毁敌人的弓弩机的,人数就少了许多。

宋惜惜五个人可以做到,方将军、林将军可以做到,张大壮可以做到,北冥王

101

更能做到。

北冥王道:"不管谁先完成任务,都必须马上下去开城门,其余人掩护,本王会给你们用最好的铠甲。"

他的目光落在宋惜惜的脸上,显然,他对宋惜惜寄予厚望。

身为主帅的他亲自出马,定然会成为敌方的目标,城楼上的士兵会集中攻击他,要知道,他的一颗脑袋可是价值万金。

而且,主帅阵亡,就如同当年宋怀安与少将军们战死,沙国人会立刻长驱直入,迅速把所有的南疆国土收为己有。

所以,如果北冥王阵亡,那么商国之前攻下的二十余城也会被沙国与西京的铁骑踏遍。

不过,他上阵的话,能给宋惜惜他们五个人创造很大的机会。

北冥王雷厉风行,当即传令点兵,等到子时便擂起战鼓,吹响进攻号角。

商军白天才攻城,伊力城内的西京、沙国联军根本想不到他们会在凌晨又一次攻城。

弓弩机开动,弓箭手到位,城墙上点着篝火,进攻部队却没有,等于他们在明,北冥军在暗,而且是在暗处往前攻。

宋惜惜一行五人策马狂奔,即将抵达城门时借力一飞,直冲上城楼,桃花枪刺中控制弓弩机的士兵,宋惜惜一拳下去,弓弩机四分五裂。

弓箭手对准了她。

但是北冥王随即飞上城楼,篝火映照着北冥王那一身元帅金甲,有人大吼:"是北冥王,杀了他,杀了他!"

弓箭手全部对准了北冥王,箭雨如织,北冥王一把金错刀几乎旋转起来,挡住了一拨又一拨箭雨。

一堆士兵冲上来,拿刀劈向北冥王。

宋惜惜见状,和"馒头"他们迅速摧毁弓弩机之后,跳下去打开了城门。

二人开门,三人掩护,在刀枪剑戟的围攻之下,将城门打开了。

这迅雷不及掩耳之势,联军根本无法反应过来,苏兰基甚至还在睡梦之中,被人叫醒,说北冥军又来攻城了,他只扬手冷笑:"又来?简直是儿戏,放箭把他们吓跑就是。"

"不,元帅,他们攻进城里来了!"

"北冥军攻进城里来了!"

"城门开了!"

一声声凄厉的叫喊声把苏兰基吓得猛地跳起来,当即穿戴好铠甲,持刀奔出去。

奔跑时,他与维克多对视了一眼,从维克多的眼中看到了轻蔑之色,苏兰基气得要命:"你的人守城门,连敌人攻城都不知道,简直荒唐!"

维克多早就看他不顺眼了,但是这两三年和北冥王打下来,自己损兵折将严重,供给也严重不足,如果西京人不来援助,伊力和西蒙迟早守不住,所以他纵然心头有气,如今也只能忍着:"说那么多干什么?传令下去,迎敌!"

战鼓齐鸣,北冥军不足二十万的兵马与联军将近五十万的兵马开战。

宋惜惜相信北冥王敢这样冒险,一定是有策略的,所以她谨记自己的任务:守住乐安的粮食和其他军需,免得敌人退走的时候把这些一把火烧了。

天还没亮,"馒头"举着火把,跑了差不多半个时辰,就抵达了乐安区,粮仓就在眼前。

粮仓是有兵马守着的,宋惜惜一声令下:"开打!"

她率先上场,桃花枪一转,刺在了敌人的颈动脉上。师父跟她说过,刺这个位置能让敌人迅速失血而死,敌人也没有反杀她的机会。

粮仓的守兵不多,只有几百人,三千人对战几百人,迅速便拿下了。

宋惜惜打开门进去,只见粮仓里的粮食堆得像小山一样高,后院里堆满了肉,因为严寒,很多肉都被冰包住了,她扒开一些,口水直流。

敌军大概也意识到北冥军那群饿鬼看上粮仓了,便派出两万联军往粮仓赶来。

宋惜惜带着三千兵马御敌,主力军还是他们五个,他们五个之中,又以宋惜惜为主,杀得血流成河。

这实在是一场艰难的战斗,三千人加五人,对抗敌军两万人,平均每个人要杀五六个敌人。

苦战两个时辰之后,商军歼敌大半,剩余的联军逃走了,而宋惜惜带领的三千人也只剩下一千多了。这一千多人能活下来,也是因为他们五个耗尽了力气,歼灭了大部分敌人。

之前数战都没有今日这一战这么累,他们瘫坐在地上,却依旧不敢懈怠,大口大口地喘着气。

汗水混合着鲜血,从头顶流下来,这样严寒的天气,很快就凝结成了冰,热气还没退尽,便成了彻骨的寒意。

"惜惜……""馒头"喘了一口粗气,睫毛上凝结着白霜,"咱们……咱们真的不去帮他们吗?就在这里守着?"

"军令如山,让我们守粮仓,我们就守粮仓。"宋惜惜靠在墙上,身上穿着金甲,手臂中了两刀,没流血,她也不觉得痛,就是那种黏腻里透着寒冷的感觉让她整个人十分难受。

她看了他们几个一眼,大家都挂彩了,竹甲七零八落,这一仗打得是真狼狈啊!

"大家的伤势都不要紧吧?"

沈万紫摇摇头,已经没有力气说话了。

看着身旁躺着的尸体，有些是敌人，有些是自己的战友，五个人都十分难过。

敌军继续攻来，宋惜惜跳起来，大吼一声："又来了，杀！"

又是一拨奋力厮杀，杀得日月无光，只余满眼血红。

终于，企图夺回粮仓的敌人大部分被歼灭了，再也没有援军过来。

他们倒在地上，累得喘气都费劲，不知道过了多久，终于听到有人打鼓大喊："敌军撤退了，我们胜利了！"

宋惜惜他们在粮仓那边听到欢呼声，知道北冥王大胜，紧绷的神经这才缓缓地放松。

"北冥王果真名不虚传，有神将之勇。"宋惜惜冻得身体都有些哆嗦了，说话时嘴唇也在抖。

"沙国败了，太好了，我们有肉吃了。""馒头"胖乎乎的脸上扬起了僵硬的笑容，他搓着手，高兴坏了。

宋惜惜跃起："走！"

他们离开粮仓，跟上了大部队。

北冥王身着染血的铠甲，背着金错刀，入主伊力城府衙。伊力城原先的知府已经被杀，伊力一直是沙国统治，如今沙国军退了，府衙便没有做主之人了。

粮仓里有粮食，有肉，将士们都能饱餐一顿。

伊力城有军营——沙国在占领期间筑了卫所，大部分士兵都不再需要住营帐。

虽然沙国士兵占领了很多民居，这是因为西京兵来了之后，没有足够的地方住，沙国士兵便把百姓赶离了自己的家，但是现在北冥王下令，所有的百姓都可以回到自己的家中去，卫所住不下这么多士兵，那就找空地扎营。

经此一役，宋惜惜声名大噪。

其实之前数仗她的功劳也不小，但这一次她带三千人守住了粮仓，让大家吃上饱饭，还能吃上一口肉，在士兵心里，这份功劳要比之前的任何一次都大。

这一次之所以能把敌人从伊力城赶出去，是因为北冥王擒住了沙国元帅维克多。

北冥王在伊力城的探子探查到两军的元帅不合，北冥王便利用他们的分歧俘虏了维克多——西京不管不顾地要杀，沙国要退，他们自己先乱了，这才让北冥军有了可乘之机。

第二日，埋葬了牺牲将士的遗体后，北冥王传召诸位将军开会商讨。

"这一次能攻下伊力城，是因为苏兰基与维克多有矛盾，给了我们可乘之机，但是经此一战，他们定会摒弃前嫌，真正地联手，重新调整，因为伊力城丢失得如此仓促，这是他们莫大的耻辱。

"但他们不会那么快反攻，磨合需要时间，再提供供给也需要时间，西蒙虽然也有部分军需，但不多，他们不敢轻易反攻。我们可以等援军抵达，再展开最后一战。"

方天许道："据探子回报，援军可能还需要半个月才能抵达。"

北冥王听了，蹙眉道："半个月？"

他本想说战北望行军速度太慢，但下意识地看了宋惜惜一眼：罢了，她立了大功，这个面子是要给她的。

宋惜惜看懂了他的这个眼神，但没说话。

万紫说得对，有些事情，就让战北望和易昉去说，凭什么让她交代呢？她一个字都不说就对了，免得回头人家还说她编派他们。

北冥王道："惜惜，你回去沐浴，换一身衣裳，本王带你去一个地方。"

宋惜惜抬头问道："去哪里？"

北冥王道："去了你便知道了。大家都散了吧，本王也需要沐浴，换身衣裳。"

宋惜惜和诸位将军应声退出。

这么冷的天沐浴，需要烧很多热水，好在伊力城的柴火足够。在塔城野外扎营的时候，商军要喝一口热水都比较难，沐浴更是奢望。

她如今好歹有武职在身，所以北冥王派了一名罪奴过来伺候她。

这名罪奴四十岁上下，全身也臭烘烘的，叫十三娘，原先在怀城做点儿小生意，因为一些生意纠纷，把一个花瓶砸在了竞争对手的脑壳上，竞争对手没死，但是成了傻子。

她被判到军营为奴十二年，如今已经十一年了，还有一年便可以刑满获释。

十三娘给宋惜惜烧了热水，还找来了一个浴桶，将私藏的皂荚拿出来给宋惜惜洗头——那头发有人洗才洗得干净。

十三娘给她洗了好久，才把那粘着血液的头发洗干净，即便是这皂荚洗头，发质再好，头发也显得有些毛躁。

宋惜惜的一张脸也洗干净了，露出精致的五官，只是皮肤没有原先细腻了，脸颊被擦得发红，都快破皮了，才把那些凝固的血迹洗干净。

宋惜惜换上她来时穿的白色衣裳，披上黑色的斗篷，见湿发被擦得半干，便扎了个高马尾——江湖中人素来不爱梳发髻，只爱这样扎马尾，打起来也方便。

她沐浴之后，擦拭着桃花枪，把桃花枪上的血迹全部擦干净，那红缨也一根根地梳理好。

抚摸着枪身上的桃花纹路，她的心被难过的情绪吞噬了。

她已经预想到了北冥王要带她去哪里——可能，父兄战死在伊力城。

她原先只知道父亲死在南疆战场，却不知道是哪个地方。

她从万宗门回府之后，问起父兄战死的地方，母亲却不欲多谈，一说便哭得几乎昏厥。

半晌，北冥王派张大壮来请她，宋惜惜执着桃花枪出去，却见卫所外的雪地里站着一位身穿黑色鹤氅的年轻俊美的男子。

他身材伟岸挺拔，束冠，肌肤白里透红，唯独眼下和鼻梁两旁的皮肤略显粗糙，眼睛晶亮，五官和面部轮廓与当今圣上有几分相像，不过皇上虽威严，却没有他这份在尸山血海里浸出来的霸气凌厉。

宋惜惜不敢相信眼前的这个人就是北冥王谢如墨，完全是靠那双眼睛认出来的。之前那一脸络腮胡子遮住了风霜，反而为他护住了肌肤。

怪不得大家都说，北冥王谢如墨乃是商朝第一美男子。

纵然宋惜惜无心情爱之事，但是猛地与他的眼神一碰，气息还是微微乱了一下。

张大壮牵着两匹马，其中一匹正是她的闪电。

宋惜惜快步走过去，拱手行礼："见过元帅。"

谢如墨也打量了她几眼，说道："这样挺好。"

宋惜惜说："是的，挺好。"

不穿竹甲，便不用上战场，暂时的和平也挺好的。

她朝闪电奔过去，抚摸着它的脑袋。这样艰苦的条件，闪电竟然没有瘦，一身精壮的腱子肉显示着它的力量感。

"走，带你去那个地方。"谢如墨翻身上马。他的马鞍旁挂着一个袋子，里头不知道装着什么东西。

宋惜惜跟着跨上马背，策马与他一前一后地走着。

那是一个小山岗，树叶早已凋零，山岗上也没什么植被，一眼看去，小路四通八达，均通往更高一些的山。

风很大，"呜呜"作响，像万鬼齐鸣。

谢如墨立于山岗上，负手眺望着最左边的那条小路，那条小路旁边伫立着一块无字碑。

谢如墨对她说："那块无字碑，是伊力城的百姓给你父亲立的，他一人挡在那条小路上，身中数箭，却依旧挂着大刀，屹立不倒。"

泪水模糊了宋惜惜的双眼，虽然她早就猜道北冥王会带她来父亲牺牲的地方，也做好了心理准备，但心里依旧很痛很痛。

"他当时带兵在这里切断了沙国送往伊力城的粮草，想奋力一战，可惜经历了连续的攻城后，兵马疲惫，加上那时候皇上刚登基，在朝中尚未立威，援兵迟迟未至，他已经苦苦支撑了许久。

"本王在伊力城有探子，这些都是探子探得的消息。当时有伊力城的百姓看到这一幕，深受感动，偷偷地在这里给他立了无字碑，以免沙国人看到后，把碑摧毁。年节的时候，总有百姓自发地过来拜祭。"

他从马鞍旁的袋子里取出一壶酒，递给宋惜惜："去吧，给你父亲祭奠一杯，告诉他，你已经成为一名出色的武将。"

宋惜惜擦去泪水，接过酒壶，牵着闪电，一步步地走下山岗，来到无字碑前。

她跪下，把酒倒在地上，未语泪先流。

她可以想象到那种情形，上过战场后，她才知道这样苦苦支撑有多难——

没有退路，也没有继续打下去的能力了，他的面前只有一条路，那就是死死切断敌军的供给，等待朝廷的援兵。

她哭得一个字都说不出来，一声"父亲"卡在嗓子眼儿里，却迟迟发不出声音来，连哭声都是极其压抑的，她不敢放肆痛哭。

谢如墨站在小山岗上没有下去，攻下伊力城的第一晚，他便来祭拜过了。

选择带宋惜惜来，是因为他觉得宋惜惜确实是很出色的武将苗子，假以时日，她不会逊色于她的父亲。

他一直以为，她在万宗门习武，最终也会走上战场，成为商国的第一位女将。

但是她选择了嫁人，嫁给了战北望，以她的谋略与武艺，也可以襄助战北望成为名将。

能娶到她，是战北望那小子三生修来的福分。

在来南疆战场之前的每一年，他都会去万宗门拜见宗主，每次来都会见到那个鲜活的少女在练武，她的脸上永远洋溢着纯真无邪、热烈恣意的笑容。

可现在，他没有再看到那种笑容，只看到极度的隐忍。

她父兄的牺牲，对她的打击很大。

只是他不明白的是，她的父兄既然战死在南疆战场上，自小习武的她，难道不该上战场为父兄复仇吗？怎么会选择嫁人呢？

那个鲜活恣意的少女，最不缺的便是骨气，可她现在连哭都没有哭出声来，仿佛隐忍已经成了她的习惯。

除了父兄的战死，她到底还经历了什么？难道战北望那厮待她不好？

想到这里，谢如墨的眼神顿时冰冷下来。

谢如墨攻下伊力城之后，立刻上奏，以八百里加急的方式将捷报送往京城，所以伊力城被拿下之后，不出三天，捷报便抵达京城，送到了皇帝的手中。

肃清帝自从收到第一封军情奏本，便激动得浑身热血沸腾。

宋惜惜，宋怀安之女，镇国公府嫡女，想不到她竟然如此出色，比起易昉来有过之而无不及。

等再次收到攻下伊力城的捷报，他一拍桌子，大笑："好，好，将门无弱女！"

他立刻传丞相以及兵部尚书，把捷报给他们看，穆丞相激动得热泪盈眶："伊力城收复了，宋惜惜居功至伟。她攻下粮仓，又守住了粮仓，我们可以减少补给！这给我们商国省下了多少粮食银钱啊！宋兄啊，你在天之灵，可看见了？你的女儿真是了不起，不负宋家之威名啊！"

兵部尚书李德槐也激动得浑身鸡皮疙瘩都起来了："我商国前有宋怀安，后有北冥王，如今更有宋惜惜，我朝年轻的武将，眼下便有二人称得上名将，总算是新旧交替成功了。"

肃清帝难掩眼中的狂喜之色："最重要的是，南疆只剩下西蒙一城，只要攻下西蒙，沙国再无反攻之力，沙国一旦退出，西京有何理由再滞留于南疆战场？除非西京想与我们在成凌关再有一战。"

穆丞相老泪纵横："南疆即将收回来了，老臣有生之年能见到南疆回归，死也瞑目了。"

李德槐跪下，恭维道："陛下，这都是陛下用人有方，您知人善用，提前派宋惜惜前往南疆，助北冥王攻下伊力城，且拿到这么多军需。臣甚至怀疑，西京人这一次到南疆战场去，就是给我们送军需去的。"

宋惜惜自然不是皇上派去的，但是此时必须说成是皇上暗中派出的，这样才能彰显陛下有先见之明。

肃清帝"哈哈"大笑："爱卿言之有理啊！他们解决了我们运送粮食艰难的问题。这大冬天的，到处都被暴雪覆盖，军粮送往南疆，实在是困难至极，如今有了伊力城的粮仓，至少可确保攻下西蒙之前粮食充足。我们的将士能吃饱、能穿暖，便能打胜仗。"

肃清帝心里实在是高兴，在位的时候收回南疆将是他最了不起的政绩，来日史书上，他也是最闪耀的皇帝之一。

只是这份狂喜越浓，他便越觉得懊悔，当初宋惜惜进宫禀报的时候，他说了那样的重话，伤了她的心。

对宋家，他始终有所亏欠，因为当初宋怀安在战场上遇险，他没有及时增派援军，使得他们父子七人战死沙场。

这份亏欠，他以为通过追封宋怀安为镇国公可以弥补，但如今宋家女再度建功立业，延续了宋家人对商国的忠义。

他心里轻轻地叹息：当初给战北望与易昉赐婚之事，是他做错了。

他下令兵部尚书李德槐："传朕旨意，宋惜惜立下战功，北冥王阵前封她为千户，朕无异议，朕再赐封她为五品初授武德将军，一旦拿下西蒙，收复南疆，升为正四品明威将军。"

许给阵前将士的承诺是作不得假的，丞相和兵部尚书都知道，宋家即将有一颗新的将星冉冉升起。

不知道战北望在战场上看到这位出色的前妻，是否会有些后悔？

不过，就算他后悔也没用了，如今民间的百姓把宋惜惜骂得一文不值，里头若说没有将军府的手笔，谁都不信。

先封了五品将军，再许诺封四品武职，足见肃清帝对宋惜惜寄予了多大的厚望。

丞相对此毫无意见，虽然宋惜惜被破格提升，但她确实有这种能力。

穆丞相道："倒是援军，如今还未赶到，易昉将军承诺的期限已过。"

肃清帝有些不高兴，但还是给易昉找补了一下："雪天赶路，着实有些艰难。"

李德槐道："皇上，宋惜惜升为五品武德将军，而战将军和易昉将军如今只是从五品武略将军，品阶要比宋将军低一级。"

按理说，战北望和易昉立下了大功，签订了与西京的和约，停止战事，订立边线，这份功劳要大于宋惜惜襄助北冥王攻下一座城，因此李德槐便多说了这一句。

肃清帝道："有何问题？他们二人的战功不是用来求朕赐婚了吗？"

李德槐一拍脑袋，差点儿忘记这茬子事了。

当初战北望以战功求娶易昉，他就觉得这个人可能不怎么好用，但是皇上执意要扶持年轻的武将，他也不好说什么。

如今的武将确实青黄不接，皇上有此番心思也没错。

但是，谁能想到会横空杀出一匹胭脂烈马？宋家真的没有一个人是吃闲饭的。

有些事情，肃清帝还没调查清楚，所以对易昉还持保留态度。皇弟来的密信里提到了成凌关大捷，再联想起西京前后不一样的态度，他也觉得成凌关一役有问题，已经派人暗中调查，但至今尚未调查出结果。

眼下，还是以南疆战事为重。

"前方战事还有激烈一战，所以攻下伊力城之事可以在早朝上说，但宋惜惜的功劳暂且按下不提，等大捷之后，回京论功行赏，朕不会薄待了她。"

"是！"穆丞相与李尚书应道。

确实不宜太早庆祝，也不宜太早把宋惜惜的战功说出来，如今勋贵人家也好，清流人家也好，乃至皇家宗亲，对宋惜惜和离之事还议论纷纷，暂且让他们议论着。

这是一块试金石啊！可以看看哪些人的嘴脸最尖酸刻薄，最后又从尖酸刻薄转为谄媚。

第四章
惜惜实力碾压，易昉急了

年后，正月十三，战北望和易昉带领的援军终于抵达了伊力城。

进入南疆地带的时候，听闻商军拿下伊力城，战北望和易昉都十分心急，就怕自己太迟，北冥王会直取西蒙，到时候他们白跑一趟，半点儿战功都捞不着，这样就太可惜了。

好在，抵达伊力城的时候，商军刚建好城外野地的卫所，与沙西联军还没开战。只要这最后一战来得及参与，他们就能捞到功劳。

彼时，宋惜惜被提拔为五品武德将军这一消息已经由驿马送到几日，这意味着宋千户是正儿八经的五品武将，而不是阵前临时提拔的。

战北望和易昉都不知道宋惜惜在伊力城，援军抵达之后，他们令士兵就地安歇，自己前去拜见统兵元帅北冥王谢如墨。

易昉入城之后，见处处井然有序，百姓安居乐业，一点儿都没有战乱时候的恐慌。

她心里有些懊恼，本以为前方一定会兵荒马乱，粮食不继，大家每日都在焦急地等待援军的到来，她多次想过抵达南疆战场的时候，这里的士兵会有多激动，甚至连北冥王也会亲自迎接，没想到却是这般景象，倒是让她觉得援军的到来有些多余。

战北望和易昉入了卫所帅营，诸位将军也在，正在筹谋最终一战，连宋惜惜都在场，只不过她站在桌案边上，被身旁高大的将军挡住，战北望和易昉都没看到她。

他们二人上前拜见："末将战北望拜见元帅！"

"末将易昉拜见元帅！"

谢如墨抬起头，含笑道："你们终于来了。"

战北望道："一路大雪封路，末将来迟，请元帅降罪。"

"天公不作美，与战将军、易将军无关。"谢如墨瞧了宋惜惜一眼，见她只是抬头瞧了一眼，并未走过去，便觉得她和战北望之间定然出了问题。

倒是方天许和林将军这两位宋家军旧部，看到战北望来了，不免打量了一番，见对方果然长得英朗俊逸，颇有男儿气概，觉得十分满意。

到底是宋夫人亲自挑选的女婿，怎么会差？

方天许上前，拍着战北望的肩膀，"哈哈"大笑："战将军，今日终于见到你了，你这小子福气真好，娶了一位好夫人啊！"

林将军也笑着说："还没恭喜战将军呢，你们夫妻二人合力建功，定能重新光耀将军府门楣。

"战将军，你的夫人骁勇善战，勇猛过人，实在是令我等男儿都羞愧无比啊！"

战北望愣了一下：他娶易昉的事，这里的人都知道了？

他们是宋怀安的旧部，怎么反而恭喜他娶得易昉为妻？

他一时不解，却也不敢胡乱说话，只是微微笑了笑："多谢二位将军。"

一旁的易昉倒是有些骄傲：他们的婚事果然得到了武将的认同。自然，将军就该配女将，强强联手。宋惜惜那种只知道守旧守礼的所谓大家闺秀，只能享受男人带来的荣光。在场的都是浴血奋战的前方武将，自然晓得这个道理。

所以，她笑着拱手道："诸位将军过奖了，易昉怎么比得上诸位将军？成凌关大捷只是侥幸，并非易昉有多勇猛过人。"

她此言一出，大家都愣住了。

他们虽听说过易昉之名，毕竟成凌关大捷她是首功，但那场战事如果没有萧老将军作为定海神针，苦苦守在关口，商军很难取得胜利，所以这首功，是因为她主导签订了和约。可这和约签下没多久，西京人就出现在了南疆战场上，因此，这首功到底如何，也不好说啊！

只是如今他们说到战北望的夫人宋惜惜，她怎么跑出来谦虚一番？

方天许将军看着易昉，眼神有些疑惑，却依旧给予了赞赏，道："易将军的大名，本将也是有所耳闻的，成凌关大捷，易将军功不可没啊！"

易昉眼中不着痕迹地露出一抹骄傲之色，却依旧谦虚地说："过奖，过奖了。"

方天许笑了笑，便不再搭理易昉，反而推了战北望一下，笑着道："怎么呆住了？见到自己的媳妇，也不知道上前问候一下？她受了伤，如今还没好利索呢。"

战北望惊愕地脱口而出："你受伤了？"

"我没受伤啊！"

这二人的对话一出，所有人都怔住了。

什么跟什么啊？

众人看了看战北望，又看向被张大壮挡住的宋惜惜。

宋惜惜缓缓地走出来，神色自若："战将军，易将军，终于等到你们的援兵来了，真好。"

"宋惜惜？"战北望吃惊地看着她，"你怎么会在这里？"

易昉也脸色微变，才想到方才他们恭维的那个战夫人是宋惜惜，而不是她。

她立刻挽住了战北望的手臂，含笑对宋惜惜说："原来宋姑娘也上了南疆战场，只是宋姑娘为何不把你和北望和离的事告知大家呢？弄得大家都误会了。"

宋惜惜听到她带笑的诘问，并没有生气，只是淡淡一笑，道："那都是不值一提的小事，没什么好说的。"

方天许蒙了："和离？为什么要和离？"

易昉说："成凌关大捷之后，圣上把我赐给战将军为平妻，宋姑娘容不下我，便请了圣旨和离。"

这句话是事实，但不是事实的全部。

她绝口不提他们以战功请旨赐婚，是想让在座的诸位将军认为宋惜惜善妒，容不下圣上赐婚的平妻，才请了一道和离的旨意。

毕竟，宋惜惜就算是国公府嫡女，在南疆战场上论起身份来，她也什么都不是。

宋惜惜直视着她，道："二位在成凌关立下大功，更以你们二人的战功求得圣上赐婚，战将军回来与我说的第一句话便是请我成全。我想，君子当成人之美，既然二位真心相爱，我求一道和离的旨意成全了二位，也算是功德一件。"

方天许大怒："什么狗屁？立下战功不惠及妻子家人，却用来求娶另外的女人？战北望，你这是薄情寡义，负心汉！"

战北望再见到宋惜惜，心里百感交集，如今因为赐婚的事再起争执，他实在是感到厌倦。

他心里有些埋怨宋惜惜：为何在他和易昉来之前，不跟他们提起此事？现在弄得场面尴尬，他和易昉都下不来台。

再说了，方天许也不过是从五品的将军，仗着在军中资历老一些，就对他出言不逊，实在是欺人太甚。

易昉不服方天许的指责，道："我们以战功求圣上赐婚，我是甘愿当平妻的，并未动摇她正妻的地位，所以我实在是不明白，为何宋姑娘容不下我？我与北望在外征战，立下了战功，享福的难道不是你吗？"

宋惜惜客气且疏离地说："谢谢，但是战功，我镇国公府不缺，你们留着自己享用吧。"

易昉阴阳怪气地道："是啊，你父兄立下的战功，确实能让你一辈子衣食无忧。"

宋惜惜淡淡地笑了笑："是啊，我父兄立下的战功足以让我一辈子衣食无忧，你说气人不气人。"

确实气人，易昉气得肺都要炸了，却极力压着怒气，冷冷地道："我们确实比不上，我们还得拿自己的命去建功立业呢，但靠着父荫有什么值得骄傲的？"

宋惜惜道："值得，我就是那么骄傲，以他们为荣。"

易昉被她轻飘飘的几句话弄得气急败坏，却不敢当着北冥王的面撒气，只得扭过头，不说话。

方天许的拳头却冷不丁地落在了战北望的脸上："狼心狗肺的东西，亏得宋夫人如此看好你，把惜惜许配给你，你却不知珍惜，你会惹得宋夫人多伤心啊！"

武将的拳头力道很大，战北望被打得唇角出血，脸颊顿时肿了起来。

易昉急了，冲方天许怒道："你怎么打人啊？这是我们的私事，你凭什么打人啊？"

方天许盯着战北望，愤怒地道："他让宋夫人伤心难过，本将就打他。若是不服，打回来啊！别跟个废物似的躲在女人的身后，让女人替你出头。"

易昉气得浑身颤抖，脱口而出："你说的宋夫人早就死了，她伤心什么？宋家满门，除了一个宋惜惜，全都死了，连这一点她都没告诉你们吗？宋惜惜，你到底跑到战场上来做什么啊？想让你父亲的旧部为你出头吗？"

在场的人包括谢如墨都被这句话震惊到了。

谢如墨猛地看向宋惜惜，宋惜惜眼眶微红，迎上谢如墨的眼神，微微颔首。

方天许和林将军以及其他宋怀安的旧部惊闻此噩耗，也大为震惊："怎么会这样？"

宋惜惜轻声道："八个月前，西京潜伏在京城的探子全部出动，我府中……除了随我嫁到将军府的人之外，全部死了。"

"天啊！"

众将不敢相信这个噩耗，宋元帅携六子战死在沙场，他的家人也惨遭灭门，这说一句"惨绝人寰"也不为过。

但是西京探子疯了吗？为什么要这样做？

"宋惜惜，你连这件事都隐瞒，你到底想做什么？"易昉还不忘挑拨。

"够了！"谢如墨沉声喝道："你们二人带来了多少兵马，如实报来。"

战北望揉了揉脸颊之后道："回元帅的话，末将带来了十万京军、一万神火营将士、一万五玄甲军。"

谢如墨看着宋惜惜："宋将军，一万玄甲军归你统管，神火营归方将军统领，今晚安置在城外营地，明日各自练兵。"

易昉尖声道："宋将军？宋惜惜？她凭什么是将军？是王爷以元帅之权封的吧？阵前封将也要让人心服口服，而不是靠着她父兄的功劳，随随便便就把将军之位许人，这叫那些浴血奋战的将士如何心服口服？"

谢如墨冷声说："宋将军参与了五场战役，斩杀敌人无数，破城之时，是她潜入城内打开城门，且带着三千兵马前后对战沙西联军近三万人，在无比艰苦的条件下守住了粮仓，她的功劳已经启奏圣上，正五品初授武德将军乃是圣上亲封，有兵部送来的文书做证，你要看吗？"

易昉大惊失色："正五品初授武德将军？只怕是诸位送她上位的吧？斩杀敌人无数，我不信。"

谢如墨眼神一凛："你信不信不重要，退下吧。"

"玄甲军是我们带来的，凭什么由她统管？我不服。"

玄甲军是最精锐的军队，让给她，岂不是给机会，让她再度建功？这跟把功劳送给她有什么分别？

她只需要在后面指挥，根本不需要冲锋陷阵，功劳就是她的了。

易昉不相信宋惜惜在之前的攻城之战中立下大功，觉得肯定是她父亲的旧部托举了她。

维持武将世家的名声，延续武将世家的荣耀，以此鼓舞士气，这种方式易昉明白，但是她不服。

宋惜惜何德何能？就是因为出身好吗？她一介女流，能有什么本事当五品初授武德将军？

北冥王和这些将军上的奏本是如何吹捧她的，不用想也能知道。

谢如墨仿佛没听清楚易昉的话："你说什么？你说你不服？"

"末将不服。"易昉站直身体，抬起了头颅。他们一路风霜雪雨地赶过来，最后却是为他人作嫁衣，她怎么会服？

谢如墨的眼眸幽深如寒潭："本将这里没有不服从的将士，你不服，那就哪里来的回哪里去。"

战北望连忙单膝跪下："元帅，我们听从安排，援兵到了南疆，便要听从元帅的调配，就连我们夫妇二人也任由元帅调派。"

谢如墨头也不抬："你们自然任由本帅调派，莫非还想凌驾于本帅之上？"

"不敢！"战北望抬头瞧了易昉一眼，见她还是桀骜不驯地站着，伸手拉了她一把。

易昉却大声道："元帅未免太轻视我们夫妇了，我们好歹也是在成凌关立过大功的……"

谢如墨打断她的话，声音如寒冰击石："这里谁没立过大功？"

战北望拉着易昉的手，道："元帅息怒，易将军只是一时冲动，无意顶撞元帅。"

谢如墨冷冷地道："不能接受军令，就立刻离开南疆，本帅需要的是绝对服从的武将。"

易昉纵然再不甘心，也不敢再说什么，只是冷冷地睨了宋惜惜一眼。

国公府贵女，自然是人人捧着的。

与生俱来的高贵身份，自己一介微末武将之女如何能比？但自己问心无愧，自己如今所得的都是自己拼命挣来的。

不像宋惜惜，功劳都是被送到她的手中。

易昉不情不愿地和战北望告退出去，临走还道了句："末将武职低微，出身也不显贵，没有讨理的资格，元帅的军令，末将自当遵从。"

这句话自然是在影射宋惜惜。

她甚至希望宋惜惜冲上来与她理论一番，但宋惜惜静静地站在那里，眼中含泪，一副可怜兮兮的样子，一句话也不辩驳，倒是显得她理亏。

总有一天，她会撕开宋惜惜的伪装，让天下人都知道宋惜惜的心机，她借着父兄旧部抬举立功的行径将为武将所不齿。

战北望和易昉出去之后，方天许蹲了下来，用双手擦着脸上的泪水。元帅和六位少将军没了，连夫人和少夫人、小公子他们都没了，整个侯府，如今就剩下惜惜一人。

落泪的不止方天许，还有其他几位将军，都忍不住偷偷地抹着眼泪。

就连谢如墨，眼眶都是微红的。

宋惜惜的眼泪在眼眶里打转，但是很快就被她逼了回去。她哭的次数已经太多了，而每一次哭，都会让她的情绪崩溃。

她要忍住。

她的声音带着哽咽，缓缓地开口："八个月前，我那时还是战北望的夫人，在将军府侍奉患病的婆母，听到京兆府来报，说我侯府一夕之间满门被屠。我策马回到府中，入门所见，尽是鲜血，我的母亲、嫂子、侄儿、侄女、护院，连同满府的下人，没有一人逃过去，尤其是我母亲、嫂子他们，每个人的身上都被砍烂了，有些人身首分离，我二哥的儿子瑞儿，他的头颅被砍下……"

她深呼吸，说到最后，声音中带着哭腔，她没办法再张嘴，没办法再说下去，感觉那种痛楚如山崩一般袭来。

那一幕，她永远不会忘。

"谁干的？"谢如墨问道。

宋惜惜张嘴，控制了好久情绪，才从嘴里吐出四个字："西京探子。"

谢如墨眼中瞬间血浪滔天，他明白了。

八个月前，也就是易昉屠村掳走西京太子之后。

所以，侯府满门被屠，和易昉在鹿奔儿城做的事情有莫大关系。

谢如墨轻声道："诸位将军先出去，本帅有话与宋将军说。"

方天许擦了擦眼泪，回头用悲痛怜惜的眼神看了宋惜惜一眼，想说点儿什么，最终什么也没说，只有两行泪水滑落。

其他人也转身出去了。

谢如墨倒了一杯酒，递给宋惜惜："坐下，喝一口。"

进了伊力城之后，酒不再是多稀罕的东西了。

宋惜惜接过，一口饮下，辛辣的酒从口腔滑向喉咙，像是燃起了一道火焰，直袭胃部。

谢如墨伸手抚摸着她的额头。他不知道她经历了这么多悲惨的事，本以为父兄战死已经是她遇到的最大的悲剧，没想到她满门被屠，夫婿还违背誓言，另娶他人，她这段日子到底是怎么熬过来的？

想到这里，谢如墨心口有种透不过气的窒息感，那阵窒息感缓缓消散之后，心尖还残留着隐痛。

怪不得她不再是梅山万宗门那个恣意鲜活的少女了，之前他还不解她的眉目为何总是笼着轻愁，还以为是因为她父兄阵亡的事。

也怪不得她知晓西京人扮作沙国人上南疆战场后，会独自一人奔袭千里，到南疆找他报信。

"冷静一些之后，与我说说。"谢如墨坐在了她的身旁，高大的身影像一道屏障。

宋惜惜已冷静了许多："元帅还想知道什么？"

谢如墨眼中仿佛有暗海翻滚："一切，你为何忽然成亲，成亲之后发生的所有事情，西京探子屠杀侯府满门前前后后的事。"

宋惜惜不知道为何他要知道成亲的事，但还是如实告知，且尽量平铺直叙，让自己的情绪起伏不大："我从梅山万宗门回来，才知道父兄战死的事情，我对母亲说要上南疆战场，母亲不许，父亲和兄长们的死对她的打击很大，她几乎哭瞎了眼睛……她逼着我答应留在京城成亲生子，过安稳的人生，我在万宗门野惯了，她叫人带着我学了一年的规矩，然后开始为我说亲。"

谢如墨看着她："本王记得，你并不是那么听话的人。"

宋惜惜眼中闪过一丝疑惑，他说得没错，但他为何会知道她的性情？

"是，但家里遭逢变故，只留下满府老弱妇孺，我便应承了母亲，努力学着做一个大家闺秀，也任由母亲为我挑选夫婿。在众多的求亲者中，她选了战北望。其实她本来不属意武将，但是她更担心我不适合嫁进世家，世家规矩严明，且内宅事情多，她觉得我应付不来，要么是我被欺负，要么是我欺负人，她觉得那样的人生也不安稳。

"她说读书人也不适合我，我自小除了兵书，什么书都不爱看，《女戒》，妇德，一看就犯困，诗词歌赋更是不通晓，与读书人聊不到一块儿去，夫妻之间的兴趣爱好差距太大，很难幸福。"她苦笑了一下，"最终选了战北望，原因有二，第一，他发誓永不纳妾，哪怕我一直无所出，也绝不会纳妾；第二，他虽是武将出身，但家族没落，以将军府那时的情况，要发达起来很难，上战场的事几乎不会轮到他，顶多就是在京中任个闲散武职，且家中的情况不复杂，战家父亲与战家大哥都只是个小官，老夫人常年有病在身，大嫂闵氏也是个内向、没主意的人，有一个小姑，但小姑会出嫁，也碍不着什么事，所以母亲为我选定了他。"

谢如墨微微颔首，一双晶亮的眸子已经变得黯淡："本王若是你的母亲，也会这样为你选。"

"嗯，我理解母亲，所以我听话地嫁了。只是成亲当天，传来成凌关急报，需要增援，刚好乌将军得了急病，便由战北望带援兵奔赴成凌关，所以我与他虽拜了天地，却不曾圆房，他说，让我等他回来，他一定好好待我。"

宋惜惜面无表情地说着这些，仿佛事情已经过去了甚久，在她的心里泛不起半点儿波澜。

"我就这样等了一年，这一年，我替他照顾母亲，操持府内外的大事小情。将军府只有一个破壳子，银钱不足，无法支撑开销，我便用自己的嫁妆维持婆母吃药。一年之后，战北望凯旋，第一件事情便是以战功求娶易昉为平妻。"

谢如墨凝望着她："你不同意，是啊，以你的性格，你怎么会同意？而且他立誓绝不纳妾。"

"也不是。"宋惜惜讽刺地笑了笑，"如果他在求赐婚之前与我商量一下，我没准儿就同意了，但他没有回来与我商量，是求了赐婚旨意之后才回来通知我，逼我接受，而且，他似施恩一样，说会与我生一子，让我有个指望，然后继续当将军夫人，替他和易昉照顾孩子，孝顺公婆。"

谢如墨听到这里，眼中有了愠色："欺人太甚！"

宋惜惜道："这倒不算欺人太甚，后面的才算。"

她把战家谋取她的嫁妆，诬陷她不孝、善妒，以此来休她出门的种种说了出来，道："这才是真正的欺人太甚。只是我没想到皇上会下旨追封我父亲为镇国公，准许我与战北望和离，让我可以带走全部嫁妆。"

谢如墨的眸子里燃着怒火："他们敢如此欺负你，让你受如此委屈？"

"我不觉得委屈。"宋惜惜将双手放在膝盖上，侧头看着谢如墨，眼角下的泪痣鲜艳如血，"我若对他有情意，自然是委屈的，但我没有，于我而言，离开将军府就是解脱，他们的谋算也没有得逞。所以元帅方才会看到易昉那么愤怒——我居然不稀罕她看上的男人，她不高兴啊！"

易昉想折辱她，但她就这么轻描淡写，连眼泪都没流一滴，就洒脱地带着嫁妆离开了将军府，享受着国公府嫡女的尊荣，易昉心里憋屈啊！

而且看易昉方才和战北望之间的眼神和言语交流，他们夫妻并不算恩爱，甚至有些不和。

谢如墨凝望了她良久，缓缓地道："宋家的人是永不折腰的，惜惜，继续保持这份坚韧！"他顿了顿，"成凌关一役，想必圣上也会调查，届时一切将会水落石出，该有人为此事负上全部责任，但或许不是我们都想要的那种方式。"

宋惜惜知道。

西京人极度爱面子，就像他们的太子，被俘虏，遭受侮辱，被灌屎灌尿，被去势，获释之后不图复仇，反而自尽，所以，他们宁可用这样的方式去报仇，也不愿意承认太子被俘虏，不愿意承认发生过这样的事情，甚至为了掩盖此事，连易昉屠村的事情也一同隐瞒了下来。

既然他们隐瞒下来，不愿意就此事与商国交涉，皇上就算调查出来，也不可能公布，免得让商国百姓知道，他们敬重的女将，曾经违反两国不伤平民的约定，残忍地屠杀平民。

调查结果既然不可能公布，就不可能以此为由问易昉的罪，更不可能将此事与侯府满门被灭扯上关系，至少皇上为大局着想，是不会同意这样做的。

把整件事情公布的结果是可以预见的。

首先，如何应对百姓的舆论？在两国交战，西京不曾斩杀商国一个平民的情况下，商国去掳了人家的太子，屠了人家的村庄，百姓会不会认为自己的国家犯错在先？

其次，如何对西京交代？事情公布出来，如果西京承认发生过这样的事情，那么他们就有理由向商国追讨赔偿，让商国给一个交代，商国要付出什么样的代价，才能平息此事？

如果易昉只是屠村，西京人是可以发难的，偏偏易昉掳走折辱的是西京太子。

这是易昉的幸运，却是侯府满门的不幸，是南疆战场上那些因西京援军加入而牺牲的将士的不幸。

因为西京人选择的复仇方法，就是在南疆战场上与沙国联手杀商国的士兵，掠夺商国的国土。而且，把这件事情捅到明面上，外祖父作为成凌关主将，有不可推卸的责任，那样对萧家而言，又是什么样的灾祸？

这些，宋惜惜不是没有反复思考过，这也是她没有选择跟皇上说的原因。

这件事不仅不能说，她还要在皇上面前装作不知道。

但是那些与易昉一同屠村的士兵……宋惜惜可以预见他们的下场。

谢如墨比她更清楚这其中的利害关系，但不要紧，他总有法子为宋家那些亡魂讨回一个公道。

他沉默片刻之后道："本王带你检阅玄甲军，从今天开始，你就是玄甲军的副指挥使。"

京中三万玄甲军，全都是谢如墨培养出来的，全都是精锐，负责保卫京师，防着藩王或者叛军打入京师。

玄甲军一般不上战场，除非不得已。

现在收复南疆之战已经到了不得已的时候，因为调动淮州的兵力会使越国生出狼子野心，所以淮州卫所的兵马不能动。

玄甲军不上战场不代表他们没有上过战场，相反，三万玄甲军全都是从上过战场的将士中挑选再加以训练的。

玄甲军分三部，一万人是玄甲卫，负责保卫天子，掌京师治安；一万人执掌刑狱，可直接逮捕包括皇室宗亲在内的嫌犯，且不需要经过公开审讯，只需要向皇上或北冥王禀报；另外一万人负责监听、监督百官，他们多半乔装成普通人，出入于市井，与各大世家、官员府邸的下人们混得很熟。

现在抵达南疆的一万五玄甲军，是由各部分别抽调五千人组成的。

北冥王带着宋惜惜来到玄甲军卫所，令他们全部出列。

一万五玄甲军，身穿黑色铁甲、战袍，个子差不多高，年纪都在二十多岁到四十岁之间。队伍整齐，肃穆，威武，看得出他们作为精锐兵的素养。

"听着！"北冥王负手于夕阳下，淡淡的夕照在他的脸上洒了一层薄金，"从今天开始，宋将军是你们的副指挥使，在南疆战场上，你们听她的调派，她让你们冲锋陷阵，你们便冲锋陷阵，不得违抗。"

"是！"震天的声音响彻了伊力城的所有野外营地。

宋惜惜站直身体，对上他们每一个人坚毅的视线，带这样的好兵，她没有理由不打胜仗。

战北望和易昉站在远处看着这一幕，看着夕阳的光芒镀在每一位威武的玄甲军脸上，衬得他们仿如天上的神将一般。

"他们是我们带来的，凭什么归宋惜惜调派？"易昉很不服气，"你刚才就不该拉着我，北冥王分明是有心扶持她。"

战北望淡淡地道："就算不归她调派，也不会归我们管，玄甲军本来就是北冥王的，而且我们作为援军抵达南疆，最终也是要听命于北冥王的。"

"不见得，我们在成凌关不也是自己领兵吗？"易昉说。

"那不一样，成凌关战役，萧大将军在援军抵达之前已经苦守多时，且萧大将军也受了重伤。还记得我们到成凌关后的第一场仗吗？我们被打得手足无措，若不是……"

若不是宋惜惜的舅舅及时出手相救，他已经死在战场上了，却害得萧三将军断了一臂。

想到这里，他不禁黯然。

他确实亏欠宋惜惜甚多。

易昉道："战场上，不是你救我，就是我救你，你不必感到愧疚，也不用因此觉得欠了宋惜惜，你就算欠，也是欠萧三将军的。"

战北望不愿想这些，有些事情想得多了，他怕自己后悔。

事情已经这样了，他也得偿所愿地娶了易昉，如今也上了南疆战场，只要他奋力杀敌立功，总能重振将军府的声威。

"我只是觉得不公平，我相信我的弟兄们也会觉得不公平。"

战北望抓住她的手腕："你想做什么？你不要跟底下的人说，这是扰乱军心。"

易昉甩开他的手："不用我说，大家有眼睛，都看得见……你这是在帮着她吗？"

战北望愠道："我不是帮着她，大战在即，军心千万不可乱！"

"是吗？"易昉冷冷一笑，抬头望着西沉的金乌，"或许乱上一乱，能让宋惜惜露出她无能的真面目呢？"

战北望的心一震："易昉，我警告你，你若是敢在军中乱说，等待你的就是军法处置……"

易昉的眼神里充满了傲然："成凌关一战，我是首功，我也是商国第一位女将，我没大错，谁敢对我军法处置？"

战北望追问："你一直都不愿意告诉我，当初在鹿奔儿城，我负责带兵烧粮仓，你是如何使得西京元帅苏兰基同你签下和约的？"

易昉不耐烦的神色里透着警惕："不是告诉过你吗？我在鹿奔儿城到处嚷嚷，说北冥王已经在南疆取得胜利，即将奔赴成凌关战场，加上粮仓被烧，他们一时方寸大乱，才会选择投降。"

是的，这个理由易昉已经说过很多次，之前战北望没觉得有什么不妥，直到之前他和易昉成亲，易昉叫来上百个兄弟，事后林将军还因此责备过她，原来，她事前压根儿就没有报备，便擅自把一百多号士兵调离军营，但是，她大言不惭地告诉他已经报备过了，林将军还批准了，撒谎完全不眨眼，再回头想想成凌关大捷，战北望总觉得哪里有问题。

直到西京三十万将士假装成沙国人上南疆战场，他越发觉得成凌关大捷有问题。

这边友好地划定了边线，回头就派出三十万大军上南疆跟商国对着干，没有理由，西京不会这样做的。

除非，签订成凌关和约的时候，西京人就带着莫大的怨气。

"战哥，我是你的夫人，你不信我？"易昉见他的目光闪烁不定，便回头用饱含委屈的眼神看着他，"成凌关一战，经得起任何调查，条约是他们自愿签下的，而且是在他们西京的鹿奔儿城，由苏兰基亲笔签署，半点儿作不得假。如果不是他们自愿投降的，以苏兰基那种暴戾的性格，我领着那三百人，能逼得他们主动签下和约吗？"

战北望想了想，觉得也是，和约是苏兰基亲手签署的，以商军当时在鹿奔儿城的兵力，易昉所领的那几百人实在是不够看。

要打的话，苏兰基从主战场撤回，随时可以把那几百人连同易昉在内都灭了。

念及此，他的心中顿时充满愧疚，他居然怀疑自己的夫人，不由得温声道："是我错了，我不该胡乱猜测，你别生气。"

"我不生气，我又不是那种矫情的人。"易昉大大咧咧笑着，说出口的话却阴阳怪气。

战北望柔声道："你自然不是。"

战北望顿了顿，在她露出笑颜之后，又道："咱们是作为援军来的，之前的战况如何也不清楚，所以，关于宋惜惜的战功，还有北冥王把玄甲军交给她统领一事，我们还是不要管为好。"

易昉干巴巴地笑了一声："我管得了吗？如今这里大部分的武将都是她父亲的旧部，就连我父亲，也曾在宋怀安的麾下。人家可是国公府的千金大小姐，想要在这战场上得点儿战功，多少人为她鞍前马后？我可不敢得罪她。"

战北望见识过宋惜惜的武功，但是在战场上，光有武功是不够的，在那样的厮杀混战中，武功能起到作用，但是顶多是多杀几个人，战功依然只能慢慢地累积。

可宋惜惜来南疆才多久？就算她上战场杀过敌人，以这样大的战事来说，也不可能马上升为五品将军。

所以，这里头确实有弄虚作假的成分，可北冥王愿意捧着她，他和易昉也没有办法。

世间本就是这样不公。

"咱们惹不起，还躲不起？"战北望说了一句，有些无奈，有些惆怅。

易昉却冷笑："呵，我们凭什么要躲？我的战功是实打实地拼回来的，她算个什么东西？"

"易昉，你想做什么？"

"我什么都不做！"易昉说完便走了。

不出三日，那十二万援军都在义愤填膺地说着一件事情。

那就是宋惜惜凭着父兄的威望，在没有立功的情况下，获封五品将军。

易昉麾下的士兵不断鼓噪，道："她要吃父兄的军功，留在京城当个大小姐，享受她的荣华富贵便是，为何要在战场上与我们抢军功？我们豁出性命去保家卫国，不就是图个战功吗？她什么都没做，却能被封为将军，何其不公？"

"素闻北冥王治军严厉，赏罚分明，想不到他也徇私念旧情，白白送宋惜惜那么大一份功劳。既然如此，咱们拼命有何用？说不定咱们上战场杀的那些敌人，最后都成了宋惜惜的军功。"

"南疆战场告急，咱们一路雪雨风霜地赶来，多少士兵病倒在路上，却无法歇息半刻，忍着不适，日夜行军，赶来支援南疆战场。易昉将军更是忍着旧患发作的痛苦，宁可委屈自己，也不愿意浪费军医的药，怕所带的药在前线不足，却没想到一来就被北冥王斥责，说她忌妒宋惜惜。北冥王还把玄甲军都交给了宋惜惜统领。一个和离的妇人去统领战无不胜的玄甲军，传出去，岂不是我们商国最大的笑话？"

"可不是？我们易昉将军在成凌关定了乾坤，所带的兵士不过三百人，饶是如此，她如今也不过是从五品的将军，那被北冥王托举上去的宋惜惜比她还要高一级。"

"我们如此千辛万苦，到底为了什么？不过是替他人作嫁衣罢了。"

这样的流言蜚语引得援军极度不满。

就连玄甲军里也有人愤愤不平，觉得自己乃是精锐军，怎可被一个无功无德的和离妇人统领？

只是玄甲军心中不服也不敢明说，因为他们必须绝对服从北冥王，此乃王爷的安排，他们只能把不服藏于心底。

不过，当宋惜惜来练兵的时候，他们大部分都不配合，甚至用蔑视的眼光看着宋惜惜。

这几日，宋惜惜和沈万紫他们在制订练兵计划，所以没有留意援军里关于她的流言蜚语，对于玄甲军的不配合，她感到疑惑。

分明那日北冥王带她来的时候，玄甲军将服从的口令喊得震天响。

于是，宋惜惜暂停练兵计划，让"馒头"他们几个去调查一下，看这几日是不是发生了什么事。

这不打听还好，一打听，可把沈万紫他们几个气得头顶直冒烟。

沈万紫一掌击在桌子上："岂有此理，我沈万紫好歹也是江南大族沈家的千金小姐，更是梅山的名门弟子，他们居然敢说我是你的丫鬟？"

辰辰也气得很："我是镜花派的弟子，更是北冥王阵前封的百户所，如今在他们口中，却成了一个伺候你的洗脚婢子。"

"馒头"也满脸怒容，更是委屈无比："他们说我和'棍儿'是鞍前马后伺候你的小厮，说你出恭的时候，还要我们守在附近，不许任何人靠近。"

宋惜惜啼笑皆非："这么离谱儿？"

"当然离谱儿，他们还说你根本就没有立过战功，都是北冥王看在你父兄的分儿上抬举你，还说其他将军杀了敌，把功劳记在你的头上，他们现在喊着不服，说要去找元帅呢。"

沈万紫一抽鞭子，眼神冰冷："是易昉麾下的士兵先传出来的，说你是绣花枕头，中看不中用。攻城的时候，你第一个飞上去砸了弓弩机，再跳下去打开城门，带着三千人死守粮仓，才有他们如今的饱饭吃，否则靠他们带来的那点儿粮食，能支撑几日？"

辰辰怒道："那个易昉算什么武将？就是根搅屎棍！让他们去闹，闹到元帅跟前，看有她什么好果子吃。"

宋惜惜听了这些话，蹙起眉头。

流言蜚语她一点儿都不在乎，但是刻意在军中挑起舆论，制造对立，扰乱军心，是决战之前的大忌。

易昉是上过战场的，怎么会不知道这一点？大概是想利用舆论逼迫北冥王，让北冥王闲置她来稳定军心。

"现在这些话只在援军里流传，对吗？"宋惜惜问道。

沈万紫余怒未消，一张被冻得通红的脸越发变得紫红："对啊，援军住在营地里，与原先的北冥军是分开的，所以北冥军也不知道，否则定有人过去跟他们理论一番。"

宋惜惜的眉头皱得更紧了。数战下来，敬服她的将士多的是，如果他们知道她被这样编派，只怕不止理论，跟援军打起来都有可能。

这样一来，军心将彻底涣散，毫无凝聚力可言，到那时还怎么打仗？直接把南疆双手奉送给沙国便是。

"馒头"道："他们已经在煽动，打算让几位援军里的武将出面去找元帅。"

宋惜惜想了一下，道："先让他们去找吧，想来元帅能镇住他们，指不定什么时候就要跟西京和沙国开战，元帅绝对不会允许此时军心大乱。"

"那咱们就不管了？"沈万紫满脸不服，"那我去揍易昉一顿出出气总可以吧？"

沈大小姐是受不得半点儿委屈的。她是什么身份？居然被说成宋惜惜的奴婢，想想就火大。

宋惜惜眉毛都不抬："你想的话，可以啊。但是她的武职比你的高，在军中殴打将军，杖责军棍一百，想屁股开花就去吧。"

沈万紫"哼"了一声："若不是从了军，当了百户，我管她是什么将军，照打不误。我告诉你，等收复了南疆，我就不会再当兵了，即便让我当什么将军，我也不稀罕。"

这不行那不行，烦死了。

晚上，宋惜惜果然听闻易昉的堂兄易振兴带着好多人去谢如墨的面前闹事，谢如墨一怒之下，把带头闹事的全部拖下去打了三十军棍，且下了一道军令：若谁不服，可以前去挑战宋将军，但凡能在宋将军手下走满十招儿的，便不追究其起哄闹事之罪，不去挑战的，该练兵的练兵，该集训的集训，否则一律军法处置。

这道军令一下，玄甲军里有些不服但不敢作声的人站了出来。

其中一人叫毕铭，校尉职衔，武功在玄甲军里算是比较出色的。在宋惜惜再一次带他们到野外训练阵法的时候，他站了出来。

"宋将军，元帅下令，说若有不服的，可以挑战宋将军，如果能在宋将军的手下走满十招儿，便可免罪。但末将不要免罪，如果宋将军胜了末将，末将不管宋将军的军功是怎么来的，从此不再多言一句。"

毕铭生性狂妄自负，七岁习武，十五岁从军，如今三十岁，这些年不曾疏于练武，元帅那句话对他来说是极大的侮辱。

十招儿，简直可笑！

就算她的父亲是宋怀安，也不代表宋惜惜有这种本事。

玄甲军不能由她统领，否则，这将是玄甲军最大的耻辱。

毕铭站出来说了这句话之后，一万五玄甲军顿时掌声如雷，大声喊道："毕校尉，我们支持您。"

宋惜惜手握桃花枪，看着这名三十岁上下的黑脸男子，他神情傲慢，看起来十分不服。

见她不作声，毕铭冷笑一声，道："宋将军不敢迎战吗？"

宋惜惜把桃花枪插在地上，把头发绾好，北风凛冽，吹得她的衣衫"猎猎"作响。

她将下巴微微抬起，眼神冷厉如雪："只要打赢你？"

"没错！"毕铭大声道，"只要胜过末将，末将誓死追随，永不食言。"

"毕校尉好样的！"

"打她！让她吃父兄的军功，踩着我们士兵上位。"

"军功何其难得，她一介女流，竟敢以虚假的军功号令我们玄甲军，毕校尉，我们都不服，打她！"

毕铭冷冷地说："宋将军听到了吗？"

宋惜惜一眼扫过喊得震天响的玄甲军，把桃花枪握在手中："好，动手吧！"

毕铭眼中充满了不屑："别说我欺负女人，宋将军，我让你一招儿。"

"多谢！"宋惜惜勾唇一笑，眼角下的痣如血一般殷红。

远处，战北望和易昉以及许多军士听到了这边的哄闹声，都站在城楼上远眺。

易昉眼神冷漠："看样子，有人要挑战宋惜惜。"

距离虽有些远，但战北望看得到走出来挑战宋惜惜的是毕铭。

他眉头皱起，毕铭绝对不会是宋惜惜的对手。

易昉饶有兴味地道："毕铭在玄甲军里算是武功比较高强的，不知道她能在毕铭的手底下走过几招儿。"

战北望缓缓地摇头："毕铭胜不了。"

易昉"哈哈"大笑："战哥，你对宋惜惜还挺维护的，咱们且看着吧。"

她眯起眼睛盯着远方，恨不得毕铭把宋惜惜打得跪地求饶，免得宋惜惜这样的人丢尽了女人的脸。

野地里，宋惜惜提起桃花枪，一枪刺出，直取毕铭的右手臂。

毕铭放肆地"哈哈"笑了一声：这毫无力道的绣花枕头，竟也拿到战场上丢人现眼，简直可笑。

不止毕铭笑，在场的一万五玄甲军也哄堂大笑：看她的样子，怕是连枪都拿不稳吧。出招儿软得跟棉花似的，哪里有力道？

就在毕铭要伸手抓住枪头的时候，却听到桃花枪发出"嗡嗡"的振动声，他顿时意识到有内力灌注在桃花枪上。

如果他真的伸手去夺枪，她又内力深厚的话，那么他的手臂会被震断。

他下意识地收回手，但是想再侧身躲避已经来不及了，只能任由枪头刺伤他的左肩胛。

他身穿铁甲，枪头居然直接刺穿他的铁甲，伤到了肩胛骨，且见血了。

毕铭心头骇然，这看似如棉花一般软弱无力的出招儿，竟是藏着乾坤的诱招儿。

"多谢相让！"

宋惜惜抽回桃花枪，紧握着将其竖立在地上，只见枪头两丈之内的地面上裂开了几道缝儿，裂缝直直地蹿到毕铭的脚下，再从他的脚下穿过，又蹿出了一段距离，才戛然而止。

裂缝一共有五道，蜿蜒斑驳，像是一条条细长的蜈蚣，距离近的人看得清清楚楚。

一万五千名玄甲军就站在毕铭的身后，分排列阵，都能清清楚楚地看到地上被枪头震出的裂痕。

第一排的人还能看到毕铭身上滴下来的血，一滴，两滴……

毕铭脸色惨白。

还打什么？他输了。

这么深厚的内力，就算他使出浑身解数，也不可能在她的手底下走过三招儿，要胜过她，那是绝对不可能的。

现场死一般寂静，只有北风无情地刮着。

毕铭单膝跪下，握刀拱手，声音里还残留着震骇过后的微微颤抖："末将毕铭，愿听从宋将军调派。"

远处城楼上，易昉"哈哈"大笑。

"就这样？这也太蹩脚了，这个毕铭是北冥王安排的吧？不躲不闪，就站在那里被她刺了一下，就算她胜了？还是一招儿便胜了。好，真是神功无敌啊！"

城楼与野地有一段距离，无法感受到内力，也瞧不见地上的裂缝，他们看到的就是毕铭站在原地被宋惜惜刺伤。

所以这在易昉看来是十分可笑的，北冥王为了捧宋惜惜上位，真的是无所不用其极。

易昉笑毕，语气充满了愤怒："玄甲军都听北冥王的，北冥王要他们臣服于谁，他们就臣服于谁，只是何必做这么一场戏呢？把将士们都当猴耍呢。"

战北望也有些疑惑：北冥王犯不着这样安排啊，宋惜惜的武功确实很好，就算真的打起来，毕铭也不是她的对手。难不成，宋惜惜就只会那几招儿，没别的本事了？

不管怎么样，今日这场所谓的挑战就是一场笑话。

战北望心里也有些愤怒：在战场上弄虚作假，替世家子弟攒军功，这些事情不少见，但是像这样直接把玄甲军送给宋惜惜，下这么一道挑战的军令就当儿戏一般，岂不是寒了将士们的心？

"我去挑战她。"易昉气不过，便要转身走过去。

战北望拉住了她："别去，她只是统领玄甲军，而不是其他的兵，你打赢了她，北冥王和玄甲军的面子挂不住，大战当前，我们不能挑起内讧，让军心不稳。"

易昉愤然道："那又如何？军心不稳并非我造成的，是他北冥王与宋惜惜私相授受造成的。"

战北望压低了声音："你还想不想立军功了？这场战事的元帅是北冥王，此战军功如何，最后是他上奏给朝廷的，若得罪了他，你想过后果吗？咱们最后有可能一点儿军功都捞不着，还落得个扰乱军心的罪名。"

易昉被他这么一提醒，这才想起此处是南疆战场，做主的人是北冥王，还有那群将军，都是宋怀安的旧部，于他们夫妇不利。

她气得一脚踹在城墙上:"她也就仗着出身好了,这种欺世盗名之辈,我是容不下的,等到开战那日,她如果不上战场,我非逼着她上不可。"

战北望望着她气得发红的脸,道:"我想,既然北冥王要再打造宋家的荣耀,宋惜惜怎么也要上一上战场,但估计会有很多人护着她。"

易昉眼中露出一丝冰冷的光芒:"上了战场,可就不是一个人可以主宰的,战场之残酷,咱们第一次到成凌关的时候便已经见识过了,此战会比成凌关之战凶险许多。"

"是啊,成凌关与南疆战场如何能比呢?"战北望点点头,想起成凌关一战,他差点儿没命,若不是萧少将军为他挡了一刀,他的脑袋就没了。

易昉看着野地上的玄甲军,冷冷地道:"上了战场,生死难料,这一万五玄甲军如果只护着她一人,或为她攒军功,那么回到京城,我定然要在御前禀报,让满朝文武知道她如何败坏宋怀安大将军的威名。"

战北望心里挺矛盾的,他一方面希望易昉不要多事,北冥王这样做是要延续宋家之威名,这一点无可厚非,因为宋怀安乃是武将之楷模,更是定国安邦的名将,宋家不灭,便能稳固军心;另一方面,作为武将,他也觉得极其不公平,在战场上,大家都是拿性命去赚军功,宋惜惜却能在北冥王和诸位将军的庇护之下平步青云。

他这么一想,顿时觉得自己和易昉真的艰难,此行也甚是悲壮,心中对宋惜惜的那一点儿愧疚感荡然无存,只有瞧不起。

宋惜惜练兵至深夜方回城,却在城门外被易昉堵住了。

篝火远远地照过来,照着易昉那张愤怒不屑的脸。

"你这面子功夫好歹也做得足一些啊,宋家的脸都被你丢尽了。"

宋惜惜抬眸,语气冷淡:"宋家的脸和你有什么关系?"

易昉厉声指责道:"能不能别再装清高了?我今日都瞧见了,把玄甲军交给你统领,只需要北冥王的一句话,何必还要叫毕铭出来做一场戏?以为这样就能让其他士兵心服口服吗?你当所有人都是瞎子吗?"

宋惜惜看着她,眼神幽冷:"你说得没错,不是所有人都是瞎子,有些事情瞒得了一时,瞒不了一世。"

易昉眼睛微眯,气势明显弱了些:"你什么意思?"

"没什么意思。"宋惜惜越过她便要离开。

易昉一把抓住她的手臂,低声警告道:"宋惜惜,我不管你是什么意思,这里是战场,玄甲军是精锐,不能用来给你赚军功,你马上回京,别在这里添乱。"

宋惜惜挣开她的手,大步离开。

易昉气得一跺脚,冲她喊道:"你不过是想证明你比我厉害,但你这是凭自己的本事吗?军中无人会服你,他们只会把你当作一个笑话。"

宋惜惜头也不回,只丢下一句话:"我成为笑话,不全赖你散播谣言,掩盖真相吗?"

易昉撇嘴,"呵"了一声:掩盖真相?什么真相?她并非凭自己的本事当上将军的真相吗?吹捧的话听多了,她还信以为真了,觉得自己就是战无不胜的女将军了?

北冥王只顾报答昔日宋怀安的提携之情,浑然不顾即将要打的仗有多凶险,就把玄甲军交给了她。

玄甲军应该作为先锋部队,而不是用来保护她,或者帮她杀敌,积累敌军人头。

不行,不能让她再这样胡搞,否则南疆一战必败无疑。

第二天一早,易昉就到帅营去求见谢如墨。

谢如墨卯时便起了,正在和诸位将军商议破城方案。

这一战不能拖太久,敌军退到了西蒙,西蒙虽有粮食,但不多,因此敌军需要时间供给粮食,伤兵也需要休养,所以,他们暂时不会主动开城门来打,只能由己方主动破城。

听到易昉在外求见,他扬手:"让她进来。"

张大壮出来对易昉道:"元帅请易将军进去。"

易昉大步迈入,只见十余位将军都在,便意识到他们在商议作战策略,她顿时心里有些不平衡,拱手拜见之后,不等谢如墨说话,便问道:"元帅,既然是召集诸位将军商议军情,为何不传我们夫妇二人一同商议?"

谢如墨坐在椅子上,抬起锐利的眸子看看她:"本帅不是说过了吗?你们长途跋涉前来支援,伤病不少,先休息两日再练兵,暂时用不着你们来商讨。"

易昉一顿:他有说过这样的话吗?

就算有,她觉得也不对,道:"元帅,我们是奉旨前来增援的,一路虽艰难,但休息一晚便能恢复元气,今日便可练兵。只是末将有一事不明,特来请教元帅。"

"你说。"谢如墨靠着椅背,一只手放在扶手上,微微侧头看着她。

"玄甲军作为精锐,理当作为先锋破阵之兵,元帅却把他们拨给宋将军去统领。"

"有什么问题?"谢如墨声音平静,但不怒自威。

易昉大声道:"用最精锐的兵去保护一个上战场来揽军功的女人,末将认为元帅实属不智。"

方将军一听到她的话,不等元帅发话,当即驳斥道:"什么保护?一万五玄甲军是给宋将军统领来杀敌的。而且你说得没错,玄甲军确实会作为先头部队,破城冲阵。"

易昉嗤笑:"元帅可真是念旧,玄甲军若能破城,便是宋惜惜的功劳,这与直接把军功送给她有什么区别?"

方将军怒道:"你怎么说话的?她率领玄甲军,若能破城,这功劳便是她自己拼来的,怎么是送的?莫非易将军打仗只需要自己一个人冲锋陷阵,士兵都躲在后头?"

易昉反问道:"方将军的意思是,宋将军也上战场,而不是躲在后方拿个指挥之权?"

方将军怒道:"荒谬,既然是先头部队,自然有领兵的将军,哪里有将军躲在后方拿个指挥之权的说法?"

"她领兵?"易昉仿佛听到了天大的笑话,冷笑了几声之后道,"让一个没上过战场的女人领玄甲军攻城?我看是诸位将军一同领着她和玄甲军去攻城吧。"

方将军道:"她怎么就没上过战场?之前那几仗她不都是这么打过来的吗?"

易昉嗤笑:"她那几仗是怎么打过来的,元帅和诸位将军心里明白。"

她直直地看着谢如墨,单膝跪下:"末将易昉请求领玄甲军攻城,如果元帅非要让宋惜惜领兵,请允许末将与她一战。玄甲军是末将带到南疆的,末将不能眼睁睁地看着他们跟随一个完全不懂得打仗的将领,无辜葬送了性命。"

在场的武将一听这话就忍不住了,碍于元帅在此,没有口出恶言,但是也纷纷指责。

"易将军怎么能这样说话?她要是没有本事,玄甲军能听她的?"

"还无辜葬送了性命,仗都没打,你便说这样的丧气话、晦气话,实在荒谬!"

"你说她完全不懂得打仗,那么之前她是怎么打胜仗的?"

"而且元帅把玄甲军给宋将军统领已下过军令,昨日宋将军已经开始练兵了。"

"易将军未免太狂妄自大了,你和宋将军比,可不一定比得上她。"

对于诸位将军的指责之言,易昉置若罔闻,只是直勾勾地看着谢如墨:"元帅不是说了吗?任何人不服,都可以挑战。末将请求挑战宋惜惜,如果宋惜惜战败,玄甲军交给末将来统领。"

诸位将军都知道元帅治军严厉,她这样直接挑衅元帅下的军令,好生狂妄,他们本以为元帅会大发雷霆,没想到他只是轻轻地点了点头:"本帅允许你挑战宋惜惜,如果她败了,玄甲军由你统领;你败了,战后杖责五十军棍,以惩违反本帅军令以及口出诅咒之言,同时,剥夺你在南疆战场上立下的所有军功,我军若胜,你的名字不会出现在军功册子上。"

易昉一怔,当即反驳:"这不公平,她输了没有任何惩罚,我输了却要杖责五十军棍,还要夺我所有的功劳,元帅未免太偏心了。"

谢如墨眼神冰冷:"她输了,便失去了玄甲军,这怎么不算惩罚?而且她统领玄甲军是本帅下的军令,临阵撤换,她也丢了面子,在武将和士兵心里便没了半点儿威信,这怎么不算惩罚?"

易昉急了:"但,是元帅亲口说,若有不服,可以挑战她。"

谢如墨凤眸微挑,道:"没错,所以挑战输了,要杖打五十军棍。而且你不单单是挑战,还要从她的手里抢过玄甲军,你的挑战是奔着利益去的,失败了,自然要失去些东西,否则,人人都来质疑本帅,这仗还要不要打了?"

易昉想着宋惜惜纤瘦的身躯,觉得她应该不是自己的对手,一咬牙便答应了下来:"好,明日我挑战她。"

方将军很不赞成,道:"本来就是已经定了的事,还要挑战来挑战去的,这里不是比武场,是战场,这样不利于军心的团结。"

易昉听了这话,只觉得方将军是怕宋惜惜输才阻止的,当即信心大增,道:"能者居之,挑战有何不可?方将军是怕她输了吗?如果怕她输了丢面子,那就不必打这一场,直接把玄甲军给我便是。"

方将军"哼"了一声:"想得真美,你带领援军奔赴战场,便以为他们都是你的人了吗?不让你去挑战,本是为了维护你的面子,你既然不识好人心,那就随你。"

"废话不必多说,玄甲军不能落在宋惜惜的手中,除非她把我打败。"说完,易昉起身,拱了拱手:"告退。"

易昉出去之后,方将军不解地问道:"元帅,玄甲军已经交给宋将军统领,为何又准许易将军挑战她?如今援军里闹事的人虽然没了,但他们私下依旧议论纷纷,说宋将军德不配位,如果宋将军输了……"

谢如墨淡淡地睨了他一眼:"宋将军不会输。既然援军里依旧有对宋将军不满的人,那么便趁机让他们看看,到底是宋将军德不配位,还是易昉徒有虚名。"

"再者……"北冥王起身,威严的气场全开,眼眸却幽深如墨,"有人要自取其辱,要犯蠢,那就成全她,不要阻碍她。"

虽然谢如墨这样说,但大家心里没有这么乐观。

宋将军的英勇他们是见过的,但是,易将军是太后亲口夸赞过的女将,又在成凌关立下了大功,她的武功应该也很好。

二人勉强打个平手还好,一旦宋将军落败,那么她这段日子树立的威望便前功尽弃了。

午后,北冥王晓谕三军:易将军要挑战宋将军,争夺玄甲军副统领之职,只要挤得到位置,都可以在野地里观看这场比武。

这场挑战的后果也是提前说明的。

战北望一听易昉赌得这样大,马上反对。

"宋惜惜武功不低,哪怕只有几招儿,也足够胜你,我亲自见识过她的武功,易昉,千万不能意气用事。"

易昉已经穿戴整齐,眼神坚定:"战哥,我不是鲁莽或者意气用事,我争夺的不仅仅是战场上的玄甲军将领之职,只要这一万五玄甲军臣服于我,回京之后,我便是他们的副统领。你想,我们在成凌关立功之后,皇上和兵部都没有给我们安排差事,打了南疆之战,国中起码几年无战事,我们得不到重用,如何能成?"

所以,她要争夺的不单单是战场上的领兵之将,还是以后的玄甲军统领之位。

有一万五玄甲军在手,以后她在京城就可以横着走了。

战北望却觉得她想得太简单了，如果国中无战事，北冥王也是要回京的，到时候所有的玄甲军都是他的麾下，怎么会交给易昉统领？

他忧心忡忡地道："我们就指望着这场战事立功，如果你输了，不但功劳全无，还要被打军棍，一旦在军中被杖责，便再无武将之威，以后还如何领职？"可以说是前程尽毁。

"输给她？战哥，你未免太小瞧我了。"易昉神色自若，"莫说是她，便是方将军他们几个，我也没放在眼里，除了北冥王和你，在这战场上单打独斗，我不会输给任何人，更不要说宋惜惜了，在野地里，她和毕铭是怎么打的，你我都看得一清二楚。"

战北望拉着她的手臂，眼神锁紧她："凡事就怕个万一，你一旦输了，便什么都没有了，你甘心只留在内宅当个娘子？"

她娇嗔地道："若为你洗手作汤羹，有何不可？"

但她必定是不会输的。

她这话让战北望有些感动。

任何人说出这样的话都不如易昉说让他感动，因为易昉不是一般的内宅女子，她是战场上领兵的武将，签下成凌关和约的功臣，这样了不起的女将，却说为他洗手作羹汤也无所谓，他瞬间便觉得胸中温暖，往日对易昉的一点儿失望也荡然无存。

挑战被定在傍晚，谢如墨只派张大壮通知了宋惜惜一声。宋惜惜依旧在野地里练兵，听了张大壮的通知，微微点头："嗯，我知道了。"

这件事情全军都知晓了，所以沈万紫他们几个练完兵后，都跑到野地里找宋惜惜。

每个人都拍了她的肩膀一下，很节省地给了两个字："揍她。"

宋惜惜冲他们笑了笑。揍易昉，对她来说还真的挺费劲的，费劲在较量而不打死对方需要极强的克制力。

一抹夕阳，驱散不了疆地的严寒。

野地里，一万五玄甲军列阵，站在了正东方的位置。

其余闻声过来看热闹的士兵把其他地方挤得满满当当，野地里人头攒动，议论之声不绝于耳。

除了援兵，原来的北冥军也都过来凑热闹了。那些北冥军对宋将军的能力给予了最大的肯定，但是援军受易昉鼓动，都认为宋惜惜是靠着关系才荣升五品将军的。在他们眼里，宋惜惜只是后宅妇人，还是个和离的妇人，怎么能在战场上独当一面？

援军大部分是支持易昉的，玄甲军除外。玄甲军已经认可了宋惜惜，毕竟，宋惜惜和毕铭一战，一招儿便把毕铭刺伤，甚至距离近一点儿的玄甲军都能感受到宋惜惜散发出的凌厉内力，他们知道宋惜惜有多强。

但是其他援军不知道，他们只认一路领着他们上南疆的战北望将军和易昉将军，加上之前援军内部关于宋惜惜的谣言，让他们对被北冥王和诸位将军扶持上去的宋惜惜更为不屑，希望易将军能狠狠地打碎她的牙齿，撕破她佯装英勇无敌的面具。

这场挑战由方将军作为公证，其他将军也在一旁看着。

谢如墨也站在玄甲军的前面。他依旧穿着一身铠甲，夕阳残照，落在他金色的铠甲上，映照着凝固且斑驳的血迹。他的下巴上被刮掉的胡子又长出来了一些，严寒的风霜吹着他有些皲裂的肌肤，英俊程度不复原先，但威武不减半点儿。

他当着在场将领和士兵的面，说了这场挑战的落败双方各自需要承担的后果，二人都说接受之后，谢如墨便不再作声。

易昉手执长剑，一身战袍还不曾染上血迹，仗剑而立，站得笔直，浓眉大眼，英气十足，颇有武将之威。

她冷冷地看着面前手持桃花枪的宋惜惜。眼前此人，若不是五官还像以往那般精致好看，她是绝对无法把对方与昔日那位身穿锦缎、举止端庄古板的战夫人联系在一起的。

宋惜惜除了五官没变，肌肤与穿着都与以往大不一样——

头发乱且黏，脸上满是黄沙，并显露出被严寒侵袭过的粗糙，昔日那肌肤细腻得几乎掐得出水来。

那样的容貌与肌肤，不曾让易昉生出过半点儿忌妒与羡慕，在深闺内宅里养尊处优的女子，自然可以绽放最美的一面。她瞧不起这种漂亮，像琉璃娃娃般，一碰就碎。

风声很大，易昉的声音传了过来："宋惜惜，你愚蠢到以为上了战场，就能把我比下去？不过说你愚蠢，你倒也不算愚蠢，反而精明到了极点，知道利用你父亲的关系，把你托举到一个你此生用尽全力都无法到达的地位。"

她的声音，至少在场的诸位将军以及玄甲军是听到了的。

她自诩直率，说话不避人，但这句话让在场本来就瞧不起宋惜惜的人更加唾弃她。

议论的声音渐渐化作漫骂，铺天盖地地朝宋惜惜袭来。

沈万紫他们几个气得脸色铁青，若不是受军规约束，当即便要上前去教教易昉怎么做人。

再看宋惜惜，他们几个更是气不打一处来，人家都这么挑衅了，她还一点儿怒气都没有，一脸平静地看着易昉，跟锯嘴葫芦似的，一句话也不回。

宋惜惜确实没有回话，甚至连神色都没有一点点改变，只有眼瞳幽深了许多。

"宋惜惜！"谢如墨拿过张大壮手里的长棍，丢给宋惜惜，"不用桃花枪，用木棍吧。"

宋惜惜一手接住木棍，再把桃花枪抛给谢如墨，她深深地看了谢如墨一眼，道："是！"

她知道北冥王的意思：刀枪无眼，一旦她压不住那血海深仇带来的愤怒，桃花枪会直取易昉的脖子。

易昉却倍感羞辱，冷笑道："用棍子？好，既然你如此自信，就休怪我不手下留情了。"

但凡磊落些，见宋惜惜不用兵器，她也该丢了剑，用木棍代替，但是，她不能有丁点儿失败的可能性，她失败的话，付出的代价太大了。

这是她和宋惜惜的分别，她们之间存在着阶级的不公。

既有不公在先，那她用剑对木棍也没有问题。

大漠孤烟，斜阳饮血。

篝火已经点燃，四方篝火在残阳鲜血般的光芒下并不显得刺眼，但是足以让人看清楚站在中间的二人。

很多人希望这是一场高质量的比武，你来我往，让人眼花缭乱。

也有很多人希望易昉将军把宋惜惜打得丢盔弃甲，跪地求饶，然后把玄甲军双手奉上。

战北望也有些紧张，他想起了宋惜惜出府之前与他过的那两招儿，又想起了她和毕铭过的那骗人的一招儿。

但他知道，易昉不能输，一旦易昉输了，那么她即便在南疆战场上尽了全力，也不可能得到一点儿军功，还要挨五十军棍。

念及此，他冲易昉喊了一声："易昉，沉着应战！"

沈万紫听到这话，捡起脚边的一块小石头朝他扔过去，战北望听到"呼呼"的风响，大刀一挡，把石头挡飞了出去。

他循着石头飞来的方向看向沈万紫，沈万紫也用剜人般的眼神瞪着他，他心头微愠，却不予理会。

随着方将军大喊一声"开始"，所有人的目光都聚焦在了宋惜惜和易昉二人身上。

很多人齐声大喊："易将军，把她打个屁滚尿流，不要手下留情。"

"易将军威武！"

易昉凌空飞起，双手握剑，朝宋惜惜劈了下来。

她所学的功夫全都是实战型的，这一剑没任何巧劲，只有震伤人的力量。

而且，她是凌空劈下，速度很快，宋惜惜不管朝前后左右哪个方向躲闪，都免不了被剑砍伤，要么是左右手，要么是胸口或者后背。

这一剑的速度实在是太快了，至少在场看着的士兵们觉得很快，他们是躲不过这一剑的。

宋惜惜也没躲，用双手横握住木棍，往身前一挡，剑劈在了木棍上。

锋利的剑以极快的速度以及极大的力量劈在木棍上，木棍按理说会被劈断，但是，木棍在那一瞬间仿佛是由铁铸的一般，没有丝毫损伤的痕迹，反而在"哐当"一声之后,易昉被震得虎口与手腕一痛,差点儿握不住剑。

易昉心头一慌,看向宋惜惜那幽暗的眸子,再看到她手中的木棍居然没有丝毫剑痕,暗自吃惊。

莫非这不是寻常木棍?是了,北冥王执意护着宋惜惜,怎么会给她一根普通的木棍?这木棍定有乾坤。

想到这里,易昉冷冷地一笑:"这木棍,只怕不是木棍吧。看来元帅给你挑了最坚硬的武器。"

木棍与桃花枪一般长,本是用来建造营地的木柱子,只要易昉细心观察,就能发现这只是一根普通的木棍。

但是她认定北冥王偏向宋惜惜,不可能在这样的挑战里给宋惜惜挑一根普通的木棍。

很多士兵因为距离远,没瞧清楚,听了她的话,也觉得宋惜惜手上拿的是极好的武器。

当即有人喊道:"不公平,一般的剑如何能与上乘的武器比?"

"既然如此,还不如换回她的长枪。我还以为她有多厉害呢,竟然这么糊弄人。"

"对啊,这不公平。"

声势浩大的声讨又铺天盖地而来,宋惜惜干脆一个手刀劈下去,把木棍劈断了一截,且宋惜惜故意没有劈齐,露出参差不齐的断口。

她用脚尖一挑,把劈断的那截木棍踢到声讨她的士兵群里,有士兵捡起一看,发现果然是木头棍子。

易昉脸色发白,没想到竟然真是一根木棍。

她咬了咬牙,挥剑冲向宋惜惜,她的动作依旧迅速且充满力量。宋惜惜竖棍一挡,趁她挑剑回旋的时候,一手握住木棍,一手在棍头上一推,木棍飞了出去,击中了易昉的腹部。

木棍落地,宋惜惜伸手一抓,木棍从地上飞起,回到了她的手中。

"哇!"人群发出震惊的声音:这是什么功夫?

"这是妖法吧?"

"她怎么能隔空取物?那根木棍都掉在地上了,一定是妖法。"

沈万紫冷冷地解释道:"这是用内力吸附,你们懂什么?只有内力极深厚的武者才能做到。"

易昉"噔噔噔"地退后几步,只觉得丹田气息被撞得紊乱,喉咙一股腥甜,差点儿吐血。

她强行压下那口血,但心头已经方寸大乱。

内力她也有,但是她的内力浅薄,而且她从来不认为内力有用——她从小就想要上战场,上战场肯定要练实用的功夫,力量就是一切。

宋惜惜把木棍在手中转了一圈，动作潇洒自如，唇角勾起一抹冷笑："易将军，继续打还是认输？"

"认输"两个字对易昉而言是一种挑衅。

她当即怒道："武将岂有认输之理？"

说着，她挥剑上前，招式并不复杂，但是狠辣至极，这样的横砍在战场上杀敌是很有效果的。

宋惜惜游刃有余地躲闪了几招儿，看着她的眼睛越杀越红，宋惜惜踮脚，凌空跃起，一棍打在她的手腕上，把她的剑打掉，同时凌空一脚踹在她的胸口上，把她踢飞了出去。

宋惜惜御风飘回，和倒地吐血的易昉相隔三丈远的距离，木棍在她的手中飞快地旋转着，众人只依稀瞧见那木棍营造出了一个旋涡，片刻后，旋涡又化作片片排列齐整的木屑，如飘起的雪花，随即爆炸般全部朝易昉袭去。

易昉身穿战袍，那些木屑在她的战袍上留下了一道道划痕。其中一片木屑从易昉的脖子上划过，鲜血顿时渗出。虽然伤口不深，渗出的血也不多，但是谁都知道，如果木屑划得再深一些，就直接封喉了，那就不是出一点儿血，而是要命了。但宋惜惜是如何拿捏得如此精准的？

人群中发出了震惊的呼声，他们本以为会看到一场势均力敌的打斗，这打斗起码会持续半个时辰，没有想到以这样的方式迅速地结束了。

甚至，易将军连宋将军的衣裳都没有碰到过，败得简直惨不忍睹。

易昉吐了一口血，那一脚几乎把她的五脏六腑踹移位了，她痛得半晌没能发出一点儿声音。

她脸色灰白，下意识地伸手摸了一下脖子，见手指上沾染了血迹，全身无法自控地颤抖着，不是因为害怕，而是她不能接受这样的结果。

她不敢置信地看向宋惜惜，这样的武功，她此生不曾见过。

但是宋惜惜怎么会有这么厉害的武功？之前她和离出门的时候，战哥说过她能飞花摘叶伤人，当时自己只觉得好笑，现在领教了，一颗心顿时被嫉恨攥住，像是被千百只蚂蚁啃咬。

如此迅速的落败，狠狠地打了易昉的脸。她之前还在援军中说宋惜惜是靠着关系被托举上去的，导致好几位将领被打了军棍，甚至开打之前，她也这样大声指责宋惜惜，导致群情激愤，而现在，宋惜惜用实力反驳了她的话。

这个女人从头到尾只跟她说过一句话，那就是"打还是认输"，没有辩解过一句。

战北望急忙上前扶起易昉，紧张地问道："受伤了吗？要紧吗？"

她执住战北望的手腕，慢慢地起来。胸口还痛得厉害，她虽强忍着，却也压不住眼中的泪花。

她觉得无比丢人，比丢人更让她无法接受的，是她哪怕在南疆拼尽全力去杀敌，也不会再有军功。

不，这还不是最坏的，最坏的是商国第一女将的位置，她要拱手让给宋惜惜。

身边是震耳欲聋的欢呼声，但她的脑子里只余"嗡嗡"的声音，这些声音最终汇聚成一句：她不服。

她不服！

她的出身不如宋惜惜，她没有宋惜惜那样好的师父，宋惜惜能有这样厉害的武功，是因为她的家族势力大，武林中的绝顶高手轻易地便为她父兄的威名所震慑，从而收宋惜惜为徒弟。

她不是败给了宋惜惜，她是败给了出身，她没有宋惜惜那样的好出身。

"易昉，"战北望抓住她的手，"你没事吧？"

"我没输。"易昉努力找回自己的声音，泪水却夺眶而出，"战哥，我没输。我要是有她那样的出身，我不会输。"

战北望沉默片刻之后，"嗯"了一声。

谢如墨已经站了起来，把桃花枪丢给宋惜惜，将声音用内力送出："玄甲军依旧由宋将军统领。至于易将军违背军令之事，战后再行惩处。"

一句话定了乾坤。

易昉吐出一口鲜血，心头如大山倾倒，慌得一塌糊涂，但她还是顽强地站着，眼中露出不服输的光芒。

她不能让宋惜惜看笑话，就算输了，她也要输得体面。

宋惜惜根本没看她，只是与北冥王对望，握着桃花枪的手却在微微颤抖。

方才，有那么一瞬间，她真的想杀了易昉。

木棍在她的手里化作木屑的时候，最锋利的那一片，就是冲着易昉的脖子去的。

只不过，她用散花之功让木屑飞出去的时候感受到了北冥王锐利的眼神，所以那片木屑用的是巧劲，若那片木屑有划花易昉战袍那样的力道，易昉会当即脖子血流如注，死得很快。

对上北冥王的眼神，她的心情十分复杂。

沈万紫是最先飞奔过来的，在她的肩膀上拍了一下："回魂啊，你赢了。"

宋惜惜勉强一笑："肯定的。"

对上易昉，她怎么会输？

沈万紫搭着她的肩膀，指着欢呼的士兵："那些就是曾经骂你的人，现在他们都在为你欢呼，可他们没见过你真正厉害的样子，现在这一招儿算什么？只是没想到这个易昉竟然这么不堪一击。"

玄甲军如今对宋惜惜佩服得五体投地，尤其是毕铭。

他看得出宋将军那一招儿的厉害之处，木棍化作许多木屑，而且大小全部一样，排列齐整,这内力里藏着巧劲。

而且这么多飞出去的木片,唯有划在易将军脖子上的那一片的力道是最轻的。

夕阳落下,天黑了,篝火照着渐渐散去的士兵,他们兴高采烈地议论纷纷,只不过这一次议论的是宋将军的那一招儿。

"木棍当场碎成一片片,太厉害了,好似变戏法一样呢!"

"不愧是宋大将军的女儿,她太了不起了。"

"我就说嘛,如果不是实打实地立下了战功,怎么可能升为五品将军呢?"

"你这个臭不要脸的,当初闹得最凶的就是你,还想着和他们一起到元帅面前抗议呢,要不是我拉着你,挨军棍的就是你。"

"唉,我都是听信了易将军的话,是易将军亲口说的,说宋将军上战场就是为了报赐婚之仇,处处想要胜过她,好让战将军后悔。"

"说实话,我现在觉得易将军有一点儿不要脸,胡乱造谣,开打之前还大义凛然地指责宋将军。"

"快闭嘴,你想挨揍吗?"

各种声音钻入易昉的耳中,她的脸上一阵阵发烫,既难堪,又羞愧,更觉得愤怒。她擦拭了嘴边的血,压下胸中翻滚的气血,大步走到宋惜惜的面前,质问道:"毕铭挑战你的时候,你知道我在城楼上看着,故意和毕铭做戏给我看,目的就是逼我挑战你,对不对?"

沈万紫在一旁冷声道:"做戏给你看?你以为你是谁?"

"把你的嘴巴闭上,你是什么身份啊?我问你了吗?"易昉陡然变脸,冲沈万紫怒吼。

沈万紫一怔,随即眼中灌满了怒气,手中鞭子一扬,便要朝易昉抽过去。

"滋滋!"宋惜惜一手抓住她的鞭子,"不可。"

"宋惜惜,你给我放手!"沈万紫怒不可遏。除了宋惜惜,谁敢这样吼她?

辰辰急忙过来抱住她的腰往回拖:"她是将军,不能以下犯上,北冥王治军严厉,咱们还要和惜惜上战场杀敌呢。"

沈万紫受不了这样的鸟气:"放开我,我管她什么将军元帅的,我要在她的脸上拉屎。"

易昉气得七窍生烟:"你大胆!"

"沈万紫!"宋惜惜好气也好笑,夺了鞭子,扔给沈万紫,"先回去,我有话要跟她说。"

沈万紫一鞭子朝地上抽过去,地上顷刻露出一条裂缝,一直延伸到篝火架子边,伴随着沈万紫的狂吼:"你最好骂死她,不然我还要回来补一鞭子。"

沈万紫说完,气呼呼地走了。

宋惜惜给辰辰他们使眼色,让他们跟着沈万紫回去,免得她一时冲动,去把易昉的营帐给砸了。

易昉看着地上的裂缝，整个人都愣住了，简直不敢相信自己见到的：不过是一鞭子下去，地上就裂开了这么大一条缝儿，宋惜惜身边到底都是些什么人啊？

宋惜惜见士兵走得差不多了，只有三三两两地在远处看着她们俩。

战北望走上前，站在易昉的身边，望着宋惜惜，眼里充满了难言的情绪。

"所以，毕铭挑战你，如易昉所言，是一场戏，故意做给我们看的，对不对？"

宋惜惜眼中映出篝火的光芒，仿佛她的双眸也在灼灼燃烧，声音却十分冷淡："二位会不会高看自己了？做戏给你们看？你们也配？"

易昉上前一步，冷笑道："毕铭就是站在原地被你刺了一枪，动都没动，他就这样认输了，你敢说不是做戏？"

宋惜惜用桃花枪一指，指向她和毕铭交手的地方："你的眼睛如果还能用的话，自己去看看毕铭为什么认输。"

那地方不远，距离他们也不过七八丈。

易昉深深地吸了一口气，顺着桃花枪所指的方向看过去，只见地面上有五道裂缝，每一道都像蜈蚣那样，蜿蜒着往前延伸。

那里大概就是毕铭站立的地方。

而且，想来这些裂缝是从毕铭的脚下穿过的，因为，在一处约莫一双脚印大小的地方，裂缝比较小，想来是内力击中了毕铭的双脚，所以这个地方的裂缝较小。

这内力若是把握不好，可以把毕铭的双腿废掉。

这就是毕铭认输的原因。

易昉深深地吸了一口气。她知道，在宋惜惜的面前，她已经一败涂地。

但是她很快便站直身体，挽着战北望的手臂，依偎在他的身边，露出了一抹她以前从来不齿的娇媚微笑："是的，挑战我败给了你，武功我也不如你高，但成凌关我是首功，我与战哥是皇上赐婚，他爱我至深，这是不可改变的事实，就算你上了战场，立了军功，哪怕你以后的官职品阶比我高，我最终还是赢了你，我永远是商国第一位女将，是战北望的夫人，这是你无论如何也取代不了的。"

宋惜惜露出一抹笑容："战夫人的位置，我不稀罕；商国第一女将的头衔，我也不稀罕，所以我为何要取代你？易昉，从你说出那番把女子践踏在脚下的话之后，我就瞧不上你了，你就算立下天大的功劳，人品也不行。"

易昉脸色苍白，但还是艰难地维持着笑容："呵，开始攻击我的人品了，可见你心里还是在乎的，否则怎么会如此尖酸刻薄？"

"还有，"她昂起头，"你敢说你上战场不是为了把我比下去？你上战场就是存了私心，并无半点儿为国征战护卫疆土的忠诚，这一点你永远都比不上我。"

宋惜惜扛着桃花枪，淡然一笑，丢下一句话便走："太把自己当回事是一种病，我建议你找军医看看脑子。"

"你……"易昉恼羞成怒，冲她的背影喊了一句，"你敢说不是？"

宋惜惜头也没回，更没回一个字，在篝火的映照下，地上的她的影子被拉得很长，随即，她一跃飞起，在野地里直飞向城楼，身形疾如飞鹰，在靠近城楼的时候扶摇直上，稳稳地落在了城楼上。

她回头看向野地方向，那几道裂缝依旧看得清清楚楚。

这二人果然人品差，眼睛也瞎。

她从城墙上的士兵那里取了一支箭，用手甩出，那支箭直奔野地而去，稳稳地落在了那几道裂缝的中间，她用内力徐徐送出声音："从这里看，那几道裂缝依旧很清楚，你们的眼睛瞎了吗？"

这一身潇洒自如的轻功，徒手飞箭精准命中目标的本事，把战北望和易昉都惊得满眼骇然。

在毕铭挑战她的时候，他们夫妇就站在她所站立的位置，却根本没有看到地上那几道裂缝。

他们不是眼睛瞎了，他们是哪里都不如宋惜惜。

易昉浑身颤抖，紧紧地抱着战北望，眼中含泪："战哥，你不会嫌弃我的，对吗？"

战北望看着城楼上，那个身影已经消失，他却依旧没有收回视线，他苦笑着，抱紧了身边的人，干巴巴地说了两个字："不会。"

易昉投进他的怀中，哭了起来："她只是……她只是出身比我好。"

战北望将双手垂下，没有再抱着她，心里发冷。

她输了，却无论如何也不愿意承认。

她的坦荡，她的直率，她的豪迈，全都是假的。

宋惜惜被谢如墨叫了过去。

一杯热茶被放在她的面前，热气氤氲，蒙眬了她的眸子。

她端起热茶喝了一口，茶汤很苦涩，但在军中，有茶喝已经很好了。

"想杀她？"谢如墨问。

"想过。"宋惜惜坦白地回答。

谢如墨道："我派去调查的人来了信，西京人连屠村的事情都隐瞒下来了，对外说是整个村子走水，所有人都被烧死了，你知道这意味着什么吗？"

宋惜惜握住杯子，手温热了，心却很冰冷，许久后，她才慢慢地道："知道，西京人要隐瞒西京太子被辱之事。"

"所以，就算皇上查到真相，表面上也不能对易昉做出什么处置，至少你可以放心，不会因为易昉而牵连到你的外祖父。"

西京人都不承认易昉屠村之事，皇上怎么会上赶着承认呢？皇上总不能逼着西京人承认，然后派出使臣去认错吧。

这一点宋惜惜也明白。

如果西京大兴问罪之师，易昉就不是首功，而是首犯，连带着外祖父也不能免罪，可西京隐瞒不说，还划定了边线，签订了和约，送了易昉一个军功。

她猛地想到了什么，抬头看向谢如墨："所以，这一次苏兰基襄助沙国，在南疆拖住我们，就是想逼着朝廷派出援兵，而立过功的易昉必定会被选为援军之将，苏兰基的目标是易昉和易昉麾下的士兵。"

谢如墨缓缓地点头："没错，两国表面上已经达成了和平，可仇恨已经结下，所以西蒙一战，西京人一定会拼尽全力，以报鹿奔儿城的仇。这对我们来说，依旧是艰难的一战。如果你今天杀了易昉，苏兰基不能亲手报仇，那么我担心他会将所有的恨意转嫁到西蒙城百姓的身上。"

宋惜惜一惊："您是说，苏兰基有可能会屠城？"

"现在应该不会，但如果易昉死了的话，他多半会这么做，苏兰基是西京太子的舅舅。"

宋惜惜心头一阵后怕：今天如果杀了易昉，那后果真的很严重，幸好！

谢如墨看向她的眼神温暖了几分："别想太多，专心练兵。苏兰基是奔着易昉来的，一旦开打，西京的主力一定会追着易昉打，所以即便你今日不杀她，来日朝廷不能问她的罪，她也很难从苏兰基的手上逃脱。"

宋惜惜微微点头："我知道了。"

她起身拱手退出，回到了营帐。沈万紫已经消气了，正在和"馒头"他们说说笑笑。

沈万紫就是这样，脾气来得快也去得快。

她抬起头，满脸欢喜："经过这一战，我看那个易昉还能不能嚣张起来。哼，真当自己是个人物了。"

宋惜惜坐下来擦拭着桃花枪，垂眸，侧影特别美丽："你们别去惹她，好好准备，很快就要攻城了。"

"我们才不去惹她，晦气。"沈万紫说。

一听说即将攻城，他们几个都摩拳擦掌起来，又到了可以大展身手的时候了。

他们"叽叽喳喳"地复盘自己之前几仗的英勇，宋惜惜装作在听的样子，心里想的却是谢如墨的智慧与谋算。

他让易昉去挑战她，易昉败了，就算奋勇杀敌也没有军功，还要挨军棍。

现在易昉输了，在战场上一定会消极敷衍作战，那么她会极容易死在苏兰基的手中，或者被苏兰基所擒。

易昉如果死在了南疆战场上，成凌关一战，两国就谁都不会再深究，既维护了商国的名声，又维护了西京太子的面子，元帅这样的谋算，可谓一举两得。

他果然如外间所传的那样智勇双全。

有没有可能，在送回朝廷请求援军的奏本上，他要求易昉带兵来？

易昉挑战失败之后，受到了很多士兵背地里的非议。

那些因为信任她而被打了军棍的将领，对她更是臭脸相待。

幸好她麾下的士兵对她依旧敬重有加，尤其是与她一同立功的那三百个士兵，对她更是忠心不二。

毕竟鹿奔儿城的功劳让他们得到了一笔赏银，所以不管外人如何说，他们必定是忠于易昉的。

再说了，他们还有共同的秘密，这个秘密是至死也不能说出来的。

易昉在心态崩溃了两日之后，又慢慢地振作起来。

她现在和战哥夫妻一体，她虽然没功劳，但只要战哥立功，也是他们夫妻的荣耀。

到时候，她就带兵和战哥一起，帮他杀敌立功，战哥立功之后，也能帮她说话。

她兴冲冲地去跟战北望说："战哥，等开战之后，我就带兵跟着你，帮你杀敌，你立功便是我立功，到时候论功行赏，你在皇上面前提我一句，我就不信北冥王可以只手遮天。"

战北望沉默了好久，才微微点了点头。

"战哥，"看到他无精打采的样子，易昉挑眉问道，"你是不是后悔了？"

战北望问道："后悔什么？"

"后悔娶了我。"

战北望躲避她的眼神："没有。"

易昉扶着他的肩膀，盯着他的眸子，眼眶微红："我的出身不如宋惜惜，自然没她那么好的师父教导武功，也没有父兄的威名在前，为我保驾护航，她好好的国公府千金小姐不做，非得上战场吃苦受累，就是想把我比下去，让你后悔，你不要遂了她的愿。"

"我知道了。"战北望点点头，"好了，不说这些了，该练兵去了。"

"战哥！"易昉抱着他的腰，将脸颊贴在他的肩膀上，"我觉得你对我冷淡了很多，你是不是真的后悔了？"

战北望想起宋家的人到将军府搬东西的时候，他曾丢下狠话，让他们回去转告宋惜惜一句，让她别后悔，他苦笑了一声，现在心头只觉得讽刺："我怎么会后悔？不会的，你别乱想。"

易昉察觉到他声音的异样，心里慌得很："你答应我，永远别离开我。"

战北望的声音很轻："我答应你。"

易昉的脸上这才露出笑容，娇嗔地道："记住你的承诺，如果有一日你嫌弃我，我就把你的心挖出来。"

"承诺"两个字重重地击打在战北望的心上。

他也曾对宋夫人许下承诺。

最近他总会想起第一次见到宋惜惜的情形。

她的美丽是他前所未见的，她的举止端庄得体，一颦一笑皆体现了世家女子的典雅高贵。

他当时想：如果能娶宋惜惜为妻，他此生便别无所求了。

他如愿娶得佳人，可新婚之夜，他被朝廷重用了，皇上令他带兵上战场，那时候的他虽不舍得宋惜惜，却觉得宋惜惜已经是自己的，而事业还要拼搏。

在战场上遇到易昉后，他惊艳于她的勇敢坚毅，开始觉得像宋惜惜那样的世家女子京城多的是，易昉这样的女子却是独一无二的。

他生了情愫，浑然忘记了自己对宋夫人许下的永不纳妾的承诺。

其实，那时候他的心态是，宋惜惜已经是他的夫人，就算再娶易昉为平妻，宋惜惜顶多闹闹脾气，迟早是要妥协的。

而且他那时与易昉感情正浓，易昉的一切在他眼里都是好的，宋惜惜那么古板无趣，在他心里的分量自然就不如易昉。

他甚至觉得当初自己只是惊艳于宋惜惜的容貌，并非真心喜欢她，自己对易昉才是情根深种。

可当宋惜惜和离出门，决绝地离开的那一刻，他的心里瞬间空落落的，如今想起她决绝的表情，心依旧会被一种慌乱感攥住。

经过几日训练，宋惜惜训练的阵法已经颇有成效。

如今，武器也已经到位，防守的士兵手持盾牌与短刀，进攻的士兵持长矛。

元帅说这两日便要开始攻城了，玄甲军作为先头部队，也要把攻城方案准备好。

届时，战北望会作为配合，率领一万人架云梯，推投石机，因此战前这两三天，他们二人也要商议配合事宜。

大方向其实都是元帅定下来的，他们也没什么实质上的东西需要讨论，只是在沙盘上演练了一遍，把能想到的问题提出来加以解决。

战北望本以为她只是武功高强，但是在推演过程中，他甚为惊讶，没想到她对战术兵法如此了解，一些细微的地方出现纰漏也能迅速想出方案补救，以确保攻城计划万无一失。

在推演中，他好几次失神，定定地看着她认真解说的模样。

这副模样，比自己第一次见她时还要漂亮，亮晶晶的眸子充满了摄人心魄的魅力。

"后悔"两个字在战北望的心头不知道翻涌了多少遍。

推演完毕，宋惜惜站起来，恢复了冷淡的神色："大概就是这样了，如果战将军回去后想到什么问题，可以随时来找我沟通。"

战北望坐在地上，抬头时，恰好看到她弧度优美的下颌线，声音有些喑哑："我现在就有一个问题。"

"请说。"宋惜惜道。

他缓缓地站起来，立于她的面前，眼神锁紧她的眼睛："当初你为什么对我隐瞒你会武功的事？"

宋惜惜凤眸上挑："这很重要吗？"

战北望想了想，有些颓然："不重要，只是直到你我和离的那一日，我才知道你会武功。我疑惑的是，你既然懂得兵法战术，武功又如此高强，为何不上战场延续你们宋家在军中的荣耀，而要选择下嫁给我？"

宋惜惜沉默了，一脸冷漠。

战北望看着她，苦笑道："算了，我没什么资格问你这些，你可以不用回答我……我只是……只是疑惑而已，明明你这么出色，京中的名门世家随便你选，你和你的母亲却选了我。

"我其实从来都没有真正了解过你，但是我现在说这些又有什么意义？我选了易眆，她也很好，我不该念着过往，我真是疯了，易眆对我很好，我不该跟你说这些……"

宋惜惜皱起眉头打断了他的"喃喃"自语："确实不该。"

他一怔，抬眸看着她清冷的模样，心里像是被什么东西堵住了，难受得很："是我胡言乱语了。"

宋惜惜眸子乌黑，以极快的语速道："我回答你一个问题，就是我为什么不选择上战场而选择嫁人。我的父兄皆阵亡，我最想做的事当然是上南疆战场为他们复仇，但母亲不同意，她怕我也死在战场上，她希望我从此放下武功，嫁人生子，过平稳的生活，我听母命选择嫁人，但所嫁之人并非良人，和离之后，我自然选择上战场，并非要和易眆一争高下。"

战北望有些讶异她忽然愿意解释，但听到最后一句，他便明白了，易眆总说她上战场是为了把自己比下去，她是在澄清，她上战场是为了父兄，不是为了易眆。

战北望又轻轻地问道："那你嫁给我，是真的喜欢我，还是你母亲为你选谁，你就嫁给谁？"

宋惜惜道："这个问题没有任何意义。"

他飞快地道："我想知道。"

宋惜惜的眉头再度蹙起："战北望，你从来就没摆正过自己的位置，你是我夫君的时候，你没摆正，现在你是易眆的夫君，你也没摆正。"

战北望眼神幽深地看着她，语气变冷："所以，其实你根本没喜欢过我，你只是奉母命嫁给我而已。我就说嘛，我不过是讨个平妻，你二话不说便进宫求旨和离，你对我根本就没有任何情意，你无情在先，却让人觉得我辜负了你。"

宋惜惜气笑了："且不论我对你是否有情意，自从入了你将军府的门，我侍奉你父母无一日懈怠，尽心尽力，克己复礼，只等你凯旋，而你呢？求亲时许下诺言，出征前让我等你，等了一年，你回来通知我，你以一身战功求娶易昉为平妻。

"战北望，我尽了为人儿媳、为人娘子的本分，从嫁入将军府到和离出门，我都问心无愧。而你呢？你今日能否当着我的面，摸着你的良心告诉我，你对我，对我母亲是否也问心无愧？"

战北望顿时哑口无言。

宋惜惜看着他的表情，觉得无比窒息，转身走了出去。

她本来还想着自己再推演一次攻城计划的，大战在即，他却纠缠于儿女私情，她实在不想听，只能先离开。

战北望怔怔地望着她的背影：是啊，他凭什么指责她？凭什么向她索求感情？

有些伤害已经造成了，想这些又有什么意义？

她说得对，他从来没有摆正过自己的位置，他现在是易昉的夫君，一言一行要对得起易昉，宋惜惜已是外人，他不能再辜负易昉了。

易昉是有缺点，但是人无完人，她本质是善良、正直且忠君爱民的就行，一些小缺点，他可以包容。

他深深地叹了一口气，正要出去，却听到外头传来易昉尖锐的声音："宋惜惜，你和战哥在里面做什么？"

他急忙出去，只见易昉拦住了宋惜惜，一脸敌意地质问。

宋惜惜回头看了他一眼："你的夫人，你解释。"

说完，宋惜惜便走了。

她的身后传来易昉的质问："战哥，你和她在里头做什么？怪不得我找不到你，要不是狗子告诉我你和宋惜惜在这里，我都不知道你和她单独相处了半天。"

宋惜惜快步离去，不想听他们夫妻间的争执，这两个人，离得越远越好。

年初八，元帅发布攻城的命令。

天气严寒，冬衣不足，所以不能再拖了，再拖下去，粮食也会短缺，而西京和沙国的粮食差不多被送到西蒙了。

战前，北冥王动员全军，鼓舞人心。收复失地，对沙国侵略者的同仇敌忾，让将士们义愤填膺，摩拳擦掌。

攻城在中午开始，宋惜惜带领玄甲军为先锋，战北望率兵襄助。

冲锋号角吹响，玄甲军一马当先，冲在了最前面。

战北望率领军队推着投石机、弓弩机和云梯，也迅速进发。

北冥王策马指挥，没有再让人假扮元帅，这最后的生死一战，他要亲自率领全军，只等破城便攻入厮杀。

第五章
易昉作死被掳，屠村事发

　　攻城是最残酷的，西沙联军居于西蒙的城墙上，弓弩机对准了底下的一众士兵，所以商军依旧采取之前的法子，由轻功厉害的人飞上城墙。
　　但这一次西蒙的城墙已经加固加高，沙国人短短十日内，把城墙堆高了一丈，所以，能飞上城墙的只有谢如墨、宋惜惜、沈万紫他们几个。
　　方将军一开始也飞不上去，后来拼尽了全力，飞了好几次才飞上去，但是还没站稳，敌人的长矛便刺了过来，他直直地往下倒，沈万紫见状，一脚踢飞敌人，再甩出鞭子捆住了方将军，这才把他拉上来。
　　沈万紫救方将军，周身出现了空隙，辰辰立刻掩护她，为她抵挡敌人刺过来的长矛。
　　宋惜惜和谢如墨在如云的敌军之中摧毁了两座弓弩机，然后宋惜惜冲玄甲军大喊："投石机上。"
　　毕铭传令："投石机上！"
　　战北望带领的军队带着的大型器械已经抵达，玄甲军与战北望交接时，毕铭似乎看到了一个熟悉的身影，定睛细看，居然是易昉将军。
　　他心头疑惑：易昉将军不是率领军队在后方吗？攻城的时候不需要她率兵上前，宋将军说过，玄甲军只和战将军的军队配合，因为他们负责大型器械的运输。
　　但毕铭也没有多想，命人推着投石机便开动了，一块块巨石砸在城楼上，砸得尘埃四起。
　　玄甲军迅速架着云梯，按照之前演练的那样，云梯分前后，第一队盾牌队先上，敌军的长矛刺过来，盾牌队便以盾牌抵挡，然后艰难地向上爬，爬到一定高度，短刀刺出，能杀敌便杀敌，不能杀敌也有阻碍的作用。
　　随即，第二队长矛队迅速攀爬上来，在盾牌队的掩护下，长矛一挑一个敌军。

谢如墨带着宋惜惜他们几个已经在城墙上开打了,打得那叫一个激烈。

沙国人是有神火器的,虽然神火器开一枪便要继续装弹,不方便近距离作战,可神火营还是对他们造成了一定的威胁。

而且越来越多的士兵冲上来,整个城楼上站满了人,四面的城墙上已经有弓箭手对准他们,一旦他们飞起,弓箭手便会齐发。

粗壮的圆木撞击着城门,陆续有玄甲军通过云梯上来,底下的士兵在高喊,冲锋号角不断吹响,这些都给敌军造成了压迫感与紧张感。

谢如墨和宋惜惜飞快地扫了一眼四周的城墙。弓箭手一旦齐发,射出的箭就是天罗地网,尤其是下去打开城门需要时间,肯定会被弓箭手射中。

西蒙的城墙比伊力城的高且厚,过了第一道城门,还有第二道城门。

就算打开第一道,士兵能冲进来,弓箭手也会射杀先进来的士兵。

所以,他们需要立刻解决弓箭手。

"宋惜惜,解决弓箭手。"谢如墨迅速下令,同时手持兵器,朝北边的城墙飞了过去。

宋惜惜和沈万紫他们各自寻了一方城墙。要在这样的情况下解决弓箭手,速度一定要足够快,兵器也要能阻挡飞过来的箭,所以,方将军是做不到的,方将军只能继续在城墙上砸弓弩机,好在他不是独自作战,玄甲军已经上来了。

宋惜惜他们几个如流星一般飞过,长枪在宋惜惜的手中旋转,挡开飞过来的箭雨,她终于落在了南边的城墙上。

弓箭手无法近距离射箭,只能近身搏斗,他们一拥而上。另外一排弓箭手迅速补位,对准城门,若城门开启,第二排弓箭手依旧可以射杀入城的士兵。

这场仗的艰难程度,宋惜惜他们早就有了心理准备,所以沉着应战。

城楼下,战北望协助攻城,却看到易昉率人跟在他的身后,他怔了一下,急道:"你怎么在这里?元帅不是让你和穆将军他们在后方吗?"

"我说了,我要助你立功。"易昉眼底中透着杀气,"这破城乃是首功,不能让宋惜惜他们几个全占了。日后你在兵部和皇上面前也可以提我一句,我是有打头阵的。"

"但你不该违抗军令。"战北望气急败坏。

"无妨,只要你立功就行。"易昉丝毫不怕。反正她是要被杖责的,多一条罪状也无所谓。再说了,谢如墨也不会把她打死,毕竟她是太后亲口说的第一女将,为天下女子争一口气的人。

而且,战哥与宋惜惜在推演的时候单独相处了那么久,她心里有些慌,一定要做点儿什么来证明自己能帮战哥立功,只有这样,战哥才会坚定地和她在一起。

宋惜惜再有能耐,也帮不了战哥立功。

战北望虽然生气,但是攻城之时也顾不得多言,只能下令配合玄甲军。

可是易昉号令自己的士兵与玄甲军一起攻城。她此番率领一千人,包括原先她麾下的三百人。

战北望看到她号令自己的兵士往前冲，气疯了，一把拉住她："你疯了吗？我们攻城是有计划和步骤的，你这样做，只会造成无谓的牺牲。"

　　"我顾不得那么多了，这功劳不能全给她宋惜惜。"

　　易昉挣脱他的手，举起剑，大声道："堂哥，带人随我攻上去。"

　　易天明是她的麾下，自然听她的命令，当即率领一千人争先恐后地上了云梯。

　　毕铭见状都蒙了：这是怎么回事？他们这样胡乱攀爬上去，岂不是乱了攻城的计划？

　　他拉住易天明，厉声道："叫你的人下来！我们的攻守计划是提前演练过的，你们没有参与演练，只会打乱我们的计划。"

　　易天明才不管他，只管吼道："上，全部给我上云梯。"

　　这样一来，阵形就全乱了，毕铭目眦欲裂，冲战北望怒吼："这是怎么回事？快阻止他们！"

　　易昉手持长剑过去，冷冷地道："毕大人，攻城是最危险的，我的士兵都有牺牲精神，他们为了夺回南疆，不惜以身犯险，你现在叫他们回来，便会影响士气。"

　　"你懂不懂打仗？"毕铭气得一把推开她，冲那些想攀爬上去的士兵大喊："非玄甲军全部下来。"

　　那些人没有听他的，只是不断地往上爬，十几架云梯上的进攻队伍全都乱了，有些人把玄甲军给拽了下来，有些人虽然努力爬了上去，但因为没有防护盾，直接被敌人的长矛穿心，掉了下来。

　　惨叫声连连响起，毕铭和战北望气得眼睛都红了，但是在一片厮杀声中，他们的怒吼显得格外无力。

　　易昉的女高音却能传达到她麾下士兵的耳中："冲上去，冲上去便是立了军功，立了军功便有赏赐。"

　　重赏之下必有勇夫。但士兵们越攀爬，死得越多，惨叫声不断响起，不断有人身上冒着鲜血掉下来。

　　战北望整个人都傻了，扭头甩了易昉一巴掌："你疯了？你害死他们了！"

　　易昉捂住脸，不敢相信他会动手打自己。

　　泪水迅速夺眶而出，易昉委屈地道："我也是在帮你。上了战场就做好了牺牲的准备，他们死了，朝廷会抚恤他们的家人，我有什么错？"

　　战北望听到这样的话，心都寒了，怒道："他们用不着牺牲，玄甲军是攻城的主力，我们辅助，你就算跟在我的身边，也可以让他们去装石头，而不是让他们去送死。"

　　毕铭不管那么多了，直接下令："玄甲军上云梯，非玄甲军，给我一脚踹下来。"

　　玄甲军方才是一时蒙掉了，等反应过来，立刻重新上云梯，遇到没穿玄甲军卫甲的，一律拽下去或者踹下去。

　　人还是持续地往下掉，但没有被长矛穿心，还是能活的。

　　战北望见场面控制住了，一把推开易昉："滚一边哭去。"

他奔到投石机前，指挥道："继续装石，投石。"

易昉站起来，抹去了眼泪，眼神顿时狠戾起来，她命令自己的士兵退后，等着破城后冲进去厮杀，她麾下的士兵一定要抢走宋惜惜的功劳。

战哥会后悔的。

谢如墨和宋惜惜完全不知道云梯这边的情况，他们要摧毁弓箭阵，但是苏兰基显然也准备了足够的人手和弓箭，摧毁一批，又来一批。

不过，他们至少可以让箭雨没有这么密集。

谢如墨要找机会下去开城门，势必要找人掩护，而且不是一个人能掩护得了的。

一个人开城门，只有谢如墨和宋惜惜二人能做到，沈万紫和"棍儿"他们都无法做到单独打开城门。因为西蒙的城门很厚重，由重铁铸造，高三丈，又加固了两层，从环形墙体上射下的无数箭雨让打开它变得难上加难。

谢如墨不可能让宋惜惜冒险，所以，在歼灭了不少弓箭手，新一批弓箭手上前补位的时候，谢如墨飞到宋惜惜的身边，踢倒一名弓箭手之后，迅速地在她的耳边低语一句："掩护我，我下去开城门。"

宋惜惜旋转着桃花枪，飞快地看了谢如墨一眼，他满脸都是敌人的血，想来自己的脸也不会好到哪里去："是！"

战场上，真是人命贱如草芥。

万千箭雨之中，谢如墨战袍一掩，快如流星地飞落至城内，再一跃起，忽高忽低地飞至城门后。

宋惜惜跟着飞下，手中转动着桃花枪，挡在了谢如墨的面前。

沈万紫他们四人见状，迅速补位，摧毁敌军的弓箭阵。

有从云梯冲上城楼的玄甲军见状，大喊一声："盾牌队，下城门。"

大批手持盾牌的玄甲军迅速找到两侧的楼梯，长矛队尾随，躲在他们身后，从楼梯一路厮杀下去。

玄甲军训练有素，那几日的苦没白吃，这样的进攻与防守已经形成了肌肉记忆，攻防阵法在这个时候发挥出了最大的作用。

长矛队放倒一批敌人，见另一批敌人砍上来，盾牌队就迅速补位，近身用短刀，一旦拉开距离，长矛组便上。

很快，他们就冲到了谢如墨和宋惜惜的身边，盾牌阵迅速合拢，把他们包围得像铁桶一样。

投石机也在不断地投石进来，砸得敌军不敢靠近，就连战北望也想不到自己和宋惜惜竟然配合得这么好。

战北望下令停止用圆木攻门，所有人退后，做好破城之后冲进去的准备。

易昉调整好了情绪，手握长剑，只等着破城攻入。

沉重的城门发出了一声巨响。

站在最高处指挥的西京元帅苏兰基没有命令继续守城门，而是盯着一个地方，但是战场上到处都是人，他根本看不出谁是易昉。

　　不过，他一点儿都不着急，因为他知道盯着易昉的不是他一个人，而是他带来的所有西京士兵，他们耗费兵力和财力，最主要的目的就是抓到易昉。

　　不管她藏匿在何处，都一定会被找出来。

　　城门大开，北冥军和援军如潮水一般冲了进来。

　　战场就在西蒙城内，百姓们从攻城开始，就家家户户锁好门，全都躲了起来。

　　沙国士兵侵占这个地方之后，奴役百姓，也有欺辱妇女的事情发生，所以百姓虽然知道破城之后会有大规模的战事，但他们还是无比希望北冥军能攻进来，把沙国人赶走。

　　厮杀正酣，易昉跟随大军攻入城内，很快就杀到了前面。她并非唯一的女将，却是唯一一个穿着女将战袍的人，这身战袍还是兵部特意为她定制的。

　　她的头盔上还有一块红头巾，代表她巾帼不让须眉。

　　所以，纵然战场混乱，她也特别显眼。

　　苏兰基看到了她，很多的西京士兵也看到了她。

　　针对她的策略已经开始实施，她带兵追杀的那一队人在节节败退，她好胜心强，自然要追上去，想把他们全部歼灭。

　　战北望看见了，大声喊道："易昉，不能追。"

　　他发现不对劲了，两军在西蒙城里决战，整座城就是战场，且两军胜负未分，敌军也没吹撤退的号角，只可能往前厮杀，不可能逃跑。

　　敌军这么快就撤退，只有一个原因，那就是诱敌。而且看长相，那些士兵是西京人。

　　战北望心里莫名其妙地觉得西京人会针对易昉，因为成凌关签订和约的事他始终想不透。

　　他嘴上说相信易昉，其实心里是有怀疑的。

　　"易昉，回来！"战北望大喊着，想追过去，但是敌人缠身，他根本挣脱不开，只能奋力厮杀，甚至都顾不得再看易昉一眼。

　　易昉听到了战北望喊她的声音，但是她没有停下来，她有自己的判断。

　　这些人打着打着就逃，肯定有问题，说不定又是一些西京的世家子弟上战场历练，只要把他们抓住，故技重施，就一定可以逼得西京人全部撤出战场。

　　她现在要立功，就要另辟蹊径，不能单纯只靠杀敌来立功了，杀再多的敌人，北冥王的奏本上也不会有她的名字。

　　"继续追，他们肯定有问题。"易昉一边追一边下令道。

　　那一小队里有三四个人穿的是金色盔甲，看着就像之前在成凌关俘虏的小将，那个小将也不是什么小将，定然是西京皇室或者世家的人，因而才逼得苏兰基签下和约。

　　现在大好的机会就在眼前，她怎么会放过？

易昉追敌而去，谢如墨和宋惜惜都看见了。他们在厮杀中对望了一眼，宋惜惜从谢如墨的眼里看到了如释重负的眼神，然后便见他凌空跃起，踩着密密麻麻的脑袋，往后方的指挥营飞去。

主帅本来就该在指挥营，和军师谋士们一同等待战果，再看如何用兵。

而且城破了，拿下是迟早的事。

只是宋惜惜觉得，他方才还在奋勇杀敌，在看到易昉被诱入城中之后就回了指挥营地，仿佛胸有成竹一般，有些突兀。

宋惜惜没想太多，眼前的战场很凶险，容不得她有半点儿分心。

几十万人挤在城中厮杀，长枪用着不称手，但桃花枪是有机关的，可以缩成一把短枪，如此，即便是近身厮杀也不成问题。

打了半个时辰左右，宋惜惜他们已经杀敌无数，全身溅满了敌人的鲜血。

敌人实在太多，她也受了点儿伤。

玄甲军想护着她，但全被她斥退，让他们该杀敌就杀敌，她不需要任何人保护。

将军都如此拼命，玄甲军自然竭尽全力。

厮杀了将近两个时辰，北冥军越战越勇。他们心里都知道这是最后一战，必须使出全部的力气，打赢了，便可以彻底收复南疆。

反观沙国士兵，已经露出败退之意。他们背离国土到南疆多年，商国人始终没有放弃这片土地，打了这么多年，他们已经心力交瘁了。

苏兰基和维克多依旧没有上战场，他们站在高处看着这场战争。

尸横遍野，二人目光所到之处全是牺牲的士兵，鲜血几乎把这座城染红了，而大部分尸体是西京士兵和沙国士兵的。短兵相接，拼的就是一个"勇"字，已经没有任何战术可用了。

维克多知道己方迟早要放弃南疆，败走西蒙，因为他入了西蒙之后便看清楚了，西京人来襄助，只是想多杀一些商国士兵出气，以及杀一个叫易昉的女将。

他们没有战胜商国的决心，更不想与沙国瓜分南疆，更多的是为泄愤而来。

所以维克多心里很愤怒，如果不是西京人来，他们或许早就败走了，也不至于再打几仗，多牺牲一些将士。

他冷冷地对苏兰基道："你既然是要泄愤，何不屠城？"

他大概知道苏兰基为何如此憎恨商国人——他打听到成凌关一战，西京的鹿奔儿城有村庄被屠了。

苏兰基的眼中燃起愤怒的火焰："战争之于百姓，已是家破人亡、颠沛流离之祸，我若再屠杀百姓，哪怕是敌国的百姓，与畜生野兽有何分别？"

维克多望着一个个倒在血泊中的士兵，心依旧会颤抖，事已至此，他已经无法调整什么战术了。

"想不到你还会说出这样的话。"维克多的面孔被寒风吹得通红，说话也不大清楚了,"你的百姓被屠,你却对他们的百姓手下留情,窝囊!"

"真正的武将是憎恨战争的。"苏兰基看着漫天飘飞的雪花,"下雪了,这场仗胜负已定,若不想再损兵折将,就撤了吧。"

维克多问道:"你要杀的人,已经杀了吗?"

苏兰基的嘴唇绽开一抹残忍的冷笑,眼睛看向急急奔来的先锋:"杀?不!"

死,对易昉来说,太便宜她了。

先锋快速奔上城头,这个汉子的脸上、身上全是暗红色的血液,但他的脸上露出了得意的笑,拱手道:"回元帅,人已经在我们的手中,共俘虏十八人,其余的人全部被歼灭。"

苏兰基缓缓地伸出手,接住一朵洁白的雪花,很快,雪花在他的手心融化。他仿佛是在进行一种仪式,闭眼片刻,猛地睁开,眼中精光显露:"传令下去,西京士兵全部撤出西蒙。"

他伸手拍拍维克多的肩膀:"退吧,维克多将军,你在南疆战场上已经损失太多了,你战胜不了北冥王。"

维克多嘴角一扯,冷冷地道:"你就不该来。"他猛地拔剑对准了苏兰基,咬牙切齿地重复,"你就不该来。你给了我们希望,却没有与我们并肩作战。"

苏兰基冷笑,用手挡开了他的剑:"你们为南疆打了这么多年,国内早就空了,你们的皇帝拿了我们三百万两白银、十万石粮食,只需要借南疆战场给我们用一下,所有的军饷、军需都是我们自己供给,你们没有吃亏。"

维克多的剑依然指着他:"他们到底屠了你们几个村子?你们要用这样的方式复仇。据我方统计,你们西京人在伊力城数战中也不过杀了几千北冥军,加上今日这一战,顶多一万人。为了这一万人还有你们俘虏的十八人,你们付出的代价如此之大,我实在不解。"

杀敌一万,但他们西京人死伤几万,还奉上了这么多白银和粮食,这么大的仇恨,又付出这么大的代价,为何不直接攻打成凌关?

这种伤敌五千,自损一万的做法简直前所未见,他实在想不明白。

苏兰基没回答这个问题,而是退后一拱手:"告辞。"

西京军队吹响了退兵的号角,战场上的西京人开始陆续退后。

维克多见大势已去,也缓缓地放下了剑,抬眸,看到一个个沙国士兵死在北冥军手上,还有北冥军最勇猛的那几个人,他们仿佛不知疲倦,出手便要人命。

最终,他缓缓地道:"传令下去,全军撤出西蒙。"

沙国士兵与西京士兵大肆撤退,这让正在酣战的北冥军瞬间蒙了。

听着撤退的号角声,他们还以为沙国要用诱敌深入之类的战术,但仔细一想,沙国撤出了西蒙,他们还追什么追?他们本来就是要把沙国人赶走,又不是要把对方全部歼灭。

所以，北冥军就这样眼睁睁地看着敌军丢盔弃甲地逃跑了。

胜利来得这么容易？

他们都做好了以身殉国的准备，毕竟，西京人如此大张旗鼓地前来襄助，怎么会轻易地败走？连西京的元帅都亲自上了战场，战争自然会异常残酷。

现实也确实异常残酷，到处都是尸体，满城血腥，即便下雪了，也掩盖不住那股铺天盖地的血腥气息。

但西蒙城很大，除了城市，还有许多村庄。

方将军奔回指挥营，问道："元帅，我们是否要追过去？防着他们屠杀平民，屠戮村庄。"

谢如墨道："苏兰基不会，但是维克多……派宋将军带玄甲军一路追上去。"

谢如墨知道苏兰基是个什么样的人，他在西京从来都不是个好战分子，屠戮村庄这样的事情，不会发生在苏兰基的麾下。

但是，维克多在南疆战场上耗了这么多年，最后什么军功都捞不着，难保不会杀平民来泄愤。

有追兵，维克多就顾不得杀平民了。

"是！"方将军策马去找宋将军，传达了元帅的军令。

宋惜惜举着桃花枪大喊："玄甲军随我来，助沙国人逃跑去！"

玄甲军一动，其他士兵也跟着去，他们已经杀红了眼，怎么也要亲眼看着沙国人逃出去，离开西蒙的地界。

战北望在敌军撤退的时候就开始寻找易昉，他高声喊着："易昉，易昉……"

他的声音在阵阵威武的脚步声中显得极为微弱，他想也不想，跟着宋惜惜一路追了出去。

令他没有想到的是，易昉早就已经落入了西京人的手中。

在破城后两军开打的时候，她率军去追一队西京士兵，其中有几个小将装扮的士兵，那正是她的目标。

她要把那几名小将擒来，逼退苏兰基，只要西京人退了，沙国人就不成气候了，必定会溃不成军。

北冥王说她不能立功，她就不能立功了吗？

追着追着，她发现自己猜对了，因为前方那队人逃跑的路线是往城外而去，这显然是不想恋战，看来这些都是上战场镀金的世家子弟和皇室中人。

他们在战场上露个脸，回国就能谋个实职了。

易昉在这上面捡到过一块大金子，自然是咬死了不放，率领着一千人不到的队伍奋起直追，一直追了小半个时辰，前方的敌人终于跑不动了，停下来直喘气。

易昉带的人也累得很，有几个身体素质差点儿的，几乎连刀都举不起来了。

就在易昉大喊一声"杀"的时候，四面八方的巷子里却冲出许多西京士兵。

她猛地抬头看向自己追的那几名小将，只见他们的脸上都露出了奸计得逞的冷笑。

她顿时意识到自己上当了，跑了小半个时辰，他们的体力显然不如这些等候许久的士兵。

一名西京将领大喝："除了那个女的，全部给我杀了！"

西京人举起大刀，凶神恶煞地扑了过来。他们仿佛挟着莫大的恨意，举起又落下的刀干脆利落，一刀一个，显然都是训练有素的杀手。

而且他们的人数很多，易昉艰难地抵挡着，匆匆扫了一眼，发现越来越多的西京士兵围了过来。

他们竟然不在主战场上，就在这里等着她。她意识到自己之前用这个计策捡了一块大金子，这一次用此计却进入了敌人的圈套。

易昉和堂兄易天明的武功稍微好些，能抵挡一阵子，但是两个人身边的兄弟们一个个都倒在了血泊里，西京人没有半点儿留情，出手狠辣，这些大概是他们的精锐。

易昉心里害怕得很，想逃，但身后全都是西京士兵，他们手持长刀，没有上前，却阻断了她逃跑的路。

她只能慌乱地应战，可她恐惧得很，招式使出来没有力量，当看到一把刀朝她的手臂砍下来的时候，她下意识地抓住面前的一名小兵，挡在自己的身前。

那名小兵被劈中了头，鲜血汩汩地流。

那名小兵艰难地转身，不敢相信地看着易将军。他们曾在成凌关立功，易将军说了祸福与共，但现在……

易昉一把推开他，把他推到了敌人的大刀上，转身便跑。

她施展轻功，企图越过身后的敌军，但是敌军齐齐拔出尖刀举起来，易昉的双脚踩在尖刀上，她痛得浑身哆嗦，倒在了地上，双脚鲜血直流，但是那些手持尖刀的敌军没有攻击她，只是站在一起阻断她逃走的路。

事已至此，她明白对方是要活捉她。

她只能拼尽全力抵抗，希望战哥能来救她。

战哥看到自己追着这队敌军，他喊自己不要追，那他大概猜到了这是敌军的计策。

他一定会来救她。

她只要坚持一会儿就行了。

但是，面对西京人的凶狠，她忍着双脚的剧痛艰难抵挡也无济于事。

很快，她的身上便连中了几刀，虽然都是皮肉之伤，伤得不深，可疼痛使得她再难抵挡。

她的脖子很快就被双刀架住，她的兵器也被打落在地上，她不敢转动脖子，只能眼睁睁地看着自己的士兵一个个倒下，整条路都被鲜血染红了。

"堂兄，救我。"她发现易天明还勇猛地搏斗，连忙喊道。

但很快，易天明的脖子也被刀剑架住了。除易天明之外，还有十余人被俘虏，其余的人全部被歼灭了。

西京人控制了他们之后，其中一名小将持着滴血的刀，慢慢地走了过来，站在易昉的面前。他脱下头盔，摘下脸上的金色面具，露出了一张让易昉为之颤抖的脸。

那张脸，与她在成凌关俘虏的那个小将的脸有七八分相似，但是此人的眼神更狠，更冷，更凶残。

"易昉！"他冷冷地叫了一声，"你终于落到本皇子的手中了。"

易昉双腿发软。皇子？那成凌关的那个……也是皇子身份？

她深吸一口气。是啊，她早该猜到的，若非皇室中人，苏兰基怎么肯迅速停战，与她签订和约，逼她放人？

许是因为寒冷，许是因为恐惧，易昉的声音微微有些颤抖："你想怎么样？"

"想怎么样？"西京三皇子冷冷地盯着她，眸子里恨意滔天，恨不得把她生吞活剥，"自然是要以其人之道还治其人之身。"

易昉脸色煞白。以其人之道还治其人之身？

她对那个人做了什么，她自己清清楚楚。

当时那个小将率领百余人，还挺勇猛，交手时，他们杀了她几个人便逃走了，为了找出他们，她命人屠杀了鹿奔儿城的几条街，因为她猜测他藏匿于百姓家。

她必须把他找出来，为死去的兄弟报仇，也好树立自己的威望，而且杀十个兵都不如杀一个小将的功劳大。

当时她的想法就只是这样，可没想到，抓到那名小将之后，他异常狂妄，直斥她违反两国协定，屠杀平民百姓。

此人还骂得十分恶毒，说屠杀百姓，天理不容，诅咒他们断子绝孙。

就是因为他骂得太恶毒，所以易昉对他施加惩处，他骂他们断子绝孙，她便让他先断子绝孙，把他去势。

弟兄们更是围着他，往他的嘴里灌屎灌尿，让他的嘴里骂不出一句恶毒之言来。

没想到这个人还真是一身反骨，纵然这样，还是恶毒之言不断，气得她命人在他的身上刺了几个洞。

虽然她手下的士兵下手重了些，但也是他咎由自取，如此恶毒的诅咒，让人怎么忍得住不往死里折腾他？

但令易昉没想到的是，苏兰基居然会从前线直奔鹿奔儿城，上万名士兵把她围困住，苏兰基看到被折腾得不轻的小将，竟然提出议和、停战，定下边线，西京士兵不再踏入商国半步，对她只有一个要求——放人。

这对她来说，无疑是天上掉下了一个金馅儿饼。

因为两国的边线都是两国主将或者上奏皇帝才能定下来，但西京人竟然主动让到商国定下的界线之外，甚至不追究他们屠村的事，而且承诺永远不会向商国皇帝和成凌关的萧将军提起此事，她拿着签好的和约就可以回去领功，只要求她放了那个遭受折辱的小将。

这不就是送个天大的军功给她吗？想不到西京人竟然如此好拿捏。

当时，她便是这样想的。

其实知道西京人上了南疆战场后，她已经隐隐察觉到那个小将的身份不简单。

这个苏兰基是讲信用的，按照和约，西京的士兵确实没有再踏入商国的疆土半步，但他们选择了在南疆战场报仇，因为，在沙国人完全退出南疆之前，南疆的主权不属于商国。

冰冷的刀刃架在她的脖子上，易昉忍不住全身颤抖。她没有听到大军赶来的声音，因为厮杀声在很远很远的地方。

她知道，战哥来不及救她，甚至他也可能被西京人抓住了，苏兰基不会只为抓她一个人而如此大动干戈。

她大气儿都不敢喘一口，忽然想到了什么似的："你们……你们抓了我也没有用，在南疆战场上打败你们的不是我，是谢如墨和宋惜惜，宋惜惜你们知道吗？她就是宋怀安的女儿。宋怀安在上南疆战场之前，也曾驻守成凌关。她的到来才使得你们在南疆战场上失利，她杀了很多你们西京的将士，你们去抓她，她才应该是你们的目标。"

西京三皇子眼神冰冷，命人撤了她脖子上的刀剑。

正当易昉以为他们听进去了，暗自松了一口气的时候，三皇子却一巴掌扇在了她的脸上。

三皇子满脸铁青："你不提这茬儿还好，你一提这茬儿，本皇子把你千刀万剐都难泄心头之恨。"

在商国的探子，他们经营了许久，后来探子直接归太子统领。

太子出事之后，探子竟然屠杀了满门妇孺，损害了太子的名声不说，还害得整个情报营被一窝端。

宋怀安是值得敬佩的武将，他满门男儿都战死在了南疆战场上，他和少将军们的遗孀、遗孤连同家奴都没被放过，这样惨无人道的事，居然是西京人做的。

这件事情，导致他们连易昉屠村之事都不敢声张，隐瞒了下来。

易昉是始作俑者，但西京探子也做了那般凶残狠毒之事。然而始作俑者安然无恙，唯有宋家受害，听闻宋家如今只剩下一个宋惜惜，便是方才她口中的女将。

易昉甚至还取代了宋惜惜，成为战北望的夫人。

这些事情本来与他们西京无关，可宋怀安满门被灭，宋惜惜被丈夫抛弃，西京人脱不了干系。

三皇子的愤怒之处便在于此，他们西京人并非野兽畜生，两国交战，两军如何厮杀是两国军事之事，屠杀宋怀安满门，连幼儿都没有放过，这成了西京皇室永远也抹不去的污点。

现在她竟然还敢叫他们去抓宋惜惜？这无疑是在他们西京人的心头扎了一刀，提醒他们曾经屠杀了宋怀安满门老弱妇孺。

易昉被这一巴掌打蒙了，随即被人一把揪住了头发，小腹上又被踹了一脚，整个人被踹飞三丈远，猛地又被人抓住头发提起，几个巴掌如铁板一般，扇得她几乎昏厥过去。

"带走！"三皇子下令。

先锋副将开路，三皇子等人带着俘虏离开了西蒙。

离开西蒙之后，往南是沙漠，再往前便是连绵不绝的山脉，其中一道横断山脉劈出了一条路，此路往前是一片草原，草原与山脉相连，这一带有游牧民族居住，过了这一带便是沙国境线。

后方军队如何撤离，他们不管，他们经过草原之后，便上了一座山。山上早就建了一间木屋，是专门为易昉准备的。

当初太子哥哥是如何受辱的，她便要遭受一遍。

连同易昉在内，共有十九名俘虏。这些俘虏都是易昉麾下的士兵，他们全都参与了当初的那场屠村，其中有一人便是易昉的堂兄易天明。

这些人曾经对易昉无比忠心，也对她无比敬佩，因此在看到她拿兄弟去挡刀的时候，他们心中无比震惊。

这位忠肝义胆的易将军忽然变得很陌生，很让人恐惧。

尤其是她被俘虏之后，居然还让人去抓元帅和宋将军，这让他们无法接受。

之前他们对宋惜惜的误会已经澄清，经过比武挑战，他们确定宋惜惜是有能力的，今日也是宋惜惜带人攻城，她是收回南疆的大功臣。

易将军居然让人去抓宋将军。如果说易将军之前针对宋将军是因为怀疑宋将军冒领军功，那么现在就是私人恩怨，甚至是她贪生怕死了。

可若论起私人恩怨，那也应该是宋将军恨她，毕竟是她和战将军一同以战功求的赐婚，是她从宋将军的手中抢走了战将军。

她今日的做法让人无法接受，他们心中对易昉的敬仰顿时崩塌了。

西京人把他们关在一间木屋子里，他们全身被捆绑，要挣脱是不可能的，就算能挣脱，也出不去，外面有重兵把守着呢。

易天明首先忍不住，狠狠地瞪着她："你用小竹子挡刀了，你知道他才当爹吧？"

易昉的心中慌乱无比，听到堂兄质问，她明显露出心虚之色，却找补道："我当时以为站在我身边的是西京士兵，我没看到是小竹子。"

易天明怒道："虚伪，敌军怎么会在你的身边？你找借口也不找个好的。"

易昉恼羞成怒："够了，现在我们都成了阶下囚，我们屠过鹿奔儿城的村庄，他们不会轻易放过我们的，有这个工夫骂我，不如想想怎么脱身。"

易天明道："屠村是你下的命令，是你说那个将领藏在村民家里，你说有些士兵乔装成百姓，所以下令杀无赦。"

易昉知道外边的人能听到，大声说："我只让你们杀几个人，把那个将领逼出来，没叫你们全都杀了。"

听到这些话，其他被俘的士兵纷纷愤怒地声讨她："是你下令屠光，割下他们的耳朵，说是歼灭的敌人，目的就是杀平民，冒认功劳。"

"易将军，没有你的命令，我们怎么敢屠村？"

"对啊，而且你说西京人没少杀我们的百姓，我们杀回去，给百姓报仇，但是我回来之后一问，才知道西京人根本没有屠杀过我们的百姓。"

"如果易将军真的这么心安理得，为何让我们保密？你难道不知道自己是杀良冒功？"

"现在还想不承认，敢做不敢当，孬种，你连宋将军的一根手指头都比不上。"

易昉听到这些话，气得脸色铁青，顾不得西京人还在外面，怒斥道："什么杀良冒功？战场就是这么残酷，我们就没有百姓因为战争而死亡吗？他们算什么无辜？算什么良民？他们是西京人，他们与我们进行了几十年的边线之争，动了多少次干戈？耗费了多少军饷、粮食？如今和约是我主导签订的，边线之争也是因我而终止的，死几个百姓，就能换来两国真正的和平，他们死得其所。"

她的脸被扇肿了，如此歇斯底里，更显得面容扭曲，头发散乱，如同疯妇一般。

一时无人敢再驳斥她，就连易天明也忍下了心中的愤怒。

易天明愿意跟着她这个堂妹，就是因为她对麾下的士兵好，终日兄弟义气不离口，她和战北望成亲的时候，宴请了麾下的士兵，还因此被林将军责骂了一顿。

今日这一战，再加上如今这番话，易天明觉得自己不认识这位堂妹。

易昉独自挪过去，坐在一旁，双手双脚被捆绑，这让她觉得特别难受。脸上被扇了几巴掌，如今耳朵里还"嗡嗡"直响，加上严寒，让她感觉极度不适。

她靠着木墙，心里盼着战哥快些赶到，在这些西京士兵下手报复她之前，把她给救出去。她心中也隐隐有些埋怨：他今日既然发现她追敌不妥，就该追上来才是，为何只喊了几声便不再理她？

这让易昉感到很失望，在他心里，到底是立军功重要还是她重要？如果他追上来阻止了她，她也不至于落在西京三皇子的手中。

木屋到处都是裂缝，寒风吹进来，冰冷刺骨。

十九个人都冷得直哆嗦，一个劲儿地颤抖，易昉有些坚持不住了，脑袋一阵阵地眩晕。

她努力稳住，心里却忍不住担忧：不知道他们会怎样折磨她。

她心存侥幸：西京以仁孝治国，应该不会虐待战俘吧？要虐待的话，应该早就虐待了，不会把他们丢在这里。

但是很快，易昉的侥幸心理就彻底被破灭了。

外面燃起了篝火，木门被粗暴地推开，一道高大的身影带着强大的压迫感缓缓靠近。

即便他背对着外边的篝火，易昉还是能看清楚他大概的轮廓，知道他是谁。

苏兰基，与她在鹿奔儿城签订和约的西京元帅。

易昉浑身颤抖得厉害，背靠着木墙，惊恐地看着苏兰基。

在成凌关签订和约的时候，这个男人威武英勇，带给人一种压迫感，但身上同时也有一种儒雅之气，与他和谈签订条约，所有的事情进行得十分快速且顺利。

有些条约，她提出后，他甚至连想都不想就答应了，只提了一个条件：和约签订之后她迅速放人。

他那个时候太好说话了，好到她认为这就是上天送给她的军功。

但现在他满脸的阴郁嗜杀之色，眼中的冷酷是她不曾见过的，伴随而来的那种压迫感，让他看上去如同死神一般。

只是这一记眼神，就让她心生恐惧。

苏兰基摘下皮手套，丢给了身后的士兵，对一同进来的三皇子道："把他们拖下去，该用什么手段便用什么手段，这些都是残害过你的兄长的人，签订和约的那一日，我把他们的脸都印在了脑海里了。"

三皇子咬牙切齿："知道了，舅舅，我定会替兄长报仇。"

他看向易昉，问道："那她如何处置？"

苏兰基唇角勾起了一抹冷酷的笑："她啊，我亲自招呼。"

三皇子点点头，回身道："来人，把他们全部给我拖出去净身，本皇子要听到他们求饶的声音。"

所有商国士兵面如死灰，身子软成了一摊，但依旧有骨气，并未求饶。

易昉却颤抖得更加厉害了："苏……苏兰基将军，我们签订过和约，两国和平，和平……你不能伤害我。你放了我，放了我，咱们可以重新划定边线。"

"易昉！"被拖着出去的易天明发出一声怒吼，"你居然说出这种没骨气的话，你不配为将！边线已定，不是你说改就改的。"

苏兰基瞧了易天明一眼，冷冷地道："我西京人也是说话算话的，既然边线已定，那么就没有更改的必要。"

这个亏，西京人已经吃了，如果再反悔，兴兵进攻成凌关，则损了西京自开国以来的国誉。

易天明被拖了下去，出门的那一刻，他看向易昉的眼神全是不齿。

他知道这一次自己不可能活着回去了，大声咒骂："易昉，你是商国的耻辱，是易家的耻辱！"

三皇子一脚踩在他的手背上，冷冷地道："你们易家装什么清高？当初在鹿奔儿城屠村时，怎么不喊一声'耻辱'？折辱一名战俘，怎么不说'耻辱'？"

这些人，没一个好东西，全都该死。

易天明忍住痛楚，没喊一声，只是面如死灰，浑身止不住地颤抖。

木门关闭后，易昉蜷缩着身子，抬起眸子，可怜兮兮地看着苏兰基，试图求饶。

但是苏兰基的一句话把她求饶的话给堵住了："你求饶，只会死得更难看。商国自宋怀安一门牺牲之后，便只有一位北冥王可用，你们的皇帝瞎了眼才会用你，你有何战功？你不过是一头只知猎杀贪功的畜生。"

一句"只知猎杀贪功的畜生"把易昉引以为傲的一切击得粉碎。

木门外传来一阵阵惨叫声，吓得易昉几乎昏厥过去。

她知道他们遭受了什么刑罚，因为这刑罚她对那位被俘的小将……不，西京太子用过。

去势，直接把它割下来，看着他像一条扭曲的蛆虫一样在地上翻滚。

但凡他发出一声惨叫，她也不至于继续折磨他，但他咬着牙，就是一声不吭，于是，所有士兵过去对着他的伤口和身上撒尿，再一刀一刀地划在他的身上，看着鲜血与尿液混合在一起。

以前想起这一幕，易昉只觉得痛快。

但现在想起这一幕，她满心恐惧。

苏兰基拿出匕首，她尖叫了起来："不要，不要过来！"

苏兰基蹲下来割开她身上的绳索，看她吓得缩成一团的样子，心里别提多愤怒了。

太子居然被这么一个贪生怕死的畜生折辱了。

绳索断开，苏兰基的大手揪住了她的头发，把她拖了出去。

寒冷和头皮上的痛楚侵袭着她，她的泪水溢了出来。她被拖到了外头，苏兰基揪住她的头发，一个旋转，把她扔了下去。

那是一块被雪覆盖的空地，空地上躺着十八个人，他们的衣裳全被剥去，无一缕衣物遮挡，而他们的身子底下都有一摊血，有一条东西被丢在旁边，也被血液浸染。他们像当初那个人一样，扭曲着挣扎，但与那个人不同的是，他们全部发出了惨叫声，那个人却死死地忍住了。

后来被折磨得太过，他才发出了惨叫，那一刻，所有的商国士兵都欢腾了。

摧毁一个人的自尊，原来是一件极为酣畅的痛快事。

易昉吓得往回爬，不敢看这一幕，但她很快就被人揪住头发拖了回来。那人捏着她的下巴，声音冰冷地道："仔细地看清楚，看清楚你当初是如何施暴的。"

下颌骨被捏得生痛，她挣不脱，只能看着眼前这血腥的一幕。

很多士兵走过来，解开裤子，对着他们十八个人一同撒尿。

天气极冷了，尿撒到他们的身上，很快便结成了冰，他们又痛又冷，身体的痛与寒冷交织在一起，让他们生不如死，惨叫声响彻整个山岗。

易昉全身软得像一摊泥，这一幕当初看有多痛快，如今看就有多痛苦。

"怕了吗？这仅仅是开始而已。"苏兰基的声音冷得如这雪，如这冰，听得易昉魂魄都要散了。

随即，长剑在他们的身体上开始划，一剑下去，鲜血溢出，随即又冻住了，如此寒冷的天气，痛楚并不会让人感觉麻木，只会让人觉得更尖锐。

一剑一剑，并未伤及要害，血也没有流很多，他们还是能活命。

易昉不想看，不敢看，但是被人捏着下巴，摁住肩膀，她连挣扎的力气都没有，只能眼睁睁地看着自己的堂兄和士兵遭受摧残与折磨。

她颤抖得很厉害，因为她知道接下来就轮到她了。

果然，她被人摁在了地上，四脚朝天，只见又一批人上前对着她解开了裤子，腥臊的尿淋在她的身上、头上、脸上、眼睛里、嘴巴里，还有鼻孔里，她被呛得直咳嗽。

她不敢张嘴叫喊，只是一个劲儿地摇头，想甩开那些腥臊的尿液，但是嘴巴闭不紧，因为她想呕吐，只要张开嘴呕吐，便有更多的尿液灌入。

她挣扎着，像一只被捆住了身体的螃蟹，狼狈不堪。

有人过来粗暴地解开她的战袍，撕了她的里衣，脱下她的裤子，她吓得疯狂大喊，以为那些人想要强辱她。

但那些人没有强辱她，而是用剑在她的腿根上划了一剑，她感觉到有温热的鲜血涌出，但很快也止住了。

随即，有人拿着匕首在她的脸上刺字。她被摁住了，双眼盛满了恐惧，只感觉到自己的血液伴随着痛楚，伴随着羞耻流出。

就在她以为他们会继续残害她的时候，她被拖回了木屋里，所有人也都被拖回了木屋里。

木屋里燃起了炭火，因为四面漏风，所以他们仅能从这炭火里获取到一点儿温暖，他们爬到炭火旁，想要驱散寒冷，驱散痛楚。

易昉的裤子已经被扒走了，可腿根处的伤痛让她无法并拢双腿。屋中温暖了，血液又缓慢地流了出来，她的身子底下有了一摊血。

其他人都痛不欲生，谁也没有看她，只有痛苦的呻吟声不断响起。

有人进来，给她灌了一碗药，那药与尿骚味混合在一起，让她差点儿又吐出来。

她没有吐，怕继续被尿。她觉得反正落在苏兰基的手中也没有活路了，给一碗毒药，就等于给她一个痛快，她直接死了也行。

喝了药之后，那个三皇子进来对着她就是一顿拳打脚踢，她的脸上、身上到处都是伤，三皇子倒是没有用刀子来划她，除了脸。

她不知道他们在她的脸上刺了什么字，但是横竖都要死了，她不在乎。

她躺在地上，动弹一下都觉得五脏六腑移位般地痛，想着战哥不会来救她了，她要死在这里了。

她这位商国第一女将，就这么死在这里，太屈辱了。

想到宋惜惜从此荣耀加身，她就满心不甘：宋惜惜不就是比她出身好，命贵了些吗？如果她有那样的出身，早就建功立业了。

宋惜惜奉命领着玄甲军，远远地尾随撤退的西京和沙国大军。

战北望也率人跟在她的后面。宋惜惜坐在马背上，那挺直窈窕的背影有些消瘦，这么消瘦的身姿却能蕴藏着这么大的能量，他看着她，一时有些恍惚。

沈万紫等人策马跟在宋惜惜的身边。他们打完之后先回去牵马，顺便把宋惜惜的坐骑闪电也牵了过来。

他们不需要追赶，只需要远远地看着他们撤离，确定他们没有闯入村民家中，屠戮百姓即可。

战北望则一路寻找易昉。他心里有些发慌，易昉自从追敌而去之后，一直没有回来，他猜测，她多半是落了西京人的手中。

但是，大批撤离的西京人里并未看到易昉或其他战俘。

直到天黑，沙国和西京的兵马全部撤出西蒙，他们再沿路慢慢地尾随了一段，确定敌方并未藏匿于附近的山中，而是真的踏上了回沙国的路，宋惜惜这才下令停止跟踪。

沈万紫还担心了一路："我还怕他们反杀呢。"

宋惜惜摇头："不会。"若会的话，北冥王也不会让她带着玄甲军沿路盯着他们撤退。

"为什么不会？"沈万紫勒住缰绳，"咱们跟过来的拢共就两万人，他们可是有几十万兵马，反杀我们轻而易举。"

宋惜惜只是笑了笑，没回答这个问题。

事实上确实不会，沙国已经没了斗志，西京与他们不同心，西京人的目的已经达到，维克多不会天真地以为如果自己反杀回去，西京人会施以援手。

西京人的目的已经达到，就不会再牺牲自己的将士。

而且，这是一场侵略战争，苏兰基如果真的想介入，就不会对外乔装打扮成沙国人人的模样，虽然也骗不过谁，但他们不承认，就没有非利益方去深究这个问题，也就无损西京的国誉。

所有沙国与西京的士兵撤出西蒙，往沙国方向而去后，宋惜惜接到元帅命人送来的命令，他下令停止前进，在草原一带等待。

气温很低，篝火燃起了一堆又一堆，将士们都围着篝火取暖。

战北望见队伍不前进了，走过去跟宋惜惜说："易昉失踪了，我们不能停下来，我们必须继续前进。"

宋惜惜和沈万紫他们几个在小火堆周围烤着火，宋惜惜抿了抿干裂的嘴唇："有什么证据证明她在沙国撤离的部队里吗？"

"没，但是一开打，她就追着一队西京士兵去了，之后再也没回来过。"

沈万紫冷冷地道："那就好好看看满城的尸体里有没有她。"

"她不会死！"战北望眼中升起一抹愠怒，"你休要诅咒她，同为北冥军，你怎么可以诅咒自己的战友？"

沈万紫翻着手掌，"哼"了一声："仗都打完了，这兵我也不当了，可别把我当成她的战友，她不配。"

战北望气得不再跟她说话，看着宋惜惜，严肃地道："是我对不起你，和易昉无关，如果是别的将士被俘了，你会不会去救？"

宋惜惜反问："如果是别的将士被俘，你会不会让两万将士冒着危险去追敌军撤退的大部队？"

战北望一时语塞："这……"

宋惜惜道："战将军是个明白事理的人，知道将士的性命珍贵，易将军被诱捕，你并没有证据，就算你有证据，你一不能确定她在撤退的大部队里，二不能追过边线上山，否则就是拿将士的性命冒险。"

"棍儿"自然不服战北望，什么事都要帮着宋惜惜："对啊，而且这一带有很多牧民部落，他们不属于南疆，如果贸然进入他们的领地，很容易又起战事。"

他虽然不是很懂游牧部落，但如果有人肆意闯入自己的领地，他们肯定得炸毛。

战北望气结："那宋将军就这样袖手旁观？被俘虏的可不止易昉一人，还有她带领的士兵。"

宋惜惜反问道："你怎么肯定她是被俘了？"

"开战的时候，我看见她追着一队人去了，刚开战就有人撤退，这不可能，分明是诱她过去，她上当了。"

宋惜惜淡淡地道："她也不是第一次上战场了，这么明显的诱敌之计她也会上当，是愚蠢。你要我们这么多将士为她的愚蠢付出生命的代价吗？"

"再者，"宋惜惜看着他，"你既然发现了，为何不阻止？"

她说易昉愚蠢，战北望无话可说，易昉确实愚蠢。

至于为何没阻止，他直言道："我发现的时候喊了她，她没听。我是将军，正领着士兵与敌军厮杀，我一旦追过去，我的士兵不知情况，肯定也会追着去，我不能因她而不顾大局。"

当时两军在城中作战，打得难解难分，他如果在战况激烈时追着易昉而去，他带领的士兵肯定会以为有什么战术，也跟着去，那就会给身后冲进来的北冥军带来危险。

他作为攻城先锋第二队，是绝对不能出这样的差错的。

宋惜惜知道他说的情况是真实的，因为在易昉被诱之后，元帅判定敌军对战不久就会撤离，所以先回了指挥营。

至于胜败已定，沙国为何没有立刻撤离，是因为回国后还要交代，所以他们不能一开战就逃，必须经过一段时间的鏖战，维克多就可以对他们的皇帝和百姓说，他们已经尽力了。

看来维克多早就知道苏兰基借南疆战场的意图，这也是他们一开始就不团结的原因，后来纵然谈过要团结，可惜磨合不足，也是要输的。

宋惜惜见他还有武将的觉悟，这才道："战北望，易昉确实被俘了，但我们没办法去营救，只能在这里等待。"

战北望一听，顿时气急败坏，抓住她的手便走到一边去："宋惜惜，你知道她被俘了却不去营救？你什么意思？你是不是知道她在哪里？"

沈万紫一道鞭子甩过来，逼得战北望松开了宋惜惜的手，退后一步。

沈万紫走过去，冷冷地道："有话要说的话，拉开距离，别靠我们惜惜太近。"

战北望对沈万紫实在是充满了愤怒，但是碍于她武功高强，又不是他麾下的人，只得忍了气，继续质问宋惜惜："你知道她在哪里，对不对？"

宋惜惜摇头："我不知道，但她要么在沙漠里，要么在草原上，要么在山上，不管在哪里，我们都不可能让所有的玄甲军去找，这太冒险了。"

"那我们在这里等什么？等他们把人送回来吗？"战北望气得直跳脚。

宋惜惜眼神沉静："没错，等他们把人送回来。"

战北望吃惊地看着她："你疯了？他们既然俘了易昉，怎么会轻易地放她回来？"

宋惜惜神色冷淡："当然不会轻易地放回去，凡事都不可能轻易解决，比如成凌关的和约，也不是轻易得来的。"

战北望怔怔地看着她："什么？"

宋惜惜看着他："你该不会以为，苏兰基从成凌关带着大军撤回鹿奔儿城，只是因为易昉散播了北冥王即将奔赴南疆战场援助的消息吧？如果你相信了这个说法，你不配为将，连个士兵都不配当，那是不可能的事。"

战北望自然怀疑过。他到最后一次问易昉时还在怀疑，但他选择不去深究，因为事情已经过去了，和约也签订了。

他的声音有些颤抖："所以，是为了什么，苏兰基才会这样做？请你告诉我。"

宋惜惜道："不用我告诉你，在这里等吧，会有人告诉你的。"

宋惜惜说完，牵着沈万紫的手走向火堆，大家继续烤火。

草原上堆放着很多干柴，都是西京人带来的，需要用的时候便差人过来取，免得送到城里被百姓哄抢。

西京人这一次上南疆战场，确实是样样都准备齐全了。

所有人都饥肠辘辘，但是还不能回城，因为不知道苏兰基带的军队还有多少人没撤离，藏匿于哪座山里或者哪一处草原上，他们都不知道。

战北望等得心焦，坐立不安，来回踱步。

他想去问宋惜惜，但见她身边围着两男两女四大金刚，毕铭也在一旁守着，他只得退回自己的队伍旁边。

他没有办法在这里干等，下令自己的队伍带着火把随他进沙漠去。

他估计西京人不会去草原，因为他们不远千里而来，自然不敢深入草原，与部落起冲突，尤其他们是带着兵的。

至于草原旁边的山脉，那在大山大岭里劈出的一条路是沙国人退兵的方向，由此过去便是沙国，但是苏兰基不会把易昉带到沙国去，所以只有可能在大山大岭或者沙漠里。

这大晚上上山，那么多山，怎么找？

唯有往沙漠的方向去找，苏兰基如果在沙漠里，应该不会深入腹地，因为这么严酷的冬日，沙漠晚上极冷。

宋惜惜没阻拦他，虽然他着急找到易昉，但不会真的带着士兵到沙漠深处去，估计就是在沙漠边缘找一找。

战北望带着一千多人，手持火把，往沙漠的方向去了。

沈万紫问道："那个易昉真的被西京人抓走了吗？"

宋惜惜点头："基本可以确定。"

"那我们在这里等有什么意义？就让西京人把她杀了算了。"沈万紫巴不得易昉死得很惨。

撇开易昉做的那些事情，光看她平时那个样子，沈万紫就觉得不该让她好死。

宋惜惜看到火光慢慢地暗淡下去，便添了几根柴，看到火苗蹿起，迅速吞噬干柴，她眼前映出的，是她从将军府回到娘家，看到满院尸体、满地鲜血的一幕。

心中密密麻麻的痛又浮了上来，痛得她连呼吸都觉得艰难。

她何尝不希望易昉死？但是让她死，未必是最解恨的。

她这样想，苏兰基大概也会这样想。

所以她觉得苏兰基不会杀了易昉，元帅让她领兵在这里等，大概是苏兰基派人给元帅传过信。

之前元帅说过，他在伊力城有探子，那么在西蒙大概也是有的。

让他们在此等候，是元帅的意思，也是苏兰基的意思。

等到深夜，大家又累又困又饿，冷倒是不冷了，这里的柴火管够。

后方命人送来了粮食，虽然只是炒米，但是在战场上能填饱肚子就行，管它是什么呢，吃就是了。

粮食是方将军带人送来的，他向宋惜惜传达了元帅的军令："继续在原地等着，元帅说，可以松懈点儿，轮流睡觉。"

"需要这么多人在这里等吗？"宋惜惜问道。

方将军道："元帅认为需要，他说不能轻易地相信某个人的保证。"

有了这句话，宋惜惜基本可以确定了，元帅曾私下和苏兰基达成了某种协定，他什么都知道。

方将军是有些疑惑的，不知道元帅叫他们在此处等什么，不过军令如山，他照做便是。

方将军送了粮食便回城了。南疆收复了，但战场还需要清理打扫，还要埋葬牺牲将士的遗体，善后的事情很多。

战场上的胜利总是让人开心的，但开心也伴随着伤感与痛苦。

一同上战场的战友，可能是与自己玩得最好的那位，已经无法得知胜利的消息了，他永远地闭上了眼睛。

天亮之前，战北望回来了。

他和他的队伍无比疲惫，毕铭让他们先吃点儿炒米。

士兵们坐下来吃着炒米，但战北望没吃，他望着徐徐升起的太阳。这说明今天是个好天气，来南疆这么久，今天这太阳算是最好的，但他的心情无比沉重，在沙漠里，他们一无所获，只能选择返回。

他看了宋惜惜很多次，宋惜惜把头枕在沈万紫的肩膀上，看得出她很疲惫，她的身上有伤，有人给她上了药，不知道伤势是否严重。

过了好一会儿，他站起来走到宋惜惜的身边，轻声问道："你的伤势要紧吗？"

宋惜惜伏在沈万紫的肩膀上，像是睡着了，没应答，表情也没有任何改变。

沈万紫满脸厌恶地对着他做口型：关你屁事，滚。

战北望看懂了她的口型，气不打一处来，讨个了没趣，气呼呼地转身回去了。

沈万紫翻个白眼：什么东西？不是什么阿猫阿狗都可以过来关心惜惜的，惜惜没这么廉价。

这一等，就等到了日落黄昏之时。

战北望彻底坐不住了，见宋惜惜站起来，他急忙跑了过去："我打算赶在天黑之前去草原。"

宋惜惜看着西沉的金乌，脸上又热又冷，感觉特别不舒服。

"你要去的话，不用跟我报备，我领的是玄甲军，你不属于玄甲军，你是他们的将领。"宋惜惜下巴抬了抬，指向他的士兵。

战北望怔怔地看着她，都没说接下来的话，便被她堵住了。

是啊，她是玄甲军的副指挥使了，是朝廷的五品武将，她轻飘飘地说出来的一句话都很有分量。

他带的人不多，他希望玄甲军与他一同去。

他的人已经都累很累了，但玄甲军在此休息了很长时间，他觉得如果遇到西京军队或者游牧部落，玄甲军可以应战。

他低声说："我想带领玄甲军去，就算是我求你。惜惜，以前是我对不起你，你要怎么惩罚我都可以，但是我们已经等了快两天了，易昉坚持不住的，我知道你恨她，等找到她，我们一同给你赔罪。"

宋惜惜瘦削的面容上充满了冷漠之色："和私人恩怨无关，玄甲军不能再往前走。"

战北望握拳："宋惜惜，我已经低声下气地求你了，你还想怎么样？"

沈万紫冷笑道："你低声下气了不起吗？你这求人的态度可真诚恳，诚恳到我们想群殴你。让玄甲军陪你去草原，遇到西京军队或者那些部落，你打还是让他们打？"

"你闭嘴！"战北望对沈万紫的愤怒已经到了极点，终于忍不住出声怒斥，"你是什么身份？敢这样跟本将军说话？"

沈万紫抬起下巴，眼神中充满了鄙夷："笑话，跟你说话还要什么身份？你怎么不掂量掂量自己的身份？你够资格在我的面前放肆吗？"

战北望彻底怒了："宋惜惜，你管好自己的人，别什么狗都能在我的面前乱吠！"

是"馒头"先跳起来的，拳头抡起来有砂锅那么大，双脚往前一踮，人就扑在了战北望的身上，随即，拳头跟雨点似的落在战北望的头上、脸上、身上……

"棍儿"的反应稍微慢了点儿，但也仅仅是慢了点儿，双腿抡得跟风车似的，过来就一脚一脚地踹。

这样密集的招式，让战北望根本没有办法反抗，只能用双手捂住脑袋，身子蜷缩起来，任由他们二人暴揍。

"我想揍你很久了，要不是有当兵的身份约束着我，第一次见到你们这对狗男女的时候我就动手了。"

"你真的把自己当个东西了？就你这德行，还敢朝三暮四，爷们儿许下的诺言，即便是死也要遵守到底，你真是丢尽了我们男人的脸。"

"你不是说任由惜惜惩罚吗？好，现在就惩罚你，你受着吧，下半辈子做个人。"

所有士兵都看了过来，包括战北望麾下的士兵，他们想上前阻止，但是都知道"馒头"和"棍儿"武功厉害，他们又是为宋将军出头，人家宋将军有玄甲军在此护着呢。

而且在场的谁不是血性男儿？战北望喜新厌旧，抛弃发妻，这样的事情谁都看不下去，只不过他是以战功求的赐婚，谁也不敢说罢了。
　　还是宋惜惜看打得差不多了，才出声道："'馒头'，'棍儿'，别打了。"
　　"馒头"和"棍儿"这才止住了拳脚，但还是不屑地"呸"了一声才走开。
　　士兵这才去把战北望扶起来。战北望吐了一口血水，推开小兵，摇摇晃晃地朝宋惜惜走过去，他忍着满嘴的血腥味，问道："现在可以去草原找易昉了吗？"
　　宋惜惜看着他被揍得惨兮兮的模样：以为挨打就可以领着玄甲军去了？
　　她的神色变得严肃，她轻声道："战北望，且等着吧，不是草原，是山上，超过十万的西京士兵如今在山上呢，他们要讨回一个公道，我们只能等。"
　　战北望脸色陡变："你怎么知道他们在山上？他们要讨回什么公道？"
　　宋惜惜走开几步，战北望瘸着腿跟过去，等宋惜惜站定，他眼巴巴地看着她。
　　风吹过来，"呜呜"作响，宋惜惜的声音很低："你如果静下心来听，会听到除风声之外的声音。"
　　于是战北望静下心来聆听，但是除了风声，他什么都没听到。
　　他的武功不如宋惜惜，内功更是低微，哪里听得到山上的动静？更不要说风声这么大，要听见近十万人的呼吸声。
　　他觉得宋惜惜在故弄玄虚，不由得有些恼怒："你说，他们到底要讨回什么公道？"
　　"用你的脑子想一想，为什么十万人在山上不撤退？为什么他们要抓易昉？为什么他们签订和约之后要上南疆战场？"
　　宋惜惜说完就走了回去，留战北望一个人站在那边，满脸煞白。
　　落日映照着他黢黑俊美的脸庞，他似一尊雕塑，一动不动。
　　这已经是宋惜惜第二次提示他了。
　　他知道一定有很可怕的事情发生过，但他不愿意相信。他走回宋惜惜的身边，咬牙切齿地道："你不过是与她有夺夫之恨，才如此编派她。宋惜惜，你是个心思恶毒的女人。"
　　沈万紫听到这话，想要一鞭子抽在他的身上，被宋惜惜阻止了。
　　宋惜惜说："不搭理他，远离就是。"
　　沈万紫本想抽几鞭子给惜惜出气，但听了她的话，放下了手："惜惜说得对，不搭理，反正我也瞧不上他，不管他嘴里放什么屁保持距离就是，免得被熏着。"
　　战北望这一句激将的话像一记重拳打在了棉絮上，毫无作用，还让自己被羞辱了一顿。
　　这些武林中人说话一个比一个脏。
　　不想等，他也只能等了。

第六章
南疆事了，回京领赏

山上的木屋里，易昉其实并未被折磨得很惨，就是被羞辱了。

言语的羞辱，屎尿的羞辱，身体上的羞辱，她衣衫不整地躺在木屋里，身边尽是士兵们痛苦的叫声。

苏兰基这个恶魔蹲在了她的身边，望着她那张刺了字的脸："是不是以为我会杀了你们？"

易昉浑身颤抖，他的眼里分明是有杀意的。

"没错，我要杀了你。"苏兰基的大手扼住了她的脖子，死亡的窒息感把易昉紧紧地笼罩着。

她无法呼吸，胸腔像是要爆炸一样地痛，整个人一阵阵地眩晕，脑子里想起了许多事。

她才嫁入将军府不久，有不可限量的前程和幸福。

她真的好不甘心啊！

她不想死，但如果他们迟早要杀了她，还不如现在就动手，至少她能少遭些折磨。

就在她以为自己会死的时候，苏兰基却放了手。

她像溺水之人得救一般，猛地吸了一口气，然后大口大口地喘气，眩晕感加重了，她仿佛随时会昏过去，耳边是苏兰基冰冷的声音："我说过，这只是个开始。杀了你有什么意义？杀了你，只会给你一个痛快。"

易昉捂住脖子，喘着气，惊恐地问道："你……你到底想怎么样？"

苏兰基冷冷地说："就这样。"

他站起来，退出了木屋，命人关闭木屋的门，下令道："大军撤离，下山。"

他有命人带信给北冥王，相信山下的草原上有兵马在等他，而那领兵之人，就是他要见的人。

天黑后，西京大军下了山。

大军一开动，宋惜惜和沈万紫他们几个便知道了，互相对视了一眼。

宋惜惜站起来传令："全军戒备，兵器不离手。"

玄甲军全部站起身来，将盾牌和兵器拿在手中，迅速列阵。

西京士兵的行军速度很快，队伍从山上下来后，分成三排，并列走着。

最前头的人手持火把，隔十个人又有一人持火把照明。

山上结了冰，按理说他们走得这样快，很容易滑倒，而且一滑倒便是一大片，可他们走得很稳，显然，他们的鞋子都是特制的。

西京国富民强，财力在这一刻得到了很好的展现。

他们用实际行动让商国人看到，如果和西京大规模地开战，商国人讨不到什么好处。

很快，十万西京兵士站在了草原上，和玄甲军对峙。

但谁都没有出手。

战北望冲上去怒吼："你们把易昉带到哪里去了？"

苏兰基高大的身躯缓缓地走出来。两军最前排相隔十丈左右的距离，战北望只冲到了玄甲军的前面，却没敢冲过去质问苏兰基。

苏兰基睨了他一眼，并未作答，眼神落在宋惜惜的脸上，眼中闪过很复杂的情绪。

"宋将军，能否单独上前说话？"他问。

宋惜惜执着桃花枪："可以。"

苏兰基看着她的桃花枪，深深地叹了一口气："不要带兵器，如果你担心，可以多带一个人，我单独上前。"

沈万紫当即说："惜惜，我陪你。"

宋惜惜却指着战北望："你随我去吧。"

战北望愕然，然后迅速点头："好！"

他要知道易昉在哪里，要知道易昉是死是活，但他有些疑惑：为什么宋惜惜选他，而不选她的朋友？

苏兰基没带兵器，宋惜惜也把桃花枪交给了沈万紫，战北望有点儿不愿意放下手中的剑，迟疑了好一会儿。

宋惜惜淡淡地道："如果要打，直接就可以开打，我们两万人都不足，他们有十万人。"

战北望这才放下剑，随宋惜惜一起走过去。

他们走到距离两军各有五丈远的地方。风声很大，这个距离，除非是沈万紫等人，否则，其他人是听不到他们的交谈的。

苏兰基看着面前这个消瘦的女将，她虽没带兵器，但是呈现出来的自信和不卑不亢的气度，实在不像是个二十岁不到的人。

她的脸上没有半点儿犹豫和谨慎，就那样落落大方地站在他的面前。

反观她身边这个男人，却眼神锐利地四处瞧了一下，充满了怀疑和警惕。

苏兰基知道战北望，但也只是当初从成凌关退兵时远远地见过一面。

苏兰基对宋惜惜拱手："本帅苏兰基。宋将军颇有宋元帅的风范，果然虎父无犬女。"

他的语气中带着赞赏，眼神却十分复杂。

宋惜惜没有拱手还礼，站着不作声，神色冷漠。

战北望也没行礼，而是盯着苏兰基问道："你们把易昉带到哪里去了？她是死是活？"

"你是战北望，曾经是宋将军的夫君，现在是易昉的夫君。"苏兰基看了他一眼，说，那一眼充满了蔑视。

战北望感受到了他的轻蔑，握拳，愠道："我只问你，易昉是死是活？你们没有理由虐待战俘，杀害战俘。"

苏兰基的目光如刀锋般冷冷地落在战北望的脸上："你们没有资格说这句话。"

战北望被他的视线盯得有些发毛，竟然下意识地退了一步。

苏兰基显然也不想和他说话，他站在宋惜惜的面前，神色十分复杂："宋将军，西京探子屠杀你宋家满门，不是我下的命令，是得知鹿奔儿城有几个村子被易昉带兵屠杀殆尽，有战俘惨遭非人虐待之后，由探子的头领亲自下的命令。我们西京的陛下坚定地奉行边线问题不牵涉两国百姓，所以我们西京将士不会屠杀平民，更不会屠杀老弱妇孺。虽然这是因为你们的武将违背两国协定与犯罪在先，但我还是要为西京探子所做的一切向你道歉赔罪。"

战北望如遭雷劈："你……你在胡说什么？"

苏兰基没理会他，继续跟宋惜惜说："我们的陛下乃至我国上下，都对宋怀安元帅十分敬佩。他曾率兵与我西京开战，但是他严格遵守两国协定，并未伤害过我国任何一名百姓，每一次开战，他攻至你们制定的边线之后，就会退兵。对于宋家被灭门的惨状，我深感愧疚，这也是我们西京欠你们宋家的。"顿了顿，他补充了一句，"只欠你们宋家。"

他依旧没有说出西京太子受辱自尽的事，只以易昉屠村作为声讨的理由。

西京人不欠商国，只欠宋家。

易昉作为武将，作为士兵，对鹿奔儿城的百姓犯下了大罪，但宋家满门只剩下老弱妇孺，家中的男人都死在了战场上，苏兰基没有办法接受西京太子被易昉如此残忍地虐待，同样不能接受宋家满门妇孺被西京探子屠杀殆尽。

他对宋惜惜道歉了，但是，他们的太子等不来易昉的道歉。

在南疆战场上，他们的男儿杀了这么多商国士兵，也算是复仇了，虽然西京士兵被杀得更多。

可事情总要解决，两国不能永远敌对，他们是相邻的国家，也都是大国，需要经贸互市，需要进行文化和技术的交流。

这是苏兰基的格局，也是谢如墨的格局，否则就不会有苏兰基与宋惜惜的这场会面。

宋惜惜在沉默许久之后抬起了头，她的眼睛很红，她忍得艰难，泪水才不至于滑落："包括易昉在内的几百士兵，我相信要么被杀，要么重伤受辱，你们的仇已经报了，但是，我知道有屠杀我满门的西京探子回了你们的国家，我的仇还没报完，欠我的，拿他们的命来还。"

苏兰基望着她，眼神哀痛且复杂："如果是这样，那不欠了，回去的西京探子已经悉数被我杀了，宋将军，你可以释怀了，但我西京释怀不了，那是一种永远的耻辱，永远的痛，就算杀了易昉和那些士兵，也永远抹不去。"

宋惜惜默然点头，知道他的意思。

"我没资格代替谁给他道歉，但这件事情也是我们商国知情之人心中的痛与耻辱。"

苏兰基听了这句话，眼睛被风吹得很红很红，肩膀缓缓地放松下去："宋将军这句话，对我，对他，对我们商国皇室，都有很大的意义。"

苏兰基身后的一名年轻将领忽然掩面哭了。他刚才站在那里，眼中充满了恨与愤怒，但是，宋惜惜的这句话确实安抚了他，让他失控掩面落泪。

苏兰基，三皇子，宋惜惜，他们都有不能和解的痛，但为了大局着想，表面上也只能和解。

苏兰基这才转头看着脸色惨白的战北望，说："想知道你的夫人都做过什么吗？上山去，他们如今的状况，便是他们曾经犯下的罪孽。"

苏兰基和三皇子带着十万西京士兵离开后，宋惜惜对战北望道："你要救易昉，带你的心腹上山即可。"

宋惜惜这样说，其实是想给战北望和易昉保留一丝颜面。

西京太子遭受的耻辱如果在那些被俘的士兵身上重演一次，那么战北望他们上去看到的场景一定不堪入目。

但战北望担心山上还有西京兵马没有退下，所以请求宋惜惜借出玄甲军一同上山。

宋惜惜看着他，片刻之后问："你确定吗？"

战北望看到她这样的眼神，心莫名其妙地颤抖了一下："你可以告诉我，易昉屠村之事是真的吗？"

"你刚才应该问苏兰基。"宋惜惜淡淡地道，"或者，见了易昉，你亲自问她，苏兰基应该不会杀她。"

战北望不敢相信易昉会做出那样的事。方才苏兰基说得极其隐晦，屠村那么大的事情反而三两句带过，却着重给宋惜惜道歉，如果易昉屠村的事情是真的，那么宋家被灭门就是易昉间接导致的。

易昉害死了宋惜惜的家人，而他求娶了易昉，抛弃了宋惜惜。

战北望只是这么一想，各种情绪就铺天盖地地袭来，心头仿佛压着一座大山，让他喘不过气来。

他不愿意相信，易昉不会这样做的，他要亲口问易昉。

战北望陡然抬起头："苏兰基之言不可尽信，宋将军与我一同上山，我们一同问个明白，如果易昉在你的面前承认了，那么……"

他的脸色变得有些可怕：如果易昉承认了，那么他该如何做？他能如何做？

那是不能弥补的错，那是不可挽回的性命。

宋惜惜在沉默片刻之后，同意和他上山。

战北望信不过苏兰基，怕山上有西京人埋伏，要求玄甲军一同上山。

他不知道虐待战俘具体是怎么做的，以为虐待战俘顶多是用刑，所以，他不知道带着玄甲军上山会看到怎样的一幕。

宋惜惜很清楚，而这也是苏兰基的目的。

易昉没有杀西京太子，西京太子是被释放之后自尽的，因为他被摧折了尊严、名誉以及身体。

苏兰基也不会杀易昉，他也要摧折易昉的尊严、名誉，看易昉会自尽还是会顽强地活下去。

苏兰基知道会有很多人上山去营救易昉——十万将士从山上下来，谁知道会不会还有十万人在山上？

至少他笃定战北望会这么认为，因为战北望从来没有真正了解过西京。

毕铭命人举着火把，一万多人浩浩荡荡地上山去。

沈万紫等人没有任何异议就跟着上去了，因为他们很清楚接下来大概会看到什么。

山路弯弯曲曲，队伍走了小半个时辰，终于，前方出现了一处平整的地方。

这处平整的地方虽然一眼就能看出是临时开辟的，但面积广大，看上去屯兵十万人都不在话下，中间有一间木屋，有惨叫声从木屋里传出来。

战北望听到这些惨叫声，飞快地跑了过去，一脚把木屋的门踹开。

木屋里一片漆黑，他连忙叫人持火把上前。

持火把的人上前一照，战北望的目光落在了木屋内的十九个人身上，他的脸瞬间像雪一样惨白。

所有人片缕不着，身上能看到很多刀痕及其他伤痕，还有一处触目惊心的伤，是在……

他们居然全都被割了！

整间木屋充斥着屎尿的臭味，明显能看出他们都被尿淋过，脸上、身上、嘴里都有屎，包括易昉。

木屋里只有一个人穿着上衣，但双腿没有穿裤子，腿下的地上浸满了红色的血液，她的那一处也露了出来。

战北望回过神儿来，陡然大吼："全部滚出去，滚出去！"

他夺了火把冲进去，但屋中根本没有这十九个人的衣物，他们的衣物和战袍都被烧了。

他只能脱下自己的战袍,再脱下自己的外裳,把外裳裹在易昉的腿上,再穿回战袍,把她抱起来。

易昉已经昏迷过去了。她被苏兰基不断地掐脖子,在死亡和一息尚存间来回转换,身上、脸上都被刀子划过,耳朵也被割掉了一只。

所以,战北望抱起她的时候,她也不知道自己获救了,依旧在昏迷之中。

他这样把易昉抱出去,大家都看到了,也知道易昉没有穿裤子。

而且,有好多人看到她躺在那里的时候,腿下有一摊血迹,明显可以看出她遭遇了什么。

战北望的一张脸铁青得可怕,他终于明白宋惜惜为何叫他只带自己的心腹上山。

他狠狠地剜了宋惜惜一眼,眼中充满了愤恨,在易昉亲口告诉他之前,他不会相信苏兰基的话,所以,他不愿意相信是易昉间接害死了宋惜惜满门。

宋惜惜从他的眼神里只看到了"懦夫"两个字,不搭理他,吩咐手下进去救人。

有士兵进去把剩下的战俘抬出来。木屋里本身是有炭火的,但是西京人下山之前就把火熄灭了,他们还能发出惨叫,还没被冻死,可见是屋中的余温维持了他们的生命。

有人自发地脱下自己战甲里的棉服,给他们穿上,然后把他们抬下山去。

回到西蒙城,宋惜惜传了军医过来。

战北望亲自给易昉上药,清洗她身上的脏污。

对于她腿间的伤,他不敢细看,只是胡乱地上了些药粉。

其余的伤口他都有细心处理,唯独她的脸上被刺了一个"贱"字,战北望一狠心,将烧红的铁烙在她的脸上。

宁可毁掉半边脸,也不能留这个字在脸上。

易昉在处理伤口的时候便已经醒来,她的嘴里一直在咒骂,痛斥西京人的残暴狠毒。

直到战北望将烧红的铁烙在她的脸上,她尖叫起来,浑身颤抖,才止住了那些恶毒的谩骂。

"战哥,"她的声音嘶哑,眼神充满了痛苦,而口中的味道依旧熏得人几欲作呕,"为何毁我的脸?"

"你的脸上有一个'贱'字,你要带着这个字过一辈子吗?"战北望的眼神冰冷得有些可怕。

"那些禽兽不如的狗东西!"易昉破口大骂,"苏兰基,我不杀你,誓不罢休!"

战北望捏住她的下巴,俯身盯着她:"你告诉我,你在鹿奔儿城,是不是屠了村庄,杀了平民百姓?"

易昉悲愤难忍,听到他的质问,歇斯底里地大喊:"我后悔啊,我应该把所有的村庄都屠了,而不是只屠他们三个村子!"

战北望身子摇晃了一下,眼神可怖:"你真的做过这种事?那虐待战俘呢?是不是也和他们一样,去势,毒打?"

"岂止,"易昉的眼神恶狠狠的,看起来十分疯狂,"我让人一刀一刀地划他的脸,让人给他淋尿、灌屎,我用尽一切办法折磨他,让他说出他的身份,我现在只后悔自己下手太轻了。"

"所以,就是因为这个人,苏兰基快速地和你划定了边线,签订了和约?"战北望浑身冰冷,冷入骨髓。

他再愚蠢,也能猜到那个人的身份了。

能让苏兰基不惜一切地让步,迫不及待地与易昉签订和约,甚至没回成凌关同萧大将军谈判,这个人应该就是苏兰基的外甥,西京当今的太子。

怪不得,怪不得西京人会上南疆战场。

这一切都解释得通了。

这么大的事情,争执了多年的边线问题,苏兰基却草草地与她签订了和约,他早就应该想到有问题的。

当时他在鹿奔儿城烧粮仓,他赶过去的时候,和约已经签完,可见苏兰基有多急切。

他像看陌生人一样看着易昉。

眼前的这个人,和他所爱的易昉完全不一样,她像恶鬼一样残忍狠毒。

他为了这个人,奉出了所有的战功,辜负了宋惜惜。

他是天下头一号的蠢货。

可她当时满嘴忠义,说女子不该困于内宅,应该肩负起保家卫国的责任,如此大义凛然,那时候她满眼都是热烈而明媚的笑意。

战北望跌坐在地上,表情似哭似笑,随即爆发出狂笑,似疯癫的狂笑。

这狂笑把易昉给吓住了,她忍着疼痛,撑起身子,吃惊地看着他:"战哥……你怎么了?你别吓我。"

战北望笑得眼泪都流出来了,用双手捂住脸,肩膀耸动着,眼泪从指缝里渗出。

突然,他猛地放开捂住脸的双手,恶狠狠地瞪着易昉:"是你,害死了惜惜全家!惜惜全家惨遭灭门,都是因为你虐待战俘,屠戮百姓。"

易昉被他的眼神吓住了,下意识地摇头:"不,是西京人杀的,和我没有关系。"

战北望眼神痛苦:"你为什么会是这样的人?你的手段为什么这么残忍?那些都是手无寸铁的百姓,你怎么下得去手啊?"

易昉依旧不觉得她有错:"他们窝藏西京武将,我命人屠村,只是为了逼出那个小将……战哥,我不知道你为什么会觉得我残忍,我是屠村了,但那些都是西京人,就算是百姓,也是西京的百姓。"

"两国交战，不伤平民，不杀战俘，"战北望眼中猩红，牙齿紧咬，咬得牙龈生痛，"这是我国与西京的协定，上成凌关战场之前，我对你说过无数遍，你说你都记住了。"他狂吼，额头青筋暴起，"现在你告诉我，你都记住了什么？你不只虐杀战俘，你还屠村，你是不是人啊？你是不是人啊？"

易昉被他狰狞的样子吓住了，泪水夺眶而出："可我最后不是签订了和约，划定了边线吗？这个结果，皇上很高兴，满朝文武都很高兴，以后不用兴兵打仗了。我只是杀死了一千几百个西京百姓，我真的罪大恶极吗？"她擦去泪水，自觉占理，声音便大了些，"你去成凌关问问，问问我们商国的百姓，是否愿意牺牲自己的性命换取商国坚持的边线且再无战事？我相信很多人都愿意。"

战北望听了这番话，竟然笑了，他将凌乱的头发往上一拨，露出被打得青肿的脸，显得尤其狼狈与疯癫，他的声音极轻却极狠："那你呢？你愿意吗？你愿意以自己的性命换和平吗？

"你如果愿意，那你方才咒骂什么？那不是你应该承受的吗？他们都死了，你不愿意死吗？你去死啊！"

"我……"易昉顿时语塞。

战北望继续逼问："你问过被屠杀的百姓了吗？你问过成凌关的百姓了吗？他们都同意吗？啊？"

他双手撑在床前，整个人已经崩溃了。

易昉哭了出来："战哥，你这是在做什么？你这个样子让我很害怕，我遭了那么大的罪，你不仅没安慰我，还一直骂我，就算我有错，可我也立了大功。"

战北望看着她的泪水滑过脸上的烙印，混着血水往下滴，确实可怜凄惨，但是战北望半点儿怜悯之情都没有，更没有心疼。

"你可知，你麾下所有的士兵，除了被俘虏的那十几个人，其他人全都死了？没死的那些人，也都被去势，而你……"

他没说下去，但是脸上的表情既屈辱又复杂。

易昉止住了哭，愣怔了一会儿之后，忽然明白了他的意思，急道："你以为我被他们……我没有，战哥，他们没碰我。"

看到战北望不说话，易昉急了，不顾身上的伤，愤怒地道："他们是伤了我，但是绝对没有强辱我，我说的话千真万确，不信的话你可以去问他们。"

战北望面色阴沉："有什么好问的？还嫌不够丢人吗？"

易昉听见这话，心都寒了，大受打击："你不信我？"

战北望凄凉一笑："信你？你对我说过半句真话吗？我问你成凌关的事，你每一次都以北冥王即将上战场，所以苏兰基退兵回去和你签订条约这个谎言搪塞我，你连这么大的事都隐瞒我，你让我怎么再相信你？"

"我不告诉你，是因为我知道你不喜。你一路上……"易昉显得很暴躁，整个人

174

都抓狂了,"你一路上一直跟我说不伤两国百姓,但是我分明看到他们躲进了村子里。我们既然攻入了鹿奔儿城,就一定要有所收获,我不过是杀了些村民,可西京人杀了我们多少士兵?"

战北望深呼吸几口,让自己平静下来,问道:"我们进鹿奔儿城的目的是什么?"

"烧粮仓。"易昉脱口而出。

"我去烧粮仓,让你负责后援,你却去追什么小将,你想没想过,如果我烧粮仓的时候,有西京士兵赶来,而你没能及时通知我,后果将如何?"

"但事实上,我就是立了功。"易昉摇头,觉得脸很痛很痛,不想再和他争吵,"算了,我和你的想法不一致,你不认同我,我也不认同你,这件事情再争执下去只会伤感情,何必为了几个西京百姓伤害我们的夫妻感情?不说了,好吗?"

战北望十分失望,说了这么多,她始终认为那只是几条西京平民的性命,在她的眼里,那只是蝼蚁而已。

他亦不想说了。

在转身出去之前,他苦笑了一下,缓缓地说:"真可笑,为了你,我抛弃了惜惜,我真的很后悔。"

易昉倒抽一口凉气,难以置信地看着他:"你说什么?你后悔了?"

战北望转身,慢慢地走了出去。外边的天被篝火照得透亮,又下雪了,但天气再冷,也冷不过他的心。

彼时,宋惜惜在帅营里坐着。

热茶被奉上,还有一碗热气腾腾的面条。

面条里面什么都没加,却是宋惜惜上战场之后吃过的最好吃的东西,她以前从来不觉得面条有这么好吃。

谢如墨见她吃得香,不禁问道:"一碗够不够?"

"不够,还有吗?"宋惜惜边吃边抬头问。

"没有。"

"……"那不是多余一问吗?

谢如墨笑了,凝眸看着她。这狼吞虎咽的模样,哪里还有贵家小姐的风范?

等她吃完,谢如墨才告知她,其实他和苏兰基在战前就已经互相通了信。

"他的目标是易昉和那些曾经参与屠杀的士兵,本帅早就知道。本帅曾试过把她安排在后方,但她自己攻了上去。"

宋惜惜道:"元帅算是护过易昉了。"

"架不住她自己想死。"谢如墨俊眉拢起,取了一方手帕给她擦嘴,"易昉是一个毫无底线的人,苏兰基没对她下死手,是觉得她会不堪受辱,选择自尽,你觉得易昉会自尽吗?"

宋惜惜接过手帕。手帕上的刺绣东倒西歪，绣工真差，但还挺干净的，元帅竟然藏着一方这么丑的手帕。

在军中也没那么讲究，宋惜惜用手帕擦了嘴唇，道："难说，她此番受辱，嗯……"

"而且这么多人看见她没穿裤子，这件事在军中也瞒不住，在军中瞒不住，那么京城的人想来也会知道，就看她扛不扛得住了。"

她说完，便端起碗，把面汤一饮而尽。

这豪迈劲，谢如墨看得眉眼都染上了笑意。

"话说，那位西京太子为何会出现在鹿奔儿城？"宋惜惜始终不太明白：以前就听闻这位太子在西京深得民心，贤能英明，为何会在鹿奔儿城出现？他也不是武将啊！

"西京皇室内斗，他被二皇子设计，被迫上了战场。苏兰基知道他不能战斗，所以让他躲在鹿奔儿城，因为战场不在鹿奔儿城，谁知道他遇上了易昉。"

"二皇子？"宋惜惜微微蹙眉，"那西京太子一死，剩下的几位皇子便要争夺太子之位了，如果这个二皇子当了太子，对我们商国可不利啊！"

二皇子对商国，那是充满了敌意。

"嗯，但苏兰基有心扶持三皇子上位。三皇子与西京太子乃是一母同胞，只是三皇子势力较弱，苏兰基面对的困局很多，西京的陛下已经百病缠身，怕是熬不了多长时间了。"

宋惜惜明白了："所以西京这一次讨回点儿颜面，报了仇，便迅速撤离，回去应付内乱了。现在他们隐瞒西京太子的死因，一旦来日被人揭穿，也可以昭告西京百姓，已为太子复仇。"

"这算是原因之一，但他们的内部到底有多复杂，不是我们能全部知晓的，一个大国，有他们自己的考量。"

宋惜惜点头："是的。"

谢如墨望着她，郑重地道："惜惜，南疆收复了，有你们宋家的功劳，可以告慰你父兄的在天之灵了。"

宋惜惜眼圈微红，声音有些哽咽："嗯！"

谢如墨深深地注视着她，道："你父亲一生未竟之大业，你帮着完成了，伊力和西蒙的城门，是你带兵攻破的，之后你又带兵浴血奋战，来日史书上必定有你们宋家浓墨重彩的一笔。"

宋惜惜到如今才明白，为何元帅这么多名将不选，却选了她带领玄甲军，而且在战时便送奏本回京定下她的武将品阶，这是元帅给她的机会，没有将军之衔，她率领这么多兵马，名不正、言不顺。

她站起来，拱手下拜："元帅抬爱提携之恩，末将无以为报。"

谢如墨眼神微闪："无以为报？言下之意，你是想报恩吗？"

宋惜惜微怔：这……只是客套恭维之辞，攻城与杀敌，她都不遗余力，也算是报了提携之情吧？

"呃，元帅有吩咐？"

谢如墨扬起笑容："现在没有，但保不准以后会有事情需要宋将军帮忙。"

宋惜惜想着，这应该也是元帅的随意之言，毕竟他贵为亲王，怎么会需要她帮忙，便也客套了一句："哦，那就来日再报。"

谢如墨的眼神意味不明："嗯，这句话，本王记住了，你先下去休息吧。"

宋惜惜站起身："是，末将告退。"

宋惜惜回到营帐时，沈万紫和辰辰已经沉睡了，宋惜惜鞋子都没脱，直接躺下。

这一躺下，她全身跟散了架似的，疲惫感蔓延至四肢百骸，困意来袭，她眼睛一闭就睡着了。

这一睡，她便睡到了第二日傍晚才醒来。

他们几个都修习了内功心法，睡觉是最好的休养方式，这一觉醒来，他们顿时觉得神采奕奕。

其他将士也陆续醒来，不需要多说，自动自觉地出去帮忙清理战场，安抚百姓。

收复南疆的捷报传回京城，皇帝看着捷报，泪流满面，早朝上，满朝文武跪地，山呼万岁。

天大的喜讯像长了翅膀，不胫而走，一开始只有官宦人家知道，后来满京城的人都知道了，再后来，各地州府的人也都知道了。

举国欢腾。

各地的说书先生都有些人脉，官宦人家的小厮、丫鬟总能收到些消息，卖给说书先生。

于是，大家都知道立了头功的是北冥王，但是连续破了伊力城和西蒙城的是一名女将，是她率领玄甲军，势如破竹，把沙国人打得屁滚尿流。

说书先生最擅长制造英雄，经过他们慷慨激昂的宣传，那位女将简直被描绘成了天上的女战神。

战事也被完全扭曲，描绘得无比艰辛，当然，重点是在艰辛当中，元帅麾下的这位女将是如何骁勇善战，如何智取敌军将领的，有多玄乎就说得多玄乎。

百姓平凡普通的日子里太需要英雄了，因此，不管是在茶肆酒馆，还是在市井街头，抑或是在家里聚会宴饮，百姓都少不了提一下这位女将。

虽然这位女将的身份大家并不知道，可还能有谁呢？自然是易昉将军啊！她曾经在成凌关立功，也是她和战北望将军带着援军上战场的，援军里头就有玄甲军，所以，带领玄甲军破城的女将非她莫属了。

这只是百姓间的一场狂欢。

世家大族以及六品以上的官员，都不会将民间的传言当真。那都是老百姓的胡乱揣测，或许有那么一两分是事实，但其余的多半被夸大或者失真。

可偏偏将军府的人信了，以为是易昉立下了大功。

战老夫人自从战北望和易昉出征之后，一直茹素念佛，求他们立得军功归来，如今果然成了，战老夫人一开心，一激动，病都好了很多。

她当即命人下去准备，要大张旗鼓地去白灵寺酬谢神恩。

将军府的人抬着牲畜与祭品，风风光光地穿街过市，一路上还放着炮仗庆贺，让百姓更加相信那位女将就是易昉将军。

战老夫人坐在轿子里头，掀开帘子看外头的百姓，看到他们鼓掌、欢庆，战老夫人的虚荣心得到了极大的满足。

酬神谢恩之后，她又让大儿媳闵氏筹办一个茶宴，请朝中官员的家眷们过来聚一聚。提前打好关系，等儿子和儿媳妇回朝之后，得了实职，在官场上就能一帆风顺了。

她认为自己的儿子和儿媳妇再一次立功，眼看着即将成为朝廷新贵，各家一定会争先登门拜访。

所以，这茶宴她下令要办得体面风光，就连她当初陪嫁过来的一套白釉粉胎茶具都被拿了出来，用以招待那些世家大族的夫人。

至于茶点，府里头的厨子做得不精美，都是在聚德惠买的，聚德惠做的点心最有名，精巧美味，除了贵，没有任何缺点。

因为宴请的宾客多，所以，光是这点心就买了三百多两银子，聚德惠的人亲自送来，还帮他们摆放整齐，装点心的碟子也极为精美。

除了点心，战老夫人也让人买了金丝燕窝炖上，起码要每人一盅，按照她拟的名单，这也过千两银子了。

闵氏暗暗叫苦：将军府本来就入不敷出了，还要办这种规格的茶会，哪里来的银子？

她只能拿着府中还值钱的东西去典当，但再这么下去，将军府迟早要被掏空。

战老夫人给兵部两位侍郎的夫人下了帖子，连兵部尚书夫人她都送了帖子，不过，她觉得兵部尚书夫人应该是不会来的。

倒是侍郎夫人，肯定是要来的吧，战老夫人打算等她们一来，便问问这场战事的大概情况以及兵部如何论功行赏。

没想到，到了时间，兵部左右侍郎的夫人都没有来，甚至品阶高一点儿的官员的夫人也没来，只有些五、六、七、八品官员的夫人带着家眷前来，有些还没有在受邀名单上，这让战老夫人又生气又心疼。

这场茶会，战老夫人砸了这么多银子下去，就是想着先扬其名，给自己的儿子儿媳造势，等他们凯旋，皇上以及兵部论功行赏时，也会听听百姓的呼声。

现在关于女将的传闻已经是街知巷闻，赞誉之声一浪高过一浪。战老夫人之前心里头还有点儿不平衡——宋惜惜和离之后反而成了国公府小姐，但现在易昉和北望立功了，将军府的前程指日可待。

一个只有孤女的国公府和一个有实权的将军府，任谁都知道该亲近哪边。

可看着这茶会净被些低三下四的人来蹭,她就气得肋间疼痛,也不愿意陪着她们,以身子不适为借口,让闵氏去招待。

她就不明白了:外边都传开了,怎么还请不动那些夫人?

这场闹剧,让二老夫人看了一场笑话:什么身份,就想请二品的尚书夫人来吃茶点?

就算战北望和易昉真的立功了,但南疆战事打了这么多年,立下功劳的人何其多,要论功行赏,他们也得排在后面呢。

不过,若外边的传言是真的,易昉带兵连攻两座城,这功劳确实很大,只是兵部尚书和侍郎的夫人都不来,很显然,这位女将不是易昉。

半夜,战老夫人的心口痛得厉害,叫人请了大夫。

丹神医虽然还卖药给她,却不来给她看诊,所以她只能请别的大夫。

如今的将军府,府医是养不起的。

闵氏伺候了大半夜,实在困乏得厉害,便叫下人照料着,自己回去休息了。

第二日,战老夫人见大儿媳妇没在跟前伺候,大发雷霆,命人把闵氏传来,但闵氏没来,说是感染了风寒。

二老夫人过来看望战老夫人,见她发脾气,便劝道:"你跟谁置气都会损害自己的身体,跟自己过不去,有什么必要?你说你也真是的,以前惜惜在的时候,伺候得你舒舒服服,有个头痛发昏的,不用你吱声,她便把丹神医请来了,这么好的儿媳妇你不懂得珍惜,偏拿一根草当宝贝,福气你不要,那就只能受气了。"

战老夫人铁青着脸,想起以前自己生病的时候,宋惜惜衣不解带地伺候在旁,没喊过一句苦,如今叫大儿媳妇伺候一晚,她便受不了了。

战老夫人又想起之前易昉不曾出征时,在府中也是如此,嘴里一口一句"母亲"地喊,但真的叫她伺候,她也是撒手不管的。

可在自己的妯娌面前,战老夫人是要面子的,冷冷地道:"你把宋惜惜说得这么好,你二房不是有适婚的吗?娶了她,一家子过去入赘,继承爵位,吃软饭去啊!"

二老夫人也不生气:"我二房的那些小子可配不上惜惜,她值得更好的人,至少要比北望好。"

"你……"战老夫人捂住胸口,横眉冷睨着二老夫人,"你是专门来气我的?"

二老夫人笑了笑:"忠言逆耳,随你怎么说吧。"

说完,她便起身走了。

本来大家都在猜测这位女将是易昉,但是经过战老夫人的这一次茶会,有些人看出了端倪。

说书先生自然是先吊着诸位茶客的胃口,然后才用神秘的口吻说:"将军府老夫人的茶会,兵部两位侍郎的夫人都没有出席。莫说侍郎夫人,就是兵部郎中,甚至任何一个兵部官员的家眷都没有出席。这意味着什么?这意味着那位女将只怕不是易昉将军。"

茶客哗然，随即展开了热烈的讨论。

不是易昉将军会是谁？本朝也没有第二位女将啊！

过了几日，各路人马总算是打探出了点儿门道来，听说战北望那位和离出门的夫人上了战场。

对于和离这件事情，京城的百姓还记忆犹新。

那位和离的夫人，不就是战死在南疆的镇国公宋怀安之女，宋惜惜吗？

说起宋惜惜，许多人或许还抱着看戏的心态，但是说到镇国公宋怀安一门，百姓多是唏嘘叹息，有些家国情怀深重的百姓甚至潸然泪下。

男儿们都战死在了南疆沙场上，满门老弱妇孺全部被屠，这样的惨况说起来怎能不让人心酸难过？

于是，大家对这位镇国公府唯一还活着的宋惜惜开始了一轮深挖，得知她在七八岁的时候就被送到梅山的万宗门学武。

她的夫婿是被易昉将军抢了，她如果真的有武功在身，加上她本来就是武将之家出身，父兄又牺牲在南疆战场上，但凡有点儿血性的人，都会上南疆战场谋个军功，一则报父仇，二则证明自己比易昉更出色。

这个论调甚嚣尘上，自然也传到了将军府里。

战老夫人听到这些，都气笑了，冷嘲热讽道："宋惜惜还能上战场立功？她要是真有这本事，早就上战场去了，还用得着嫁入我们将军府，伺候我这个老太婆吗？"

闵氏管不住家奴，所以，老夫人这话自然也传了出去。

有些人是别人说什么便信什么：是啊，宋惜惜要是真有这本事，何苦低嫁，去伺候一个病恹恹的婆母呢？听闻她在将军府的时候，连睡觉都在老夫人的房中，就为了时刻照料老夫人。

但也有些人会深思：这不就证明镇国公教女有方吗？既然嫁了人，自然是要遵循孝道，侍奉公婆的，宋惜惜能做到睡觉都陪伴在侧，可见她极重孝义，实在难得。

之前成凌关大捷，易昉和战北望立功，回来以战功求赐婚，大家觉得是美谈，可现在南疆收复，成凌关大捷的喜悦就被冲淡了——相比之下，收复南疆才是万世大业。

因此，再细细回味战北望以战功求赐婚的事，大家就觉得有些硌硬了。

没了英雄的光环，战北望是抛弃正妻的负心汉，易昉是抢人夫婿的插足者，这样一对"璧人"，怎么可以歌颂他们？

外边的传言越来越多，各种猜测、各种版本都有，将军府干脆关起了大门，不管外边说什么，反正他们坚信易昉和战北望都能立功。

到了四月初三，朝廷终于宣布，北冥王将率领军队回朝。

兵部也公布了这一次立功的将士名单。

立功的女将共有三名，连破两座城池的首功女将正是宋惜惜，另外两位分别是沈万紫和凌辰辰。

立功的将军里也有战北望的名字，但是排在很后面，前面的都是这几年一直待在南疆战场上的老将，他们大部分是宋怀安的旧部。

立功名单上没有易昉。

兵部这一公布，将军府里的人都傻眼了，不敢相信易昉没有立功。

她在严寒冬日带领援军奔赴战场，就算没有功劳，也有一份苦劳吧？为何名单上连提都不提一下？

战老夫人气得当场昏了过去。

京中各处茶馆的说书先生使出了浑身解数，把宋惜惜带兵攻破城池的事迹渲染得十分精彩。

百姓对宋惜惜也无比崇拜，浑然忘记了他们在她和离之后说的那些恶言。

淮王妃也终于知道自己为什么被禁足了——

当初她的女儿出嫁，宋惜惜曾命人来添妆，她婉拒了。

当时淮王妃还跟身边的人埋怨，说宋惜惜不懂事：她是个和离妇，怎么能来添妆？这不晦气吗？

淮王听到此事，气得打了淮王妃一巴掌："那是你的外甥女，你姐姐的在天之灵若是有知，不知道会多埋怨你无情！旁人给她脸色看就罢了，你这个亲姨母，你真是……"

淮王本是个闲散亲王，懦弱且无实职，才得以留在京城长居。

对于宋惜惜和战北望和离的事，他不过问，也不敢多事，因为不管是赐婚还是和离，都有圣旨，他也说不上话。

他不知道宋惜惜曾经派人上门给自己的女儿添妆，如果知道，他肯定不敢得罪宋惜惜，会选择把礼物收下，顶多不让女儿带到婆家去。

淮王妃被打了一巴掌，心里又急又懊恼，哭着说："我不是嫌她，我是怕王爷嫌她，怕姑爷家嫌她，我也是一时糊涂啊！"

"你连她上战场的事都不知道，可见你也没派人去看望过她，还说糊涂，分明是无情。"

淮王妃委屈地道："咱们不是被禁足了吗？"

"你可以派人去啊！府中又不是人人都被禁足了。"淮王气得脸色铁青，"以前你姐姐待你多好啊！你们姐妹亲厚，人人羡慕，现在你做出这么绝情的事，等惜惜回来，她还会认你这个姨母吗？"

淮王倒也不是真的在乎王妃念不念亲情，而是宋惜惜立下大功，有武职在身，有实权，他不想跟任何一个有实职的官员结怨。

并且宋惜惜和离也是皇上亲自下的圣旨，宋怀安更是被追封为镇国公，这个镇国公还能世袭，来日国公府有了家主，定是会兴旺起来的。

淮王妃没想到宋惜惜还能上战场立功，之前想着皇上追封国公之位只不过是为了弥补宋惜惜因赐婚战北望和易昉受到的伤害,名头大于实际,如今真是悔得肠子都青了。

她连忙找补:"幸好澜儿不知道此事,等惜惜凯旋,我叫澜儿去拜访她,她们表姐妹小时候感情特别好,否则她也不会在澜儿出嫁的时候来添妆。"

淮王怒道:"即便关系能修补,也不如从前了。而且因为此事,我们被禁足,连团年都不能进宫,可见皇上心里已经有了芥蒂,以后你就看着吧。"

说完,淮王便拂袖而去。

淮王妃捂着脸流泪,夫妻多年,他还没有打过她。

她确实是一时糊涂,她没有这么嫌弃惜惜,都是亲戚,感情肯定是有的,她只是不想多事罢了。

"蓝嬷嬷,你说我做错了吗?"她一边拭泪,一边问正在给她涂抹药膏的陪嫁嬷嬷。

蓝嬷嬷叹气:"三小姐,当初您和大小姐的感情多好啊!其实战北望请旨娶易昉的时候,您这个当姨母的就该去将军府给她撑腰了,老奴也劝过您,您不听。"

淮王妃抽泣道:"那是皇上赐的婚,我能去撑腰吗?这不是明摆着跟皇上作对?"

蓝嬷嬷揉着她的脸:"您自然阻止不了赐婚,但您这位当姨母的站出来了,将军府也不至于欺人太甚,多少会顾着点儿您这个亲王妃的面子。"

淮王妃擤了鼻涕,叫人传热水上来洗脸:"更衣,我去一趟国公府。起码也得做做样子,等她回来,至少她的家奴会告诉她,我有去探望过。"

蓝嬷嬷觉得如今去也不好,有点儿上赶着巴结的嫌疑,可王妃做事素来如此,劝不住,她说要去,就让她去吧。

京中的事,宋惜惜远在南疆,全然不知。

战事已经结束很久了,但是军队还不能完全撤离。

一则严寒,不好行军。

二则经过多年的战火摧残,南疆许多地方都需要重建,将士们正好可以帮帮忙。

战后,易昉被俘虏、被污辱的事便在军中传遍了。

不管她如何否认,那日冲进去看到的士兵不少,这件事不是秘密,藏不住的。

易昉找易天明他们出来做证,但是易天明他们能做什么证呢?他们受尽了毒打和虐待,还被去了势,痛得死去活来,哪里知道易昉有没有被人强辱?

而且,易天明已经恼极了易昉,连与她说话都不愿意。

其他十几名士兵也是,他们得到赏赐的时候感激易昉,但被俘虏之后,遭受了这么多虐待,便恨上了易昉。

易昉很顽强地活着,甚至无惧任何人的眼光,养好伤之后,她该干什么就去干什么,心理素质之强大,也挺让人佩服的。

苏兰基本以为经历了这样的事情之后,她会自尽,看来苏兰基还是低估了易昉。

苏兰基如果知道易昉没有自尽,只怕要气死,毕竟他们的太子因为受辱而自尽了,易昉却有脸活着。

军中对易昉这样的议论没有停止过,甚至有些人当着她的面也说。

易昉一开始会冲上去辩白,说她没有被玷污,她是清白的,只是遭受了毒打,被毁了容。

但渐渐地,她也不解释了,因为实在是解释不过来,加上战北望一直对她冷暴力,她已经疲于解释。

不过,她找到了宋惜惜,用讥讽的语气对宋惜惜说:"我听说了,你们都到了山下,却不上去救我,你巴不得我死,你真狠毒,你以为我会自尽吗?我不会,我要活得比你们每一个人都好。想让我死,没那么容易。"

宋惜惜看着她,似笑非笑:"你错了,我想让你死很容易,可以半夜把你拖到山上去,从悬崖扔到崖底,野狗会吞噬你的尸骨,让你尸骨无存。"

易昉的脸色变了变。

"又或者,在你的茶水里下牵机药,让你求生不得,求死不能。"

易昉伸手便要打过去:"你敢?"

宋惜惜抓住她的手腕,推了一把她,她便摔在了地上。

宋惜惜冷冷地道:"我还记得你第一次与我说话时的傲气,现在,你傲给我看看。"

易昉气得七窍生烟,却对宋惜惜无可奈何。

"好好养着吧,你的军棍还没打呢。"宋惜惜冷笑。

易昉慢慢地站起来,眼神桀骜冰冷:"你以为我会怕吗?宋惜惜,就算你立了大功,你终究是输给了我,现在战北望的夫人是我,而不是你。"

她恢复了傲然,仿佛提到战北望,就能看到宋惜惜脸上露出痛苦之色。

但宋惜惜只是嗤笑了一声:"那恭喜你。"

她这一副毫不在乎的样子让易昉瞬间情绪失控:"你忌妒我,你只是不承认。"

"是,是,是,我忌妒,我很忌妒你成为战北望的夫人,忌妒你成为将军府的主母,忌妒你以后要夙夜不眠地照顾那位事精婆母。"

宋惜惜说完,笑着扬长而去。

这段时间,宋惜惜和沈万紫他们一起帮着重建南疆,每天虽然累,但是她渐渐地学会了把心里的痛苦折叠起来。

偶尔,她会与元帅他们一起喝顿酒,畅谈南疆的未来。

元帅现在不再老是胡子拉碴的,瞧着还挺养眼,怪不得都说他是商国第一美男子,原来竟是真的。

春来冰雪消融,留下镇守西蒙的将士便可归朝了。

沈万紫他们对于是跟着大部队回京还是回梅山纠结了好一会儿。

"棍儿"说："梅山时常可回，但凯旋此生只有一次，怎么也要回去接受百姓的欢呼。"

他们没什么大志向，平生最大的愿望就是练好一身武功，不求天下无敌，只求遇到对手时可以把对方打得屁滚尿流。

忽然成了收复南疆的英雄，这高度一下子上去了，他们还不大适应呢。

易昉的伤养得差不多了，是时候接受军棍了。

在南疆的这段日子，她和战北望的夫妻关系一直处于一种奇怪的状况中。

战北望似乎总是躲着她，但是真遇到什么事，他也会帮着她。比如她要被打军棍，战北望找谢如墨求情，谢如墨连见都没见他。

讨了个没趣之后，他便找到宋惜惜，希望宋惜惜能帮易昉在元帅面前求情。

"我知道这很冒昧，但马上便要回京了，她这个时候挨了军棍，定然熬不过路上行军的艰苦，千错万错都是我的错，是我辜负了你……"

宋惜惜冷冷地打断他的话："既然知道冒昧，也知道自己有错，那你是怎么有脸来求我为她说情的？再说了，你不知道我宋家满门被灭与她脱不了干系吗？我是天下间最盼着她死的人，你来找我为她求情，你的脑子没问题吧？"

一番话堵得战北望半个字都说不出。

他哑口无言地看着眼前这个神情冰冷的女人，脑子里浮现的却是新婚夜他掀开红盖头，那张被龙凤烛映照得如桃花一般明媚的脸。

他心头苦涩："我知道是我错了，只是我已辜负了你，不能再辜负她。"

宋惜惜觉得实在是可笑："既然如此，你替她受了这军棍不就行了吗？夫代妻过，天经地义。"

宋惜惜不想看他在这里表演愧疚与深情，转身离开了。

她去了帅营求见元帅。谢如墨正在雕刻什么，听到她来求见，便用锦布蒙住了雕刻的东西，对副将张大壮说："让她进来。"

张大壮犹豫了一下："刚才，末将看见战将军去找宋将军了，宋将军这一次来，怕是要替易昉求情。"

谢如墨淡淡地睨了他一眼："你觉得宋将军会替易昉求情？"

张大壮耸耸肩，年轻的脸庞充满了对爱情的无知："她可能觉得能以此挽回战北望的心？"

谢如墨顿了顿，招招手："你来一下。"

张大壮"哦"了一声，上前两步。

谢如墨脸上带着淡笑，继续招手："靠近些，蹲下来，本王瞧你脸上有些东西。"

张大壮伸手摸了摸脸，没摸到什么，但还是靠近蹲下："好久没洗脸……"

谢如墨脸上的笑意收敛，一巴掌扇在了他的脸上："肮脏。"

张大壮被扇了巴掌，瞪大了眼睛："末将说错了什么？"

谢如墨拿起刻刀在他的脑壳上敲了两下："宋将军如今瞧得上战北望吗？胡言乱语。请她进来吧。"

"哦。"张大壮摸着脑袋起身。

谢如墨挑起凤眸，警告道："你方才的话，不许出去乱讲，否则我把你的头皮剥掉。"

张大壮的头皮一阵发紧："知道了。"

看来，王爷还没忘记出征之前对宋夫人说过的话呢，但是，那个时候和如今不一样了啊，宋将军她嫁过人了，不清白了。

如果王爷还没歇了那个心思，回头被太妃知晓，太妃不得气炸啊！

而且，宋将军肯定是来求情的，他都看见她和战北望说了好一会儿话。

宋惜惜大步进来，行礼之后，有些莫名其妙：张副将怎么了？看她的眼光奇奇怪怪的。

谢如墨用冰冷的眼神在张大壮的脸上转了一圈，张大壮"嘿嘿"笑了一声："那末将就先出去了。"

他出去之后，也没走远，躲在外头听着。

"坐啊。"谢如墨对宋惜惜道，眼神淡淡的，瞧了一眼门口：那气息粗得跟谁听不出来似的，要偷听也不知道藏好些。

宋惜惜也知道张大壮在外头，坐下来之后，她用眼神询问，又用手指了指门口：他干吗？

谢如墨笑着摇头："别管他，你找本王什么事？"

宋惜惜立刻正襟危坐，问道："元帅，眼看着就要班师回朝了，我能否去一趟我父兄牺牲的地方？我想喊他们一声，让他们随我们一同归京。"

父兄的遗骸已经在他们牺牲之后被送回了京城，但是，如果他们在天有灵，魂魄定会守在这片土地上，直到亲眼见到南疆被收复。

谢如墨微微颔首："嗯，应该的，但是你不用去了，我已经替你去过了，而且我从那个地方伐了一株大树，给他们雕刻了牌位，到时候就带着他们的牌位回去。"

谢如墨一掀锦布，底下摆放着一个个牌位，已经雕刻好的一个，正是她父亲宋怀安的牌位。

宋惜惜抿唇，眼泪夺眶而出。

宋家的神楼上也供奉着父兄的牌位，回去祭拜的时候，她总是不敢看，仿佛不看，父兄就还是活生生的人，而不是一个一个冰冷的牌位。

泪水滑落，她拿出手绢擦去，才想起这手绢是之前元帅给她的，便连忙还了回去，声音哽咽地说了句："谢谢！"

谢如墨的眼神落在手绢上，定了好一会儿，他才伸手拿了回来，说了句："这是我该做的，我第一次上战场，是你父亲带着我。"

宋惜惜默默地点了点头，过了好一会儿才道："既然元帅都安排好了，我就不跑这一趟了。"

她不是不想去，是很怕很怕。

自从回家后得知父兄牺牲，看着母亲几乎哭瞎的眼睛，看着满门孤寡，她就把痛楚藏在心底，不敢轻易碰触。

"回京之后，你有什么打算？是想谋个武职，还是……"他重新拿起刻刀，慢慢地雕刻着宋惜惜大哥的牌位，似是不经意地道，"还是说，想再找个人嫁了？"

宋惜惜道："我母亲不希望我走武将的路子。"

他抬头："你母亲希望你找个人嫁了，过安稳的日子。"

宋惜惜道："我遵母命，嫁过了。"

谢如墨的眼里有些东西，只是极为隐晦："嫁得不好，作废，再找个好的。"

宋惜惜红着眼睛笑了："嫁过便是嫁过，如何作废？至于好不好，总归是要相处过才能知道。女子嫁人像是一场赌博，刚输了一场，所以我没打算再赌。"

谢如墨笑得令人如沐春风："这个想法是好的，千万不可胡乱找个人嫁了，遵母命这种事，遵一次便够了。再说成亲有什么好的？本王便没打算成亲。"

宋惜惜不敢妄议他的婚事，只是他这句话说得奇怪，想来是希望她继续为将，如今朝中没有太多可用的年轻武将，皇上为此也很苦恼。

好在南疆收回来了，和西京的恩怨虽说尚未两清，可也让西京人出了一口气，报了个仇，他们国内如今要面临夺嫡之争，想来不会希望发生外战。

所以，商国还有足够的时间慢慢地培养年轻的武将。

第二天，战北望代替易昉受军棍的事传遍了整个营区。

自从易昉被俘虏后，他们俩的事在营区里就传遍了，很快，整个南疆的百姓都知道了。

一开始易昉还做出不予理会的样子，养好伤之后，该做什么便去做什么，仿佛想用这种态度平息所有的非议，但随着议论的声音越来越多，众人看她的眼神也越来越奇怪，她受不了，便借口伤势还没好彻底，躲了起来。

战北望则默默地承受了一切，那些声音不是没传到他的耳中，只是他无法做出任何回应和解释。

因为他知道，这件事情的背后还牵扯到成凌关战事，牵扯到被易昉屠杀的西京百姓以及……

这些都是不能解释的，解释了只会让事情越来越严重。

可将士们不知道，他们只是认为易将军不遵守军令，私自脱离主力部队，才会导致自己被敌军俘虏。

而且，攻城的时候，她带人冲上来，把玄甲军的阵法打乱，差点儿导致宋将军无法破城，因此，将士们都瞧不起她，抢功，抢的手段还这么脏，导致自食恶果，谁会可怜她？

倒是战北望代妻受过，挨了军棍，这一行为稳住了他麾下士兵的心。

只不过，北冥军和原先在南疆的将士依旧无一人待见他。男儿郎在战场上浴血奋战，虽然对外大义凛然，说的是护着国家，护着疆土，但谁不是先以自己的小家为重？

战北望却在立下军功之后以战功请了赐婚旨意，把苦苦在家伺候他爹娘一年的妻子抛弃，但凡有血性的军中男儿，都瞧不起他。

更何况，南疆士兵大多是昔日宋元帅所领的兵，他们肯定偏心宋惜惜将军。

五月初，谢如墨制订了戍边计划之后，留了几位将军带兵镇守西蒙，便开始率领玄甲军和北冥军回朝。

原先从戍凌关借调过来的兵马则返回戍凌关。

牌位已经雕刻好，谢如墨特意安排了人一路护送牌位，等回京入城之后，再由他与宋惜惜抱着进城。

京城距离南疆很遥远，所以回京的路很漫长。

队伍所到之处，百姓夹道欢迎。

让南疆回家是商国人多年的心愿，终于，北冥王成功了。

北冥王是英雄，南疆战场上的所有将士都是英雄，但有一人例外，那就是易昉。

这位曾经名动天下的女将，因为贪功，害死了几百名士兵，导致连她在内的十九人被俘，受尽折辱，这些事情并非只有军中的人才知道，南疆的许多百姓也知道。这自然是苏兰基安排的探子在南疆散播的，当然，这些探子后来全部被谢如墨清查出来，送回了沙国。

南疆收复之后，有很多客商到南疆去，他们便知道了这个消息，所以，早在大军班师回朝之前，这一消息就已经在商国各地传开了，传到京城也是迟早的事。

六月中，大军终于抵达京城。

皇帝率领百官在城门迎接，百姓也把城门堵得水泄不通。

城门处还安排了数十位乐师，乐器有琵琶、唢呐以及大鼓。

谢如墨翻身下马，手里捧着大元帅宋怀安的牌位，宋惜惜捧着大哥的牌位，方将军、吴将军等人则捧着其他几位少将军的牌位，肃穆站立。

顷刻间，满朝文武乃至迎接的百姓纷纷落泪。

城门外挂了一串很长的炮仗，在他们入城之前，皇帝下令点燃了炮仗。

"噼噼啪啪"，红纸飘满天，硝烟滚滚之后，意味着商国从此再无硝烟。

皇帝下了御辇，一扬手，大鼓轰鸣，紧接着十余位乐师一同弹响了手中的琵琶。

鼓手们扬着系了红绸的鼓槌，转而跟随琵琶磅礴大气的节奏敲下。唢呐起了个婉转的头，随即琵琶声、鼓声齐响，如千军万马，刀枪霍霍，如万人呐喊，冲锋陷阵，一时，震撼人心的《将军令》自城门一直传到了御街。

一曲《将军令》，听得所有人心潮澎湃，热血沸腾，热泪滚烫。

将军百战死，壮士十年归。

鼓槌最后重重击落，一切归于肃静。

谢如墨抱着宋怀安的牌位，即将入城的时候，他举起了牌位，等于先让宋怀安入城。

牌位一举，他再迈步入城，其他人跟随，手里捧着牌位的人全部沉默不语，神情肃穆。

入城之后，他们跪在了皇帝的面前，谢如墨高声道："臣谢如墨与宋怀安率领将士凯旋，托我商国先祖与皇上洪福，臣谢如墨与宋怀安以及诸将诸兵幸不辱命，收回南疆疆土。"

他声音洪亮，响彻整个城门，飘荡在京城的上空。

欢呼声如爆炸一般响起，伴随着眼泪。

皇帝眼眶发热，亲自上前扶起了谢如墨，再深深地注视了一眼宋怀安的灵位，喉咙几度哽咽，许久才说出话来。

"都起来。传朕旨意，犒赏三军！"

"臣替众将士谢主隆恩！"谢如墨道。

皇帝走到宋惜惜的面前，宋惜惜身姿挺拔，手里抱着兄长的牌位，垂着眸，没有直视皇帝。

"宋将军！"皇帝唤了一声。

"臣在！"宋惜惜大声应道。

一路行军赶路，风尘仆仆，她那张绝美明媚的脸已黑了不少，但依旧好看，两颗眼珠像两枚黑珍珠，耀眼夺目。

皇帝看着她，心里有些愧疚，她入宫报信请求支援，他并不相信她，以为她是困于儿女私情。

但她用自己的实力告诉了他与所有人，她是宋怀安的女儿，有宋家的坚毅与傲骨。

"宋家好样的，你也好样的！"皇帝当着百官与百姓的面，道，"朕令你和北冥王及抱着牌位的将军一同登上朕的御辇，绕城一周，其余的所有将士跟随，接受百姓的掌声，你们都是收复南疆的功臣，商国将永远铭记你们。"

宋惜惜的睫毛颤了颤："是，谢皇上！"

皇帝赞赏道："小丫头成长为女将了，朕心甚慰，想来你父亲的在天之灵也觉得欣慰。"

宋惜惜抱着牌位谢恩退下。

皇帝并未一同游街,而是乘坐另外一架龙辇,由禁军护送回宫。宫里已经设下庆功宴,他们游街之后,便会入宫庆功。

战北望和易昉也在游街的队伍中,但是他们都没能坐上御辇,甚至连马都不能骑。这倒不是因为战北望不够资格骑马,而是因为他代易昉受过,一路回京,起码有半个月是趴在马背上的,后来可以下地,也要由人搀扶着缓缓行走,现在依旧无法忍受马背的颠簸,只能由人扶着走。

战北卿带着家仆,也在人群中,见战北望似乎受伤了,不禁有些担心,跑到他的身边去,小心地问道:"二弟,你受伤了?要紧吗?"

"没事。"战北望眼神复杂地看了兄长一眼,"你们先回去吧。"

"嗯,你们还要进宫庆功,我们就先回去禀报父母了。"

战北卿也看到易昉了,她和战北望没站在一个列队里,而是落后了好几个位置。

战北卿的眼中露出了厌恶之色,他想起了前几日听到的传闻,如果传闻是真的,那将军府的脸面彻底被丢尽了。

幸亏母亲还不知道那些传闻,否则定要被气得犯病。

与将军府不同的是,镇国公府的管事陈福带着两位嬷嬷和那几个"珠"追着御辇,他们是追得开心,追得激动,也追得落了泪。

他们家姑娘立功回来了,而且从南疆带回了国公爷和少将军们的牌位。

虽然国公府里也供奉着他们的牌位,但这是不一样的,他们的灵魂一定会依附在牌位上,跟着凯旋。

宝珠笑得最开心,也哭得最厉害,她飞快地追着,嘴里喊道:"姑娘,姑娘……"

宋惜惜无奈地看了她一眼,这丫头又笑又哭的,真是半点儿矜持都没了。

谢如墨与宋惜惜坐在一起,他瞧了一眼宝珠,想了一下:"她叫宝珠,对不对?"

"王爷还记得她啊?"宋惜惜有些意外。

"记得。"谢如墨扬唇微笑,"本王记得有一年去万宗门,这个丫头在树上打枣子,见到我与你师兄,她吓得从树上掉了下来。"

宋惜惜更意外了:"王爷去过万宗门?"

"嗯,上南疆战场之前,我每年都去一次。"他轻轻地说,六月的阳光灼灼地映入他的眼中,很快又变得黯淡,"之后便不曾去过了。"

"我竟然不知,也从未见过王爷。"宋惜惜诧异地看着他,"王爷为何每年都去一趟万宗门?"

"游历,也找你师父和师叔指点一下武功。你没见过本王不奇怪,本王来去匆匆,且住在万宝斋,你向来是躲着那个地方的。"

宋惜惜"啊"了一声：连她躲着万宝斋都知道？看来，师父和师叔没少在王爷面前说她的糗事。

万宝斋是师叔的住所，里面有关禁闭的暗房，每一次犯错，她都被关在暗房里，所以她没事是不会去万宝斋的。

而且，她在万宗门天不怕地不怕，唯独怕师叔。师叔有一张万年冰块脸，主管着万宗门的刑罚，不止她怕，师门人人都怕他，师父作为他的师兄，也要让他几分。

宋惜惜心头暗自惊讶：原来王爷以前每年都会去一次万宗门啊，都是儿时认得的人，为何不找她叙叙旧啊？

大军游街之后，礼部侍郎便接他们入宫吃庆功宴。

只是庆功宴是有名单的，并非人人可以去。

战北望在名单上，但易昉没在。

若是以往，易昉定是要问礼部侍郎的，但如今她锐气全无，礼部侍郎宣读名单之后，没有她，她便转身走了。

宫中，皇室宗亲、文武大臣作陪，太后更是命人赏了美酒过来，且传令宋惜惜在庆功宴结束之后到慈安宫去见她。

自从嫁入将军府后，宋惜惜就不曾入宫拜见过太后——一是困于内宅，侍奉患病的婆母；二是知晓婆母公爹的心思，公爹和大伯、小叔都想谋前程，若是知晓太后喜欢她，难保不会生出别样的心思，她不愿多生事端。

庆功宴挺无聊的，都是在说一些恭维的话。

对北冥王的恭维最多，其次不是对那几位待在南疆战场好些年的老将，反而是对她这个新将，赞她有乃父之风，年少英勇。

也有不识趣的，拿战北望开玩笑，问他是否后悔了。

问这句话的是兵部左侍郎，他已经喝了几杯，脸上发红，有几分醉意。

本是打趣的一句话，战北望却望向宋惜惜，眼神幽幽，几度欲言又止。

他不敢说后悔，因为是他自己求的，也是皇上赐的婚，他就算悔得肠子都青了，也不敢说出来。

可这表情耐人寻味。

这小子还真的后悔了啊？

气氛被弄得有些尴尬，宋惜惜虽表面淡然，心里却觉得黄侍郎确实是醉了：这种话岂能在这个场合问？哪个场合都不该问。

谢如墨出声解围："本王还要谢谢兵部及时送来冬衣，不然这场仗可艰难了，敬李尚书。"

他提杯，冷眼扫过兵部尚书李德槐。

李德槐的牙根都咬酸了，他站起来回敬："全靠王爷英勇，才能收复南疆，送军需物资乃是兵部分内之事，当不起王爷的一句感谢啊！"

这黄侍郎平日没啥，只要喝几口黄汤就胡言乱语，看我明日不骂死他。

将军府里，战老夫人刚听到下人说了外边的传闻，便有人禀报说易将军回来了，而且直接回了自己的院子。

老夫人气得捂住胸口："去，把她给我叫过来！"

易昉这一路回京，整个人都蔫巴巴的。

战北望和她保持距离，即便有伤在身，也不要她搀扶，十分抗拒和她有身体接触。就连与她一同被俘的人，也对她投来充满仇恨的眼神。

自己为什么会被去势，他们心里有数，就是因为在鹿奔儿城折磨了那个将领，也是易昉下令给他去势，折辱他的，所以现在被西京人以同样的方式对待，他们有苦说不出，也不敢说，因此，他们对易昉是恨之入骨，一路上，莫说半句话都不想和她说，就是看到她都躲得远远的。

易昉想起自己去时意气风发，以为一定可以立功，没想到回来的时候被毁了半边脸，还落得个人人讨厌的下场。

这些她还可以勉强忍受，最让她无法忍受的就是宋惜惜居然被士兵崇拜，将领呵护，就连北冥王都对宋惜惜赞赏有加，尤其是回京之后，宋惜惜可以坐上御辇，接受百姓的祝贺，入宫参加庆功宴，而她只能灰溜溜地回府。

她的心情差到了极点。

所以回到将军府之后，她谁都不见，遮掩着脸进了屋，把门关上，谁都不许进，她坐在铜镜前，认认真真地看着自己的脸。

她的姿容原本和宋惜惜就不能比，现在被毁了半边脸，完好的地方也皮肤粗黑，跟个村妇似的。原来，没了那种意气风发和自信，她其实和村妇没什么差别。

她想着：自己再怎么说也是嫁了人的，战哥对她有情，只是一时过不了心里那道坎儿，以为她被玷污了，可她是清白的。

她脸上的烫伤是战哥亲自动的手，证明他不会嫌弃自己容貌丑陋。再说了，他如果是在意容貌的人，宋惜惜比她漂亮许多，他委实没有必要娶她。

他们之间是有感情的，他们深爱彼此，在成凌关战场就确定了彼此的心意，也交出了彼此的所有。

他们的感情牢不可破，熬过了这一关，他们会过得比宋惜惜幸福。

只要宋惜惜过得比她差，她心里总归是可以平衡的。

没错，宋惜惜现在是势头正盛的武将，又有父兄的光环加身，但说到底也就是一件二手货，世家子弟以及品行高洁的人不愿意娶她，只有卑劣的、贪图爵位的人才会上门求亲。

以宋惜惜的傲慢，那些人她也瞧不上眼，她注定是要孤独一生的。

想到这里，易昉的心里顿时便舒服多了。

外面有人敲门："二夫人，老夫人请您过去。"

她皱起眉头，想起那个病恹恹的老婆子，心里就郁闷。

她胡乱地扯了一块锦布蒙住自己的脸，便推门直奔老夫人的院子。

屋中，公爹战纪也在，她福身见过对方。

战纪微微颔首："能平安回来就是好事。"

战纪是个和稀泥的，没什么主见，所以一辈子也混不上个好官职。

战老夫人听到他的这句话，眉头一皱："什么叫平安回来就是好事？她没立功，北望也没立功，这不是白去一趟吗？还有你的脸，你蒙着脸干什么？"

易昉觉得窝囊极了，当初嫁过来的时候，老太婆对她那叫一个温和慈爱；现在老太婆的语气听着就是挑剔加嫌弃，像极了和大嫂闵氏说话那样。

"脸上受了点儿伤，还没好。"易昉淡淡地回答。

战老夫人一拍床沿："是受了伤没好，还是被西京人折磨的？你告诉我，你到底有没有被西京人辱了清白？"

易昉怔了怔，随即怒道："谁说的？谁说我被人辱了清白？"

"你就说有没有！"战老夫人一张脸变得铁青，"外边都传遍了，还问谁说的？外头谁都在说。"

易昉没想到南疆的事会传到京城来，脑子"轰"的一声，当即委屈地大声说："我没有！我是被俘虏了没错，但是只受了皮肉之苦，清白还在。"

战纪道："那你找人做证啊，不是有人和你一同被俘了吗？他们可以为你做证啊！"

易昉想起堂哥和那些士兵就心生怨恨：战哥不是没去问过他们，但是他们全都说不知。

不知，不知，都被关在木屋里，他们哪里会不知？

但他们的一句"不知"，就让战哥和所有人认定，她确实没了清白。

所以她没办法找人去证明自己的清白，面对公爹的话，她只能冷冷地说一句："清者自清，嘴巴长在别人身上，他们爱说什么就说什么吧，我不在乎。"

"你不在乎，但我们将军府在乎啊，我们日日出门被人指指点点，沦为京城的笑话！"战老夫人气得脸红脖子粗，她是最重视颜面的，"娶你回来，就是盼着你为我们将军府增光，不是让你来给我们抹黑的。"

她真是悔得肠子都青了，以为易昉在成凌关立下大功，前途不可限量，却没想到南疆一战，易昉把整个将军府拖进了深渊。

她还有小儿子和女儿没有说亲啊！

战北森和战少欢都到了说亲的年纪，却一直拖着，本想等北望和易昉在南疆战场立功回来后再议亲，到时候便可挑选更好的门第，结果现在出了这档子事，谁还瞧得上他们将军府？

而且，立下军功的名单上，连北望的名字都没有。

易昉在战场上已经听了太多闲言碎语，没想到回到府中还要被婆母公爹挑剔，她积压的怒火顿时爆发："当时娶我进门，你们是何等欢喜，屁颠儿屁颠儿地就把宋惜惜休出门去。现在我在南疆失利被俘，这是我自己愿意的吗？你们没关心我受了哪些委屈，受了什么伤，却一味地指责我。我说我是清白的，你们也不信，这就是家人的态度吗？早知道你们如此势利，说什么我也不会进你们家的门。"

说完，易昉直接摔门出去了。

战老夫人捂住胸口，气得发怔："她……她还有理了？"

战纪叹气："算了，事已至此，等北望回来再说吧，虽说立功名单上没有北望的名字，但是他能进宫参加庆功宴，应该是有立功的，只是不足以写在名单上。"

战老夫人听到这个，心里才稍微舒服了些，只是想起易昉的态度，还是很生气："说实话，她连宋惜惜的一根手指头都比不上。"

战纪瞧了她一眼："当初不是你嫌弃宋惜惜的吗？我倒是觉得她挺好的，至少她入门一年，对你是真的尽心尽力地伺候，拿钱也没有半点儿犹豫，给大儿媳和少欢也送了不少珠宝首饰，每季的衣裳，府中人人都有，你那几身锦缎，不也是她给你置办的吗？"

战老夫人白了他一眼："当初你怎么没说啊？现在说有什么用？"

战纪坐了下来，轻轻地拍着她的后背："你傻啊？皇上为北望和易昉赐婚，赐的是平妻，算不得咱们北望的正妻，北望和宋惜惜虽然和离了，但她对北望肯定是有感情的，否则当初她怎么会嫁进来？再说了，北望是她的亡母选的女婿，她最孝顺，把她的亡母搬出来，再找人跟她说道说道，说不定真的能覆水重收、破镜重圆呢。"

战老夫人听了这话，仔细想了想，心动了。

宋惜惜现在是镇国公府的千金小姐，只要北望娶了她，马上就能袭爵。这件事战老夫人以前也不是没想过，只是她当时觉得：易昉和北望定能闯出一番事业，何苦让自己的儿子被人指指点点呢？

可现在外边的指指点点还少吗？没了清白的女人，有损家声不说，还连累了小叔小姑的婚事。如果北望袭爵了，至少看在国公府门第的情分上，北森和少欢的婚事还能挑上一挑。

而且，如果宋惜惜回来了，那万贯家财自然也是要跟着回来的。将军府这段日子已经穷怕了，她连药都快吃不起了。

宋惜惜孝顺，定然事事打点得妥帖，不会让她劳心劳力。

再说了，宋惜惜以前也没跟他们说过太后如此看重她，若是早说了，指不定老爷和北卿也能谋到一份好差事，不至于是个闲散小官，在这权贵如云的京城，这种闲散小官实在是让人瞧不起。

战老夫人前思想后了一番，想的全是他们能从宋惜惜身上得到的好处，只是她不那么乐观："但是之前我们闹得那样僵，宋惜惜不一定愿意。"

战纪说："我不是说了吗？她孝顺，而且她对北望肯定是有感情的。"

老夫人微微颔首："是这个理，就怕如今她立了功，翅膀硬了，不愿意再像以前那样照顾府里，更不愿伺候我。"

"你是她的婆母，她为了孝顺之名，也必须照顾你。退一万步讲，就算她不愿意亲自照顾，她回来了，有的是钱和人，你还非得让她亲自照顾不可？"

战老夫人道："话是这样说，但做儿媳的就该侍奉公婆，这都是她以前做惯了的。"

"易昉进门后没做，你也没说她啊！"

"这怎么能一样呢？"战老夫人想起宋惜惜以前乖巧的模样，又想起易昉张扬的模样，不知为何，她就是觉得宋惜惜该伺候她，而易昉不伺候也不打紧，"二人的性子不一样。再说宋惜惜当初嫁入战家，我没有给她立过什么规矩，没刁难过她，如果这一次她愿意回来，我定会加倍对她好的。"

"再说了，"战老夫人鼻子一嗤，"她能找到比北望更好的人吗？就算她家世显赫，也立了军功，可女子为将，粗鲁不堪，原先营造的端庄持重就不复存在了，世家是不会要她这种女子的，随便寻一个，哪里比得过我们北望？"

战纪想起她们以前相处的情景，确实很温馨，母慈媳孝，其乐融融的一家人。

再者，夫人言之有理，宋惜惜到底是和离之身，嫁入高门世家是不可能了，只能寻那些蝇营狗苟之辈，那些钻营之人，又岂能比得上北望？

"问题是，找谁去说呢？"战纪问道。

战老夫人想了想："找老二媳妇吧，老二媳妇跟宋惜惜有些交情。之前大儿媳去国公府找宋惜惜，她门都没开，老二媳妇去了，她才开门。"

战纪摇头："只怕她不会同意帮忙，她本就是个胳膊肘往外拐的。我倒是觉得夫人你带病亲自去国公府找她更有诚意，而且，她若不开门迎接你，岂不是更损她的名声吗？"

战老夫人皱起眉头："怎么能让我去找她？这岂不是显得咱们落了下风？"

"咱们本来就处于下风了，你以为宋惜惜是个傻了吗？"

话虽如此，但战老夫人还是十分排斥：让她这个当婆母的去找宋惜惜，岂不是更显得将军府掉价？

再者，宋惜惜同意还好，若是不同意，她这张老脸往哪里搁？

所以，她想了想道："还是先叫老二媳妇去一趟，她不同意的话，咱们再斟酌。"

她是拉不下脸的：如果她亲自去，哪怕宋惜惜到时候真的愿意跟北望破镜重圆，她也端不起婆母的架子了。

将军府有一个丢人现眼的易昉就够了，不能再来一个不听话的。

第七章
皇帝口谕，惜惜招婿

这边战老夫人打着自己的如意算盘，那边宋惜惜已经前往慈安宫拜见太后娘娘了。

太后五十岁不到的年纪，保养得当，除了眼角有些鱼尾纹，并未见衰老之相，一头乌丝掺杂了几根白发，但不甚明显。

她雍容华贵，端庄明丽，看到宋惜惜，脸上更添和蔼之色。

"你这丫头，不声不响地跑到战场上去，若是有个好歹，叫哀家如何跟你的母亲交代？"

太后的眼眶透着微微的红，她对宋惜惜既赞赏又心疼，想起宋夫人，心里更是一阵难受。

"让太后担心了，是臣女的不是。"宋惜惜乖巧地认错。

"起来吧，过来给哀家看看。"太后嗔怪地看了她一眼。

宋惜惜起身走到太后的面前，刚要跪下，太后就扶住了她的手："坐下，坐在哀家的身边。"

宋惜惜仿佛又变回了那个大家闺秀，端庄地坐下，脸上带着得体的微笑。

太后握住她的手，瞧着她的脸："唉，又成猴儿了。以前每次从梅山回来，都跟个猴儿似的，又黄又皮，如今倒是不皮了，就是黑了。"太后伸手掐了她的脸颊一下，"你回京之后待了那一年，滋养得肌肤都能掐出水来；如今这一掐，倒是满手的灰。"

宋惜惜讪讪一笑："回京之后，臣女还没来得及回府沐浴，换衣裳，便直接入宫来了，浑身臭烘烘的，臣女还是坐远一些，别熏着太后娘娘才是。"

"你就坐着吧，哀家终日在这殿里头，到处都是熏香，可想闻一闻这汗臭味了。"

太后终究还是从宋夫人手帕交的身份里挣脱出来，用一国太后的身份对她说，"你是立功归来的人，你在战场上的种种事迹，哀家都听皇帝说过三回了，哀家很欣慰你这么有能力，为我们女子争光。易昉也曾得到哀家的赞赏，但她和你比差远了，她的事，哀家也略知一二，不予置评，只能说哀家当初看走了眼。"

太后说起易昉，神色是有些恼怒的，但到底是她亲口夸赞过的人，加上易昉和惜惜交恶在前，太后不想过多地评论，一句带过。

宋惜惜道："太后谬赞了，其实并非臣女之功，是元帅筹谋有方，臣女只是沾光，得了份功劳，比起常年待在战场上，经历多年血战的将军们，臣女的功劳真的不值一提。"

"都不容易，但女子更不易。"太后望着她，满眼疼惜，"如今战事已罢，你有何打算啊？你若愿意，哀家为你说门亲事？"

宋惜惜连忙道："承蒙太后抬爱，但臣女如今最想做的事情，是回府沐浴，好好地睡上一觉，至于婚事，臣女暂时不想。"

太后叹了一声："唉，哀家知道女子并非只有嫁人一条路，只是你的母亲曾跟哀家说过，她希望你嫁人生子。若论私心，哀家更希望你成为我商国的肱骨名将，可哀家不能让你的母亲在黄泉之下都不放心你，她……她是真的怕了战场，战场几乎夺走了她的一切啊！"

太后的声音有些哽咽。

宋惜惜在很小的时候经常随着母亲入宫，那时候的太后还是皇后娘娘。

她和母亲说得最多的话题，便是女子也要争口气，不能一辈子给男人当牛做马，要有自己的想法，活出自己的滋味来。

说起这些的时候，她会叹气，说自己被困于后宫的高墙下，看似锦衣玉食，富贵无边，但这辈子也就这样了。

母亲也附和她的话，说女子不一定要嫁人生子，也可以去外面的天地闯一闯。

所以宋惜惜才能在七八岁的时候离家去梅山万宗门学武功，有了本事在身，她想在这天下闯一闯，也不至于安全不保。

寻常世家，怎么舍得把娇贵的女儿送去学武？可母亲就舍得。她还跟父亲说过，说不定咱们的女儿将来有一天也能上战场呢。

可后来父兄战死，母亲对战场恐惧到了极点。她开始觉得嫁人生子没什么不好的，至少能保住性命，能安稳地活着比什么都强。

宋惜惜不知道怎么接太后这句话，沉默着。

在万宗门的时候，她活得鲜活热烈，每天闹腾得像只皮猴子，觉得未来有无限的可能。

后来，家中连番遭逢巨变，她的心也像死了一般，她每日都遵循着这个世界对女子的要求活着。

过了许久，她才平静地说："这些，以后再说。"

太后温柔地看着她："嗯，迟些再说。你去吧，回去好好洗一下，你这身臭烘烘的味道闻多了，哀家的眼睛都辣得有点儿痛。"

太后的眼睛是真的红了，但她素来坚毅，不轻易落泪。

虽想和宋惜惜多说几句，但是一说到宋家，太后心里就特别难受，有些痛一旦浮起，便不是轻易按得下去的。

宋惜惜拜别而去。

庆功宴已经结束，皇上单独留下北冥王在御书房里说话。

南疆战事，谢如墨已经上表陈述，但是，二十余城，打了几年的战事，不是一个奏本能阐述完整的。

皇帝并不单单是要结果，还想知道哪些武将可堪大用。

最重要的是，易昉和西京的事，他要问个清楚明白。

他自然调查到了一些实情，只是这件事骇人听闻，他必须多方求证。

谢如墨自然没有隐瞒，把知道的事都说了，与皇帝调查到的实情基本吻合。

皇帝震怒无比，拍得御案上的奏本都跳了起来。

"如此说来，朕还不能治易昉的罪了？"

谢如墨道："这仇，西京人自己报了，但他们不愿意声张，我们怎么能上赶着承认？苏兰基大概以为易昉受不住闲言碎语，会自尽，却料不到易昉根本没有想过自尽。"

"屠村的事，苏兰基也没有提吗？即便在西京战场上，他也只字不提？"

谢如墨摇头："没提，反正大家心里都有数。而且他们的太子死了，皇帝又病重，太子没有儿子，这皇位之争够他们闹心的了。他们最重视皇室的颜面，至今未听到他们公开西京太子的死讯，可见他们还想隐瞒，找一套合适的说辞告知西京百姓，他们的太子死了。"

皇帝沉沉地叹了口气，眼神意味不明："如果公开，西京没理由不派兵前往成凌关，到时候大军压境，我们分身乏术，成凌关萧大将军的身体至今还没痊愈，兵力大部分被调往南疆，西京趁此良机大举入侵成凌关将是最好的方式，如果是朕，朕会这么做。"

谢如墨道："如果打着为西京太子和被屠村百姓报仇的旗号兴兵进攻成凌关，西京士兵大概也会血洗成凌关的百姓。南疆战场则不一样，我们夺回南疆之前，南疆不属于我们，即便夺回之后，那个地方受了多年战火，苏兰基也不忍心，他始终坚守着不伤平民的原则，他是真正的武将。"

苏兰基是值得敬佩的。

但如果他们的二皇子夺得帝位，一旦查出西京太子的死因，未必不会再对成凌关出兵。

这个人好战,苏兰基压不住他。

二人说过让人气愤的事情之后,又说起宋惜惜与她的朋友。

皇帝很欣慰,对宋惜惜大加赞赏。

他看着谢如墨道:"朕已经跟皇后提了,让宋惜惜入宫为妃。"

谢如墨正沉浸在对西京夺嫡之争的担忧中,听到皇上这话,他下意识地点点头,"好……啊?什么?"

他猛地站起来,喝下去的那点儿酒全醒了,凤眸瞪大,吃惊地看着皇帝:"皇兄,你说要让宋惜惜入宫为妃?"

"你这么激动干什么?"皇帝白了他一眼,"她如今立下军功,又是国公府的嫡女,整个国公府都由她主事,假以时日,她父亲麾下的将军也会对她言听计从。女子心性不坚定,若是被人挑唆,保不准会做出一些有损她父亲忠义之名之事,入宫是最合适的。"

谢如墨反应很大,声音激动:"臣弟实在没想到皇兄居然会有这样的担忧!她只是第一次上战场,而且未来两三年,国中都不会有战事,皇兄何至于忌惮至此?"

"未雨绸缪总胜过亡羊补牢。"皇帝看着他,脸色一沉,"你未免太过激动了,她虽在你麾下,但她的婚嫁之事还轮不到你来管,朕要纳个妃子,更轮不到你来反对。"

谢如墨俊美的面孔笼上了一层阴郁:"皇兄,您问过她没有?她想不想入宫?她那样的女子,岂是后宫能困住的?您如果真的怕她拥兵自重,那就下旨为她赐婚啊!"他烦躁地转了个圈,"而且,她拥兵自重是没影儿的事,皇兄何至于此?"

"嫁人?嫁给谁?寻常人家,她瞧不上,世家大族与国公府联姻,难道不是自成势力吗?朕初登基,实在冒不得这样的风险。"

"可如今军中没有出色的年轻武将,皇兄让她入宫,岂不是浪费了?"

"若有战事,她一样可以领兵出征,朕只是纳她为妃,并未说过不需要她出战。"

谢如墨怔怔地看着他,简直不敢相信皇兄会做出这么荒谬的决定。

"她不会同意的。"谢如墨身姿挺拔地站在皇帝的面前,"而且,臣弟也觉得不妥。"

"你觉得哪里不妥?放眼整个京城,谁配得上她?"皇帝反问。

谢如墨道:"自然是有的,但是她和离才多久?不用急着为她说亲啊!"

皇帝冷笑了一声:"你前言不搭后语,方才还说让朕给她赐婚呢,现在又不着急了?"皇帝伸出手,压了压,"你坐下。朕知道你爱才,但是如今国中没有战事,朕相信你能培养出出色的武将。至于宋惜惜是否愿意,一道旨意下去,不管她心里愿意不愿意,这宫,她都只能进了。"

"皇兄这不是强人所难吗?"谢如墨一时有些心烦意乱,"臣弟认为要先问过宋惜惜。"

皇帝盯着他良久："如墨，你别告诉朕，你看上她了。"

"我……"谢如墨滞了一下，想起皇兄方才说的拥兵自重的话，如果自己娶了宋惜惜，那么皇兄会更加忌惮。

"既然你无意，就不应该反对。她是你麾下的将士，你可以去问问她，但你告诉她，这是朕已经决定的事，朕不日便会下旨。"

还让他去问？谢如墨都气笑了："母后不会同意吧。母后这么宠她，怎么会愿意让她入宫为妃？"

皇帝一副志在必得的模样："朕自会说服母后，这一点你就不必担心了，明日去国公府问问她便是。"

他盯着谢如墨，重重地说了句话："这是圣旨。"

谢如墨心乱如麻，与皇兄干瞪眼了半天，任他功劳滔天，也抵不过一句"圣旨"。

谢如墨在万千头绪里抓住了一条线，那就是无论如何也不能让皇兄把宋惜惜纳入后宫为妃。

她那样的人，就算不驰骋沙场，也不该被困于深宫高墙内。

"皇兄，她不能入宫，臣弟不答应，她是臣弟麾下的人，您不能硬抢过去，您甚至都没问过她的意愿。"

"这不是理由。"

"她才刚从那样不堪的姻缘里走出来，起码让她沉淀沉淀，让她建立对男人的信心，至少要照顾她的感受，而不是巧取豪夺……"

皇帝看着谢如墨，眼神中染了厉色："你打仗时也是这样的吗？让敌人沉淀沉淀？照顾敌人的感受？"

谢如墨寸步不让："她又不是敌人。"

谢如墨在战场上的凌厉感仿佛又回来了，站在兄长的面前，他丝毫没有掩饰对宋惜惜的维护："再说了，宋家惨遭灭门，如今她又为国立功，皇兄忍心强迫她为妃吗？就为了那可笑的顾忌？"

皇帝也和他干瞪眼，半响，他叹气道："朕与你说实话，朕并非顾忌什么拥兵自重，只是借口罢了，朕真心中意她，欣赏她，想娶她为妃，将她留在朕的身边。"

"皇兄的后宫里不缺美人，也不乏您中意的、欣赏的，您一句中意和欣赏，便要困住她一生，对她而言很不公平。"

皇帝一拍御案："谢如墨，朕要纳谁为妃是朕的事，你别仗着立了点儿军功就干涉朕的后宫！"

"就干涉，我干涉到底！"谢如墨也伸长脖子吼道，一张俊美的脸气得通红。

皇帝冷冷地道："朕明日便下旨！"

谢如墨回以冷冷的眼神："那我便留在宫里不走了，谁敢写这道旨意，我就揍谁。"

"朕亲自写，你是不是连朕都敢揍？"

谢如墨直着脖子大喊："吴大伴，派人去北冥王府，叫沈安收拾些衣物。本王这几日住在御书房，但凡皇上要写纳妃的折子，本王就折断他的笔。"

皇帝没好气地瞪着他："你幼稚不幼稚？"

"宋惜惜是臣弟的麾下，臣弟不护着她，如今还有谁护着她？"

"你怎么知道她不愿意进宫？"

"你怎么知道她愿意进宫？"

兄弟二人针锋相对，外头的吴大伴仿佛已经习以为常，只是微微笑着，伸出手，压了压，不许人靠近。

最后还是皇帝败下阵来："你滚回王府去，一身臭烘烘的，把朕都快给熏吐了。朕答应你，让皇后先问过她，如果她不愿意，朕不勉强；但她若同意，你敢阻挠，朕就把你调离京师，到南疆去守着。"

谢如墨这才坐在了椅子上，将长腿往前一伸："我今日不回去了，就睡在这里，喝醉了。"

他脸颊泛红，酒意上涌，急怒过后，人也晕乎乎的，皇帝没办法，只得叫人进来，把他送去慧太妃的宫中。

慧太妃是谢如墨的生母，也是太后的妹妹。

慧太妃原本是想等公主下降之后，便随谢如墨去王府住，他的亲事也该定下来了。

送走谢如墨之后，皇帝摇头苦笑，他这个弟弟，上战场杀敌时无比英勇，可在感情上拖拖拉拉，一点儿都不像武将所为。

"找人擦拭打扫，再熏些香，这臭小子可真臭。"皇帝吩咐吴大伴。

吴大伴差人进来打扫之后，问道："皇上今晚要去皇后娘娘宫中吗？"

"先歇一会儿，朕要去祭龙殿，把这个好消息告知列祖列宗。"皇帝坐在龙椅上，闭上眼睛，还是难以抑制澎湃的心情：南疆，南疆终于收回来了！

皇帝喝了醒酒汤，半响，酒意消散之后，吴大伴陪着他去祭龙殿。路上，吴大伴微微弯腰，小心翼翼地问道："皇上不会真的想让宋将军入宫为妃吧？"

皇帝睨了他一眼："朕还能跟自己的弟弟抢媳妇？就算朕真的有这打算，太后也不肯同意，她与宋夫人昔日亲如姐妹，怎么会让惜惜入宫为妃？"

吴大伴笑着道："老奴就知道皇上是想逼一逼他们，怎么会舍得把宋将军困于后宫之中呢？"

他说着，偷偷地看了皇上一眼，皇上的脸上是笑着的，但是这笑容中隐隐有些担忧。

皇帝叹气："当日宋怀安牺牲，阿墨奉旨上战场，点兵之前，他去了宋家，求宋夫人等一等他，他收复南疆之后便来提亲，可宋夫人最终把宋惜惜嫁给了战北望，朕一开始都不敢寄信跟他说这件事，怕他在战场上分心，但沈安寄信告知了他，他那阵子想来是极为难过的。"皇帝扶着额头，顿了顿，"没想到峰回路转，那个战北望竟然不真心对待宋惜惜，刚立了战功回来，便求朕赐他个平妻，更没想到的是，宋惜惜对他也丝毫不留恋，立马进宫来求一道和离旨意。朕起初是不大愿意相信她的，只觉得她是意气用事，试问，有哪个做夫人的会不爱自己的夫君？还是朕的格局小了，小瞧了宋惜惜。那时候朕心里就在想，阿墨是不是还有机会，可朕又担心他嫌宋惜惜嫁过人。"

吴大伴连忙道："皇上方才这么一试探，发现王爷心里果真还是有宋将军的。"

皇帝"哼"了一声："有什么用？方才朕与他吵得那么厉害，他都只反复说宋惜惜是他麾下之人，不敢承认心里还喜欢她。朕偏要逼他一逼，明日便叫皇后传宋惜惜入宫。"

吴大伴赔着笑脸说："皇上，您对王爷说想要纳宋将军入宫为妃，他怎么敢说喜欢？那不是明摆着要跟您抢吗？他不敢这般以下犯上。"

"不敢以下犯上？他瞪着朕的时候，恨不得过来揍朕一顿。"皇帝站定了脚跟，"还是扶一扶朕吧，跟他吵架吵得头晕。他若再这么拖拖拉拉的，朕便真的娶了宋惜惜。"

"皇上今日是高兴，喝多了才头晕，吵架才不会头晕呢。"吴大伴扶着他，身后有禁军跟随，前头有宫人提着灯笼照明，一路往祭龙殿而去。

宋惜惜还没回到国公府，远远地便见陈福率领所有人在门口等着。

一见到她出现，宝珠就跑过来，激动得泪流满面："姑娘，您可算是回来了，可担心死奴婢了。"

宋惜惜在她的额头上弹了一下，笑盈盈地道："不就是上个战场吗？有什么好担心的？"

众人纷纷迎上来，管家陈福难掩眼中的激动和泪意："姑娘，您立下大功了，您延续了国公府的荣耀。"

"福伯，我不在府中的这些日子，辛苦你了。"夜灯映照，宋惜惜面容柔和。她如今只有他们这些家人了。

"不辛苦，姑娘平安就好。"陈福擦了眼泪，退开："迎将军回府。"

两位嬷嬷也擦着眼泪，一路进府，一路询问宋惜惜在战场上有没有受伤。

宋惜惜跟他们再三保证，说有受伤，但也是小伤，早就痊愈了，说了多次，他们才肯信。

进了正厅，茶水端上，宋惜惜问道："我的那几位朋友呢？"

沈万紫他们本也可以入宫参加庆功宴，但是他们婉拒了。反正没打算继续投身行伍，武林中人不想与皇室、官家扯上太多关系，所以，在宋惜惜进宫的时候，他们就回了国公府。

陈福笑着回答："他们大吃一顿之后便沐浴去了，沐浴时都睡着了，好不容易才把他们叫醒，让他们回厢房去睡觉，这会儿睡得可沉了。"

这一路，大家都累坏了。

宝珠心疼地道："姑娘，热水备下了，奴婢伺候您沐浴。"

宋惜惜心想：终于能洗个热水澡了。

宋惜惜一觉醒来，已经是翌日中午。

她其实还能睡，只不过宫里来了旨意，让她进宫一趟，她不得不起来了。

梳洗打扮的时候，她还打着哈欠问道："宝珠，万紫他们起来了吗？"

"还没呢，都还在睡。"宝珠昨晚是在宋惜惜房中的软榻上睡的，守着她家姑娘，心里踏实。

"别吵醒他们，让他们睡，睡上三天三夜都别管。"宋惜惜知道他们是真的累了，她自己都恨不得睡到明日才起呢。

宝珠给她梳好了发髻，挑了一根嵌宝石的流苏簪子插上，瞧见姑娘眼下乌青乌青的，心里一阵疼惜："知道的，福伯也吩咐过了。福伯说当年元帅和几位少将军从战场回来后也是这样的，困乏得很，一睡便是两三日。"

"嗯。"宋惜惜点点头，避开这个话题，"宫里来的是太后的人还是皇上的人？"

宝珠摇头："都不是，是皇后娘娘宫里的人。"

宋惜惜一怔："皇后？"

她和齐皇后没什么来往，只有从梅山回来那年入宫给太后请安的时候，顺道去给齐皇后请了个安，也就去过那么一回，连齐皇后长什么样子都没看清楚。

齐皇后的父亲是吏部尚书，齐家乃是百年世家，祖上出过不少贤臣与大儒，齐皇后在闺阁之中的时候也是名闻京城的才女，因为早早就和当时的太子也就是如今的皇上定了亲事，所以出阁之前已经风头无两。只是宋惜惜不曾见过，因为她很早就去了梅山，回来之后更没参加过什么宴会。

她和齐皇后实在是陌生得很，为何齐皇后会传她入宫呢？

宋惜惜也没过多地猜测——入宫之后就知道是什么事了，梳洗打扮之后，吃了些早点，她便带着宝珠入宫去了。

宋惜惜进了宫门，齐皇后身边的掌事姑姑兰简已经在候着了。

见到宋惜惜，兰简姑姑笑着恭贺宋惜惜立下南疆之功，不等宋惜惜说句谦虚的话，便转身领着宋惜惜和宝珠往长春宫而去。

宋惜惜只得止住话，跟在她的身后慢慢走着。

从宫门到后宫的长春宫，实在是一段很漫长的路。

202

兰简姑姑一直都没说话，只是默默地走在前头，背影看起来有些疏离冷漠。

宋惜惜和宝珠对望了一眼，她怎么觉得皇后传她进宫，来者不善啊？

不过宋惜惜心中坦然，也就没有多担心，毕竟齐皇后贤名在外，以前她见过一次，也甚是和善，加上她是刚立功回来的武将，齐皇后应该不会刁难她。

到了长春宫，兰简姑姑却没有将宋惜惜请入正殿，而是带她去了偏殿。

兰简姑姑这才说话："宋姑娘且等着，娘娘一会儿便到。"

"有劳姑姑。"宋惜惜福身道。

兰姑姑福身还礼，便退了出去。

宝珠悄然打量着偏殿的装潢，见这里雅致简洁，便附在宋惜惜的耳边说："听闻皇后娘娘性情高洁，生活极简，如今瞧着，果然是真的。"

宋惜惜低声道："不可妄议。"

宝珠站直身体："是！"

主仆二人等了大约一炷香的工夫，还没见皇后娘娘出来。宫人倒是上了茶，但茶也不是什么好茶，有一股子陈味。

宋惜惜喝了一半便放下了，倒不是嫌弃那股子陈味，是免得宫人进来续茶。

又等了一会儿，宋惜惜听见外头有人喊道："皇后娘娘驾到。"

她连忙起身，垂头候着。

脚步声响起，随即，宫人便簇拥着一名身穿凤袍、打扮雅致的年轻贵人进了门。

宋惜惜垂着头，映入眼帘的是一双金银线绣着牡丹的缎鞋，鞋头上点缀着珍珠，只有裙裾摇曳时方能看出。

方才宝珠说皇后生活极简洁朴素，其实不然，她曾去过长春宫的正殿，那里虽不是金碧辉煌的奢华，但所用之物样样金贵，家具是沉香与花梨木做的，即便茶杯都用的是汝窑天青色莲花盏，正如皇后现在的打扮，清雅脱俗，却总会以一二件精品点缀。

宋惜惜和宝珠等皇后坐了下来，才上前跪下行礼："宋惜惜带侍女宝珠见过皇后娘娘。"

皇后温和的声音从头顶传来："宋姑娘不用客气，起来吧。"

"谢皇后娘娘。"宋惜惜与宝珠起身，依旧站立着。

皇后用眼神打量着宋惜惜。她见过这位宋家姑娘一面，当时就觉得对方美得叫人心惊。

如今宋惜惜上了战场一遭后回来，肤色不若之前，但不管是骤看还是细看，都经得起所有眼光的挑剔，是一位当之无愧的绝世佳人。

想到皇上让她问宋惜惜是否愿意入宫，皇后心里就酸水直冒：像宋惜惜这种既有本事又绝色的佳人，一旦进了宫，只怕是椒房专宠，身份地位虽越不过自己这个皇后，但得了皇上的心，自己怎么压制得住？

只是她素来端庄贤惠，身居后位，更不能露出半点儿妒意，因而只是含笑赞赏了几句，肯定了宋惜惜在南疆的贡献，才意味深长地说了句："战将军不知宋姑娘的好，生生让明珠蒙尘了。"

这话说得也不隐晦，就是说宋惜惜嫁过人，不如少女珍贵了。

宋惜惜听得出来，但是她一头雾水：皇后与她说这些干什么？

皇后端茶呷了一口，金色的护甲在杯沿上轻轻地一扫，仿佛是下了决心，她抬眸看着宋惜惜道："好在明珠始终是明珠，那尘埃一抹便没了，宋姑娘不必妄自菲薄，总会有识得明珠光辉之人。"

这话宋惜惜听出来了，皇后是要给她说亲。

她心里不快，但面上并未表现出来，只是微微一笑："谢娘娘宽慰。前尘往事已矣，臣女不是习惯回头看的人，做人须得往前看。娘娘把臣女比作明珠，实是抬举臣女，臣女自小在梅山习武，性子野惯了，回京两年，只觉甚受束缚，好在如今和离回府，与将军府脱了关系，倒也自在了。"

换言之，她不想说亲，自由身可贵啊！

希望这话能打消皇后做媒人的念头吧。

皇后笑了笑，自然不将她的话当真，以为是她给自己捡回面子的话。

皇后想起皇上的吩咐，也就不拐弯抹角了，反正方才自己已说她明珠蒙尘，她若识趣，自然懂得拒绝。

因而皇后露出一脸和煦的笑容，意味深长地道："宋姑娘磊落大方，本宫甚是喜欢，若宋姑娘能入宫与本宫做姐妹，想来皇上会十分高兴。"

宋惜惜嘴唇微张，怔怔地看着皇后。

什么叫入宫做姐妹，皇上会十分高兴？这不就是让她入宫为妃的意思吗？

她刚立下战功，有武职，皇后不可能干涉前朝的事，而且皇后应该是不希望她入宫的，否则不至于说出"明珠蒙尘"这句话来羞辱她。

因此，是皇上叫皇后来问的？

皇上为何会生出这样的心思？

宋惜惜眼珠微转，笑着作答："娘娘若是喜欢臣女，臣女很乐意认娘娘为干姐姐，臣女家中如今只剩自己一人，不知道多盼着有个姐姐能疼爱自己呢。"

皇后一听这话，脸上乌云散尽，光风霁月般地一笑："本宫若是有个像惜惜这般既英勇善战，又端庄从容的妹妹，只怕做梦都要笑醒了。"

宋惜惜站起来福身，笑容染满了眉眼唇齿："承蒙娘娘不嫌弃，这一声'姐姐'，臣女便在心里喊了，希望来日妹妹议亲时，娘娘能帮忙掌掌眼。"

"自然，自然的。"皇后笑得开心，唤了殿中的人："宋姑娘的茶凉了，给宋姑娘重新上一盏。"

第二盏茶便是上好的毛尖了。宋惜惜微笑着谢恩后，坐下慢慢饮了，还是觉得莫名其妙。

皇上对她并无儿女私情，突然要她入宫，肯定是有别的原因，那是什么原因呢？

离开了长春宫，宋惜惜在出宫的时候遇到了谢如墨。

他似是宿醉未醒，脸色甚差，穿的还是昨日回京时穿的战袍，战袍上血迹斑斑，宋惜惜远远地便闻到了那股熟悉的汗臭味。

他颀长的身子靠在红色的宫门上，乱发倒是整齐了许多，束了个金玉冠，只是与这件锈迹混着血迹的战袍实在是搭不到一起，看起来甚是怪异。

他投来目光，懒洋洋的，阳光洒落在他的黑眸上，也没给他多添几分精神气。

宋惜惜上前拱手："元帅昨日宿在宫中？"

"嗯。"他点头，打量了她一下，"你这身打扮倒是好看，像极了京中贵女。"

宋惜惜笑了："我本来就是京中贵女。"

他愣了一下，胡乱地点了点头："皇后传你入宫干什么？"

宋惜惜挑起凤眸："元帅怎知是皇后传我入宫？"

他怎么知道？

谢如墨揉了一下太阳穴，显得有些心不在焉："哦，胡乱猜的。你昨晚已经见过太后了，本王估计你进宫是给皇后请安。"

"元帅猜得很准，想来元帅知道一些内情。"宋惜惜略一思索，便直视他，"皇上是否与您说过，他想纳我进后宫？"

与其绕来绕去地打听，她不如直接问谢如墨。

谢如墨点点头，一双眸子锁紧了她："你答应了吗？"

宋惜惜哭笑不得："我怎么可能会答应？我一直都只把皇上看作哥哥，怎么可能做他的妃子？"

谢如墨眸子亮了亮，正要说话，便听到她继续说道："我那会儿年少，您和皇上总是到府里找我的哥哥们，我自然也拿你们当哥哥看待，如今虽然尊卑有别，但这份不是兄妹胜似兄妹的感情在我心里是不曾变过的。"

谢如墨怔了怔："哥哥？"

宋惜惜想着他能把自己的话转达给皇上，点头说："对啊，我一直把皇上和元帅视为哥哥。"

谢如墨望着她明媚的脸，犹不死心地问道："你是只把皇上当作哥哥，还是把本王也一同当作哥哥了？"

"自然都是。"宋惜惜觉得话已经跟皇后说过，也跟元帅说过，皇上应该能明白她的心意了，便拱手道，"不叨扰元帅了，末将告退。"

谢如墨心情复杂地看着她离开：哥哥？去她的，谁要当她的哥哥？

他又不缺妹妹，与他一母同胞的便有一个，其他娘娘生的公主也一大堆，虽不

205

亲近,却也是他的妹妹。

他想了想宋惜惜的话,又转回了宫中——她大概是想借他的口将她的心思再一次转达给皇上,不留余地地拒绝。

等到皇上议完了国政,他又偷偷地潜入御书房。

皇帝见他还是昨日的着装,一身臭味瞬间掩盖了殿中龙涎香的味道,便没好气地道:"怎么?慧太妃的宫里也没你的换洗衣裳吗?没有的话,便马上回府去换。"

谢如墨无赖似的坐了下来:"方才本是要出宫去的,没想到在宫门处看见了宋惜惜,说是皇后传她入宫,皇兄可要听听她是怎么说的?"

皇帝瞧见他一副得意的样子,饶有兴味地问道:"她怎么说的啊?"

谢如墨笑得露出了牙齿:"她说,把皇上和臣弟都视作哥哥,做妹妹的哪儿有嫁给哥哥的道理。"

"你我都是哥哥?"皇帝笑出了声,那他有什么好得意的?

谢如墨的笑容凝滞了一下。没错,他们二人都是哥哥,但只要她不入宫,那自己便能慢慢地与她培养感情。

他拱手告退离去。

皇帝睨了他的背影一眼,半晌,喊了一声:"吴大伴。"

"奴才在!"吴大伴飞快地从殿门口进来,躬着身子。

皇帝道:"传朕口谕,如果宋惜惜三个月内没能找到合适的姻缘,则封其为惜贵妃。"

吴大伴垂眸应道:"是!"

"顺便把朕的口谕告知北冥王,多余的话,你一句也别说。"皇帝道。

吴大伴道:"是,奴才知道了,奴才这就办差去。"

"去吧。"皇帝垂下眸子,淡淡地道。

吴大伴走了不多时,外头便有人禀报说皇后来了。

皇帝大概知道她来所为何事,便道:"传。"

皇后带着掌事姑姑兰筒进来,兰筒的手里捧着一个托盘,托盘上安稳地放着一盅汤。

皇后福身拜见后,温柔地道:"听闻皇上昨日喝酒喝多了,臣妾今日便亲自熬了护肝汤。"

皇帝微微颔首:"皇后有心了,呈上来吧。"

皇后亲自端过去,打开炖盅的盖子,一阵汤的香味便飘出来,皇后一勺子一勺子地舀到小瓷碗里:"皇上请用汤。"

皇帝看着那瓷碗——比杯子大不了多少,皇后素来喜欢这些精致的玩意儿。

他也不用勺子,端起来便一口饮尽,然后放下瓷碗,问道:"宋惜惜怎么说?"

皇后命兰筒把炖盅和瓷碗端下去,然后坐在一旁,温声道:"臣妾与她说过了,她深感吃惊，随即婉拒，说愿意认臣妾为干姐姐。"

皇帝微微颔首："嗯，知道了。"

皇后小心翼翼地打量着皇上，看他没露出半点儿不悦之色，但眼神有些异样，想来心里是在意的。

她顿了顿："臣妾觉得宋将军的提议甚好，臣妾娘家没有妹妹，不如让臣妾的父亲认宋惜惜为义女……"

皇帝抬起头，目光清冽："怎么？你没有娘家的妹妹便要认一个妹妹？那天下的女子多了去了，你怎么不认别人？"

皇后听到此言，知道他还没放弃，便笑着说："臣妾也是喜欢她才会这样提议，若是皇上不喜欢，那便当臣妾没有提过。"

皇帝没作声，低头批阅着奏章。

皇后坐了一会儿，见他没别的话要说，便起身道："那臣妾不耽误皇上办理政务了，臣妾告退。"

"嗯，去吧。"皇帝头也不抬。

皇后福身退下，掩不住满眼的失落之情。

皇上待她总是这般淡淡的。在外人面前，他们是可以做到相敬如宾，但是单独相处时，皇上似乎总是不喜欢她，不耐烦她，连抬眸与她说话都不愿意。

这后宫里的事情，她管着，皇上不会过问，哪怕后妃之间出现纷争，谁过分，谁恶毒，他亦是不管的。

她嫁给他之后，他真正让她做的事情，便是问一问宋惜惜是否愿意入宫，可见宋惜惜在他的心里有特殊的意义，他是真的喜欢宋惜惜。

后宫这么多貌美的女子都抓不住他的心，一个和离的妇人，他却如此重视，连她这个当皇后的纡尊降贵，说要把宋惜惜收为义妹，也被他戗了一顿。

皇后心情郁闷：自己生了一子一女后便再也没怀上，一门心思全部扎在大皇子身上，可德妃也有一子，淑妃如今受宠，势头正盛，再来一个宋惜惜，这后宫怕是日日都不得安宁。

有娘家在，她的地位自然是无可撼动的，只是她不得皇上喜欢，地位再尊贵又如何？

难不成，真的遂了他的心愿，帮他纳宋惜惜入宫，他才会对自己另眼相看？

但他素来对后妃不在意，唯独在意一个宋惜惜，宋惜惜一旦入宫，绝对会成为椒房专宠，到那时，她这个皇后何等尴尬？

宋惜惜刚回到国公府，吴大伴就亲自来传皇上的口谕。

宋惜惜目瞪口呆：三个月没找到合适的夫婿就入宫？

她连忙留下吴大伴，屏退了众人："吴公公，您告诉我，皇上到底是什么意思？"

如果说皇上坚持让她入宫，实在没必要给她三个月时间去寻找夫婿；既然给她三个月时间，那就说明皇上不是真心想让她入宫的，但只要口谕传开，就没人敢娶她。

　　所以，皇上依旧是用强权压迫，没有给她留余地，她最终只有入宫这一条路。

　　但皇上既然都用了强权，又给这三个月时间……这道口谕，总让她觉得怪怪的。

　　吴大伴若有所思地道："或许皇上认为，如果这三个月内有人敢向姑娘提亲，敢与天威抗衡，那人肯定是真心待姑娘好的。"

　　"皇上为什么一定要过问我的婚事？"

　　吴大伴道："您不是都说了吗？拿皇上当哥哥看，当哥哥的给自己的妹妹谋划婚事，也是合情合理的。"

　　宋惜惜被弄得心烦意乱，不顾可能会得罪天威，道："那也没有当哥哥的为妹妹谋划婚事不成，便直接娶了她的吧。"

　　吴大伴叹气，有些话他不知道该怎么说，也不能说。

　　皇上自个儿也矛盾着呢，君心难测啊！

　　看吴大伴叹气，宋惜惜觉得此事不简单，可她也理不出个头绪来。

　　她和皇上的情分只在她年少的时候，她对他也说不上了解。

　　之后她从梅山回来，父兄都牺牲了，她随着母亲进宫去，皇上对她甚是温和，和年少时的态度一般无二。

　　怎么她去了一趟战场回来，皇上就说要娶她了呢？

　　而且皇上要纳后妃，大可以选秀，何必选她这个二婚的？

　　再说了，如果皇上对她有意，早在母亲为她说亲的时候，便可降下旨意，让她入宫，为何偏偏在她和离之后，又去战场走了一圈，皇上才下这道口谕？

　　这口谕也怪怪的。皇上不是直接让她进宫，而是先找皇后试探，再下口谕，给她三个月寻找夫婿的时间，感觉就像是皇上在催婚，她如果不嫁人，就会碍着皇上什么事。

　　吴大伴走了之后，沈万紫他们几位睡神终于起床了，洗漱之后，就跟饿鬼投胎似的，把一桌子饭菜清空了。

　　"馒头"瘫坐在椅子上，头发乱糟糟的，显然没有收拾。他摸着肚皮，精神不济地道："我睡了多久便梦了多久，梦到自己一会儿还在战场上打仗，一会儿就在凯旋的路上，总之，忙得很，也累得很！"

　　沈万紫郁闷地道："我也是，梦里刀光剑影，之前在战场上，杀人跟割韭菜似的，心里没有丝毫感觉，但是回来之后，回想起自己杀了这么多人，心里不知道怎么了，好难受啊！武将实在是不好做，我以后不会再上战场了。"

　　"棍儿"和辰辰显然也有这种想法，不约而同地点了点头。

　　宋惜惜道："换个想法，你不杀他们，他们就要杀我们的士兵，是他们死比较好，还是我们的士兵死比较好？

"还有，他们入侵南疆，不知道杀死了我们多少士兵，磋磨了南疆百姓多少年，对他们若有仁慈之心，便是把刀子对准了我们自己的百姓。"

沈万紫道："是这个道理。"

道理都懂得，但是他们还太年轻，对战场杀戮之残忍，后知后觉地生出一种恐惧感来。

"惜惜，我们要回梅山了。"辰辰说。

虽然做了惊天动地的大事，但到底杀戮过重，他们要回去跟师门说明情况，以排解心中的矛盾。

宋惜惜没把皇上那道奇奇怪怪的口谕跟他们说，只感谢了他们去南疆帮忙。

"沙国人杀了我的父兄，我去南疆主要是为了报仇，你们帮我报了仇，这份恩情，我记住了。"

她这样一说，大家的心里顿时好受多了：对啊，惜惜的父亲和哥哥都是被沙国人杀死的，武林规矩，杀人偿命，他们只是去帮惜惜报仇，其余的事情不必多想。

宋惜惜忘掉所有令人烦恼的事情，道："大家都睡足吃饱了，不如我们出去逛逛街，买些东西，也请你们帮我捎带点儿东西给我的师门。"

"也好，但是我们没银子，皇上还没给我们赏赐呢。""棍儿"眼巴巴地看着宋惜惜，"你说皇上是不是忘记了？"

宋惜惜笑着道："自然不会忘记，皇上亲口说的，要犒赏三军。我们立下了不小的战功，赏赐肯定会更多一些。"

"我希望赏个百两黄金，这样我们门派十年的年租都解决了。""棍儿"笑嘻嘻地说。

"棍儿"所在的古月派只有他一个男子。古月派在梅山，而梅山是万宗门买下的，古月派每年都需要给万宗门交租金，但古月派没什么营生，"棍儿"的师父更是个守旧的人，所以门派弟子只能钻研内功、武术，不能下山做生意。

"我再买些胭脂水粉回去给我的师姐师妹，她们日日着装素得很，衣裳是补了又补，我要是买些彩缎回去，师父肯定不会责怪我上了战场……对，我还要买些钗环……"

沈万紫打断他的话："你师父不会指责你上战场杀敌，但是如果你敢买那些东西回去，一顿板子都是轻的，你师父怕是要把你的十根手指头全部剁掉。"

大家都笑了起来，确实有这个可能。

几个人还没出门，元帅身边的张大壮副将便来了，说是让他们去领赏。

沈万紫四人果真领到了百两黄金。宋惜惜因为破城立功，得到了一千两黄金，升为四品将军，有品阶，但没安排实职。

百两黄金可把"棍儿"高兴坏了，他将黄金抱在怀里，一块一块地咬着，沈万紫见状，便把自己的百两黄金都给了他："都给你吧，我不要了。"

"黄金啊，你为什么不要？""棍儿"眼睛瞪大。

"自然是因为我不缺，我不稀罕。"沈万紫满不在乎地道。她这辈子就没缺过钱，缺的只是爱。

"棍儿"一把将黄金揽过来："还有人不爱黄金的？滋滋，你家里到底有多少钱啊？"

"不多，但养得起我们整个赤炎门。"沈万紫淡淡地说。

"棍儿"的眼睛再度瞪大："我的天啊！赤炎门都是你家养着的啊？怪不得我见你们也没做什么营生，师门更是无人走镖，怎么日子过得有滋有味，肉菜从不缺，原来都是你们家养着。"

他们在梅山的时候，虽然总是一起玩，但对对方的家世了解甚少，一般也不会说这些，都是比武、练武，要么说说门派里头的趣事。

沈万紫显然不想说家里的事情，道："不是要出去买东西吗？走啊！"

大家高高兴兴地出了门，先去钱庄兑换了一些碎银铜板，再到最繁华的大街去，各种商铺都进去瞧一眼，遇到合适的就买买买，一点儿都不手软。

战北望也领了一百两黄金。

作为率领援军前往南疆的将军，他确实没有功劳也有苦劳。何况他在战场上杀了不少敌人，襄助宋惜惜攻城，功不可没。

但他没有管好麾下的易昉，导致攻城差点儿失败，而且易昉带领的队伍被歼，还被俘虏了十几人，且在军中的时候，他代替易昉受过，对易昉的处罚自然也一并受了，所以未能晋升，只得了这百两黄金。

战老夫人气得鼻子都歪了。

一百两黄金虽说也不少，但是他们奔赴战场，不是为了那点儿赏金去的。

尤其是战老夫人知道战北望本来有望升迁，却因为代易昉受过——易昉带兵阻碍进攻，兵部赏了，也罚了，才落得只有这一百两黄金的结局，她气得差点儿没脑溢血。

她的身子本来就不好，经过这三番四次的怒火攻心，她夜里竟然昏厥了过去，将军府连夜请了大夫施针，她才缓过来。

但是，眼看着又要向丹神医买药了。府中的银钱早就挥霍掉了，那办茶宴的银子还是借的，如今虽然得了百两黄金，但还完了债，买药也买不了多少。

儿子豁出一条命去厮杀，却落得这般下场，战老夫人当初对易昉有多喜欢，如今便有多厌恶，尤其是见自己昏厥醒来，她竟然没守在床边，不禁怒道："娶了个什么祸害回来啊？连累夫婿得不了军功不说，连最基本的孝道都不遵守了。"

"母亲，大夫说您不能动怒。"战北望守在床边，眉目低垂地劝道。

"二哥，易昉真的被人玷污了吗？"战少欢也没睡，守在母亲的身边。她这些日子听到了不少传闻，与其他贵女出去玩耍的时候，人家也说她的嫂子如何肮脏。她真的是要被气死了，眼看着自己就要说亲了，二嫂却出了这档子事，真是丢死人了。

战北望蹙眉："她是你的二嫂，你怎可直呼其名？"

"我才不要认这么肮脏的人做二嫂。"战少欢撇嘴，见母亲醒来了，她一屁股坐在了床边，"母亲，二哥如今得了赏钱，该给我做夏季的衣裳了。如今都六月了，我这一季的衣裳还没做呢，穿的还是去年宋惜惜给我做的那些，人家都笑话我了。"

"买买买，你就知道买。"战北卿也生气了，"如今你大嫂掌着中馈，家中早就入不敷出，你二哥得的那些赏金都要用于给母亲买药和府中开销。"

战少欢是家里最小的孩子，素来骄纵惯了，父母兄长最疼爱她，大哥更是没骂过她半句，如今听大哥连她买衣裳都要说一顿，不禁委屈地哭了："当初是二哥糊涂，非得娶这个女人回来。宋惜惜多好啊！她在府中的时候，样样兼顾，我穿的衣裳，我戴的首饰，都是京中最新的款式，如今我都多久没买过一件首饰了？去岁连新衣都没做，穿着旧衣过年，咱们将军府真的到了这般山穷水尽的地步吗？"她一抹泪水，委屈得不能自已，"当初娶二嫂的时候，给出去了多少聘礼，她一文钱都没带回来，嫁妆寒酸得连平民百姓都嫌弃，就凭着皇上赐婚，她张嘴便什么都要，也不撒泡尿照照自己的样子，黑不溜秋的，长得实在是丑，也不知道二哥你当初瞧上她什么了，为了她，把宋惜惜给休出门去了。"

闵氏听到这话，实在是忍不住了："小姑子当初可不是这个态度，当初你是极力想让易昉进门的，甚至对惜惜恶言相向，现在是忘记了自己说过的话，还是忘记不了惜惜给你置办的衣裳首饰？"

战少欢心虚，当即恼羞成怒地跳起来，道："那不都是被易昉骗的吗？我本想着她能帮二哥立功，没想到她不仅没帮上忙，还连累了二哥，更被俘了去，被夺了清白……"

战少欢还没说完，只见门口大步走进来一个人，抓住她的领子，两巴掌扇在她的脸上，扇得她耳朵"嗡嗡"直响，她过了好久都没反应过来，怔怔地看着站在面前的眼神凶狠的易昉。

易昉阴沉着脸："再敢胡言乱语，我撕烂你的嘴！"

战少欢被她凶狠的眼神吓到了，退后一步，跌坐回床边，委屈得眼泪大滴大滴地流："母亲，她打我。"

战老夫人见自己心爱的闺女被打，不禁怒道："老二，管好你的媳妇！"

战北望站在易昉的面前，神色疲惫，心中更觉得疲惫："你怎么能动手打人？她说错了话，你责备她几句便是。"

易昉的眉目间尽是失望和戾气："我打她怎么了？她胡说八道，编派我，你怎么不说她啊？"

"又不是我说的，是外边的人说的，你有本事打外边的人啊！"战少欢抽泣着说，眼神发狠，"你不敢打外边的人，只拿我来出气，算什么本事？"

易昉疾言厉色："外边的人怎么说是他们的事，我管不了外边的人，我还管不了你？我是你的二嫂，在这个家里，父亲不管事，大哥闲散，大嫂懦弱，整个家乱七八糟的，母亲终日病恹恹的，连买药的银子都拿不出来，你还在这里嚷嚷着说要买首饰买衣裳，还编派我，我再怎么样也是立过军功的，有武职在身，几时轮得到你说三道四？"

易昉的这一番话，算是把在场的所有人都给得罪了。

战北卿和闵氏的脸色当场变青了，两个人不约而同地看向战北望。

战老夫人又差点儿昏死过去，指着易昉半晌，愣是说不出一句话来，一张脸惨白里透着被激怒的红。

战北望抬起手，想也不想，一巴掌打在易昉的脸上，怒吼道："你给我闭嘴！"

易昉捂住脸，不可置信地看着战北望："你打我？"

战北望看着自己的手掌，再看看一屋子的亲人，想起这段日子所遭受的指指点点，怒火越烧越旺，反手又一巴掌打在了易昉的另一边脸上："滚出去！"

易昉彻底被激怒了，一手抄起旁边的四角凳子，朝战北望的脑袋砸下去："我跟你拼了！"

战北望看到她拿凳子砸过来，下意识地往边上一躲，那凳子便直直地砸在他身后的父亲的头上。

"父亲！"

战北望和闵氏同时喊道，只见战纪的脑袋上溅出鲜血，他"轰"的一声倒在了地上。

所有人都惊呆了，回过神儿来，急忙扑过去扶起他，战北望摁住他额头的伤口止血，大声喊道："拿止血散和创伤药，请大夫。"

下人们急忙去拿创伤药和止血散，有人跑出去请大夫。

战北望像一头愤怒的狮子，瞪着易昉："滚，你立刻给我滚！"

易昉自己都吓呆了，无措地站在那里。她刚刚急火攻心，没想到会砸中公爹。看到战北望一副要吃人的样子，她心中既害怕也委屈，转身便跑了出去。

战老夫人捂住胸口："去，去把你的二婶给我叫来，让她去找宋惜惜。"

若说之前对于找宋惜惜回来，她心里还有些芥蒂，还要面子，如今她就是恨不得宋惜惜马上回来，付出任何代价她都愿意。

一阵混乱之后，大夫提着药箱进来。

血止住了，但是伤口挺大，流了不少血，战纪一直昏昏沉沉的，大夫施针几次都没能让他清醒过来，便对战北望说情况比较严重，可能伤到了脑子，怕是要请丹神医来才能确保万无一失。

战家的人听到要请丹神医，都一脸惨白。

现在，他们哪里还请得动丹神医？之前还是闵氏去药王堂门口跪着，丹神医才心软，把药卖给了她。

但丹神医说了，绝对不会再出诊。

"荒唐！"

二老夫人气得一拍桌子，二房的院子里灯火昏暗，照着她狂怒的脸。

战北卿与闵氏被她怒斥了一句，俱低下了头，不敢作声。

"你们有什么脸面叫我去国公府？我又有什么脸面去？难不成我去跟她说，战北望后悔了，娶了个殴打公爹的毒妇回来，导致家无宁日，让她回来收拾烂摊子，继续拿嫁妆给她的婆母看病，给她的小姑子置办四季衣裳吗？

"亏你母亲说得出口，当初要休她的时候，留过半分情面没有？连人家的嫁妆都要算计，若不是皇上赐了和离的旨意，你们岂不是要把她的店铺、庄园全部给吞了？你们有这脸，尽管去求，我不去，我这张脸哪怕像城墙那样厚，也不是用来给你们当踏板的！

"既然你们脸都不要了，那就干脆去找燕王妃，当初他们的亲事是燕王妃保的媒，休妻的时候不敢请燕王妃，如今总该去请了吧？怎么不敢去啊？怕燕王妃叫人把你们打出去？

"还是说欺负人家燕王妃病弱，当不了家、做不了主，你们便敢骑在人家头上拉屎撒尿？别嫌弃我说话难听，你们做的那些腌臜事，丢尽了将军府的名声，祖上积攒下来的功劳，都败在了你们大房的手里。"

二老夫人骂了一通之后，叫下人进来把他们全都撵走，不愿意听他们辩解，免得气得她也得心疾，这些年，将军府的产业都败光了，她可吃不起白雪丸。

战北卿和闵氏在二老夫人这里吃了一嘴钉子，对视了一眼，都脸色灰白。

闵氏犹豫了半晌，道："夫君，其实婆母只是一厢情愿，惜惜定然不愿意回来，我们何必替二房去周旋？"

战北卿斥责道："怎么可以说这种不团结的话？我们将军府一荣俱荣，一损俱损，当初二弟立功，我们也跟着受了些尊重，宋惜惜回不回来另说，但一家人就不能说两家话。"

闵氏本性懦弱，被夫婿斥责了几句，不敢再说。

她心里埋怨二房：说是二叔当了将军就能光宗耀祖，但自从他立下军功，大家都以为是一个很好的开始时，他却求娶了易昉，舍弃了宋惜惜，然后便家道中落，婆母连药都吃不起了，那日自己去药王堂门前跪着的时候，虽说博个孝顺的名声，但当时被人指指点点，自己也十分难受。

而且易昉在大闹的时候直说自己无能懦弱，她能，她倒是上啊！

还别说，她真的上了，只是上手而已，公爹差点儿没被她打死。

213

怪异的是，没人想着去追究这件事情，都只想着把宋惜惜找回来，仿佛把宋惜惜找回来之后，将军府的一切问题都能解决了。

闵氏知道自己不该这样想，但她实在认同二婶说的话：宋惜惜欠他们将军府的啊？呼之即来，挥之即去，拿人家当玩意儿呢？

战北卿回去找母亲商量。

战老夫人叹气："你二婶素来胳膊肘朝外拐，指望不上她了，但如今只有她在宋惜惜的面前说得上话。"

她沉思了片刻："燕王妃那边是走不通了，我倒是听闻淮王夫妇被禁足过，也不知道是犯了什么事得罪了皇上，正好宋惜惜立功回来，风头正盛，且淮王妃是宋夫人的妹妹，宋夫人生前对这个妹妹很好，不如去试探一下她的口风，如果她愿意帮忙说项，这件事便有七八成的把握。"

"也行啊，去找淮王妃问问。"战北卿道。

战北望从门外进来，背着手，沉着脸道："你们谁都不许去找宋惜惜。"

任大家怎么说，战北望始终冷着脸，只有一句话："将军府的任何人都不许去找宋惜惜。"

战老夫人见他犯倔了，不禁叹气："不是母亲非要去找她，实在是我们将军府需要一条活路啊！你看易昉的德行，且不说她把我们将军府的脸都丢尽了，害我们被人指指点点，她还是个暴戾恶毒的性子，连公爹都下得去手，你爹要是命薄一点儿，只怕就死她的手上了。她倒好，打了人，便躲回娘家去，就让她躲吧，最好以后别回来了。"

"要是能休了也好，可偏偏是你求皇上赐婚的，"战老夫人忽然愣了一下，猛地看向战北望，"她殴打家翁，不敬婆母，是否可以禀报皇上，把她给休了啊？"

战北望满脸烦躁："别闹了，我如今巴不得皇上把我忘了，过个三五年才把我想起来，我还在这个节骨眼儿上去求一道休妻的旨意，我的仕途也到头了。"

战老夫人大吃一惊："三五年？皇上若是晾你三五年，你还有什么盼头？武将拼的就是年轻……怎么会如此严重？不就是没管好易昉吗？皇上该给你的赏赐也下来了，你也能入宫参加庆功宴，证明皇上还是想要用你的啊！"

战北望木然地坐着，疲惫得一句话都不想说。从战场回来后，他就没睡过一个安稳觉，也没好好吃过一口饭。

他总不能跟家里人说，成凌关一战，易昉屠村，杀了西京平民，还对西京太子百般折辱。

这些事情只能烂在肚子里，一个字都不能往外说。

见儿子这副模样，战老夫人心里既恐慌又恼怒：都是易昉那个丧门星，婚礼当日就丢了脸，现在还害得北望战功被削。

214

她长长地叹了一口气："你怎么就看上她了呢？她哪里比得上宋惜惜？"

战北望抿着唇，一言不发。

他悔得肠子都青了。

两次军功，足以让他晋升，成为武将新贵。然而——

第一次，被用来求娶易昉。

第二次，被易昉连累。

也许一辈子都不会再有这样的战事了，就算有，也不是收复国土的军功，没了边乱，只能剿匪，不知道要剿多少匪才能有晋升的机会。

他这辈子，算是毁在自己一时的意乱情迷中了。

现在的他，只求将军府不再出任何事，在这三五年间淡出所有人的视线，慢慢地，大家就把将军府的事忘记了。

所以，他千叮咛万嘱咐，不许任何人去找宋惜惜，他和宋惜惜已经缘尽，不来往、不相见，这样对彼此都好。

战老夫人实在是不甘心，自己这么出色的儿子，配了易昉这么个玩意儿。

宋惜惜他们出去逛了一整天，大包小包地回到了国公府。

"棍儿"不听劝，非要买些胭脂水粉，沈万紫便让大家下注，看他到底是挨三十棍还是被关禁闭一个月。

大家都说他要挨打了，但是宋惜惜下注十两银子，说他会被关禁闭。

原因无他，"棍儿"到底是上过战场、立过功的人，他师父多少要给朝廷一点儿面子，总不好一回去就给他一顿胖揍。

翌日，众人到军营里去打了个招呼之后，告别离去。

兵部侍郎觉得十分可惜：多年轻、多英勇的武将啊！要是能为朝廷所用，那该多好啊！可惜，可惜了！

"棍儿"他们一走，宋惜惜便收起了明艳的笑容，叫陈福和两位嬷嬷进书房里说话，内容与皇上的口谕有关。三个月内要找一门亲事，不然便要入宫，她想不透皇上为什么要下这样的口谕。

陈福到底管了外院多年，见多识广，也惯会揣摩心思，他略一思索，便道："姑娘，至少可以肯定一点，圣上未必是真的想让您入宫，否则的话，他可以直接下一道旨意册封您为妃，您是不能抗旨的。"

"我知道，但是他给了我这三个月的期限，像是在逼我出嫁。"宋惜惜有些无奈，"我单身碍着他什么事了？我把他之前追封父亲的诏书看了几遍，其他的都不重要，重要的一点在于，我若嫁人，夫婿可袭爵，他是想让人袭我父亲的爵位？"

陈福道："我记得诏书还写了可以从旁支挑选合适的子侄过来培养，日后也能袭爵,莫非皇上不想让宋家的人袭爵?他有合适的人选袭爵?让您三个月内成亲,是不是他已有您的夫婿的人选?"

宋惜惜沉思片刻,用手指转动着母亲留下的一串佛珠,让自己的头脑冷静下来。

"如果福伯的猜测是正确的,那皇上应该是要内定袭爵人选。"

她蹙起眉头,觉得这样实在是没意思,又是像上一段姻缘那样,和一个不认识的人成亲,管一大家子人的事务。

梁嬷嬷问了一句:"如果是内定爵位人选,那这个人是要入赘吗?而且所生的孩子也要姓宋才好啊!男人最不可靠,若是得了爵位,纳妾生了别的孩子,一旦偏心,把爵位传给庶子,那咱们可真是面子里子全亏了。"

招赘婿?

招赘婿的话,如果是一个人入门还好,毕竟招郎上门,不可能带着一大家子过来。

至于纳妾的问题,以前母亲选定战北望,就是因为他承诺不会纳妾。

但是,京城世族大家,哪个男儿不纳妾?即便是寻常百姓,没有纳妾的银子,也会到勾栏这些地方去"觅食"。

她对婚姻毫无期待,也没有多大的抵触,毕竟母亲的遗愿是让她嫁人生子,安稳度日。

所以,当初元帅问她有何打算的时候,她说母亲不希望她走武将的路子。

她不知道这算不算心里话,但其实当武将也好,嫁人也好,她都无所谓。

她以前有过抱负,有过热烈的梦想与追求,但现在没有了,这日子过得死水一般也无所谓。

收复南疆,她是功臣,可这份喜悦已经没有家人跟她一同分享。

如果不是皇上下这么一道旨意,她会从族中选人过来好生培养,继承国公府,偏偏又横生枝节。

她不想生孩子,因为她没有办法确保自己的亲人能够安然活到老,失去亲人的痛苦,她经受得太多,那种痛,她不愿再经历一次。

但皇上要她招婿,她如果不生孩子,父亲的爵位便要给旁人继承。

这国公爵位,如今看起来对她是一种束缚,但她不能这样说,也不能这样想,因为这是朝廷对父亲的肯定,这是父亲拿命拼回来的。

宋惜惜干脆不去想了,对他们道:"别想这么多,既然下了这道口谕,那个人总会浮出水面来,到时候看看是谁再做决定。"

大家都忧心忡忡的:姑娘若要成亲,自然是要好生挑选夫婿的。愿意上门做赘婿的,只怕也不是什么好男儿。姑娘好歹是立了功回来的,皇上怎能如此委屈姑娘?

大家心里都替姑娘难受,却什么忙都帮不上。

第八章
北冥王求娶，惜惜应许

接下来几日，国公府的门槛都快被踏平了。

昔日很少来往的世家命妇和官眷，如今轮番登门拜访，倒不是因为皇上下了一道口谕，而是因为宋惜惜立功归来，国公府虽只剩下她一人，但看样子，她也是能光耀国公府门楣的。

宋惜惜和离的时候，命妇和官眷们私下聚会，都拿她说事，她成了大家茶余饭后的谈资。

现在，她一样是茶余饭后的谈资，只是这些人说起她来却不是以前的态度了。

应酬宾客对宋惜惜而言并非难事，在嫁进将军府之前，母亲特意找人给她培训了一年。

应酬嘛，便是逢场作戏，笑一笑，说一说，点一点头，再顺着人家的话来回绕几个回合。

大家说得开心，笑得开心，分别的时候还有那么一点儿依依不舍，等客人彻底出了门，她便收敛笑容，揉揉发酸的腮帮子，喝口茶，再应酬下一批。

这天傍晚，淮王妃和澜郡主也来了。

宋惜惜想起了那些被退回来的礼物，脸上却依旧挂着温和的笑容，客气地道："姨母和表妹来了？快快请进。"

淮王妃听她还愿意叫自己一声"姨母"，一颗悬着的心才落下大半。

她挽着宋惜惜的手，红了眼眶："惜惜，姨母要跟你道歉，当日你派人给你的表妹添妆，本是你的一番心意，但姨母想着你刚和离回府，怕你的手头不宽裕，才没收你的礼，叫人退了回去，你不要怪姨母才好。"

宋惜惜笑着说："姨母也是体恤我，为了我好，我怎么会怪姨母呢？快别说那些话了。"

她回头吩咐:"来人,上茶点。"

说着,她不动声色地把淮王妃送过去坐下,抽回了自己的手。

淮王妃一脸真心地道:"你不怪姨母就好,姨母放心了。"

"表姐,"澜郡主倒是落了泪,没坐下,上前抱着宋惜惜的手臂,"我并不知道此事,你和离之后,我本想来探望你,只是那时候我正在筹办婚事,不好出门,你别生我的气。"

相比淮王妃的虚情假意,澜郡主的眼泪是真心的。

她最崇拜这个表姐了,二人也是从小一起玩大的,后来表姐去了梅山,每次回来都少不了她的礼物,二人在一起也有说不尽的话,感情甚笃。她被封为永安郡主的时候,表姐还特意从梅山回来给她送贺礼。

宋惜惜笑着给她擦干眼泪:"傻姑娘,都成亲了,还哭鼻子,我不会生你的气的。"

"真的?"澜郡主泪眼婆娑地望着她。

"当然是真的。"宋惜惜瞧她脸色苍白,便问道,"你的夫婿待你如何?"

澜郡主拭去眼泪,鼻头却又是一酸,眼泪扑簌簌落下,鼻音重重地道:"他待我倒是不敢不好。"

宋惜惜知道她下嫁给了承恩伯府的世子梁绍,梁绍是前年的探花郎,长得丰神俊逸,潇洒不凡,又文才出众,听闻中了探花郎后游街,收到了上百个姑娘丢下来的锦囊和香包。

澜儿也给他丢了锦囊,对他一见钟情。

郡主嫁到承恩伯府,即便梁绍有探花郎的功名,从身份上来说,也是下嫁。

但是,伯府是京中的百年世家,族中子弟多在朝中做官,梁绍又是探花郎,前程不可限量。

反观淮王,这辈子要么吃内府供食,要么混个闲职,要么离开京城去封地,而他的封地在岭南,那是个常年瘴气萦绕的地方,距离京城有几千里之遥,他不愿意去,只能留在京城,无甚作为,也不可能有什么作为,在朝中供职也是自找麻烦,毕竟,离天子太近,是福是祸,谁也不知道。

看澜儿的表情,梁绍待她应该算不得好,她的眼神都黯淡了。

所以女子嫁人到底是图什么?母亲为何会觉得嫁了人就安稳了?

淮王妃与澜郡主坐了半个时辰便走了,宋惜惜送她们到府外,一副毫无嫌隙的模样。

宝珠替她委屈:"姑娘给郡主添妆,却被王妃退了回来,分明王妃那时是瞧不上姑娘的,为何姑娘今日要对她们这么好?"

宋惜惜坐在梳妆台前,让宝珠把她的钗环都拿下:"应酬谁不是应酬?不就是装个笑脸,寒暄客套一下?姨母以往对我挺好的,我确实也不懂事,自己是和离之身,竟去给表妹添妆。"

"但您又不是亲自去的。再说了,您是皇上赐的和离,不是被休出门的,怎么就连添妆都不能了?"

"小宝珠,想开一些,事事都计较,太累了。"宋惜惜看着铜镜里自己疲惫的面容。这几日她真的没歇过,日日都有一拨一拨人来,她都不知道京中有这么多官眷贵妇。也是啊,天下最尊贵的人都聚在京城这一方土地上。

宝珠道:"还是姑娘想得开。"

宋惜惜看着镜子里的自己,微微笑着,心道:你姑娘若是想不开,早就活不下去了。

她对淮王妃和对那些登门拜访的夫人没有什么差别,并不会拿出半分真心实意。

人性本自私,她那时和离回府,虽然背靠国公府,但国公府中已经无人,凋敝是迟早的事,可那时候战北望和易昉风头正盛,淮王妃与她保持距离,生分一些,至少不会得罪将军府,毕竟,淮王在京城的做人原则就是尽可能不得罪人,如果非要得罪,就挑软柿子来捏。

如今,她立功了,而易昉毫无军功在身,还受了军法处置,眼看将军府难有出头之日,淮王妃便过来亲近亲近,毕竟还是亲戚关系,她一个孤女,就算心里记恨,表面上也只能原谅和解。

宋惜惜刚拆了钗环,打算休息一会儿,却听到瑞珠急急忙忙地来报:"姑娘,姑娘,将军府的老夫人来了,一来就倒在了府门口。"

宝珠的一双眼珠子都透出寒意来:"她还敢来?她有什么脸来?还倒在我们国公府门口,这是想做什么啊?"

瑞珠说:"带着几个人来的,还有一个人自称是您以前的小姑子,在外头嚷嚷说她母亲病重,求姑娘高抬贵手,撤掉禁令,让丹神医去给她治病。"

宝珠柳眉倒竖,怒斥道:"岂有此理,丹神医不给她治病,是因为她自个儿的品行问题,怎么是我们家姑娘下的禁令?"

宋惜惜抬眸问道:"福伯呢?去处理了吗?"

"福伯出去了,叫奴婢来禀报您一声,让您别出面。"瑞珠说着,显然气得要命,重重地喘了口气,才继续说话,"他们在外头哭号,引得好多百姓过来围观。"

"战北望来没来?"宋惜惜问道。

"没来,没见到他和那个易昉。"

宋惜惜把头发扎成马尾,道:"咱们远远地看一眼去,且看他们要耍什么幺蛾子。"

宝珠劝道:"姑娘,莫去,那些人的嘴巴里放不出什么好屁来,免得污了您的耳朵。"

"不打紧，他们要休妻的时候，什么脏水都往我的身上泼过，污了耳朵算得了什么？"

宋惜惜说完，信步出去了。

宝珠和其他"几颗珠"只得紧紧跟上。

战老夫人是带着战北卿和闵氏，还有战少欢一同过来的。

一下马车，战老夫人便跟崴了脚一般，一屁股坐在国公府的门前，开始号啕大哭。

"惜惜，我素日待你如亲闺女一般，你嫁到将军府，不曾受过半点儿委屈，我也没给你站过任何规矩，和离也是你求着皇上赐的，你怎么如此记恨我啊？你明知道我要用丹神医的药才能活命，偏偏不许丹神医登门给我治疗，你这是要我的老命啊！"

战少欢也配合地哭着："是啊，二嫂，做人不能忘恩负义啊！当初你家中惨遭灭门，母亲怕你伤心过度，日夜都陪着你，晚上也与你一同睡，陪着你度过了那段艰难的日子，怎么如今你这般狠心啊？"

战老夫人捂住胸口，哭得快喘不过气了，却还能字字清晰地说道："惜惜，和离那日，你说会永远把我当母亲看待，所以你离开将军府的时候，母亲把家底掏空，给你拿去当作赔偿，唯恐你离开将军府后吃苦，你怎么能转头便忘了啊？还不许丹神医来给我治病。"

当日宋惜惜和离，从将军府出去的时候，确实搬走了很多东西，这些百姓都看见了。

大件小件，就连屏风、凳子、椅子，甚至日常用品也不放过，都是宋家子弟去抬走的。

所以，战老夫人这么一说，还真的让围观的百姓相信了。

百姓议论纷纷："既然是和离，那就是好聚好散，何苦要断前婆母的活路呢？以国公府的名义禁止丹神医去给婆母治病，这不是要她死吗？"

"这也太狠毒了。这将军府的老夫人算是不错了，没给新妇立规矩，国公府满门被灭的时候，老夫人这个当婆母的还与她同榻，照顾安慰她，实在是难得。"

"谁说不是呢？战将军和那个易昉也是皇上赐的婚，再说了，赐的也是平妻身份，不影响她正妻的位置，不知道她为何要闹成这样，气量也太狭小了。"

"宋国公一生磊落坦荡，少将军们个个忠义，怎么她就不似宋国公与少将军们呢？做事太绝，小心有报应啊！"

陈福和两位嬷嬷站在国公府门前，也不着急辩解，神色冷漠地听着战家的人如何说，百姓如何评论。

慢慢地，战老夫人号不出声了，只一味地哭着。等只剩下百姓在议论的时候，陈福往前一步，说话了："战老夫人，小人是国公府的管家陈福，您有病在身，还是莫要坐在地上，坐回马车上去，我来问诸位几句。"

陈福腿脚不便,但还是站得笔直,说话的态度没有咄咄逼人,显得十分平和。

老夫人抬起眼睛看着他,眼睛红得厉害:"你一个管家,怎么能代表她出来回话?你把她叫出来,我要当面问她,是否要对将军府赶尽杀绝?"

陈福一笑:"小人管着府内外的事,若什么事、什么人都要我家姑娘出来,那就是我这个管家当得不称职。"

他从梁嬷嬷手里接过一张礼单,那张长长的礼单展开后,甚至拖到了地上:"这是我家姑娘嫁给战北望将军时的陪嫁礼单,其中包括金银珠宝、良田、庄铺、家具及日常用具等,全都在官府里有备案。和离时,我家姑娘带走的也是嫁妆礼单里的东西,战老夫人说你掏空家底给我们家姑娘赔偿,请问您赔偿了些什么?"

战老夫人自然是回答不出来的。她哪里有赔偿过一丁点儿东西?一针一线都没有。

她只能继续号哭:"有没有,惜惜心里明白,你叫她来,一问便知道。"

"老夫人不必哭了,若有赔偿,说出赔偿物件和金银数额便可。当日和离时,官府也有人在场,有没有,一查便知道。"

"再者,"陈福继续声音平和地道,"老夫人说自己待我们家姑娘如同亲闺女一般,宋氏一门遭灭门时,您日夜陪在她的身边,这话说假不假,但也不全真,那时您病发,是我们家姑娘日夜陪伴在您的身边照顾伺候,甚至从我家姑娘嫁到你们家,战北望将军出征开始,我家姑娘便是这样照顾您的,她在自己院子里住的日子屈指可数。

"其次,将军府收支不均,没银子开销,一年四季,府中主子们的衣裳都出自我们家姑娘掏的嫁妆银子,从战老爷到小姑子,从发簪钗环到脚上所穿的鞋子,没有一件不是我们家姑娘置办的,甚至连二房都有照顾到。

"最后,说我家姑娘不许丹神医上门给您治疗,这更是无稽之谈。她嫁过去的时候,您的病就开始变严重了,是她请了丹神医登门给您治疗,您的病需要吃丹神医制作的丹雪丸,丹雪丸何等珍贵?您吃了整整一年。加上其他的药,这一年,您吃了我们家姑娘多少嫁妆银子,您若是没个数,丹神医那边有记录呢,要不要请他老人家过来一趟?

"请他老人家过来一趟也好,问问他,到底是我们家姑娘不许他去给您治病,还是他瞧不起你们一家人的德行,甚至连丹雪丸都不愿意卖给你们,最后还是你们家大夫人去药王堂跪着,感动了丹神医,这才愿意把丹雪丸卖给你们,可他说了,您为老不尊,他不会再登门给您治疗了。"

陈福看了众人一眼,接着道:"老夫人方才所言,句句拿不出证据来,但是我所说的,桩桩件件皆可以查证,诸位暂且别走,我这便派人请官府的人和宋太公以及丹神医来,听听他们是如何说的。"

战老夫人噎了一下,随即又哭着道:"惜惜立了军功,自然谁都站在你们这边,请谁来都没用。她嫁入将军府一年,总之我们是没亏待她的。"

陈福冷笑一声："是你们没亏待她，还是她没亏待你们？本来和离了，两家就不该再有往来，但老夫人今日登门就是一顿哭闹，诉说我家姑娘不知感恩，忘恩负义，是你们先犯上门来的，那就休怪我把你们企图以妒忌、不孝的罪名休了我家姑娘，把她的嫁妆全部贪了的丑恶嘴脸告知大家。"

战老夫人浑身一颤："你不要血口喷人，我几时想过贪了她的嫁妆？"

"老夫人不用着急否定。"陈福回头吩咐道："去，把宋太公和官府的人请过来。还有，当初他们想休妻的时候请了老媒婆，把老媒婆一并请来，让老媒婆说句公道话。"

"慢着！"战老夫人缓缓地站起来，身体摇摇欲坠，凄惨地一笑，"事情闹到今日的地步，以往种种便算了，但我真切地疼爱过惜惜，她不念这份好，我也不怪她。虽是皇上赐婚，但的确也是我家北望辜负她在先，她不愿意接纳小妾……"

"够了！"

梁嬷嬷出口喝止她继续卖惨，面容冷厉："什么虽是皇上赐婚？赐婚难道不是战北望以战功求的旨意吗？别说小妾，人家要当的是平妻，当初旨意下来，战北望和易昉一同去见我们家姑娘，说的话有多绝情，要不要我重复一遍？

"战北望说，以后娶了易昉进门，他不会踏入我家姑娘的房门一步，她只管掌着中馈，继续用嫁妆补贴将军府，以后他和易昉所生的孩子，由我家姑娘抚养，也算是让我家姑娘有个寄托。

"易昉狮子大开口，要的聘礼多，你们将军府拿不出来，问我家姑娘要，我家姑娘说愿意借，但不愿意给，你们就指责她无情无义。

"最后你们没了办法，就说我家姑娘不孝，无所出，以此谋划休妻，因为女子一旦被休，嫁妆是半点儿也拿不回来的，多狠毒的心啊！

"我家姑娘不孝？自从嫁到将军府，她哪日不是在伺候你？我家姑娘无所出？笑话，新婚之夜，战北望就出征去了，回来便要娶易昉，从头到尾，连我家姑娘的一根手指头都没碰过，怎么生孩子？"

陈福和嬷嬷的话一说出口，百姓如同炸开了锅。

"如此说来，宋姑娘岂不还是清白之身？"

"将军府的人也太过分了吧！战北望自己求的赐婚，回头还要谋算宋姑娘的嫁妆。"

"摊上这么一家子人，一个个没脸没皮，真是造孽啊！"

"我说呢，宋国公一家坦坦荡荡，宋将军更是在南疆立下军功，宋家的女儿，岂会是那样的人？"

"我听说当初和离的时候，宋太公很生气，说将军府欺人太甚。"

"说起丹神医，我记起来了，去年我去药王堂，便见到将军府的大夫人跪在门前，说是求丹神医卖药，药王堂的大夫告诉我，是将军府的老夫人德行有亏，丹神医不愿意卖药给她。"

"他们那会儿可是把宋姑娘当垃圾一样扫地出门的，谁知道皇上竟然直接追封了宋国公，国公府还可以袭爵三代，他们后悔了吧。"

"谁不会悔得肠子都青了呢？换成我的话，我会悔得一头撞死，怎么还敢来找人家叙旧情？"

"国公府虽是武将世家，但他们并未咄咄逼人，而是有理有据地反驳，再看那个将军府的老夫人，一个劲儿地哭号，像是受了天大的委屈，她受了什么委屈？难道一切不都是从战北望求娶易昉开始的吗？"

"说起易昉，你们听说了吧？她在战场上贪功冒进，被敌人俘了去，找到的时候，连裤子都没穿，身子底下有一摊血呢。"

"听说了，听闻还害得一同被俘的人……哎呀，根都被割了，还当什么兵呢？进宫当个太监吧。"

"闭嘴，你们都给我闭嘴！"战老夫人气得头昏眼花，用颤巍巍的手指扫过所有人，"根本不是这样的，都是谣传，你们给我闭嘴！"

她气急败坏的样子反而坐实了这些事情，大家说得更起劲了，有些看不过去的还跟她对骂起来，问她有何颜面来国公府闹事。

战老夫人与百姓对骂，战少欢和闵氏一句话都不敢说。

战少欢虽然也跟着过来喊了几嗓子，但后来发现事情翻转，她就不敢再说了——她还没出嫁，闺誉还是要的。

闵氏本来就是被拉过来的，根本不想出面，只觉得丢人极了，怎么会愿意说一句话？

战北卿一个男儿郎，更不好说什么，见局势一发不可收拾，他才急忙上前劝母亲："我们回去吧，公道自在人心。"

陈福大声道："对，公道自在人心，魑魅魍魉经不起日头的照耀。你们走吧，我们家姑娘只盼着和将军府再无瓜葛，昔日的恩怨也一笔勾销。"

他冲着百姓抱拳："多谢诸位仗义执言。在场的诸位都是明白事理的人，孰是孰非，一查便知，我们家姑娘嫁错了人，是命，我们认了，但将军府，我们万万不敢再沾惹半分。不过，若是将军府的人再敢来闹事，我们也不怕，青天白日，朗朗乾坤，还能颠倒黑白不成？"

陈福话里话外对围观的人一顿奉承，好听的话，谁都喜欢听，陈福这么一说，大家也被激发出了正义感，纷纷痛斥将军府的人。

战老夫人见道德绑架不了宋惜惜，且宋惜惜一直没出面，知道今日达不到目的，只得灰溜溜地走了。

她原先有意让宋惜惜回来，但战北望死活不同意。碍于外头关于易昉的流言蜚语实在太多，她便想着过来闹一通，好让百姓转移谩骂的对象，让将军府从百姓茶余饭后的谈资中抽身而出。

她想着再怎么样，自己撒泼打滚儿，也能让宋惜惜堕入是非口舌之中，只要他们出手驱赶或者动手推人，国公府就占不了理，想不到国公府的人竟然有理有据地反驳，还说要去找人证。那些事情哪里经得起查证？

没法子，战老夫人只得走了。

宋惜惜坐在正厅里喝茶，将外头的声音尽收耳底。

将军府那些人的嘴脸，她早已经看清楚了，所以对今天他们说的做的也不觉得吃惊了。

他们上门来闹的目的，宋惜惜也很清楚——帮易昉转移视线，让百姓议论她，从而放过易昉，放过将军府，更为将军府赚些百姓的同情，以抵消对易昉贪功冒进的非议。

所以，丑陋的人何其多，真要全部置气的话，这日子也过不下去。

外头烧火似的天气，宝珠给她做了些冷饮，好消退暑气，也去一去怒火。

回来将养了几日，她的肌肤白皙了许多，肉眼可见地细腻了。

宋惜惜笑着说："给福伯和两位嬷嬷各备下一杯，他们才是要去去火气的。"

宝珠道："都有，去岁藏了很多冰在冰窖里头，管够。"

陈福和两位嬷嬷回来了，三个人的脸色都不太好看，但是进了屋，见了姑娘，他们立刻就扬起了笑脸。

陈福说："姑娘，别放在心上，犯不着被这些没脸没皮的人气着。"

宋惜惜请他们坐下："不气，我权当看了一场热闹。"

陈福说："我已经叫人去药王堂了，请他们的坐堂大夫给您澄清一下，断了人家活路的事不比那些闲言碎语，必须清楚明白地让大家了解真相。"

宋惜惜点头："福伯办事周全，我是放心的。"

梁嬷嬷愤愤地道："自从和离之后，我心里一直憋着一口恶气，如今他们自己登门来找骂，正合我意，可惜不能骂得酣畅淋漓，倒是遗憾。"

如今总归要顾着姑娘的名声，否则不把那个老病鬼骂个狗血喷头，她就不姓梁。

过了两天，京中传遍了丹神医不给战老夫人治病的原因，原因甚至都不是坐堂大夫说的，是丹神医去给一位官员治病的时候亲口说的。

丹神医就淡淡地说了句："刻薄寡恩之人，吾不齿与之来往。"

他没收那位官员的诊金和药费，很明显是要这位官员的家眷把他的话传出去。

战北望是后来才知道母亲和兄长去了国公府闹事，气得两天没回家，就宿在客栈里头。

不过他在客栈里也不得清净，他家的事满京城飞呢，客栈也不例外。

易昉在将军府不受待见，人人恨她避她，加上战北望也不理她，便想着回娘家去住两日，回到娘家，她才发现父母居然把房子卖掉，离开了京城。

她问邻居三婶，三婶看着她蒙着黑纱的脸，没好气地道："换谁不走啊？日日被人指指点点，说女儿有辱家门，你爹和娘亲没被气死，你就偷着乐吧！"

易昉做梦都没想到他们会这样做，而且走得那么迅速。

也是啊，拿着将军府给的聘金，他们一辈子都能高枕无忧了，何苦还留在京城受人指指点点？

只是易昉心头酸楚得很，她理解父母，但被他们抛下，她难免伤心难过。

谢如墨闭门谢客几日。

这段日子，登门拜访的人肯定很多，但他一个人都不想见。

让宋惜惜三个月内出嫁，不然的话，她就要入宫为妃，皇兄在逼他做取舍。

御书房里，皇兄那些嬉笑怒骂的话，实则也是句句藏了心思的。

宋惜惜是否入宫，对皇兄而言根本不重要。

他可以让宋惜惜入宫，也可以不让，都是他一道旨意的事。

早在几年前，皇兄就知晓了他对宋惜惜的心意。他上南疆战场之前去找过宋夫人，让她缓一缓宋惜惜的婚事，他会以南疆的胜利作为聘礼，求娶宋惜惜。此事皇兄知晓，所以如今南疆战事已了，皇兄希望他娶宋惜惜。

皇兄和他确实兄友弟恭，至少表面上是，但皇兄那日在御书房说的那些话里，无非就一个重点——宋惜惜嫁给任何一位世家子弟，都有拥兵自重的威胁。

那些话是说给他听的。

他想娶宋惜惜，可以，但是需要放下兵权，交出北冥军，从此不再是北冥军的统帅。

皇兄其实一直都忌惮他。当年南疆战场告急，皇兄却迟迟不愿意派他和北冥军支援南疆。

皇兄始终心存侥幸，认为宋元帅第一次可以收复南疆，自然也可以抵御沙国的卷土重来。

直到他们战死，皇兄才愿意派他领北冥军奔赴南疆战场，从此，他接管了南疆所有的兵马。

皇兄心里能不忌惮吗？

北冥军是他一手培植出来的，当年父皇还没驾崩时，给了他北冥军的虎符，且永不收回。

如今的玄甲军，有部分是从北冥军中挑选的，有部分是从宋将军的麾下挑选的，他挂着统领一职，但皇上可以调动，这是他对皇上的让步。

从小，皇兄就待他极好，因为太子之位是早早定下的，朝野上下没有任何异议。皇兄也确实是一位出色的储君，文武双全，上战场打过仗，也有太傅的悉心教导。

然而，皇兄在当太子的时候和当皇帝的时候完全是两回事，表面上的态度是没变，依旧待他亲厚，但私底下的忌惮，早在三四年前便表现出来了。

　　"王爷，喝口荷菊茶去去暑气。"路总管带着下人端茶进了书房，道。

　　谢如墨微微颔首："放下吧。于今呢？"

　　路总管道："于先生和张副将去了军营。皇上犒赏三军，他们去配合兵部办差，帮忙处理阵亡将士的抚恤金。"

　　他命下人放下茶，便把人遣出去，单独留在书房里伺候。

　　谢如墨穿着一袭白衣，墨发绾起，眉宇间霸气外露，他刚从战场上回来，浸在骨血里的杀气还没消退，但他眉头蹙起，显得甚是苦恼。

　　他万事不避府中的几位心腹，因此路总管也知道口谕的事，更知道他当年向宋夫人求娶宋惜惜的事。

　　"爷，考虑得怎么样了？"路总管小声地问道。

　　谢如墨淡淡地道："没什么好考虑的，仗打完了，本来就该上交兵权，但是皇兄的这一做法让我觉得不舒服。"

　　他对帝位并无觊觎之心，但是手握重兵总是会让皇兄忌惮的。

　　让他交出北冥军的统率权，交出父皇赐给他的虎符，其实皇兄说一句话便可以，犯不着用这样的方式。

　　这使得他如鲠在喉，吐不出，咽不下，也觉得十分委屈惜惜。

　　谢如墨觉得还是少时好，那时候皇兄与他无话不谈，有什么要提点他的，也会直言，不会如此拐弯抹角。

　　路总管想起一件事来："皇上恩典，太妃过几日便会到王府来住。我已经命人把凤鸣苑打扫干净，也置办了些家具，都是太妃指定的，共花了三万两银子。"

　　谢如墨蹙眉："三万两？什么家具要三万两？"

　　他起身亲自去凤鸣苑看了一眼，院子里种下了牡丹、芍药，还特意建了一个花暖房，自然，这种热天是用不上的，只能等冬日再用。

　　"原先的梅花树都砍了？"谢如墨的眉头蹙得更紧了。

　　路总管小心翼翼地跟在他身后："都移植出去了。太妃说不爱梅花，梅花通'霉'，她住的地方不能有霉气。"

　　自从他分府出来，便满园栽种梅树——红梅、蜡梅、绿梅，一到冬日，满园飘着梅花的清冷香气，沁人心脾，像是身居梅山一般。

　　谢如墨进屋一看，家具摆放整齐，清一色由花梨木制作。这也要不了三万两银子，真正昂贵的是古董架上的古董与墙上挂着的字画。

　　再看寝室里，妆奁台、拔步床、软榻、贵妃椅……也都是花梨木做的，雕工甚是精致，一点儿都不比宫里的差。

　　三万两，看来是路总管狠狠地把价格压下来才能买到。

谢如墨并非那种拿银钱不当回事的人，他是应花则花、应省则省的人。

三万两银子用来装潢一个院落，他觉得奢华了。

其实他并不想和母妃同住，但是出征之前，皇兄说过，一旦他收复南疆，便恩赐母妃出府与他同住。

这听着像是恩赐，实际上皇兄也嫌母妃花钱大手大脚，总爱插手后宫的事。

母妃是皇兄的亲姨母，且是父皇的妃子，皇兄说不得，管不得，只能睁一只眼闭一只眼。

现在好了，他真的凯旋了，皇兄巴不得让母妃赶紧出宫去，省得在后宫里给自己添堵。

母妃从小娇生惯养，是家里最小的女儿，外祖父、外祖母和一众舅舅、姨妈都宠着她，入宫之后，因为皇后娘娘是她的长姐，对她自然格外关爱，所以她这辈子都没吃过苦、遭过罪，养得性子骄纵，凡事都要争个第一，吃穿用度样样都要最好的。

比如她不能穿带牡丹图案的衣裳，因为带牡丹图案的衣裳只有太后和皇后才能穿，那她就满院子种牡丹，总要得到这份尊荣才满足。

"娴宁公主大抵也是要跟着她来王府住的，爷，您看要不要多买些丫鬟小厮回来伺候？"

"不必了，她们用不惯外头的人，如今伺候的人知晓她们的脾气，会被带出宫的。"

能在她们跟前伺候很久的人，都是经过千挑万选的，随便找些丫鬟，根本伺候不了她们。

"娴宁的院落也备好了吗？"谢如墨问道。

"备好了，就是隔壁的书墨苑，也花费了两万两银子去装潢。"

一听到动辄上万两的金额，谢如墨就头疼，也不想去看了："回书房，于今回来之后，你让他去书房找本王。"

"您不回去睡会儿？您从战场回来后都没睡过几个时辰。"路总管追着问道。

"不睡了。"谢如墨压根儿睡不着，心里烦透了。

过了两日，谋士于今和副将张大壮回来了。

刚下过一场暴雨，于今回屋换了一身衣裳，便急匆匆地去书房见王爷。

于今一针见血地道："皇上不外乎是要收兵权，横竖王爷也打算上交，那就交吧，不过绝不能拿您的婚事作为交易。皇上知道您曾求娶过宋姑娘，他想用宋姑娘来补偿您，好让他心中无愧，但卑职认为大可不必，您上交兵权之后，可以请他收回口谕。至于您日后是否要娶宋姑娘，是您和宋姑娘的事，但皇上这样横插一杠子，事情就变质了，不是单纯的婚嫁，您和宋姑娘都会很尴尬。"

婚嫁就得纯粹一些，若为利益而联姻，就辜负了王爷的感情。

谢如墨浓眉紧皱："本王也是这个意思，但北冥军的虎符是父皇给本王的，父皇

227

曾言，北冥军可永远隶属本王，以作守护江山之用，满朝文武皆听在耳中，如今本王上交北冥军虎符，他必定要厚赏本王，才算给了父皇以及满朝文武一个交代，至少面子上他需要这样做，所以我担心他会直接赐婚，而且赐婚之前，为了让人知道这是恩赏，他会告知百官，本王曾在出征之前求娶宋惜惜。"

于今也皱起眉头："这样一来，大家便会猜测，宋夫人宁可把女儿嫁给战北望，也不愿意等您收复南疆，又或者说，宋夫人看准了您收复不了南疆，反正什么猜测都可能出现。"

"这才是本王最担忧的事。"谢如墨抬起手，推翻了桌子上的镇纸，"皇上此举，给本王带来了极大的困扰。"

于今想了一下，心里忽然萌生出一种想法来："王爷，有没有可能，皇上未必是逼您上交兵权……卑职的意思是，不管您选哪一种，他都愿意？"

谢如墨的心微沉："你是说，皇上真的想让惜惜入宫为妃？"

于今道："要么是兵权，要么是宋姑娘，如果您真的让他收回口谕，那么他有可能两样都要，至于恩赐您的，可以是别的，金银财宝，甚至可以把玄甲军还给您。"

这是谢如墨没想过的。他从没听说过皇兄对惜惜有意，如果皇兄有意，当初宋夫人把宋惜惜嫁给战北望的时候，他就应该找太后阻止。

不过，也有可能是之前并不喜欢，经过南疆一战之后，他瞧上了呢？

他的后宫里什么样的女子都有，唯独没有惜惜这种文武双全又大方得体，堪当宗妇的。

而且，就目前看来，惜惜是最有能力统领北冥军的人，如果惜惜成了他的后妃，他的枕边人，他便万事无忧了。

还有一点，那就是惜惜在宋家军面前证明了自己的能力，宋家军也会听她的。

所以，皇上说出这简简单单的几句话，定要有所得。

想到这里，谢如墨的神色越发冷淡了："所以，事到如今，本王一要上交虎符，二要跟宋惜惜正式提亲，没别的路可以走了。"

于今叹气："只能这样了。只看王爷找个什么理由去提亲，用策略也好，表白真心也好，一定要把婚事定下。三个月之期对宋姑娘而言大概也是一种困扰，但没有皇上的首肯，无人敢求亲——要袭爵的人，怎么能是随随便便的一个人呢？"

谢如墨眼神深沉："本王知道了。"

于今想了想，又道："只怕太妃娘娘不会喜欢宋姑娘。"

在太妃心里，王爷是最好的男儿，清清白白的世家贵女都配不上，更不要说嫁过人的女子。

以太妃折腾人的本事，可以预料到，宋姑娘嫁过来之后，大概过不了安生日子。

谢如墨雷厉风行惯了，既然做了决定，便要迅速行动，他吩咐道："给国公府递个帖子，本王明日拜访。"

于今让张大壮亲自去送帖子，张大壮表示不明白，偷偷地问于今："于先生，王爷完全可以求娶宋惜惜又不交兵权啊！"

于今敲了他的脑壳一下："你傻啊？不交兵权，皇上还不立马放太妃出来阻止这门亲事啊！"

张大壮觉得这个"放"字用得甚好，但他还是不明白。

"那现在太妃也会阻止啊！"毕竟太妃是什么样的性子，大家都清楚。

"那样的话就没人授意她去阻止，只是太妃自己要阻止，不一样的。"于今不再跟他解释，"快去送帖子吧，别的一个字都不要多说。"

看着张大壮牵马出去，于今轻轻地叹了口气。王爷虽遵循孝道，但只要背后没有皇上的支持，王爷还是能在太妃反对的情况下娶宋姑娘的。

国公府。

宋惜惜接到北冥王的帖子，有些意外，北冥王若有军务找她，直接派人传她过去便是，为何要亲自登门拜访？还提前送来了帖子。

他这次来，显然不是为了军务。

宋惜惜想来想去，觉得元帅此次前来应该还是问她那个问题，她到底要不要领个实职。

她让福伯准备好明日招待北冥王，心里却想着要找丹神医问问表姨燕王妃的身体如何了。

燕王一家的封地就在距离京城百里的燕州，当初她和战北望的婚事是表姨保的媒。

她和离的时候，表姨没来信，怕是压根儿不知道这件事情。

丹神医的女弟子菊春一直在燕州照顾表姨，表姨的病情，想来丹神医是知道的；而她的事情，丹神医大概会告诉菊春，但菊春没告诉表姨，所以宋惜惜担心是表姨的病加重了。

她叫宝珠去了一趟药王堂。她现在出门就被围着追着，功臣的头衔给了她很大的束缚，加上将军府的人才过来闹了这一场，无疑为闲人们增添了话题。

宝珠去了一个多时辰才回来，带回来了一大堆东西。宝珠嘴里说个不停："丹神医说，之前给您的药定是用完了，战场上没有不受伤的，受伤了就要好好调养，所以给您弄了一大堆药丸还有草药，都是他亲自配的，说务必盯着您喝一个月，把气血补回来，以免留下旧患，到了中晚年就要发作。"

宋惜惜看了一下，丹雪丸、护心丹、参荣养血丸、辟瘴丹、修容丹……还有外用的美白养肤的蜜膏，然后便是一包一包已经裹好用来煎服的药。

"这得花不少银子吧。"宋惜惜笑着摇头，"他老人家巴不得把最好的药都给我。宝珠，把护心丹和丹雪丸送一部分过去给宋太公。"

"进门的时候，福伯便拿走了一些给太公送去了。"宝珠笑着说。

宋惜惜微微颔首，福伯办事面面俱到，实在不用她劳心。

"这一大包东西是什么啊？"宋惜惜看到门口还放着一麻袋草药，"也是煎服的？"

宝珠道："不是，这是煮水泡澡用的，说是可以去寒气，护筋骨。丹神医说您在战场上的时候天气严寒，体内积了寒气，一定要用药水泡澡，方能驱散寒气。"

丹神医是真的拿她当闺女宠，又是去寒气，又是美颜修容，恨不得立刻把她变回肤如凝脂的大美人。

"那好，今晚就泡药浴。"宋惜惜自然不会辜负长辈的心意。

宋惜惜泡了药浴，果然浑身发烫，就寝之前，明珠还端来了泡脚的药水，说每天晚上还要泡脚。

宋惜惜很听话，乖乖地泡了一会儿，然后喝了杯安神茶——也是丹神医开的方子，说是助眠的。

刚从战场回来的那两日，她睡得像死了一般，这几日疲倦感退去，她便整宿都睡不着，即便睡着了，也梦魇不断。

父兄，其他家人……一个个曾经鲜活的人，最终一身鲜血地站在她的面前，她惊醒之后，就再也不能入睡。

家里刚遭灭门的时候，她处理了后事，回到将军府，也是日日喝安神药才能入睡，丹神医把她的事情都放在心上了。

她喝完之后，明珠给她加了一颗蜜饯，笑着说："宝珠姐姐说了，您喝药怕苦，喝了药之后必须吃一颗蜜饯。"

宋惜惜张嘴吃下，酸酸甜甜的味道在口腔里散开。

其实，她已经不怕喝苦药了。

小时候她喝药确实怕苦，喝下去，一张小脸就会变得皱巴巴的，她扑在母亲的怀里撒娇，父亲、母亲和兄长都会疼爱她。

现在，她怕苦给谁看？还能跟谁撒娇？

怅然间，口腔里的甜味消失了，只剩下药的苦味和酸酸的味道，一如她心中不期然泛起的情绪。

但她已经知道怎么去克制这种情绪，不让它流露出一丝一毫在脸上，她身边的人个个心细如发，但凡发现她有一丁点儿不开心或者眼神涣散，便会露出心疼的神色。

陈福送了药回来，还拿回来一幅太公的字画，是太公亲手所画。

太公钻研字画几十年，自然是有成就的。如今宋族人每年都要捐出一笔银子作为公用，扶持贫寒子侄，让他们能各有所长，宋太公每年都带头捐献，他的银子就是卖画赚来的。

自然，母亲在世的时候捐得最多。

可惜宋族没出几个读书人，大多跑去做生意了。

士农工商，商人的地位是低，但能赚到银子，直接提升生活的品质。

因此，不管先帝还是如今的皇上，对宋族都不曾忌惮过，毕竟他们独木难支。

宋惜惜叫人把画拿去裱了，挂在正厅。这是一幅江山图，大气磅礴，宏伟壮丽，挂在正厅最合适。

翌日辰时末，谢如墨便带着张大壮来到国公府。

宋惜惜刚用完早饭，以为他起码午后才来，还叫人备了凉汤。

她带着宝珠、明珠快步出迎，刚从内院到前院，谢如墨已经进了正厅坐下，陈福也命人上了茶水。

或许是见惯了大家在战场上的邋遢模样，宋惜惜在进门的时候看到谢如墨，一时有些恍惚。

他今日身穿青色云纹冕服，戴九缝玉冠，腰间束缦带，脚穿皂鞋，着装威严，姿态从容不迫，这般尊贵的打扮，更显得他容貌清隽，潇洒不凡。

没想到他的穿着打扮如此正式，宋惜惜顿时觉得自己过于随意了。

谢如墨也看向宋惜惜，只见她上身穿着偏薄的烟霞色襦衣，露出白色的折纹领口，下着黑色绣金线百褶裙，绾着发髻，饰以蓝宝石华胜，倒是有几分世家贵女的风范。

宋惜惜这样的打扮，谢如墨很少看见，以前去梅山，见她总是穿着一身红衣，将头发扎成高马尾，用红绸带绑了几圈，黑色的马尾一动，便带得两道轻盈的绸带飘起，整个人鲜活热烈，叫人瞧见便移不开视线。

宋惜惜行的是军礼："元帅！"

谢如墨收回目光，微微颔首："劳烦宋将军清个场，我们单独说。"

未婚男女单独处在一屋，若换作别人，陈福定然不愿意，非得叫"几颗珠"陪伴在侧才行，但如今一个称呼"元帅"，一个称呼"宋将军"，陈福认为他们要讲的是军务，军务岂是旁人能听的？所以在奉上一壶茶之后，陈福立刻清场，把门关上，且不许任何人靠近门口。

谢如墨端着茶杯，用修长的手指摁住杯身上的描花，神色颇为凝重。

宋惜惜等了一会儿，没听到他说话，抬起头看他，眸子里带着疑惑："元帅，是不是南疆战场……？"

"不是。"谢如墨打断她的话，一口喝了茶，便把茶盏放下，"本王今日来是为了私事，并非为了军务。"

宋惜惜"哦"了一声：私事？她和元帅之间有什么私事？

谢如墨看着她，道："皇上给了你三个月的期限，让你把自己嫁出去，否则便要你入宫为妃，对吗？"

宋惜惜丝毫不讶异他会知晓此事，所以微微点了点头。

谢如墨直白地问："你想入宫当娘娘吗？"

宋惜惜看着他："是皇上让您来的？"

"不，这个问题是本王自己想问的。"

宋惜惜迎上他澄明的眼眸，缓缓地摇头："不想。"

谢如墨再问："那你有意中人吗？"

他的眸子锁紧了她，她的脸色、眼神的丝毫改变，他都没有错过。

她很干脆地说了句："没有。"

"有好感的呢？"

"也没有。"

谢如墨知道自己在她的心里是半分位置都没有的，但听她亲口说出对任何男人都没有好感，他的心头还是仿佛被蜜蜂蛰了一下，微痛，但也还好，毕竟她是对所有男人都没有好感。

看见他的脸色稍微变白，顷刻又恢复如常，宋惜惜端着茶，沉吟了一下，问道："元帅，您是来帮我解决此事的？"

谢如墨沉默了好一会儿，凝望着她的眸子："本王喜欢你，想娶你为妻，你愿意吗？"

"哐当！"宋惜惜手中的茶杯掉落，碎了一地，她惊愕地看向谢如墨。

"元帅，这个玩笑是万万开不得的。"宋惜惜连忙起身，抖了抖衣裙上的水，素来冷静的她有些语无伦次，"这听起来……你我虽然年少时便认识，但我七八岁时便去了梅山，就算你每年都去一次梅山，可我从没见过你……"

"好了，好了，不逗你了。"谢如墨瞧见她手足无措的模样，唇角扬起了微笑，把茶杯重新端在手中，将指尖摁下，"本王说喜欢你，是与你说笑，但求娶是真的。我收复南疆，皇上要给我赐婚，皇嫂给我看过那些姑娘的画像与家世，我全都不中意，恰好听见皇嫂说，皇兄给了你三个月期限，如果你找不到夫婿，就要入宫为妃……"

他端起杯子喝茶，但杯子里的茶水早就被他喝光了，他只得喉头滑动，像是吞咽了茶水，继续道："你不愿意入宫，本王不愿意被赐婚，这不是巧了吗？我们成亲，便能解我们的燃眉之急，一旦你日后找到喜欢的儿郎，本王会给你一封放妻书。"

这番话听起来是很合理的，但是宋惜惜有些疑惑："如果那些姑娘元帅都不喜欢，为何皇后娘娘和太妃不继续找呢？总会找到合意的。"

谢如墨的手指顿了顿，他将眉目垂下，微微苦笑："不会有合意的人，本王要娶的姑娘，已经嫁人了。"

· 232 ·

宋惜惜从他的那一抹苦笑里感受到了他的无奈，想不到出色如他，也没能与自己的意中人长相厮守。

　　谢如墨轻声道："既然我的一颗心已经系在她的身上，再也分不出半分给别人，本王又何必娶她们回去，祸害人家一辈子？"

　　宋惜惜有些动容，想不到元帅竟然如此深情。

　　不过，动容归动容，宋惜惜还是拒绝了，道："皇上口谕，让我三个月内找到夫婿，我想他是要内定袭爵人选，所以，如果我与元帅假成亲，只怕皇上不会恩准。"

　　谢如墨没想到她会这样想，看来她还是对皇上不够了解。他略微沉吟后，伸出手，压了压："这你不必担心，皇兄那边，我会去说的。他之所以会想内定袭爵人选，大抵是怕你再寻一个像战北望那样的薄情寡义之人。"

　　嗯，贬低前任的手段很卑劣，但她听起来应该会觉得很合理。

　　宋惜惜在听到战北望名字的时候心中毫无波澜，但元帅所言不是没有道理。

　　国公府爵位，背后是宋家军，挑选袭爵之人定然要谨慎。

　　以前追封父亲的时候，皇上说她未来的夫婿可袭爵，大概是没想到她也能上战场，并且得到宋家军的认可，现在知道了，自然不能随便定个人选。

　　这三个月时间说是给她找夫婿的，其实只怕皇上也在帮忙寻觅合适的袭爵人选，但皇上只会考虑那人是否适合袭爵，却不会考虑是否适合她，是否能与她过一辈子，这样就很容易错点鸳鸯，导致她和未来夫婿相看两相厌。

　　谢如墨顺着她的思路不难猜测出她心里的想法，道："本王在意中人成亲之后本没打算再娶妻，但皇上既然有赐婚的念头，本王虽是他的皇弟，也只能遵旨而行，不可能抗旨，与其娶别人，不如娶你。"

　　宋惜惜看着他那长睫毛下幽深得如同漆黑天幕的黑眸，半晌，道："元帅，你我成亲后，若你又有了喜欢的女子，她也只能为妾，我不需要你的放妻书，我已经和离过一次了，再和离的话，我父母的颜面都会被我丢尽。"

　　谢如墨忍住蹦起来的冲动，伸手压了压九缝冠，装作不在意的样子，但是唇角压不住地往上扬："本王除了她之外，不会再有喜欢的姑娘，你我这样过一辈子也挺好的，至少咱们可以做到互相尊重，相敬如宾。"

　　宋惜惜听到他再次说起自己喜欢的姑娘，不由得好奇："不知道那位姑娘是谁？被元帅如此钟爱，她怎么舍得辜负元帅？"

　　说起那个女子，谢如墨眼神灼灼："她……其实不知道本王的心意，只不过是本王一厢情愿，在上南疆战场之前，本王向她的母亲求娶她，可她的母亲大概是没瞧上本王，在本王上了南疆战场之后，便把她远嫁了。至于她是谁，本王不好再说，毕竟她已经嫁了人，本王不希望影响到她。"

　　宋惜惜点头道："元帅所言甚是，女子名声重要，她既然已嫁人，确实不适合再被元帅挂在嘴边。"

宋惜惜的心头忍不住对元帅多了几分敬重：战场上骁勇善战，深谋远虑，心思还如此细腻，知晓女子的艰难，明明深爱对方，却不忍再提，唯恐损害她的名声。若天下间多是元帅这样的男儿，女子定然不会如此艰难。

谢如墨瞧见她的神色，便如在军营时一般，大声道："宋惜惜，给个答复，爽快些，别婆婆妈妈的，有什么问题，本王会一力承担。"

宋惜惜一听这语气，几乎是下意识地脱口而出："好！"

谢如墨心中的大石头重重地落下，唇角再也压不住，彻底上扬："爽快人。那咱们商量一下分工，你主内，我主外。我的母妃和妹妹会来府中居住，我们成亲之后，妹妹也会下降，她不会住很久，难应付的是我的母妃，她奢靡骄矜惯了，也爱管人，摆威风，但我很肯定她欺负不了你。"

她是遇强则强，遇弱则心软的人。

母妃也该栽个跟斗了。

宋惜惜不禁莞尔："元帅可真孝顺，我估摸着元帅不愿意娶别的女子，是怕新妇被太妃拿捏得死死的。"

"孝顺"二字，宋惜惜是用半讽刺半开玩笑的口吻说出来的。

谢如墨眼神如火："惜惜料事如神啊！"

谢如墨走后，陈福和两位嬷嬷进来了。

宋惜惜也不瞒着他们，说谢如墨是来登门提亲的，而她同意了。

陈福和两位嬷嬷错愕了一下，都没说话，神色有些凝重。

"这已经是最好的出路了。"宋惜惜轻松地笑了笑，"我和元帅彼此之间没有男女之情，却有战友之谊，嫁给他总比招婿上门好。"

两位嬷嬷有些话到了唇边，却又吞了回去，只是勉强笑了笑，道："姑娘，您要做好心理准备，皇室亲王就没有不娶侧妃纳小妾的。"

之前北冥王便来求娶过姑娘，只是被夫人敷衍了过去。夫人并不愿意把姑娘嫁入皇室，说正妃、侧妃、夫人、妾侍一大堆，惜惜不擅长应付这些内宅之事。

只是这话两位嬷嬷不敢跟姑娘说，毕竟夫人反对过，而姑娘已经答应了北冥王。

"侧妃、小妾什么的，无妨。"宋惜惜道。

"无妨？"梁嬷嬷有些诧异，"但战将军迎娶平妻……"

宋惜惜摇摇头，神情冷静："不一样，战北望亲口在我母亲面前承诺过不会娶妾，因此我才一门心思照顾好他的家人，等他建功立业回来。但他立功回来后首求娶了易昉，违背了对我母亲的承诺，也违背了作为一个丈夫对娘子应尽的义务。我做好了娘子的分内事，他却没做好丈夫的分内事，对另外一个女人尽心尽力，付出全部感情，对我却说了那样绝情的话，我自然不会忍下去。"

这番话，说得陈福和两位嬷嬷眼中都升起了愤怒的火焰：是啊，姑娘一颗真心被这样糟践，怎么能不气？

宋惜惜继续道:"至于我和元帅,我们有言在先,联姻只是为了解决彼此的燃眉之急,我们都不属意对方,不求心意相通,只求相敬如宾,和谐地生活。当然了,嫁入皇家不是轻松的事,他的母妃慧太妃也会出府居住,她不是个好应付的婆母。"

陈福说:"慧太妃是皇太后的妹妹,听闻皇太后宠着她,宫里头的娘娘们也甚是恐惧她,她当了您的婆母,这日子怕是难过的。"

陈福觉得嫁给北冥王未必是最好的选择,但是招赘婿上门又怕遇到个负心薄幸之徒,袭爵之后便肆意妄为,不把姑娘放在眼里。

毕竟,当赘婿是为了袭爵,当了国公爷,怎么还会像寻常赘婿那般好相与?

嫁给北冥王也是有好处的,北冥王为人端正,出身皇家,也可以狠狠地打一下当初轻贱姑娘的人的脸。

如今京城中敬重姑娘的百姓有很多,但是许多世家贵族依旧认为,姑娘这辈子也嫁不了好夫婿,又不愿意低嫁,怕是要守着国公府这座大府邸孤独一生。

想到这里,陈福道:"嫁给北冥王,总好过嫁给皇上挑选的人。"

事到如今,他们依旧认为皇上是为了国公府袭爵之事,要亲自选袭爵人选。

谢如墨从国公府出来后,整个人意气风发,翻身上马之后,对张大壮说:"走,入宫面圣去。"

今日不上早朝,皇帝在御书房召见内阁,所以谢如墨在御书房外等了好一会儿。

等到内阁官员都回了奉事房,吴大伴才宣他进去。

他入殿跪下,用双手奉上北冥军的虎符:"臣弟今日来,有两件事。第一件便是如今国中无战事,依照规矩,臣弟要上交兵权,所以把北冥军和宋将军的虎符交还皇上。"

"第二件事,臣弟求娶宋国公之女宋惜惜,她已经同意,选定吉日之后,臣弟会命人登门提亲。"

皇帝看着他,眼神晦暗不明。

皇帝看着吴大伴递呈上来的虎符,眼神依旧意味不明。

过了一会儿,他才取出宋家军的另一半虎符,与谢如墨递呈上来的合在一起。

北冥军的虎符是完整的。父皇当日把北冥军的虎符给臣弟,让他一直统领北冥军,保家卫国,这虎符,他是可以不上交的。

皇帝用手指摩挲着那块自己从未接触过的北冥军虎符,刻痕在他指腹间传来异样的感觉。

"宋惜惜同意了?"他仿佛不信,问了句。

"皇兄,她同意了。"谢如墨十分喜悦,仿佛还是那个天真的皇弟,"当日臣弟出征之前便去求亲,没想宋夫人把她嫁给了战北望,更没想到兜兜转转,她还是回到了臣弟的身边。"他抬头,眼中滋生出甜蜜,"自然,还要叩谢皇兄成全,臣弟知道皇兄下那道三个月的口谕是给臣弟机会。"

皇帝很快便收起了眼中的晦暗不明之色，笑得甚是亲热："不逼你一把，你是打算再一次把她拱手让人吗？朕知道你的性子，昔日求娶不得，如今便想要慢慢地培养感情，但是女子的年华耽误不得，她家也是有爵位要继承的。"

谢如墨露出羞赧之色，说："是臣弟怯懦了。"

皇帝沉默了半晌，望着他："宋惜惜在你的心里果真如此重要吗？"

"皇兄，臣弟心仪她已久，您又不是不知道。"谢如墨坐在一旁的椅子上，"臣弟本想等抚恤和犒赏的事完结之后再上交兵符，然后慢慢地与她相处，培养感情，只是您这一道口谕下来，臣弟怕她被人抢走了。"

皇帝勉强笑了笑："嗯，这也是朕与母后的意思，用这种方式逼你去提亲，否则宋惜惜便会被别人娶了去。她如今很抢手啊，继承了宋家的作战能力，有胆识，有谋略，第一次上战场便敢率人破城，而且两次都成功了，武功深不可测，更有师门之人可以调动，朕的傻弟弟啊，你是捡到宝了！"

谢如墨笑得很开心："臣弟自然是捡到宝了，她在梅山的时候，臣弟便心仪她，与她是否能作战、能攻城没有半点儿关系。"

皇帝点头："确实。"

确实，很早之前皇弟便喜欢宋惜惜了，没有那么多功利算计的成分，倒是他想得复杂了。

皇帝面上笑着，心中却有些怅然。

之前他觉得，不管皇弟如何选择，他都将有所得，因而无所谓皇弟选哪一种。

但现在皇弟选了宋惜惜，二话不说便上交了兵权，他的心里也有一丝无法说出口的遗憾。

至于如果没有宋惜惜的事，皇弟是否会在抚恤与犒赏三军之后主动上交兵权，暂时难以下定论。

他这个弟弟是有野心的，收复南疆，就是皇弟的野心。

至于皇弟是否还会有别的野心，随着时日的增长，谁都不敢保证。

现在收了兵权，无后顾之忧，天家依旧可以兄友弟恭，其乐融融。

至于宋惜惜……

皇帝眼前浮现出她进宫求和离旨意时的模样——沉静若水，波澜不惊。

她第二次进宫说成凌关的战事，说西京人扮作沙国士兵奔赴南疆战场时，急得俏脸通红，眼中那份焦灼几乎要烧起来。

只是那时候他没信她，还以为她是因为儿女私情在胡乱搅局呢。

如今回想起来，儿女私情在她心里真是半点儿位置都不占，求和离的时候，她平静得跟吃饭喝茶似的，倒是说到打仗这等大事时，她才露了真性情。

皇帝心中怅然，那样的女子，就算嫁过人，也依旧让人难忘。

他曾有过那么一瞬间，希望皇弟选择牢牢握住兵权，放弃宋惜惜。

现在……也挺好。

心思转了几番，皇帝抬起头问："需要朕为你们赐婚吗？"

谢如墨靠在椅背上，似乎卸下了一身重担，显得恣意而潇洒："谢皇兄好意，赐婚太隆重了，惜惜嫁过一次，臣弟不希望她被推到风口浪尖上。"

皇帝微微颔首："但你也要好好想想，该怎么跟你的母妃说。"

谢如墨的眸子沉了沉："直接说！"

永春宫里传出女人愤怒尖锐的声音："她想当北冥王妃，除非哀家死了！你告诉她，不要痴心妄想，否则哀家饶不了她！"

谢如墨神色平静地看着崩溃的慧太妃。他从小就是在这种咆哮的声音下长大的，已经习惯了。

但是惜惜怕是不能习惯啊！

慧太妃满脸铁青，伸出手指，长长的护甲几乎戳到谢如墨的鼻尖："哀家过几日便要到王府去长居，她敢进王府的门一步，哀家便砍断她的腿。"

谢如墨微微点头："嗯，砍腿好啊！儿子看到过她砍敌人的双腿，一刀快如闪电，'咔嚓'一声，人断成三截，两条腿两截，身子一截，看得人甚是痛快。"

慧太妃手一扬，厉声道："不管她是宋家嫡女还是武功高强的武将，在哀家眼里，她就是被将军府扫地出门的弃妇！你是亲王，京城有多少清白贵女盼着进你王府的门，你却选了她，你是不是有病？"

谢如墨眼中锐光一闪："像这样的话，儿子不想听到第二次，如果母妃不喜欢她，可以不去王府住，在这宫里金尊玉贵地养着多好。"

慧太妃心中一痛，随即冷厉起来："你说什么？你为了那……那个嫁过人的妇人，竟让哀家不去王府住？谢如墨，你不孝！"

商朝以仁孝治国，一句"不孝"便如同泰山压顶，可以把谢如墨压得喘不过气来，但正如"狼来了"的故事，第一句、第二句不孝，确实让他如五雷轰顶，但第一百句、第二百句乃至无数句之后，"你不孝"对谢如墨来说，就是说明母妃很生气，仅此而已。

他们的母子关系能维持表面的和谐，已属难得。

所以，在慧太妃说出"你不孝"之后，谢如墨淡淡地道了句："儿臣娶定了宋惜惜，至于母妃是否要出去喝这杯儿媳妇茶，自己考虑清楚吧。"

慧太妃倒吸一口凉气："婚姻大事是父母之命、媒妁之言，哀家反对，你们便没有父母之命，你甘冒天下之大不韪也坚持要娶那个贱人入门？她到底给你灌了什么迷魂汤？让你为她神魂颠倒，连她是不洁之身也浑然不顾。"

谢如墨站起来："多谢母妃提醒，儿臣这就去找母后商量婚事，母后才是我的嫡母，我的婚事该由母后做主。"

237

慧太妃看他连告退礼都不行便大步走了，气得眼泪"吧嗒"落下，心中既愤怒又无力。

对这个儿子，她真的管教不来，不管与他说什么，他总是左耳朵进，右耳朵出，没个正形，敷衍至极。

她也不知道自己做错了什么，儿子总是跟她作对。

后宫嫔妃、太嫔共计三十几人，除姐姐皇太后所出的当今皇上之外，便数她的儿子最为出色，先帝也对他赞不绝口。

他有今时今日，离不开她的培养谋划，但她为了他殚精竭虑，他却始终态度冷淡。

她虽然在先帝嫔妃面前争了面子，博得众人的歆羡，可心中的苦楚唯有她自己知道。

那晚庆功宴，宫人把他送到长春宫，她甚是开心，命人备下解酒汤，收拾好厢房，备下热水、衣裳给他沐浴，他却躺在侧殿的躺椅上睡了过去，翌日离开的时候，连说都没说一声，等她兴冲冲地命人备下御膳，他已经不见了踪影。

她伏在贵妃榻上，心中对宋惜惜恼恨至极。高嬷嬷在一旁劝道："太妃不必难过，王爷素来是个有主意的人，如今只不过是一时为宋惜惜的容颜所迷惑。听闻她的容貌冠绝京城，当初宋夫人说要把她嫁出去，不知有多少贵家公子登门求娶，不知怎么的，宋夫人竟然把她嫁给了战北望。"

她拿手绢给太妃拭去泪水，继续安慰道："到底是个和离过的，犯不着您这般动怒。既然王爷执意要娶她，那就娶呗。美人远远看着，那是赏心悦目，可一旦日子久了，总会厌烦，再美的女子，只要掐酸吃醋地撒泼，哪个男子不嫌弃？王府也不可能只有她一个女人，等侧妃、美人们被迎进门来，她那狰狞的面容一露，只怕到时不用您说，王爷自个儿都嫌弃了。"

慧太妃恨恨地道："话虽如此，但他堂堂亲王娶个弃妇，还是将军府那样的破落门第扫出来的弃妇，哀家在后宫如何抬得起头？"

她素来是要强的，先帝的整个后宫，除姐姐之外，她一个人都没放在眼里，就连当日的德贵妃，如今的德贵太妃，她也视若无物。

德贵太妃的儿子秦王娶了皇后娘家的堂妹，皇后的父亲齐尚书乃是士族出身，整个齐家在朝廷上有着举足轻重的地位。

她的女儿娴宁公主正在议亲，议亲名单上就有齐家的六公子。

六公子出自齐家三房。三房虽是嫡出，但因为三老爷小时候摔了一跤，把脑子摔坏了，现在四十岁的人，跟个七八岁的小孩儿似的。

好在三老爷娶的夫人是和善的，把他当孩子宠着，给他生了一子一女。

那个六公子也不是什么好学之士，连个举人都考不上，终日只知道打马球、扎风筝、冰嬉、投壶，听闻最近又爱好种花了。

慧太妃自然是瞧不上这种人的,她希望自己的女儿嫁的人满腹经纶,为人持重端方,而不是像齐六那样不务正业的人。

　　可齐家只愿意把齐六给出来尚公主,因为尚了公主便不能在朝中任重要职位,只能找地方挂个闲职,或者闲职都不挂,嬉戏一生,也荒废一生。

　　之前听皇上的意思,他对齐六还挺满意的,娴宁自己也偷偷瞧过齐六,对齐六也动了心。

　　慧太妃心里矛盾,既想与齐家结亲,又不想让女儿嫁个纨绔子弟。

　　现在儿女的婚事都不如意,这让一生要强的她如何能忍受?

　　慧太妃心头发了狠,下令道:"明日把宋惜惜传进宫来,哀家要看一看她到底长成什么狐媚样子,都成弃妇了,也敢幻想进入皇家的门。"

　　她既然说不通墨儿,那就让宋惜惜知难而退,别仗着立了几分军功,便以为自己有多了不起。

　　若是以前,她是同意这门亲事的,那时候宋大将军还在世,宋家还没被灭门,宋家在军中独当一面,宋大将军对墨儿也有提携之恩。

　　可今非昔比,她宋惜惜既不是清白女子,也没了娘家可依仗,光有一张漂亮的脸蛋儿又有什么用?

　　再说了,听闻宋惜惜以前被送到梅山去学艺,是个野惯了的性子,大大咧咧,鲁莽无状,怎么当得了北冥王府的主母?

　　想到这里,慧太妃对宋惜惜更加厌弃了。

　　"还有,去查一下她和将军府是否还有来往,若和离了还有首尾,便是不守妇道,千万不能让她入门。"

　　"是,奴婢这就派人去查。"高嬷嬷应声退下。

第九章
慧太妃出手，慧太妃败走

高嬷嬷命人出去调查了一圈，便知道了那日战老夫人带着长子长媳去国公府大闹一场的事。

这件事情当时闹得挺大的，要打听实在是再容易不过，围观的百姓都说将军府欺人太甚。

高嬷嬷派人去打听时，也打听到百姓是这样说的，只是禀报给慧太妃的时候，慧太妃却皱起了眉头。

"如果宋惜惜没有把事情做绝，战家人何至于登门去大闹？那个丹神医没给老夫人诊治之事，是真的吗？"

"是真的，药王堂也澄清过，说是因为战老夫人德行有亏，所以才不去给她治病的。"

慧太妃冷笑一声："什么时候大夫治病还得看病人的人品了？而且他一个外人，如何得知将军府内宅的事？显然是宋惜惜跟他说过自己被婆家欺负，丹神医是为她出头，才不给战老夫人治病的。"

高嬷嬷道："太妃，或许是因为战北望从成凌关回来之后，便以战功求娶易昉为平妻，这件事情战老夫人是支持的，所以丹神医心里不高兴了，毕竟他和宋家的关系好。"

慧太妃满眼厌恶之色："不管如何，也不能断人活路，将军府的老夫人如果不是被逼到了绝路上，怎么会去国公府门口闹？还嫌他们家的事不够丢人吗？"

慧太妃自小被人呵护，进宫后也没有参与过什么宫斗，毕竟有皇太后护着，所以她的思想十分简单：人家闹事，一定是被闹事者做得不对，否则人家为何要带病来闹？

自然，主要是因为她先入为主，认定了宋惜惜做什么都是错的，她太不喜欢宋惜惜了。

说太不喜欢也保守了，她甚至跟高嬷嬷说了最难听的话："哪怕他来跟我说要娶条狗，哀家都觉得比宋惜惜好。"

高嬷嬷也觉得宋惜惜配不上王爷，但是这个时候她不能再拱火，只能说："等明日入宫，或许她会知难而退。"

国公府。

长春宫派人来请宋惜惜明日入宫，陈福和两位嬷嬷都十分紧张。

大家都知道，慧太妃是不好相与的人，心气高，眼里就没真正瞧上过几个人。

听闻就连位分比她高的德贵太妃，也被她压制了许多年。

陈福道："姑娘，不如去找王爷陪同入宫，至少有王爷在，太妃不会刁难得太过分。"

宋惜惜笑着道："倒也不必，太妃还在宫里头住着，行事不会太过，顶多说几句难听的话，难听的话，我又不是没听过，没什么要紧的。"

梁嬷嬷是舍不得姑娘再受半点儿委屈的："姑娘这话说得不对，咱们也没做什么见不得人的事，为何要听那些难听的话？"

宋惜惜眨了一下眼睛："嬷嬷说得有道理，那咱们进宫后就直接跟太妃干架，把长春宫砸个稀巴烂，好不好？"

梁嬷嬷吓得怔住了，过了好一会儿才连忙道："那可使不得，万万使不得啊！这是寿星公上吊——嫌命长呢。"

宝珠"扑哧"一声笑了，上前挽着梁嬷嬷的手臂："嬷嬷，您就放心吧，姑娘不会这么鲁莽的。太妃不讲道理，还有太后娘娘罩着姑娘呢，太后娘娘可疼咱们家姑娘了。"

梁嬷嬷点头，随即又摇头："太后是喜欢姑娘没错，可太妃是她的妹妹，太后也是出了名的宠她，只怕指望不上太后帮忙。"

宝珠一听："也是啊，那怎么办？"

她跟着担忧起来。

谢如墨从长春宫离开之后，便到了慈安宫给太后请安，同时请旨求娶宋惜惜。

太后听了十分高兴："你这孩子，闷声不响便办了大事啊！前两个月你的母妃还跟哀家说担心你的婚事，没想到你和惜惜在战场上一碰头，就对上眼了。惜惜是个好姑娘，值得你好好待她。"

谢如墨道："母后，儿臣一定会好好待她，只是母妃似乎不太喜欢惜惜，只怕这一两日会传召惜惜进宫来，给她个下马威什么的。"

太后一听，就知道这小子是拐着弯儿来向她求救了，眼神里泛着慈爱，和蔼地道："放心，有哀家在，惜惜受不了委屈。"

谢如墨郑重地磕头谢恩："那一切便拜托母后了。"

太后看着他，眼中闪过一抹复杂之色，但很快就恢复如常，问他战场上的事情，问他是否受过伤，如今伤口是否都好了。

谢如墨一一回答，皇太后听说他的伤已经痊愈了，还是非要让太医过来给他诊脉，再开方子给他调理身体。

太医院里头滋养的药丸不少，谢如墨是捧着一大堆药丸出宫的。

他有时候在想：到底他是谁的儿子？母妃就从来不会问这些。

那日庆功宴上，他喝醉了，被送到了长春宫，母妃只会摇着他，兴奋地说收复南疆乃是不世之功，他们母子要举世瞩目，名留青史了。

她没有问过一句，他是否吃过苦，受过伤，战场上所有的事她都不关心，只关心结果。

但他也不会恼恨母妃，她素来如此，从来只在乎自己的感受，所有人都要围着她转。

不能说她对他没有母爱，她有，分量恰好可以维持他们母子之间淡淡的相处，不至于让他恼恨，但他也不会有太多期待。

谢如墨走后，太后躺在贵妃椅上闭目休息，许久都没说一句话。

掌事大宫女觅淳姑姑在一旁候着，见她没说话，似乎睡着了，便蹑手蹑脚地拿来一条薄被盖在她的腹部。

天气是热，但殿中不见日头，这样睡着，容易冻着肚子。

太后睁开眸子："哀家没睡，只是在想事情。"

觅淳姑姑道："是为了王爷和宋姑娘的婚事？这件事，您早就知道了，不必多想，王爷定会待宋姑娘好的。"

太后摇头："哀家倒不是担心这个。"

"担心慧太妃会刁难宋姑娘？"

"哀家会敲打她的，让她不要做得太过。"皇太后叹气，"只是哀家担心他们兄弟之间生出嫌隙。皇帝这番谋算，为的是墨儿手中的北冥军兵权，墨儿怎么会不知道？既然知道，心里又怎能没有想法？"

觅淳姑姑道："太后不必担心，王爷会想明白的，皇上收回兵权是为了除后患，北冥王没了兵权，就永远不会有兄弟阋墙的一日。"

"皇帝其实知道，他这个弟弟没有那样的野心。"

"娘娘，未雨绸缪总胜过亡羊补牢，而且这样一来，皇上心中愧对王爷，定会加倍地对王爷好。"

太后微微颔首："哀家不是反对他的做法。他来禀明哀家的那日，哀家虽没说什么，但心里是支持的。惜惜有宋家军的支持，墨儿有北冥军，就算皇上不怀疑他们，

242

朝臣也会觉得他们握住了军权，是朝中大患，匹夫无罪，怀璧其罪啊！"

"太后想得通透，那便没什么好担心的，皇上和王爷自小感情甚笃，就算生了芥蒂，也是一时的。"

太后轻轻叹气："是啊，没了兵权，在朝中任实职，也可以为国家、为朝廷分忧。"

但太后依旧愁眉不展，她的心里还有事。

知子莫若母，皇帝心里想什么，她这个当母后的再清楚不过。

世事真是一个轮回啊！他们父子都是如此，只希望他能像他的父皇那样，万事以家国为重。

翌日，宋惜惜携宝珠进宫。

她先去拜见太后，太后高兴地拉着她的手，问她与谢如墨的事。

她心中早有一套说辞，此时不慌不忙地对太后说是在战场上与元帅互生情愫，回京之后元帅求娶，承蒙元帅不嫌弃，她便答应了。

太后自然知道不是这么一回事，但她找了台阶下，不提皇帝给她三个月期限的事，太后也只是笑着说都是缘分，天定的缘分。

说了一炷香工夫的话，太后便说要命人把慧太妃请来。

宋惜惜知晓太后是好意，但还是摇头说："慧太妃命人传臣女去长春宫，臣女若仗着您的宠爱，忤逆了她，日后等臣女进门了，她会更加敌视臣女，您护得了臣女这一次，护不了臣女以后在府中的日子。"

太后看着她道："你总是这么懂事乖巧，让哀家心疼啊，只是哀家这个妹妹被哀家的娘家人和哀家宠坏了，性情乖张，日后她出府和你们同住，你怕也是要遭受她的磋磨的。今日且看看她如何说，太过分的话，哀家会敲打她的。"

宋惜惜笑盈盈地道："谢太后恩典，有太后护着，臣女受不了委屈的。"

太后回以温柔的微笑："去吧，哀家回头会派人过去瞧瞧的。"

"是，臣女告退。"宋惜惜福身退下。

午时正，日头正毒，宋惜惜和宝珠跟着领路的太监行走在花园里。

这领路的太监是长春宫里的，早就在外头候着了。

分明有些地方可以走回廊遮阳，太监非得把她们往日头最毒的地方领，而且绕路绕了很久，有些地方都来回走了两遍，还在绕。

宋惜惜觉得还好，毕竟她是练武之人，但宝珠有些受不住了，热得直冒汗，头晕、头痛，有些想吐，像是要中暑了。

宋惜惜早就料到今日进宫定然没那么简单，所以把丹神医给的药都带了些，见宝珠不适，便取出藿香丸给她服下，再给她扇扇风。

再看那个太监都一副热得要晕倒的样子，宋惜惜便笑了笑："这位公公，我这里有藿香丸，要不要给您用一颗？"

太监是受了太妃的吩咐，才会带着她们在日头底下绕，绕了半个时辰，他早就受不了了，嘴唇都白了。

听到宋惜惜的话，他见四下无人，便垂下眉目，轻声道："多谢姑娘赐药。"

他是长春宫负责洒扫的太监，地位低微，宋姑娘明明知道他是奉命刁难她，还给他吃药。

他捏着药，吞了下去。药的味道难闻，但服下之后，有一股清凉散开，驱散了闷热。

宫里低等的太监宫女最为卑贱，无人看得起，也无人在意，能被人在乎一次，他的心里泛起了异样的温暖，他飞快地抬眸看了宋惜惜一眼："姑娘随奴才来吧。"

这一次，太监带着她上了回廊，避开了日头毒的地方，往长春宫而去。

抵达长春宫后，小太监小跑着进去禀报。

没一会儿，一名年纪稍长的宫女走出来，打量着宋惜惜，淡淡地问道："宋姑娘是吗？"

"正是。"宋惜惜福身，"见过姑姑。"

那个宫女依旧是淡淡的口吻："受不起姑娘的礼，请姑娘随奴婢来吧，太妃有请。"

留下宝珠在殿外，宋惜惜垂头进殿，只见脚下的白玉地砖光可鉴人，余光所见，到处都充斥着华贵奢靡之风。

她飞快地抬眸瞧了一眼，只见正中的交椅上坐着一名身穿紫色宫裙的贵人，发髻如云，头上的珠翠十分华贵，五官与元帅的有两三分相似。

她知道这位就是慧太妃了。

她上前跪下："臣女宋惜惜参见太妃娘娘。"

她跪姿端正，眉目低垂，衣裙整齐，下跪时，发钗流苏微动，幅度合理，让人挑不出半点儿错处，毕竟她从梅山回来后，学了一年的规矩，还是宫里头的嬷嬷教的。

慧太妃冰冷的声音传来："抬起头来，让哀家瞧瞧你这狐媚的模样。"

宋惜惜依言，慢慢地抬头，脸正对着慧太妃，眼神却没与她相接，却也能感受到她眼中的冷意。

"哼，果然长了一副好容貌，怪不得哀家的儿子为你所惑。"慧太妃伸出手，一旁的高嬷嬷便扶着她走了下来。

她立于宋惜惜的面前，伸出戴着长长护甲的手，便要一巴掌打在宋惜惜的脸上。

"贱人，敢勾引哀家的儿子！"

巴掌还没落下，宋惜惜立刻抓住了她的手腕，慧太妃惊怒之下，还没开口，宋惜惜便先道："太妃若要教训臣女，叫身旁的宫女便好。臣女自小练武，修习内功，一旦有人伤害臣女，臣女体内的内力便会自动护体，娘娘施加在臣女脸上的力度有几分，内力便反击十倍，臣女不敢伤了太妃，若太妃坚持要亲自打这一巴掌，那就请先恕臣女之罪。"

慧太妃一怔，想起墨儿说她在战场上砍敌人，一刀便把敌人砍成了三截，看样子不像是在撒谎。

不管是真是假，她总不能真的被这贱人伤了，当即抽回手腕，看了一眼身旁的高嬷嬷。高嬷嬷年事已高，自然折腾不起，便命人传了一个力气大的太监进来。

初次见面便要掌掴脸颊，这是极大的侮辱。

慧太妃是要她知难而退，打了这一巴掌再告诉她，这只是一个开始。

进来了一个身材粗壮的太监，听到吩咐，太监举起手便朝宋惜惜的脸上扇过去。

只是他的手还没扇到宋惜惜的脸，人便飞了出去，重重地跌在了方才慧太妃坐的交椅上，一口鲜血吐出，昏死了过去。

慧太妃心头骇然。她一直看着宋惜惜，宋惜惜根本没有动手，甚至连动都没动过。

宫人急忙把那个太监扶了出去，只是他一口血吐在了慧太妃的交椅上，宫女使劲擦拭，依然有一股血腥味。

太妃最爱干净，这把椅子她怕是不会再坐了，好在这样的椅子不缺，宫人立马搬了一张过来。

宋惜惜只是露了这一手，便把殿里的人都给整蒙了，高嬷嬷也说不出一句话来，扶着太妃的手在微微颤抖。

慧太妃坐回椅子上，看着宋惜惜那张绝美的脸，一股窒息感扑面而来。

这种窒息感她在儿子的身上感受过，见鬼了，她居然在这个小贱人身上也感受到了。

宋惜惜跪在那里也让人无法忽视她身为武将的威严，或许是从战场回来不久，慧太妃总觉得自己听到了一些厮杀之声。

但这只会增加慧太妃对宋惜惜的不满意，她深吸一口气，看着宋惜惜，冷冷地道："你是什么身份自己清楚，你配不上哀家的儿子，希望你有自知之明，哀家姑且看在你为南疆立功的分儿上，不与你计较今日冒犯之罪。"

宋惜惜抬起下巴，脸上的神色郑重且严肃，她道："多谢太妃宽恕，至于臣女是什么身份，是否配得上王爷，这由他说了算，总之，他若登门求娶，我便嫁。"

慧太妃气急败坏："他是昏了头，一时糊涂，总有想明白的时候。你是将军府的弃妇，他一时图个新鲜，等过了新鲜劲头，便会把你抛弃，说到底，吃亏的人是你，哀家是为你着想，你怎么如此不识好歹？"

宋惜惜道："臣女是与战北望和离的，不是弃妇，而且和离的旨意是臣女求的，要说弃，也是臣女弃他，轮不到将军府弃我，不过还是很感谢太妃为臣女着想。"

慧太妃怒道："不管谁弃了谁，总归你是二嫁的。所谓好女不二嫁，你既然选择了和离，就该守在家里，别总想着攀高枝儿，败坏了女子的名声。"

宋惜惜正色道："男子休妻能再娶，还可三妻四妾，女子为何不能二嫁？至于说臣女败坏了女子的名声，可天下的女子皆以臣女为榜样，就连皇上在庆功宴上都说，'天下女子，当如宋惜惜'。"

慧太妃冷哼一声："牙尖嘴利。若天下的女子都像你一样，岂不是天下大乱？女子就该遵守三从四德，遵妇德、妇言、妇容、妇功，方为女子表率。

"你？哼，不过是仗着立了点儿军功，便道自己是什么女子的榜样，那些不能上战场的女子，岂不是活不下去了？"

这句话可真熟悉啊！宋惜惜想起她也曾这样问过易昉。

宋惜惜从容不迫地反驳道："所谓女子的榜样，并非说女子都需要上战场。皇上的赞誉也并是指臣女上了战场，立了功，而是说女子也要有坚韧不拔的意志。至于太妃说的需要遵守三从四德，那么臣女请问太妃，女子在家从父，出嫁从夫，夫死从子，那如今太妃是否该以元帅的意思为先？"

"放肆，竟敢妄议先帝？"慧太妃一拍扶手，怒道。

宋惜惜往天上一拱手，道："臣女并非妄议先帝，先帝乃一代明君，臣女心中对先帝敬服有加，岂敢妄议先帝？"

慧太妃冷冷地道："看来，你就是凭借这副狐媚模样和这尖牙利嘴把王爷给哄骗了吧。说得大义凛然，实则一肚子鸡鸣狗盗。你算计什么，哀家心里很清楚，不外乎国公府式微，只余你一个孤女，你又被将军府休弃，便想着攀上皇家，好叫那些曾经瞧不起你、谩骂过你的人对你另眼相看，最好是羡慕你、忌妒你，你甚至还能以亲王妃的身份报复他们。"

宋惜惜的笑意不达眼底："太妃想得太多了，若我真的想报复谁，不需要依仗任何人。"

慧太妃想起她方才露的那一手，顿时一滞：这个臭丫头，她真的拿她无可奈何。

真的拖出去打是不行的，她到底是立过军功的人，方才自己想给她一巴掌，不过是打算立威，让她知道以后日子艰难，知难而退。

作为太妃，作为长辈，自己给她一巴掌还是圆得过去的。

可那巴掌连碰都没碰到她，反而使自己的人受了伤。

慧太妃长这么大，还没吃过这样的亏。

她知道跟宋惜惜来硬的不行，头疼地摆摆手："行了，你别想着嫁入王府，哀家为你寻一门亲事，找个可靠之人，继承你父亲的爵位。"

宋惜惜道："谢太妃好意，但臣女已经答应了元帅，人无信不立，臣女不愿做那不守诚信之人。"

慧太妃瞪着她：真是个不要脸的贱坯子，把攀高枝儿说得那么正气凛然。

慧太妃最恼火的是，宋惜惜口口声声说要嫁给墨儿，对她这个未来婆婆却半点儿讨好的样子都没有。

慧太妃不想轻易地放她离去，至少在她打消嫁入王府的念头之前，不可放她离去。

宋惜惜倒是无所谓地跪着，反正以前在梅山没少罚跪，都习惯了。

她不会讨好慧太妃，慧太妃身边不缺讨好她的人，而且她和元帅的婚事本来就是各取所需，她无须逢迎慧太妃。

其实慧太妃这样的性子反而好应付——虎得很，不擅长耍弄心机，总好过表面一套背后一套的人。

她不欺负慧太妃，但是也不会让慧太妃欺负自己，便好似当日将军府的老夫人，在战北望回来之前，对她和颜悦色，从不挑刺儿，她自然也会孝顺老夫人；后来战北望立功回来，要娶易昉，老夫人一改以前的温和态度，她自然也不会忍着。

双方正在僵持不下的时候，只听得一声"母妃"响起，随即，娴宁公主带人进来了。

娴宁公主今年十五岁，刚及笄，长得明媚娇憨，俏丽里透着皇家的贵气，着一袭杏黄色襦衫、同色百褶裙，一路进来，偷偷地打量着跪在地上的宋惜惜，眼中充满了好奇。

她是听宫人说宋将军来了长春宫，所以急忙过来见一面，没想到宋将军跪在这里，似乎和母妃闹得很不愉快。

宋惜惜抬头，与娴宁公主的眼神对上。她反正也是跪着，便道："参见公主。"

"宋将军？你真的是宋将军啊！"娴宁公主开心地叫了起来，马上过去把她扶起，"快请起，快请起。"

"圆圆！"慧太妃呼着娴宁公主的小名，表情不悦，"谁让你来的？"

"母妃，女儿听说宋将军来了，特来一见。"娴宁公主扶着宋惜惜起来，嗔怪地嘟起小嘴，"您怎么能让宋将军跪在这里呢？她从战场回来不久，身上还有伤。"

慧太妃白眼直翻："武将受伤，那是什么稀奇事吗？你皇兄不也经常受伤？"

娴宁公主道："皇兄受伤，母妃不心疼吗？宋将军受伤，宋将军的家人也会心疼的。"

慧太妃哼道："她还有什么家人？她的家人都死绝了。"

宋惜惜眸子一沉，浑身怒气外溢："太妃慎言，我的父兄牺牲在南疆战场上，我的家人被西京探子灭门，那是我商国之大不幸，您轻飘飘的一句'死绝了'，可知刺痛的不仅仅是臣女的心，还刺痛了我商国皇上、满朝文武、天下百姓的心？"

一说到这些，慧太妃就头疼。她从来都不管政事，打仗也好，政斗也罢，仿佛离她十万八千里远，所以一听到这些与自己儿子说的如出一辙的话，她就莫名其妙地有种窒息感。

烦死了！自己根本一个字都反驳不了。

她不耐烦地扬手："都下去吧，哀家要午歇了。"

说完，她叫高嬷嬷扶着她下去。

宋惜惜躬身，大声道："恭送太妃。"

太妃没想到她忽然大声说话，吓得一个趔趄，差点儿摔倒在地上，幸亏高嬷嬷力气大，把她给拉住了。

她心头抓狂：丢人了，在那个小贱人面前丢人了，啊啊啊！

但她依旧扶直发髻，挺直腰背，在高嬷嬷的搀扶之下，趾高气扬地离开了。

宋惜惜收回目光，微微舒了口气：慧太妃其实并不难对付，只是有些骄横。

她看向娴宁公主，见她一脸崇拜地看着自己，不禁莞尔："公主，许久不见。"

娴宁公主睁大眼睛，一脸好奇之色："我们见过吗？"

"小时候见过，您不记得了？"宋惜惜想起以前皇上来侯府的时候，背着一个小女娃，那就是娴宁公主。

娴宁公主想了一下，摇摇头："不记得了。"

但她随即兴奋起来，眉眼间充满了欢喜："宋将军，听说你要嫁给我皇兄，那你岂不是要当我的皇嫂了？太好了！"

看着娇俏的公主，宋惜惜想起了她小时候的模样——胖嘟嘟的，甚是可爱，如今虽瘦了些，但脸颊还是肉肉的，出落得甜美可人，尤其是笑起来的时候，梨涡浅浅，眉眼间似乎灌了蜜，叫人望之心喜。

宋惜惜笑着道："如无意外，我应该会是你的皇嫂。"

娴宁公主摇着她的手臂，眼中冒着星星："我可敬佩你了，母后和皇上哥哥都说你是我们大商朝最出色的女将。以前是那个易昉，我不是很喜欢她，我见过她一面，甚是冷傲，举止也很粗鲁，不像宋姐姐这样既有武将的威严，也不失女子的妩媚风情。"她说着，调皮地吐了吐舌，"不过，母后说不能随意议论女子，容易因误会而败坏女子的名声，我不说了，反正就是不喜欢她。"

看着她笑，宋惜惜也忍不住笑了，糖果似的女孩，总是让人心悦的。

娴宁公主还想缠着她说话，外头的掌事姑姑喊人了："公主，太妃请您回殿，有话跟公主说。"

娴宁公主应了一声，然后看着宋惜惜道："宋姐姐，母妃喊我了，你不用怕母妃，母妃一点儿都不凶的。"

"是的，太妃娘娘甚是和善有趣。"宋惜惜微笑着说。

一见面就要打耳光的和善，跟跄逃离的有趣。

娴宁公主忙不迭地点头："对，对，就是很和善，很有趣，宋姐姐说得太对了。"

"公主！"掌事姑姑继续喊。

"来了，来了。"娴宁公主依依不舍地拉着宋惜惜的手腕："宋姐姐，你什么时再入宫？我想听你说战场上的事。"

宋惜惜道："过几日吧，相信过几日，太妃娘娘会再次传召我的。"

这些话自然一字不落地落在了掌事姑姑的耳中，掌事姑姑一脸郁闷：她是怎么知道的？太妃刚才回寝殿，便说等过几日想到招儿了，再传她进宫磋磨一番。

娴宁公主蹦蹦跳跳地走了。

宋惜惜看了一眼正殿，这里真是……富贵迷人眼啊！古董，字画，檀木桌椅，红珊瑚摆件，双面绣紫檀屏风……金碧辉煌，雕梁画栋，一个字：富！

太监领她出去，宝珠在殿外的树荫下等得心焦，见姑娘终于出来了，连忙问道："姑娘，太妃娘娘可有为难您？"

"没，太妃很和善。"宋惜惜笑着道。

宝珠不信："真的？奴婢方才看到太妃怒气冲冲地出来。"

她在树荫下躲着，虽然距离有点儿远，但还是看得清楚太妃出殿时候的样子——像是鼓着气的鸭子，步伐都是乱的。

"是吗？我倒是没发现她生气啊，我觉得她还挺……嗯……健谈的。"宋惜惜用手掌挡住额头，遮住阳光，笑着道，"走吧，去太后宫里再坐一会儿，喝口茶再回府。"

慈安宫里，太后笑得前俯后仰，眼泪都笑出来了。

她一边接过觅淳姑姑递来的手帕擦泪，一边笑着对宋惜惜说："你是她的克星，哀家这个妹妹也该有个人治一治她了。哎呀，哀家恨不得在场看着。她无法无天惯了，以为谁落在她的手里都没好果子吃，如今踢到铁板了。"

倒不是宋惜惜过来说的，而是太后派人过去在外头瞧着，所以宋惜惜过来之前，太后就已经听了禀报。

宋惜惜喝着蜜菊冷饮，宝珠也得了一碗，主仆二人像是渴了许久，不顾太后笑得前俯后仰，只管大口大口地喝，让嗓子舒服些。

绕路的时候最难受，她们俩渴得嗓子都要冒烟儿了。

喝完之后，宋惜惜才道："太后娘娘，其实慧太妃挺好相处的。"至少不难相处。

"好相处只怕你说的不是哀家的妹妹。"太后止住了大笑，却依旧笑盈盈地看着宋惜惜，"她啊，整个宫里的人都怕她，连皇上见到她都要躲着走。"

宋惜惜心想：那个跋扈骄横劲头，谁见了不得绕着走啊？但凡是个正常的人，都不愿意走着走着被狗咬一口吧？

不过，如果让她选择与皇后相处还是与慧太妃相处，她还是会选慧太妃，跋扈是跋扈，但好对付，皇后说话表面上听着没什么，细细一想，全是刺。

宋惜惜还想再饮一碗，宝珠连忙阻止："姑娘不可多喝，丹神医说您的身子需要调养，凉水、冰水都不可以多喝。"

太后闻言，便叫人上了一杯温茶，道："天气这么热，茶饮最解渴，你要听大夫的话，好好调养身体，等大婚之后，早日替王府开枝散叶。"

宋惜惜脸色骤红，连忙端起茶，别过脸去喝。

太后笑着道："还害羞上了，这不是迟早的事吗？"

"母后说什么迟早的事呢？"殿门外传来了皇帝爽朗的声音。

皇帝信步进门，颀长的身体往殿中一站，脸上挂着笑容："儿臣参见母后！"

宋惜惜连忙站起来："臣女参见皇上。"

皇帝的目光落在宋惜惜的脸上，淡淡地一扫而过："哦？宋将军也在此啊。"

宋惜惜垂眸应道："回皇上，臣女进宫给太后和太妃娘娘请安。"

皇帝落座，含笑望着宋惜惜，道："嗯，母后素来喜欢宋将军，宋将军有空多入宫陪陪她。"

宋惜惜应道："是！"

太后对宋惜惜道："你先回去吧，想来皇帝找哀家是有事情要说。"

皇帝伸出手，压了压："倒也不必，朕只是批阅奏章有些乏了，来母后这里清净清净，宋将军在此更好，南疆战场上的事，朕想要问问你。"

太后笑着说："方才不是说批阅奏章乏了，现在怎么又说起战事了？要了解战事，找你皇弟问不是更清楚吗？"

"不妨事，趁着宋将军在，便顺便问了。"皇帝显得十分和蔼，看向宋惜惜的目光却有些灼热，"听闻破西蒙城的时候，你率领玄甲军为先锋，战北望协助你，也就是说，攻城是你们合力完成的？"

宋惜惜不知道皇上为何提起战北望。关于这部分的细节，想来元帅和诸位将军都上过奏本，说得很清楚了，她不知前朝那么多事，所以谨慎地回答："回皇上，战场上也是讲究配合的，所以元帅让战将军辅助臣女和玄甲军。"

皇帝道："嗯，朕也上过战场，明白这个道理，那你是否觉得北冥王派你们二人合作过于冒险？毕竟，你们有私怨在先。"

宋惜惜讶异地抬起眸子："元帅的决定并没有错，事实也证明，我们确实攻下了西蒙城。而且臣女和战将军并无私怨，就算有，在面对共同的敌人的时候，私怨是可以放下的。"

皇帝神色严肃："你们可以放下，但易将军没放下，她率人扰乱你们的行动，导致攻城差点儿失败，作为阵前元帅，北冥王是否应该提前设想到易昉会因为心生醋意而乱了大计呢？要知道，收复南疆在此一举，有一丁点儿危险都应该排除，但他没有。"

宋惜惜的心一沉，她挺直了腰，变得郑重了起来："皇上，臣女不明白您这话是什么意思，但在战场上是不可能做到万无一失的，能用的人就这么多，元帅也做了安排，易昉被安排在后防线上，是她违反了军令，与元帅有何关系？"

皇帝深深地注视了她一眼，这一眼意味不明，然后他缓缓地笑了起来："朕还没说什么呢，你倒是先护着他了。"

宋惜惜觉得莫名其妙，但是她感受到了一些异样的东西，像是敌意，又不像，尤其是他最后笑着说的那句话，实在让人琢磨不透：什么叫先护着他了？事实就是如此啊！

她顿了顿，道："皇上，打仗没有绝对稳妥的决策，尤其是决战时，几乎就是直接拼命，我们进攻西蒙的阵法是没错的，出现一些小差错，臣女认为值得原谅，毕竟最后收复了南疆，取得了最终的胜利。"

皇帝"哈哈"大笑："朕不过是多问了两句，看把你紧张的。不用紧张，朕就是随口问问罢了。"

宋惜惜后背的衣衫却湿透了。皇上哪里只是随口问问啊？瞧他方才严肃认真的模样，她还以为皇上是要问罪呢。

收复了南疆，回来却因为麾下将士的失误而受到追究，那元帅也太冤枉了。

圣心难测，宋惜惜觉得此地不宜久留，躬身道："臣女不妨碍太后和皇上说话了，告退。"

一直绷着脸听的太后脸色缓和了些，道："你去吧。"

宋惜惜退到门口，转身出去，握住了宝珠的手。

宝珠和宋惜惜一样，手心都出了汗。

皇上忽然来到，闲话都没说几句，便似乎要问罪一般，真的把宝珠吓着了。

看着宋惜惜离去，皇帝的目光慢慢地收了回来，对上太后严厉的眼神，他心头莫名其妙地一虚，笑着说："瞧把这丫头吓的。"

太后叹气："皇帝吓唬她做什么？"

"有趣，逗逗她嘛，你看她终日一副神情寡淡的模样，朕想看她着急的样子，像小时候那样……但她和小时候确实不太一样了。"

太后神色严肃："人是会变的，她这几年遭逢大变，日子过得甚是艰难，你逗弄她，看她着急，看她担忧，心里便舒服了？皇帝玩心这么大，去后宫找你的嫔妃玩去，别吓唬她，也别欺负她。"

皇帝道："母后生气了？好了，好了，儿臣不逗弄她了，行吗？"

他笑着，伸手招来吴大伴："去，把朕给皇弟大婚准备的礼单呈上来给太后过目。"

听到这话，皇太后的脸色才好看了些。

吴大伴奉上礼单，觅淳姑姑展开给太后过目，太后越看越满意：嗯，算他还念着弟弟。

部分礼物是宫里头的御赐之物，这些都是不能变卖的，所以，礼单上也有在坊间购买的东西，比如金银首饰、珠宝玉器之类的，大部分都是在坊间的珠宝商号买的。

绫罗绸缎布匹等，是内府置办的，都是极好的，,其中有二十余匹蜀锦，名贵得很。

家具、屏风、木箱、衣橱等大件物品也都是内府置办的，用料是鸡翅木、黄花梨木、檀木起。

还有几个首饰匣和妆台……

皇太后抬起头："怎么连女家的陪嫁都置办上了？"

"嗯，部分是给惜惜添妆的，毕竟有年少之谊。朕与子华兄乃是莫逆之交，他的妹妹出嫁，他不在了，朕想代替他给妹妹添妆。"

宋甯，字子华，是宋惜惜的三哥。

宋家的几位少将军中，皇帝与子华最要好，但他最为敬佩的是大少将军宋琪。

"你能这样想，能这样做，哀家很欣慰。"太后命人收起礼单，然后挥手把人遣了出去，显然是要单独与皇帝说话了。

等殿门关上，太后将双手放在膝上，心里依旧有些不安："你方才那样试探惜惜，想做什么啊？"

皇帝笑了笑："母后，朕只是想看看她是否会真的护着皇弟，顺便逗弄逗弄她。"

"如今见她果真会护着你的弟弟，你的心里是什么感受？"

皇帝依旧笑着，只是笑容有些落寞："自然是替皇弟高兴，至少宋惜惜待他是真心的。"

太后望了他好一会儿，才道："你父皇的心里也装着一个人，但是他把宋元帅视作兄弟，所以，但凡宋夫人出席的场合，或者她进宫来，你父皇都会避而不见，这是他对兄弟最大的尊重，甚至，宋夫人至死都不知道你父皇的这份心意。"

皇帝的表情有片刻的凝滞，笑容在他的脸上缓缓地消失，取而代之的是郑重："母后的提点，朕听明白了。"

他沉默了片刻，道："母后不介意吗？你还待宋惜惜这样好。"

太后缓缓地笑了，神色有些悠然："有什么介意的？这后宫里的女人还不够多吗？再说了，哀家嫁给他，是为了当太子妃，当皇后，当皇太后的，嫁进帝王家，若奢求帝王的真心，岂不是与自己过不去？"

"至于你父皇，他也知道自己的身份——他是皇帝，他要做的是勤政爱民，护卫国土，收回被夺走的疆域，肃清贪官，创建太平盛世，他从来都没有忘记过自己要做的事情，或许有些事情他做得不那么尽如人意，但他尽力了。皇帝至高无上，可他只有一双眼睛、一双手，很多事情要交给底下的人去办，底下的人心思各异，多少人存了私心，欺上瞒下，这是你的父皇无法掌控的，尤其是他得病之后，世家壮大，贪官如过江之鲫，也导致了你登基之后的艰难。"太后语重心长，"摆在你面前的是重重困难，你需要有人帮你，最好是你的手足兄弟。既然兵权都收回了，有什么能差遣你弟弟的，便差遣他吧。哀家自小看着他长大，他的心性品德，哀家最清楚不过，你这么多位弟弟里头，他是最有能力的，也是对你最忠心的。

"皇帝，有所失，有所得。"

太后语重心长的话让皇帝陷入了沉思。

良久，他抬起头，眼神坚定："母后放心，朕知道怎么做了。"

皇太后拿起团扇扇了几下："这天是真热啊！哀家得传钦天监来，问问今年的黄道吉日，你忙你的去吧。"

"是，儿臣告退。"皇帝站起来，拱手出去。

出宫的时候，宋惜惜便见谢如墨的马车在外头等着。

她快步走上前，目光有些凝重："元帅，我有事与您说。"

谢如墨穿着一身锦衣，如挺拔的青松，他道："上马车。"

她犹豫了一下，便回头对宝珠说："你先回府，元帅会送我回去的。"

宝珠虽然觉得如今他们共乘一辆马车于礼不合，但想着他们的婚事已经定下了，便不再多言，福身，上了国公府的马车。

王府的马车宽敞华丽，二人坐在马车里，空间依旧很大，且里面十分干净整洁，有淡淡的冷梅香气。

今日的谢如墨也干净俊美，实在难以想象他是那个第一次见时满脸络腮胡、穿着邋遢的北冥军主帅。

宋惜惜把今日皇帝的问话转述给他听，本以为他会神色凝重，却见他唇角扬起："哦？你是这么回答的啊？"

"嗯，我回答得不妥？"宋惜惜不明白他笑什么。

谢如墨的一双眸子似深海，目光凝在她的芙蓉面上："没，没有任何不妥。皇上也是上过战场的，他应该能明白，战场上没有万无一失的策略，因为上战场的是人，不是木头，是人就有思想，会害怕，也会贪功，所以主帅不可能掌握每个人的心思，确保所有的决策都落实到位。"

"元帅说得对。"宋惜惜点头。

谢如墨把手肘撑在马车的窗口上："嗯……你不必再唤我元帅了，你我既然要成亲了，你可以唤我……"

"对，王爷，该唤你王爷了。"宋惜惜笑着，笑容明艳夺目。

谢如墨不作声：元帅和王爷有什么分别吗？

"王爷怎么会在此等候？"宋惜惜问道。

谢如墨将思绪拉回："哦，想进宫看看母妃可有刁难你。她不好相处吧？但你别担心，等日后到了王府，她不可能像在宫里那样肆无忌惮，毕竟，王府里的人听我的，也听你的，未必会听她的。"

宋惜惜笑着道："倒是不难相处，她是有刁难过，只是手段……略显拙劣了些，好应付的。"

谢如墨侧头。手段拙劣？确实形容得很到位，母妃哪里懂得什么手段？她是被娇惯长大的，发个脾气，撒个娇，就有人帮她出头了。

"她确实没手段。本王记得还在宫里住的时候，她对德贵太妃用过的最狠的手段，便是德贵太妃怀着七妹妹的时候，父皇总是去陪伴，她想把父皇请过来，想找个借口谎称自己生病，便把自己泡在凉水里，但刚泡下去，就冷得立马起来，骂骂咧咧地说'爱来不来，我可不能虐待自己'。"

宋惜惜想到那个画面，不禁笑出声来："太妃果然有趣。"

望着她的笑脸，谢如墨的眸子几乎移不开了："有趣？本王觉得你这句'有趣'比较有趣。"

母妃肯定不是一个有趣的人，在他的记忆里，她除了刁蛮任性，就是无理取闹，人家是有理让三分，她是没理闹十分。

外曾祖父是当代大儒，教出这么个孙女来，他死也不瞑目，临死前就交代了一句话："千万不可让她闹出什么祸端来，把家声都毁了。"

皇兄让她出府和自己住，也是实在怕了她。

宫里头就没人不怕她的，倒不是她有多厉害，实在是她的胡搅蛮缠让宫里头出身世家或者官宦人家的贵女无法应对。

马车停下，张大壮掀开帘子："爷，到国公府门口了。"

谢如墨冷冷地剜了他一眼：不会绕路啊？绕京城几个圈，能要多少草料？

张大壮被剜了一眼，莫名其妙：他做错什么了吗？爷就使劲瞪他。

宋惜惜道："那我先回去了，王爷慢走。"

她跳下马车，朝谢如墨挥挥手，丝毫没有停留便进去了。

"爷，咱们回府还是在京城绕着走走？"张大壮见他一副不想回府的样子，便问道。

"回府！"谢如墨冷冷地斥了一声，"该绕的时候不绕，笨死了！"

他感觉没说上几句话便到国公府了，主要是她复述与皇兄的对话花费的时间久了些，难得与她单独坐一辆马车，好多话他还没说呢。

带这么一个笨拙的人出门，可见他这个所谓的元帅一点儿都不英明。

见王爷气呼呼的，张大壮也不敢慢行，把马驱赶得飞快，不多时便到了王府门口。

谢如墨下车回了府，路总管过来问道："王爷，提亲选在大后日如何？大后日是个好日子，我们得先知会宋太公一声，届时提亲，总要有宋姑娘的长辈在。"

谢如墨的眼神坚定如铁："好，越快越好。"

路总管继续道："对了，明日是大长公主寿辰，广宴宾客，给您送了帖子来，礼物备下了几份，您看哪份合适？都放在书房里了。"

谢如墨道："你们送礼物去便可，本王不去了。"

路总管道："但大长公主也给国公府递了帖子，要宴请宋姑娘，宋姑娘应该会出席。"

"是吗？"谢如墨蹙眉。这位姑母的性子，他是最清楚的，口蜜腹剑，绵里藏针，最爱开茶会宴席，与京中权贵的亲眷们来往，笼络了不少命妇。

很多权贵人家的亲事，都是在她的宴席上定下的。

若说母妃这辈子曾在谁的手底下吃过亏，那就是他的这位姑母，她擅长玩弄手段，做了不少阴损的事。

她这个人，像是脑子有病，生了个女儿之后就不再生了，给驸马纳了一大堆小妾，小妾生了孩子，她就抢过来，然后把小妾处死，手段极其残忍。

有一个小妾因为与她辩驳了几句，她干脆连那个孩子都不要，当着小妾的面把那个孩子摔死了，再把小妾的手指、脚趾一根根地剁掉，那小妾痛苦了几日才死去。

这样的阴损事，自然瞒得极好，毕竟公主府里的事，谁会去打探？

至于他为何会知道，还是驸马姑父那年岁末在宫里喝醉了酒，去如厕的时候醉醺醺的，迷路了，他前去寻找，发现姑父躲在假山后掩面痛哭，一问，才知道公主府里发生了那么多阴损之事。自此之后，他对这位姑母就没有半点儿好感，能远离就远离。

以前父皇在的时候，尚能管束她几分，如今父皇不在了，她更加肆无忌惮了。

她的女儿嘉仪郡主，和她如出一辙，时常毒打侍女小厮，就连母妃也曾被嘉仪扔过石子儿，被砸得头破血流，母妃还计较不得，因为母妃是长辈，加上大长公主的手段，母妃是知道的，便只能吃了这个哑巴亏。

至于大长公主与惜惜的父亲，更是有过一段恩怨情仇。

宋国公年轻时威武俊逸，屡屡打胜仗，十七岁时带八百骑兵把匈人一万兵马杀了个片甲不留，举世瞩目；十九岁于成凌关，以一千人迎战西京两万人，愣是没让他们占到半点儿便宜，在成凌关外绕了几个大圈子，把西京人绕得头昏脑涨，最后更是在荒山野岭里迷了路；二十一岁封狼居胥，若不是朝臣说他年纪轻，怕他骄傲，他早就被封了大将军王。

这样的儿郎，谁能不动心呢？

大长公主动心了，而且非得嫁给他。

当时皇祖父还在位，他老人家极力反对：这样的猛将怎么能尚公主当驸马？岂不是浪费了？

再说了，宋怀安当时已经有了婚约，对象便是萧将军的千金萧凤儿，所以不管大长公主如何折腾，就是得不到宋怀安，还惹得宋怀安对她厌恶至极。

最后宋怀安迎娶了萧家女，大长公主从此对宋怀安夫妇恨之入骨。根据于今对他说的话，之前惜惜和离的时候，外头的流言蜚语，有不少是她命人放出去的。

255

惜惜分明是和离,但是她的嘴里总是一口一个"弃妇",弄得京中的官眷命妇也跟着鄙视起惜惜来。

否则,以战老夫人的能力,哪里可能把事情闹得这样大?

她这一次生辰宴把惜惜请过去,一定不安好心。惜惜不该出席的,但是,她要出席也是她的自由,他尊重她的决定。

谢如墨想了想,道:"去国公府问问,看宋姑娘是否会出席。"

路总管道:"行,我亲自去一趟。"

路总管说完,便转身出去了。

大长公主的帖子确实被送到了国公府。明日便是寿辰,今日才送来帖子,显然没给宋惜惜准备寿礼的时间,她只能从库房里头挑了。

梁嬷嬷很担忧:"大长公主素来瞧我们国公府不顺眼,以前夫人在世的时候,不管她办什么宴席,都不会请夫人去,怎么这次却给您下了帖子?该不会是有一大堆长舌妇在等着您吧?"

宋惜惜把帖子放在一旁:"那是一定的。"

父母和大长公主的往事,她也有所耳闻。

父亲和哥哥们阵亡之后,她从梅山回来的那一年,大长公主其实让人送过"礼物",那礼物是大长公主特意叫人雕刻的一座小小的贞节牌坊,牌坊上面还很黑心地写了"传承"二字。

多恶毒,传承贞节牌坊,代表着宋家的女子都要守寡,且不能二嫁。

这一次给她下帖子,大概是因为她立功回来,又有国公嫡女的身份,娶她便可袭爵,总会让一些破落的侯府、伯府的夫人动心思。

大长公主是要绝了她这条路,让她就算嫁,也只能嫁个商贾或者平民,但商贾与平民怎么能袭爵?如此一来,所谓的袭爵,注定是笑话一场。

宝珠道:"姑娘,咱们不去了吧。"

宋惜惜坐了下来,眼中带了一抹寒意:"去!"

"咱们何必去给他们看笑话?"宝珠想到那个场面都生气:姑娘受的委屈还少吗?

明珠她们"几颗珠"是后面买来的,不知道姑娘和大长公主家的恩怨,但是她们素来都听宝珠的,宝珠劝姑娘别去受委屈,那肯定是有道理的,便也纷纷说:"是啊,姑娘,咱们不去,去了还得送礼呢。"

对"几颗珠"来说,送礼要花好多好多银子,毕竟对方是大长公主,不能送些便宜的物品。

宋惜惜扇了扇风,漫不经心地道:"总是要面对的,难道我一辈子躲在府中不出门?再说了,前阵子已经有一大堆官眷贵女过来拜访过了,如果到了大长公主的寿宴上,她们又开始针对我,我也可以理解为她们是墙头草,知晓了她们是什么样的人,以后离远点儿就行，权当这寿宴是照妖镜便好。"

宝珠想了想，觉得也是，只是依旧有些担心她："姑娘，如果到时候那些人说什么难听的话，您别放在心上。"

宋惜惜含笑望着她："傻丫头，我又不在乎她们，她们的话伤得了我吗？"

只有在乎，才会受伤，既然不在乎，那就只是西北风，一吹便过了。

两位嬷嬷和陈福都没有劝她不去，他们认为该去，毕竟以后姑娘是要嫁入王府的，少不了和这些人有往来。

"姑娘，我去准备礼物。"梁嬷嬷说。

库房里不缺金银珠宝，部分是为宋惜惜准备的陪嫁，余下的是母亲和嫂嫂她们的，当初西京探子只杀人，没掠夺财物。

当然，母亲和嫂嫂的东西是不可能送人的，她只能挑别的。

关系也就那样，送礼不需要太贵重，但毕竟到场的宾客很多，而且多半是皇家的人，所以礼物的价值也不能太低，她可是代表国公府去的。

大家挑来挑去，觉得都不甚合意，连嬷嬷都为难地看着宋惜惜。

宋惜惜稍微一想，便有了主意，决定送一份在别人看来千金难求，但她手里有一堆的东西。

那就是大师兄的"废品"。

大师兄喜欢作画，有些不满意的画完之后便随手放在一旁不要了，宋惜惜觉得画得不错，便盖上师兄的印章，收归囊中，且全部带了回来。

她挑了其中一幅梅花图。

当然，书房里有不少大师兄的画作与墨宝，但那些都是大师兄的精心之作，宋惜惜自然不会送给大长公主，这废弃的画给她最合适。

画轴被徐徐展开，画的是梅山的一株梅树，是写实风格，梅树的一枝一叶一花全部入了画中。

至于为什么大师兄对这幅画不满意，是因为有一朵本来是花骨朵儿，他一时失神，手比眼睛快，画成了一朵盛放的梅花，他说："这就不写实了，写实的画不写实，还有什么存在的意义？"

大师兄吹毛求疵，便把此画作废了。

梁嬷嬷努努嘴，有些舍不得："这幅画栩栩如生，仿佛梅花就在眼前盛放一般，梅枝遒劲，淡淡的绿芽抽发，说是废弃的，我瞧着倒是完美得很，送给大长公主，实在是暴殄天物。"

"无妨，梅花图多的是，书房里都摆不下了，师兄最喜欢画梅花了。对了，回头给皇上也送一幅。"

皇上甚是敬佩师兄，也收藏有师兄的墨宝，但梅花图没有，师兄的梅花图外边千金难求，但她的手中多到泛滥。

献上师兄的墨宝，她其实是在为北冥王运营关系，在慈安宫中，皇上问的那些事情，让她有些不安。

所以，用师兄的画投石问路，至少表达了她和王爷的善意。

梁嬷嬷又带着几个人在库房里头找了好一会儿，发现还是这幅梅花图比较合适。

黄白之物，拿出来惹人笑话，大长公主为人如何且不说，但她向来喜欢附庸风雅，虽然不见得真的懂得欣赏。

"咦，这是什么？"明珠从一个箱底找出了一大堆手帕，摊开一块，捂嘴偷笑，"哈哈哈，绣得这么丑，怎么会收藏在这里？"

梁嬷嬷急忙走过去一把扯了过来，放回箱底，使尽地眨眼睛："不许拿出来。"

宋惜惜已经发现了，走过去拿了一方手帕瞧，这绣工粗糙得简直没法儿看。

分明绣的是青竹图，那竹子却弯弯曲曲，竹叶像毛毛虫。

再看另外一方，绣的应该是莲花吧？一瓣一瓣的，能看出大概来。只是，宋惜惜更愿意认为它是劈叉的叶子。用的是淡红的线，再加了一层绿色的，光配色就瞧得人心里直犯嘀咕：这是个啥？

至于其他几方，更是不能看，有一方绣帕本来是平整的，被绣得皱在了一起。

"哈哈哈，这是谁绣的？"宋惜惜乐不可支。

梁嬷嬷瞧了她一眼，眼神意味深长。

宋惜惜怔了一下，猛地放下绣帕："我绣的？"

梁嬷嬷"扑哧"一声笑了："姑娘小时候想学女红，叫老身教你，学了一个月，绣出了这么多手帕，夫人舍不得丢弃，便都收到箱笼里了。"

宋惜惜哑然：啊，是她绣的啊？

宋惜惜盯着那些奇形怪状的绣帕，莫名其妙地觉得很熟悉，她仿佛在哪里见过。

啊，她想起来了，当初去元帅的帅营吃了一碗面食，元帅取出一方手帕给她擦拭嘴唇，那手帕就丑成这个样子。

啊？该不会元帅的那方手帕是她送的吧？

她急忙转向梁嬷嬷，问道："嬷嬷，我可曾把这些手帕送给别人？"

梁嬷嬷笑着说："送了，老爷、夫人和少将军们人手一方，就连来府中做客的客人，你也送了，那会儿你觉得自己绣得还挺好的。"

"那我可有送给元帅……就是北冥王？"

梁嬷嬷想了一下："似乎是有送的，那会儿北冥王和皇上偶尔来府上，你为了显摆，送了几方出去，大概有给北冥王吧。但皇上必定有，因为皇上和大公子那会儿笑得前俯后仰的，你还以为他们是在赞美呢。"

宋惜惜想找个洞钻进去。

自己年少轻狂犯下的错啊！错把垃圾当珍宝，以为自己的绣工天下无敌了。

但是，北冥王收到这样的帕子，难道不该出门就扔掉吗？怎么会收藏到如今？

是忘记扔掉了吗?

宋惜惜的脸滚烫滚烫的,像火烧云:丢死人了,绣成这样,还敢到处送人,她当年的脸皮是有多厚啊?

她一咬牙,对梁嬷嬷道:"从今晚开始,您来教我做女红,我要绣一方完美的手帕。"

年少时挖下的坑,自己总要填上的。

她可以接受自己不完美,但是不能接受自己把残次品到处送人。

只是她有些疑惑:母亲藏起她的手帕,她可以理解,北冥王为什么要藏起来?还随身携带?

有什么东西一闪而过,但是她没抓住,想了想:北冥王难道喜欢丑东西?这癖好可真是独一份啊!

两位嬷嬷收拾着库房,陈福便顺道跟宋惜惜说陆先生把账本整理了一下,让她过目。

"好,放书房吧,我今晚看。"宋惜惜道。

陈福点点头:"田庄、店铺那边的账也都整理好,送过来了,陆先生把账做了归总和细分,我瞧了几眼,觉得做得不错,宋爷雇的人果然可靠。"

账房是宋世安介绍过来的,宋族在生意场上做得还可以,宋世安介绍的人不会差。

宝珠带着明珠她们去给姑娘配衣裳,明日出席的人肯定很多,姑娘一定要艳压群芳。

恰好王府的路总管过来问姑娘明日是否去大长公主的宴席,宋惜惜便亲自出去告知:"请转告王爷,我明日会去。"

路总管拱手道:"好的。"

宋惜惜知道谢如墨派人过来问这一句话的意思,便道:"你转告王爷,就说他不想去的话就不要去,我自己处理得来。"

路总管笑着道:"姑娘误会了,王爷特意遣小人过来是问您去的话,送什么礼物?"

宋惜惜看着这位胖乎乎、一脸和善的总管,说:"一幅画,我大师兄作的画。"

"噢!"路总管发出的声音充满了复杂的情绪,浪费了,浪费了,"那……行……吧……"

沈青禾先生的画一幅难求,竟被送给了大长公主那种附庸风雅的人,太浪费,太糟蹋了。

路总管表示心疼,暴殄天物啊!

瞧着他那张胖乎乎的脸顿时变成了苦瓜脸,宋惜惜笑着道:"师兄的画作,有些是他的得意之作,有些是他随手丢弃的,我是个喜欢捡垃圾的人,师兄不要的,我都捡了，他珍藏的，我也收了，若是总管喜欢，回头我送您一幅他的得意之作。"

路总管那张苦瓜脸顿时舒展开来，他猛地摆手："不，不，得意之作小人不敢要，您捡来的那些，能给小人一幅，小人定然好好珍藏。"

"行。"宋惜惜二话不说便答应了下来。

路总管笑得开心，拱手告辞，小短腿跑得飞快，都快变成风火轮了。

宝珠挑了好几身衣裳出来，但是颜色都比较素净。

因为在守孝，宋惜惜很少穿鲜艳的颜色，那日同谢如墨会面时穿的烟霞色是唯一一身比较鲜艳的。

所以宝珠也犯愁：穿这么素净，怎么能把姑娘的盛世美颜彰显得淋漓尽致呢？

"月白色的襦衫和百褶裙吧。"宋惜惜瞧了瞧，烟霞色的那身就不穿了，那身衣服是以前出嫁时母亲给她做的，用来压箱底，在将军府的时候就没穿过。

去大长公主的寿宴，她穿个素淡些的就行。

宝珠瞧了瞧："月白色的也行，淡淡的蓝，也显肤色。配饰呢？要不要戴一串红珊瑚？"

"红色的不戴，简单些，不必太隆重。"宋惜惜亲自挑了一根白玉簪子，再搭配一根月白色的绸带。

"这也太素净了。"宝珠说。

"素净不素净，穿上了才知道。"宋惜惜拿着衣裳到了屏风后，换了衣裳出来，梳了个简单的发髻，用绸带把发髻缠住，再饰以一根白玉簪子。

她站起来转了个身，问"几颗珠"："如何？"

"几颗珠"看得眼珠子都不转了。这还没上妆呢，姑娘就跟一个出尘的仙女似的，尤其是那发髻上绑着的两条绸带，给她这身月白色襦裙增色不少啊！

宝珠连忙对明珠道："口脂、耳坠、香囊或者玉佩，快，快，快。"

"好嘞！""几颗珠"立刻忙碌起来，搜罗出各种搭配的东西。

宝珠把宋惜惜摁在妆台前，给她涂抹了口脂，重新画眉，挂上一串长长的东珠项链，腰间坠着一只玉蝉，套了一件轻软的纱衣外披，更添仙气。

宝珠想了想，又把袖口束起，给这身打扮添了几分俏皮，也添了几分年轻的感觉。

口脂淡红，显得肤色更加白净细腻，不用施胭脂，肌肤也透出一抹红晕来，可见丹神医调理气血的药真的有效果。

宝珠瞧着，甚是骄傲，这身料子都是极好的，连百褶裙都是用软缎做的，行动之间仿若流水，加上飘逸的轻纱外罩和发髻上的绸带，姑娘简直就像仙女下凡一般清丽脱俗。

宋惜惜看着铜镜里的自己：好看吗？

以前她在梅山的时候，没人夸她好看，人人都说她是猴儿。

她从梅山回来后准备说亲，母亲就把她好生打扮了一番，又在府里躲避日头，养了一段日子，养得肌肤莹润如玉，人人瞧见她，都忍不住赞叹一句"真好看"。

记得当初战北望登门求亲，瞧见她的第一眼，有好一会儿移不开眸子，说话的声音都变了调，作揖行礼的时候也乱了方寸，那个失魂落魄的样子，她现在还记得，那时候她心里就想：这怕是个呆子吧。

原来不是呆子，而是负心汉。

她左右转了转，又定定地瞧着自己，问宝珠："我真的好看吗？"

宝珠站在她的身边，把脸往她的脸颊边凑，和她一同对着镜子："您瞧，好看不好看？"

宝珠长得好看，五官虽不完美，但是凑在一起十分耐看，然而此时的铜镜里，宋惜惜和宝珠形成了明显的对比："噢，原来我真的蛮好看的。"

宝珠嘟嘴："姑娘，这话可不能在外人面前说，好看而不自知，对别人来说是一种挑衅，奴婢听了都想揍姑娘呢。"

宋惜惜用手指摁了她的额头一下："你也长得好看啊，都是两只眼睛、一个鼻子、一张嘴，我就是显得白点儿。"

宝珠"唉"了一声，对身后捂嘴笑的"几颗珠"说："你们说气人不气人，咱们在府中日日享福，没啥事做，姑娘到了南疆，又是凛冽的寒风，又是漫天的黄沙，回来养了才半个月不到，便比咱们显白了。"

瑞珠笑着说："姑娘天生丽质，黑了也能很快养白。"

明珠知道跟着赞美准没错，反正姑娘是真的好看，道："咱们长得粗糙些有什么打紧？姑娘好看就行。"

宋惜惜打量着她们每一个人，其实她们都长得秀丽娇俏，至少不是那种放在人堆里便寻不着的大众脸。

第十章
寿宴打脸，婚期终定

翌日，大长公主寿宴。

一大早，大长公主的府门口便停满了马车，长长的红毯延伸到了巷口，府邸三十余丈外有一块空地，上面搭了个棚，摆了三十桌流水席，百姓来了，只要凑满一桌人就可以吃。

大长公主每年寿宴都这样做，美其名曰与民同乐，实则是做做样子，传扬她善良的名声。

除了流水席，她还备下了斋饭，专门招待僧侣。大长公主信佛，大家都知道，她每年都要给寺庙道观捐很多银钱。

作恶多端的人总喜欢找神佛保佑。

大长公主今日宴请的宾客很多，就连战将军府也被邀请了。

战北望和易昉都没来。战北望自从知道母亲和大哥大嫂去国公府闹事之后，就一直在外，不愿意回家。至于易昉，肯定不想来，她半边脸被毁，又落了那样的名声，不想来被人耻笑。

但战老夫人带着大儿媳闵氏、三儿子战北森、女儿战少欢出席了。

既然大长公主下了帖子，她不来便会得罪对方，幸好战北望被赏赐了黄金，将军府可以买一份好点儿的礼物。

当然，她过来是有私心的，希望带自己未成亲的儿子和女儿露露脸，在场若有夫人瞧得上，那么他们的婚事便有着落了。

能来大长公主寿宴的宾客，非富即贵啊！

因此，虽然知道将军府因易昉而受尽非议，但她还是带着儿媳儿女出席了。

在一群权贵、命妇、官眷面前，战老夫人显得十分卑微。

她看着这些衣着光鲜亮丽的宾客，想起了将军府曾经有过的风光，那个时候她才刚嫁过来。可惜那时候的光辉像焰火一样，转瞬即逝。

曾经有过的显赫一直铭刻在她的心头，她无时无刻不想重回巅峰，可惜，夫婿不争气，长子平庸，唯有次子战北望娶得宋家女。

谁料到宋惜惜进门没多久，宋家便惨遭灭门。宋家本就没有了可以扛起家门的男儿，如今连宋夫人都没了，宋惜惜能给他们的就只有钱财了。

所以战北望立功回来，求娶易昉，这让她看到了未来，看到了她一直想要的荣耀，宋惜惜就可以弃了。

可世事总是不尽如人意，宋元帅被追封为国公爷，宋惜惜成了国公府千金，还上战场立了功，一时人人称道；反而她看好的易昉，没立功不说，还受了罚，连累了北望。

战老夫人心头的苦水，倒出来可以汇聚成一条大江。

到了宴会现场，她领着儿媳子女去拜见大长公主。本以为大长公主只是看在北望的分儿上，才把她们请过来，所以她打算送上礼物拜完寿后，便在花园里游玩，结识一下各位夫人。

她看见了在座的夫人们投来的目光，虽然表面瞧着没什么，实际上那些目光没有半点儿热情，连敷衍都没有，她知道自己是遭人厌弃的，正要尴尬地退下，大长公主却温和地问道："老夫人，听闻你的身体不好，如今可好些了？"

战老夫人有些意外：大长公主竟然知道她的身子不好？

不过想想也不奇怪，闵氏曾去药王堂跪求丹雪丸。

她受宠若惊地道："多谢大长公主关心，臣妇的身体好多了。"

大长公主懒洋洋地坐着，含笑望着她："你的年纪与本宫相仿，怎么身子这么差？听闻你以前的儿媳妇日夜照顾你，如此说来，也是个孝顺之人。"

老夫人听到她说起宋惜惜，一时方寸大乱。她并不知道大长公主与宋夫人的往事，只以为如今宋惜惜立功，皇家看重她，这会儿大长公主说宋惜惜孝顺，是不是要替宋惜惜出头？

但瞧着她温和的眼神，也不像啊。

老夫人方寸大乱之际，突然听到坐在一旁的齐夫人说："大长公主，这孝顺都是做给别人看的，和离了，连前婆母的死活都置之不顾，何来的孝顺？表面功夫谁不会做啊？战老夫人之前都闹到国公府的门口了，若不是没办法，谁愿意丢这个脸面啊？"

这位齐夫人是皇后娘家的嫂嫂，齐大人官拜三品，是朝中的肱股之臣。

齐夫人一发话，底下的人便纷纷附和："她可不就是仗着自己立了几分军功，便没把人放在眼里吗？这般忘恩负义的人，自然人人唾弃。"

"战老夫人，听闻她的娘家被灭门的时候，你无微不至地照顾她，连晚上睡觉都陪在她的身边，唯恐她一时想不开，做了傻事，你倒是心疼这个儿媳妇，可惜人家不念情分啊！"

战老夫人听了这些话，一开始是蒙的，但很快就反应过来。

这些夫人看似反驳了大长公主，但大长公主并没有生气，反而脸上露出了似笑非笑的表情。

显然，她们说出了大长公主想听的话。

她明白了，这场宴会，宋惜惜肯定会来，而大长公主与宋惜惜有私怨。

大长公主并非顾念北望的战功而邀请她前来，她能来，是因为她可以落宋惜惜的面子。

意识到大长公主与她一样憎恨宋惜惜，她像是闻到了臭味的苍蝇，顿时兴奋了起来。

做戏，她怎么会不擅长？

她长叹一声，眼中瞬间蓄了泪："让大长公主见笑了，有时候真心未必换得了真心，我作为她的婆母，这一年对她无愧于心，这便足矣。"

大长公主也叹息一声，拭了拭眼角，一脸同情之色："老夫人真是难啊！男子娶妾本是稀松平常的事，偏偏人家出身尊贵，容纳不了小妾。诸位夫人可比不得她，你们家中的夫婿都是纳了小妾的，你们若是不容小妾，大概也只会自请下堂，而不会闹到圣上面前，求一道和离的旨意。说白了，她觉得自己身份尊贵，诸位夫人都比不得，对于将军府，她更是不放在眼里。"

一番阴阳怪气的话，表明了她对宋惜惜的态度。

在场有些夫人也是去国公府拜访过的，也想过做个媒人，拉认识的男儿娶宋惜惜，这样男子能袭爵，自己则得了个人情，何乐而不为呢？但是大长公主这么一说，她们可就不敢再做这个媒人了。

连那些眼见自己的府邸日薄西山，想着出卖府中儿郎，换个爵位的伯爵夫人，也急急忙忙地打消了主意。

先说宋惜惜的为人，就算她未必薄待婆母，不容小妾也是真的。

在场的夫人怎么会真心容得下小妾？但是她们可不希望自己的儿子不能纳妾。

若她宋惜惜生不出儿子，自己的儿子岂不是要绝后？

战老夫人借着这个机会大吐苦水，把宋惜惜塑造成骄矜、善妒、不孝之人，言下之意，宋惜惜若不是立了军功回来，那就是人人唾骂的妒妇。

三人成虎，更不要说还有大长公主带头诋毁，不过半个时辰左右，宋惜惜已经成为在场大部分夫人嘴里的十恶不赦之人。

有些夫人知道宋惜惜不是那样的人，却不敢说话，免得被人群起而攻之。

宋惜惜还没到，但是德贵太妃、慧太妃以及齐贵太妃等先帝的嫔妃都到了。

毕竟，大长公主是她们的大姑子。如今皇太后掌着宫里的大权，她们要去大长公主的寿宴，皇太后也没有不准。

诸位太妃到场，诸位夫人少不得起身行礼。

慧太妃本是不愿意来的，她和大长公主素来不和，在对方的手底下吃过不少亏，但大长公主邀请了，她不来，回头不知道对方要编派些什么，所以憋着一口气跟着来了。

听到她们在议论宋惜惜，慧太妃气得差点儿呕血。

好在大家还不知道这个女人即将嫁给墨儿，如果知道，还被大长公主带头编派，那她更没脸见人了。

她坐在一旁，大长公主故意冷落她，她也没心思搭话，倒是大长公主的女儿嘉仪郡主见到慧太妃，笑了笑："哟，慧太妃也来了？给我母亲带来了什么寿礼啊？"

嘉仪郡主不问别人，就抓住她来问，显然是憋着坏，想让她出糗。

慧太妃就知道来参加这场寿宴是要被刁难的，不情不愿地道："听闻大长公主信佛，送了一尊金佛，请笑纳。"

她命高嬷嬷把礼物送出，递呈到大长公主的面前。大长公主只瞧了一眼，淡淡地道："虽然这样的金佛本宫已经有十几尊了，但慧太妃一番好意，本宫便收下吧。"

那傲慢的态度差点儿没把慧太妃气死，她翻着白眼，心里想：既然瞧不起，那别要啊！

但她是不敢说出来的，论骂人，她不是大长公主的对手；比身份，先帝驾崩之后，她这位得宠的慧太妃什么都不是。

她最出色的儿子得胜归朝，在宫里头，她能吹嘘一阵子；到了外边，她就不好乱说了，因为她心里很明白，儿子和她离心。

这一次若不是皇上开口让她出府跟他住，他估计是不会主动提出的。

儿子不孝是她最大的痛，立了这样大的功劳，他回来了也不知道给他的母妃求个位分。她现在还是太妃，虽有皇后姐姐，可论品级，她是低德贵太妃和齐贵太妃一头的。所以这口气，她只能吞下。

大长公主缓慢地开口："本宫听闻皇上开恩，准许慧太妃出宫和墨儿一起居住，母子团聚，本宫还没恭喜慧太妃呢。"

慧太妃一听：看来这位不可一世的大长公主也得承认墨儿的功劳，她这位母妃也跟着沾光。

她的脸上露出了得意的笑容："墨儿孝顺，非得跟哀家一起住，哀家也想帮他管管家，毕竟分封的食邑，还有田庄、铺子多的是，没个主母管着不行啊！"

大长公主"扑哧"一声笑了，伸手抚了抚正红色的马面裙，眼梢吊起："是孝顺，怎么他如此孝顺，却不请皇上给你晋一晋位分啊？说到底，你生养了皇子，又出身世家，长姐更是皇太后，如今墨儿收复南疆，立下不世之功，他只要在皇上和太后跟前说上那么一句，这贵太妃的位分，你岂不是轻而易举便能得到吗？"

慧太妃的笑容顿时僵住了：她就知道这个老女人没安好心，这话是直接戳她的肺管子啊！

"连儿子都不待见你，你这母亲当得委实失败啊！"大长公主笑着说。

众人不敢妄议太妃，但是都捂着嘴偷笑，看得慧太妃火冒三丈。

她是憋不住脾气的，哪怕知道要吃亏，也要发作，却听得有人喊了一声："镇国公府千金宋惜惜到。"

一听到宋惜惜来了，所有人的脸上都露出了意味不明的神情，有讥笑的，有不屑的，有仇恨的，但也有欢喜的。

欢喜的便是永安郡主澜儿。她听到其他人说宋惜惜的坏话，早就恼火得很，只是碍于自己是晚辈身份，不好出声。

听到惜惜来，她急忙起身相迎，却被淮王妃拉住了。

淮王妃今日也在场，大家议论宋惜惜，她一句话都没说。

慧太妃的脑壳却"嗡"的一声：宋惜惜也来了？千万不能让人知道她即将嫁给墨儿，否则今日自己的面子都丢尽了。

宋惜惜进来，可谓万众瞩目。

很多命妇官眷已经去拜访过她，但见她装扮清雅，依旧难掩绝世容颜，甚至更添出尘脱俗之气。

那脸颊的肌肤本就莹润如玉，淡红的口脂又给肌肤增添了红润，蛾眉淡扫，耳垂上点缀着一点儿绿，更显得耀如春华，仙姿玉貌，把在场精心打扮的贵女全都比下去了。

嘉仪郡主今日好生打扮了一番：金线绣百褶裙，覆膝的云缎绣芍药绯色长衫，金银线错绣的红色褙子，发髻如云，珠翠满头，要多华贵有多华贵，要多奢侈有多奢侈。

纵然她如此精心地打扮，在淡雅素净的宋惜惜面前，她依旧黯然失色。

她素来刁蛮任性，见宋惜惜这般美丽，冷冷地一笑："今日是我母亲的寿辰，你穿得这么素淡，可见无心给我的母亲贺寿。"

宋惜惜打量了她一眼，含笑道："我打扮得如何不要紧，毕竟是大长公主的寿宴，我若打扮得同您一般艳俗，岂不是浪费了郡主一番彩衣娱亲的孝心？"

"你……"嘉仪郡主看了一眼自己的衣裳，分明配色极好，竟被宋惜惜说成彩衣娱亲，她怎么忍得下这口气，"你敢说本郡主艳俗？"

宋惜惜又打量了她一眼："彩衣娱亲嘛，艳俗一些不打紧，孝心够就行了。"

她扫了诸位夫人一眼，含笑问道："诸位夫人说是不是？"

没人敢说话，但有人暗笑：当着大长公主的面落嘉仪郡主的面子，宋惜惜，你是不知死活啊！

宋惜惜看到德贵太妃、齐贵太妃还有慧太妃都在，她目光掠过的片刻，慧太妃的眼睛还亮了一下，宋惜惜有些疑惑：哦？这是慧太妃的眼神？让人迷惑。

宋惜惜上前给大长公主拜寿，余光看到了战老夫人，她的前婆婆。

大长公主把战老夫人请过来，宋惜惜大概可以猜到方才这里议论的是什么话题了。

只是慧太妃为什么眼睛亮了一下之后，整个人又变得气鼓鼓的？是见到她不高兴，还是在这里受了气？

嘉仪郡主见众人都不搭理宋惜惜，不禁得意起来，嗤笑一声："方才我们正在说你呢，战老夫人真是可怜啊！被你气出了一身病，你还不许丹神医去给她治疗，你虽为朝廷立了功，却也抹杀不了你的黑心肠，你这个人坏透了，怪不得会成为将军府的弃妇。"

嘉仪郡主就是大长公主的嘴替，大长公主想说的话，碍于形象和长辈的身份不便说，便让女儿说了。

所以，等女儿说完，她才轻斥一声："嘉仪，不得无礼，怎可哪壶不开提哪壶？"

她看着宋惜惜，温和地笑道："惜惜，她被本宫惯坏了，你别跟她一般见识。"

众人掩嘴笑了，大长公主分明是坐实了嘉仪郡主的话。

宋惜惜也不恼，笑着道："大长公主放心，我自然不会跟无知的人一般见识。丹神医早已澄清，是因为战老夫人德行有亏，才不去给她治疗的，莫非嘉仪郡主质疑丹神医的话？我可知道丹神医性情孤傲，素来说一不二，有人质疑他老人家的话，是休想从药王堂买到一颗药的。"

嘉仪郡主一滞，随即骂道："我几时质疑过丹神医？你休得胡说，小心我撕烂你的嘴，还敢说我无知，你算什么东西？"

她如今正在找丹神医调理身体，出嫁至今还没有身孕，庶长子都出来了，她嫡出的儿子还没影儿呢，丹神医说吃上半年的药，应该就有望怀孕了，她可不敢在这个节骨眼儿上得罪丹神医。

宋惜惜闻言，笑得更开心了，摇了摇团扇，驱散了屋子里的闷气："看来嘉仪郡主只许州官放火，不许百姓点灯啊，怎么我说句真话，就要撕烂我的嘴，你漫骂传谣便是正理？相信今日大长公主也邀请了丹神医，外男都在正院里，要不要请丹神医过来问一句啊？"

她看向战老夫人，意味深长地道："战老夫人，您若觉得冤枉，也可以当面问问丹神医。"

战老夫人不甘心地看着宋惜惜，她以前在自己的面前低眉顺眼，既孝顺，又听话，现在她看着自己的目光充满了冷漠。

她把这一切都归咎在宋惜惜的身上：连一个平妻都容不下，还说什么妇德？

但是她不敢作声，因为一旦丹神医真的被请过来，大概以后就连丹雪丸都不会再卖给她。

嘉仪郡主也被架着，下不来台，于是愤恨地瞪着宋惜惜道："被扫地出门的弃妇，有什么好嚣张的？"

宋惜惜的声音不大不小，刚好能让全场的人听到，充满了震慑力："我不是被扫地出门的弃妇，和离旨意是我求的，是我先不要战北望的。你们背地里怎么说我，我不在乎，但当着我的面，希望管好你们的嘴巴，即便镇国公府只剩下我一人，也不是好惹的。"

屋子里一片寂静，其中有好多不想和大长公主同流合污，只是碍于大长公主的身份，不得不来参加宴席的夫人，心中暗暗为她叫好。

这样的宴席参加得多了，她们虽然不知道大长公主的真面目，却也知晓她最喜欢拉帮结派，针对不是真心臣服于她的人。

只是她从不自己出面，总是让她的女儿嘉仪郡主还有几位夫人充当出头鸟，往往刺得人半句话都说不出来。

可这一次，她们算是踢到铁板了，宋惜惜这个孤女并不好惹啊！

慧太妃看着宋惜惜，心里涌起一股莫名其妙的爽感。虽然她也很讨厌宋惜惜，但是宋惜惜竟然敢跟大长公主和嘉仪对着干，是个硬茬儿啊！

"表姐，你好威风啊！"澜郡主站在宋惜惜的身边，轻声说道，眼中充满了崇拜。

大长公主缓缓地开口了，眼中一片冷漠："淮王妃，最近身子可好啊？"

淮王妃本来就胆战心惊，女儿当面赞赏宋惜惜的时候，她的心都悬到了嗓子眼儿，她可不想得罪大长公主。

这不，大长公主一发问，她就哆嗦了一下，勉强笑了笑："托公主的福，我的身体调养得不错。"

她回答完大长公主，便猛地招手："永安，回母亲身边坐着。"

澜郡主挽着宋惜惜的手，笑着道："母妃，我想和表姐说说话。"

淮王妃的脸色都变了："一会儿再说，你先过来！"

宋惜惜拍了拍澜郡主的手，温和地道："你先去吧，我还没给大长公主拜寿，送上寿礼呢。"

宋惜惜从已经气得满脸铁青的宝珠手中接过卷轴，缓步上前。她姿容绝世，款款移步的时候，衣裙似水波流动，发髻上的绸带微微飘动，行动有度，半点儿也不像个行伍之人。

众人方才已经惊艳于她的容貌，如今再看她随着流动的衣裙缓缓行至大长公主的面前，心中暗暗想：到底是遗传了她母亲的绝世之姿，甚至比她母亲当年还要美几分。

大长公主看着她走上前，素来晦暗不明的眼中充满了怎么也压不下去的恨意。

在宋惜惜的身上，她仿佛看到了那个贱人的影子。

宋惜惜声音柔和，不复方才的威严冷峻，道："臣女祝愿大长公主寿比南山。"

大长公主的视线慢慢地从她的脸上收了回来，涌起的思绪和恨意也被她缓缓地压下："宋姑娘有心了。来人，收下寿礼。"

下人上前接了卷轴，嘉仪郡主冷冷地道："看样子，送的是字画，不知道是出自哪位大师之手啊？不会是大街上随手买的一幅画吧？"

宋惜惜淡淡一笑，道："即便是大街上随意买的一幅画，也是我的心意，正如我父兄牺牲的时候，大长公主给我母亲送了一座刻着'传承'的贞节牌坊，不也是大长公主的一番心意吗？"

此事无人知晓，宋惜惜此言一出，震惊四座，众人神色各异，虽然都不敢言语，但是心中不禁一寒：这也太恶毒了吧！宋大将军是为国捐躯的，皇家公主怎么能送诅咒之物？

慧太妃倒吸一口凉气，冲口而出说了句："刻着'传承'的贞节牌坊？这是多恶毒的诅咒啊！要他们家的女儿世代守寡吗？"

旁人不知道便罢了，她是知道墨儿要娶宋惜惜的，贞节牌坊只有守节的寡妇才用得上，这不是变相诅咒她的墨儿吗？

所以，纵然慧太妃惧怕大长公主，也忍不住愤慨地说了一句。

大长公主的目光冷冷地扫过来："慧太妃，事情还不清楚，你在这里胡说什么？你看见本宫赠送宋夫人刻着'传承'的贞节牌坊了吗？"

慧太妃一滞，看向宋惜惜：有还是没有啊？

大长公主又看着宋惜惜，目光冷淡，语气十分严厉："本宫与你们宋家无冤无仇，不知你为何在诸位夫人的面前诬陷本宫，那刻着'传承'的贞节牌坊，你倒是拿出来啊，拿不出来，就是诬陷本宫，本宫要治你的罪。"

大长公主的眼神凶恶严厉，仿佛要把宋惜惜生吞活剥。

她作为大长公主，身份尊贵，对着一个国公府的孤女，这一记眼神应该是能把对方吓退的，但是宋惜惜根本不怕，甚至还笑了笑："大长公主的好意，我的母亲收下了，诸位夫人若是想看看，改日到我国公府，我可以拿出来给大家瞧瞧。至于是不是大长公主送的，大长公主心里有数，不是您承认或者不承认便可以抹杀的，要找出当年的雕工，想来不难，这样损阴骘的东西，只怕整个商国都是独一份的。"

"放肆！"大长公主怒道，她几时被人这样冒犯过，"你这话阴阳怪气的，是要逼着本宫承认吗？什么损阴骘不损阴骘的？我看你们宋家倒是损了阴骘才会引致……"

"引致什么？"宋惜惜上前一步，眼神冷若冰霜，"我宋家损了阴骘是吗？死在我宋家人刀刃下的人不计其数，但死的都是敌国士兵。大长公主在京城过着太平日子，年年办盛大的寿宴，有我宋家人出的一分力，身为皇家公主，您不念牺牲将士的功劳，却一口一句'损阴骘'，这若是传了出去，叫我商国士兵如何敢上战场杀敌？"

269

"你……"这么大一顶帽子扣下来,大长公主气得脸色发紫,却不敢接这个话题,"你说的什么浑话?扯什么战事国事?我看你不是真心来给本宫贺寿的……"

她一看那卷轴,顿时厉声道:"打开,打开看看,看她是不是以字画来诅咒本宫。"

宋惜惜说话如此大逆不道,敢在诸位贵人面前提起贞节牌坊的事,定然是仗着立了军功,过来报仇,所以她送的礼物一定充满冒犯之意。

贞节牌坊的事,一时半会儿没办法查实,但是如果她敢送来诅咒之物,自己便可当场给她定罪。

不止大长公主是这么认为的,在场的贵人们也是这样认为的。

有些不喜欢大长公主的人暗暗想:宋惜惜倒是个硬骨头,可惜太蠢。

嘉仪郡主上前抢过卷轴:"我来打开。宋惜惜,如果你敢诅咒我母亲,我要你死无葬身之地。"

卷轴徐徐展开,众人纷纷伸长脖子去看,只见卷轴展开之后,露出的是一幅冷梅图。

半丈长的画卷,上面画着一株梅花:遒劲的梅枝,一朵朵梅花或盛开或含苞待放,还有许多花骨朵儿,悄然立于枝头上。

众人看得呆了,这梅花竟像是活的一般,仿佛一株梅树就在眼前,连那梅树枝干上的虫洞都瞧得清清楚楚。

在场有懂得丹青的贵女轻呼了一声:"这是沈青禾先生画的冷梅图吗?我曾有幸得见先生画的蜡梅图,画工如出一辙,这章,对,是沈青禾先生的。"

这话一说出口,顿时引起了骚动:沈青禾先生的冷梅图?那可是千金难求啊!宋惜惜言语不敬,但送出的寿礼竟然如此珍贵。

大长公主素来附庸风雅,见过沈青禾的画,但是她认不出来,只是觉得这株梅树仿佛长在了她的面前,甚至伸手便可触碰到一瓣梅花。

战老夫人听说是沈青禾的画,心都要碎了:宋惜惜可真有钱啊!这画,怕是起码要千两黄金才能买到吧?

她无比懊悔,为了娶易昉,把财神爷都给赶出门去了。

这幅画若是给她的,未来两三年,将军府都不必再为银子发愁了。

"不对,这不是沈青禾先生的画。"德贵太妃的儿媳妇秦王妃站了起来,摇摇头,"画工是极为相似,却是一幅赝品。"

秦王妃齐怡月是皇后娘娘的堂妹,是世族齐家二房的嫡出千金,十五岁在春日宴上一鸣惊人,在半个时辰之内作画一幅、赋诗一首。

那年的春日宴正是德贵太妃主办的,春日宴之后,齐怡月便与秦王定了亲。

秦王妃文采斐然,也擅长作画,所以她说这幅画是赝品,大家都信了七八成,顿时议论纷纷。

"宋惜惜竟然拿赝品来贺寿，亏她拿得出手。"

"送赝品，还不如什么都不送呢。"

"不过瞧这冷梅图如此精美，不像是赝品啊！"

"赝品就是赝品，秦王妃说的能有假？她最擅长诗画。"

"赝品？宋惜惜，你居然拿一幅赝品来给我母亲贺寿？"嘉仪郡主顿时火冒三丈，就知道她不会舍得花大价钱买沈青禾先生的画，而且沈青禾先生的画不是有钱就能买到的，"你送不起就别送。"

"不，不是赝品。"方才说出这幅画是沈青禾先生所作的那位贵女走了出来。她是颜太傅的孙女颜如玉，颜太傅乃是当朝大儒。

秦王妃淡淡一笑，看着颜如玉："颜姑娘，本妃府中便有一幅沈青禾先生的冷梅图，因而能分辨出来。这幅赝品作得也堪称一绝，只不过，赝品始终是赝品，看看落款的印章，沈青禾先生的章是小篆，这章分明是大篆，不一样。"

大家看向落款的章，确实是大篆。

在座的很多人都没见过沈青禾的墨宝，不知道他到底用的是什么章，听秦王妃说得有理有据，而且秦王府也收藏有沈青禾先生的墨宝，觉得她说是，那应该就是了。

战老夫人的心里这才平衡了些：是赝品啊！

慧太妃却没眼看：这下宋惜惜要被骂死了。

嘉仪郡主大怒，把画撕成两截，丢在了地上："宋惜惜，你在我母亲的寿宴上送一幅赝品，是什么意思？"

"唉！"颜如玉惋惜得直跺脚，急急忙忙地过去把被撕成两截的画捡起来，"这不是赝品，这是真品啊！太可惜，太可惜了！"

秦王妃"扑哧"一声笑了："颜姑娘，你是听得不够清楚吗？这印章上雕刻的字体就是错的。要不要本王妃把沈青禾先生的冷梅图送过来给你鉴别鉴别？"

颜如玉却一脸认真："沈青禾先生画的冷梅图，小女家中也有两幅，而且是沈青禾先生对着我家后院的梅树亲自画的，小女的祖父也在场。两幅画，分别画的是两棵梅树，所盖印章，一张盖的是小篆，一张盖的是大篆，而且，沈先生的印章还不止两种字体。"

她把冷梅图的印章部分露出来，道："这枚印章便与小女家中那幅的一模一样。我的祖父今日也来了，在正院外头，若诸位不信，可请我的祖父鉴别鉴别。"

秦王妃一怔，还是摇头："不可能的，沈先生卖出去的画全都用的是小篆印章，这是众所周知的事。"

颜如玉道："没错啊，所以小女家中的两幅画，一幅是买的，一幅是他送的，他送的那幅用的便是大篆印章。"

秦王妃一时尴尬得说不出话来，她不知道有这样的事。

嘉仪郡主却冷笑一声:"那不就对了吗?宋惜惜的画只可能是买的,沈青禾先生怎么会送她画?既然不是送的,那么用大篆印章便说明是假的。"

在座之人想了想,觉得也是,沈青禾先生怎么会送画给宋惜惜呢?就算是赠予她的父亲或者家人的,那也等于是遗物,她怎么会舍得拿出来送给大长公主?

慧太妃恨铁不成钢地看着宋惜惜,方才对她升起的那么一丁点儿好感顿时化为乌有:竟然拿赝品来糊弄人,以后娶了她,不是要连累自己的儿子成为笑柄吗?

宋惜惜笑了笑:"我知晓我师兄所作的画难求,想着今日是大长公主的寿辰,便送上一幅,倒是可惜了我师兄的一番心血,这幅画他精心作了许久,就这么被撕毁了。"

众人倒抽一口凉气:师兄?沈青禾先生是她的师兄?

秦王妃失声道:"你是说,沈青禾先生是你的师兄?"

宋惜惜从容地道:"对啊,我师从万宗门,沈青禾乃是我的大师兄,诸位不知吗?"

"啊!"大家猛地看向颜如玉手中的冷梅图,有人惊呼:"那这幅画是真的?竟然被撕毁了,可惜啊!"

大长公主却不信,宋惜惜怎么会送她如此名贵的画?

她大声宣道:"来人啊,请太傅!"

颜太傅在外院与男宾们在一起,驸马爷正在招呼他们。谢如墨早早便到了,女眷们在内院里头说话,外男不好进去,所以他只能干坐着,希望能顺顺利利地结束宴席。

如果宋惜惜被刁难,她应该会还击,只不过谢如墨依旧不放心,才会过来守着。

内院的人出来请颜太傅去鉴别沈青禾先生的画作,惊起了无数在场的文官清流,他们对沈青禾敬佩不已,莫说得到他的画作,就是鉴赏一下,也是无上荣光。

因此,大家都站起来,说要一同去鉴赏,连丹神医也一起去了。

因为有男女大防,所以大长公主命人把屏风摆好,隔开两边之后,再请颜太傅、诸位亲王和大人们进来。

谢如墨自然跟着进来了,但是两扇屏风摆在一起,隔绝了男女两边,他看不到宋惜惜。

被撕开的画作由公主府的管事送到颜太傅的手中时,颜太傅倒抽一口凉气:"撕破了?"

诸位大人闻言,凑过来一看,忍不住一同抽气,有些仰慕沈青禾许久的文官觉得心脏都仿佛被剜了一块,顾不得大长公主在里面,连连叹息道:"这若是真迹,实在是可惜了。"

颜太傅气得要命,一张脸都变得铁青了:"什么若是真迹?这就是真迹!怎么会撕毁了呢?怎么会撕毁了呢?"

太傅的声音哆嗦着，心里隐隐作痛：虽然他的府中有两幅冷梅图，但是，沈青禾先生的真迹怎么能如此糟蹋呢？太侮辱沈青禾先生，也太可惜这幅画作了。

他哆嗦着手，让另一个人帮忙拿着一截，再和自己手中的一截拼接起来，这幅画比他府中收藏的更好，因为这棵梅树开得极好。

梅山的梅花，自然不是栽种在府邸后院的梅花比得上的。

谢如墨一听说是沈青禾的真迹，就大概猜出了是什么事。他没说话，只用目光扫过每一个人的脸。

颜太傅几乎要哭出来了，嘴唇一个劲儿地哆嗦："怎么就撕了呢？谁撕的啊？啊？"

女眷看着大长公主的脸色，全都没说话，慧太妃本来想说话的，但是见大长公主冷冷的一眼扫过来，到唇边的话顿时咽了回去，算了，忍一时风平浪静。

宋惜惜大声回答："小女宋惜惜，这幅画是小女送给大长公主的寿辰礼，秦王妃说是赝品，嘉仪郡主一怒之下把它撕了，因为颜姑娘说是真品，大长公主便请太傅过来鉴别鉴别。"

听到宋惜惜的话，谢如墨心想：果然猜中了。

慧太妃难以置信地看着宋惜惜：她这句话连秦王妃都得罪了，她知不知道啊？天啊，这个女人好疯啊！得罪大长公主和嘉仪郡主不说，连秦王妃都要踩一脚。

颜太傅和一众皇室亲贵以及大臣们都惊呆了：只凭一人说是赝品就马上撕了？那万一不是赝品呢？现在就证实了不是赝品啊！

颜太傅气得说不出话来了，但他知道，要气也轮不到他来气，他只是惋惜，太惋惜了，惋惜得心都痛了。

秦王听到是自己的王妃道出这幅画是赝品，顿时脸上有些不悦。

大长公主神色冷漠，坐着不作声，但是目光落在宋惜惜的脸上，像极了一把涂了毒的刀子。

她是真的没想到在贞节牌坊的事情之后，宋惜惜会送她如此名贵的寿礼，更没想到宋惜惜的师兄就是沈青禾。

她淡淡地道："驸马，请诸位大人去正厅吃茶吧，一会儿便要开席了。"

驸马过来打圆场，把一众正在惋惜的官员请了出去，颜太傅手里拿着那幅被撕毁的画卷，将其慢慢地放回管事的手中，道了句："如果沈先生知道他的墨宝被人如此糟蹋，不知道会有多心疼。"

说完，他以身子不适为借口，先回府了，连寿宴都不参加了。

太傅一走，颜夫人也带着女儿颜如玉告退了。今日的事，颜夫人是看得明明白白，大长公主要针对宋惜惜，她不愿在场。

颜夫人和颜如玉一走，宋惜惜也道："看来今日是我给大长公主添堵了，这寿礼，便当我没送过，这撕毁的冷梅图，我收回了。"

273

她从管事的手中取回那幅冷梅图，目光一扫，看到德贵太妃和秦王妃的脸色甚是难看。

至于大长公主，她用双手紧握扶手，额头青筋凸起，她最喜欢打造自己的名声，今日却连沈青禾的画都分辨不出来，真是丢人丢到家了。

她看着宋惜惜把画卷起来，猛地说了句："战老夫人，丹神医方才在此，你怎么不问问丹神医为何不给你治病？"

大长公主把焦点转移到战老夫人的身上，这一下，所有人都看着战老夫人。

战老夫人的心一沉：坏了，如果再去请丹神医进来，以丹神医的古怪脾气，不知道他会说出什么话来，在场这么多人，她怎么收场？以后怎么做人？

然而，大长公主坑起人来是半点儿情面都不留的，当即命人去请丹神医回来。

丹神医早已解释过这个问题，那位官员的夫人也在场，但是他很乐意再澄清一次。

他站在屏风后面，声音苍老严厉："战老夫人患有心疾与咯血之症，此病难以根治，只能以丹雪丸控制病情，当初我是看在宋姑娘的面子上过来给她医治的。宋姑娘自入了将军府的门，一年间，日日夜夜都给她侍疾，她每月吃的丹雪丸价值不菲，这银子从何而来，想来不用细说。但战老夫人很不懂事，在老夫面前总说丹雪丸贵，却不问丹雪丸用何名贵药材制成，若不是宋姑娘再三恳求，老夫早就不去将军府了。

"所谓人活一张脸，树活一张皮。战将军打了胜仗回来，第一件事就是抛弃伺候他母亲一年的夫人，仗着圣旨赐婚，将军府联合起来，想把宋姑娘休弃出门，还图谋她的嫁妆，这样的家风人品，老夫瞧不起，所以不会再登门医治。至于依旧卖药给她，也是念在闵氏冒着大雪，在我药王堂门前跪了许久的分儿上，老夫念的是这份孝心，若非如此，这丹雪丸，我会给她？本就供不应求。

"再说了，战北望娶宋姑娘本是高攀，好在他连宋姑娘的一根手指头都没碰过，他们便和离了，宋姑娘得保清白之身，日后再嫁，夫婿也是不嫌的。"

丹神医说完，一甩手便走了，都没有跟大长公主告退一声。

舆论顿时从大长公主身上转移到了战老夫人身上。毕竟就算不转移，大家也不敢议论大长公主。

但让大家吃惊的是，战北望竟然没碰过宋惜惜一根手指头？天啊，这样的美人，他竟然舍得不碰？

那个易昉长什么模样，许多人都见过，听闻如今毁了容，更见不得人了。

战家是自作孽不可活，放着家世好、出身好的宋家嫡女不要，不就是嫌人家娘家没人了？没想到人家宋惜惜都不需要倚仗娘家，自己便可以立军功。

"她估计肠子都悔青了吧。易昉哪里比得上宋惜惜？"

"我要是她，早就一头撞死了。"

"对啊，这不就是入宝山而空手回吗？这样的家风人品，真是要不得。本来瞧她家三小子长得人模人样的，想着给他说门亲事，幸好我还没张嘴。"

"我也是，本想着她的女儿瞧着也算端庄娴静，怕不是装出来的吧？"

众人的议论，战老夫人听得清清楚楚，气得差点儿犯了心梗，战少欢也一副泫然欲泣、梨花带雨的模样，瞧着是楚楚可怜，但念及他们家做的事情，旁人可真的不敢招惹。

倒是宋惜惜，今日面对着大长公主不卑不亢，据理力争，甚至敢于揭穿大长公主做过的腌臜事，不畏强权。

她的行为看似鲁莽，但细想一下，完全不会给自己惹来麻烦。

大长公主不可能朝她发难，谁知道她的嘴里还会说出些什么来呢？

而且，人家的师兄是沈青禾啊，她也是万宗门的人。

听闻万宗门除了一个沈青禾，还有不少贤士能人，这宋惜惜并非毫无依靠。

如此一来，众人看向宋惜惜的目光就多了几分意味深长：这门亲事可结，不亏啊！

人是清清白白的，长得也绝色，能文能武，该端庄的时候端庄，该霸气的时候霸气，真是一个宗妇的好料子。

因此，有很多人打起了宋惜惜的主意，除了能袭爵，她的背后还有一个万宗门啊！

慧太妃见状，顿时感觉危机四伏，甚至都忘记了她讨厌宋惜惜，最不希望宋惜惜当她的儿媳妇。

看着诸位夫人瞧宋惜惜的眼神，慧太妃竟然脱口而出："将军府着实欺人太甚，等来日惜惜进了我北冥王府的门，本妃一定好好待她。"

此言一说出口，震惊四座。

就连战老夫人被丹神医怒斥的事，大家都迅速抛到脑后，纷纷看向慧太妃：什么意思？北冥王要娶宋惜惜？皇家亲王要娶一个和离妇？

不止诸位命妇，就连大长公主都吃惊了，看了看慧太妃，又看了看宋惜惜，眉头蹙起。

宋惜惜也淡淡地看了慧太妃一眼：这件事还没定下来，提亲都还没提，她怎么就宣布了？

再说了，她不是嫌弃自己吗？人家都没问，什么风声也没传出去，她自己就在这里宣布了。

她接受自己了？但是接受得太迅速了，让人措手不及啊！

而且，就算说，也不是在这个节骨眼儿上说啊，自己被人非议甚久，难得丹神医当着诸位夫人的面说了为何不给战老夫人治病，她马上就解救了战老夫人。

这位未来婆母，可真是不着调啊！

大长公主敷着厚厚脂粉的面容上突兀地、僵硬地挤出了一个讽刺的笑容："哦？

墨儿要娶宋家女？京城名媛如此之多，他却瞧上了一个和离妇？"

慧太妃脱口而出，说完就后悔了：自己还恼着宋惜惜呢，还没接受她，他们的婚事自己反对都来不及，怎么能由自己来公开？真是管不住自己这张臭嘴，好想抽自己几个耳光。

战老夫人惊愕得下巴都要掉下来了，不敢相信从将军府走出去的弃妇居然可以嫁入皇家，嫁给收复南疆的亲王，成为有权有势的王妃，而不是像燕王妃和淮王妃那样只是嫁个闲散亲王。

现场很多世家贵女的心碎了一地：北冥王要迎娶宋惜惜？宋惜惜怎么配？就算她也立过军功，到底是二嫁，她怎么配？

无数双怨毒的视线钉在宋惜惜的脸上，伴随着很多难以置信的目光，仿佛这是什么惊天大事。

宋惜惜此刻真的很想把慧太妃拖出去，在她的耳边狠狠地质问她脑子是不是有问题。

忌妒让战少欢面目全非。那日大军凯旋游街，她也去了，当她的眼睛看到北冥王之后，就怎么都移不开了，芳心"怦怦"乱跳。她想：若能嫁入王府为侧妃，也是她天大的福分。

正妃她是不敢想的，她还有几分自知之明——自己虽出身将军府，但将军府到底已经没落，不过做个侧妃应该还是可以的。

现在，听到自己那个被扫地出门的前嫂嫂居然可以嫁给北冥王，忌妒就像一只铁手，紧紧地攥住了她的心脏。

她不顾一切，脱口而出："宋惜惜，你也配？你不过是我二哥不要的弃妇，怎能嫁给北冥王为妃？"

战老夫人连忙沉声呵斥："闭嘴！"

诸位贵人官眷在场，她出言无状，失了体统，想说一门好亲事可就难了。

战少欢这才意识到自己的失态，脸色惨白地退到母亲的身后，但是一双充满怨毒的眼睛依旧盯着宋惜惜不放。

战少欢说出了在场很多贵女的心声，但她们是不会说出来的，就算再忌妒、再失落，严厉的庭训让她们只能把这些情绪压在心底。

倒是嘉仪郡主嗤笑了一声："慧太妃，你素来要强，事事都要争个第一，总说自己的儿子如何出色，如今他竟然要娶个和离妇？我估摸着这个消息传出去不到半日，你就会沦为整个京城的笑柄。"

说完，她又看着宋惜惜，冷冷地笑道："宋惜惜，你也不掂量掂量自己的身份，一个和离弃妇，凭什么嫁给我的表弟？识趣的话，赶紧哪里来的回哪里去，别在这里丢人现眼。"

嘉仪郡主这么一说，确实有好多人"扑哧"一声笑了。

慧太妃气得嘴唇都抖了，却不知道如何反驳回去，只在那里干瞪眼，一会儿瞪着嘉仪郡主，一会儿瞪着宋惜惜。

宋惜惜只淡淡地说了句："是啊，我一个和离妇，一能上战场杀敌，二能嫁入皇家成为亲王妃，这是多少人几辈子都修不来的福分，嘉仪郡主很羡慕、很忌妒吧？"

宋惜惜轻笑一声，从容地继续道："我并不觉得丢人现眼，倒是嘉仪郡主，你不觉得丢人吗？堂堂郡主，皇家教养大的，出口皆是恶语，连我师兄的画都不懂得分辨就撕掉，如此武断粗暴，传出去才会贻笑大方。至于你叫我从哪里来的就回哪里去，是下逐客令吗？呵，倒是好笑，公主府下了帖子给我，我带着寿礼前来祝寿，如今却要把我赶走？这就是公主府的待客之道？还是说送这帖子给我别有用意，就是想当着诸位夫人的面羞辱我？觉得我与战北望和离之后，定会羞愧难当，没脸见人，任由你们谩骂诋毁？

"如果叫我来是想看我的笑话，那么只怕你们要失望了，我并没有做错什么，羞于见人的不是我，我宋家人磊落坦荡，不管去哪里，我都能挺直腰杆，大声说话。倒是嘉仪郡主，你目无尊长，不把先帝嫔妃放在眼里，一口一句'慧太妃会沦为笑柄'，既不懂得尊重人，也不遵守孝义，不知你的父母是如何教养你的……"

她目光一转，落在大长公主的脸上："也难怪，毕竟你的母亲大长公主是在我父兄为国捐躯之后送上刻着'传承'的贞节牌坊行恶意诅咒的人，自然教不出什么好笋，不用驱赶，你们这样的人，我耻与为伍，告辞，不必送！"

说完，她唤了宝珠和明珠："我们走，这腌臜地方，以后再也别来，沾一身腥臭，还不定会被什么冤魂缠上呢，看吧，这公主府上空飘着的都是冤死的魂魄。"

大长公主再也忍不住心中的狂怒，大喝一声："宋惜惜！"

宋惜惜头也不回："找个高僧给她们超度吧，否则你们迟早被这里的怨气反噬。"

她不是要看谁会成为上京贵妇们茶余饭后的谈资吗？那自己就放个大料，是真是假，她大长公主心里有数，也不敢真的叫衙门来查，一查一个准。

《商律》有言：主家不可随意打杀奴仆，若奴仆有罪，须先报官府，不可私下杀掉。至于那些行过妾礼的小妾，更不可以被残忍毒杀。

这些事情，宋惜惜本来不知，还是今日出门的时候福伯说了一句，说委身于驸马的那些小妾大部分没了，让姑娘小心点儿应付大长公主。

如今宋惜惜撂下这句话便走，任由大长公主狂怒大吼，不必回头，也不必停留，话题到此便行了。

她来过，送过礼，但被主家刻薄地对待，没理由不反驳，旁人怕大长公主，她不怕。

战老夫人目瞪口呆。她从来没有见过这么犀利的宋惜惜，或者说，她从来没见过真正的宋惜惜。

以前在她身边伺候的儿媳妇，仿佛完全变了一个人，有这种傲骨与本事的人，为何愿意伺候她这个病恹恹的婆母？

她想不明白，但是似乎又明白了。可明白了，一对比，她心里更难受了。

比战老夫人更感震骇的是慧太妃。

她用骇然的目光一直目送着宋惜惜潇洒的背影，直到看不见了，目光还没收回。

此刻她的心情，就像是在心里放置了一面鼓，她用全身的力气在敲鼓，敲得"咚咚"作响，震得自己耳鸣，但是那种爽感，哇，前所未有啊！

大长公主是她此生都打不败的敌人，她在这对母女面前永远只能处于下风，结果她们被宋惜惜三言两语击溃，大长公主这般失态的模样，她真的没见过，天啊，好爽啊！

这个儿媳妇，虽然不那么让她满意，但似乎也挺不错的，不是吗？

不行，不行，她不能这样想，宋惜惜配不上墨儿。

宋惜惜一走，谢如墨也走了。

内院里的话很快传到了正院里头，在场的皇室宗亲与诸位文武官员都知道了北冥王即将迎娶宋惜惜将军。

男人的想法和女人的想法不一样。

男人看重身世，看重清白，但是更看重利益。

宋惜惜是什么人？除了是镇国公的女儿，背靠国公府外，还是万宗门的弟子，沈青禾先生是她的大师兄。

万宗门除了沈青禾，还有许多能人异士。这个万宗门可不单单是武林门派，万宗门的门主是当年的骠骑大将军兼异姓王南安王任秉义的重孙子，叫任阳云。

任阳云一手创办了万宗门，整座梅山的门派都要看他的脸色，因为整座梅山都是他的，是当年任秉义的封地。

南安王的封号虽然没世袭，但封地没被收回，这么多年来，他们积攒了多少钱财，只有他们自己知道。

当然，钱财乃是其次，重要的是江湖上的人脉。听闻任阳云的武功是江湖第二，第一是他的师弟。当然，这些江湖上的传闻，朝廷中人并不能核实，消息或许有误也未可知，可这样响当当的门派，又能号令整个梅山，任谁都想结交一番，更不要说结为姻亲了。

宋惜惜本身又是收复南疆的功臣，取代易昉将军成了商朝第一女将。

有了以上这些，宋惜惜是否二嫁女，一点儿都不重要。

真是奇怪的世道，有时候男人都还没轻贱女人，女人倒先轻贱起女人来了。

都说物伤其类，她们是真的物伤其类，伤害的伤。

宋惜惜和谢如墨在大长公主的府邸门口对视了一眼，谢如墨看到她意气风发的模样，显然没受半点儿委屈，便放心了。

反正二人的婚事已经公布了，他干脆邀请道："听闻聚贤居来了一位湖南的厨子，擅做湘菜，不如我们去尝一下？"

"好啊！"宋惜惜也饿了，吵架真的挺耗费体力的。

谢如墨和张大壮策马，宋惜惜和宝珠、明珠上了马车。

明珠还是有些保守："姑娘，就这样在外头一同用膳，合适吗？"

宋惜惜笑着道："要不请他去我们国公府用膳？"

"呃……那还是去聚贤居吧。"明珠想了想：府中没有准备，就算拿得出几道菜，也不够宴请贵客。

王爷可是贵客呢。

到了聚贤居，张大壮先进去要了个雅间，才出来请王爷和宋姑娘进去。

雅间里摆下了两张桌子，一张给宝珠、明珠和张大壮，另外一张是给谢如墨和宋惜惜的。

点菜的任务被交给了宋惜惜，宋惜惜拿着一块块写满菜名的竹牌，抬眸问谢如墨："能吃辣子不？"

"无辣不欢！"谢如墨挺直腰背。对于点菜，他很认真。

在战场吃了三年的苦，他回来后，什么都想吃一口，最重要的是，他知道惜惜喜欢吃辣。

"咱们两个人，叫三道菜就好，我也能吃辣，就全部叫辣菜，但宝珠和明珠不爱吃辣的，他们那桌叫一道辣菜、三道不辣的，如何？"

"三道菜哪里够？叫八道菜。"谢如墨说。

宋惜惜"扑哧"一声笑了："吃得完吗？吃不完浪费。"

"吃得完。本王今日早饭都没吃，想着在大长公主寿宴上吃顿好的，结果没吃上，无论如何也不能亏待了咱们的肚子啊！"

宋惜惜笑着挑出一块一块竹牌。这里有湘菜，但也有其他菜系的菜，八道菜全点辣的也不行，于是她又叫了两道聚贤居不辣的招牌菜。

点好菜之后，她给谢如墨过目，谢如墨拿起竹牌看了看，大为欣喜："都对本王的胃口，就这么下单。张大壮，拿出去给小二下单。"

张大壮"哦"了一声，接了竹牌拿出去，下单之后便回来了。

"内院那边发生了什么事？她们不信你送的寿礼，认为是赝品？可还有欺负你？"谢如墨能猜个大概，但还是想听她说。

宋惜惜饮了一口茶，把干燥的嗓子润了润，道："她们欺负不了我，但确实有针对我，我没放在眼里。"

宝珠在那边搭腔："姑娘最后说的那几句话可把奴婢吓坏了，姑娘，怎么敢这样说啊？大长公主要是报复的话，可怎么办才好呢？"

宋惜惜道："反正不管说不说，她都与我过不去，我还不如一吐为快。"宋惜惜睨了她一眼，"你跟了我这么多年，从府里到梅山，再从梅山回京，几时见我怕过谁？"

"您原先是天不怕地不怕的，这不是……"宝珠想起在将军府的日子，倒是也谈不上怕谁，就是姑娘跟变了个人似的，只是这话不能当着王爷的面说，"反正咱们能不能得罪都已经得罪了，怕也没有。"

谢如墨好奇地问道："你临走时说了什么？"

宋惜惜把内院里发生的事情、自己与嘉仪郡主的口角、临了撂的话，一字不落，全部说给了谢如墨听。

谢如墨听完之后，一点儿都没有流露出诧异的神色，仿佛早就知道她的性子是这样的。

谁欺负得了她这个万宗门的小魔女啊？也就是将军府的人自以为拿捏住了她，没想到她只是因为父兄阵亡才会遵从母命，嫁入将军府，想着战北望出去打仗，她便好好地照顾府里的人。

她从来都不是那么好拿捏的人。

那年他上山去，亲眼看到她的二师姐萍无踪被她摁在地上。萍无踪并不是相让，是真的技不如她。当然，萍无踪最厉害的是轻功，她是江湖上最有名的探子，只是这件事情没有太多人知晓。

听任门主说，惜惜是练武奇才，门中弟子里，论武功的话，她是没有对手的。莫说门中弟子，就是梅山所有门派的弟子，哪个没被她年少轻狂的时候挑战过？谁都不如她。

任门主在说起她的时候，脸上带着骄傲的神色。

不过，谢如墨对母妃公开他即将迎娶惜惜的消息感到意外，以她的性子，一定会极力反对他们的婚事，即便有人问，她也不会说，现在没人问，她就自动说了出来，这很不像她。

"母妃当众宣布此事，她今晚回宫后一定会很懊悔。"谢如墨是了解慧太妃的。

宋惜惜觉得很新鲜："你母妃那日对那叫一个嚣张跋扈，但是在大长公主和嘉仪郡主面前，她乖得像一条小狗，气是气的，但是不敢反驳，只有干瞪眼，我见着都觉得好笑。"

"大长公主是我的姑母，当年跟着她的母妃住在宫里的时候，学了不少阴狠的手段，加上被皇祖父宠溺着长大，连父皇都让她三分，我母妃怎么会不怕她？"

谢如墨用修长的手指握住茶杯，继续说道："当年皇祖父对她算是百依百顺，唯独在她瞧上你父亲这件事上，皇祖父没依着她，她因此对宋家怀恨在心。"

宋惜惜道："有脑子的人都知道，尚了公主就不能再手握重兵，我父亲年轻的时候便是一员猛将，可独当一面，朝廷怎么舍得让他去尚公主？所有人都明白的事，她会不明白？只不过是不甘心罢了。"

谢如墨勾唇，笑容一绽，显示出勾魂夺魄般的俊美："是的，借题发挥，抒发心中的不满而已。对了,你怎么知道她的府中处处都是冤魂?"

正好上菜了,宋惜惜便闭嘴不语,看着菜肴一道道地被摆上来,其中她最喜欢的双色剁椒鱼头一片殷红一片青绿,底下的粉丝露了出来,瞧着就让人胃口大开。

干锅肥肠、永州血鸭、蟹黄粉丝煲、糯米蒸排骨、辣子炒肉、辣子炒豆干、梅菜扣肉,有辣的,也有不辣的,香气顿时萦绕在雅间里。

宋惜惜是真的饿了,先拿起筷子,然后才回答他的问题:"出门的时候,福伯提了一句,说驸马这些年娶了很多小妾,生了孩子之后,小妾大都死了,我就在想,一个小妾死了,那是因为意外或者难产,但是这么多小妾都死了,就很难不让人怀疑其中有什么阴谋。"

说完,她拿起碗,把剁椒鱼头底下的粉丝搛起来,放在碗里。这些粉丝被辣子汁泡过,特别入味,她还给谢如墨布菜:"尝一点儿粉丝,这粉丝才是精华中之精华。"

然后她往他的碗里舀了一小勺红辣椒拌青辣椒,又舀了一勺汤汁。

"嗯。"谢如墨看着红彤彤的辣椒水,神情无比认真,倒是不着急下筷子,"你的怀疑是对的,驸马的那些小妾确实都被她残害死了,死得挺惨的。"

宋惜惜道:"我今日没见到她的身边有小妾,该不会都被杀死了吧?还有小妾生的孩子,也没见到啊!"

"倒也不是,识时务的还能留条命,生完之后主动把孩子送给她,然后在她的身边当个洗脚婢,倒是可以活命,至于那些孩子……"

他下筷子了,搛了一箸粉丝送入口中,咀嚼了一下,马上吞咽,眼圈陡然红了,猛地拿起茶杯饮起来,一边咳嗽一边说:"呛着了,呛着了。"

咳嗽,一边拿出手绢捂住嘴,那条手绢过于碍眼,宋惜惜别过脸,没眼看:这绣的是什么玩意儿?鸟不是鸟,蜜蜂不是蜜蜂,还绣得皱巴巴的。

他记得这条手帕是谁送的吗?

不行,这条手帕一定要偷回来销毁。

她吸溜了一口粉丝,入口香辣顺滑,真是蚀骨销魂啊!但是她的注意力不在美食上,而是在他的手帕上,她状似不经意地问道:"王爷这手帕,瞧着绣工不怎么样,是府中绣娘绣的?"

谢如墨咳得脸颊发红,一个劲儿地喝水,终于把那股辣痛感从口腔里消除了大半,才扬起手帕,道:"这个?应该不是府中绣娘绣的吧。这条手帕跟了本王许久,本王记得是一位初学绣工的小姑娘绣的,这是本王第一次收到别人亲手做的礼物,便舍不得丢弃,只是有些遗憾,想不起那位小姑娘是谁了。"

他说得认真,眼中也充满了遗憾,显然真的忘记了是谁送的。

宋惜惜这才放心,他这么久都没想起来,定然不会想起来了,她这些日子要勤练绣工,绝对不能让他看出自己的绣工如此粗糙。

"在这手帕之前，没人给你送过亲手做的礼物？"宋惜惜问道，又给他布菜，分了一半鱼头给他，"吃。"

他倒了茶，把茶晾凉一些，才开始慢慢地吃着鱼头。他吃饭的动作甚是优雅，和在战场上判若两人。

果然，回京之后，大家都开始装了。

"母妃从来不做绣品，如果我要用手帕之类的，内府多的是，高嬷嬷随便去给我拿几条便是。"谢如墨又咳嗽起来，这一次像是又呛着了，不顾热茶滚烫，一口饮下去，却咳嗽得越发厉害。

一旁的张大壮看着他几乎要把肺都咳出来的样子，不禁担忧起来：爷素来是沾不得辣的啊！今日怎么说自己无辣不欢呢？

宋惜惜也发现了，他一吃辣就咳嗽，脸颊都咳红了，明显不太能吃辣，为什么选这家馆子？

她把不辣的菜挪到他的面前，道："你虽喜欢吃辣，但你今日嗓子不适，就先忌口，多吃点儿清淡的。"

"今日本王的嗓子确实不适。"谢如墨清了清嗓子，那股辣痛感在口腔里盘桓，难受极了。

"我去叫人给你端一碗羊奶来。"宋惜惜起身，打开雅间的门，叫小二上一碗羊奶。

"奶可以解辣。"宋惜惜笑着，像哄孩子一样，"快喝下去。"

谢如墨端起羊奶，入口有微微的腥臊味，但是冰冰凉凉的，勉强能入口，最重要的是，这是她善解人意的体现。

看破不说破，她没揭穿他的逞强与故意讨好，和在梅山时相比，她真的变了好多。

但他挺心酸的，因为她哄他喝下羊奶的语气如此自然，大概是因为她一直如此伺候战老夫人喝药吧。

她曾经真心拿将军府的人当家人看待，也是真心想和战北望过一辈子的。

一家狼心狗肺的东西，怎么配得上她的真心？

谢如墨的眼中流露出戾气。苏兰基对易昉的报复实在是太想当然了，他以为折辱易昉一番，易昉便会如西京太子一样自尽，但是，她还活得好好的。

"在想什么呢？"宋惜惜见他的眼神忽地变得狠厉，便问道。

谢如墨的俊脸笼着寒霜，他摇摇头："没什么，回头再说。"

张大壮这个时候变得很识趣了，招呼宝珠和明珠出去："咱们到隔壁的雅间吃吧。"

宝珠知道他们或许什么正经事要说，便叫了小二进来，帮忙把饭菜都挪到隔壁去。

雅间里便只剩下他们二人了。

宋惜惜问道："王爷，你是有什么不痛快吗？"

谢如墨望着她："本王见你方才哄我喝奶的样子，想来你在将军府伺候那个老婆子喝药的时候也是这般耐心，你曾把将军府的人都当作亲人看待，他们却全都背叛了你，本王心里恼怒。还有易昉，本王总觉得她受到的惩处太轻，就连军棍都是战北望代替她受的。"

宋惜惜没想到他喝个羊奶也能想到她在将军府的日子，想了想，道："或许吧，但我相信皇上斟酌之后，兵部会把她除名。她以前瞧不起内宅女子，以后却只能好好地当个将军夫人，伺候公婆夫婿了。"

宋惜惜记得易昉曾经何等意气风发地说，她不屑与内宅女子斗，可最后她终究会活成自己厌恶的样子，这是可以预见的。

谢如墨问道："你们宋家惨遭灭门，与她有间接关系，你就不想杀了她？"

这个问题，宋惜惜反复想过很多次。

她蹙起秀眉："杀了她很容易，一刀的事，但能报仇吗？西京人不公开她在成凌关所作的恶，我就算杀了她，也不是真正的报仇。"

报仇是把真相公开。西京人选择隐瞒，皇上更不会公开，因为公布真相于商国百害而无一利，连商国军人都会被打上残酷冷血的标记，更会牵连到外祖父萧大将军。所以，这个仇是报不了了，报仇的代价太大了。

其实他们二人都知道情况，只不过意难平。

易昉的存在就像是一根刺，扎在了他们的心上，不仅仅是因为宋家的灭门之仇，还因为她的所作所为让商国军人蒙羞。

"快吃。"宋惜惜收回思绪，朝他笑了笑，心头微暖，有人为她宋家感到不甘，对她而言已经是一种安慰了。

他回以温暖的微笑，拿起筷子给她搛了一块鱼头："本王知道你爱吃辣，快吃吧。"

宋惜惜扬起俏脸："你什么时候知道我爱吃辣的？"

谢如墨道："我去梅山的时候听他们说过。"

"奇怪，你为什么每次都不与我见面呢？"宋惜惜甚是疑惑：他们也不是不认识，都到梅山了，为何不见一面？

谢如墨不断地给她布菜，就是没回答她这个问题。

宋惜惜便放下了疑惑，毕竟这也不是很重要的事。

他笑着糊弄过去："经过今日大长公主的寿宴，想来上京世家的话题会增添很多。"

宋惜惜娇嗔地瞥了他一眼："嗯，会有很多贵女心碎。慧太妃宣布我要与你成亲的时候，不少人看我的眼光都充满了敌意。"

"也会有不少人羡慕我、忌妒我。"谢如墨意味深长地说。至少战北望后悔了，皇兄也动心了。

"那倒不会，我一个和离妇，谁瞧得上？"

他拿筷子头轻轻地敲了她的额头一下："你马上就是北冥王妃了，还妄自菲薄？"

"世俗的眼光皆是如此。"她敲了回去，然后飞快地闪开，笑着道，"我可不是妄

283

自菲薄，我知道自己有多出色。"

看到她笑得恣意，眼中绽放着光芒，他心中有所触动，即便是伪装的，但她愿意伪装，也是一个很好的开始。

初到南疆的她，眼中总有一种挥不去的悲痛沉郁，现在的她已经好很多了。

宋惜惜看着神情时而轻松时而深沉的他：或许每个人都有每个人的痛吧，挚爱另嫁，他不得不与一个不爱的女子成婚，以应付皇上的赐婚。不知道那个女子是谁？如果她知道自己错过了这么好的儿郎，是否会后悔？

吃完饭，双方各自归家去，道别时，宋惜惜觉得自己和他比原先亲近了些，看来他们以后成亲了，也是能够相敬如宾的。

翌日，谢如墨带着礼部的官员以及颜太傅登门提亲。

宋太公和宋世安也被请到了国公府，开始走纳采、问名、纳吉、纳征的流程。

颜太傅亲自出面，让宋太公十分惊喜，他觉得北冥王是真心要娶惜惜的。

宋太公心里实在欣慰，惜惜不仅立了功，为宋族增了光，光耀了宋族门楣，更将嫁给亲王，让那些瞧不起她的人，瞧不起宋家的人，全都惊掉了下巴。

钦天监正也被请了过来，庚帖一换，钦天监正说了四个字："良缘天定。"

有了这四个字，谢如墨干脆请期，钦天监正笑着说："如今已是七月，筹办婚事起码要半年，恰好腊月二十四是黄道吉日，匆忙是匆忙了些，但人手够的话，也是办得来的。"

谢如墨巴不得快些把宋惜惜娶进门，但是又觉得婚事一定要隆重，不能草率，便问了宋太公和宋惜惜的意思，见他们都同意，便定下了腊月二十四。

谢如墨转过头来问宋惜惜："我还要亲自去梅山一趟，跟你的师父求亲，你要和我一同去吗？"

宋惜惜摇摇头，眼神黯然："我就不去了。"

梅山上有一个快活恣意的女子，那个女子也叫宋惜惜，她把那个自己丢在梅山上了。和离的时候，不管受了多大的委屈，她都没有回去，只寄了封信给师父和师兄师姐，就是不想让他们看到脸上没有真正笑容的她。

谢如墨知道她为何不回梅山，心中叹气，但脸上什么都不显露，点点头，道："行，本王带人去一趟便是。"

宋太公不要太满意：堂堂亲王能做得如此面面俱到，可见他对这门亲事有多重视。

将军府当初多傲气啊，现在他们还傲得起来吗？

【六月】著

桃花马上请长缨

下册

青岛出版集团 | 青岛出版社

第十一章
母亲的期盼，迟来的嫁妆

从大长公主的寿宴回来后，战老夫人便病了，半夜发了高烧，一直在说胡话。

闵氏连夜请了大夫，战北卿也去找住在客栈的战北望，战北望开始还以为是骗他的，直到回来后看到母亲全身颤抖，一直在嘟哝着胡话，他才知道母亲是真的病得很厉害。

易昉也难得过来照顾战老夫人。她已经好多天没见过战北望了，她有她的骄傲，不想去找他，但她想着这里始终是他的家，他总要回来的。

战北望没看她，着急地问："为什么母亲忽然病了？还病得这么严重。"

战少欢哭出声来："还能是因为什么啊？还不是因为宋惜惜。她也去了大长公主的寿宴，仗着自己要嫁给北冥王，竟把大长公主和嘉仪郡主骂了一顿……"

此言一说出口，战北望和易昉都骇然地看向战少欢。

战北望失声道："什么？她要嫁给北冥王？"

闵氏连忙道："小姑子，不能胡说，分明是大长公主想用母亲刻薄地对待儿媳的话题来掩盖自己的事情，才把母亲气病的。"

战北望心头千般滋味，心思百转千回，最后只余心酸与苦涩，还有追悔莫及。他苦笑一声，想说点儿什么，却发现嗓子像被什么东西封堵住了，一个字都吐不出来。

"北望，错了，错了……"床上的战老夫人嘴里说着胡话，反反复复就是这一句，"错了，真的错了……"

易昉冷冷地道："错什么了？后悔娶了我，弃了宋惜惜？"

战少欢坐在床前拭着眼泪，愤愤地道："宋惜惜算个什么东西？都是二嫁的人了，竟能嫁入王府，嫁给北冥王。北冥王也真是的，挑什么样的贵女不好，非得挑我们将军府不要的女人,这不是打我们将军府的脸吗?我们不要的人,人家拿来当宝,母亲能不气吗?"

闵氏听她还在这里胡说,心头恼怒得紧,往日性子懦弱的她不知道怎么的,猛地发起脾气来:"闭嘴,母亲病倒并非因为这个,你不要胡言乱语,扰乱家宅安宁!"

战少欢被闵氏一斥,当即想要反驳,却见她眼神冷厉,前所未见,不禁吓得把话咽了回去,"嘤嘤嘤"地哭了起来。

闵氏是真的受够了。这将军府如今是她掌家,自己的夫婿没多大出息,混不出个人样来;二叔好不容易立了功,得了百两黄金,往后总归是有出息的,家里就仰仗他了,他出去浑浑噩噩数日,终于回来了,小姑子又拿宋惜惜说事,宋惜惜没欠将军府的,犯不着每日都被挂在嘴上骂一通。

最重要的是,如今再提起宋惜惜,二叔夫妇难免又要生出嫌隙,这易昉眼看着建树不一定有,但破坏力着实惊人,如今兵部和吏部对二叔都还没有安排,若他们夫妇不和,吵起来,让外人知道了,御史不参二叔参谁?

婆母发着烧,说浑话也就罢了,小姑子还跟着瞎掺和,真真烦死。

果然,易昉冷笑了一声,看着战北望,半边脸显得特别狰狞:"你前头的娘子要嫁人了,要嫁入王府,你后悔了吧?错了,就是错了,你就不该娶我,我也不该嫁进来,惹得你们一大家子厌弃。"

战北望听到此言,不禁恼怒:"你说什么?谁厌弃你了?"

易昉多日不见他,见他一回来就用这种不耐烦的语气跟自己说话,心中的委屈和情绪终于爆发,怒道:"你不厌弃我吗?你敢说你不厌弃我?你觉得我被那些西京士兵玷污过,你觉得我不清白了,对不对?"

大半夜的,矛盾终究是爆发了,闵氏觉得心累至极,转身出了门。

身后传来男人女人的咆哮声,伴随着战少欢的尖叫声,闵氏慢慢地走向内院正厅,以前宋惜惜就是坐在那张椅子上主持家事。

家事烦琐,但她总是很有耐心,和颜悦色地对待每一个人。婆母晚上发病,她一守就是一整夜,第二日也不睡,该做什么便做什么。

她像是不会累一样,可谁不会累啊?只不过是苦苦支撑罢了。

闵氏以前不懂,但现在她什么都懂了。

她筋疲力尽地坐在椅子上,看着空荡荡的正厅,为节省灯油,廊前的风灯只点了一盏,惨淡的光芒照进来,映照着孤寂的桌椅,这将军府看起来仿佛一座坟墓。

她为宋惜惜高兴,不为别的,只为在将军府的时候,宋惜惜对她的关照。

这种关照不仅仅是物质上的,现在她掌家了,才知道宋惜惜当初为她做了什么,又抵挡了什么。

她现在是真的筋疲力尽,折腾不起,还不如嫁入寻常百姓家呢,起码能过殷实的日子，没有那么多不切实际的追求，耗尽每一个人的心力都追不到。

她坐在椅子上睡着了，也不知道睡了多久，直到下人进来告诉她，说二爷打了二少夫人一巴掌，二少夫人又打了二爷一巴掌，乱作一团之后，二爷摔门出去了，老夫人醒来后，又气昏过去了。

她听完之后，也只是"嗯"了一声，便道："都忙自己的去吧。"

闵氏知道，这只是开始而已，家无宁日的开始。

就在谢如墨启程去梅山的时候，吏部对战北望的任命下来了，他入了京卫衙门，任京卫指挥使司镇抚司，这是个从五品的职位。

这个职位设了两个人，其中一人便是玄甲军的毕铭。

京卫出自玄甲军，而北冥王是玄甲军的指挥使，宋惜惜是副指挥使，底下还有指挥同知、指挥佥事，接着才到指挥使司镇抚司。

宋惜惜的这个职位其实是一个虚衔，商国可以让女子上战场，却不会让女子真的任实职。

而且谢如墨交了兵权，却还是玄甲军的指挥使，宋惜惜这个副指挥使若是实职，那玄甲军和京卫全掌握在他们夫妇的手中，有人会不放心。

战北望进了京卫衙门，虽然只是从五品的指挥使司镇抚司，但慢慢再上一二级，还是可以成为谢如墨的一根刺的。

皇帝做事，讲求防患于未然。

他知道谢如墨现在没有什么野心，但最好不要给对方滋长野心的温床，以免伤了兄弟感情。

战北望对这个任命很不满意，在他看来，就算回到驻京卫所里，也胜过在谢如墨和宋惜惜的手底下任职。

哪怕他知道宋惜惜不会来京卫衙门，可她有这虚衔顶在头上，他就始终是宋惜惜的下属。

但从五品的实职也算不错了，总好过打完成凌关战事那样，什么安排都没有，只当个闲散武将。

他入了京卫衙门，至少拥有了实打实的权力。

他的内宅已是一团糟，他现在只想专心于事业。

他的顶头上司是指挥佥事甘承允，甘承允没跟着上战场，但他和毕铭是莫逆之交，因此知晓战场上发生的事。

他对战北望和易昉很不满，战北望上任当天就被他晾着，讽刺了一番。

战北望忍了下来，拿出银子请兄弟们吃了一顿，毕铭也出来说项，说战将军在战场上确实立了功，皇上也是嘉许过他的，甘承允才没有继续刁难他。

毕铭倒不是要护着战北望，只是皇上和兵部论功行赏，没有抹杀战北望的功劳，他不想多惹事，王爷不喜欢这样。

战北望任职后，易昉也盼着自己有个一官半职，哪怕是当个京卫，或者加入玄甲军当个小队目。

她知道自己犯过错，觉得兵部对她的官职安排不会太高，可到底成凌关一战，她是首功，忽略南疆战场，她谋一份差事应该是不难的。

只要有差事在身，她就能抬起头做人。

可易昉想得太简单了。就连宋惜惜也只能领个虚衔，都不需要去京卫衙门，也不用参与玄甲军的集训——当然，如果有特别需要，她也可以去，她是不用去，而不是不能去，像易昉这种犯下大错、声名狼藉的女将，就更不可能获得什么实职了。

所以，易昉等了好几日，却只等来了兵部的一份开除军籍的文书，她在成凌关大捷中的功劳也全部被抹杀。

她不再是易将军，甚至不再是军人，在成凌关的功劳都没了，就像是完全没有上过战场一样。

她需要把兵部派发的将军卫甲、令牌、印章和武器交回，甚至连当初的兵服也不能留下。

这击溃了她的心理防线。她自认为高人一等，和别的女人不一样，就是因为她可以上战场，她是士兵，是百夫长，是将军，她一路艰难走来，最后嫁入将军府。

她以为这只是一个开始，以后自己定然可以平步青云，开创女子为官的先河。

没想到，嫁入将军府是一切结束的开始。

她疯了似的在院子里砸东西，目之所及的一切都被她砸烂了。下人都不敢靠近，去请了闵氏，闵氏说管不着她在自己的院子里发疯，去都没去。

至于老夫人，还病着，没人敢告诉她。

其余的人知道了也不会去，但是战少欢去瞧了一眼，那一眼充满了怨毒：都是这个贱女人，如果不是这个女人抢了二哥，宋惜惜依旧是她的二嫂，就不会嫁给北冥王，这个女人就是一个祸端。

易昉被开除军籍的事情到底还是被老夫人知晓了，老夫人的目光凝滞了好久，她才苦笑出声："哦？连将军都不是了？士兵都不是了？那我们将军府到底依仗她什么？花了这么多银子娶她，竟然毫无用处？还是个烂货，还是个泼妇。"

语气既恶毒，又无奈。

是的，国公府出身的宋惜惜虽然自小练武，但是她极具教养，知书达理，忠义孝顺，会主动去做自己分内的事。

但易昉做不到，她甚至只要不如意便会生气，府中恼怒她的人虽多，却没人敢当面非议她半句。

想起那晚易昉砸东西，和夫婿对打，战老夫人的心梗都要犯了，她真的是追悔莫及啊！

宋惜惜敢在大长公主府中说那些话，恰恰证明她有足够的实力去说。

易昉只敢窝里横，外头的人说什么，她出去反驳过半句吗？她不敢，因为她没有底气，没有实力。

在上京这个地方，实力决定了一切，在诸多权贵面前，易昉什么都不是。

自己病在床上这么多天，易昉一次都没来伺候过，连基本的孝顺都没有。

而且，易昉的家人也离开了京城，这意味着家人都避她如洪水猛兽。这样的人，自己真的是病糊涂了，才会招进门来。

战老夫人心头越想越生气，病情便越发不好了，可她没有任何办法去改变局面。

她甚至有些埋怨宋惜惜：为何隐瞒师门？如果早知道她的师兄是沈青禾，自己说什么也不能让她离开将军府啊！

其实战老夫人也不知道沈青禾有多大的影响力，只是见那日人人都崇拜他，一幅画能卖千金，甚至大长公主见到女儿撕毁了他的画，也愣怔了许久，就知道他定然是个了不起的人物。

谢如墨去了万宗门，慧太妃又差人把宋惜惜传入宫中。

经过大长公主寿宴一事，慧太妃对宋惜惜的看法有所改观，但是不足以让她改观到接受宋惜惜成为自己儿媳妇。

她想来想去，发现自己没什么手段可以施展，宋惜惜对大长公主尚且敢如此放肆，显然，强硬手段是行不通的。所以，她打算动之以情，晓之以理，让宋惜惜主动放弃。

宋惜惜到了长春宫，便见里面摆下了茶桌，点心茶水一应俱全，就连慧太妃那张骄横的脸上都勉强挤出了笑容。

她之所以看得出勉强，是因为慧太妃的笑容极为僵硬。

宋惜惜拜见之后，慧太妃便屏退左右，与她闲话家常般聊了起来。

"哀家是真的为了你好，你是被墨儿给骗了，墨儿早就有心上人了，他以前还发过誓，非她不娶，他的心是不可能分出一寸地方给你的，嫁给一个不爱你的男人，你有什么幸福可言？你已经嫁过一次了，何苦再被男人戏弄欺骗？"

她本以为会看到宋惜惜心碎的神情，没想到宋惜惜的表情没有一丝变化，道："此事，王爷并未瞒我，我早已知晓。"

慧太妃大为吃惊："既然你知道，为何还要嫁？他都不爱你，他的心里根本没有你，你嫁给他，何苦来哉？就为了王妃之位吗？你国公府的门楣已经很高了，实在犯不着拿自己一辈子的幸福去耗。"

"太妃不如想想，为何他有那么多人可以娶，却偏偏要娶我？"宋惜惜含笑问道。

慧太妃想了想，道："对他而言，只要不是他的心上人，娶谁都可以。"

"是啊，娶谁都可以，但为什么是我？"

这话把慧太妃给问住了。

慧太妃其实不明白为什么儿子一定要娶宋惜惜，如果说非得娶一个王妃回去管着府中的事，京中的贵女任由他挑选。

清清白白的，端庄大方的，知书达理的，有世家风范的，他要什么样的没有？为什么非得是一个成过亲的和离妇？

她望着宋惜惜，愣怔着反问："是啊，为什么啊？"

"两个原因。第一个，他的心上人是我……"

"扑哧——"慧太妃忍不住讥笑了起来，"你拉倒吧，绝不可能是你。你长期不在京城，与他才见过几面？你怎么会是他的心上人？"

宋惜惜当然知道不会是自己，这句话只是用来引出第二个原因，让慧太妃自己去深思："第二个原因，便是他认为我当北冥王妃很适合，也很……安全。"

"安全"两个字，她说得很慢。

对慧太妃而言，这一题显然超纲了：安全？

她皱起眉头。为什么会安全？她不懂，但只要她不懂，就一定牵涉前朝或权力，这就不是她擅长的领域了。

她不由得联想起高嬷嬷打听回来的小道消息：皇后曾经传召宋惜惜入宫，说皇上想娶宋惜惜为妃。

这个消息乍一听甚是荒谬，宋惜惜虽然家世不错，有军功在身，长得也好看，可她是二嫁之身，就算入宫，一个贵人的位分也就到头了，偏偏小道消息传的是她入宫为妃，妃位岂是能轻易许诺给一个二嫁女的？这绝对不可能，祖宗家法也不能容许。

更何况，如果消息是真的，皇上看上了她，那墨儿娶了她的话，岂不是明抢皇上的女人？

这怎么会安全？这是后患无穷啊！

她打量着宋惜惜，不禁思索起第一个可能性。

当初她想帮墨儿说亲，墨儿说自己早已有了心上人，等他出征回来就会定下，可后来她寄信给他，他说心上人已嫁，婚事不必任何人劳心。

不会，不会的，如果是宋惜惜，他出征之前肯定会表明心迹，而宋夫人也不可能不知道，宋夫人如果知道，肯定不会把宋惜惜嫁给战北望，真是奇了怪了。

慧太妃看着宋惜惜美丽的容颜，再看着她窈窕的身材，实在难以想象她会像墨儿说的那样，一刀把人砍成三截。

慧太妃又想起她在大长公主寿宴上的所作所言，问道："你那日得罪了大长公主，就不怕她报复？"

宋惜惜从容不迫地道："没牙的老虎，怕她什么？"

慧太妃冷冷地道："你就是太年轻了，不知道她的手段，她背地里的手段多着呢，这样的人，时不时地在背后给你来那么一下，有你的苦头吃。"

"她背地里来一下，咱们就明着还她两下。我们行事磊落，俯仰无愧，明着来、暗着来都不怕她，倒是她做了太多不为人知的事。有了把柄，有了软肋，那就很好对付了。"

她说着，手上做一个握住的动作，恰好捏碎了一个杯子，然后漫不经心地把碎片放在茶几上。

看到这里，慧太妃心一凛，不自觉地把挺直的腰微微弯了一下，意识到这是示弱的行为，又立刻挺直了腰。

宋惜惜的余光瞧见这一幕，她用手指轻轻地掸了一下绣花百褶裙上的一小块碎片，道："我们万宗门有门规，人不犯我，我不犯人；人若犯我，斩草除根！"

慧太妃听得心又是一凛，却见她微微一笑，语气温和轻柔地说："当然，这是快意恩仇的江湖，我们世家大族的人是不会这样做的，我们从来都是讲道理，就如今日太妃娘娘请我来，也是与我讲道理一般，若真来硬的，叫人带我在烈日底下晒着绕圈子，或是扇我几巴掌，那我能忍第一次，却不会忍第二次。"

她的眼里浮现冰冷锐利的光。

慧太妃瞧得心莫名其妙地一怵，却又无言以对，这分明是说自己上次召见她的事，这般轻描淡写地说出来，却句句是威胁。

宋惜惜真的好放肆，好生放肆，自己好想打她耳光，抓她头发，拖她出去，使劲踩她的脸，把她的手指骨头一寸寸地踩断。

宋惜惜看到慧太妃眼中流转的各种情绪，把头转过去，看着殿外的阳光，弯唇微笑。

看来得把要慧太妃唬住才行，免得她又出什么幺蛾子。

"对了，太妃娘娘传臣女进宫来，是有什么事吗？"宋惜惜过了好一会儿才收回目光，问道。

慧太妃暗自翻了个白眼：她真会装糊涂，有什么事，见面的时候不就说了吗？让她换个人嫁。

但话赶话到了这里，慧太妃也不好再提，只能说："哀家只是觉得日子无聊，叫你进宫来陪着说说话。"

宋惜惜笑着道："臣女很乐意，太妃现在可还觉得无聊？如果还觉得无聊，不如随臣女去一趟大长公主府？"

慧太妃的脸色顿时一变："去大长公主府做什么？"

"串门啊，毕竟以后我也是要唤她一声'姑母'的。"

慧太妃用看傻子的眼神看她："你还敢去？今日可没宾客在场啊！"

宋惜惜坐得端庄，说得温柔："要的就是没宾客在场。那日人太多，不好做什么；今日没人在，可以敞开了说，以免日后她们有事没事就找我麻烦，我这个人，最讨厌有人找我麻烦。"

慧太妃觉得这话似乎是对她说的，但看宋惜惜认真的模样，似乎又不像。

待宋惜惜出了宫，慧太妃急忙派人跟着，看她是不是去了大长公主府。

那日她得罪大长公主太甚，今日她还敢去的话，足以说明两点：第一，她是个疯子；第二，她真的没把大长公主放在眼里。

不管是哪一点，这个未来儿媳妇，她都得罪不起。

宋惜惜离宫之后，坐上了马车，确实是前往大长公主府。

今日她本来就是要去大长公主府的，只不过临时蒙召进宫，这才耽误了。

不过耽误不了，已是午后，想来大长公主午睡也该醒来了，战斗力充沛，应该不会让人失望。

这几日宋惜惜收拾库房，把之前从将军府拉回来的陪嫁归置了一下，有些要变卖的就变卖，不能变卖的就堆在一个角落里——嫁给谢如墨，不能再拿这些当嫁妆，所以把库房整理之后，看看需要置办些什么物品，好让福伯列个单子。

就在那一大堆凌乱的物品里，她发现了大长公主送过来的贞节牌坊。

这贞节牌坊瞧着是真的精致，用料也甚是名贵，竟然是用和田玉雕刻而成的。

这么名贵的"礼物"，当然要还给大长公主。

大长公主送贞节牌坊的时候，父兄牺牲的消息刚传回京城，她还在梅山没有回来，因此并未见过这座小巧的贞节牌坊。

宋惜惜本以为母亲会把它扔掉，没想到还藏在库房里头，或许是母亲那时候太过伤心，叫人随意处置，下人也不敢扔出去，便丢在库房的一角。

宋惜惜还拿在手上反复看了一下，牌坊大约首饰匣子大小，"贞节牌坊"四个字就雕刻在正面的横头上，后面两边分别雕刻着"传承之宝"四个字。

她可以想象到母亲当时收到这座贞节牌坊的时候有多愤怒，又有多无助。

无助，是因为家中的儿郎都没了，她带着满门孤寡、年幼的孙子孙女，怎敢与大长公主对着干？

以前她以为这牌坊被丢弃了，所以没登门去寻大长公主，如今把牌坊找了出来，那她自然是要回敬的。

那日在寿宴上，她说请大家过来看看牌坊，其实她压根儿不知道牌坊还在，只不过笃定不会有人来看。

在场的人心中再如何觉得大长公主恶毒，也不会真的与她为难，特意跑国公府一趟，去看这么个诅咒人的东西。

马车抵达大长公主的府邸门口，宋惜惜让宝珠她们在马车上等候，她捧着贞节牌坊跳下马车。

门房认得她，急忙把她拦下来。

宋惜惜一手推开门房，径直往里走。

公主府的侍卫可不是白养的，见有人闯入，马上列阵应对。经过寿宴一事，侍卫都很清楚宋惜惜是公主府的敌人。

侍卫长还算客气，动手之前道："宋姑娘，大长公主吩咐过，不许你踏入公主府半步，请马上离开，否则休怪我们误伤了你。"

宋惜惜立在侍卫长的面前，从容地道："随便动手。"

她轻轻一跃，踩着他们的脑袋，一个飞纵跃上了屋顶，再几个飞跳，顷刻之间便往内院去了。

侍卫长大惊失色："快，往内院去，护驾！"

护驾太迟了，宋惜惜已经闯入至善苑，站在了大长公主的面前。

大长公主正在用茶点。她每天午睡起来后，都会用一杯大兴的云雾茶，再配上一份糕点。

她刚端起茶，眼前一闪，一道人影直接飞进来，落在她的面前，惊得她手中的茶杯"哐当"落地。

待看清楚是宋惜惜的时候，她大怒："宋惜惜，你好大的胆子，竟敢私闯公主府！"

宋惜惜冷眼看着大长公主震怒的脸，余光瞥见大长公主身旁伺候的仆妇正准备冲出来拦在大长公主的面前，嘴里喊人："来人，来人啊！"

宋惜惜勾唇一笑："大长公主，倒也不必如此大阵仗，我不过是来归还东西的。"

大长公主的目光落在她手中捧着的贞节牌坊上，脸色顿时一沉：这个东西，她们居然还留着？

这样的东西，收到之后难道不该愤怒地砸碎吗？那日她只道宋惜惜妄言，没想到竟然真的留着。

侍卫长带着人要冲进来，大长公主厉声呵斥道："退下，在门口守着。"

这贞节牌坊只有她近身的人知道，旁人如何说是一回事，但万万不能真的让人瞧见。

尤其是这些侍卫并非她内院的心腹侍卫，而是外院的侍卫，嘴巴不严，有时候喝了几杯黄汤，便什么事情都往外吐。

她身旁的仆妇倒是留了下来。门一关，大长公主狠戾的眸子锁紧宋惜惜："本宫看你是不想活了，你以为嫁给谢如墨，他就护得了你？你擅闯我公主府，乃大不敬，本宫能让你人头落地！"

宋惜惜看了看她的面容，再对上她的眸子，心中丝毫不惧，只有厌恶："狠话谁都会说，你能让我人头落地，我也能顷刻取你的人头。我平生所见的恶人不少，但像你这样心肠恶毒又狭隘无比的人实在是少见。我父兄是为国捐躯的，你身为皇家公主，不仅不敬他们，还送上如此恶毒的诅咒，欺负我的母亲与嫂嫂们，对她们落井下石，再往她们的胸口狠狠地扎上一刀，你不是人，连畜生都不如，畜生尚且做不出这

293

样的事情来。"

大长公主气得胸口剧烈起伏:"大胆,你放肆!"

"我就是放肆了,怎么样?"宋惜惜声音冰冷,带着浓浓的鄙视,"你怎么配当这大长公主?你怎么配受百姓的供养?像你这样恶毒的人,遭你所行之事反噬是迟早的事。我今日来,除了把这诅咒之物还给你,我还要告诉你,我会像一匹狼那样盯着你,你但凡出一丁点儿差错,我都会揪住不放,你捅在我母亲心口上的刀子,我会一刀一刀地还给你。"

说完,她把和田玉贞节牌坊往地上一摔,碎玉横飞,她冷笑着转身,打开门,大步迈了出去,到了门口,一个转身,盯着大长公主道:"记住我今天说的话,我宋惜惜随时等着你出招儿,不管是阴招儿、损招儿还是毒招儿,只要你敢使出来,我就能让你惨遭反噬。"

说完,宋惜惜一跃而出,几个翻身,人便上了房顶,片刻就到了府门口,跃上马车:"走!"

大长公主捂住胸口,脸色阴沉难看,她望着一地的碎玉,依稀还能看到"贞节牌坊"几个字。她深深地吸了一口气,再缓缓地呼出:"来人,备下轿辇,本宫要进宫面圣。"

对付你一个宋惜惜,还需要什么阴招儿、损招儿?我在皇上跟前告一状,就能让你吃不了兜着走。

她是皇帝的姑母,朝中大事她干预不了,但是叫皇帝出面惩治一个宋惜惜还是绰绰有余的。

她气得全身都在颤抖,这辈子,她只受过一次奇耻大辱,那就是当年看上宋怀安被拒婚,没想到时隔多年,奇耻大辱先是在寿宴上发生了一次,如今又发生了一次,她若再忍,岂不是让宋惜惜蹬鼻子上脸,越发放肆?

御书房里,吴大伴进去禀报:"皇上,大长公主进宫来了,说是要见您。"

皇帝从如山的奏章里抬起头,将朱笔一扔,伸手揉着眉心:"她说什么事了吗?"

吴大伴小心翼翼地道:"没说,但瞧得出怒气正盛。"

皇帝冷笑了一声:"朕的这位姑母素来强势,每逢年节进宫,对着朕也要摆长辈的架子,可她很少单独来找朕,还有什么事是她大长公主摆平不了的?大抵是因为寿宴上的事。"

寿宴上的事情,他听说了,但是否听全了也不好说,只是都过去了那么多天,他这位姑母今日还因为那件事进宫?

"请她进来吧。"皇帝说。

吴大伴犹豫了一下,道:"大长公主在慈安宫里,叫您过去呢,听闻还把慧太妃给叫了过去。"

"叫？"皇帝淡淡地笑着，笑意未达眼底，"好啊，朕这个晚辈，理当去拜见姑母的。"

吴大伴躬身请他下来，再吩咐外头："来人，备下肩舆。"

从御书房去后宫有一段路程呢，这么热的天，也不好走着去。

吴大伴恭请皇帝上了肩舆之后，轻声道了句："听闻那日寿宴上，宋姑娘说当初大长公主给宋夫人送去了刻有'传承'二字的贞节牌坊，这件事听着挺硌人的。"

"朕听说了。"皇帝的表情阴郁起来，日头都驱散不了，"如果此事属实，她愧为皇家人，也愧对皇祖父对她的宠爱。"

吴大伴说："怕也是因为旧怨呢。"

"旧怨？"皇帝日理万机的脑子里理出了一些听来的传言，"是指她想嫁给宋国公的事吗？"

"应该是，这件事情当年闹得挺大的，大长公主心里一直不忿，所以尚了驸马之后，依旧耿耿于怀，这些年与驸马表面上和谐，私底下闹得不可开交。"

皇帝瞧了吴大伴一眼，吴大伴连忙惶恐地低头："奴才多嘴了。"

皇帝淡淡地道："你素来不多言，但对宋家的事情格外上心。"

吴大伴依旧惶恐："奴才只是想起了国公爷一门……如今只剩下宋姑娘一个，免不了有些伤怀，毕竟国公爷和少将军们也是为国捐躯的。"

皇帝微微叹气，深沉的目光里透着一抹伤痛："这是我大商的损失，朕每每想起此事，亦感痛心。"

吴大伴惋惜地叹气，却不敢再说了。

圣心难测，皇上对宋家是有独特感情的，只是这份感情只能由他付出，不能被索取，正如当日宋姑娘入宫求和离之后，再一次入宫面圣，他便不耐烦了，甚至没问何事便先不耐烦了。

如今这份感情可能会更复杂些，只是若不偶尔提起宋国公，他心头权衡一下，就会图省事或者息事宁人，这样难免会委屈宋姑娘。

但是多提也不行，吴大伴知道自己要掌握好这个分寸。

皇帝来到慈安宫，太后居中坐着，微微蹙眉。

大长公主坐在左侧的交椅上，神情倨傲冰冷。

慧太妃坐在右侧，神情略显拘谨与小心翼翼。

皇帝迈步进去，先给皇太后和慧太妃见礼，太后端坐，微微颔首，慧太妃起来福了个身，便又坐下。

皇帝看向大长公主，见她绷着脸，便笑着调侃："姑母，您素来是无事不登三宝殿的，今日有什么事吗？"

大长公主见自己在后宫之中，皇帝也没向自己行个晚辈礼，心里便有些不悦，只是他到底是皇帝，她也不能苛责。

她冷着面容，显得怒气冲冲："皇帝侄儿，本宫今日来，是要你下旨惩处一个人。"

"哦？"皇帝看吴大伴搬着椅子放到太后的身侧，便掀袍坐了下去，宫人敬上凉茶，他端起来饮了一口才问道："不知道是何人有这样大的能耐，把姑母气得没了法子，竟要进宫找朕来惩处？"

大长公主咬牙切齿地迸出三个字来："宋惜惜！"

一听到这个名字，慧太妃的脑袋就低下去了一截，目光开始飘忽。

她有派人跟着宋惜惜，看对方是否去了大长公主府，但是人还没来得及回来禀报，大长公主就进宫来了，还把她叫了过来。

看大长公主这个架势，慧太妃都不用听禀报，就能肯定宋惜惜去了公主府，还对大长公主说了一些很过分但是应该也很让人爽的话。

不知道宋惜惜说了什么，把她气成这样。从没见过她进宫找皇上来为她出头。

太后蹙眉："宋惜惜？她怎么了？为何要皇帝下令惩处她？"

大长公主怒道："她私闯公主府，出言侮辱本宫！"

太后最护着宋惜惜，也看不惯大长公主这个姑子，道："她私闯你的公主府，你命人把她撵走便行了啊。至于她出言侮辱你，怎么个侮辱法儿，你说来听听。"

大长公主黑着脸，原话肯定是不能说的，于是捂住胸口，愤怒地说："她当日在本宫的寿宴上大闹一场，本宫念在她年幼无知，不与她计较，没想到今日她竟然直接找上门来，对着本宫就是一顿辱骂，还说以后不会放过本宫。"

一顿辱骂？慧太妃的眸子顿时亮了，真想听听是怎么辱骂的。

太后的眉头皱得更紧了："你这话倒是有些没来由，好端端的，她为什么上门去挑衅你？你是大长公主，谁不知道你的威名？她怎敢如此？"

大长公主听她的语气，竟有些偏帮宋惜惜的意思，才想起皇太后与宋夫人素来交好，不禁更激愤了："不就是仗着立了点儿军功，加上要嫁给墨儿当王妃了，以为自己飞上枝头变凤凰，便敢不把本宫放在眼里了！本宫不管那么多，必须给本宫一个交代。"

这话说得愤怒，她的目光又阴沉又歹毒，慧太妃看到，心里都发怵。

皇帝却问了句："是要宋惜惜给您一个交代吗？姑母，那您直接去国公府不就好了吗？您来找母后，母后怎么好干预你们两家的私怨？"

"这不是私怨，她藐视皇室中人，这是大不敬之罪！"大长公主目眦欲裂。

太后神色不悦地道："如何藐视你的，你也没说出个一二三四来。她骂你什么了？她为何擅闯公主府？寿宴当日发生了什么？贞节牌坊的事到底是真是假？"

大长公主用犀利凶狠的眸子盯着慧太妃，慧太妃连忙道："那日之事，哀家不曾说过半句。"

太后见她凶自己的妹妹，心里更恼怒了，对这个妹妹也很无语：在后宫搅动风

296

云的时候，谁都没放在眼里，倒是对大长公主怕得入骨。

"不用她来说，这件事情，整个京城都传遍了。"太后目光深沉，盯着大长公主，"哀家问你，你是不是在宋家父子牺牲在南疆战场上之后，派人送了贞节牌坊到宋家去？如果没有，那她犯上不敬；若有，你就不配享受公主的富贵尊荣。"

大长公主冷笑一声："本宫差点儿忘记了太后与宋夫人私交甚笃，居然想着让你来主持公道，本宫真是傻。"

她转头看着皇帝，厉声道："皇帝侄儿，宋惜惜乃是朝廷封的五品将军，如今还不是皇家妇，就敢私闯我公主府，辱骂本宫，按律该当何罪？"

皇帝正欲开口，她又冷冷地添了一句："至于贞节牌坊的事，不管有没有，都与她私闯公主府，辱骂本宫事无关，更不要说此乃子虚乌有的事，都是她杜撰出来诬陷本宫的。"

那座贞节牌坊已经碎了，她不承认，奈她何啊？

皇帝听了之后，伸出手，压了压："姑母少安毋躁，她私闯公主府辱骂您确实不妥，也有失世家贵女的风范，她辱骂了您什么？可有人证？您说出来，朕为您做主。至于她诬陷您送贞节牌坊一事，朕会交给京兆府去查，若查实是杜撰诬陷您，朕一并定罪。"

"人证？多的是，整个公主府的人都可以做证，她是直接闯进来的，侍卫拦都拦不住。至于她辱骂本宫，公主府的人也听到了。"她顿了顿，又道："至于牌坊一事，交给京兆府去查实在没有必要，大张旗鼓地调查一番，反而闹出更大的动静，百姓愚昧，见官府调查，便信以为真，哪怕最后证实本宫没有做过，也很难澄清。"

太后不耐烦地问道："她到底辱骂你什么了？你倒是说啊！"

大长公主摆着臭脸："骂什么不重要，重要的是骂了。本宫乃当朝大长公主，她就算嫁给了墨儿，也是本宫的晚辈，不敬长辈就该罚，何况她现在还没嫁给墨儿呢，那就是冒犯皇家，乃大不敬之罪。"

太后摆摆手："你别一口一句'大不敬'，她骂了什么你都没说，难不成她说你长得凶恶也算骂你吗？那只是实话实说。哀家要知道她是如何说的，才能判定她是否在辱骂你。"

大长公主脸色铁青："太后这是偏袒她。皇帝，你来说，她是你的臣子，哪怕是当朝文武大臣，辱骂皇室，是否也该治罪？"

皇帝见她说来说去就是不敢说宋惜惜到底辱骂了她什么，心里便有数了，道："那是自然，所以朕才让姑母拿证据啊，您好歹说出她到底辱骂了什么，或者您让公主府的人入宫做证，再把宋惜惜一并传进来，你们二人当面对质，分辩个明白，否则单凭您一人之词就把她定罪，岂不是寒了功臣的心？"

"还要让本宫与她对质？"大长公主倏然站起，震怒不已，"皇帝，你知道你在说什么吗？她是什么身份？敢让本宫与她对质？"

她忽然反应过来，猛地看着皇帝："不对，你是不信本宫的话啊？你认为本宫在诬陷她？"

"姑母怎么会诬陷她呢？但凡事不得讲一个证据吗？您说她辱骂了您，又说不出个所以然来；要传她入宫对质，您又说她不配，那您让朕以什么罪名来惩处她呢？"

大长公主厉声道："就是私闯公主府，辱骂大长公主，大不敬之罪啊！"

皇帝笑了笑，意味深长地问道："姑母确定要朕如此降罪于她吗？"

"当然啦……"大长公主话音一收，却顿时觉得有些不妥：寿宴那日才传出贞节牌坊的事来，如今就定宋惜惜私闯公主府，辱骂公主之罪，百姓听了，只怕会以为是因为贞节牌坊的事，那……岂不是等于坐实了自己送过牌坊？

这是引起民愤、引起兵怒的事啊！满朝文武会怎么看？宋家父子的旧部会如何看？

她想到这一点之后，终于明白为什么宋惜惜敢直接闯入公主府，当着她的面把牌坊摔了。

因为牌坊不可能真的拿出去给人看，就算拿出去给人看，她也可以说不是她送的。

可一旦宋惜惜私闯公主府，辱骂公主的罪名成立了，再加上说书先生的胡乱猜度，百姓便会认为确有其事。

所以，宋惜惜敢直接摔了贞节牌坊，因为根本就不可能治她的罪。

就算被治罪，她刚立军功回来，顶多只是被申饬几句，不但起不到震慑的作用，反而会让自己沦为笑柄。

换言之，自己这位皇家大长公主只能在受辱之后吃了这个闷亏，除非自己撕破脸面，不顾声誉，让百姓认定自己在宋家父子殉国之后，给宋夫人送过刻着"传承之宝"的贞节牌坊。

那样的话，自己不出门，唾沫星子都能把自己淹死。

看着大长公主的脸色由绿变红，再由红变白，慧太妃觉得无比痛快：总算有她吃瘪的时候了。

虽然慧太妃不明白为什么不能以大不敬治宋惜惜的罪，大不敬的罪名可不轻啊！但是大长公主忽然噤声，显然是不能这么治罪了。

这其中的巧妙之处，还得回头问过姐姐她才能明白，可不妨碍她欣赏一下大长公主被气得五彩斑斓的脸。

大长公主最后气呼呼地走了。进宫这一趟，反而让她看明白了，宋惜惜之所以如此肆无忌惮，是因为还有太后和皇帝在背后撑腰，不只有谢如墨一人。

怪不得宋惜惜这么嚣张啊！

大长公主走后，皇帝扶额，微微叹息："看样子，贞节牌坊的事是真的，姑母实在太过分了。"

太后一脸愠怒:"哀家都想抽她耳光来着,狂妄无知,阴毒自私,简直是丢尽了皇室的脸。"

"宋夫人当时该有多生气啊!"皇帝说。

太后不由得红了眼眶:"是啊,可她从没在哀家面前诉说过半点儿委屈,哀家分明是可以替她做主的。"

"母后别太伤心了,人已去,只求她能安息吧。"皇帝神色阴沉,是易昉导致宋家被灭门,真相不能大白于天下,宋夫人怎么会安息?

可真相如何能大白于天下?只能这么糊糊涂涂地西京不提,商国不知了。

吴大伴说得没错,宋家确实受尽了委屈。

皇帝因为还有政务要办,便没有久留,殿中只剩下太后与慧太妃。

慧太妃沉思着。

大长公主今日来势汹汹,非要惩治宋惜惜,她本以为宋惜惜必定难逃惩处。

嚣张嘛,总是要付出代价的。

没想到大长公主发了一通脾气,就这么走了,也不惩处,也不降罪,甚至还有点儿吃了哑巴亏的感觉。

慧太妃想了一会儿,有些事情想明白了,有些事情还是没想明白,便问道:"姐姐,为什么大长公主这么轻易地放过宋惜惜了?以她的性子,宋惜惜直接闯入公主府,还辱骂了她一顿,她会这么算了?妹妹觉得宋惜惜肯定这样做了,不然大长公主不会这么怒气冲冲地进宫来。"

太后睨了她一眼:"没看明白啊?试试用一下脑子?脑子太久不用也是会废的。"

慧太妃"哎呀"了一声,撒娇道:"姐姐知道我不爱动脑子嘛,而且我就算猜到了一些,也猜不到全部,更不知道是不是猜中了。"

"收起你那忸怩的姿态,都是要当人家婆母的人了,还矫情。"太后没好气地说着,又白了她一眼,"惜惜自然是闯入公主府骂了她一顿,这一点你猜中了。她一开始急怒攻心,以为惜惜是有所依仗才敢这么放肆,等皇帝问她是不是要以大不敬的罪名来惩处惜惜时,她就反应过来了,与从寿宴上流传出去的丑闻一联系,她还敢对外说惜惜闯入公主府骂她吗?"

"是那个贞节牌坊的事呗!"

太后道:"这是原因之一。还有一个原因便是惜惜闯入公主府,还把她骂了一顿,就算最后被治罪,因为惜惜是初犯,且有军功在身,顶多被申饬几句,如此一来,大长公主的威严便荡然无存了,以后谁还怕她啊?这不明摆着她就是个纸老虎吗?所以你明白了吗?惜惜不是莽撞地去闹的,她是拿捏准了大长公主的心理才去的。"

慧太妃"噢"了一声,两根手指压着法令纹往上一推,语气复杂:"宋惜惜不好对付啊!"

太后怎么会不知道自己妹妹的心思，当下便先敲打敲打："你过阵子便要去王府跟墨儿住了，里里外外的事，你若不懂，就不要强行夺权去管，惜惜入门之后，自会掌王府中馈……"

"姐姐，这话可不对。"慧太妃打断了皇太后的话，难得严肃起来，"哪里有新妇进门就掌家的？我不放心她。咱们姐妹二人在此，我也不怕直说，我不喜欢她，不想让她成为我的儿媳妇，更不会让她掌王府中馈。"

"哦？你去掌家？"太后挑眉，"行啊，明日开始，哀家叫皇后把后宫协管权给你，让她休息休息，你管几日看看。"

"宫里头的事，妹妹也不是没管过，皇后执掌中宫，我帮了不少忙，再说了，姐姐当年执掌中宫时，妹妹没少帮忙吧。"

"是没少帮忙，帮倒忙嘛。"太后丝毫不留情面，"父母宠你太过，你入宫之后，哀家也事事看着你、护着你，你才能安安稳稳地生下一子一女，多少次你闯祸，都是哀家在背后帮你摆平的。但到了王府，你若想过几天安生日子，就不要想着刁难儿媳妇。你不喜欢惜惜也好，反对她入门也罢，她嫁给墨儿已经是板上钉钉的事，轮不到你来反对，你如果在府里给我惹是生非，我饶不了你。"

姐姐很少这样严厉地与她说话，因为宋惜惜，姐姐便不疼她了，慧太妃心头对宋惜惜更不满意了。

但是她也认清楚了一个现实，那就是她对宋惜惜再不满意，宋惜惜还是会嫁给墨儿，这门亲事，她阻止不了。

唉，话又说回来，那日在大长公主寿宴上，她这个"大嘴巴"把亲事嚷嚷了出去，现在说不娶的话，宋惜惜的名声真的不用要了。

如此一想，算了，走一步看一步吧。

北冥王即将迎娶宋家二嫁姑娘的消息很快传遍了整个京城，百姓议论纷纷。

民间什么样的声音都有，有说宋惜惜不配的，有说他们是天作之合的，但随即，另外一种声音传开了，有人说当年宋惜惜嫁给战北望，彼时宋国公和六位少将军战死才两年，宋惜惜没守孝三年便出嫁，是大不孝之人；至于现在，她丧母不过一年多，又要二嫁，可见她心中全无孝义可言，一个大不孝之人，当初在将军府又怎么会孝顺婆母战老夫人呢？

这样的说法如点燃的火苗，瞬间在京城燃烧起来，大家粗略一算，发现宋国公牺牲两年多，宋惜惜便嫁给了战北望，守孝确实不足三年啊！

至于母丧，因为她是二嫁之女，是否需要守孝，暂且不下定论，可嫁给战北望的时候的确是在孝期内。

不孝，在商国乃是大罪，能引起民愤。经过几日发酵，事情愈演愈烈，甚至有人到国公府门口叫嚣谩骂。

"几颗珠"今日出门买丝线，回来的时候气得浑身发抖。

她们被人认出是国公府的侍女，百姓把她们围起来就骂，手指都伸到她们的鼻子上了，唾沫星子喷了她们一脸。

她们洗脸之后才去告诉姑娘，宝珠都快气哭了："守孝三年的'三年'是虚数，实则守了二十四个月，但姑娘守了三年余，婚期也是夫人请钦天监选的日子，怎么如今被歪曲成这样？无论我们如何解释，那些人就是不听。"

宋惜惜整理着她的交领，笑着道："不妨事，让他们再骂几日，大长公主银子多，让她多花几日银子。"

引领百姓去骂她的，除了大长公主，不作第二人想，有的百姓是被人煽动的，也有百姓是她雇了带头骂的。

让百姓先骂着吧，这招儿不难拆，毕竟并非事实。

此事确实是大长公主所为，既然不能让皇帝治宋惜惜冒犯皇家之罪，那就用她自己的方式来给宋惜惜一点儿教训。

京城百姓不是都说宋惜惜孝顺吗？那就看看一个在父丧期间出嫁的女儿会不会被百姓唾骂。

公主府的管事陆姑姑欢天喜地地进来禀报："公主，郡主，如今外头都传开了，茶馆酒肆都在议论此事，几乎是骂声一片。"

"几乎？不是全部吗？"嘉仪郡主冷冷地问，"还有人为她说好话？"

陆姑姑道："郡主，是有那么几个刁民帮着她说话，说她出嫁的时候，距离父丧已经过了二十四个月。"

父丧母丧，作为儿女，要守孝三年，但三年是个虚数，实则只需要守满二十四个月。

嘉仪郡主道："哪个普通百姓会记得她出嫁的日子？大概是她们国公府的人找来混淆视听的。"

她看向大长公主，问道："母亲，她实际上是否守满了丧期？"

大长公主淡淡地道："谁知道？反正百姓也不会管这些，骂一骂权贵，百姓心里痛快，才不会管那么多呢。"

"如果丧期守足了，那她一旦出来澄清，百姓就会信她，咱们岂不是白忙活一场？您这一次花了不少银子吧？"

大长公主"嗯"了一声，脸色不甚好看："银子是没少花，但如果能让宋惜惜被满京城的百姓痛斥，名誉扫地，这些银子花得值。"

她心里是痛快的，只是确实花了不少银子。这些年，公主府的银子像流水一样花出去，表面上是风光，底子早就快被掏空了。

每每念及此，她总会怨恨父皇母后当初赐给她的食邑田地太少，让她如今只能艰难地维持公主府的风光。

她心头憋着一口气，继续道："即便她站出来澄清，谁会信？当初她嫁给战北望的时候，将军府是个落魄门第，黄道吉日是男方挑的，想来也找不到德高望重之人为他们挑选日子，一般人出来澄清，根本无济于事，当本宫花的银子都是白花的吗？"

嘉仪郡主这才满意地笑了："那我们就看她如何身败名裂，或许到时候谢如墨也不想娶她了。"

大长公主缓缓地摇头："不会的，谢如墨肯定会娶她的，本宫那日从太后和皇帝的态度中也看出来了，这门亲事有他们在背后做主，谢如墨倒未必是真心求娶。"

"母亲，这是为何啊？"嘉仪郡主听不明白了，"皇上怎么会让谢如墨娶宋惜惜呢？"

大长公主也想不明白："按理说，皇上应该反对谢如墨娶宋惜惜才是，毕竟谢如墨手握重兵，宋惜惜又延续了国公府的善战之名，得到宋家军的追随，难道皇帝不担心谢如墨生出野心吗？"

嘉仪郡主瞪大眼睛："他敢？"

"哼！"大长公主冷冷地"哧"了一声，"谁不想当皇帝？谢如墨如今没那个野心，谁知道以后会不会有？野心是一日日滋长出来的。看来，皇帝说是英明，却太过相信所谓的兄弟感情，本宫要提醒他两句才行！"

"母亲，皇上对您，还算敬重吧？"嘉仪郡主问道。

大长公主目光微沉："表面上敬重，实则如何，谁知道？得让他记得几分本宫的恩情才行，明天本宫便入宫去提醒他几句。"

嘉仪郡主上前撒娇："母妃，把我带进宫去吧，我有事情想跟慧太妃商量。"

"什么事？"

嘉仪郡主眼中闪着算计："女儿的手头有点儿紧，想问慧太妃拿点儿银子使使。"

大长公主缓缓地笑了，是啊，该找这棵摇钱树拿银子了。

慧太妃在长春殿里猛打喷嚏，到了晌午，她想要午睡，便听人说大长公主和嘉仪郡主来了。

高嬷嬷皱起眉头，她们母女一同来，她基本能猜到是因为什么。

早几年，嘉仪郡主和德贵太妃开了一家胭脂铺子，赚了些银子。

凡事不甘人后的慧太妃听到她们赚了银子，也想开一家，但她当时并非想和嘉仪郡主开，而是想找娘家的侄子，嘉仪郡主却找上门来，说自己有人脉、有经验，让慧太妃拿三千两出来，她们二人合伙开个金楼。

慧太妃信不过嘉仪郡主，大长公主便出马了，对着慧太妃一顿阴阳怪气，说不外乎就是怕嘉仪骗她的银子，信不过她们母女之类的，慧太妃本就怕她们母女，一看到大长公主那张阴沉的脸，就把银子拿出来了。

这几年，金楼一文钱都没给慧太妃过，反而连年亏损，隔一阵子就说要拿银子周转，慧太妃暗暗叫苦，却又不好不拿，免得回头又被她们编派穷，说一些拿不出银子、小气之类的话。

这么几年下来，嘉仪郡主从她这里掏了上万两银子，就为了那个见都没见过的金楼。

高嬷嬷跟了太妃这么多年，从府邸跟着她进宫，自然心疼她的银子，便提醒道："怕是又来拿银子的。太妃，那个金楼瞧着也不赚钱，要不关了吧，免得隔一阵子又来拿银子，这几年可没少花进去。"

这么多银子，扔到水里还能听个响声呢。

慧太妃也觉得这金楼开得委实有些失败，但是要她关闭，她觉得丢人，德贵太妃那个胭脂铺子一直都赚着银子，她的金楼却一直亏损，她就不信经营下去会一直亏，不蒸馒头争口气呢。

这般想着，她把大长公主和嘉仪郡主请了进来。听到果然是为了金楼的事，慧太妃忍不住埋怨："你跟德贵太妃开的铺子年年分银子，哀家这个金楼比你们开的那个胭脂楼还大，怎么就年年亏损？"

嘉仪郡主自然早就准备好了一套说辞，这套说辞已经用了无数遍，不外乎就是需要守一守，在做促销，打响名声，自然是亏损的，等以后名声响了，银子就如流水般来了。

这套说辞是打动不了慧太妃的，她本就不指望多赚钱，只想着把德贵太妃比下去。

大长公主抬眸淡淡地说了句："怎么？慧太妃拿不出银子来了？如果实在是拿不出来，便把你的那份卖给德贵太妃吧，她一直说想要呢。"

一听这话，慧太妃立马无视使劲摇头打眼色的高嬷嬷，叫人去取银子。

这一拿，又拿出了三千两银子，大长公主和嘉仪郡主心满意足地走了。

她们母女一走，高嬷嬷就心疼地说："太妃，不能再这样下去了，那个金楼就是个无底洞啊！怎么都填不满，还不如卖了呢。"

慧太妃也心疼银子，坐在椅子上，脸色阴沉："没理由她和德贵太妃开的铺子能赚钱，哀家的金楼反而不能赚钱，哀家的有两层，比她那个要大得多，而且金饰种类繁多，成本也不低，再过些时日，一定能赚钱的。"

高嬷嬷道："只怕那个金楼是赚钱的，但她们瞒报，说一直亏本，您也不知道啊！"

"怎么不知道？不是有账本吗？账本都有送来。再说了，账本不是你帮哀家看的吗？"

"账本可以伪造啊！"高嬷嬷叹气，"太妃，下次她们再来拿银子，不能再给了，原先给的那些，就当作亏了吧。"

其实慧太妃本来也是不想给的，只是大长公主那双眸子一扫过来，她的心里就莫名其妙地有点儿害怕，再说，她也不愿丢了这面子。

慧太妃忽然想起宋惜惜来：如果是宋惜惜，她会不会给银子？

在慧太妃那里拿的银子,大长公主又散了一些出去,让酒馆茶肆的说书人继续拿宋惜惜不守孝来大做文章。

见国公府那边的人一点儿回应都没有,甚至关闭了府门不出,大长公主以为宋惜惜怕了外头的骂声,心里不知道有多痛快。

跟她作对,简直就是以卵击石。

她乘胜追击,进宫面圣,跟皇帝说谢如墨娶宋惜惜会为他的帝位埋下了祸根,为了维持江山社稷的稳定,应该阻止宋惜惜嫁入北冥王府。

她本以为皇帝听了之后会深思,没想到他竟然板着脸,冷冷地道:"姑母说的是什么话?皇弟与惜惜皆是武将,收复南疆,护卫国土,对朕、对朝廷都忠心耿耿。再说了,皇弟与朕乃手足,自小亲厚,皇弟绝不会生出别的心思来,姑母莫要胡乱揣测。"

大长公主一怔,随即摆起姑母的架子,厉声道:"愚蠢,人心岂是绝对信得过的?皇家手足相残的事还少吗?皇帝如此轻率地相信他,只怕他要利用你的信任,行不轨之事。"

皇帝的脸色甚是难看,他将玉扳指摘了下来,重重地放在案桌上,目光冰冷阴郁。

吴大伴在一旁,眉毛迅速掀起,再急忙跪下:"大长公主,请千万慎言啊!这样的话若是传了出去,满朝文武只怕会说您挑拨皇上与北冥王的兄弟感情,于您不利,于皇上和北冥王也不利。如今天家和睦,君臣有度,且北冥王与宋姑娘的婚事已经定下,皇上若下旨毁人姻缘,叫天下人怎么看待皇上啊?"

大长公主看着皇帝放在案桌上的玉扳指,皱起了眉头。吴公公说什么,她不在意,但皇帝的态度,她看在了眼里。

皇帝根本听不进去她的话,还嫌她多事。

这扳指乃是先帝送给他的,先帝不高兴的时候,也会摘下扳指,放在案桌上,这是很不悦时才会有的动作。

她吸了一口气,算是退了一步:"皇帝,姑母也是为你好。"

皇帝淡淡地说:"姑母若是真的为侄儿们好,那就在皇弟大婚的时候赠些田庄、铺子,相信皇弟和宋惜惜会感念姑母的爱护之恩。"

大长公主一滞,抬眸看了他一会儿,才缓缓地叹了口气:"自古忠言逆耳,皇帝今日便当姑母没来过吧。"

皇帝语气淡漠:"姑母确实不宜总是入宫,尤其是御书房,姑母更不该来,朕这个皇帝当得再愚蠢,也有满朝文武辅助,不劳姑母费心。"

大长公主惊愕地看着他,脸色瞬间青白交加,胸间涌起的怒气过了好一会儿才压下去。

半晌,她转身便走,一句话也没说,只是行动间明显怒气萦绕在周身,已是气极之状。

吴大伴起身，轻声道："皇上息怒，大长公主素来霸道，今日应当不是故意冒犯。"

皇帝淡淡地说："做姑母的说一句侄儿'愚蠢'也不是什么要紧的大事，朕没什么好生气的。"

吴大伴垂眸："皇上英明。"

当皇帝的，怎么容许别人当面斥责他愚蠢？莫说是姑母，就是母后也不会说这么重的话。

大长公主太把自己当回事了。

坊间关于宋惜惜的流言蜚语传了数日还没停歇，反而有愈演愈烈之势。

这日，在坤朗茶庄里，说书先生又说起此事，直斥宋惜惜不守父孝，引得一众茶客纷纷跟着痛斥大骂。

就在这个时候，有一道声音响起："荒谬，宋姑娘出嫁时，离宋国公牺牲已有三年余，黄道吉日是本监正亲自挑选的，你说她没过孝期便嫁人，是说本监正罔顾人伦吗？你敢诽谤本监正？来人，报官！"

有茶客认了出来，那个激愤发言的人正是当今钦天监的监正大人。

议论声顿时炸开了：监正亲自选的黄道吉日，怎么可能在丧期之内呢？

监正指着愣怔的说书先生怒斥："是何人叫你来诋毁国公府的？宋国公一门七杰，全都牺牲在南疆战场上，宋将军被封为女将，在战场上屡立奇功，襄助北冥王收复南疆，但凡有血性的商国子民，都只会对宋国公府敬重有加，你却在此妖言惑众，诋毁宋将军不孝，是何居心？"

有人大声猜测："怕不是敌国的探子，故意来诋毁宋将军的吧？"

另外一人大声附和道："真的有可能啊！大家忘记了吗？宋家一门都是被西京探子屠杀的，说不准他就是西京潜伏在我商国京城的探子，快些报官啊！"

说书先生彻底慌了，猛地摆手："不，不，我不是西京的探子，我……"

"你既然不是西京的探子，为何要诋毁宋将军？"

"对啊，你是何居心？"

"快围住他，别让他跑了。"

有人喊着，茶客们纷纷上前去堵截，说书先生逃不得，被茶客围住，指着鼻子质问。

陈福站在二楼的雅间门口，看着说书先生被围堵质问，冷冷地一笑，这才缓步下楼离开。

监正亲自出来澄清，还报了官，哪怕这个说书先生最后未必供出大长公主，她也要大出血，收买这些说书先生才能收场。

305

可不止一位说书先生啊！这些流言蜚语在几日之内传得满京城都是，各处茶肆酒馆，各处巷口，各处树下，那些讲故事赚铜板的人都是被收买的，官府一旦介入，逐一追查，那就有趣了。

陈福回到国公府禀报了姑娘，宋惜惜正在跟梁嬷嬷学绣手帕，听了禀报也只是淡淡一笑："澄清了就好。"

福伯今日特意安排了几个人去茶馆，那几个大声质问的人便是福伯安排的。

至于监正，倒不是宋惜惜叫他去澄清的。

最近流言蜚语甚嚣尘上，他知道背后有人在搞事。京城里头这样的斗争少不了，他往日都是多一事不如少一事，但这一次不行，因为宋姑娘出嫁的日子是他选的，说宋姑娘在孝期内出嫁，岂不是说他挑选的日子错了？

所以他今日特意来茶馆澄清，也提前去跟国公府的人说了一声，福伯才会带着人赶过来。

至于报官，也是有必要的，不震慑一番，日后都拿他来做文章，岂不是乱套了？

京兆府尹正是宋家二少夫人的兄长孔阳，他是惠安侯府的大爷。

惠安侯府自从宋家出事之后，就很少和宋家来往。当初宋家惨遭灭门之后，是京兆府与巡防营的人赶到，处理了案子，孔阳当时抱着自己妹妹的尸体，痛不欲生。

孔家不与宋家来往，并非因为怨恨或势利，而是他们不愿再想起失去的人，尤其是他的外甥瑞儿整颗脑袋都被砍下，砍得稀巴烂，每每想起这一幕，孔阳的心就像是被人挖出来了，鲜血淋漓。

但这一次牵涉国公府，且是监正命人报官，孔阳十分重视此案，传令务必查个水落石出。

恰好，将军府的二老爷战罡在京兆府任府丞，也参与调查此案。

战家二房的人素来亲近宋惜惜，与大房那边的人不和，所以这一次战罡铆足了劲儿，想着要把事情查个水落石出，还宋惜惜一个清白。

战罡认为将军府欠了宋惜惜的，如今自己能出点儿力，也算是偿还了些。

要查到大长公主府实在是再容易不过了。

大长公主府收买了这么多人，总有几个胆子小的，到了府衙，被审问几次，便什么都招了。

发现事情牵涉大长公主府，孔阳便下令先不调查，亲自去了国公府找宋惜惜。

出嫁的时候，宋惜惜并未大肆宴客，婚事办得十分低调，惠安侯府只派了三夫人送礼来，婚礼当日没有人到场。

宋惜惜与孔阳也没见过几面，她毕竟年少离家，很少在京城。

她从梅山回来后，惠安侯府时常有女眷来探望二嫂，孔阳也来过一两次，宋惜惜那时候正在学规矩，只遮着脸出来行了个礼。

最后一次见孔阳，就是侯府满门被屠的时候，她从将军府回到娘家，看到他抱着外甥瑞儿的尸体坐在满是鲜血的石阶上，目光悲痛阴沉得如同暴雨来临前的天际。

没想到他会亲自来，以为她顶多派个人来问问，所以听到他亲自来，正在刺绣的宋惜惜手指一颤，针便扎在了指腹上，看着指腹上冒出来的血，那一幕如暗夜的恶鬼，悠悠荡来，她的眼前一片猩红。

宋惜惜放下心绪，轻声道："我换件衣裳，马上出来。"

她愣神儿了好一会儿，才起身换衣裳。

自从灭门惨剧发生之后，她和嫂嫂们的娘家便没有了来往，在将军府的时候，出席一些场合，她都会刻意避开对方。

因为彼此都是埋藏在彼此心中的火药引子，不见，尚能各自伪装安好；一见，痛楚便山呼海啸般袭来，压都压不住。

宋惜惜换了素色衣裳，藏在宽袖里的手微微颤抖。

她没有办法忘记孔阳抱着瑞儿坐在石阶上的一幕，那一幕，太痛太痛。

来到正厅外，她做了几个深呼吸，眼眶却已经忍不住红了。

再往前迈两步便可以跨过门槛进去，但她的脚下像是坠了千斤重的铅，实在难以挪动。

她听到福伯在招呼孔大人，孔大人的声音低沉威严，但基本只是简单地回一两句。

她调整了数次表情之后，终于缓慢地出现在了正厅的门口，跨进了正厅，她却没有看向孔大人，而是垂眸行礼："见过孔大人。"

孔阳起身，拱手回了个礼："宋姑娘可好？"

故作生疏的称呼，让二人眼中发涩。

"还好。"宋惜惜的尾音有些发颤，"请坐，请坐。"

孔阳也做了个请的手势："宋姑娘也坐。"

二人坐下，陈福退到门口去，看着外边灼眼的日头，眼睛一下子痛得很。

侍女小厮一个都没有靠近，他们二人坐在正厅里，一时相对无言。

二人都在努力平复那翻滚的情绪，还有那涌到眼前的血色，这或许是几家人一辈子都没有办法忘记的。

还是孔阳先开的口："那日在宫里的庆功宴上，我瞧见了你，差点儿没认出来。"

宋惜惜想起那日游街之后自己便入宫庆功，衣裳都没有换，脏兮兮的，连狗都嫌。

她笑了笑，垂眸，泪水却滴在了手背，声音很不自然："见笑了。"

"你父兄……"孔阳深呼吸一口气，喉咙里像是塞了棉团，声音低沉，"宋家所有人都会以你为傲。"

宋惜惜放在腿上的手微微握成拳，哽咽地"嗯"了一声，顾不得失仪，别过脸去。

孔阳看到她这样，忽然很后悔来这一趟，或许，两家人还没做好见面的准备。

他一个大男人尚且难忍眼泪，更何况一个十八九岁的女孩。

纵然她上过战场，杀过敌，对自己的亲人总归是依赖的。她曾经是全家人护着的掌上明珠，可一朝发生变故，现在只剩下她一个人了。

哪怕她有再坚硬的铠甲，内心总是会伤会痛的。

孔阳从不轻易想起那一幕，从不敢想。

但现在，他又觉得，或许是时候面对了，否则无论何时想起来，心都血淋淋的。

他开口了，只是声音找不着原先的调："过去的事情，就让它……过去吧，做人还是要往前看的。听闻你与北冥王定亲了，恭喜你。"

宋惜惜垂眸，轻声道："谢谢。"

他咳嗽了几下，又清了清嗓子："你和战北望和离的事，我们是后来才知道的，老太太本想派人过来问候一下，又怕你……"

宋惜惜的嗓子也像是堵了棉团："知道的，我明白，我都明白。"

二人沉默了片刻，最终，孔阳说起了正事："这几日外头一直有关于你在守孝期内嫁给战北望的流言蜚语，百姓对你是骂声一片，今日监正出面澄清且报官了，我们府衙抓了一批人，他们供出背后指使之人是大长公主府的管事。我来是想问问你，你打算撕破脸还是私下解决？"

他说完，又解释了一下："你不是要嫁给北冥王了吗？那日后你也得唤大长公主一声'姑母'，就看你是不是要把这关系闹僵，你不怕的话，本府并不畏惧大长公主。"

宋惜惜抬起眸子，直视孔阳，微微吸了口气，道："我便如从前一般跟着二嫂喊您一声'兄长'吧。多谢兄长亲自来这一趟，这于我而言意义非凡，至于案子，该如何处理就如何处理吧。我相信此事并非大长公主所为，倒是寿宴那日，我与嘉仪郡主争吵了几句，不知道是不是嘉仪郡主咽不下这口气，想找人抹黑我。"

孔阳"嗯"了一声："兄长明白了。这件事闹出来，确实伤不了大长公主一丝一毫，她只怕会随便推个管事出来顶锅，至于嘉仪郡主那边，兄长会派人去问问话。"

"有劳兄长了。"宋惜惜站起来福身道谢。

"分内事。"孔阳也起身拱手，"告辞。"

"福伯，送孔大人！"宋惜惜喊了一句。

福伯站出来，脸上露出得体的微笑，躬身道："孔大人，小人送您出去。"

孔阳走到门口，又回头瞧了宋惜惜一眼，他有许多话想说，但最终只化作一句："保重！"

宋惜惜福身，目送他离开。

她在正厅里坐了很久，一言不发。正厅外边的石阶，就是当初孔阳抱着瑞儿的地方，那里当时染满了鲜血。

福伯送了客回来，看到姑娘神色悲痛，他上前一步，打破她沉浸在回忆里的痛楚："姑娘，孔大人说会亲自带人去平阳侯府。"

嘉仪郡主嫁给了平阳侯，多年来一直无所出，平阳侯纳了一房侧室，侧室已经生了一子一女。

幸亏她是郡主之尊，否则以她的性情，又多年无子，早就被休弃出门了。

平阳侯府乃是百年世家，诗礼传家，门庭家风都甚是严谨。

当年嘉仪郡主嫁入侯府的时候，如今的平阳侯还是世子，老侯爷去世之后，他袭爵成了平阳侯。

他袭爵之后，嘉仪郡主便是侯夫人，家风只能说……若不是老夫人还在，估计百年世家的声誉都要毁于一旦。

平阳侯府有四房人，嘉仪郡主跟每一房的人都不和，因为她刚嫁进去的时候仗着自己郡主的身份于内宅横行，还试图管儿郎们在朝中的事，结果一通鸡飞狗跳之后，不但什么事情都没办成，反而惹得人人憎恶，还花了很多银子。

老夫人本在养病，得知消息后，气得昏死过去，之后请了丹神医上门医治，带病掌着家里的中馈。

像这样的百年世家，一点儿腌臜事都不会对外透露，但嘉仪郡主闹得太过分，平阳侯府实在是瞒不住。

所以老夫人在激愤之下，说自己但凡还剩下一口气，都不会把侯府的管家权交给嘉仪郡主。

至于平阳侯如今的侧室，是老夫人娘家的堂侄女，虽为侧室，可有老夫人抬举，加上嫁进来没多久便怀上了，如今一子一女在手，听闻现在又有孕了，这地位是稳了。

平阳侯府不允许刻薄下人，欺压妾室，但也要求妾室遵守本分，规矩十分严明。

嘉仪郡主想要在平阳侯府出头，除非老夫人死了，或者她生下嫡子。

这也是为什么她一直回娘家求公主母亲的庇护，她在夫家实在是没有存在感，谁都厌恶她。

所以当京兆府的人登门，说要找嘉仪郡主问话时，平阳侯府的老夫人派人去打听了一下，知道与抹黑国公府千金宋惜惜的事有关，老夫人还没问嘉仪郡主，就断定这件事情绝对是她做的。

老夫人与宋国公府的人往日没什么来往，与宋夫人也只是在命妇官眷们的红白喜事上见过，是泛泛之交，唯独在一个手镯上有过交集，也是和平收场，但是能立足于京城百年不倒，平阳侯府自然有一套为人处世的准则——

不欺善，不欺弱，成就仁义名声。

不畏强，不畏权，护住平阳侯府的威严。

他们敬重英雄，尤其是保家卫国的英雄，绝不主动得罪武将军人，有时候与武将发生龃龉，也能很快化解。

因为平阳侯府的人都知道，那些大大咧咧的武将，虽然有时候说话粗鄙过分，可真上了战场，他们是用命去拼的。

平阳侯府的先祖也是武将出身，虽然后来族中子弟都不愿意练武，选择读书入仕，但他们骨子里依然有着对武将的敬重。

因此，当平阳侯夫人听到嘉仪郡主收买说书先生，到处抹黑为国立功的宋惜惜时，她又怒又羞。

等官府的人走了之后，任凭嘉仪郡主如何解释，老夫人就是不信她没有做过。

老夫人甚至气得爆了粗口："放屁，老身就是信一头猪会上树，也不信你嘉仪郡主没对宋姑娘下过手！你母亲寿宴那日，老身病了，没去，但你们……你做的那些事情啊……唉，真是传出去都丢人，我平阳侯府的夫人，居然连沈先生的画都分辨不出来，还当场撕了。"

嘉仪郡主见她不信，怒火"噌噌噌"地往上升："对，就是我做的，反正我说什么你们都不信，你们巴不得把我休了，可是你们敢吗？你们若敢休了我，我母亲能饶过你们侯府？"

说完，她就摔门出去，回屋收拾了东西，回娘家去了。

平阳侯府老夫人气得差点儿昏厥，但理智尚存，命人备下礼物，打算明日亲自登门去给宋惜惜道歉赔罪，同时处理一桩旧事，以释心头之念。

京兆府那边的人自然也去了大长公主府，毕竟那些说书人供出来的是大长公主府的管事，京兆府循例也要去问问。

大长公主的身份摆在那里，所以孔阳亲自出马，以一副协商的态度。

大长公主果然胡乱推了个人出来认罪，孔阳也不纠结，直接把人带了回去。

至于那群说书先生，官府暂时将他们全部放了，但令他们三日之内澄清此事，并且给国公府的宋姑娘道歉、赔偿。

毕竟，京兆府大张旗鼓地去过平阳侯府找嘉仪郡主，就算大长公主找了个替罪羊，嘉仪郡主也洗不清了。

至于给三天时间让说书人去澄清，其实是给大长公主做手脚的时间——事情到了这个份儿上，大长公主去恐吓已经行不通了，只能收买。

这不，她又花出去一大笔银子，从慧太妃那边拿到的三千两全部花进去了不说，还倒贴了一部分。

说书人拿了这些银子，一个个都去国公府登门致歉，送上赔偿金。

他们虽然见不到宋惜惜，但是这么规模盛大的赔罪，引起了很多百姓的围观。

因为陈福就在府门口接受他们的道歉和赔偿，他们每个人的嘴里都说着自己不应该贪图那点儿银子,来抹黑宋姑娘。

有百姓起哄:"给你们银子的人是不是嘉仪郡主啊?"

"是嘉仪郡主还是大长公主?"

"哎呀,兄弟,可不敢胡说啊,得罪大长公主,你是想死吗?"

"明明是事实啊,听闻在大长公主的寿宴上,宋姑娘还给她送了沈青禾先生的冷梅图,却被诬陷是赝品,当场撕了呢。"

"撕掉了沈青禾先生的冷梅图?天啊,大长公主不是最爱诗画吗?沈青禾先生的画可不是有银子就能买到的。"

"撕碎了之后,扔到哪里去了?告诉我一声,我去捡!"

"听闻是嘉仪郡主撕的,嘉仪郡主是平阳侯夫人,她连沈青禾先生的真迹都分辨不出来啊?"

"平阳侯府大概是冲着她郡主的身份才去求娶的吧?真是百年清誉毁于一旦。"

平阳侯府老夫人的马车来到的时候,就看到了这个阵仗,她在马车里听了好一会儿,气得两眼一黑。

家门不幸,家门不幸啊!

当年侯府根本没打算求娶郡主,是嘉仪看上了她的儿子,大长公主便进宫去求先帝,先帝没直接赐婚,但私下留了侯爷,在御书房里说起这门亲事,侯爷推托了几番,实在是推托不了,这才同意把她娶进门。

平阳侯老夫人服下一粒药,这才叫人去通报一声。

陈福瞧了一眼马车,有些诧异,派人进屋去请梁嬷嬷出来迎接老夫人。

老夫人亲自前来的态度更加说明了嘉仪郡主绝非无辜,不过百姓中也有人说平阳侯府作风磊落坦荡,敢作敢当,只是摊上这么个儿媳妇,也是倒霉。

一时间,百姓议论到了平阳侯府的家事上,平阳侯老夫人纵然修养再好,心里对嘉仪也恼怒到了极点。

梁嬷嬷出来迎接老夫人,态度恭谨,言语有度,一路请到了内院的花厅。

宋惜惜很快就出来了。面对平阳侯府的老夫人,她给足了面子,依礼拜见之后,上的茶点也是顶好的,言语间温和谦逊,以晚辈身份自居。对于嘉仪郡主抹黑她的事,宋惜惜更是含笑说:"这件事,小女没放在心上,老夫人也莫要介怀。此事与平阳侯府无关,倒是劳您来这么一趟,小女心里实在是过意不去。"

平阳侯老夫人看着她清澈的眸子,知道她这句话是出自真心,并未把此事怪罪到平阳侯府的头上,这才放了心。

平阳侯府不想无端树敌,不管是北冥王,还是宋国公府,她都不愿意与他们为敌。

至少从他们立下的军功来看,他们都是值得敬重之人,平阳侯府理当结交这样的人,而不是和他们生了不和或有了芥蒂。

老夫人叹气:"宋姑娘明白事理,但老身实在是愧疚啊!这件事情若非监正出来澄清,只怕姑娘日后便要一辈子背负不孝的骂名,这对任何人而言,都是近乎毁灭性的打击啊!"

宋惜惜却微微摇头:"老夫人,这对于小女而言,实在算不得什么,不过是几句闲言碎语罢了。"

这还算不得什么?

老夫人愕然地看着宋惜惜,以为她故作大方,以云淡风轻的方式将事情带过,但看她神色波澜不惊,确实像是不在意。

再一深思,老夫人便明白了,明白她为何说算不得什么了。

她这几年经历了这么多事情,这些闲言碎语一比,确实算不了什么。

父兄阵亡,满门惨死,老夫人纵然与宋惜惜非亲非故,想到这些,再看着眼前这个坚强明媚的少女,也不禁心疼起来。

那段日子对她而言,定然十分艰难,纵然这样,她也没有从此消沉厌世,而是选择继承父兄遗志,手持桃花枪,上阵杀敌。

宋家精神,屹立不倒。

老夫人忽然有些后悔以前没有和她多些来往,平阳侯府如今的晚辈,该向宋惜惜学习。

她今日是备下了礼物来的,是一只联珠纹金手镯。

她命人把盒子打开,递呈给宋惜惜,还起身要给宋惜惜戴上。

这只手镯嵌了红蓝宝石,共有六颗,璀璨夺目,瞧着便甚是名贵,不是外头随便能买到的,比起宫里的工艺,也差不到哪里去。

宋惜惜连忙站起来推却:"不可,这太贵重了,万万不可。"

"宋姑娘!"老夫人握住她的手,神情十分郑重,"请你务必收下,这只手镯原本也不属于我,而是属于你们宋家。"

宋惜惜一怔:"属于我们宋家?老夫人何出此言?"

老夫人轻轻叹息:"说起来也是三年多以前的事了,那是我与你母亲唯一一次私下的交集。"

听到与母亲有关,宋惜惜连忙请她坐下慢慢说。

老夫人坐了下来,把当年在金京楼发生的事情娓娓道来:"当时我在金京楼订了这只手镯,付了订金之后,商议好过三个月我来取,但等我去取的时候,发现你的母亲也在,而且她的手里正捧着这只手镯,听到店家说你的母亲已经付了全部的银子,我当时很生气,当然,只针对金京楼,因为这只镯子是我预订的,他们不该卖给别人,而且说好的三个月,我也没有迟来。"

宋惜惜听了这话,觉得有些奇怪:金京楼是京城最大的金店,怎么会做出这样的事?尤其是平阳侯府老夫人的身份摆在那儿呢,怎会把她订的镯子卖给其他客人？

她道："那这镯子是您的啊，金京楼不该把您定做的手镯卖给我的母亲。"

平阳侯老夫人道："你说得没错，如果事实是这样。那天你的母亲虽然摸着镯子很不舍，但在我的据理力争之下，她还是把镯子给我了，金京楼的人把银子退给了她，按理说，这件事到此为止也算是处理恰当。"

宋惜惜听到她这样说，知道肯定有后续，便也不发问，等着她说。

老夫人的脸色有些赧然："拿了镯子回府之后，老身才发现，老身定做的镯子是五颗宝石的，而这只是六颗，明显不是老身订的那只。老身叫人到金京楼去问，才知道负责给老身做手镯的那位金匠犯了事，跑路了，把老身的那只手镯也一并带走了，至于这一只，确实是你的母亲定做的，说是给你当嫁妆的，金京楼的人当时没说，是因为有其他客人在场，不便道明金匠卷首饰跑路这一原因，本打算第二天登门说清楚的，结果老身先发现了不妥，差人去问，金京楼的人才说出真实情况。"

宋惜惜微怔：母亲打算给她做嫁妆的？

"老身当即便把镯子退了回去，让金京楼的人送给你的母亲，但金京楼的人说你的母亲已经买了别的首饰，你的母亲又派人来说，既然老身喜欢，她就割爱了。老身心想，大概是她嫌老身戴过，不能给你当嫁妆，才没要回去。"

平阳侯老夫人说完，神色依旧有些愧疚："这件事情虽说不是什么大事，但老身心里始终有些不安，后来你们宋家……总之，希望姑娘不要嫌弃老身戴过，收下这只镯子吧，这是你的母亲为你定做的嫁妆。"

她突然想起了什么似的，连忙又补充了一句："知道前情之后，这只镯子老身就没有戴过了，一直放在老身的私库里，不信的话，可以问问老身身边的人。"

老夫人身旁的嬷嬷福身道："姑娘，老夫人说的是真的，这只镯子没有再戴过，还算是崭新的。"

宋惜惜把手镯拿在手上，用指腹抚摸着联珠纹路，还有镶嵌的六颗宝石，忽然记起母亲曾经跟她说过，给她订了一只很特别的镯子作为陪嫁。

她还笑着问有多特别，母亲揉揉眸子，眼中蓄了泪水，"喃喃"地说了句："有特别的意义，你的六个哥哥都能陪着你出嫁，他们一定能护佑你平安一生，多子多福多寿的。"

之后整理嫁妆的时候，她发现有很多镯子，但是没发现哪一只比较特别。

不过，她当然不会去问母亲，免得母亲想起哥哥们又落泪。

平阳侯老夫人道："听闻姑娘要嫁给北冥王，这只手镯是你的母亲给你定做的嫁妆，虽然迟了……"

老夫人深深地看了她一眼，"但或许不迟，或许刚刚好。"

宋惜惜站起身，对着老夫人行了大礼，眼睛通红："多谢老夫人割爱，不管您戴没戴过，这份礼物对小女而言都有莫大的意义，小女感激不尽，这只镯子该是多少银子，我还给您。"

老夫人看着她红了的眼睛，能明白她的心情——亡母给她置办的嫁妆，兜兜转转又回到了她的手中，而她又出嫁在即，确实一切都刚刚好。

她心头唏嘘，也算是了却了自己的一桩心事，轻声道："你给老身一两银子，把这只镯子买回去。"

这只镯子，送是不能送的，只能买回去，但花多少银子买，现在由她说了算。

宋惜惜连忙道："不行的，这只镯子该是多少银子，便是多少银子。"

"姑娘，一两银子足矣。"老夫人意味深长地道，"你的母亲当日把这只镯子递给老身的时候，充满了不舍，她其实可以和老身争，她定做了，也给了银子，但她敬老身年长几岁，并没有争。她敬老身，老身也敬她，这只镯子老身收一两银子，剩下的，你的母亲用她的大度和胸襟给过了。"

平阳侯老夫人坚持只收一两银子，不管宋惜惜如何说，她就是不愿意多收。

宋惜惜只得领了这份情。

平阳侯老夫人临走的时候道了句："老身与姑娘有缘，日后姑娘若得空，可以来鄙府做客，或者老身到国公府来与姑娘说说话。"

这是日后两家要来往的意思了。

宋惜惜自然知道老夫人这话不是巴结的意思，平阳侯府的家风，她多少是知道一些的，他们不用巴结谁，因为他们就是百年世家，族中子弟有不少在朝中当官，位高权重者也不少。

不管如何，多个朋友总好过多个敌人，何况有这只镯子的缘分在。

宋惜惜微笑颔首，亲自相送："小女与老夫人有缘，自然求之不得。"

送走老夫人，宋惜惜去了母亲的明瑟堂，坐在母亲最喜欢坐的贵妃榻上，把镯子戴在手腕上，一闭上眼睛，泪水便如雨水般落下。

宝珠不敢进去打扰姑娘，只偷偷地在外头拭泪。

心里的苦，姑娘从来都不说，也不希望让人瞧见。

镯子的事情，梁嬷嬷和黄嬷嬷是知道的。

晚膳的时候，梁嬷嬷说起了这桩旧事。

她看着姑娘红肿的眼睛，叹气道："夫人那时候是不舍的，但因为金京楼没有当场给出说法，加上对方是平阳侯老夫人，她不想和平阳侯府因为一只镯子闹得不愉快，结了怨恨，担心这一门孤寡……唉，便把镯子让给了平阳侯老夫人，本想着让金京楼再打造一只，但一则来不及了，二则平阳侯老夫人有一只了，夫人觉得没什么意思，便就此作罢。"

黄嬷嬷拭着眼泪，哽咽地道："想不到兜兜转转，这只镯子又回到了姑娘的手中。这本是夫人给你的嫁妆，你说巧不巧呢？在你嫁给北冥王之前，这只镯子回到了你的手中。或许，不是巧合，是夫人冥冥之中对这只镯子有执念啊！"

宋惜惜也觉得或许真的是母亲的执念，因为母亲说过，哥哥们会护着她出嫁，这六颗宝石代表着她的六位哥哥。

或许是有了这只手镯，她忽然对嫁给谢如墨后的生活有了一丝期待。

她不是期待谢如墨爱她，毕竟他的心里有一个人，就算他的心里没有人，她也觉得渴求一个男人的爱很艰难，付出的往往比得到的多很多，而是觉得嫁给他之后，日子应该会很平顺，正如母亲当年希望的那般。

话说，谢如墨去梅山已经好些天了，不知道他什么时候回来，回来的话，应该会带着师门的信。

宋惜惜想起师父，自己心里挺愧疚，回来三四年了，一次都没回去探望过他和师兄师姐们。

嫁给战北望的时候，她也没有请他们来喝喜酒，那会儿考虑到婚事要低调，便没有宴请师门的人。

母亲还说，等战北望打了胜仗回来，再带着他去梅山，让他拜见一下师父。

谁知道却没有了这个机会。

其实在她出嫁前，母亲得知战北望要上战场，甚是担忧，或许在那一刻，母亲也后悔了。

第十二章
王爷把瑞儿带回来了

过了两三日,谢如墨还没回来。

满城风雨也没停歇,只不过之前骂宋惜惜,现在骂嘉仪郡主,甚至议论大长公主。

以前,大长公主府就像一个铁桶,什么消息都没往外漏过。

但是现在,这个铁桶漏了,有关林驸马的那些小妾的消息传了出来,说林驸马这些年娶了不下二十个小妾,但是现在活着的只有几个,而且大都不出门。

高门权贵的秘辛,百姓最喜欢揣测,喜欢编撰故事,反正茶余饭后说说,既能解闷儿,又能获得探秘的刺激感。

有人说,那些小妾都死在大长公主的手里,因为大长公主善妒。

又有人说不可能,如果大长公主善妒,为什么容许驸马纳妾?驸马纳妾需要公主恩准的。

嘉仪郡主回了公主府住,母女二人遭受着反噬,之前百姓骂宋惜惜的时候她们有多痛快,现在就有多愤怒。

尤其是公主府小妾的事情被传了出去,大长公主除了愤怒,也开始怀疑她的心腹是否外泄了什么消息。

逐一排查,足够公主府乱上一阵子了,加上嘉仪郡主与夫家闹得不愉快,心情郁闷,便日日拿公主府的侍女出气。

她本以为回娘家住几日,平阳侯会来接她回去,没想到不仅平阳侯没来,连侯府的下人都没有来请,反而有消息说她的婆母去了国公府向宋惜惜道歉。

她心中发了狠,看来,老太婆活着一天,她就不可能掌权,在夫家更无地位可言。

只是恶念生了无数次也没用，老夫人的饮食她是动不了的，府中人人都警惕着她。

作为儿媳，她仗着郡主之尊，从来不去给老太婆请安，平日又没什么事，她根本近不了老太婆的身。

她们母女各自有烦心的事，倒是没有工夫找宋惜惜的麻烦。

这天，宋太公请了宋惜惜过去，说如今她的婚事已定，北冥王是不可能袭爵的，可国公之位不能就这么没了，太公给了她一个建议：从族中选几个小孩过去养着，通过品德和文才的考核之后，选一个向朝廷禀告。

宋惜惜其实也有这个想法。

父亲是独子，所以她没有亲叔伯。祖父是有两个亲弟弟的，但他们已经过世，他们儿女也都不在京城，不知人品与德行。

她跟宋太公说了这两位叔祖父的后人，宋太公摆摆手："我已经找人打听过了，不堪用。"

他说完，递了一些资料给宋惜惜看。

宋惜惜浏览了几页，便合了起来，这些后人都在外地做生意，生意做得不怎么样，他们在当地的名声也不怎么样。

宋太公拿出族谱，让宋世安将宋族的小孩子一个个说给宋惜惜听。

宋惜惜听了，没发表什么意见，主要是她也没见过这些孩子，不好下定论。

其实宋太公也没挑到满意的，见宋惜惜也没拿定主意，想起宋家几位儿郎都有子女，年纪小小便十分出色，这些孩子和他们比，是无论如何都比不上的，一时心头既恨也痛："那些杀手，若能对孩儿们手下留情，哪怕给国公府留一点儿血脉……"

"太公！"宋世安连忙安慰道，"别多想，伤身体。"

他也唯恐惜惜想起往事，心里难受。

宋惜惜想起自己从梅山回来，一群侄儿侄女围在她的身边，"姑姑""姑姑"地喊着。

那时候得知父兄阵亡，她每天晚上都会哭，但是侄儿侄女们懂事乖巧，会变着法儿地哄她高兴。

瑞儿还说，如果有不开心的事情，吃了糖葫芦就会开心了，等他哪天溜出去，给姑姑买糖葫芦吃。

那年，瑞儿还差几日才五岁。

瑞儿长得极像二哥，跟二哥活脱脱就是一个模子印出来的，唯一像二嫂的就是那双浅浅的梨涡。

宋惜惜眼睛红了，不能想，一想她就感觉到锥心的痛。

她找了个借口匆匆离开：人选的事不能着急，必须好好观察。

宋太公看着她近乎逃走的背影,沉沉地叹了一口气,对宋世安说:"再物色物色吧,如果没有合适的,我倒是有个主意,就是不知道北冥王是否同意。"

宋世安问道:"太公有什么主意?"

宋太公点起烟袋,"吧嗒吧嗒"地抽着:"日后王爷和惜惜若能生两个儿子,长子自然继承皇室亲王或者郡王之位,那么次子是否可以继承国公之位呢?"

宋世安一想:"这也不失为一个办法,但没有先例。"

"回头等他们成婚了,再与他们说说吧。"宋太公吐了一口烟圈,"宋族没有出色的孩儿,就不能袭爵,不能毁了怀安的威名啊!"

"是这么个理!"宋世安也赞成。

到了八月中,眼看就要到中秋节了,谢如墨还没回来。

这一去便是个把月,宋惜惜觉得有些奇怪:原先不是说了,只去通报一声便回来吗?从这里去梅山不过两三天,算上住几日,再算上来回的时间,十天怎么都能回来了。莫不是梅山出了什么事?

恰好在此时,宋惜惜收到了沈万紫的信。

沈万紫洋洋洒洒地写了好几页纸,说的都是梅山上发生的趣事,还说"棍儿"买了些胭脂水粉回去之后,被师父关了禁闭,没有挨打。

宋惜惜赢了。

沈万紫信中也恭喜她成亲,说等她大婚的时候,梅山上的小伙伴会给她送一份大礼。

她大婚的消息在梅山上传开了,也就是说,谢如墨到过梅山,去过万宗门,师父看来是喜欢谢如墨的,不然不会把她的婚事满梅山通报。

沈万紫还说,如今师门正在为她筹办嫁妆。

不过信中并未交代谢如墨是否还在梅山。

宋惜惜派人去北冥王府那边看了看,发现没什么特别之处,他们正在马不停蹄地筹办婚事,还有准备迎接慧太妃入府长居。

宋惜惜也就不管了,提起笔给师父写了封信,叫人送去梅山。谢如墨是否在梅山,等送信的人回来就能知道。

但这也不甚重要,或许他有军务要办。

过几日便是中秋了。

国公府的灯笼早早地挂了起来,有了点儿节日的氛围。

至于月饼,早几日便做好了,是梁嬷嬷亲手做的,宋惜惜尝过,觉得味道不错,叫人给澜郡主和平阳侯府老夫人送了些过去。

姨母淮王妃那边就不送了,你如何待我,我就如何待你,你欠不欠我,我不知道,但我不欠你。

· 318 ·

宫里头是送不进去的，太后没传召，她就不能入宫，而且外边的食物一般也进不到宫里头。

中秋团圆日，但宋惜惜并不开心，虽强装出笑意来哄大家，可眼中那份悲切是藏不住的。

宝珠知晓姑娘的心思，便喋喋不休地在她的耳边说话："吃螃蟹，拳头那么大，还备下了黄酒，今晚咱们都喝一盅。对了，院子里的金桂开了，姑娘要不要去看看？"

"听闻今晚有赏灯会，姑娘若是有兴致，奴婢陪您去啊，咱们去猜灯谜，姑娘这么聪明，一定可以拿到彩头。"

"不去赏灯会也成，咱们去放天灯啊，放天灯祈福，祈求以后的日子都平顺安稳。"

宝珠说着说着，自己便红了眼眶。

中秋团圆，她也想家人，可家人都没了。

宋惜惜抚着她的头发，取下自己的簪子给她戴上："今晚你们出去玩，玩高兴些，把所有不开心的事情都忘记。"

宝珠想把簪子取下，宋惜惜压住她的手："戴着，豆蔻年华的女孩，就该打扮得精致些。"

她对宝珠有一份愧疚，宝珠是家生子，自小跟在她的身边，两个人从小玩到大，一起去梅山，一起到将军府，然后一起……家人都没了。

宝珠以前也顽皮，但是自从出了事，她变得沉稳了许多，尤其是如今回了国公府，掌着自己身边的事，那"几颗珠"全是她调教出来的，她自然要更沉稳些，才镇得住她们。

可是，谁还记得宝珠今年也才十八岁啊？

"我给你寻个夫婿，可好？"宋惜惜感受到心中的痛楚开始密密麻麻地浮起来，连忙寻了个话题。

"不嫁，奴婢一辈子跟着姑娘。"宝珠撇嘴，忍住眼中的泪意，"姑娘，您答应奴婢，一辈子都不会把奴婢往外撵。"

"好！"宋惜惜点了她的鼻子一下，笑着道，"你现在不想嫁人，那就不嫁，等哪天你想嫁了，姑娘给你置办一份体面的嫁妆，风风光光地把你嫁出去。"

午膳清淡，宋惜惜只喝了碗鸡丝粥便去神楼拜祭。

宋家是大族，有祠堂，父母和兄嫂的牌位都在祠堂里供奉着，但女子一般不能进祠堂拜祭，只能在门外磕头。

女子进去的唯一方式，就是死后以牌位的形式进去，宋惜惜是进不去的，因为她是女儿，只有宋家妇可以进。

所以，当年母亲在父兄战死之后，在家中也设了一个神楼，摆放父亲和兄长的牌位，方便拜祭。

宋家被灭门之后，宋惜惜又把母亲、嫂嫂、侄儿、侄女的牌位全部送了进去。

福伯已经备好了祭品，有鸡，有月饼，有鲜果，她进去上了香，看着一个个曾经活生生的人，如今成了一块块长方形的牌位。

上香之后，她跪在蒲团上，磕了九个响头，道："父亲，母亲，太公与女儿商量要过继一个孩儿培养袭爵，只是人选如今还没定下，女儿也不知道你们是否同意，如果你们在天有灵，能听到女儿的话，请给女儿一个指示。"

过继一事，她心里拿不准主意，甚至都没有去亲自挑选过人。

她只是觉得这爵位来之不易，拼了一家子的命，得了这国公之位，最后却要拱手让给别家的孩子——

虽然都是宋族的人，但毕竟不是一家人。

尤其是她见太公给出来的那些人选，都是有父母在的，年纪小的，离了父母也可怜；年纪稍大的，已经和父母有了深厚的感情，袭爵之后，把自己的父母往国公府一接，谁还管得了？

若是品行端正，日后行忠孝仁义之事的，倒也还好，就怕性子长歪了，仗着爵位行恶事，岂不是把父兄的名誉毁于一旦？

再说了，继承过来，是要给大哥当儿子的，她所有的侄儿都很优秀，在她心中是无可替代的。

种种考虑使得宋惜惜对挑选袭爵人选一点儿都不上心。

牌位是不会给她任何答案的，只是在这里跪着，她心里会觉得踏实些，可以假装父母兄长还在她的身旁，有时候这样的自我安慰，也能让她心头的痛楚减轻些。

午时过，她回屋歇了会儿，便见宝珠领着陈福进来。

"姑娘，王爷差人送信来，让您马上看。"陈福把信亲手交到宋惜惜的手中，"送信的人说是有要紧事。"

宋惜惜连忙把信拆开看，信中只写了几个字："惜惜，速到灵州来。"

落款是"谢如墨"。

宋惜惜认得谢如墨的笔迹。

这封信里什么都没说，只让她速去灵州，也没有说需要带些什么。

"送信之人呢？"宋惜惜问道。

"带去厨房吃饭了，他一路跑垮了三匹马回来的，瞧着累得很。"陈福说。

宋惜惜立刻吩咐："宝珠，先帮我收拾几套衣裳和出门的用品，等送信之人吃了饭便带过来，我有话要问。"

"是！"宝珠连忙进内堂去收拾东西。

少顷，那个送信的人用了饭，便被带到了侧厅。宋惜惜已经穿戴整齐，抬头见被带进来的是张大壮，只是他灰头土脸的，又被晒得脱了皮，脸上又红又黑。

都中秋了，还被晒成这样，显然他在路上走了很久。

宋惜惜问道："张副将，你不是陪同王爷去梅山了吗？怎么去了灵州？他让我去灵州，所为何事？"

张副将吃饱喝足之后，打了个饱嗝儿，站姿有些怪异，想来是骑马太久的缘故，宋惜惜便让他坐下说话。

张大壮道了谢，坐下来，道："王爷确实带着属下去了梅山，在梅山逗留了三四日便回来了，没想到到了叶县，属下的荷包竟被一个小贼抢了去，属下当场便把那个小贼抓住了，想扭送他去见官，却见附近几个衣衫褴褛的小乞丐急急忙忙地四散跑开了。"

张大壮一边说一边打嗝儿，说得断断续续的。

就在那群小乞丐四处散开的时候，谢如墨刚好抬起头看到一名小乞丐的脸，长相与宋家二少爷的儿子宋瑞十分相似。

那个小乞丐瘸了一条腿，跑得很慢，谢如墨想要上前抓住他的时候，有人推着板车过来，撞倒了数人，谢如墨只得先帮忙救人。

救人的时候，他抬起头又看了那个小乞丐一眼，小乞丐瘸着腿走，很快就被一个彪形大汉夹起来，上了一辆牛车，他下意识地喊了一声"瑞儿"，那个小乞丐垂下的脑袋猛地抬起来，用不可置信的眼光看着他。

谢如墨立刻起身去追，但那辆板车又横了过来，将几名百姓扫得倒在地上，谢如墨几个跳跃，去追牛车，等追到牛车的时候，却发现牛车上的彪形大汉与小乞丐都不见了。

叶县到处都是街巷，而且街道上人多且杂，谢如墨也不知道他们往哪个方向去了。

因为谢如墨出门时只带了张大壮，张大壮又只顾着抓那个小贼，根本不知道王爷去追谁了，只能愣愣地站在原地，等着王爷回来。

谢如墨没追到小乞丐，回来之后便审问那个小贼——小贼也是乞丐打扮，而且他一被抓住，那些小乞丐就四处散开，他们肯定是一伙儿的。

谁料那个小贼是个哑巴，也不会写字，所以什么都招不出来。

谢如墨扭送他到了官府，知县听到北冥王来了，急忙亲自出迎。

听到是问那些小乞丐的事，知县也摇头叹气："这些乞丐在叶县已经有很长一段日子了，他们有些是乞讨，有些是偷盗，背后是有人控制的，但是我们抓了几次，都没抓到背后的人。不止我们叶县有，好几个州府也有。

"他们多半被毒哑了，有些还被打断了腿，问不出身世，自然也送不回原籍，只能暂时安置在本县的善堂，可前脚送过去，后脚他们就逃了出去，像王爷今日抓的这个小贼，因为盗窃，已经被关押过两三回了。"

谢如墨发了一通脾气，质问知县怎么会抓不到背后之人，知县见瞒不下去了，才说他们都是丐帮的人，个个都会功夫，围剿他们的时候，官府的人多有损伤，久而久之便不管了。

谢如墨以渎职之罪发落了知县，然后留在叶县开始追查这些小乞丐的下落，同时派人上梅山送信，让宋惜惜的师父寄信给丐帮帮主。

丐帮的人出面后，他们才得知，这些人不是真正的丐帮人，只是借着丐帮人的名头，抢了小孩做乞丐，做小贼，这些孩子行乞到的和偷盗的东西全部都要交给这些头目。

"王爷通过丐帮的人打听，一路追踪到灵州，终于把那个孩子找到了，但那个孩子被毒哑了，腿也瘸了，问他是不是叫梁瑞，他既不点头，也不摇头，对爷十分警惕，三番四次想要逃走。爷想把他带走，他要么撞墙，要么就咬爷，回京这么远的路，爷怕他真的闹出个好歹，所以叫姑娘去一趟。"

宋惜惜悬着心听他把事情阐述了个明白，心头茫然，下意识地摇头："不可能的。"

不可能是瑞儿，瑞儿尸首分离，孔阳抱着他的头颅……

瑞儿已经死了。

那一幕浮现在脑海里，宋惜惜的心里痛得厉害。她不相信，她不相信这些假的希望……但是她马上叫人牵了闪电出来，她要立刻出发去灵州。

给她递包袱的时候，宝珠的手都在发抖。

大家都不敢相信这个消息是真的，因为当时清点人数，宋家并没有少人。

尤其是孩子，府中的家生子小厮和少爷姑娘们都没少。

宋惜惜嘴里一百个不相信，心里还是存了一丝丝希望，可随即又想起那一幕，除了那颗脑袋，还有身上所穿的衣裳，虽然染满了鲜血，但她认得是瑞儿的，因为那身衣裳，是她命人给瑞儿做的。

宋惜惜接过包袱，眼睛发直，嘴里"喃喃"地说道："宝珠，我就是去看看，我知道不是，我也没抱什么希望，但是……但是，你去水蓝阁取一件瑞儿最喜欢的玩具，就是那个弹弓，我给他做的那个，弹弓上刻着他的名字，在那个木杈子上，我还涂了颜料……"

"知道，知道，奴婢马上去拿。"宝珠急忙跑了出去，下石阶的时候，双腿一软，直接摔了下去，但她没有丝毫停顿，马上又站起来，一瘸一拐地跑了。

没一会儿，宝珠将弹弓取了过来，递给宋惜惜。

宋惜惜接过弹弓，伸手抚摸着上面雕刻着的瑞儿的名字，过了好一会儿才抬起头，看到宝珠的膝盖渗出血来。

"宝珠，快去处理一下伤口。"宋惜惜收回心绪，道。

"姑娘，奴婢陪您去，不用处理伤口。"宝珠道。

"不，我自己去，府中的马都没有闪电快。"她看向陈福、梁嬷嬷、黄嬷嬷，他们的眼中都盈着泪水，还有小心翼翼地藏好的希冀。

他们不敢希冀，就怕是空欢喜。

宋惜惜要出门的时候，梁嬷嬷叫了一声："姑娘，等一会儿。"

她飞快地去厨房，用油纸包了一块月饼，又急匆匆地回来递给宋惜惜："如果……如果……万——唉，你路上吃。"

宋惜惜知道她想说什么：如果那人真的是瑞儿，把月饼给他吃。

宋惜惜收下月饼，放在包袱里，然后牵着闪电出门，翻身上马的一瞬间，她回头看了一眼，大家都站在门口，那忍了许久的泪水扑簌簌地落下。

宋惜惜心头一酸，泪水也悄然落下，马鞭一扬，双腿一夹马腹，身子稍稍俯下，闪电长嘶一声，撒开蹄子就跑。

闪电狂奔出城，宋惜惜的心头默念：爹爹保佑，母亲保佑，二哥二嫂保佑啊，保佑一定要是瑞儿！

此去灵州，起码两千里路。

闪电号称可以日行千里，夜行八百里，但那是拼了命的。

正常方案是让闪电一天跑五百里，然后休息一晚上，恢复体力，第二天跑四百里，第三天跑三百里，第四天又可以跑五百里，如此，四五日便可到灵州了，不过闪电依然会十分疲惫，到了灵州，起码要休息好几日才能恢复体力。

八月，秋高气爽，也是马儿发挥最好的季节。

宋惜惜心急如焚，恨不得马上就到灵州，到谢如墨的身边，看一眼那个孩子……

如果……如果瑞儿真的还活着，那么他现在已经快七岁了。

原来一眨眼，灭门之祸已经过去快两年了。

不要想，什么都不要想，你这一趟就是出门去走走，没什么目的，别怀着什么希望。

千万不可生出什么念头，那种失望不是你能承受得起的。

五天后，宋惜惜抵达灵州时，正午刚过。

宋惜惜一路上虽有投栈，但是吃不下饭，也不敢多喝水，怕白日在路上解手耽误了时间。

短短五日，她足足瘦了一圈。

按照张大壮给的地址，她牵马问路，找到了青梨街十三号。

这里是灵州知府置办的产业，张大壮说王爷带着那个孩子借住在这里。

宋惜惜唇焦舌燥地站在门外。这个宅子位于巷子中，巷子还挺宽敞的。

门口有一个人守着，看服饰像官差，应该是谢如墨借了府衙的人过来帮忙守着门口。

官差见到一个女子牵马停驻，却不敢敲门的样子，便试探地问了句："是宋姑娘吗?"

宋惜惜点点头,嗓子里发不出声音来,只觉得有什么东西把嗓子和胸腔都给堵住了。

官差见她点头,便敲门了:"爷,宋姑娘到了。"

没一会儿,门从里面被打开,开门的人是一身青色衣裳但略显憔悴的谢如墨。

他显然也瘦了些,眼下乌青,一副没睡好的样子。

看到宋惜惜,他微微舒了口气,又皱起眉头:"你怎么瘦了那么多?"

宋惜惜"嗯"了一声,有些哽咽,眼睛却往屋里看去。

谢如墨吩咐官差:"把马儿带下去喂料。"

"是!"官差伸手去拉缰绳,宋惜惜却紧紧攥住不放手,精神极度紧张。

谢如墨见状,伸手去牵着她冰冷的手,道:"进去吧,不管是不是,总要认一认。"

宋惜惜放开缰绳,取下包袱,从包袱里拿出弹弓,深呼吸一口气:"他在哪里?"

"关在房间里头,这个孩子……"谢如墨叹气,"力气挺大的,而且挺疯的。"

他牵她进门,然后把门关上,再上锁,见宋惜惜愣怔地看着他,他苦笑道:"他逃过很多次,虽然瘸了一条腿,动作却很灵活,有股跟人死磕的劲头,本王唯恐伤了他,只得先把他关起来。"

"很像?"她说出来的话变了语调,双脚也似乎踩在棉花上,一步步地跟随他进了屋中,甚至都没发现自己的手被他牵着。

谢如墨道:"像,但是本王不敢肯定,因为本王上南疆战场之前有好几个月没见过他。"

她像木偶一样,任由他牵着自己到了一间厢房门口,里头传出"砰砰砰"的声音,像是在砸东西。

谢如墨道:"他一直就是这样,很焦躁,不管白天晚上,都在砸东西,有时候还会用自己的脑袋撞墙,本王叫大夫看过,他应该是服了一些药,这些药会让人上瘾,一旦断食,就会导致性情狂躁。"

所以,他才会这般憔悴。

门是在外头上锁的,用了一条锁链,窗户用木板封着。

谢如墨拿出钥匙打开门,门一打开,他便站在门口中间张开双手,立刻就有一道小小的身影撞过来,想要跑出去。

谢如墨一把抱住了那个孩子。那个孩子虽然被他用双手抱住,却依旧使劲地挣扎,晃着脑袋,挣扎不脱,便朝他的身上咬去,嘴里发出"呜呜呜"的声音。

宋惜惜没能看到他的脸,他一直在晃,时不时还去咬谢如墨。

她像个局外人那样,举起手里的弹弓,木然地叫了一声:"瑞儿!"

她来这里，就是要印证这是假的，所以这一声"瑞儿"，只带哭腔，不带感情，她就是来看看这个假的瑞儿。

谢如墨怀中挣扎的孩子安静了下来。他的头慢慢地探出，眼中还残留着刚才的猩红和疯癫，额头、脸上到处都是细小的伤口，脏兮兮的小脸瘦得可怜，嘴巴微张，定定地看着宋惜惜。

宋惜惜一把捂住了嘴，泪水夺眶而出。

她从谢如墨的怀中把孩子抢了过来，紧紧地抱在怀里。

那个孩子浑身上下没有一点儿肉，都是骨头，瘦得可怜。

他的头发粘成一块一块的，身上发出一阵阵臭味，不知道是血腥味还是头油味，抑或是什么腐烂了的东西发出的臭味，但是宋惜惜就这样抱着他，像是抱着天下最珍贵的宝贝，任凭眼泪在脸上疯狂地流。

小孩子没有挣扎，像一只小鸡，被宋惜惜抱着，泪水滑过他脏兮兮的脸，冲刷出两道黄色的痕迹。

他对着谢如墨时的那股蛮力没有了，他就像个破布娃娃，一动不动，纵然流着眼泪，眼珠也仿佛凝固了一般。

谢如墨见状，悬了好久的心终于落了下来：是宋家的血脉。

宋家总算是留下了一点儿血脉，只是不知道这个孩子当初是怎么跑出去的，逃出去之后，怎么又落在了那些人贩子的手中。

这段日子，谢如墨一直陪着瑞儿，但是没办法从他身上获得一点儿信息——他被毒哑了，不让人靠近，旁人一靠近，他就发疯，一开始叫他"瑞儿"，他还有反应，之后大概是没看到熟悉的人，便继续变得木然，要么就发疯。

丐帮那边的人调查过，也调查不出这个孩子的来路，或许是抓他的人贩子还没找到。

许久，宋惜惜才慢慢地放开瑞儿，瑞儿却死死地攥住她的手腕，黑漆漆的指甲很长，掐入了宋惜惜的皮肤，让宋惜惜的皮肤几乎渗出血来。

他的目光一直定在宋惜惜的脸上，然后看到了弹弓，他的泪水涌得更猛了，嘴唇一直哆嗦，他张嘴想说话，但说出来的都是"呜呜"声。

宋惜惜眼睛都哭肿了，颤抖的手抚摩着他脸上的细碎伤口，哽咽地对谢如墨道："王爷，劳烦您去买一身衣裳和鞋子，这里有下人吗？烧锅热水给他洗澡。"

"衣裳早就叫人买了，他不愿意换。本王叫人烧热水去，你跟他单独相处一会儿。"

谢如墨鼻子发酸，眼睛也红了，转身离开。

瑞儿一直抓着宋惜惜的手，宋惜惜抱着他进去，坐在椅子上，拿出手绢，轻轻地擦拭他的脸，虽然自己的泪水也没有停过，但她还是温柔地安慰着："瑞儿乖，小姑姑在，小姑姑在这里，不用怕，瑞儿以后都不用怕。"

听了这话，瑞儿张大嘴巴，无声地大哭，哭了好久，他的眼泪怎么都擦不干，一张小脸变得更花了。

这两年受了那么多苦难委屈，他到现在才敢哭一哭，于是这一哭，怎么都收不住。

他哭得背过气去，晕倒在了宋惜惜的怀中。

好在谢如墨早就请了大夫在这里候着，本来是想给他检查的，但是他一直不配合，谢如墨只得强行将他点穴，让大夫诊断了一次，知道大概情况是被毒哑了，而且吃过会令人上瘾的药。

大夫扎针之后，瑞儿没醒，却发出了鼾声。

他累了，因为他一直都是断断续续地睡，谢如墨的武功如此高强都熬不住，憔悴得很，瑞儿更熬不住。

听大夫说他只是睡着了，宋惜惜才放下心来，一直守着他。

谢如墨在她的身边轻声说："既然确定是他了，你放心去吃点儿东西，我来守着他。"

宋惜惜摇头，拭去脸上的泪水："我守着他，我怕他醒来了见不到我，会害怕。"

"好吧，我叫人给你送些吃的来。"谢如墨又转身出去了，把大夫暂时安置在侧厅那边，叫人好吃好喝地伺候着，等瑞儿醒来，沐浴更衣之后，再认真诊断。

唉，这孩子真遭罪，但好在还活着。

瑞儿睡到半夜才真正地醒来。中途他醒来过几次，都是迷迷糊糊的，看到小姑姑在，他又缓缓地闭上了眼睛。

半夜，屋内依旧灯火通明。在他睡着时，宋惜惜已经用热水给他洗了脸，他的一张小脸确实像极了二哥，只是太瘦了。

他醒来后又哭了，但是哭着哭着又冲小姑姑笑了，因为瘦了，梨涡更深了。

宋惜惜带着他去沐浴，小男孩浸泡在浴桶里，宋惜惜帮他洗头，慢慢地洗，把粘在一起的头发用桂花油抹一抹，等柔顺了再分开。

沐浴之后，瑞儿穿上了新买的衣裳。衣裳是按照七岁孩子的身材买的，大了些，但瑞儿穿上后，总算是个干干净净的孩子了。

厨房上了饭菜，他眼睛一亮，下意识地用手抓了一块肉就往嘴里塞，塞完就急忙往桌子底下躲。

这是他下意识的动作，躲下去之后，他定了定，才慢慢地撑着椅子坐起身来，眼中蓄泪，看着小姑姑。

宋惜惜转过脸去，擦去瞬间溢出的泪水之后，转过头来笑着说："慢慢吃，小姑姑陪你吃。"

谢如墨想进来，但他十分警惕地放下了筷子，眼中充满了戒备之意。

谢如墨见他如此害怕男子，只得往后退："你们姑侄二人吃，我就在外头吃。"

"多谢王爷。"宋惜惜起身走到谢如墨的面前，眼中多了郑重与感激之色，"大恩大德，臣女没齿难忘。"

谢如墨道："你我即将成婚，说这些客气话做什么？快去陪他吧，我叫人备下文房四宝，我知道瑞儿三岁就启蒙了，他识字。"

宋惜惜点头："好，那我们先吃饭，等吃了饭我再问他。"

谢如墨一走，瑞儿眼中的警惕之色就没了，他紧紧地挨着小姑姑，开始狼吞虎咽。

宋惜惜看到他瘦得脱相的脸和骨瘦如柴，几乎没怎么长高的身体，可以想象这两年他遭了什么罪。

"慢点儿吃，别噎着。"宋惜惜柔声道。

一顿饭，瑞儿几乎是风卷残云，几个菜、两碗米饭全吃完了。

瑞儿吃饱之后，下人清理了桌子，摆好文房四宝，宋惜惜握住他麻秆似的手腕："小姑姑知道你识字，就算这两年没写，学过的字，应该还记得怎么写，你告诉小姑姑，你是怎么逃出去的？又是怎么沦落成这样的？"

她说完，便开始研墨，眼泪一滴滴落在墨砚上。方才她给他沐浴，他身上的伤大大小小，新旧夹杂，几乎体无完肤，左腿瘸了，大夫检查过，是骨头被打断了，已经长歪了，要治好，便要重新打断再接。

瑞儿用双手给她擦眼泪，然后摆摆手，干瘦的脸上尽是可怜又心疼的神色。

他的眼窝深陷进去，脸颊干巴巴的，就像一个纸片人，麻秆般的手，麻秆般的小身板，让宋惜惜瞧着就心痛不已。

她如果早知道瑞儿还活着，天南地北都要去找他，也不至于害他吃了那么多苦。

墨研好了，瑞儿开始写字。

或许是很久没写字了，加上长期营养不良，还被虐打过，他的手指有些变形，握笔的时候使不上力气，宋惜惜便握住他的手，先给他定一定，减轻抖动。

过了好一会儿，他才开始慢慢地写，一笔一画地写，写字对他而言甚是艰难，力气压根儿使不上。

用了几乎一盏茶的工夫，他才写了四个字："买糖葫芦。"

扭曲的四个字，宋惜惜辨认了好一会儿才认清楚。

宋惜惜抬起红肿的眸子看向他，泪水再度夺眶而出，这四个字像刀子一样扎进了她的心里，痛得她身体微微蜷缩。

在被灭门的前几天，她曾回过娘家，与母亲讨论过成凌关战事。

母亲很担心外祖父，怕他像父兄那样，她安慰了一番之后，离开的时候，也显得忧心忡忡。她也担心外祖父，更担心母亲。

在母亲的院子外头，她看到了瑞儿，瑞儿抬起小脸蛋儿，问小姑姑是不是不开心，她还笑着揉了揉他的头发："小姑姑是有一点点不开心，但很快就会开心起来的，瑞儿别担心。"

当时她的心里藏着事，说这些话，纯粹是敷衍。

或许是瑞儿听到她说不开心，便想着去买糖葫芦哄她高兴。

她从梅山回来在家中待嫁的一年多里，基本上是她带着孩子们玩耍，哄他们高兴，试图驱散他们失去父亲的恐惧，所以，侄子侄女们都很亲近她。

瑞儿那时候五岁，懂事了，看到祖母和母亲终日哭泣，也知道父亲死了。他是聪慧且敏感的，所以她在瑞儿身上花的时间和心血是最多的，瑞儿也十分亲近她，依赖她。

瑞儿继续艰难地写着，写了一会儿，手腕明显使不上力，宋惜惜便让他休息一下，但是他执拗地握了一会儿拳，便又继续写。

一笔一画，很慢很慢，但是他逃脱的真相总算是呈现在纸上了。

那天他晌午就偷溜出去了，怕被人发现，所以他叫身边的小厮小春穿了他的衣裳，躲在屋子里头，以防母亲过来查看，然后自己爬狗洞出去买糖葫芦了。

小春是刚买回来的，二嫂打算让小春当他的书童，这件事情，宋惜惜是不知道的。

他买完糖葫芦，打算去将军府送给小姑姑，结果半路上就被人打了一棍子，等他醒来的时候，他发现自己和几个小孩子被关在一间黑漆漆的屋子里。

他们被人贩子抓了。

别的孩子被恐吓一顿之后，就不敢反抗了，但他反抗了，所以被打得很惨。

这些孩子一般有三个去处，要么当乞丐，要么当小贼，女孩子则被卖入青楼勾栏。

他那天直接被打折了腿，所以只能当小乞丐。

人贩子给他们灌了哑药，除了女孩子之外，这些孩子全部被毒哑了。

有些年纪稍大的，识得字，人贩子便把他们的手指全部敲碎，反正是乞丐嘛，越凄惨，越能讨到钱。

因为当时他穿着小厮的衣裳，又才四五岁的样子，人贩子没想到他会识字，所以没有敲碎他的手指。

这两年，他们辗转于各地州府，他是在被人贩子抓走半年多之后才知道自己家中被灭门的消息，那时候很多人都在说宋家人死绝了。

他以为宋家人死绝了的意思是也包括小姑姑。

他以为小姑姑也死了。

他这两年过得很惨，无数次试着逃跑，但是总会被抓回来，每一次出去行乞，都会有人在附近盯着，由于多半孩子腿瘸，逃不远，被抓回来之后就是一顿毒打。

久而久之，他不敢再跑，心里也绝望了、麻木了。

加上那些人贩子会给他们喝药，那种药隔几天就要喝，不喝就难受，他们根本离开不了。

这段日子，他的药瘾也犯了，但症状渐渐变轻了，如今见到小姑姑，他的心情一激动，倒也没觉得多难受了。

他写完这些就累得不行了，宋惜惜让他去休息。看着他睡着了，宋惜惜也不舍得离开。

她怕离开瑞儿半步，眼前的一切就会像梦一样崩塌，回到现实中，就没有瑞儿了。

她也好心痛，这孩子遭了那么大的罪，看着他走路一瘸一拐的样子，就像有一根根钢针扎在她的心里一般。

谢如墨已经在安排回京事宜，瑞儿的情况，还是要早些找丹神医治疗，不能耽误。

七岁的孩子，跟五岁的时候一样高，离开的这两年，他都没长高，不知道还吃过什么毒药，不检查个清楚明白，他和宋惜惜难以安心。

谢如墨也让灵州知府以他的名义给皇上递了加急折子，说明了情况。

宋家留下了这一点儿血脉，相信皇上和满朝文武都会很开心。

还有孔家那边，这孩子对孔家也是一个救赎。

宋家被灭门，不是全部死了那么简单，是死状凄惨，每个人身上都被砍了一百零八刀。

尤其是"瑞儿"，他被砍下头颅，脑袋被砍烂，面目难辨，这是让人想起来都不寒而栗的死状。

听闻孔家的那位老太太听到消息之后，当场就昏厥了过去，因为宋二夫人打小是在她的跟前养着的，比其他的孙女都亲。

孔老太爷更是悲痛难忍，一时头晕，从石阶上摔了下去，第二天就没了。

在那样悲惨的阴影的笼罩之下，孔家人这两年几乎没参加过什么活动，京城权贵们的红白事，他们都没到场。

两天之后，他们乘坐马车回京。

谢如墨沦为车夫，闪电负责拉车，宋惜惜在马车里陪着瑞儿。

梁嬷嬷做的月饼，她打开给瑞儿吃了，瑞儿一边吃一边落泪，然后用手比画着。

他想说好好吃。

宋惜惜看明白了，鼻子发酸："以后你想吃什么，就叫厨房的人给你做什么。"

瑞儿的眼睛亮了亮，但随即又暗了下去，回家，家还在，家人没了。

小姑姑嫁人了，是要去将军府的，不能一直陪着他。

所以，这一路上，瑞儿一直黏着宋惜惜，即便是晚上住客栈时，他也要和小姑姑睡在一间屋子里。

宋惜惜随身带了些药，但只敢给他吃些固本培元的，别的都不敢给他吃，因为不知道他的身体如今是什么状况，也不知道他中了什么毒，就怕用错药，反而加重了毒性。

她刚从梅山回来的时候，瑞儿说话还是奶声奶气的。

后来她嫁给战北望的时候，他已经俨然一副小大人的样子。

因为那时候祖母告诉他，他和哥哥是宋家的男子汉，以后要保护小姑姑，保护弟弟妹妹，所以他便开始拿腔作调，装大人了。

他拿腔作调说话的时候特别搞笑，宋惜惜想起他那副模样，笑了一声，眼泪差点儿跟着笑声落下。

一路上，谢如墨很少和宋惜惜说话——瑞儿排斥所有人，不允许谢如墨靠近宋惜惜，即便知道是谢如墨救了他，他也害怕。

宋惜惜跟他解释谢如墨是个好人，可他不听，晚上在客栈里用纸笔写下了他防备谢如墨的原因——

像谢如墨这样高大凶恶的男人，会拿鞭子抽打他，会用脚踹他，会像提起小鸡似的把他提起来，然后扔在水缸里，摁住他的头，直到他差点儿不能呼吸，才把他提上来。

宋惜惜一个字一个字地看完，对于他这两年的遭遇，又多了一些了解。

她心如刀绞。

等瑞儿熟睡之后，她去找谢如墨，把瑞儿写的字给他看。

谢如墨看了之后，心情甚是复杂：他和那些打瑞儿的人贩子很像吗？

也许吧，在战场上待了这么多年，他身上的戾气重。

谢如墨缓缓地叹了口气："慢慢来吧，本王尽量和颜悦色一点儿，多对他笑笑。"

孩子的身体和心灵都需要治愈。

"这一路辛苦您了。"宋惜惜对谢如墨的感激，已经不是一句"谢谢"可以表达的。但有一件事情，她要跟他说清楚。

她拔下簪子，挑了挑灯芯，火苗蹿了一下，屋中亮堂了些，灯光映照着她瘦削的脸颊和苍白的唇。

她缓缓地说道："瑞儿这种情况，起码两三年里离不开我，如果我们的婚事还作数，我想带着他嫁到王府，我不能单独把他留在国公府。"

谢如墨俊美无俦的脸上神色沉静，漆黑的眸子里闪着灯光："我们的婚事自然作数，本王也觉得不能把他单独留在国公府，肯定是要带在身边，解毒、治腿，让他一点儿一点儿地好起来，然后他可以继续读书、练武，如果他不想读书、练武，就这么养着他成，本王会把他当成自己的孩子看待。"

他的话让宋惜惜打消了所有顾虑。念及前前后后的事，宋惜惜知晓他对自己是真的尽心尽责，想来日后成了婚，二人之间纵无爱情，亦能做到相敬如宾。

只是，要想法子让瑞儿接受他，至少要放下防备之心，否则日后住在同一个屋檐下，二人如何相处？

北冥王是亲王贵胄，忍得了瑞儿一次、两次、三次，久了，如果瑞儿还是这般充满敌意，他总会心寒的，尤其是慧太妃也会住在王府里。

其实这个时候她不成亲是最好的，偏偏皇上又下了那道口谕。

入宫是不行的，入宫了，莫说照顾瑞儿，就是见他一面都难。

见她忧虑甚重，谢如墨道："眼下你无须想别的，一切以瑞儿为先，也不用担心日后王府的人会如何待他，有本王在，没人敢欺负他。"

宋惜惜感动地看着他："多谢王爷。"

谢如墨笑着道："总是谢来谢去的，你说得不烦，本王听都听烦了，回去歇着吧，明日一早便要赶路了。"

"好，我先回去了，瑞儿半夜醒来见不到我，又要着急了。"宋惜惜站起来福了福身，便出去了。

谢如墨没睡，盘腿坐在床上，想着如何消除瑞儿对他的戒备之心。

这几日，瑞儿是真的怕他，从马车上下来，瑞儿首先躲在惜惜的背后，不敢探头看他。

如果他走近一步，瑞儿就会全身紧绷。

他看了一眼桌子上的纸，眼中闪过一丝戾气。这些人贩子即便跑到天涯海角，他也要把他们抓到，为瑞儿也为那些被他们所害的孩子报仇。

第二天，他对瑞儿和颜悦色了许多，甚至会冲瑞儿笑笑，但不知道为何，他笑起来的时候，瑞儿似乎更怕他了。

如此过了两日，他发现对瑞儿笑没有一点儿作用，于是改变了策略。

他不再去向瑞儿示好，而是对宋惜惜示好。

他对宋惜惜嘘寒问暖，体贴入微。

宋惜惜一开始还没会过意来，对他的温柔显得手足无措，但很快便明白了他这样做的目的。

所以，她马上就配合起来，对谢如墨的温柔和热情做出回应。

因为瑞儿如今最在意的人便是小姑姑，待小姑姑好的人，他肯定也会放心些。

谁料，他们如此相处了两日，不仅没能让瑞儿放下对谢如墨的警惕，反而让瑞儿对谢如墨多了一丝敌意。

这真是奇怪了！

终于，这晚住客栈时，在谢如墨伸手把宋惜惜牵下马车之后，瑞儿鼓起勇气爬下马车，然后全身颤抖地横在了二人中间，展开双臂，把小姑姑护在身后，用充满敌意的眼神瞪着谢如墨。

他害怕得要命，麻秆似的双腿一直在颤抖，嘴唇都哆嗦了，发出"呜呜"的驱赶之声。

谢如墨和宋惜惜愕然地对视了一眼：怎么回事？不管用不说，还有反效果了？

"啊！"

宋惜惜一拍脑袋，想到原因了：瑞儿不知道她已经不是战北望的夫人了，更不知道她即将嫁给谢如墨。

这天晚上，姑侄二人秉烛夜谈。

她不能再把瑞儿当作一个小孩子看待，这两年，他混迹于市井，许多事只要说给他听，他会明白的。

而且家里被灭门的事，他也是从百姓的讨论中知道的，具体情况如何，他并不知道。

他七岁了，有些该让他知道的事情要让他知道。

"灭我们宋家的凶手，是西京探子。姑姑不知道你跑了出去，所以姑姑以为你也死在了那场灭门惨案中。你现在是我们宋家唯一的儿郎，你肩负着你祖父、伯父、父亲、叔父他们的遗志和所有的希望，你要像他们一样，顶天立地，无所畏惧。"

"至于姑姑……"她扶着瑞儿的肩膀，看着他眼中流出来的泪水，继续沉声说，"姑姑已经和战北望和离，我和他不再是夫妻，从此是陌路人。"

瑞儿猛地擦去脸上的泪水，惊愕地瞪大眼睛。

"这其中的缘由，我回头再慢慢说给你听，我现在要告诉你的是，王爷是我的未婚夫，我们年底便要成亲了。你若想问为何我要嫁给他？那就要从南疆战事说起……"

宋惜惜说三分，隐三分，骗三分。

她说的那三分，便是灭门杀手是西京探子，这是瞒不住他的，回京后，他自然就会知道。

隐的三分，是成凌关的事，他现在还不适宜知道。

骗的三分，是指宋惜惜说她和北冥王在战场上互生情愫，才会决定成亲。

她的眼中透着温柔，像真的在说自己的心上人一样："他和你祖父、父亲一样，都是上战场杀敌，捍卫疆土的武将。他很厉害，你祖父曾经做到的事情，他也做到了，他真正地收复了我们的国土南疆，他是英雄。而且他还替姑姑找到了你，姑姑很感激他，也很……心悦他。"

宋惜惜在把"心悦他"三个字说出口的时候，脑子里浮现出了谢如墨清冷俊美的面容，心莫名其妙地急跳了几下，呼吸都有些乱了。

这话本是骗瑞儿的，她想让瑞儿知道，她是要嫁给一个自己喜欢的人，嫁给喜欢的人会幸福。

只是，在这句话说出口之后，她发现自己心中对谢如墨有一丝说不清道不明的情愫。

这种感觉以前从没有过，对任何人都没有过。

瑞儿看着她，伸手指了一下外头，然后又指指宋惜惜，是在询问：那他喜欢你吗？

宋惜惜的脸颊有些发烫，既然要骗，那就骗到底，她轻声道："他也喜欢姑姑。"

瑞儿眼中还含着泪水，但脸上已经露出了笑容。

隔壁厢房的谢如墨在床上打坐，隔壁的声音虽然很轻，但是每一个字都落在了他的耳中。

一开始他听得很郑重、很认真，后来他也听得很郑重、很认真。

宋惜惜说她心悦他的时候，他知道是骗瑞儿的。

嗯，那是美丽的谎言。

他缓缓地拉过被子，把自己从头到脚蒙住，严肃的表情收敛，灿烂的笑容在漆黑的被窝里一再绽放。

她说"心悦他"。

善意的谎言是对瑞儿说的，不是对他说的，所以他听到的不是谎言。

第二天，车夫谢如墨神清气爽，眼下乌青。

宋惜惜很奇怪他是怎么做到的，分明没睡好，却如此神采奕奕，除了眼下的乌青，脸庞和眼睛竟然都在发亮。

昨晚宋惜惜和瑞儿谈过之后，瑞儿现在对谢如墨没有那么害怕和警惕了，偶尔会掀开帘子偷偷看他的背影。

他是和祖父一样的人？那他很厉害，他只打敌人，不会打百姓，所以不用怕他。

瑞儿一直在心中这样跟自己说，说了一路，渐渐地，谢如墨在瑞儿眼里就和祖父、父亲他们一样了，而且，他以后是自己的小姑父，是至亲之人。

到了叶县的时候，瑞儿已经敢主动去跟谢如墨打手势，还敢让谢如墨牵着他的手去买糕点了。

宋惜惜见状，甚是欣慰。

而且，改变不仅仅是这样，瑞儿似乎也像信赖她那样信赖着王爷，吃饭的时候会主动坐在王爷的身边，他搛菜的时候，手指不太使得上力，可还是会吃力地给谢如墨搛菜。

他晚上给宋惜惜写字，说要对未来的姑父好一些，那么未来的姑父也会对姑姑好。

他是个暖心体贴的孩子，一直都是。

他的脸上渐渐有了笑容，眼中的阴郁已经散去不少，但是一路上看到行乞的人，他还是会投去同情的目光。

不过，那些行乞的人不是小孩子，是真正的乞丐。

他会给那些乞丐送馒头。

宋惜惜想依着他的心意，给点儿碎银，却被他摆手阻止，他打着手势告诉宋惜惜：给馒头，乞丐能吃饱；给银子的话，乞丐背后的人会没收，而且一旦拿到了碎银，以后拿不到碎银就要挨打。

虽然这些乞丐和他当时不一样，但他总会这样代入。

宋惜惜很心酸，却依旧笑着揉他的脑袋："好，都听瑞儿的。"

上京皇城。

内阁处理折子的时候，发现一封折子是灵州知府上的，封了火漆，折子外写的是"谢如墨奏请皇上亲启"。

内阁把折子给穆丞相，穆丞相拿起折子道："本相去面圣。"

御书房内，皇帝打开折子看完，"啪"的一声把折子拍在了案桌上，神情激动，连呼了三声："好！好！好！"

穆丞相见状，问道："皇上，是何事使得您龙颜大悦？"

皇帝命人把折子给穆丞相看，穆丞相看完之后，眉目顿时舒展开来："实在是太好了，皇上，宋家留有一点儿血脉，可告慰国公爷的在天之灵了！"

他又是唏嘘，又是激动，一时气息有些紊乱，他前阵子才病过一场，如今过于激动，差点儿没站稳。

"赐座！"皇帝见状，连忙叫人扶着他："扶着丞相坐下。"

穆丞相谢恩坐下，顾不得御前失态，老泪纵横："许多事让国公府受了委屈而不得宣告天下，老臣每每想起，心中总觉得愧对国公爷，想必皇上也是如此。如今宋家尚有一丝血脉在人间，是上天眷顾宋家，也是皇上洪福庇佑啊！"

皇帝颔首，激动之余，丞相的话也让他的心头思绪翻滚，他想起了年少时自己常去侯府，与侯府几位少将军的友谊。

当时他是太子，协理朝政之时，得宋国公多番提点，才不至于出了差错。

自宋家满门灭绝之后，他时常会想起往昔的点点滴滴，往事不可追，可情分会留在心间。

宋家有后，他比谁都高兴。

"宋瑞，朕还记得瑞儿周岁的时候，宋夫人曾带他来拜见过，那个孩子甚是可爱活泼，与他父亲容貌相似。那个孩子爱笑，一笑便会露出一双梨涡，真让人喜欢。"皇帝说着，又想起信中所言，不禁叹息，"可怜这孩子，受了太多的罪。"

穆丞相擦干泪水："活着便好，活着便好。"他站起来，躬身道，"老臣失态，让皇上见笑了。"

"朕也差点儿失态了，莫说你，谁知道了不高兴？"皇帝笑逐颜开，又想起了什么，连忙吩咐："吴大伴，你亲自去一趟孔家，或者去京兆府找孔大人，把此事告知他，让他们也高兴高兴。"

吴大伴正在一旁拭着眼泪呢，听到圣令，忙道："是，奴才这便去。"

吴大伴高高兴兴地走了。宋家有后，吴大伴是真心高兴，宋夫人待他有恩，他比谁都盼着宋家好。

穆丞相看着吴大伴出去，心里有千头万绪，虽然还有一堆政务要办，却不愿这么快回值房去。

"皇上，成凌关一战始终是我商国的耻辱，这件事情是瞒下来了，西京如今是不愿意透露，可西京太子毕竟死了，西京的夺嫡之战也开始了，但凡夺嫡，皇子们便会无所不用其极，只怕西京皇子里会有人想要揭穿此事，以谋得西京百姓的支持，我们是不是该先想好应对之策？"

皇帝沉吟片刻，道："这件事情就像悬在我们头上的一把剑，西京的情况，我们知道得不多，也没办法控制局面，以后会如何，实在难说。至于应对之策，不是已经做了吗？我们先不处置易昉，留她一条性命，就当此事朝廷并不知晓，一旦揭穿了，便把易昉捆了送给西京，任由他们处置，也算是一个交代。"

否则，他何至于留易昉一条命？他早就想把她千刀万剐了。

穆丞相想了想，确实也没有别的法子了："唉，如今只能这样了。好在苏兰基也算亲自报了仇，在南疆战场上，易昉带领的那些士兵，其中就有在成凌关屠村、残害西京太子的人，至于活着回来的那些，也被剪了根。报仇若到此为止，一切还好办，就怕苏兰基也控制不住，届时再揭开鹿奔儿城发生的事，那我们唯有把易昉送过去。"

皇帝想起自己曾经给战北望和易昉赐婚，心头就恼怒，道："战北望如今在京卫里当差，此人堪用，朕也派人调查过，鹿奔儿城的事，他原先是完全不知晓的，只是他瞎了眼，让他在京卫里磨炼几年，若能忍下来，朕再把他调回军中。若不是看如今的年轻武将没几个出色的，朕可容不下他。"

"皇上高瞻远瞩。"穆丞相也觉得遗憾，"战北望若不是以战功求娶易昉，如今他依旧是宋家的女婿，前程无限，至少宋家军会追随他，现在的结果是他自己求来的，怨不得旁人。"

"话是这么说，但朕曾为他和易昉赐婚，朕记得当时赐的是平妻，既然是平妻，便是妾。朕听闻战家的那位老夫人也是个不安分的，一会儿恼恨宋惜惜，一会儿又想让他们俩破镜重圆，只怕战北望也生出了这样的心思。易昉只是个贵妾，将军府还是要有个拎得清的主母，朕对战北望还有培养之心，莫要让这些内宅之事坏了朕的苦心。"

穆丞相不禁好奇："皇上，虽说年轻武将青黄不接，但也不是非战北望不可，为何您执意培养他？"

"战北望所犯的错，便是寡情薄幸，除私德之外，他在战场上只有建功，并未犯错。朕要的是有能力的武将，他若能吸取教训，好好历练，日后总有出头之日，我朝也多了一个可用之将。"

穆丞相知道皇上对于年轻武将的渴求已经到了夜不能寐的地步。他也知原因，皇上怕北冥王坐拥精兵，生出野心，损害兄弟感情，也毁了商国的和平。

他不敢说皇上多虑，有些事情如果一个人执意这么认为，旁人的劝说只会让他加深这种执念。尤其他是当朝丞相，更不能为北冥王多说一句话。

皇帝道："叫穆夫人物色物色，给战北望找个夫人吧，找个管得住他、镇得住家的人。"

穆丞相替夫人接了这么个差事，真是百般滋味在心头。

想当初，战北望和易昉那是烈火烹油、鲜花着锦，朝中多少人对他们二人寄予厚望，就连百姓也歌颂他们的爱情，对易昉更是心生怜悯与敬佩——分明是立了大功的女将，却甘当平妻，更有赞美战北望的，说他纵然和易昉将军情投意合，也不忘家中正妻，只为易昉争取了个平妻之位。

成凌关获得的胜利冲昏了所有人的头脑，让人没了理智，跟着一同狂欢。

狂欢过后，大家慢慢地回过味来，才发现那些美好的故事里头原来藏着这么多污垢。

最后发现原来那位正妻竟然比易昉更出色，大家才想起宋家为商国立下的汗马功劳，想起宋家一门的惨烈。

但自始至终，宋姑娘都没有得到一个公平的舆论对待，围绕着她的是各种是是非非。

像之前说她不孝时，大家似乎又集体忘记了她在南疆立下的功劳，苍蝇逐臭一般盯着她"嗡嗡"乱叫，直到监正出面澄清。

易昉当初都可以留在军中，但是现在宋姑娘却只能担着玄甲军副指挥使的虚职，也不需要当值，皇上明显不想让她掌握实职。

穆丞相知道皇上有多重考虑，但那些考虑里头，也有一份是真心给宋国公府的，这就足够了。

宋国公府原先只剩下宋姑娘一人，如今找到了二少将军的儿子，国公之位有人继承了，可到底还是人丁单薄，皇上是舍不得再让宋家人去冒险的。

皇上有这份心意，别的心思他也就权当不知道，不存在吧。

吴大伴到了孔家，孔阳还没回府，吴大伴也不先宣布消息，只说等孔大人回来。

这倒是把孔家人吓着了，吴大伴笑着说："不必担心，是好事，只不过这好事啊，还要等孔大人回来再说。对了，府中有府医吗？"

孔阳的妻子孔大娘子说："回公公的话，府医是有的，因为太夫人一直病着，离不了大夫。"

吴大伴对大娘子说："这样吧，叫老太太先服下护心丸。"

听吴大伴这么一说，孔老夫人和大娘子是真的吓着了：如今儿郎们都还在当值，没在府里，府里都是女眷，禁不住事，也拿不了主意啊！

孔老夫人便是宋家二少夫人的母亲，自从女婿女儿死后，她的身子也不好了，禁不住吓，吴大伴的话让她的心直跳，觉得自己也需要服护心丸了。

大娘子先让人把府医请来，然后派人去请老爷们回来，吴大伴是皇上身边的人，轻易不来的。

大娘子想着，既然是好事，却又要备下府医，也不知道是什么事，真是让人既担心又期待。

吴大伴之所以先不说，是因为太夫人身子不好，怕是受不得大喜的情绪，一激动，可能导致心疾发作，有孔府的老爷们在才好。

他本想去京兆府，只是转念一想，京兆府人多，这件事情在京兆府说也不好，毕竟小公子还没回到京城呢。

至于孔家是否要对外头说，那是他们的事。

过了半个时辰左右，孔家的爷们便急匆匆地回府了，孔阳是最后一个回来的。

孔家的大老爷，也就是孔阳的父亲在国子监，他为人最沉稳，此刻也有些心焦："吴公公，请您告知，皇上是有什么旨意示下吗？"

吴大伴见孔家的爷们都回来了，至少大房的人都到齐了，便道："是这样的，皇上收到了北冥王从灵州递来的折子，有个好消息，皇上便让咱家来一趟，先把这个好消息告知大家。"

孔家的人一听，都觉得疑惑：北冥王能传来孔家的什么好消息？

看着众人疑惑的眼神，吴大伴继续说："北冥王在叶县发现了一个小乞丐，面容酷似宋家二少将军，便随口叫了一声'瑞儿'，没想到那个小乞丐竟然有反应……"

孔阳觉得有些荒诞，打断了吴大伴的话："吴公公，王爷见到了一个酷似瑞儿的人，便上了折子给皇上，是想说明什么？像瑞儿，但不是瑞儿，这有什么好上报皇上的？"

孔阳的心里除了觉得荒诞，还有些愤怒。

曼青和瑞儿是孔家人心里的痛，尤其是老太太，她是万万听不得这样的话的。

见到一个与瑞儿相似的人便来报喜？这算什么喜事？害得大家奔回来，听这么荒诞的事。孔阳不禁对北冥王有些恼怒。

吴大伴伸出手，压了压："孔大人少安毋躁，只是像的话，北冥王不会从叶县追到灵州去的，宋家姑娘也在数日前去了灵州，如今已经确认了那个小乞丐就是二少将军的儿子宋瑞，想来过几日他们便要抵京了。"

这番话让在场的所有人浑身鸡皮疙瘩都起来了。

孔阳眸子一沉，连连否认："不可能的，绝对不可能，瑞儿已经死了，是本官抱着他……把他的尸首缝在一起的……吴公公，别说了，这件事情我们不信，宋家姑娘也不知道这个人是真是假，见了个相似的人，便说是瑞儿。本官知道她渴望瑞儿或者还有宋家人活着，但是这不可能。"

宋老夫人已经哭了起来：她的女儿和外孙已经死了，怎么时隔两年，还闹这么一出？宋家那位姑娘是疯了吗？

吴大伴见状，道："是皇上叫咱家过来报一声的，至于是真是假，等王爷和宋姑娘回京便知道了。"

说完，他便走了。

孔家人面面相觑，都觉得很荒诞。

老夫人哭了一会儿，哽咽地道："此事别禀报老太太，她承受不住的。"

孔大娘子道："幸亏还没告知，不过府医已经给她老人家服下了护心丸。"

大家心里有说不出的滋味，愁云惨雾再一次笼罩了大家。

孔老爷沉沉地叹了口气，坐在椅子上，望着外头的院子发呆，想起善解人意的女儿，想起活泼聪慧的外孙，他也心如刀割。

谁不盼着这是真的？但怎么会是真的？

女儿和外孙的尸身，他都是亲眼见过的，外孙死得惨啊！面目虽难以辨认，但手腕上戴着的金手环上刻着"长命富贵"，是他四岁生辰时，老太太特意叫人打造的，所以不会有错。

吴大伴来这一趟，让大家的眼中都没了光芒，仿佛那一日发生的事再度浮现在眼前，让人心里难受，却不知如何挥去这层阴霾。

孔阳想了想，派了个家丁去国公府，问问宋姑娘是不是出门去了。

家丁去了一趟，回来禀报宋姑娘是中秋那一日出门的，还是独自一人去的。

"中秋去的，应该很着急。"孔大娘子看着夫君，说。

"她……"孔阳想说几句埋怨宋惜惜的话，但是想起那日见面，他知道她心里从来没有半刻放下过，也苦得很，遂叹息道，"她也不是鲁莽的人，大概是想着不可能是，只是不去看一下，不安心罢了。"

孔大娘子点点头："是啊，不管是真是假，总得亲自去看一看，不看一下，怎能安心？"

大家虽然这样说，可心里都想着：如果是真的，那该有多好啊！

可怎么会是真的呢？

她注定是要失望的。

大家心里难受，却也同情宋惜惜，她如果是满怀希望去的，到了那边，一定会失望的。

不对，吴大伴说他们不日便会抵京，莫非她真的把那个小乞丐当作瑞儿带回来了？

那办的什么事？才说她稳重，回头她便这么胡来？

宋惜惜是中秋的时候离开京城的，回到京城已经是九月初七了，秋高气爽，是个好天气。

守城将士见驱车之人是北冥王，不禁大为吃惊：王爷竟然充当车夫，那马车里的是何人？

亲王的马车入京自然是不需要检查便马上放行的，因此马车直直地往国公府而去。

抵达国公府后，谢如墨对宋惜惜和瑞儿道："本王便不进去了，你先和瑞儿安顿好，过两天本王再来。"

想必明日他们要去孔家那边，所以明日他便不来了。

宋惜惜刚要说出感谢的话，又想起他说听腻了，便道了句："王爷辛苦了，快回去休息。"

"嗯，本王走了。"谢如墨看向瑞儿，笑着朝他挥挥手："明日派人给你送好吃的。"

瑞儿虽拘谨，但也高兴，冲他露出了一个笑脸。

谢如墨看着他这个笑脸，心想：可真是不容易啊！

他走后，宋惜惜牵着瑞儿进了国公府的大门。

梁嬷嬷和黄嬷嬷一看到瑞儿，泪水就夺眶而出。福伯拭了眼泪，跑过来，哽咽地道："回来了，回来就好，回来就好。"

他看着瑞儿，刚拭去泪水，又有泪水掉了下来：这孩子真瘦啊！唉，这是遭了多少罪啊？

他转过身，吩咐人去厨房准备膳食、茶水、热水。

梁嬷嬷和黄嬷嬷原先是在府里伺候的，后来宋惜惜嫁到将军府，她们二人才跟着过去，所以瑞儿对她们二位和宝珠都印象深刻。

"二小公子。"大家喊出来的声音都带着哭腔。

瑞儿望着她们，又看了看别的下人，再看看院子里正厅的石阶，然后环视四周，再也没有人出来了。

他知道宋家被灭门的事，知道祖母和娘都没了，所有人都没了，但知道和亲眼看到是两码事，看到府邸如此冷清，那些熟悉的人不再出来，他的心情还是变化很大。

他任由小姑姑牵着他的手往正厅里走去，惶恐地四处张望，眼里的泪水就没有停止过。他盼着有人从哪里扑出来，像姑姑在灵州的小宅子里那样紧紧地抱着他哭。

他今年七岁了，离家那年莽撞不懂事，但是这两年混迹于市井，在假丐帮的那些恶人手中挣扎求生存，他见过太多可怕的事情，知道这个世道的残酷，比一般的同龄孩子都要成熟。

　　他知道不会有人出来抱着他哭了，那日他瞒着生病的母亲，让小春假扮他躺在屋里，自己偷偷爬狗洞出去给小姑姑买糖葫芦，那一钻，就再也见不到她们了。

　　他无声地痛哭，知道不该惹小姑姑伤心，于是他努力忍住，可眼泪怎么掉都掉不完。

　　他这样哭，梁嬷嬷她们也跟着哭，宝珠哭得最伤心，若不是顾着身份，她恨不得上前抱着二小公子哭。

　　宋惜惜见大家都跟着落泪，也红了眼眶。她已经哭了好多天，如今只剩下高兴和庆幸了。

　　就让大家哭一哭，宣泄一下激动的心情吧，她就不拦着了。

　　倒是瑞儿，一时未必能接受现实，莫说祖母和母亲，就连昔日伺候的人都没了。

　　福伯没把瑞儿安置在原先住的院子里，虽然国公府重新装潢过，但是福伯怕他想起悲痛之事，便让他和姑娘住在紫兰苑，反正紫兰苑足够大，二人都搬进去，地方还很宽裕。

　　福伯是考虑到小公子受了那些委屈，吃了那些苦，肯定要姑娘守着。

　　小公子还没正式满七岁，跟着姑娘住，也没有不妥之处，起码可以度过开始这几个月，等姑娘出嫁之后再做打算。

　　把瑞儿安顿好之后，宋惜惜叫大家到偏厅去，让陈福派人到宋太公和孔家去说一声，说等过几日瑞儿的情绪好一些，再带他逐家去拜见。

　　"对了，如果孔家人想先见见瑞儿，也可以让他们来，瑞儿和外祖父母与舅舅亲，不会排斥他们的，太公那边就先缓几日。"

　　宋惜惜浑然不知道孔家人根本不相信此事，所以陈福派人去说了，他们非但不来，还说国公府如果非得找个冒牌货袭爵，也不要借瑞儿的名字，国公府原先有那么多位小公子呢。言下之意就是不信，而且不愿意瑞儿被借名。

　　因为陈福不是亲自去报的，只派了宝荣去，宝荣是新招回来在外院当差的，资历尚浅，加上他原先也没见过小公子，因而被孔大人一通怒斥之后，他竟也不知道反驳，讪讪地离开了。

　　宝荣回来一禀报，宋惜惜一开始有些意外，但想了想，也理解了：至少孔世兄就不会相信，因为当初是他负责处理瑞儿的尸体的。

　　既然如此，那就等丹神医给瑞儿检查过了，再带瑞儿过去拜见吧。

　　等瑞儿沐浴完，换了衣裳，丹神医也到了。

　　丹神医对宋家的人再熟悉不过，从老夫人到各个孩子，他都认得。

　　他这些年和宋家来往甚密，宋家的那些将军每次回来，有个伤病什么的，都是他亲自来治疗的；几位少夫人怀孕，也是他前来安胎的，能让丹神医如此劳心劳力的，也只有宋家了。

所以纵然瑞儿瘦得如此厉害，又没怎么长高，他还是一眼就认了出来。

瑞儿也认得丹神医，因为印象深刻，以前他每次病了，都是丹神医给他开药，丹神医的药是最苦的，他最怕见丹神医了。

不过丹神医施针不痛，和府医不一样，府医施针痛得很。

小乞丐的形象已经完全没有了，他对着丹神医就跪了下去，磕了几个响头。

丹神医心酸得很，扶起他来，细细地为他检查，从他身上中的毒，到他的腿伤，身上其他各处的伤虽已经痊愈，但是丹神医唯恐伤及肺腑，还是一一检查清楚。

检查完之后，丹神医的神色颇为凝重，叫宋惜惜出去说话。

宋惜惜看了瑞儿一眼，想安慰安慰他，但是瑞儿反而投来一个安慰她的眼神，这孩子体贴得让人心疼。

到了侧厅，丹神医叹息着摇头："哥儿受了太多的苦，身上的皮外伤倒是不碍事，只是腿伤与身上的毒比较难处理，这哑药服下一个月内解，是一定可以解开的，但是哥儿服用哑药已经差不多有两年了，要解毒，就得慢慢来。"

"能解吗？"宋惜惜担心地问道。

丹神医道："能解是能解的，但过程会比较辛苦。还有，他腿上的骨头长歪了，如果要矫正，便要打断了再接，断骨之痛对一个这么小的孩子来说，是难以忍受的。"

断骨之痛有多痛，宋惜惜自然知道，少时她也不是没断过骨头。

虽然那时有可以止痛的汤药，也可以针灸止痛，但是她依旧能感觉到钻心的痛。

宋惜惜心疼之余，又问道："他原先服用过一些会使人上瘾的药，如今可还要紧？"

丹神医道："那药叫赛牡丹，服用之后会上瘾，但是现在看他的情况还好，你们一路回京，他可有难受？"

宋惜惜想起这一路上他似乎发作过，但是都忍了下来，之后几天直到如今，都没有发作的迹象，便道："如今不怎么发作了，上一次发作，他忍了下来。"

"哦，对了，之前王爷说他在灵州的时候发作得厉害，那时候又是撞墙又是自残的，我去了之后没见过这样的情况。"

丹神医叹气："最初是难熬的，但症状会一次比一次轻，直到完全戒断。种这药对身体有损伤，戒断之后，需要调理一段日子。这孩子没怎么长高，一是因为缺少营养，二是因为他年纪小，服用那些令人上瘾的药会受到影响。"

说完，他又满眼心疼地道："一般人戒断赛牡丹，都要用针药辅助，而这孩子是硬扛过来的，可见意志力惊人，治好了之后，好好教养，日后必成大器。"

丹神医都这么说，可见她去灵州之前，处于戒断期的瑞儿有多难受。

那会儿，宋惜惜从北冥王的脸色也能看出来，他整个人都憔悴了，可见瑞儿闹腾得实在厉害。

现在的瑞儿还是很瘦，不过比起宋惜惜第一眼见他时，已经好很多了，至少苍白的脸上已经有了血色，脸颊上开始有了点儿肉。

瑞儿这两年也不能说一点儿都没有长高，只是瘸腿弯腰使得他看起来很矮，但是如果他努力站直，也没有显得特别矮小，当然，比起同龄的孩子，还是要矮一些的。

丹神医给出的治疗方案是先养着，等身体好些了，再断骨重接。

至于解毒，和调养一起来，解毒之后，他有望再度开口说话。

丹神医先给他留下了一些养气血的药丸，然后开了一道方子，是祛毒的，这方子需要每天用，而丹神医会让弟子隔天过来给瑞儿针刺喉咙肿起的地方。这块肿起的地方，是之前的毒导致的。

"那他多久可以说话？"

"他可以发出一些'呜呜'的声音，可见这毒下的量不大。"丹神医对这些江湖上的腌臜手段是知道一些的，"大概是怕用的量大了，会毒死他，反正用了赛牡丹，不怕他真的跑掉，所以宁可药量小一点儿。"

宋惜惜对那些人恨之入骨，但好在听北冥王说，真正的丐帮会发动几个州府的属下一起整治这些假冒者，把那些被抓的孩子全部救出来，对涉案的人全部从严处理。

其实，丐帮的人未必不知道此事，只是想着他们也不是明晃晃地打着丐帮的旗号去做的，懒得管罢了。

宋惜惜记得师父说过，如今的丐帮帮主称不上一个"侠"字，所以师父不太喜欢和丐帮来往。

但是宋惜惜知道是师叔不喜欢和丐帮来往，脾气古怪的师叔嫌他们脏。在万宗门里，就连师父也不敢得罪师叔。

她送丹神医出去的时候，丹神医叹气说："被人贩子抓了去，自然是不幸的，但是躲过了那场灭门之祸，也算是不幸中的大幸。"

宋惜惜却不这么想。

如果瑞儿当时把糖葫芦送到了将军府，她肯定是要亲自把瑞儿送回去的，只怕就会在府中住上一宿。

西京探子来屠杀的时候，她如果在，就算不能保住所有人，也不至于被满门被灭。

所以，她恨透了那些人贩子，只希望能把他们一网打尽，一个都不要放过。

送了丹神医出去，宋惜惜便叫人备下鸾车，打算先带着瑞儿入宫拜见皇上、太后，再去一趟孔家。

宋惜惜已经命人去缝制新衣裳了。其实瑞儿原先的那些衣裳还能穿，只是没剩下几件了。

办丧事的时候,宋惜惜把各人的衣裳也陪葬了部分,只留下几件做念想。

瑞儿的旧衣裳虽不算特别合身,却也只短了一点点。

他脸上的小伤已经好了,只留下淡淡的疤痕,仔细收拾了一番,穿上旧日的锦衣,仿佛两年的时光没有流逝,仿佛什么事情都没有发生过。

可也只是仿佛而已。

宋惜惜牵着瑞儿的小手,慢慢地走出去。瑞儿腿瘸,不能走得太快,快了他便要一跳一跳的,容易摔倒。

陈福背着他们落泪,这断腿之痛,他是深有体会的,他如今行动也不太便利,只是比起小主子,还是好上太多。

皇帝在太后宫里接见了姑侄二人。

太后忍不住落泪,招手让瑞儿过来,他便单脚跳着过去——实在是方才一路进宫来,断腿开始疼了。

太后见他这副模样,刚止住的泪水又落下了,执着他的手,让他坐在自己的身边,抚摸着他的脸颊:"唉,这么瘦,遭罪啊!"

瑞儿看着太后,摇摇头,又摆摆手,这是安慰太后自己没有很遭罪的意思。

皇帝见了,也心生怜悯,鼓励了一番,又赐了些礼物。

皇帝既欣慰又心酸,瞧了宋惜惜一眼,道:"不管如何,宋家总算有血脉留下来了,等他养好了身体,该如何教养便如何教养,日后定能成为像他父亲那样顶天立地的男子汉。"

"是,谢皇上。"宋惜惜福身道。

皇帝注视着她,道:"你瘦了,好好保重自己。"

宋惜惜避开他的视线,轻声道:"是。"

皇帝也移开了视线,道:"听吴大伴说,孔家人不信,你们可有去过?"

宋惜惜道:"还没去,等一会儿出了宫,带他去一趟,见到人了,他们自然会相信。"

皇帝却道:"孔家人也真是,信与不信,总得派个人过来瞧瞧不是?怎么一句'不信'就打发了呢?"

宋惜惜敛住眸子里沉痛的情绪:"皇上息怒,臣女能理解他们,他们是见过……那孩子的尸体,以为我随便寻了个相似的孩子来代替袭爵。"

太后也道:"他们这样想也不足为怪,自宋家出事之后,孔家老太爷没了,太夫人常年卧病在床,听闻已经油尽灯枯,禁不起折腾了,万一是个假的,太夫人受不住,没了的话,那孔家儿孙便落了个不孝的罪名。"

她握住瑞儿的手,又想起了宋夫人还在的时候,不禁泪如雨下。莫说孔家的人,就连她想起那场惨绝人寰的屠杀,都忍不住伤心掉泪呢。

第十三章
与王爷感情升温中

出宫之后，宋惜惜便带着瑞儿上马车，往孔家去。

现在已经是傍晚，孔家的爷们该下值回府了。

马车里，瑞儿在宋惜惜的手心上写字："去外祖父家吗？"

宋惜惜点头，道："对，我们去你外祖父家，你不想他们吗？"

瑞儿点头，写了一个字："想！"

但是他的神色似有担忧。

孩子敏感，孔家的人说不信他回来了，他就觉得孔家人或许不想见他。

宋惜惜看出了他的担忧，道："瑞儿别担心，你外祖父、外祖母和舅舅他们都很想你，只是他们不相信你还活着，等见到你，他们会很高兴的。"

瑞儿靠在姑姑身边，尖尖的下巴微微扬起，张嘴，想发出点儿声音来，但是没发出来，他有些颓然。

不知道他们会不会嫌弃他已经变成哑巴和瘸子了。

他想了想，在小姑姑的手心上写字："他们会嫌弃瑞儿吗？"

宋惜惜心头微酸，抚摩着他的头发，安慰道："傻孩子，他们高兴还来不及，怎么会嫌弃你？别乱想，他们会很高兴的。"

但他当乞丐的时候遭受过太多驱赶嫌弃和拳打脚踢，瑞儿的心里还是没底，因为他听到禀报说孔家人不相信他回来了。

他认为的"不相信"，是嫌弃他当过乞丐。

因此到了孔府门口后，他不太愿意下马车，躲在帘子后面朝宋惜惜摇头。

宋惜惜耐心地劝说："瑞儿别怕，我之前见过你舅舅，他很想你，大家都很想你，是真的。"

瑞儿还是摇摇头，指了指自己的嗓子，又指了指自己的脚，眼中满是委屈的情绪。

宋惜惜心中叹气：他已经知道自卑了。

她先去跟孔家的门房说："劳烦禀报一声，我是宋国公府的宋惜惜，我带瑞儿过来拜见诸位长辈。"

门房探头瞧了一眼，没瞧见躲在马车里的人，但是宋国公府的人来了，不可能拒之门外，便道："姑娘稍等，小人这就去禀报。"

门房进去禀报了管事，管事让他先别声张，然后偷偷地去告诉刚下值回来的孔阳。

孔阳一听，便皱起了眉头："她带着人过来了？"

管事道："是，就在门口，听门房说，那个小孩子不愿意下马车，所以宋姑娘也还在外头呢。"

孔阳对宋惜惜的做法甚是不悦，自认为明白宋惜惜的用心。

只要孔家都承认了这个"瑞儿"，那她找来的这个孩子就可以用瑞儿的身份活着，成为国公府的继承人。

但是他不愿意，孔家没有人愿意承认一个不是瑞儿的人是瑞儿。

"别惊动其他人，本官去门口见他们。"孔阳觉得把事情在门口说明白就行了，不想让宋惜惜进来，也不想让其他人知晓此事，免得一个不小心传到祖母的耳中去。

他带着管事大步走出去，看到马车停在正门外，宋惜惜正弯腰对马车里的人说话。

他咳嗽了一声，站着不动。

宋惜惜转身，只见孔阳面容严肃地立于自己的身后，她行礼："孔世兄。"

孔阳微微颔首，瞧了一眼马车，只见一只小手快速地拉下帘子，遮挡住了自己的面容。

他神色冷淡地看着宋惜惜："我知道你想做什么，但是我们孔家不会配合你。瑞儿只有一个，没有人可以取代他。宋家这么多子侄，你若看上了，直接过继一个就行，不必找个和他眉目相似的，听闻还是个小乞丐。"

宋惜惜就知道他们有这样的误会，之前她说理解，实则不是全然理解。

正如她收到谢如墨的来信就立刻出发去灵州，哪怕一路上不断劝说自己别抱任何希望，她也做不到不去看一眼。

所以，听到孔阳这样说，她的脾气上来了，她转头掀开帘子，一把抱起瑞儿，站在孔阳的面前，冷冷地道："你至少看一眼。方才一路过来的时候，瑞儿很担心地在我的手心上写字，他担心你们嫌弃他，我还安慰他说不会。"

孔阳抵触她的做法，但是也下意识地看向了她抱着的孩子。

只一眼，他的呼吸都几乎停滞了。

太像了，虽然瘦弱得不如以前的瑞儿圆润可爱，但实在是太像了。

他的嘴唇哆嗦了一下，眼睛瞬间便红了，他试探地唤了一声："瑞儿？"

委屈的泪水"吧嗒叭嗒"地落下，瑞儿挣扎着，让小姑姑放他下来。

宋惜惜把他放下来，他伸出手，对着孔阳做了三下击掌的手势，然后两根手指虚空画出了一方墨砚的形状。

做完这个手势，他便垂下双手，双肩抖动。

击掌三下，画出墨砚的动作，看得孔阳肝肠寸断。

这个动作，只有他和瑞儿知道。

出事前一个月，他和夫人去宋家探望妹妹和瑞儿，瑞儿把功课拿给他看，他赞赏瑞儿的字写得好，还与瑞儿击掌承诺，如果瑞儿能继续用功，得到夫子的赞赏，便送瑞儿一方端州墨砚。

瑞儿说，是夫子告诉他，端州的墨砚是顶好的。

他后来因为京兆府事务繁忙，便把此事给忘记了。

之后每一次想起，他都后悔莫及，为了让心里好受些，他买了好几方墨砚，却送不出去了。

他蹲下，一把抱起瑞儿，哽咽地道："大舅舅没有食言，墨砚已经买了，就等着送给你。"

瑞儿用小手擦他的脸，把他流下的泪水擦去，然后挣扎着下来，他要自己走进去，不要抱。

宋惜惜见状，怒火尽消，道："孔世兄，放他下来吧，他喜欢自己走。"

但孔阳没放，就这么紧紧地抱着。

管事一看，也抹了抹眼泪，知道大抵是表少爷没错了，便急忙进去禀报老爷和老夫人。

整个孔府都沸腾起来，孔大娘子用颤抖的手给太夫人服下了一粒护心丸之后，才哭着对她说："瑞儿没死，瑞儿回来了。"

太夫人病得糊糊涂涂的，也没听真切，以为是说起瑞儿的事，她长叹一声，悲声呼道："曼曼和瑞儿啊，我的心肝宝贝，没了。"

孔大娘子忙说："祖母，是瑞儿回来了，瑞儿没死，真的，马上就过来拜见您了。"

太夫人的瞳孔瞬间放大，她不知道哪里生出来的力气，猛地抓住了孔大娘子的手腕："什么？你说什么？"

外面，孔老夫人抱着瑞儿，哭得几乎昏厥过去：她的外孙啊，她的外孙没死。

当初得知女儿和外孙死了的消息后真是要了她半条命啊！她哭了足足一个月。

现在瑞儿回来了，他没死。孔老夫人激动得太过，抱着瑞儿哭了一会儿，又听宋惜惜说了他的遭遇，心痛难忍，竟昏厥了过去。

众人又是掐人中，又是揉太阳穴，这才把她唤醒。

她一醒来，又哭了："老天爷啊！怎么让孩子遭这么多罪啊？宋家满门忠烈，为何会落得如此下场？老天爷，你不公道啊！"

宋惜惜听不得这番撕心裂肺的话，急忙出去了。

瑞儿被他们带着与亲人一个个相认，然后被带到了太夫人的屋中。

亏得提前给太夫人服了药，见瑞儿变成了哑巴和瘸子，她心疼得老泪纵横，她好好的重孙子，怎么就变成了这样啊？

她一手养大的孙女没了，这孩子乖巧，像极了他母亲小时候的样子，老太太自然宝贝得跟眼珠子似的，如今成了这副模样，真是拿刀剜她的心都没这么痛。

过了大半个时辰，大家才忍住眼泪，略微平静下来，坐在正厅里，太夫人也被搀扶了出来，一同听宋惜惜把事情的前因后果全说了。

大家听到瑞儿是去给小姑姑买糖葫芦，哄小姑姑开心，这才躲过那灭门一劫，不由得感到庆幸：瑞儿虽说受了两年的罪，但是好歹命还在。

因此他们看向宋惜惜的眼神中多了几分感激，对人贩子也没那么恨之入骨了。

他们自然不知宋惜惜并不是这么想的，宋惜惜也没说。

孔阳控制好情绪，问了瑞儿中的毒和腿伤，宋惜惜便将丹神医所言告知大家："中毒的事，说好办也好办，就是日日服用解毒汤药，隔日针灸。还有上瘾的赛牡丹，如今瞧着不要紧了，丹神医开的解毒方子也能把赛牡丹的毒去除，治疗有效果的话，顶多一年，他便能开口说话。

"至于腿伤，因为骨头已经错位，需要打断重接，这样就遭罪了，但我相信丹神医的医术，他一定能帮瑞儿把痛楚减到最轻。"

听到要断骨重接，大家看着瑞儿的眼里更是饱含怜爱和疼惜。

唉！

孔老爷问道："那什么时候开始断腿重接？届时我们可以过去照顾他。如果你要筹办婚事，把瑞儿留在孔家也行。"

"孔世伯，丹神医说他的身体比较虚弱，长期吃不饱，肠胃受损严重，气血双亏，需要好好地养一段日子才能断骨重接。"

她瞧了一眼在座的人，偌大的正厅里坐满了人，几房全部过来了，她继续道："瑞儿还是留在我的身边比较好。我虽在筹办婚事，但毕竟是二嫁，没太多需要准备的，国公府清静，适合疗养，而且……"她停顿了片刻，道，"我和王爷商量过了，等我们大婚之后，就把瑞儿接过去同住，等他的身体好了，王爷会为他请名师教导。母亲生前曾希望孙儿们都学文弃武，而且他也不必费心费力去做些什么，只要人品端正，有一定的学问，通过袭爵考试，如此一来，有国公府的爵位，可保他一世富贵无忧。"

大家一开始听到她要把瑞儿接到王府去住，都觉得不合适，哪里有带着侄儿出

347

嫁的？但是既然王爷都同意了，而且在王府里头，瑞儿的眼界确实能更开阔些，日后袭爵，哪怕是当个闲散爵爷，也要有格局才行。

就是……

老夫人抚着心口，望着外孙子："就是他跟着你嫁到王府去，以后我们要见他就不那么容易了，而且听说慧太妃也要住在王府里头，我们担心……"

老夫人没把剩下的话说出口，但是大家都知道，她担心慧太妃会刁难孩子。

孔家人虽说这两年很少参加聚会，但是外边的事多多少少是知道的。

尤其是宋惜惜的事，他们有关注，只是不怎么过问。

他们都知道慧太妃不太满意这个儿媳妇，如果宋惜惜再带着瑞儿嫁过去，慧太妃只怕会更嫌弃。

宋惜惜道："我事事定以瑞儿为先，如果慧太妃容不下瑞儿，那我便与他回国公府，我跟你们保证，瑞儿不会受半点儿气。"

她的保证显然没能打消大家的担心，毕竟她是二嫁，得不到婆母的喜欢，定然日日被刁难。

就算北冥王秉公持正，在母亲和妻子之间当磨心，久而久之，他也会不耐烦的。

孔家二房的二老爷说："其实瑞儿留在孔家是最好的，毕竟有我们这么多长辈照顾，他肯定不会受半点儿委屈。至于名师，我们也可以请。"

听完二老爷的话，大家都点头。

太夫人激动过后，情绪有所缓解，虽然巴不得眼珠子一直在她的身边，可她经历了大半辈子的风风雨雨，眼光要更长远一些。她紧紧地抱着瑞儿，黑色的宽袍像是母鸡展开的翅膀，把自己的幼崽护在羽翼之下，她缓缓地道："瑞儿以后是要袭爵的，可宋家就剩下他一个男儿了，我们孔家自然会全力支持他，可光有我们孔家还不够，如果他跟在王爷的身边，王爷偶尔带他出入一些场合，认识一些人，比我们孔家倾尽全力去做的效果更好。"

她看着宋惜惜，道："老身不赞成你方才说的话，瑞儿不能当闲散的爵爷。瑞儿有出色的祖父和父亲，叔伯们个个都是英雄，他纵然不如祖父和父亲出色，也要尽全力做到最好，不能丢了他们的脸，败了镇国公府的名声。"

她又看了看瑞儿，道："祖祖不管你能不能做到，但你必须尽力。你尽了力，但没做好，不会有人怪罪你，可你不尽力，你就无颜面对你的祖父、父亲、伯父、叔父。"

瑞儿仰起头看着祖祖，重重地点头，张嘴无声地做了口型：知道。

太夫人眼中含着热泪，又把他抱入怀中。

靠在祖祖的怀里，瑞儿乖巧得像一只小猫。

宋惜惜想了想，觉得太夫人确实是高瞻远瞩。

没本事而位居国公之位，终究会招人忌妒。

没有人可以保护瑞儿一辈子，唯有他自己有本事，能自保，才能于权贵圈子里立足。

这才是太夫人真正要说的话。

只是太夫人知道瑞儿一直以祖父和父亲为榜样，才这样激励他。

大家点头称是，孔大娘子忽然站起来："宋姑娘和瑞儿在这里吃了晚膳再回去，我马上叫厨房的人多做些好吃的。"

宋惜惜没说过在这里用晚膳，但是孔家的人希望瑞儿在这里吃一顿晚膳，宋惜惜自然不会拂逆他们的好意，她也理解他们想多看瑞儿几眼的心情。

孔大娘子确实是掌家的一把好手，短短两个时辰，就张罗出几桌好菜，几房的人坐在一起吃了顿饭。

连太夫人都一同吃了这顿饭，她整个人都精神起来了。

用了晚膳，又说了会儿话，宋惜惜才带瑞儿离开。

太夫人急召所有人到正厅里说话，她的眼睛不再浑浊无神，而是精光尽显，她吩咐儿孙："宋惜惜出嫁，我们孔家要去帮忙筹办一下婚事。还有，备下一份丰厚的嫁妆，以后和她要时常来往。

"你们该走动就走动，哪里有宴席聚会，该去便去，不能再像之前那样躲在府里头，人脉都给我走起来，我哥儿以后是要袭爵的，一定要有人脉襄助。"

"是！"儿孙们一同领命，儿媳孙媳们也纷纷应下。

翌日，孔府那边的人送来了瑞儿喜欢吃的菜，还说各房的娘子们都在赶针线活儿，要给瑞儿表少爷做衣裳鞋袜等。

孔府的人在用行动表示他们对瑞儿的关爱。

瑞儿也彻底放心了，外祖父家没有嫌弃他，反而很心疼他。

今日丹神医还亲自过来，说是要再搭脉看看，唯恐有什么疏漏。

其实以他的医术，昨日一搭脉就什么都清楚了，如此谨慎只能说他很紧张国公府的这点儿血脉。

丹神医走后，谢如墨带着张大壮过来了。

他跟宋惜惜说是来探望瑞儿的，要和瑞儿培养一下感情。

瑞儿很高兴他来了，还把大舅舅送给他的墨砚给谢如墨看，很大方地表示可以送一方给谢如墨。

谢如墨笑着收下，教他如何巧用手劲写字，写了一会儿字，谢如墨便出去和宋惜惜说话。

他走到宋惜惜的面前，将手中的东西在她的眼前晃了一下，笑着道："他竟然舍得送本王一块端州紫云砚，真大方。"

宋惜惜笑着招呼人上茶，道："他只是慷他人之慨，这是他的大舅舅送的。"

"孔家的人高兴坏了吧？"谢如墨坐下，把墨砚放在一旁，问道。

349

宋惜惜想起昨日的场景，道："一开始他们都不信，见了人，都激动坏了。"

谢如墨道："孔家的人其实至情至性，只是有些偏执，你莫要把以前的事放在心上。"

"怎么会？"宋惜惜微笑，看到他又拿起墨砚把玩，想起梅山的事来，这一路因为顾着瑞儿，也没问仔细，"王爷去梅山一趟，我师父……他怎么说？"

"他本来有些犹豫，但我师父一说，他便没了意见。"

宋惜惜奇道："我师父还听你师父的？你师父是谁？"

谢如墨俊美的脸上露出一抹神秘之色："你猜。"

"我怎么能猜到……"宋惜惜说着，忽然想起师叔有一个弟子，没住在万宗门，只是偶尔来一趟，因为他们都避着师叔，所以不曾见过师叔的徒弟，她猛地抬头，"你师父该不会是我的师叔吧？"

谢如墨有些意外，没想到她这么快就猜出来了，不禁笑道："都说你聪明，果真如此。你猜得没错，我师父就是你的师叔，虽然我们同是万宗门之人，但是师父不同。"

宋惜惜是真没想到啊，他竟然是师叔的弟子。

"怪不得你每年都要去一次万宗门呢，怪不得你对万宗门了如指掌。"

他摇摇头，道："算不得了如指掌，我和你师父这一脉的弟子没多少来往，和你大师兄、二师姐他们也很少接触。"

宋惜惜好奇地问道："为什么啊？你既然是我师叔的徒弟，为什么不跟我们来往？"

谢如墨的俊颜上带着浓浓的笑意："我师父不让，他的原话是……"

他站起来，像师叔那样背着手，脸上笼着寒气，眉毛蹙起："别跟那群没出息的人来往，连同你师伯和他的那群弟子在内，没一根好笋，少些来往，能少沾点儿江湖习气。"

看他模仿师叔的样子惟妙惟肖，连表情、语气都是一样的，宋惜惜不禁哑然失笑："真的好像啊！师叔就是这么瞧不起我们的。"她觉得很不可思议，"你竟然是万宗门的弟子，和我是同门，我是真的没想到啊。你先入门还是我先入门啊？如果你先入门，我要叫你'师哥'；如果我先入门，那你得喊我一声'师姐'。"

谢如墨手里握着墨砚，笑盈盈地直视着她："对了，你带瑞儿见过宋太公没有？要带他去给族人认一认，把族谱修改修改。"

毕竟现在族谱上瑞儿是死了的。

宋惜惜侧头：不回答？那她是师姐？

她眨眼："师弟？"

谢如墨俊脸一僵，转过脸，嘴硬道："我不算万宗门的弟子，我师父说了，我不入万宗门，只是他的关门弟子。"

她笑着，眸子闪耀："师弟，这话就是在自欺欺人了，师叔都是万宗门的人，你是他的弟子，怎么会不是万宗门的人呢？师弟是什么时候入门的啊？"

　　谢如墨俊朗的脸上还在努力地绽放笑意，顽强地转移话题："刚才说带瑞儿去宋太公那边，你打算什么时候去？"

　　宋惜惜托腮，眨眼望着他："师弟，师姐和瑞儿明日便去。"

　　不知道为什么，知道他是师门的人，宋惜惜整个人都放松了，在他的面前也放肆了许多。

　　谢如墨白了她一眼："本王比你年长。"

　　"嗯，师弟确实比师姐年长。"宋惜惜乐不可支，怪不得他原先从来不说，只说每年都去梅山，原来他竟然是师叔的徒弟，入门还比她晚。

　　是啊，在南疆的时候，他怎么可能当着诸位将士的面称呼她一句"师姐"？

　　不过，战场上只有将和兵，可没什么师姐师弟。

　　谢如墨心里不服气，分明他的武功更好，年纪更长，怎么就成师弟了？

　　而且，他只是师父的关门弟子，说了不入万宗门的，但是看到她脸上灿烂又顽皮的笑容，仿佛又看到梅山上那个鲜活热烈的红衣少女。好吧，师弟就师弟。

　　"不可在外头叫。"他还是要面子的，做夫婿的，怎么能是娘子的师弟呢？

　　宋惜惜笑得眉目弯弯，眼角下的泪痣殷红，不胜娇美，让谢如墨瞧着便移不开视线。

　　宋惜惜只顾着乐，浑然没察觉到他的眼神里翻滚却又极力压抑的情愫。

　　谢如墨说回梅山，道："到时候，万宗门大部分的人都会来参加我们的婚礼，师伯也通知了梅山的其他门派，说他要嫁徒弟，估计到时候来的人不少。"

　　"那我们国公府也要办嫁女酒席。"宋惜惜点头说。这本来是一句陈述的话，既然师父他们来了，又是代表女家，国公府自然是要办嫁女酒席的，只是，当着他的面说出这句话，她感觉脸颊一阵发热。

　　以前说起婚事，宋惜惜心里总是很平静，反正只是一场各取所需的联姻，她只求日后安好。

　　但是，经过瑞儿的事后，她对谢如墨上心了几分，有时候望着他，想起他即将成为自己的夫婿，心里竟然会生出期待来。

　　这与她当初嫁给战北望时的心境完全不一样。

　　当然，她当初也是真心实意地想跟战北望过日子的。

　　谢如墨见她说着说着，忽然脸颊泛红，连耳尖都红了，不期然地想起他偷听到的她和瑞儿说的话——她心悦他。

　　这句话，会不会多多少少掺点儿真呢？

　　当然会！

　　为什么会？

就是会！

感情哪儿有为什么？有为什么的都不纯粹。

二人心思各异，再对上对方眸子的时候，交缠的目光竟似能拉丝。

就是气氛有一点点尴尬。

谢如墨打破这份尴尬："对了，皇上让本王出任大理寺卿兼玄甲军指挥使一职。"

宋惜惜诧异地抬起头看他："啊？"

他是北冥军的主帅，就算因为无战事而留京，北冥军驻扎得也不远，他军务繁重，还时不时地要集训，怎么能任大理寺卿一职？

而且，大理寺掌刑狱与重要案件死刑复核，这些都是文书工作居多，而他是武将啊！

既然当了大理寺卿，他为何又兼任玄甲军指挥使？

一文一武两个职位在身，再加上北冥军主帅，他怎么忙得过来？

他不甚在乎地说："本王的虎符已上缴，如今北冥军暂由王彪统领。"

王彪？

宋惜惜知道他，王彪是平西伯，以前在军中也颇有威望，但是自从一次阵前受伤之后，便不能再上战场了，于是继承了他祖父的爵位，从此深居简出。

平西伯府眼看要走向衰落，没想到平西伯忽然就被皇上提拔起用了。

但皇上怎么会在这个时候提拔一个残疾的将领担任北冥军的主帅？而且为什么要撤换主帅？谢如墨才刚立功回来呢。就算上缴虎符，他依旧可以是北冥军的主帅啊！

稍微一细想，宋惜惜便大概明白了，没忍住，脱口而出："皇上忌惮你？"

谢如墨眼神深沉："不是忌惮，只是不想以后出现什么流言蜚语，损害了兄弟间的感情。"

宋惜惜彻底明白了，但同时有些蒙了，"那你为何娶我？如果皇上忌惮你，你更不该娶我。"

她是宋国公的女儿，也是宋将军，有军功在身，也得军心，不管是北冥军还是玄甲军，抑或是父亲以前统领的宋家军，对她定有几分敬意。

他交出兵权，本就是为了消除皇上的疑虑，娶了她，就算交出兵权，皇上也不会疑虑尽消啊！

这里头有什么事情是她不知道的吗？

还有，这和皇上当初下旨让她三个月内成亲之事有关吗？

谢如墨知道她聪慧，定然会猜到什么，便道："不管本王娶谁，皇兄该怎么想还是怎么想，以本王的身份，难道还能娶一个平民或者七八品官员的女儿吗？"

道理是这么个道理，但宋惜惜觉得还是不一样的——

她能统兵，别的官家女子不能统兵，娶她对他而言更冒险些。

352

"你知道我不想入宫为妃,所以提出娶我?你是在帮我?"宋惜惜首先想到了这个可能性,"皇上其实没逼你成婚,对吧?你是在帮我。"

谢如墨无奈地笑了笑:"你这么想就错了。退一万步来说,就算皇上没有逼婚,此番我凯旋,收到的香囊、手帕过百,多少人想嫁给本王,拒绝谁就会得罪谁,这满城权贵,本王虽不怕得罪,可也不想得罪啊!唯有尽快定下婚事,对本王才是最有利的。"

"至于为什么会选你,"谢如墨的笑容越发无奈,"你是本王的师姐啊!你被逼进宫,本王被架在火堆上,那不如凑个对,本王是这样想的。"

说谎话真是难啊!总不能如实告诉她,他想娶她,就要放弃兵权吧。

这句话是万万不能说出口的,她如果知道,一定不会同意嫁给他。

此事就算日后无法瞒着她,也要等她过了门才能让她知道。

许多事,等他们真的成了亲,最好圆了房之后才让她知道是最好的。

许多话不便说,谢如墨告辞了。

宋惜惜沉思了许久,有些事情似乎是想通了,又觉得没完全想通。

梁嬷嬷见她困扰,犹豫了一下,想要上前,被陈福拦下,陈福冲梁嬷嬷摇摇头:"去给哥儿拿些吃食吧,练了这么久的手劲,应该累了。"

梁嬷嬷看着陈福,轻叹着道:"好。"

她转身去了厨房,陈福跛着脚走过去,在厨房里压低声音说:"我知道你想说给姑娘听,但不要现在说,等过了门再说。"

梁嬷嬷点点头:"我知道了,只是见姑娘困扰,一时冲动,我知道冲动不得。"她也叹气,"王爷弃兵权的事,我也是今日才知道,联想起前前后后的事,大概也知道王爷是为了姑娘放弃的兵权,皇上这是拿咱们姑娘当诱饵,钓了王爷呢。"

陈福道:"这些话你心里明白就好,别出去乱说。"

"知道,这些话怎么能出去说?只是王爷对姑娘的心意,姑娘竟然半点儿不知,当日他来求娶过的事情,夫人也不许我们告诉她。"

陈福皱起眉头:"那时,夫人是怕了,如果北冥王没上南疆战场,保不准夫人就同意了,只是没想到,千挑万选,选了个歪瓜。"

梁嬷嬷心里悲戚,眼睛红了:"夫人那会儿没选世家和文官之子,是知道姑娘性子野惯了,世家和文官府中规矩严明,而且见过不纳妾的世家子弟吗?唯有那个战北望敢跪在夫人的面前承诺永不纳妾,夫人也是一时被他蒙骗了。"

"别说了,别说了,快给哥儿送些吃的吧。瞧哥儿刻苦的样子,真真叫我心疼,日日喝着药呢,还不忘练手劲。"

陈福怎能不心疼瑞哥儿啊?瑞哥儿是宋国公府唯一的小儿郎,且吃了那么多苦。

翌日,宋惜惜便带着瑞儿去了族中祠堂。

回京那日，她已经派人知会过宋太公，请他集合宋族的人，开祠堂，把族谱上瑞儿名字后面的"早夭"二字划掉。

宋惜惜不能进祠堂，所以领着瑞儿到了门口，便让陈福带他进去，她在外头等着。

族中定然有许多人不相信，而且有些人还想把自己的儿子过继到国公府去袭爵，就算相信，也会说不相信，因此需要由陈福去说明来龙去脉，道官府已经承办了此案，人贩子也陆续落网。

抓了瑞儿的人贩子还没找到，陈福不会特意交代这点，只说灵州的官府已经上报了朝廷，瑞儿也进宫去见过皇上和太后了，出宫之后，又去了孔家，与孔家那边的人相认了。

有了这些，宋族之人纵然有不信的，也只能相信了，加上瑞儿的模样与他爹十分相像，因而相信的人很多。

宋太公见议论声止，便请了族谱上来，告了列祖列宗，把瑞儿重新写上族谱，至于"早夭"二字，被划去了。

宋惜惜在外头等，只听到里头人声鼎沸，各种声音不绝于耳。一开始，她也有些担心，但是听到宋太公喊了"请族谱"，她便知道瑞儿在宋族的身份分明了。

有了瑞儿，国公府就不需要再从族中过继，之前族里挑的人选确实也不怎么让人满意，因而族人只议论了几句就没有别的话了。

宋太公庆幸，幸好上一次没定人选，否则就会有人空欢喜一场，回头会不会闹事，也未可知。

宋太公既激动又心酸，问了孩子许多事，孩子都写给他看，一个字都说不出来。好在陈福说了，丹神医保证瑞儿会痊愈，只是需要花些时日去治疗。

太公告诫众人，宋国公府只要还有血脉在，宋族就不会没落，维护瑞哥儿的利益，就是维护宋族的利益。

宋族大部分人都是经商或者买了田地当地主的，怎么会不知道这个道理？

一荣俱荣，一损俱损，宋国公府哪怕没有给自己实际的帮助，有国公府这座靠山在，旁人想要欺负自己，就得掂量掂量，斟酌斟酌了。

因而宋太公的话，大家听进去了，而且宋族人素来团结，宋国公府又经历了近乎灭门之祸，没有人会真的心生忌妒。

太公又说了很多话，瑞儿在一旁，也都听进去了。

以往族中开会，他一个小儿郎哪里有资格参加？更不要说听太公说这样的话，家族的使命感油然而生。

他还不知道自己要做什么，但是他已经知道了，自己不可行差踏错，丢了宋族和父兄的颜面。

到了十月，天气渐渐转凉。

孔家那边的人给瑞儿送来了许多衣裳，也挑了几块上好的皮子给他。如今孔家不管得到了什么好东西，都先紧着瑞儿。而且孔家还主动提出帮忙筹办婚事。梁嬷嬷去回了姑娘，说不管咱们需不需要，这份心意难得，这份情要领了，好让他们安心。

宋惜惜让梁嬷嬷看着办，只让他们帮忙做些小事，不可让他们出银子。

瑞儿回来的事很快就被京城的人知道了，许多人登门给瑞儿送礼物，淮王妃也派人送来了些绸缎布匹，说是给瑞儿做衣裳。

宝珠还恼怒之前永安郡主出嫁时，姑娘给她添妆却被拒收的事，跟宋惜惜说："姑娘何必收他们的衣料？咱们又不缺。"

宋惜惜笑着道："我都不生气，你生什么气啊？再说了，我和澜儿还有来往呢，别让她为难了。"

"不让郡主为难，就是为难您自己。"宝珠扭头说。

宋惜惜语气淡淡："无论怎样，她也是我母亲的妹妹，有什么过不去的？"

宝珠听她说是夫人的妹妹，却没说是自己的姨母，知道姑娘心里也是记着那件事的，只是为了两家不撕破脸，才收了礼。

宝珠想想，觉得也是：到底是亲戚，之前也没有多大的仇怨，有什么过不去的？收了便收了吧，再说也是上好的绸缎，值不少银子呢。

这般想着，宝珠便开开心心地去把缎子收了起来。

宋惜惜看着她的背影，揉揉太阳穴，笑了起来。宝珠真是，若要置气，自己不知道要跟多少人置气呢。

"姑娘，"明珠在廊下急匆匆地走过来，"丹神医请您去一趟，他在偏厅等着您。"

宋惜惜问道："今日是丹神医来吗？不是他的弟子红雀？"

最近瑞儿的针灸都是丹神医的弟子红雀做的，丹神医就是偶尔过来把脉，看看解毒的进展情况。

"是，今日丹神医亲自来了，他刚给小公子检查过，便说请您到偏厅去。"明珠被派去近身伺候瑞儿，她办事稳重周全，宋惜惜很放心。

"行，我马上去。"宋惜惜想着或许是要治腿了，昨日红雀说解毒进行得很顺利，而且瑞儿调养得不错，肉眼可见地一日比一日好。

宋惜惜到了偏厅，丹神医和红雀已经在等着了，宋惜惜连忙行礼："伯父好，今日伯父怎么亲自来了？"

丹神医坐在椅子上。他今日穿了件窄袖的长衫，外罩黑色云纹团花薄袄，前两日下过雨，温度已经降了不少。

他抬头打量宋惜惜，脸上露出了微笑："嗯，你最近也养得不错，气色比上一次见面时好了很多。"

"日日吃药膳，能不好吗？"宋惜惜笑着道，对红雀也行了个礼："辛苦红雀大夫了。"

"姑娘哪里的话。"红雀是个二十来岁的小伙子，中等身材，圆脸，圆眼睛，看起来甚是和善。

宋惜惜坐下之后，问道："伯父，是瑞儿要治腿了吗？"

丹神医点点头："一个是把解毒的情况与你说一说。经过这段日子的治疗，今日我给他搭脉诊断了一下，情况比预料的要好，他喉咙的肿块也消了不少。"

"真的？"虽然宋惜惜昨日听红雀说过进展不错，但是丹神医亲自搭脉诊断过后也这样说，宋惜惜便更高兴了，"那太好了！真是辛苦红雀大夫了。"

红雀大夫微微笑着，也不谦虚，最近他隔日就要来，确实也辛苦。

丹神医呷了一口茶，继续道："第二个嘛，也就是你方才说的。如今瑞儿的身子养得差不多了，是时候治腿了。之前我与你说过的，治腿需要断骨重接。"

宋惜惜的心一紧："我知道，会很痛。"

"痛是必定会痛的，你要对他说说，让他做好心理准备。我这里也有些止痛药，但是对于断骨的痛来说，止痛药的效果不甚明显，我建议封穴止痛。"

"封穴止痛？可以吗？"宋惜惜有些怀疑，"您原先没说过这个止痛法子，是不是这法子有什么后遗症？"

丹神医道："下针必须特别精准，时间也必须控制得刚刚好。穴若被封久了，会导致血脉不通，他的双脚若是缺血过久，即便接好了骨头，以后走路也会有不便。"

宋惜惜连忙问道："点穴我也会，只是不知道您说的精准需要多精准。"

丹神医看着她，摇摇头："点穴与用金针封穴是一样的，不需要你来。问题就是时间不好拿捏。孩子小，与成人不能比，稍有差池，后果是无法弥补的。"

宋惜惜不懂得医术，但连丹神医都觉得封穴止痛不好把握，那这件事情的危险性就高了。

本来治腿就是为了以后能正常走路，如果接了骨头，走路还是跛脚，岂不是等于没治？

宋惜惜一时有些犹豫。

是让瑞儿咬牙承受断骨之痛，还是用金针封穴止痛？

"您的建议呢？"宋惜惜想了想，问道。

丹神医斟酌了片刻："若是成人，我的建议是吃一碗止痛的汤药便可。成人的忍耐力总是比小孩子的好。至于我为何会提出金针封穴，是怕他断骨之后痛极挣扎，这就于治疗有碍了。"

红雀在一旁说："宋姑娘，师父的意思是，两种法子都有利有弊，就看您舍得不舍得让孩子受苦了。"

宋惜惜肯定是舍不得让瑞儿受苦的，但是更怕连累他日后走路不便。

她想了想，问道："丹伯父，若是金针封穴，您有几分把握在不得不解穴前把他治好？"

丹神医叹气："主要是这腿伤日子久了。说把握的话，那就是五成，毕竟耗费的时间可能要长些，可封穴最好不超过一盏茶的工夫。"

一盏茶的工夫要敲断骨头再接，时间确实太紧迫了。

红雀补充道："还有，断骨重接之后，撤了金针，也还是会很痛，起码要痛上几日。"

宋惜惜轻蹙眉头。

丹神医道："这件事，你与孔家人商量商量。虽然说瑞儿是国公府的人，但孔家人对他也甚是关心，你最好与他们商量一下，让他们知道情况，这样万一日后瑞儿有什么事，也不至于迁怒于你。"

宋惜惜明白，自己毕竟是个即将外嫁的人，瑞儿的事也不是她一个人的事。

孔家的人隔天便来，如果治腿之事不与他们说一声，他们确实会怪罪。

丹神医道："商量商量吧。定在后日，不难治，不危险，就是疼了些。"

丹神医走后，宋惜惜先与瑞儿说了说，他自己的事情，他也可以给意见。

自然不是他拿主意，只是他有了意见，她到孔府去就好说一些。

瑞儿听了姑姑的话，靠在姑姑的怀中笑了笑，然后在她的手掌心上一个字一个字地写道："其实红雀大夫都与侄儿说过了，那疼痛很难忍，当初被敲断腿时，我觉得自己都要痛死了。"

宋惜惜让他重写一遍，有些字没感受清楚，等他又写了一遍之后，她明白了，问道："所以，你想刺穴止痛，对吗？"

瑞儿却摇头，继续写道："但是，如果有一定的危险，治了以后可能还是个跛子，那怎么行？我长大后是要掌家的，国公府的掌家人怎么能是个瘸子呢？"

他抬起头，尖尖的小脸蛋儿现在有点儿肉了，他用手指继续在小姑姑的手心上写着："父亲上战场的时候总是受伤，皮肉之伤，骨头的伤，他都受过，我想他是不怕疼的。"

宋惜惜柔声道："没有人不怕疼，你父亲也怕疼啊！只是他是大人，不管能不能忍，都必须忍。"

瑞儿马上写道："我知道，大丈夫就是要能忍常人所不能忍。"

宋惜惜笑着道："是啊。"

瑞儿自己是愿意承受这份痛楚的，只是也得跟孔家那边的人说，所以傍晚她亲自去了一趟。

孔家人也很重视，召集了大家过来商议，连太夫人那边都有告知到。

这件事情，孔家人也不敢乱拿主意，既舍不得瑞儿痛苦，又担心封穴的时间掌握不好，出什么岔子。

听到瑞儿自己说可以忍受痛楚，大家既心疼，又欣慰，只是欣慰之余，还是觉得这种痛楚非常人所能忍，瑞儿只是一个七岁的孩子，怎么忍受得了这种痛楚？

商榷了好一会儿，他们还是拿不定主意，只能把决定权抛给宋惜惜。

宋惜惜本来也只是来尽到告知与商量的义务，没指望他们拿主意，所以他们这样说了之后，她便告辞回府。

到了治腿的这天，孔阳带着瑞儿的外祖父、外祖母过来了，也带来了他们能搜罗到的最好的药材。

他们知道丹神医医术高明，且炼的药也是极好的，用不上他们送来的药材，但是太夫人非要他们拿来。

丹神医瞧了一眼他们送来的药，给出了一些安慰："治疗之后都是能用的，这些都是滋养的药材。"

孔老夫人忙说："能用上就好，哪怕能调一调气血也行。"

丹神医微微点头，然后问宋惜惜："决定好了吗？需要用金针封穴吗？"

宋惜惜伸手扶他出门去紫兰苑，众人跟着前往。

宋惜惜道："瑞儿说他能承受断骨重接的痛楚，我和他外祖家都拿不定主意，就请丹伯父拿主意吧。"

医者的建议才是最有利于患者的。

在这段治疗的日子里，丹神医对瑞儿也有了一定的了解。

丹神医道："依我之见，忍得就忍。他大概迫切地希望能像正常人一样走路，口不能言是残疾，腿瘸也是残疾，他心中盼着自己好起来。另外，这两年，相信疼痛于他将是家常便饭。"

丹神医说的是实话，但是大家听了，心里是真的不好受。

一群人来到瑞儿的屋前，明珠出来相迎。

瑞儿躺在床上，等着喝汤药。他已经决定了，一点点风险都不要冒，他要自己好起来。

他看到大家都来了，而且他们的眼中都透露出担忧之色，都想安慰他几句，但是瑞儿反而给了他们一个鼓励而坚定的眼神。

众人不禁黯然神伤：他才七岁啊！本该是集万千宠爱于一身的年纪。

就在丹神医要开始治疗的时候，谢如墨来了。

孔家的人知道他是瑞儿的救命恩人，原本就想着去拜见致谢一番，没想到在这里见到，当即上前拜见，好生感激了一番。

谢如墨伸出手，压了压，笑着道："不过是机缘巧合，没必要客气。本王今日来是想陪瑞儿治疗，咱们别的话就不要多说了，一切以治疗为先。"

孔家的人原本还担心日后瑞儿跟着宋惜惜去了王府，久而久之，王爷会嫌弃，现在看王爷对瑞儿如此上心，应该不会出生这个问题。

谢如墨对宋惜惜与孔家的人说："本王在里头陪着瑞儿吧，你们就不要在这里了，男子汉的事，没你们什么事。"

他转头对瑞儿笑着道："瑞儿说对不对？"

瑞儿重重地点头。他其实也不愿意让小姑姑、外祖父母和舅舅在这里，那样他还要故作坚强地安慰他们，让他们不要太担心。

他喜欢王爷陪在身边，王爷是武将，是男子汉，是像祖父那样的人，王爷可以给他力量，有王爷在，他能扛住。

宋惜惜自然知道谢如墨的良苦用心，再看瑞儿也是同意的，便道："那好吧。"

她走过去抚摩着瑞儿的头，轻声道："我们就在外头，瑞儿要坚强。"

瑞儿点头，用手在空中写了两个很大的字："不怕！"

这字写得大，大家都能看出是什么字，便都心疼地冲他笑了笑。

"好嘞，清场！"丹神医说。

大家不舍地看了瑞儿一眼，慢慢地退了出去。

红雀把止痛的汤药端了上来，瑞儿接过来，"咕咚咕咚"地喝了下去。

谢如墨坐在床边，握住了瑞儿的手，眼神坚定："本王在这里，什么事都不用怕。"

瑞儿的手还是会微微颤抖，他是害怕的。

丹神医打趣地问道："既然王爷在此，那么断骨的事情就交给王爷如何？"

身经百战的谢如墨自然知道如何用巧劲把歪了的骨头折断，这对他来说是轻而易举的事，所以他应下了。

他摸着瑞儿的腿，看了看断骨长歪的地方在哪里，瑞儿整个人绷得紧紧的，谢如墨瞧了他一眼，笑着说："我有个秘密想跟瑞儿说，瑞儿可不能告诉别人啊，这和你的小姑姑有关。"

瑞儿顿时好奇地看着他：和小姑姑有关的秘密？

"那时候，你小姑姑练武不久，梅山上有一株很高的梧桐树，每逢傍晚，就有很多鸟儿落在梧桐树上，你小姑姑便爬上树去，想把鸟儿抓住。"

瑞儿瞪大眼睛：小姑姑这么顽皮吗？

小姑姑从梅山回来之后，祖母让她恪守礼仪，说话有规矩，走路有规矩，什么都有规矩，他还真的没见过她那么顽劣的时候。

"她还真的爬上去了，可也惊了鸟雀，那会儿她刚练轻功，以为能追着鸟儿去，没想到一飞出去就往下掉，摔断了一条腿……"

说到这里的时候，他的手指凝着内力，动作不重，但是恰好把那长歪的骨头给掰断了。

瑞儿冷不防，"啊"的一声从嗓子里溢出，痛得全身颤抖，整张小脸皱在一起，随即眼泪扑簌簌落下。

谢如墨立刻抱着他颤抖的身体，对丹神医道："该您了。"

丹神医正在回味瑞儿方才叫的那一声，看来痛楚对于声带的恢复也有一定效果啊！

这一声"啊"，听得丹神医心花怒放。

接骨这样的事，红雀出马便可以了，但是丹神医重视瑞儿，还是亲自上手了。

他的动作娴熟得仿佛是刻在骨子里的本能，他顺着腿骨一寸一寸地摸上去，到了断骨的位置，他小心翼翼地把断骨掰正、接好。

瑞儿已经疼得浑身湿透了，全身颤抖不止，双手攥住谢如墨的手腕，下意识地抓挠着，指甲都陷进了谢如墨的肌肤里，谢如墨的手腕很快便渗出了血。

这断骨的痛，是真的痛。

那止痛的汤药，作用着实不大，他依旧能感受到钻心的痛，伤在腿上，可他感觉全身都在痛。

将断骨掰正、接好之后，丹神医便开始上药，然后用两块木板固定，再用布条缠好，在骨头长好之前，瑞儿只能卧床。

丹神医的膏药都是他亲自研制的，别的药馆买不到，效果很好，能加速骨头的愈合，再配上汤药，估计十来天瑞儿就能下地行走了。

缠好之后，瑞儿又喝了一碗止痛药。这药也加了安神安眠的药材，能让他睡上一觉，睡醒之后，痛楚会减轻些。

外面候着的人也听到了瑞儿的那声惨叫，心都悬了起来。

宋惜惜焦灼地走来走去，等着这扇门开启。

孔老夫人双手合十，颤抖地念着"阿弥陀佛""佛祖保佑"。

仿佛过去了很久很久，终于，这扇门打开了，谢如墨首先走了出来。

宋惜惜急忙进去，只见瑞儿躺在床上，红雀正在给他施针，以暂时缓解痛楚，让他先入睡。

丹神医"嘘"了一声，轻声道："出去，让他睡一觉，真是个坚强的好孩子。"

宋惜惜又被推了出去，大家也不能进去探望，免得惊扰了他——若不能入睡，他就得硬生生地扛着了。

宋惜惜这才看到谢如墨的手上鲜血淋漓，一看就知道是指甲挠的。

"你的手不要紧吧？辛苦你了。"

"这有什么要紧的？有什么辛苦的？"谢如墨冲她笑了笑，安慰道，"瑞儿很厉害，他都扛下来了，没用针封穴止痛，所以对腿部血流不会有影响，治好了，就真的治好了。"

宋惜惜抚着胸口："我听到他叫了一声，真的把我吓死了……你随我来，我给你处理一下手上的伤。"

看着他手腕和手背上的鲜血，她心里是真的不舒服，既愧疚又感激。

孔阳也说:"是的,王爷快去处理一下伤口吧,真是多谢王爷了。"

"不必……"

他的话还没说完,宋惜惜便执起了他的另外一只手:"必须处理,好歹要清洗清洗。"

她的手指细长,刚好能握住他的手腕,指腹与掌心的温度传来,让他心跳加速,将拒绝的话吞了回去:"那好吧,处理处理,血淋淋的,免得让人瞧了心惊。"

其实并不是多严重的伤,就是瑞儿抓挠了好几下,所以有几道血痕,流出的血蜿蜒下来,乍一看,是有些触目惊心。

宋惜惜牵着他的手腕去了侧屋,叫明珠取些创伤药来,叫瑞珠去取干净的水,叫宝珠找红雀拿些纱布。

等东西都备下了,宋惜惜拿布巾给他洗去血液,小心翼翼地把创伤药粉撒上去,再用纱布缠了两圈,从手腕一直缠到手背,虎口处避开,再牢牢地打了个结。

处理这些伤口对宋惜惜来说已是驾轻就熟之事,她在梅山时,就没少给自己处理伤口。

谢如墨看着她小心翼翼又飞快的动作,看着她俯下头,微翘的长睫毛不时微微颤一下,像开在微风中的合欢花。

他的心一动,很少见到她这么温柔的模样。

再看手上缠了两圈的纱布,他不禁笑道:"不就是一点儿皮外伤吗?不至于。"

"怎么不至于?"她抬起头,眸子瞪大,"这伤弄不好是要化脓的,我之前就试过,给你瞧瞧我的手背。"

她伸出手背,手背上有一道疤痕。疤痕不大,有半截手指长短,不太看得出来,只余一点儿粉色的痕迹:"当时这里便化脓了,后来师父给我用了药,才好起来,但也落了疤痕。你的手长得这么好看,要是有疤痕了,那就不好……呃……也好看。"

她说着,才想起方才自己给他清洗伤口的时候,看到他的手背上也有许多小小的疤痕。

他打趣道:"男儿的手好看有什么用?"

宋惜惜一本正经地道:"总比不好看的好。"

他笑了笑,声音不禁温柔了几分:"那可能会让你失望了,本王身上的疤痕多了去了。"

"那都是你的战绩。"宋惜惜洗了手,扬起了明媚的微笑,"我也有战绩。"

"你的伤都没有大碍了吧?"她在战场上也是受了伤的。

"早就没事了,我以此为傲。"宋惜惜叫人把东西拿下去,再备上茶点,"请孔世伯他们也来吃茶吧。"

明珠道:"福伯请他们到外头的正厅里吃茶了,他们一会儿便回去了。丹神医跟他们说小公子要睡许久,让他们别在这里等,他们便说先回去,明日再过来。"

"那行吧。"宋惜惜点头，微微松了口气，"他们先回去也好，我跟他们着实也没什么话好说，他们在的话，我也不得不陪着。"

谢如墨问道："那本王在这里，你会不会觉得不自在啊？"

"怎么会？"她讶异，"我和王爷既是战友也是未婚夫妻，日后总是要相处的。"

她盈盈一笑："再说了，师姐在师弟面前，哪里有什么不自在的？"

谢如墨小小地翻了个白眼，现在轮到他不自在了。

茶点被适时地端了上来，宋惜惜亲自给他倒茶："虽然你总是不许我道谢，但我们宋家真的要感谢你，没有你，瑞儿现在还被那些人控制着到处行乞，受人白眼，吃不饱，穿不暖。"她说着，眼眶便红了，"我听孔世兄说过，像瑞儿这样的小乞丐，多半是活不过十岁的，在日复一日的殴打与饥饿中，他们的身体羸弱多病，或许一场小病就能要了他们的命，又或许是在格外寒冷的冬夜，他们扛不住寒冷，被活活地冻死。京兆府在天子脚下，每年都会给不少乞丐收尸，他们各有各的死法儿，但多半是被饿死或者被冻死的。"

她声音哽咽："我不敢想象，如果瑞儿没有遇到你，他会在什么样的情况下悄无声息地死去，然后尸体被人扔到荒山野岭，成为野狗的口粮，我好几次做梦都梦到了这样的场景。"

谢如墨见不得她落泪，心疼起来："你想这些做什么？必定是你的家人在天有灵，保佑了他，才会让我遇见他，否则么怎会有这么机缘巧合的事？在那么多散去的小乞丐中，我一眼就看到了他，且认出了他。"

她抬起眸子，睫毛上沾着泪水："总之，这份恩情，我铭记在心，不管你日后叫我做什么，只要不是违背良心的事，我都会为你去做。"

谢如墨正色道："我不需要你为我做什么，真要说的话，那就是你好好地活着，开心地活着，幸福地活着，如此才可告慰你的家人的在天之灵。"

她的心一动，莹白似玉的面容上悄然落下一滴泪珠，濡湿的凤眸里满是疑惑："你为何待我这样好？"

谢如墨见不得她这副模样，只觉得心都要碎了。

想起她驰骋沙场时那顽强坚毅的英姿，再看她如今楚楚可怜的样子，他掩不住眼中的温柔缱绻，只得别过脸去："难道我不该待你好吗？你是我的未婚妻啊！咱们俩是要过一辈子的人。"

宋惜惜本该感动的，只是这样的话她听过一次了。

这时候想起那一幕实在是晦气，但是那一幕不知怎么的就浮现在了她的眼前，宋惜惜素来不曾用这样幽幽的语调说过话："同样的话，我听过一次，但下场，大家也都知道了。"

她不知道自己为什么要这样说，多败兴啊！

她也不是那样矫情的人，可这段日子在他的面前，她觉得自己变得好矫情啊！

是被狐妖上身了吗？

谢如墨凝眸看着她："你休要拿我与他比，在我这里，只有丧偶，没有和离，更不可能有休妻，我一诺千金，你若不信，我用一辈子来证明。"

她凤眸圆瞪："丧偶？"

他也瞪着澄明的眸子："我走在你的前头也行，省得你老了还得照顾浑身旧患的老头子。"

宋惜惜"扑哧"一声笑了，想象不出他变老后的模样，大抵和先帝差不多吧，可先帝驾崩的时候也没多老。

她吸吸鼻子，觉得自己更矫情了："你说的我都记住了，你若违背今日之言，师姐决不饶你。"

他"啊"了一声："你真的盼着我走在你的前头啊？"

宋惜惜想了想："那要不一起走？"

他想了想："行。"

宝珠听着二人的对话，一开始是感动的，但是越听越觉得不对劲，忍不住道："王爷，姑娘，为什么要说这么晦气的话啊？生啊死啊的，你们俩这是要生死相随吗？"

听了宝珠的话，二人对望了一眼，宋惜惜的脸颊有些发烫，她瞪了宝珠一眼："休得胡说。"

谢如墨端起茶慢慢地饮着，以挡住压不下的嘴角。

生死相随，那是自然的，他们是要做夫妻的，生同衾，死同穴，生生死死都不会分开。

这是他上南疆战场前去求亲时心里揣着的美好愿望，他想尽快平定南疆，回京迎娶他心仪的少女。

他在南疆战场上是真的拼了命，连连攻城大捷，只想尽快把沙国人赶出南疆。

没想到一连攻下十三城之后，从京城传来消息，说惜惜已经嫁给了战北望。

这个消息像是一盆冰水泼在了他的身上，从头顶一路冰到脚底，再冰到心上。

他怎么想都想不明白，分明那时候宋夫人是点了头的，说等他凯旋，就把惜惜嫁给他，为什么会食言？

他不断打胜仗的消息，她难道不知道吗？

他那时已把宋大将军当成了自己的岳父，想尽快完成岳父未竟之大业，但为什么会这样？

有段时间，一想到那个明媚的少女就这么嫁给了别的男子，他就心如刀绞。

但是战事吃紧，没有太多时间让他难过。

他每日都在劝自己歇了那份心思，她既然已经嫁人，就祝愿她过得幸福吧。

虽然要做到好难好难，但她幸福比一切都重要。

在南疆战场上见到她时，谢如墨的心情万分复杂。

他总是有意无意地提起她的夫君，但她避而不谈，他心里便明白，战北望可能待她不好。

因为这个事情，他的拳头握了好多次。

后来他才知道，她居然和离了。那个男人居然不知道她的好，真是荒唐！战北望，他记住了这个名字，这个男人不配有眼睛。

当时他很气愤，恨不得把战北望的眼珠子给剜下来，这个人竟然让她受了那么大的委屈。

气完之后，他又很不道德地感到开心，当然，是表面上无动于衷地开心，怎么也不能让任何人知道他在偷着乐。

在与她并肩作战的日子里，他要时刻掩饰自己的感情，时刻叮嘱自己：眼睛里不能藏有半点儿私人感情。

三年南疆之战，他的心情真是大起大落再大起。

就算回京之后被皇兄拿捏了心态，也不要紧，国无战事，他就不要兵权，只要她。

皇兄对他的猜忌，他知道，但是天家的兄弟情就是这样的，不会绝对纯粹，心里有芥蒂，也有手足情，再维持表面和谐就够了。

若只剩下猜忌与芥蒂，那他便带着惜惜和瑞儿去封地，天高皇帝远，他们总是能过好自己的日子的。

这般想着，谢如墨抬眸瞧了她一眼，她恰好也看过来，二人的视线一碰，怦然心动。

宋惜惜的脸颊滚烫滚烫的，心却一沉，她对他心动了，而他另有所爱。

这种错位的感情怎么会发生在她的身上？分明她之前想的是和他成亲只是搭伙过日子。

而且，她从来都没想过自己经历过一段失败的姻缘之后会再对男人动心，而且这么快。

宝珠看到姑娘的脸忽然变得跟火烧云似的，觉得奇怪，问道："姑娘，你的脸为什么这么红？"

宋惜惜连忙端起茶杯低头喝茶，遮住自己通红的脸：宝珠越发没有眼力见儿了，这张嘴也没个把门的。

谢如墨也喝茶，只是唇角扬起的弧度实在是过于明显。

瑞儿是他的福星啊！以后莫说刻薄地对待瑞儿，没把瑞儿捧在掌心上就算他谢如墨无情无义。

或许真的是冥冥之中自有天意，他那惊鸿一瞥，竟然会发现瑞儿。明明当时他只是觉得那个孩子与瑞儿相像，应该完全不会往那方面去想才是，毕竟宋家被灭门，除了宋惜惜，一个不留，但他当时的心头就是有一股执念，认为那就是瑞儿，他没有丝毫犹豫便去追了。

虽然当时乱七八糟的局面导致他追丢了，可最后还是把瑞儿找了回来。

他在想：是不是宋夫人也后悔当日的决定，所以在天之灵想成全他与惜惜呢？

他愿意这样想，因为他的心里始终有道过不去的坎儿，就是宋夫人当初选择战北望而不选择他。

他自问不比战北望差，哪怕抛去身份，他的武功、人品、样貌、身段也皆在战北望之上啊！

他又看了宋惜惜一眼，放下茶盏，道："我是时候回大理寺了，刚上任，要交接的事情多，我明日下了值再来看瑞儿。"

宋惜惜起身："好，我送你出去。"

谢如墨唇角含笑，眸子闪耀，轻声道了句："好。"

二人慢慢地走出去，宋惜惜这才留意到他今日衣衫单薄，便嘱咐了句："天气凉了，多穿件衣裳。"

"好。你也是，保重身体。"她的关心让他的心里生出暖意，原来有个知冷知热的人陪在身边是这种感受。

在她成亲之后，他觉得自己活成了一匹孤狼，但现在心里总是甜丝丝的，孤独的感觉没有了，得了点儿空闲，他就想往国公府里跑。

他想把天下间最好的东西都给她，弥补她曾经受过的委屈。

第二天，瑞儿醒来，痛楚依旧，但没断骨重接时那么痛了。

他在忍受痛楚，还要挤出笑脸安慰小姑姑和外祖家的人，这坚强的模样真是让人心疼。

虽然如此，但针刺喉咙的疗法还在继续，红雀说不能停，昨日因为接骨，没有刺，今日更不能落下。

尤其是昨天，瑞儿叫了一声，颇见成效，丹神医和红雀都认为，他身体上的毒解得比预料中的还要快。而且赛牡丹的瘾一直没有再发作。这让丹神医很惊讶，要知道，即便是成年人，戒断也需要半年以上的时间，他才是个七岁的孩子，竟然有如此顽强的心志。

丹神医私下对红雀说："宋家果真没有软弱之人，宋家的精神使人折服。"

红雀深以为然。他给瑞儿治疗的这段时间，已经和他建立了感情，真的拿他当自己的儿子看待，既心疼他，也佩服他，自然希望他能快些好起来。

瑞儿养伤期间，宋惜惜哪里都不去，倒是有不少宾客登门拜访，她都叫陈福推了，除了表妹澜儿和他的夫婿梁绍。

梁绍长得丰神俊逸，有些傲气。毕竟他既是承恩伯府的世子，又是探花郎，他有傲气的资本。

娶得郡主为妻，也为他的人生加了分。

尤其是郡主贤良温柔，对他倾慕已久。

二十三岁的探花郎，已经是许多人一辈子都无法企及的巅峰。

所以他可以傲气。

他傲气到瞧不起宋惜惜。

他对宋惜惜的一些评价还是很中肯的：家世好，长得好，武功好，立过战功，像她这样的女子不多见。

但是，像她这样的，和离没多久便要二嫁的世家女子也不多见。

他认为女子应该从一而终，宋惜惜当初和离是错，如今再嫁更是错。

探花郎年纪不大，心态却很古老，他看向宋惜惜的眼神，丝毫没有掩饰对她的不喜。

若只是如此，看在澜儿的面子上，宋惜惜也就一笑置之，不会放在心上，更不会对他说什么不好的话。

偏偏这位探花郎没有打算忍住心中对宋惜惜的不满，在宋惜惜和澜郡主说了瑞儿的事情之后，他居然道了一句："宋氏，你如此行事，不怕宋瑞日后难以在京城立足吗？倒不如把他送去给孔家人养着。"

宋惜惜有些错愕，以为他说的是自己日后把瑞儿带到王府去住的事，虽不喜他叫什么宋氏，毕竟以她和澜儿的关系，自己担得起他叫一声"表姐"，不过看在澜儿的情面上，她还是跟他解释道："因为他是王爷救回来的，王爷也喜欢他，想着日后带在身边亲自教养，瑞儿也是很乐意的。再说了，我是他的亲姑姑，他跟着我住在王府，也不算寄人篱下，日后怎么会在京城难以立足？"

梁绍淡淡地瞟了她一眼，道："吾说的并非此事，他得到王爷教养，是他的福气，吾说的是你和离之后二嫁的事于宋家名声有碍，纵然宋瑞日后袭爵，身上也有了污点，世俗的眼光会把他看扁的。"

澜郡主在一旁绞着手绢，轻声道："夫君，不得对表姐无礼。"

梁绍道："既然你还认她为表姐，我自然要进忠言，只是忠言素来逆耳，就不知道宋氏是否听得进去。"

宋惜惜笑了："既然是忠言，我自然听得进去，只是敢问探花郎，何为世俗的眼光？"

他的语气带了三分冷傲："世俗的眼光，自然便是以仁义礼智信为基石，世人当遵循的主流看法。"

宋惜惜点点头，又问道："那么敢问世俗的眼光会把他看扁，是因为他不遵守仁义礼智信的哪一条？"

"是你二嫁害的他。"

"我二嫁与他何干？我二嫁是我的事。"宋惜惜的声音不紧不慢，并未露出梁绍觉得她该有的羞愧之色,"再敢问,我和离后二嫁,是律法不许,还是风俗不许?民间可有二嫁之人?仁义礼智信可有说女子不可二嫁?再问一句,女子若遭抛弃,是否就该古佛青灯,孤苦余生,才对得住世俗的看法?"

梁绍"哧"了一声:"巧言令色,鲜矣仁!"

驳不了宋惜惜的话,他选择轻蔑以对。

宋惜惜的笑意加深了:"探花郎,德之不修,学之不讲,闻义不能徙,不善不能改,是吾忧也!"

梁绍顿时脸色一红,又羞又怒:"你……吾本是一番好心,你却以圣人之言辱吾,此等亲戚,不往来也罢!"

说完,他霍然起身,一甩衣袖:"走!"

澜郡主急忙起身,用抱歉的目光看着宋惜惜,一双眼睛都红了,哽咽地道:"表姐,我们先回去了,过几日我再来看你。"

宋惜惜几不可闻地叹息了一声:"嗯,你先回去吧。"

澜郡主半福身,便急急忙忙地追着梁绍而去,嘴里喊道:"夫君,你等等我。"

梁嬷嬷目送他们出去,叹气道:"郡主怕是以后都不会来了。"

宋惜惜"嗯"了一声:"没想到梁绍年纪轻轻,竟如此古板。"

"有些人,读书把脑子都读坏了,姑娘不要和他计较。"

宋惜惜喝着茶,蹙起秀眉:"我计较不计较有什么打紧?但澜儿是要和他过一辈子的。我也不解,她分明是郡主之尊,怎么会在梁绍面前唯唯诺诺,半点儿主意都没有?"

"太爱了呗,还能是因为什么?"梁嬷嬷已经看透了男女之间的那点儿事,"像探花郎那样的人,在女子心中如明月光辉,不知有多少女子爱慕,澜郡主觉得自己能嫁给他,已经圆了许多少女的梦想,自然格外珍惜。"

宋惜惜沉默不语,秀眉蹙得更甚:爱一个人会使自己变得这么卑微吗?

她想起谢如墨也得到了不少京中贵女的爱慕,想嫁给他当北冥王妃的人,没有一百也有几十,他在成亲之后是否也会如此骄矜自傲?自己似乎对他也动了心,是否能做到心如止水?

"那个探花郎娶了郡主没多久,便纳了两房妾侍。"梁嬷嬷淡淡地道,"郡主这都忍了。"

"到底是郡主,他怎么敢在成亲不久后便纳妾?"

"他在翰林院当编修,听闻妾侍是上司送给他的,他不好推却。"在宋惜惜上战场的日子里,梁嬷嬷也打听到了不少世家大宅里的消息,"郡主总不能把人往外推,否则便要落个善妒的名声,再说了,不过是贱妾,不合意了,还能发卖或者送出去。"

"嬷嬷,你是这样想的吗?"宋惜惜抬起头问道。

梁嬷嬷苦笑:"我如何想,要紧吗?他们是这样想的,他们是这样做的。女子在世艰难啊!当日夫人把您嫁给战北望,而不嫁给王……呃,嫁给战北望,就是因为他说了不会纳妾。"

宋惜惜看着她:"而不嫁给王什么?"

宋惜惜抓住了她的失言。

梁嬷嬷笑着道:"什么王?我是想说不嫁给别人,一时说岔了,毕竟当时求亲的人把门槛都踏烂了。夫人在众多求亲者里选了战北望,就是因为他说不纳妾。"

宋惜惜觉得梁嬷嬷明显有所隐瞒,但那些求亲者到底有哪些她已经不记得了,且旧事她也不想再提起,不管是不是有王家的,都是过去的事了。

不过,说起姓王的,她记得王家真的来求过亲,是平西伯王彪的小堂弟,不过母亲没瞧上他。

罢了,往事休提,她和谢如墨还有两个月便要大婚了,从前种种譬如昨日死,以后种种譬如今日生,应当告别过去,奔向新生。

天气渐渐冷了,院子里的梅花结了苞,估计再过数日便要开了。

今年的梅花开得早,福伯说这是祥瑞之兆。

瑞儿能下地了,但走几步便要回去继续卧床。

镇国公府中也在紧锣密鼓地筹办婚事。嫁衣在定了亲事的那日便开始让人缝制——交给凤莲阁的绣娘去办。京中权贵嫁女,多半会光顾凤莲阁,一来她们绣得好且快,二来凤莲阁绣娘的绣工名闻商朝,许多外地的富商贵人,不惜一掷千金都要订凤莲阁的嫁衣。

梁嬷嬷这天去凤莲阁看进度,回来后便神色古怪,似乎有话要说,也似乎这话说出来有些晦气。

宋惜惜见状,问道:"是嫁衣出了什么问题吗?"

她今日穿了一袭立领斗篷,扶着瑞儿去赏梅,回来便要背着他了。

他是想走的,但是宋惜惜遵照丹神医的吩咐:瑞儿暂时还不能多走动,只能一天下来两三次,稍微走动走动,免得脚上气血凝滞。

看着瑞儿服下药膳,梁嬷嬷收拾了碗,才道:"姑娘,也没什么事,就是碰见了王家的人。"

"王家的人?"宋惜惜顿时想起了她之前想说却未说的那句话,道,"嗯,我记得王家是来提过亲的,但如今不提那些事情也罢。"

她安顿好瑞儿,便与梁嬷嬷一同出去了。

天色阴沉,风很大,宋惜惜裹紧了领子,看着嬷嬷把药碗交给瑞珠,便与她一同往库房去,今日要整理整理新买的嫁妆。

梁嬷嬷又说道:"倒不是因为以前的事,是王家请凤莲阁的绣娘做嫁衣,我多嘴问了句，才知道王家的三姑娘要嫁给战北望为妻。"

宋惜惜微怔："战北望又娶妻？易昉不是他的妻子吗？休了还是和离了？"

"易昉是平妻，就是妾，如今要娶的是正妻。"

"王家，是平西伯王家的三姑娘吗？"

"正是。"

宋惜惜记得此人，她也是和离的。

只不过她的情况有些特殊。

当年她嫁给了方天许将军的十一弟，那方十一郎也是个意气风发的少年武将，只是她嫁过去刚一年，那个少年武将便马革裹尸了。

方家开明，不愿意耽搁王姑娘一辈子，方老爷便帮儿子写了和离书，把嫁妆全部还给了她，亲自送她回了家。

听闻那三姑娘还不愿意回去，说是要留在方家，为亡夫守寡，为何后来又愿意拿了和离书回去呢？

算起来，那位三姑娘也有二十六岁了，比战北望还要大三岁呢。

"这门亲事是如何促成的？易昉能同意吗？战北望也同意？"宋惜惜虽然知道自己不该问那家人的事，但实在是好奇。

梁嬷嬷道："我打听得也不甚清楚，只听说是丞相夫人保媒的。"

宋惜惜觉得更奇怪了：丞相夫人素来不是个多事的人，更不爱做媒，怎么愿意为三姑娘和战北望做媒人？

以将军府的情况，一般姑娘是避而远之的，谁斗得过那个平妻易昉？再说了，那乱糟糟的内宅之事，谁听了不摇头？

不过，攀上平西伯府，战老夫人大概是高兴的。

就不知道这门亲事里头是否还藏着什么内幕。

宋惜惜也不深思，毕竟与她无关，好奇地听一耳朵便过去了。

可隔了两日，平西伯府的老夫人来了帖子，说是明日带着三姑娘前来拜访。

梁嬷嬷来禀报，道："要不就别见了，也不知道他们想做什么。若是来打听将军府的情况，早就该来打听了，而不是等到婚事都定下了，嫁衣都开始准备了才来。"

宋惜惜也觉得不该见，问道："帖子是如何写的？"

梁嬷嬷道："说是登门拜访，祝贺咱们的小公子回来。这只是托词罢了，咱们的小公子都回来那么久了，他们才登门拜访，早干吗去了？"

宋惜惜想了想，道："你去回话，便说瑞儿正在养伤，不宜会客，等他伤好了，我再带他登门去拜见。"

梁嬷嬷点头应下，便转身出去了。

宋惜惜确实不方便见她们母女——她们必定是为了将军府的事来的，她对将军府的事情没有任何发言权，说什么都不应该，不见是最好的。

又过了两日,天空飘起了今年入冬之后的第一场雪。

雪下得不大,刚把院子铺了一层白霜便停了。

宋惜惜依旧带着瑞儿去梅花园。梅花开了一些,或淡红或深红的花瓣上撒了一层白霜,甚是好看。

瑞儿很开心,虽然脸颊冻得通红,但脸上都是欢喜的笑容。

他将手放在喉咙上,对着宋惜惜,想说话,但是试了好几次都发不出声音来,憋得小脸越发红了。

宋惜惜蹲下身,温柔地道:"不要紧,慢慢来,咱们不着急。"

瑞儿点点头,表情有些失望,之前他能发出"呜呜"的声音,这几日却不能了,所以他有些心焦。

但是他失望的表情很快就转为了笑容,他用冰冷的小手抚摸着小姑姑的脸颊,很用力地笑,很用力地摇头,告诉小姑姑他不介意、不难过。

宋惜惜执住他的双手,道:"丹爷爷说你会好的,只是这几日用的药有些猛,刚好把毒素逼到了你的喉咙这一块,等你吐出一口黑血,你就可以说话了,现在不着急,知道吗?"

瑞儿重重地点头。

他其实真的很心急,因为腊月二十四便是小姑姑嫁给王爷的日子,他想好起来,想跟小姑姑说好多好多祝福的话。

而且那日肯定有很多宾客来,他不想被人耻笑是哑巴,就算别人表面上不笑话,心里也会笑话他的。

赏了一会儿梅花,二人便回去了,刚好红雀大夫过来换药。

宋惜惜问道:"红雀大夫,他的腿如今不要紧了吧?"

"接得很好,不会长歪,等生长好之后便能顺利地走路了。再等些时日,不着急。"红雀大夫一边说,一边将煮过的药膏敷上去,再用布条缠住,如今已经不需要用夹板了。

"辛苦了。"宋惜惜道。

红雀大夫笑着道:"姑娘可千万不要客气,您一客气,我们诊费、药费都不好意思收了。"

宋惜惜哑然失笑:"那怎么行?丹伯父的药很贵,而且三番四次地劳烦他亲自前来,您更是隔日便来,若诊费、药费都不收,我可真的过意不去。"

红雀大夫将瑞儿的腿包扎好之后,站起来,看着宋惜惜:"方才是说笑呢,师父说了,收是要收的,只收一文钱,多了不要,瑞儿公子回来了,他老人家高兴得三天三夜都没睡着觉。"

宋惜惜自然不可能只给一文钱,只是感动于丹伯父的这份爱护照顾之情。

谢如墨傍晚也过来探望瑞儿了，他的安慰比红雀和小姑姑的都有用，而他安慰的话只有短短一句："大丈夫要懂得隐忍之道。"

他这句话刚说出口，瑞儿便半点儿不安都没有了，踏实且听话地接受医治。

谢如墨陪着他练了半个时辰的字。他的字现在写得越来越好，手指的灵活度比原先提高了许多，进步之大，让人欣喜。

很显然，他是个话痨，谢如墨陪在他身边的时候，他在纸上问了很多问题，都是无关紧要的。

谢如墨也耐心地陪着他说话，他问什么，谢如墨便回答什么。

宋惜惜陪了他们一会儿，便交代人去准备晚膳，说今晚留王爷在府中用膳。

谢如墨现在偶尔会在国公府用膳，梁嬷嬷都摸透了他的饮食喜好：不太爱吃甜的，但也能吃；不太能吃辣的，但每一次都陪姑娘吃。

他饭量大，一顿可以吃六碗，荤素不忌，换言之，不挑食。

他的饭量大这件事一开始梁嬷嬷没发现，因为第一次在国公府用膳的时候，他就吃了一碗饭，然后说什么都不添。第二次，他勉强添了半碗。第三次，他说炖排骨的汁十分美味，吃了三碗。就这样，目前他发展到了吃六碗饭。现在满府的人都在猜测：六碗饭到底是不是他的极限？有没有可能，六碗饭只是半饱？什么时候他会吃七碗甚至八碗？

后来，还是张大壮随他一同来的时候说，王爷每日早晚各练功一个时辰，加起来是两个时辰，再加上白日忙大理寺的差事，几乎没有闲下来的时候。

大家这才明白为什么他的饭量这么大，谁忙一天不得多吃几碗饭？尤其是练功，最费力气了。

即便是他们家姑娘，练武那日，一顿饭也能吃三碗。

吃了晚膳，宋惜惜去看着瑞儿喝药，那比墨汁还黑的药，他在小姑姑的监督之下，一口气喝完了。

宋惜惜用手指拈了一颗蜜饯塞到他的嘴里，笑着道："瑞儿越来越乖了。"

瑞儿乖乖地睡下。丹爷爷说，最好的药就是睡眠，只要睡够了，药就能发挥出最大的功效。

宋惜惜也不打扰他，出去和谢如墨说话。

谢如墨刚和陈福说完话，得知平西伯府的人送了帖子来，便主动跟宋惜惜说起了战北望娶王家三姑娘的事。

"给战北望找个正妻，是皇上的意思。"谢如墨负手站在梅树前，天已经黑了，国公府的风灯照得院子半明半暗，也照得他的面容明暗不定。

"是皇上授意丞相的？"宋惜惜有些意外，"为什么？战北望和易昉是他亲自赐的婚，现在为何又要给战北望找个正妻？我记得易昉当时是以正妻的礼仪进的门。"

"以什么礼仪规格进门不重要，圣旨确实是赐她为战北望的平妻，皇上并不愿意

371

让她好过。"

宋惜惜"嗯"了一声，知道皇上记着成凌关的事，这口气不能名正言顺地出，谁不憋得难受呢？

"怎么就说了王家的三姑娘？"宋惜惜问道。

"这位三姑娘是方少将军的遗孺，是给了放妻书出门去的，丞相给名单的时候，皇上指了她，至于其中的原因，你细想一下，也不难明白。"

宋惜惜一怔。

他继续道："皇上是变着法儿地给你出口气。当然，这不是他最主要的目的，他还是想用战北望的。王彪如今掌控着北冥军，王彪的本事不大，但是他在军中也有一定的威望，两家结了姻亲，对战北望有助益。"

宋惜惜的目光凝了凝："皇上想用战北望可以理解，但实在没有必要为我出这口气，他指定了三姑娘，三姑娘就算不想嫁也得嫁了。"

第十四章
谁都比不上宋惜惜

皇上想为她出口气，于是让战北望娶一个成亲一年便和离的女子。

正好，她和战北望也是成亲一年就和离了。

只是那位三姑娘未必同意这门亲事，但因为是皇上指定的，没法子。

她那日登门拜访，大概是想知道战北望是个什么样的人。

皇上这样做，让宋惜惜觉得，或许是自己连累了三姑娘。

这不是给她出气，这是给她树敌。

看来，这位三姑娘她要见一见了，起码要把他们心里的芥蒂打消，免得给国公府树敌。

她自己倒是觉得无所谓，但国公府日后是瑞儿掌家的，莫要因为这件事结了怨。

谢如墨见她眉心紧锁，便道："平西伯老夫人下帖子拜访，估计是想问问你和战北望和离的事。这件事情，原先外头传得沸沸扬扬，但她们也是明理的人，知道外头传的未必全是真的，只有问过你这个当事人才能真正地清楚。"

国公府里有什么事情，他都知道，每一次来，他都会先问候陈福，陈福也会禀报给他，俨然把他当作主子看待。

陈福知道姑娘是英明的，但是府中人少，能办事的人不多，如今也不用招太多人进府，而且刚买回来的人也不能真的放心用，所以许多事情还需要告知王爷，让王爷派人去打听，让王爷派人去办。

这也是谢如墨经常过来的原因之一。

他和宋惜惜说了会儿话便要回去了，一大堆案宗等着他去看，他刚去大理寺任职，烦琐的文书每天看得眼睛痛。

而且，他还要看《商律》，把律法熟记于心，否则作为大理寺卿，他连商朝律法都不清楚，说出去就才不配位了。

　　宋惜惜像往常那样送他出门，二人之间颇有默契，只是如今宋惜惜的心思多了一重，每回相送，她都下意识地与他保持距离。

　　她想管好自己的心。她是要和他过一辈子，但是心得管好，别真的交付了出去。

　　他虽然说不会娶侧妃之类的，可这不是他能决定的，梁绍这样的人都有上司赐妾侍，皇上和慧太妃能不给他张罗几个，延绵子孙？

　　身为皇家的人，开枝散叶尤其重要，另外，也会有人盯着他的子嗣，若是少了，那些人不得找她这位正妃的麻烦啊？

　　她也没见过只守着一位正妻的皇室子弟，他们屋中的妾侍能维持个位数的都不多见，超过十人的不在少数。

　　她可以存感激之心，但是真的不能动心。

　　但心是管不住的啊，心和脑子距离那么远，脑子说不要动心，心却动自己的。

　　翌日，宋惜惜命人去给平西伯府下帖子，请老夫人和三姑娘过府一聚。

　　帖子上本是写的明日，结果收到帖子之后，没过一个时辰，她们便来到了国公府。

　　宋惜惜今日穿得随意，听到她们来了，急忙让宝珠给她更衣。

　　她换了一身月白色的襦裙，披着一件湖水蓝披风，发髻上饰了云纹如意簪，手腕上戴着之前平阳侯老夫人送回来的镯子，素净中见典雅。

　　她来到正厅，梁嬷嬷已经招呼她们坐下喝茶，她们身侧站着一名婆子和一名侍女。

　　见宋惜惜来了，母女俩一同起身，福了福身："宋姑娘好。"

　　宋惜惜还礼："老夫人好，王姑娘好，快快请坐。"

　　老夫人穿着石青色织锦云纹棉袄，手里捧了个汤婆子，五十来岁的模样，头发有些花白，发髻梳得一丝不苟，人看上去也颇有威严。

　　再看三姑娘，穿得很素净，白色狐裘下是一身杏子黄的襦裙，二十来岁的年纪，长得漂亮，只是面容上带了一股死气沉沉的气息，若不是这一抹杏子黄，感觉她整个人比她的母亲还要老气。

　　宋惜惜请她们入座之后，解释道："前两日老夫人来了帖子，只是那会儿我们家瑞儿正在治疗，小女一时分不开身去会客，怕失礼，才叫人回绝，如今他好多了，便想请二位到府一聚，多谢你们惦记瑞儿的心意。"

　　那日她们下帖子，是说来问候和探望小公子宋瑞的，宋惜惜自然要这样说。

　　老夫人问道："小公子如今可好？"

　　"好多了，劳老夫人惦记，是他的福分。"宋惜惜说。

　　老夫人露出了微笑，道："我知道你们国公府什么都有，只是近日得了一根百年人参，便想着送过来给小公子补补身体。"

她说着，身侧的老婆子便端着锦盒上来，对宋惜惜福身："还望姑娘不要嫌弃。"

宋惜惜道："这怎么好意思？你们能来探望瑞儿，小女已经感激不尽，怎可再收如此名贵的药材？"

"姑娘拿着吧，就当是我们平西伯府的一点儿心意。"老夫人叹息，但脸上也有欣喜之色，"往日我们两府虽很少来往，但我们是敬佩国公爷的，如今得知小公子尚在人间，也十分高兴，姑娘若不收下，便是瞧不起我们平西伯府。"

宋惜惜也不客套了，起身道谢之后，叫梁嬷嬷收下人参。

老夫人显然还想客套几句，但是三姑娘有些按捺不住了，直接问宋惜惜："宋姑娘，你能否告诉我们，你为何要与战北望和离？他是否人品德行有亏？"

老夫人沉下脸来："清儿，不得无礼。"

三姑娘王清如站起来，福了个身，却依旧固执地道："我知道自己冒昧了，但还请宋姑娘如实相告。"

"三姑娘的名字里也有'清'字？那可真是巧了，不知道是哪个'清'字？"宋惜惜笑着问道，避开她有些咄咄逼人的语气。

"清水的清，我叫王清如。宋姑娘说也有个'清'字，是指您认识的哪个人的名字里也有'清'字？"

宋惜惜笑着道："哦，那不是同一个'清'字，我二嫂叫孔曼青，用的是青草的'青'。"

听到宋惜惜提起亡嫂，王清如的态度收敛了许多，她轻声道："原来如此。"

她轻轻地叹息一声，坐了回去。

见她不若方才那样焦躁了，宋惜惜这才说："方才三姑娘问我与战北望和离的原因，自然是因为他要娶平妻，我容不下。"

"男子娶妾，是再正常不过的事，宋姑娘当真因此与他和离？"三姑娘显然不相信。

宋惜惜道："没错。"

三姑娘疑惑道："为何？不就是娶个平妻吗？平妻顶多算个贵妾，撼动不了你正妻的位置。"

宋惜惜心里想：哪里没撼动？他都言明了，心里只有易昉。

但这样的话，她不可能跟三姑娘说，如今的情况和当时的已经不一样了。

她只能说："他求娶我的时候，说了不纳妾，他违背了当初对我母亲的承诺。"

"这样啊，"三姑娘想了想，"违背诺言确实不对，只是你这样就和离了，岂不是儿戏？毕竟和离要承受的比你容忍他娶平妻承受的要多得多。"

说完，她又笑了笑："不过你和离了也好，如今能嫁给北冥王当王妃，岂不是比当将军夫人好？"

宋惜惜不太喜欢她语气中的阴阳怪气，淡淡地道："缘分岂能人为控制？我和离的时候没想过会嫁给北冥王。"

"清儿，怎能如此说话？"老夫人沉下脸来斥责道。

"得罪了，我说话素来直白，希望宋姑娘不要介意。"三姑娘收敛笑意，又问道，"那么战北望的人品，宋姑娘觉得如何？你既然与他和离，想必他在你的心里定然很差。"

宋惜惜觉得好笑："三姑娘都这样说了，还来问我做什么？"

老夫人狠狠地瞪了王清如一眼，然后语气歉疚地对宋惜惜道："宋姑娘别介怀，她这几年独来独往惯了，说话没分寸，你别放在心上。我们这一次来，除了探望小公子，也是想从姑娘口中知道战北望是个什么样的人，至少知道姑娘认为他是个什么样的人。"

宋惜惜道："其实要想真正了解他是个什么样的人，真的不该来问我，像三姑娘说的那样，我既然与他和离，定然是忍不了他，他在我的心里怎么会是个好人？"

看着母女二人的脸色同时一变，宋惜惜端起茶喝了一口，继续说道："只不过，我与他的那些事都是私怨，而且从和离那一刻开始，我们便是陌路人，私怨也荡然无存了。我对战北望实在算不上了解，因为新婚之夜他便出征去了，等他回来便要娶平妻，之后我们就和离了，可以说，直到和离，我和他都算是陌生人。"

老夫人点点头："如此说来，确实陌生。"

宋惜惜道："我真正认识他，是在南疆战场上。"

三姑娘肃然起敬，一改方才的态度："对，我差点儿忘记了这件事，姑娘也是上过南疆战场，立过功劳的。"

宋惜惜道："我以同为武将的身份说话，他是个好将士，愿意听从调配，不争夺功劳，也勇敢有谋略。至于他的私德，因为我与他实在不熟，无法给两位答案，两位可去别处打听打听。"

三姑娘听得很满意，老夫人却问了一句："听闻在和离之前，他想休了你，而且将军府的老夫人还想算计你的嫁妆，对吗？"

宋惜惜心头一松：对咯，你们问，我才好说啊。

她点头："没错，将军府是打算休了我，算计嫁妆的事也是真的。"

母女二人对视一眼，顿时沉默了。

别的事情都好说，但是算计嫁妆真的很不要脸。

三姑娘不甘心地问了一句："是战北望算计的，还是他的母亲算计的？"

从这句话中，宋惜惜听出三姑娘对战北望很有好感。她喜欢武将，或许是因为她的亡夫是武将，又或许是因为婚事已经定下，没有转圜的余地，她只能希望战北望是个好人。

宋惜惜道："具体是谁算计的，我不清楚，战北望有说过不想要我的嫁妆，但是不是心里话，我真的不知道。"

果然，听到这句话，她们母女的神色稍霁。

老夫人想来是个明白人，战家那位老夫人在京城名流圈子里闹的那些笑话，她怎么会不知？

宋惜惜慢慢地喝着茶。她如实相告了，不管这门亲事是如何来的，她们心里有数就行。

她们也没什么话要问了，坐着闲聊了一会儿，老夫人站起来告辞，深深地看了宋惜惜一眼，道："许多事确实不是人可以控制的，但今日姑娘的坦荡，我们母女二人甚是感激，原先……"

她顿了顿，摆摆手，"罢了，日子总是要过的，姑娘珍重。"

她话里有话，宋惜惜听出来了：这门亲事她们做不了主，所以原先有些怨恨宋惜惜，但如今她肯见她们也肯说实话，这些许怨恨之情便消散了。

送走平西伯老夫人和三姑娘后，宋惜惜在客厅坐了好一会儿，有些恍惚。

对于这门亲事，战北望是什么态度？他不是只爱易昉吗？想起易昉那样高傲地在她的面前示威，没想到这么快就有新主母了，不知道易昉是何感想，是否会觉得当日自己那样盛气凌人十分可笑？

三姑娘虽说不是个好相与的，但到底是平西伯府出来的姑娘，是执掌中馈最合适的人选。而且，战老夫人应该会很喜欢这儿媳妇。原因无他，王清如虽是二嫁，但会有不少嫁妆，娘家也得力，老夫人就喜欢娘家得力的儿媳妇。

易昉说了不会与女人争斗，不知道这一次是否会争？

她要活成自己最厌恶、最瞧不起的那种人吗？

宋惜惜好奇归好奇，却不会真的找人去打听。

只是，宋惜惜不去打听，战家却有人来拜访。

是战家的二老夫人。

二老夫人在瑞儿刚回来的时候就来过一次，不过那时候她对战家的事情绝口不提，不想在开心的日子里说那些糟心事。

二老夫人是来给宋惜惜添妆的，送得不多，也不名贵，但都是她自己的心意。

她给瑞儿做了一身衣裳，连鞋袜都有；给宋惜惜做了一床被子，被面是她自己绣的，绣的是花开富贵、百年好合等纹样，还给宋惜惜做了一袭常服、一套寝衣、一双缎面绣花鞋。

她送的金器是一对龙凤金镯，是外头买的普通款式，但是沉甸甸的，一看就知道花了不少银子。

二房遭大房连累，一直过得不怎么好，所以拿得出手的东西不多，这一对龙凤镯，不仅本身沉甸甸的，这份心意也沉甸甸的。

宋惜惜知道二房过得捉襟见肘，哪里能收她这么重的礼，当即便要推却："衣裳和被褥我收下了，但是金镯子我不能要，太贵重了。"

二老夫人瞪了她一眼："你不要便是瞧不起我。我知道这点儿东西在你的眼里微末得连蚊子腿都不如，但这是我的心意，你务必收下。"

她都这样说了，宋惜惜不收下也不行。

宋惜惜真诚地道了谢："辛苦您了，还亲自为我和瑞儿做衣裳，礼物很珍贵，我很喜欢。"

"即便你不喜欢，我也没别的东西可以送给你，这双镯子幸亏我先买了，不然那点儿银子都得被搜罗了给战北望娶妻。"

她一叹气，才意识到自己失言，连忙懊恼地道："瞧我这张嘴，好端端的，怎么开始说胡话了？"

她自知失言，不该提起这些事的，只是让她觉得恶心的是，他们的婚期与惜惜的撞在了一起。

宋惜惜微微笑着："没事，我不介意，就当听一件别人家的趣事。"

听到宋惜惜说不介意，二老夫人忍不住吐槽："每一回都是这样，娶个媳妇，把全家都搜刮个遍。最气人的是，他们的婚期还和你的撞上了。"

宋惜惜倒是不知道此事，不禁愕然："同一天？他们这么着急吗？"

她和谢如墨的婚事筹备了好几个月，且有内府和礼部帮着筹划，战北望和三姑娘才定下多久？怕是嫁衣都赶不及吧。

听闻前几天他们才去凤莲阁定制嫁衣。

二老夫人悻悻地道："是大房的那位老夫人着急，安排和你同一日，大概是想告诉大家，你宋惜惜和离了能嫁给王爷，他们家战北望也能娶伯府家的姑娘。"

宋惜惜知道她的那位前婆婆素来争强好胜，只是这样的事争来有何用？白白给别人添了茶余饭后的谈资。

但她也没立场说什么，人家要定什么日子，那是他们的事，她管不着。

梁嬷嬷端了一碗二老夫人喜欢的燕窝进来，笑着道："二老夫人，您是有口福的，好些日子没炖燕窝了，刚好今日炖了，您便来了。"

梁嬷嬷这话说得不真，如今是日日都炖，配着药，用来给瑞儿治嗓子。

如今府里的燕窝多的是，孔家拿了些过来，北冥王府的路总管送了两斤过来，陈福也有买。

二老夫人看着梁嬷嬷，笑道："我是个好吃婆，知道有好吃的便来了，加上我最近咳嗽，来讨碗燕窝喝，今晚定然就不咳了。"

宋惜惜关切地问道："您的咳症还没好啊？上次您来看瑞儿，我便听到您咳嗽了几次。"

"将军府终日乌烟瘴气，吵吵闹闹的，能好才怪呢。"二老夫人用勺子轻轻地搅动瓷碗里的燕窝，一脸愁容，也一脸厌恶，"战北望要么不回去，一回去，易昉便和他争吵，还动手了，战北望是真的能忍啊！打不还手，骂不还口，易昉终日跟个泼妇似的都忍了，知道这是自己作的孽啊！所以他都由着她了。"

"还有啊，"二老夫人忽然抬起头看着宋惜惜，"如果易昉来找你，你千万不要见她，她现在完全疯掉了。"

宋惜惜摇摇头道："她怎么会来找我？不可能。"

"怎么不可能？他们争吵的时候，她说过要来找你。"

"找我干什么啊？"宋惜惜愕然，"我和他们也没关系了。"

"谁知道她是怎么想的？我看她的脑子被虫子吃了一半。"二老夫人咳嗽了两声，便先把燕窝喝了，放下碗之后道，"他们的争吵闹得全家不得安生，我都听到她说过两次了，要拽着战北望来找你，把话说清楚。"

"还有什么需要说清楚的？"宋惜惜不解，和离的时候，该说清楚的都说清楚了，再说就是对骂，实在是没必要。

二老夫人冷笑一声："原来战北望要休你的时候，说了不会拿你的嫁妆，但是易昉要求他扣下你的一部分嫁妆，战北望没同意。易昉说，如果当初扣下了嫁妆，现在将军府的日子就不会过得这么艰难，也不至于要娶个二嫁女回来，弄得他像个卖身子的。"

宋惜惜彻底被震惊到了。

"所以，当初要扣下我的嫁妆，不单单是老夫人的意思，还有易昉的意思？"

"她的意思，战北望没转达，反正听他们吵闹，战北望误会了她的意思，她是想扣下，而战北望以为自己说服了她不要你的嫁妆，总之，乱七八糟的。"

二老夫人的语气很嫌弃，她是真的觉得糟心："这样吵吵闹闹的，总会传出去，闵氏管不住下人的嘴巴，估计过几日，满京城的人都知道了。"

宋惜惜还是没能回过神儿来："那易昉想来找我的意思是，要从我这里再拿一些嫁妆回去？"

"应该不是，你是和离走的，嫁妆是不可能留下的，谁知道她为何要拽着战北望来找你？反正以她那个疯癫的性子，做得出来。她若来，你不见便行。"

二老夫人顿了顿，又苦恼地说："但是以她如今那个疯癫的性子，如果你不见她，她肯定会在外头嚷嚷，也够让人堵心的。"

宋惜惜没想到他们吵闹还能牵扯上她，和她有什么关系啊？易昉既然不是来要嫁妆的，那要做什么？讨个说法吗？

她都没找他们要说法呢。

二老夫人走的时候，宋惜惜叫梁嬷嬷给她拿了一斤燕窝。二老夫人有咳症，天寒就会发作，以前宋惜惜没少给她送燕窝。二老夫人不要，宋惜惜便拿她的话来堵她："您不要就是嫌弃我，那我也不能要您的东西了。"说着，宋惜惜便要叫梁嬷嬷把金镯子塞回去。

"唉，我拿，我拿。"二老夫人连忙把燕窝捧在手上，"总是拿你的东西，我这张老脸都不要了。"

"在我最艰难的时候，是您陪我度过的，我记在心里。"宋惜惜挽着她的手臂，送她出去。

当初宋家被灭门后，虽然大房那边的人也有安慰，可只是动了动嘴皮子，只有二老夫人真心实意地陪着她。

她那时候吃不下，睡不好，二老夫人便给她煮安神药，丹神医开的那些安神药，有一大半是二老夫人亲手煮的。

二老夫人闻言，差点儿落泪，连忙拭了一下眼睛，转过头去："我也是拿你当闺女看待了，只要你不嫌弃我这个穷酸老妇，以后便喊我一声'姨'吧。"

如今宋惜惜叫她"二婶"也不合适了。

"您说巧不巧，我恰好缺个姨呢。"宋惜惜笑着，"不叫'二婶'了，叫'二姨'，可好？"

"那敢情好。"二老夫人笑着，只是这笑容看起来多少有些心酸。

送走二老夫人，宋惜惜回屋帮着梁嬷嬷把东西拿到放置嫁妆的库房里，衣裳则折叠好，放在箱笼里，回头这些箱笼都是要抬过去的。

瑞儿的那一套衣裳她便捧着，准备回头给瑞儿送过去。

她伸手抚摩着那些针脚，可见二老夫人是用心了，针脚细密，绣工精致，没有半点儿瑕疵。

"嬷嬷，有时候付出了真心，也是可以换来真心的。"宋惜惜有些唏嘘地说了句。

"那肯定，天下这么多人，总不会全是白眼儿狼，反而白眼儿狼还比较少见呢。"梁嬷嬷想起方才二老夫人说的话，皱起了眉头："那个易昉如果敢来，叫人打出去，她是怎么好意思来找你的？没见过这么不要脸的人。"

宋惜惜道："这件事情不要告诉王爷。"

"知道，这件事肯定不能说，王爷最不待见战家了。"梁嬷嬷道。

宋惜惜捧着衣裳往外走："不管他们了，我们去找瑞儿，让瑞儿试试衣裳。"

"小公子的新衣裳根本穿不完，太多了，孔家那边的人也做了许多。"

"每天都穿新的，把他不能穿新衣的那两年补回来。"大家都在极力地弥补瑞儿，想抹去他心里关于那段悲惨日子的回忆。

瑞儿听闻又有新衣裳，还是十分高兴的，小孩子最喜欢新衣裳了。

衣服换上之后甚是合身，竹青色的锦缎，里头絮了一层薄薄的棉花，春秋穿着都十分合适，只是如今已入冬，只穿这身可不行，要穿皮的或者厚棉的衣裳。

他踮起脚转了个圈，再看向铜镜里的自己，连连点头，表示好看。

"真好看。喜欢吧？"宋惜惜也赞赏着。这颜色很称他的皮肤，养了这么些日子，瑞儿的气色好了，肌肤也白了些。

瑞儿点头,又踮脚转了个圈,嘴里竟然迸出了两个字,粗哑但是清晰:"喜……欢!"

宋惜惜猛地定住了,一把抱住了瑞儿:"瑞儿,你说话了!"

瑞儿也怔住了。他说话了?他刚才说话了!

他张大嘴巴:"啊……啊……"

狂喜之色顿时袭上了他的脸,他反手抱着小姑姑,伏在她的怀中,控制着激动的心跳,再一次开口:"姑……姑姑。"

宋惜惜顿时泪流满面,终于听到他再次喊"姑姑"了。

丹神医马上被请了过来。给瑞儿做完检查,他老人家先肯定了红雀的努力,再肯定了瑞儿的恢复能力,然后点了瑞儿的鼻尖一下:"好小子,是个有能耐的,丹爷爷以为起码要一年半载呢。"

"但是,您不是说要吐一口毒血才能说话吗?"宋惜惜连忙问道。

"这不是绝对的。现在来看,他身体里的毒素已经清除得差不多了,只是两年不曾开口说话,一时有些艰难,加上嗓子之前一直被针刺,总会有些损伤、疼痛,慢慢来,都会好的。"

大家都"哦"了一声,然后相视一笑。

之前大家每天都在关心他什么时候吐那一口黑血,想不到竟然不用。

丹神医的医术真的很"飘忽"啊!

宋惜惜跪下给丹神医磕头:"本该是瑞儿给您磕头的,但是他腿脚不便,日后等他身体好了,定然要他跪下给您磕响头。"

丹神医受了礼,道:"好,起来吧,磕了头,医药费就不用给了。"

红雀回去总说他们要给医药费,听得他都烦死了。

宋惜惜刚想说不行,丹神医眼珠子一瞪:"怎么?我的话都不听了?"

"不敢!"宋惜惜连忙道,又赔着笑脸,"行,那我不给医药费,欠您个人情,行不?"

"起来吧,我懒得同你说。"丹神医又翻了个白眼,便转头开始写药方,"如今药还是得继续吃的,只不过药方要换了。"

陈福在一旁等候,心想:这一次拿了药方后,可不能再去药王堂抓药了,他们总是不收银子,自己怎么好意思?

丹神医把方子给他,一眼就看穿了他的心思:"药还是得去药王堂抓,国公府如今烈火烹油,但也得罪了大长公主一家,若去别的地方抓药,保不齐就被人害了,做事要谨慎小心些,不能让人有可乘之机。"

丹神医在京城行医多年,能说出这句话,证明他知道大长公主府的一些阴损之事。

她们是能做出狠毒之事的。

有丹神医这么一提醒，陈福打了个冷战，自己真的忘记这茬儿了。

而且，小公子的事确实要谨慎，保不准有些人动了歪心思，要害国公府。

送走丹神医之后，宋惜惜便派人去通知孔家。孔家的人来了，瑞儿能一位一位地称呼出来，孔老夫人少不得抱着他又哭了一场。

等孔家人走了之后，宋惜惜带着瑞儿到了神楼，这一次，她可以让家人的在天之灵看到一个完整的瑞儿了。

上香之后，宋惜惜让陈福带瑞儿出去，她一个人留在神楼里。

她跪在父母兄嫂的牌位前，有千言万语想说，但是喉咙哽咽，一个字都说不出来。

她想说自己曾觉得世道如此艰难，她一个人好孤独啊，活着就像行尸走肉，但现在不是了，现在她有瑞儿，也要成亲了，她的前头有好日子，她一定会好好地过。

她想说，她会竭力保护瑞儿，会看着瑞儿继承国公府，看着他成亲生子，看着宋家继续风风光光。但她又觉得不一定要风风光光，瑞儿好好的就行了。

千言万语，千头万绪。

她曾经是家里人最不放心的幺女，现在她撑起了国公府，成了瑞儿的依靠，她不能再像以前那样，遇到什么事就一头扎进母亲的怀抱里撒娇了。

她已经很久很久没有撒娇了。

可这日子有了奔头儿，不是吗？

伴随着奔头儿而来的，是易昉，她居然真的来了。

宋惜惜很晚才回去睡觉，结果一大早宝珠就来禀报，说易昉在府外求见，吵闹得厉害，赶也赶不走，自己没法子了，才来叫醒她。

宋惜惜从床上坐起来，睡眼惺忪地愣怔了一会儿：还真的来了。

等清醒了些，宋惜惜仔细听了听，外头果真吵闹得很，是易昉的声音，还伴随着呼呼的拍门声。再让她这样吵下去，会惊扰了瑞儿。瑞儿虽然好了很多，可他对于凶狠的声音还是很畏惧。

宋惜惜的第一反应就是跳起来握住桃花枪，把易昉打出去。

但是，国公府附近都是权贵人家，不管易昉怎么闹，她目前还是国公府的家主，家主亲自出手去赶去打，毕竟有失身份。

好，她也正好奇呢，事到如今，易昉找上门来，到底还有什么好说的？

"带她到外院的侧厅等着，我更衣后就过去。"宋惜惜起身道。

宝珠虽然觉得见那个人很晦气，可她这样吵闹，府上的人是真的没有办法，国公府也没有几个能用的侍卫，对于一般人还能赶一赶，但易昉是身负武功的。要是侍卫被易昉打个落花流水，那可就丢人了。

"行，奴婢出去叫她进来。"宝珠转身出去，同时叫明珠进来给姑娘更衣，她的嘴里嘟囔了一句，"真是晦气。"

宋惜惜还是穿着半旧的常服，只是多穿了一件狐裘披风，今日冷了些，看样子又要下雪了。也好，下一场雪，瑞儿就可以去打雪仗了。

天色阴沉得很，寒风凛冽，但是与在南疆时是比不得的，南疆的风是往人的身体里钻，四肢百骸都像是被刮走了一层。

在外院的侧厅里，宋惜惜看到了易昉。

她身穿一件紫红色的锦缎，披着一件黑色的鹤氅，脸上挂着黑色的面纱，绾了个高髻，头上的珠翠不多，但是耳垂上的红珊瑚耳环甚是璀璨夺目。

她的穿着不赖，确实有几分贵气，只是一双眼透出冰冷，盯着缓缓进来的宋惜惜。

她坐在那里，也不起来，更没打招呼，冰冷的目光随着宋惜惜的脚步而移动。

宋惜惜也不与她废话，坐下来就问："你来做什么？"

易昉的声音里透着古怪的阴冷："战北望要娶平西伯府的弃妇了，你知道吗？"

"这和我有什么关系？我知不知道，都是外人的事。"

"外人的事？"易昉冷冷地一笑，"是啊，你都要嫁给谢如墨了，怎么还瞧得上他呢？但是宋惜惜，我问你一句，如果没有谢如墨，你是否还会喜欢战北望？"

宋惜惜恼得很，目光冰冷地看着她："你来找我，就是为了说这些？你想从我这里得到什么答案？"

易昉的话急速而又毫无礼貌："我要听你的真心话。如果没有谢如墨，你是否还会喜欢战北望，即便和离了，你是否也会盼着他来找你回去？离开将军府之后，你是否后悔过？你是否忌妒过我？是否恨过我？"

宋惜惜想起二老夫人说的那句话——易昉已经疯癫了，如今瞧着，果真有那么几分疯癫。

这算是什么事？他们都和离这么久了，战北望要娶妻了，她不去找那个新妇，却来找自己这个已经没有关系的人，质问这么多，意义何在？

宋惜惜正面回答她的问题："第一，从战北望回来告诉我他要娶你的时候，我对他便无半分留恋，恨不得马上离开将军府。"

易昉在她说完这句话之后，便狂笑了一声："你连真话都不敢说，宋惜惜，你何来的勇敢啊？虚伪！"

宋惜惜不理会她，继续道："第二，你来找我，趾高气扬地说的那番话，我至今记得，你把女子贬低到尘埃里，我不会忌妒你，我只会轻视你，同为女子，你对女子没有半点儿怜悯，人品堪忧。"

易昉冷冷地"哼"了一声："是吗？你的武功如此厉害，既然你那时看我不顺眼，为何不出手与我过招儿？"

"因为不屑！"宋惜惜垂下眼眸，"在我眼里，你那个时候就是个跳梁小丑，我不屑与你动手，而且你只在言语上得罪了我，我也用言语回击了你，一直以来，背叛诺

383

言的人是战北望,我只冲着他。"

"好一句'不屑',我就不信你当时不想杀了我。"她又冷哼了一声,"我知道你们这些世族千金,虚伪、装矜持,但心眼儿比针鼻儿都要小,你没有与我闹,是想成全自己贤良的名声,以为将军府一家会站在你这边,帮着你,谁料他们居然策划休了你。"

她抬起下巴,脸上的黑纱也跟着晃动:"那一刻,你的心里很绝望吧?也恼羞成怒了吧?"

宋惜惜笑出声来:"那样的人家,有什么好绝望的?困在那里才绝望呢。"

"你到现在还在装,你真的很会装啊!"易昉把旁边桌子上的花瓶扫落在地,厉声道,"你摸着自己的良心问问自己,真的没有嫉恨过我吗?"

花瓶"啪"一声,碎了一地,花瓶里插着的梅花也散落在了地上,几片花瓣被花瓶里的水冲了出去,浸得颜色苍白。

宋惜惜看了一眼花瓶,淡淡地道:"宝珠,问问福伯,这只花瓶多少钱,回头叫易氏赔。"

宝珠大声道:"奴婢知道,这只花瓶倒也不贵,五十两银子,是今年新窑出的新款,整个京城也就十来只。"

"你还敢让我赔钱?"易昉的声音顿时提高了几度,她怒斥道,"宋惜惜,当初让你把嫁妆全部带走已经是格外开恩,你既然已经嫁入将军府,嫁妆就是将军府的,你有什么资格全部带走?"

宋惜惜嗤笑一声:"不懂法,怎么当的将军?怪不得你被人革职。我是和离出门的,自然可以带走全部嫁妆,我甚至有权追回将军府花掉的那部分,但我没有跟他们计较。哦?合着你今日来是想让我去追回那些银子?我倒是可以成全你,只是不知道如今将军府正在筹措娶妻的聘礼,是否还能凑齐这么多钱。当初要娶你时,他们想向我借银子,不知道如今是否也问了你?你当初拿了这么多聘礼,现在可以成全自己的贤良之名,把聘礼拿出来给战北望娶妻啊!"

被革职,被去了军籍,战北望再娶妻,这都是易昉心中的痛,宋惜惜这话算是戳中她的肺管子了。

她暴跳如雷,指着宋惜惜骂道:"你一个弃妇,有什么好得意的?"

宋惜惜云淡风轻:"你一个妾侍,有什么好张狂的?"

易昉厉声道:"我是将军夫人,他是以正妻之礼娶的我,将军夫人的位置,我说什么都不会让。"

"那你去跟平西伯府的人说啊,来找我做什么?你想在我这里挽回尊严吗?易昉,你说我恨你,我是真的恨你,恨之入骨。"

宋惜惜抬起头,眼中透着刺骨的寒意,声音飘入易昉的耳中:"在成凌关,你做了什么,我很清楚,我宋家被灭门,与你在成凌关所做的一切脱不了关系。"

易昉怔住了，她没想到宋惜惜会如此清楚。

宋惜惜站起来，踩着地上的水，一步一步地走到她的面前，俯身，在她的耳畔低声说："苏兰基的报复还没让你醒悟过来吗？你还认为自己是天下第一女将？易昉，你什么都不是。战北望只是觉得新鲜才娶了你，若真的爱你，就该许你正妻之位，而不是平妻。"

易昉的脸色变得煞白："那是他还愿意给你留几分面子，而我不在乎名分。"

宋惜惜揪住她的领子，再放开，然后轻轻地抚平她的领口，声音中透着刺骨的寒意："你看我要他给的面子了吗？你不在乎名分，又得到了什么？你今日来我这里耀武扬威，是觉得我会顾忌名声，让你胡闹？"

宋惜惜用手指捏住易昉的下巴，十分用力，捏得易昉的下巴几乎快碎裂了，疼得她眼泪在眼眶里打转："杀你可真是太容易了，但是我想让你好好地活着。你瞧不起女子，轻视女子在内宅的辛酸，但我敢肯定，你将来会成为那样的人。"

易昉用力地挣扎："你放开我。"

宋惜惜没放，捏着她的下巴，逼着她仰起头对上自己的视线："是什么让你认为我好挑衅的？是我和离得太快，让你觉得我软弱可欺，还是你以为是个女人都会舍不得战北望，你觉得我应当还爱着他，所以来羞辱我一番，出出气？你不敢去找平西伯府的人，却敢来找我，你可知道平西伯府的老夫人和三姑娘在我这里都要客客气气的？"

"你……"易昉从宋惜惜的眼神里看到了冰冷无情：自己难道猜错了？她和离之后真的没有想过要战北望再来找她？

不，她曾经一定对战北望念念不忘，只不过她命好，遇到了愿意娶她的北冥王。

"成凌关的事，和你们宋家被灭门没有任何关系。"易昉嘴硬，但是气势已经弱了一重。

"有无关系，你自己心里清楚。"宋惜惜放开她，眼神冰冷，"放下五十两银子，滚出国公府，再敢来找我的麻烦，我会断了你的一双腿。"

下巴疼得像要碎裂似的，易昉连张嘴都觉得困难，这一刻的宋惜惜，瞧着真的很恐怖。

她呆坐了一会儿，幽幽地道了句："当初在南疆，你分明可以带兵上去救我，但你没有，你让士兵待在山下，让我受尽了欺辱，宋惜惜，我一直认为，这是因为夺夫之恨。"

宋惜惜站直身体，光线打在她绝美而冰冷的容颜上，她的声音也冷若寒冰："寡情薄幸的男人，我弃如敝屣，在我的心里，他连条狗都不如，唯有你拿他当宝看。"

"不可能，不可能的，你怎么可能不在意他？一年了，你在将军府当牛做马一年，出钱出力，你怎么会不爱他？我不信！"易昉一把抓住宋惜惜的手臂，态度变了，"曾经爱过也是爱，你一定也不忍心他为了仕途出卖自己，娶一个二嫁弃妇，那是个老女人，你去找他，只要你跟他说不让他娶，他就不会娶的。"

宋惜惜看着她忽然变得卑微的样子，冷冷地笑了起来："易昉，瞧瞧你，你真的活成你最厌恶的人了。"

易昉摇头："不，不一样。"她艰难地喘了一口气，双眼发直，"我不能接受他娶平西伯府的三姑娘，那是个贱妇啊！"

宋惜惜勾起了唇角："易昉，相信我，她真的没你贱，她至少恪守礼仪，而你，在战场上便委身于战北望，未谈嫁娶便苟合，你才是真的贱，在私德上，你和战北望一样贱。"

"贱"这个字狠狠地激怒了易昉。她猛地站起来，一脚踢向宋惜惜的小腹。宋惜惜避都没避，一个手肘下去，重重地击在她的小腿骨上，骨头断裂般的剧痛顿时让她惨叫了一声。

宋惜惜摁住她的领口，把她推倒在椅子上，俯身，目光冷冷地盯着她："敢在我的府中动手，你是有多大的本事？你今天来的目的是什么？"

易昉用力挣扎，却挣扎不开，还把自己的面纱弄掉了，露出了半边丑陋的脸。

见宋惜惜盯着她的脸，她崩溃地大吼："就是你，我今日来就是要找你问罪！当初你可以带兵去救我，但你没有，你甚至阻止战北望去救我，宋惜惜，你恨我夺走了他，所以故意让苏兰基折辱我，你就是不忿，你就是恨我，你还不承认吗？虚伪！

"是你，是你害得我们夫妻反目，当初要不是你阻止士兵去救我，我怎么会落得如此下场？你是不是跟苏兰基说好了，你们联合起来整我？我是清白的，他们没有玷污我，你去跟战北望说，你去解释，我可以原谅你。

"宋惜惜，人人都说你是功臣，但你对我们见死不救，你不配为将，你任由我们落在苏兰基的手中成为战俘，你任由我们遭受各种折辱，宋家满门忠烈？我呸！我呸！"

宋惜惜的眼中锐意加深，她依旧压着易昉的领口处，回头，语气平淡地对宝珠说："你去看着瑞儿，不要让他出屋。"

宝珠本来也在瞪着易昉，听到姑娘吩咐，她道："是，奴婢这就去。"

她跑着出了门，飞快地往紫兰苑跑去。

易昉看到宋惜惜忽然变得深沉可怖的眼神，心头一怵，却依旧色厉内荏地质问道："你想做什么？"

宋惜惜抓住她的领口，把她拖了起来，径直拖出了厅门。

寒风呼啸，吹得易昉的发鬓都松散了，她心里没来由地慌张起来，却没办法挣脱宋惜惜的手，宋惜惜的手像一个铁钳，攥紧了，便让她挣脱不得。

"你想做什么？你要带我去哪里？你想杀了我？

"放开我，宋惜惜你放开我！"

"你到底想带我去哪里啊？"

易昉的尖叫声被淹没在北风的"呼呼"声里，天空中终于飘起了雪花，一片，两片……打着旋儿落在宋惜惜的肩头。

这阴沉的天空，注定是要有一场大雪的。

宋惜惜拖着她往神楼的方向去，陈福见状，马上知道姑娘的意思了，急忙先跑去把神楼的门打开。

宋惜惜把她拖到神楼外边，提起她一扔，便将她扔进了神楼里，随即大步走进去，陈福立刻把门关上。

易昉被甩在神楼的地板上。她惊慌地抬头，环顾四周，这里点着一盏盏莲花灯，照着墙壁架子上一排一排的牌位。

嘴里的尖叫声还没发出来，她便被宋惜惜用一只手揪住头发，拖到了牌位前。她微躬着腰，目光与一个牌位对上，那是最底下的一排最中间的一个。

她被揪着头发，痛得头皮仿佛都要被掀起来了，眼睛却不敢看牌位上的名字。

宋惜惜冰冷的声音从她的身后传来："他叫宋添，是我大哥的儿子，十一岁，文武全才。"

她拖着易昉，一个牌位一个牌位地看过去，告诉易昉："这是我祖母，这是我的母亲，这是我大嫂，这是我二嫂……这是我的侄女，这是我的侄儿……"

易昉浑身颤抖，奋力挣扎："你疯了，你带我来这里做什么？我和你们宋家无冤无仇……"

一个巴掌狠狠地落在她的脸上，伴随着宋惜惜的厉喝："无冤无仇吗？你在成凌关杀降屠村，西京探子把你所做的恶行全部报复在我家人的身上，他们为什么会死？是因为你，因为你贪功，因为你残酷狠毒，因为你违背了我国与西京不杀平民的约定。"

"不……"易昉喘着粗气，拼命摇头，"不，不是的。"

宋惜惜一脚踢向她的膝窝，她"扑通"一声便跪下了。

"你知道他们是怎么死的吗？他们每个人的身上都被砍了一百零八刀！为什么是一百零八刀？你仔细想想！"

"不！"易昉的面容变得异常惨白，她咽了一口唾沫，眼珠子一直在转。她想起来了，那个西京的皇室小将，他们俘虏了他，在他的身上划了一百零八刀，还切了他的……

"不可能，是西京人犯下的罪恶，你的家人是西京探子杀的，跟我没有关系，没有半点儿关系。"

她想站起来往外逃，但是宋惜惜死死地摁住她的肩膀，让她跪着不能动弹。

"因为你在成凌关所做的事，西京探子杀了我镇北侯府满门，鸡犬不留，连我的小侄儿也没放过。那个小小的孩子，自出了娘胎就身子弱，一直吃药养着，一百零八刀啊！他的整个身体都被砍烂了，鲜血流了一地。整个镇北侯府，无处不充斥着血腥，这都是你造的孽。易昉，你说我恨不恨你？"

宋惜惜说得眼眶发酸，却没有一滴眼泪落下，撕心裂肺的痛往往悄无声息。

易昉瘫在地上，不敢看那些牌位，只觉得浑身冰冷，呼吸困难，像是有无数双手扼住了她的喉咙，让她无法呼吸，恐惧像针一样，细密地扎在她的太阳穴上，让她的头痛得厉害。

她喃喃地道："我没有错，那些平民窝藏兵士，他们不是单纯的平民，我杀了他们没有错，你的家人是死在西京探子手上的，跟我没有关系……

"对，没有关系，跟我真的没有关系，我没错。"

她说着，又咽了口唾沫，便想要爬出去。

宋惜惜的声音从她的身后传来："就是你这样爬的，我的五嫂想去护着孩子，她身上被砍了许多刀，却不愿意咽气，就这样在地上爬着，爬向她的孩子，拖曳了一地的血液啊！最后她倒在了孩子的身边。"

易昉吓得顿时止住了爬行，脑子里过了一遍那个场景，浑身颤抖得更厉害了。

"你说我恨你，是因为你夺走了战北望，和我的家人相比，战北望算什么东西？我一点儿都不稀罕。"宋惜惜慢慢地点了一把香，一炷香一炷香地插到牌位前的香炉里，"我对你有无法宣之于口的仇恨，是灭门之仇，但我不能杀了你报仇，这件事情我也没有办法捅出去，那将是我们商国的耻辱，所以我忍了。我父兄战死在南疆战场上，命都不要了，就是要护着商国，所以我忍了。"

她将每一个香炉都上了香，猛地一个转身，盯着易昉："但你敢说我宋家不是满门忠烈？简直放肆！你有什么资格说这话？你不是问我为什么不去救你吗？我告诉你，我救不了你，你是咎由自取，苏兰基去南疆战场就是冲着你去的，那个地方，他们早就占领了，打西蒙的时候，他们的人数少，是因为他们在山上等着你，我领着那几万人，为了救你们这些违背两国约定的叛徒，去和他们十万人打？葬送那几万士兵，就为了救你们？"

"不仅我不会这样做，任何人都不会这样做。"宋惜惜弯腰，眼中寒意森森，"而且我说的咎由自取，并非指成凌关。在南疆战场上，北冥王有心救你，让你做后备力量，但你贪功冒进，居然在我们破城的时候打乱我们的阵法，抢先攻进去，你想抢功，却落入了苏兰基的圈套，一切都是你咎由自取，没有人有义务牺牲自己的性命去救你这样贪功冒进、咎由自取的人。"

易昉想起了南疆战场上的种种。事后她复盘过，确实是自己中了圈套。许多事，她心里有猜测，但她不愿意相信，所以她找了很多借口，很多理由。

最大的理由就是北冥王要扶植宋惜惜上位，所以要抹杀她的功劳，提前就说了不会有她的功劳。

可宋惜惜在这里把事实对她说了，她无处遁逃，只能挪到门口，蜷缩在那里，摇头，喃喃地道："不，不是这样的。"

宋惜惜立于牌位前，莲花灯在她的背后，使得她的面容看不清："易昉，你还活着，你还活着啊，你应该知足的。"她声音幽幽，"我的家人却永远也回不来了。都是因为你，你说我恨不恨你？我忍了这么久，我不想动你，但你为什么要送上门来？你在成凌关立功，在真相被我知道之前，哪怕你和战北望求了赐婚，我依旧敬佩你身为女子，却愿意上战场为国征战。"

她慢慢地走近，影子完全笼罩住了易昉："可真相多么丑陋啊！你立功，代价是我满门被屠，你却还有脸在我的面前耀武扬威，跟我说如何瞧不起内宅里求生存的女子，你这么有能耐，如此清高，可你又是如何算计我的嫁妆的？你贪功的样子很丑陋，你贪财的样子更丑陋，比你现在的脸丑陋百倍不止。"

易昉双手撑在地上，号啕大哭："你不要再说了，不要再说了……"

宋惜惜弯腰，唇角勾出嘲讽的弧度："这就受不住了？你说瞧不上为男人争来争去的女人，那你今日来找我是为了什么？叫我去找三姑娘，让她不要嫁给战北望？你争了，易昉，你容不下三姑娘进门，你发现你们所谓的爱情只是一场笑话，你当日在我面前有多威风，现在就有多狼狈。"

易昉的嘴唇翕动着，她想反驳，但她最近和战北望闹得鸡飞狗跳的，不就是因为他要娶王家三姑娘吗？

宋惜惜的眸子一冷："易昉，你好好记住，他们都是被你害死的。你该庆幸我出身镇北侯府，若无家规约束，我会把你千刀万剐，挫骨扬灰。"

她把门打开。外边的雪已经大了，洒得满地都是细碎的雪花，天空阴沉沉的，雪花飘得越来越急。

宋惜惜的声音比外边的雪更冷："把花瓶的银子赔了便滚吧，以后不要再来了，否则我会杀了你的。"

易昉的心一颤，这一刻，她终于知道害怕了，宋惜惜是真的做得出来，她的话里透出的杀意根本掩饰不住。

易昉颤颤巍巍地站起来，伸手摸了一下衣兜："我没带银子。"

"福伯，去叫陆账房写一张五十两银子的欠条，让她摁个手印，明日上门催收。"宋惜惜淡淡地说。

陈福应了一声便转身去了。

易昉出了神楼，靠在廊前的圆柱上，大口大口地呼吸，寒风吹得她发抖，她的额头上却出了细密的冷汗。

她此刻狼狈不已，一会儿心如死灰，一会儿又想在宋惜惜的面前重新树立自己的威仪，可她连腰都没办法绷直。

飘扬的雪花，她视而不见，眼前只有一块一块的牌位在飞，脑子里浮现的是镇北侯府被屠杀的时候，满府血腥的场景，还有宋家五少夫人浑身是血地爬向自己儿子的模样。

随即，她似乎看得更远了一些，目光从京城一直飘出去，飘到了成凌关，飘到了鹿奔儿城，看到了那些死在他们的屠刀之下的百姓，他们的惨叫声不绝于耳。

她听到了那个西京皇室小将的咒骂声，即便被一刀一刀地割在身上，他依旧咒骂声不断。

那时候，她为何会无动于衷，甚至觉得痛快？

她甚至不敢再对上宋惜惜的目光，那目光冰冷得像一把刀。

宋惜惜说的每一句话她都不爱听，但是，宋惜惜没有一句话说错。

她是迫切地想要立功。

成凌关一战，她觉得自己立功了，而且是首功，她不再是老兵的女儿，而是易昉将军。

她目空一切，但是，她心里知道自己还是卑微的，否则，以她当初的功劳，只被许配给战北望为平妻，一般人都不会愿意。

她愿意，一则是倾心战北望，二则是她知道自己如果不是立功了，永远也高攀不起将军府。

她说不屑于内宅斗争，只愿女儿也能驰骋沙场，征战四方，为国立功，这番话，她是说给战北望听的，战北望信了，看向她的目光中充满了敬佩之情。

她要让战北望知道，她是不一样的。

她做到了，在回京之前就委身于他，如此至少可以稳稳地嫁入将军府。

至于他的那位正妻宋惜惜，当初易昉是真的没把她放在眼里，毕竟，这种世家女子，恪守礼仪，凡事讲规矩，又弱柳扶风，无趣得很。

但她胜在嫁妆丰厚，有她执掌中馈，钱财不愁，自己和战北望则在官场上打拼，到时候自己有了实职，就算是平妻，也能压住那个所谓的正妻。

谁知道，宋惜惜竟然不是一只小猫，而是一头潜伏隐忍的老虎。

易昉的思绪飘来飘去间，陈福已经把欠条取来，还取了印泥给她，冷冷地道："摁下手印吧。"

五十两的欠条，她觉得受辱，瞪向宋惜惜，但是一对上宋惜惜的眸子，她的心莫名其妙地一怵，顾不得那么多，便摁下了手印，踉跄而去。

陈福把欠条收好，看向靠在回廊墙壁上的姑娘，她眼中的寒意没有了，只余满眼的心碎。

陈福安慰道："姑娘，别难过，不在意便是最坚硬的铠甲，谁都伤不了你。"

宋惜惜摇摇头，垂下眸子，轻声道："福伯，我没事，只是想起了他们还在的时候，那时候，府里多热闹啊！"

陈福也黯然，往事不可追。

镇北侯府变成了镇国公府，爵位高了，人却没几个了。

宋惜惜没有消沉太久，很快便仰起头走了出去。

她回了紫兰苑陪伴瑞儿。闹出这么大的动静，瑞儿肯定听到了一些，毕竟她一路拖着易昉的时候，对方一直在吼叫。

她觉得瑞儿会怕，但到了紫兰苑，却见瑞儿在小书房里写字。他一脸平静，已经写了好多张纸，宝珠和瑞珠在旁边伺候。

听到脚步声，他抬起头，欢喜地喊了一声："姑姑。"

他的声音依旧有些沙哑，也只能说些简短的话，一句话超过六个字，他就说得有些吃力。

不过，他很努力地在练，相信很快就会像正常人一样了。

"我看看写的什么。"宋惜惜笑着走过去，摸了一下他的头发，俯身看他写的字，"嗯，这个字比之前的有力了。"

他现在主要不是练字，而是练腕力。

他的手筋受过伤，写字练腕力是最好的恢复方式，谢如墨一直督促他练字就是因为这一点。

他搁下笔，将手放在脖子上，神情认真，目光坚毅："姑姑，以后……有我！"

宋惜惜微愣，随即笑了起来，又揉了揉他的头发，方才在爹娘的牌位前，她没哭，瑞儿这句话却让她的鼻子一酸。

瑞儿或许不知道发生了什么事，但想必猜到了有人登门来闹事。

他也想保护小姑姑。

过了一天，陈福就带着两名护卫去了将军府。

前日易昉回来之后，整个人就发起了高烧，晚上请了府医，喝了药，睡了一觉，却梦魇不断，到今日才好了许多。

她压根儿没把这五十两银子的欠条放在心上，觉得宋惜惜只是在羞辱她而已。

五十两银子对宋惜惜来说算什么？她怎么会真的上门催讨这五十两银子？

但国公府的人真的来了。

听到禀报，她臊得无处可躲，只觉得浑身又开始发热。

战北望今日没当值，就在府中。他压根儿不知道易昉前日去了国公府闹事，甚至没留意到她出去了。他们最近总是吵架，他一直宿在书房，回府也只是为了把文熙居装潢一下，等着迎新妇入门。

他听说国公府的人登门催账，一开始还以为是清算旧账，便派人把陈福请到了书房，免得惊动母亲。

陈福拿出欠条递给他，他一看，上面写着："将军府贵妾易昉打碎国公府花瓶，因没带银钱，无法当场赔付，遂写下欠条，明日赔付。"

欠条是摁了手印的。

战北望拿着欠条，惊愕地问："什么意思？易昉什么时候去了国公府？打碎花瓶是什么意思？"

陈福神色冰冷："贵府的妾侍前日到国公府找我们姑娘，在国公府里一言不合便砸东西，出言无状之事就算了，但砸了的东西必须照价赔偿。这花瓶需要五十两银子，京中没有几只，她签下欠条的时候说了第二日还钱，第二天她没有来还钱，言而无信，那我只好过来催债了。"

"她去国公府找你们家姑娘，还砸了东西？"战北望脸色铁青，简直不敢相信她疯癫至此。

"没错，姑娘本来不想见她，但是她在府外大吼大叫的，姑娘唯恐她惊扰了小公子，才开门让她进来。"陈福说着，又摆摆手，"那些事情不重要了，重要的是我们姑娘不想和将军府有什么旧账未清，毕竟是要各自婚嫁的人。五十两银子，将军给还是不给？不给的话，我便拿着这欠条去衙门了。"

战北望命人取了五十两面额的银票来，当场给了陈福，忍着一口怒气，道："你们家姑娘不想与将军府有什么旧账未清，这话说得很好，回去转告你们家姑娘，本将军替易昉致歉，希望她大人大量，别放在心上。"

他不知道自己为何这么生气，分明易昉是去国公府捣乱的，他该对宋惜惜怀有歉意。

他也确实怀有歉意，但是，她那句话说得多绝情啊，不想和将军府有什么旧账未清，避他若蛇蝎。

陈福冷笑一声："既然银子都赔了，我家姑娘自然不会放在心上，不过是疯狗乱吠，她也不是没经历过，听闻你们从成凌关回来，求陛下赐婚后，便是如此冲她吠叫的。有些人，有些事，远了就天晴日朗。"

陈福说完，不管面容铁青得可怕的战北望，带着两名护卫走了。

这两名护卫，严格说来不算护卫，不过是那时候被买入府中，瞧着健壮些，才去当了护卫。

战北望盯着陈福的背影，心里的怒火"噌噌"直上，恨不得此刻便去找易昉算账，但是想起连日的争吵，他已经心疲神乏，连同她说一句话也不愿意，至少现在不愿意。

国公府的人前来要账的事，下人禀报给老夫人听了，老夫人当即把战北望叫过去问清楚。

战北望知道这件事情瞒不住，那么多下人都看见、听见了，他干脆一五一十地告知。

老夫人气得面容铁青，大骂道："祸害，真是娶了个祸害，当初你怎么就瞧上她了啊？日日在府里砸东西还嫌不够，还去国公府砸，现在的国公府是咱们惹得起的吗？她也不拿镜子照照自己的脸，是特意去国公府丢人的吗？"老夫人骂着，突然捂住胸口，"祸害，真是祸害啊！她一定是去找宋惜惜，想要阻挠你和王家小姐的婚事。"

战北望这才醒悟：她不会无缘无故去招惹宋惜惜的，肯定有别的原因，莫非真的如母亲所言，是因为他与王家小姐的婚事？

想到这里，战北望心烦意乱。

这门亲事，他本来就有点儿被赶鸭子上架的意思。

如今他忙于公务，顾不得家里，和易昉日日吵闹，且自从知道成凌关的事情之后，他对易昉心灰意冷，觉得她太可怕了，而大嫂性子软弱，掌不了家，伺候母亲已经够呛了，家里总要有个能掌事持家的人，但在丞相夫人提起之前，他从来没有想过要娶新妇。

他怎么都没想到，丞相夫人竟然说要给他做媒。丞相夫人亲自给他做媒，这件事情定然是得到了丞相的允许。

这代表什么？代表他入了丞相的眼啊！

后来他又得知丞相夫人要说给他的是平西伯府的三姑娘，他打听过，这位三姑娘是方十一郎的遗孀，方十一郎战死沙场之后，方家给了她放妻书，她才回了娘家。

要娶的是个二嫁女，这使得他的心里有些不痛快。

只不过，她的兄长王彪掌控着北冥军。

说来也奇怪，谢如墨竟然交出了北冥军。

许多事情，战北望都想不通：谢如墨为何要放弃北冥军的兵权？为什么要娶宋惜惜？他那样的人，娶什么样的贵女不成？

宋惜惜在战场上再英勇，家世与师门再显赫，容颜再美艳绝伦，始终是嫁过人的。

"北望，她肯定没打什么好主意，你快去问问她，到底跟宋惜惜说了什么。若是她不知道用了什么法子，逼得宋惜惜出面阻止你和王家的婚事，那可不得了，宋惜惜恨极了我们将军府，一定会出手破坏的。"战老夫人越想越觉得有这个可能，"她肯定威逼过宋惜惜，否则以宋惜惜的身家，怎么会特意遣人上门追讨这五十两银子？莫说五十两银子，就是五百两银子，她也是不放在眼里的。"

战北望收回心绪，道："母亲放心，她逼迫不了宋惜惜的。"

战老夫人急道："就算逼迫不了，如果她特意去说了什么话，惹得宋惜惜不高兴了，去平西伯府那边说你几句坏话，这门亲事不就毁了吗？"

战北望摇头，心里却在苦笑：若是宋惜惜出面阻止，那代表她的心里有他，他还真的希望她出面去阻止。

他一愣神儿，猛地清醒了过来：他在胡思乱想什么？

如今宋惜惜和谢如墨的婚事已定，就算她的心里有他，多半也是怀着怨恨的，休妻的时候闹得这样大，她怎么会不恨？

可如果她的心里有他……

战北望思绪万千，怦然心动。

他一直不愿意承认自己后悔了，可他又比谁都清楚，他真的后悔了，很后悔。

那是他曾经艰难求娶来的女子,后来却被他弃如敝屣,兜兜转转,他才发现她的可贵,只可惜,她即将成为别人的妻了;而他,仿佛是遭了报应,要娶一个死过丈夫的人。

那他曾经以为的和易昉之间矢志不渝的爱情,如今看来,到底算什么?

战北望最终还是去找了易昉。他不想再吵架,他们需要好好地谈一谈。

他到了屋中,见她盖着被子坐在贵妃榻上,脸上依旧蒙着一块黑纱。

自从脸上有了疤痕之后,她就做了各种颜色的面纱,如果不戴面纱或者帷帽,她是绝对不愿意出门的。

以往见面时,她总是一副斗鸡的模样,随时随地准备和他开战,但今日她病恹恹的,见了他,也只是抬眸瞧了瞧,便垂下眸子,不搭理他。

她身旁的侍女见状,便道:"将军可算来了,夫人都病了两日了。"

她请府医的事,他知道,便问了句:"身体好些了吗?"

易昉转过身子,不搭理他。

今日,二人似乎都不想吵架了。

战北望坐在椅子上,沉默了半晌,道:"国公府的人今日上门催账了。"

易昉的眸子冷了冷,她知道,侍女已经禀报过了。

"你想说什么?指责我去国公府闹事?"

战北望望着她:"你去国公府做什么?"

黑纱下,她的唇角扬起讥讽的弧度:"还能做什么?自然是兴师问罪,问她当日在西蒙为什么没有救我,害得我与你离心,你要另娶夫人。"

他一急:"我不是同你说过吗?跟她没有关系,那个时候怎么可能上山救你?西京的兵马全都在山上,我们上去,无异于自寻死路。"

她"呵呵"了一声,阴阳怪气地说:"你倒是护着她,瞧你这样子,心里是有她的吧?"

战北望的脸色一沉:"你在胡说什么?"

"可惜啊!"她扭过头去,拉了拉身上的锦被,"郎有情,妾无意。她跟我说,战北望算个什么东西?你在她的心里,连个东西都算不上。"

战北望的心像是被什么东西狠狠地锤了一下,钝痛感传来。

他侧头去看屏风上的鸳鸯,鸳鸯戏水,好不缠绵啊!刺痛了他的眼睛。

战北望算什么东西?

呵,是啊,在她的心里,如今的战北望算什么东西呢?她宋惜惜是国公府千金,是收复南疆的功臣,是北冥王的未婚妻,更是玄甲军的副指挥使,还管着京卫,管着他的直属上司,也管着他直属上司的上司。

"战北望,如果你没有以战功求娶我,你和宋惜惜现在会是什么样?"易昉幽幽地问道。

这句话直击战北望的心，把他所有的伪装击成齑粉，他的脸色顿时变得惨白。

他不是没想过，他只是不敢想。

他努力地装作若无其事，告诉自己一切已成定局，想来无益。

但是，他知道，不能深思，是因为如果他没有求娶易昉，那么他现在和宋惜惜一定很幸福，他的官途也会无比顺利。

他们会一同在南疆战场上立功，之后他或许会成为玄甲军的副指挥使——谢如墨是愿意提拔年轻武将的。

皇上也会十分重视他，那战功若不被用来求娶易昉，那么皇上定会对他委以重任。

后悔，可惜悔之晚矣，所以他从来不敢回头看，不敢回头想，怕自己悔得肠子都青了。

易昉的眼中浮起冰冷之色："什么王三姑娘，什么京城贵女，什么嫡女名媛，哪个比得上宋惜惜？我纵然恨她当日不救我，也不得不承认，天下男儿若见过她在战场上的英姿，见过她绝美的容颜，无不想把她娶回家去。"她突兀地笑了一声，"而她，曾经是你的夫人。"

战北望呆了呆，眼中的光芒彻底消失，失魂落魄地走出门去。

易昉冷笑。没错，她就是要让战北望知道自己错失了什么，那是一颗璀璨夺目的宝石，这样的话，王家姑娘进门之后，永远也走不进他的心。

她得不到的，谁也别想得到。

但她说的那番话是一把"双刃剑"，在战北望的心里刻下了宋惜惜的名字，也狠狠地扎在了她自己的心里。

她笑着笑着，泪水滑落，又凄凉一笑，原来她用起这些争宠手段来，是如此娴熟。

第十五章
师兄为她开画展扩人脉

战北望出了府，心里有一股冲动，他想直奔国公府。

他想亲口问一问宋惜惜，他们之间是否还有可能。

哪怕今天易昉说宋惜惜不拿他当个东西，哪怕在战场上的时候，宋惜惜的态度已经很明确，哪怕当初要休妻的时候，他很决绝，他依旧觉得宋惜惜不可能这么快就把他从心中剔除，她只是因他的绝情而生气，她只是恨他没有遵守当初的诺言。

既然还愿意恨，还愿意生气，就代表她还在意。

但肆虐的寒风吹醒了他，又或者说，他心里一直都是清醒的，只不过是一时冲动罢了。

大局已定，他去找宋惜惜没有任何意义，哪怕宋惜惜心里对他尚存一丝情意，但她要嫁给北冥王，他要娶王家姑娘，彼此不会再有交集了。

他默默地回到书房，坐了许久许久，脑子里挥之不去的，是他迎娶宋惜惜的那天，他掀开她的红盖头，看到她从容美丽的面容的那一刻。

那一刻的惊艳，直到如今，依旧让他心头悸动。

那么好的女子，他拱手让人了。

"二哥，二哥！"门外，战少欢用力地拍着门。

他收敛心绪，问了一声："何事？"

"二哥，你给我些银子，我瞧上了一枚簪子。"战少欢隔着门，娇嗔地道。

战北望没好气地道："哪里还有银子？府里的银子都花光了，拿去筹办婚事了。"

战少欢跺脚："娶个二嫁女子，需要花什么银钱？用一顶花轿迎进门来就是。我已到了说亲的年纪，过几日，嘉仪郡主要办赏花宴，邀请了我去，我连一件像样的首饰都没有。"

战北望打开门，不悦地道："休得胡说，她即将成为你的二嫂。而且你总是和嘉仪郡主这样的人混在一起，有损你的闺誉。"

战少欢"哼"了一声，粉脸含霜："什么二嫂？不就是个守寡又和离出门的女子，就算出身平西伯府又如何？等我来日嫁给北冥王，成为北冥王的侧妃，她还要向我行礼呢。"

战北望一怔："你说什么？做北冥王的侧妃？你疯了？北冥王要娶宋惜惜，什么时候说过要立侧妃？"

战少欢神色骄矜："二哥，立侧妃的事，只要慧太妃同意便可以了，嘉仪郡主说了，慧太妃惧怕大长公主，大长公主说什么，她就听什么，只要我得到大长公主的喜欢，她便会把我举荐给慧太妃。"

战北望厉声道："你疯了？你凭什么得到大长公主的喜欢？又凭什么嫁给北冥王为侧妃？她们这些人只会利用我们，你别上当。"

战少欢却不听，赌气地道："反正我就是要当他的侧妃，只要嘉仪郡主能帮我，我就算被利用也无妨。"

"你休得胡来，嘉仪郡主是什么样的人，你知道吗？"战北望怒道，他冷冷地看着这个素来骄横的妹妹，"而且谢如墨也不是好招惹的，他若不喜欢你，你即便嫁过去，也只会遭磋磨。"

"怎么会？他不了解我，若是相处久了，他肯定会喜欢我的。再说了，我讨好了慧太妃，她自然会护着我，谁敢磋磨我？宋惜惜吗？她连个清白女子都不算，呸！"

她狠狠地啐了一口，对宋惜惜既恼恨又忌妒。

战北望一巴掌甩在她的脸上，脸色铁青："你说谁不是清白女子？你再说一遍！"

这一巴掌把战少欢打蒙了，她捂住脸，瞪大眸子，过了好一会儿才哭出声来："你打我？为了宋惜惜这个贱妇，你打我？我告诉母亲去。"

说完，她便捂着脸跑了。

战北望一拳砸在书房的门上，神色痛苦：宋惜惜不清白？恰好相反，宋惜惜很清白。

他没碰过宋惜惜，她依旧是清白之身。真是可笑，如今他发现了自己的心意，却更发现自己从来没有得到过宋惜惜。

如果当初圆房了再出征，那么他娶易昉的时候，她绝不会这么轻易就和离吧？

过了一会儿，老夫人便把他请了过去。

不等他说话，战老夫人便道："母亲觉得少欢这样想很好，母亲很支持她，只要大长公主愿意把她引荐给慧太妃，她能嫁到北冥王府，便是最好的亲事，母亲会全力支持她。"

战少欢站在一旁，已经不哭了，抬起眸子挑衅地看着他。

战北望摇摇头："不可能的事，北冥王不会看上她。"

战老夫人显然已经有过一番斟酌了，道："你别长他人志气，灭自己威风，北冥王连一个弃妇都瞧得上，怎么瞧不上我们将军府的嫡女啊？你妹妹好歹也是母亲亲自教养出来的，除了在府中有些小女儿脾气，外面谁不说她大方得体？再说了，如果她得到了慧太妃的喜欢，北冥王要行孝，就得听慧太妃的话。"

战北望看着母亲和妹妹近乎偏执的神情，不再说什么。

反正能不能进北冥王府都不是什么坏事，顶多是被嘉仪郡主哄骗一回，得了教训，她也会学精明点儿，别傻乎乎地想着嫁入皇家。

他自己都焦头烂额，实在不想管她们的这些破事。

腊月初一，慧太妃便带着娴宁公主到北冥王府定居。

宫里头伺候她的人全都被她带到了王府，本来安静的王府顿时热闹了起来，热闹得有些喧嚣。

慧太妃安顿下来后做的第一件事，便是广发帖子，邀请诸位内外命妇带着子女过来赏雪，同时也邀请了先帝的所有嫔妃。

先帝的嫔妃如今要么是贵太妃，要么是太妃、太嫔，她往日最爱在她们面前炫耀，如今跟着儿子到府中居住，怎么能不炫耀一番呢？

住在深宫里有什么好的？能跟着儿子住才是福气。她是太妃，位分比不得齐贵太妃和德贵太妃，但她的福气好啊！她要让她们看到她如今有多幸福。

至于内外命妇和官眷们，也是要好好来往的，她出宫不单单是为了不被困在深宫中，也是要认认真真、快快活活地过日子，而她的快活便是炫耀，变着法儿地炫耀。

她也要借此机会给宋惜惜一个下马威，而给下马威的最好方式，便是四品以上的官眷都请，唯独不给宋惜惜发帖子。

慧太妃知道宋惜惜并不好惹，日后进门，只让她守着孝义是压不住她的，一定要让她吃大亏，被人笑话一场，她日后才不敢在自己面前作妖放肆。

她还特意找了谢如墨过来，跟他解释了一番为何不请宋惜惜来，是因为他们的婚事在即，宋惜惜是未来的北冥王妃，现在以客人的身份来，不合适。

谢如墨同意了。他心里巴不得宋惜惜不来呢，母妃是什么性子，他太了解了，所谓赏雪，不过是炫耀她有什么名贵的首饰、好看的衣裳，惜惜出席这样的场合，要憋闷坏了。

宋惜惜自然不想参加慧太妃的宴席，瑞儿能说话之后，她整个人都松弛下来了，开始整理父兄生前画的一些兵防图和阵法演练图。

成凌关也好，南疆也好，父兄都镇守过，对关隘十分熟悉，曾经画下过不少布防图。

没有战事的时候，他们也派人到处去探查，对于关里关外的要塞，他们都标注得清清楚楚，只是有些潦草和凌乱，宋惜惜便对照他们的草稿，重新做了一份。

这自然是需要耗费工夫的，不是一时半会儿做得完的，看着那一沓草稿，宋惜惜觉得若是自己做，没两三个月根本做不完。

她不禁叹气，要是大师兄在就好了，大师兄的眼睛和脑子都厉害，东西瞧一眼，就能印在脑子里，手中握笔，便如笔神上身了一般，"唰唰"几下就画完了。

她看得眼睛痛，做了两三天，连布防图的轮廓都还没成形。

谢如墨只在瑞儿能说话之后来过一次，便再也没来过了，看样子，大理寺卿这个职位真的很麻烦，也许这不是他擅长的范畴，他需要慢慢学。

上回来，他的嘴里就一直念叨着《商律》，什么罪杖三十、什么罪流放、什么罪监禁三年到五年之类的。

宋惜惜看他的样子，有点儿心疼，让他一个武将去打仗练兵，那是毫无难度，但让他死记硬背商朝律法，那能要他半条命。

宋惜惜还劝他，说："你不需要熟记，不是有律法书籍可查吗？再说了，大理寺的主簿都清清楚楚，有什么问题，问他们便是。"

他却认真地说："身为大理寺卿却不懂律法，岂不是渎职？本王要么不做，要么做到最好。"

宋惜惜还笑着调侃了一句："皇上很恼你吗？为什么派你去当大理寺卿？这大理寺卿除了复核案件，也负责审理权贵、官员的案子，那可是得罪人的差事。"

这本是一句玩笑话，但是宋惜惜分明看到谢如墨的目光沉了沉，只是他很快便笑道："你不懂了吧？论威严，除皇上以外，舍我其谁？只有我这一身的杀戮之气才镇得住那些魑魅魍魉。"他抬起高傲的头颅，"再说了，六部九卿至关重要，他是信任我，才会委派我出任大理寺卿。"

他说得如此傲然，但出门的时候，还是耷拉着脑袋，感觉都要哭了，嘴里继续念叨着律法。

她坐在案桌前，想起这一幕，不禁"扑哧"一声笑了，手中的笔一划，力透纸背地扫了过去，得嘞，这张纸作废。

不能想男人，想男人对日常生活以及工作有极严重的影响。

就在宋惜惜整理得焦头烂额的时候，陈福却屁颠儿屁颠儿地跑过来，就连瘸了一条腿都不妨碍他跑得飞快。他进了书房，喘了一大口气，激动地道："姑娘，来了一位客人，说是您的大师兄，叫沈青禾。"

陈福激动得瞳孔都在颤抖，双手不断地摩擦着两侧的衣裳，从没见过他这般紧张的模样。

宋惜惜高兴地道："真的？我马上出去。"

真是想什么来什么，大师兄来了，那这活儿她不用干了。

她一阵风似的跑出去，陈福在后头喊着："姑娘，穿上斗篷，外头冷得很。"

陈福见喊不住她，随即拿了斗篷追出去。

正厅里，一名身穿黑色斗篷的男子坐在椅子上，一头青丝用青绸系住一半，留了一半覆在后背上，俊美的容颜上带着浅浅的微笑，一路的雪雨风霜并未损他半点儿颜色，疏狂、俊逸、儒雅，使得这位传奇的人物更添魅力。

宋惜惜旋风似的奔入，还没看清楚，便激动地喊了一声："大师兄！"

沈青禾站起身，用宠溺的眼神看着小师妹："嗯，似乎高了些，更好看了些。"

宋惜惜挽住他的手臂，激动得很，一迭声地问道："大师兄，你是从哪里来的？从梅山吗？就只有你一个人来？师父呢？师姐呢？"

沈青禾敲了她的脑壳一下，眼中依旧饱含宠溺之色："师兄没回梅山，从成凌关回来的。至于你二师姐，过几日也会到。她从沙国回来，一直留意着沙国的动静呢，看她的飞鸽传书，说是打探到了不少消息。"

"二师姐也要来啊？那太好了！"宋惜惜高兴得很，笑脸绽放成了一朵花。

陈福拿了斗篷过来，才想起正厅里烧着地龙：唉，倒是多余了。只是就这样站在门口看着那位传奇的沈青禾先生，他就感动得有点儿想哭，很想去书房取来文房四宝，让沈青禾先生给他写个字，他定然要裱起来当作传家之宝。

宋惜惜没发现陈福激动的目光，她自己就很激动："师兄，如今可有人知道你来？你知道吗？京城权贵、文官清流对你甚是仰慕，就连皇上也是如此。如果有人知道你来了京城，我估计国公府的门槛要被他们踏烂了。"

沈青禾说："我入城的时候倒是出示了路引，不过守城的士兵应该不知道我的身份，所以无人知晓。"

他牵着宋惜惜的手坐下，望着她，眼中闪过不易察觉的心疼之色。

她家中出事，没告诉师门，他们探得消息，说要来，她却不许，说见了他们就不坚强了。所以，沈青禾纵然心疼，如今也不敢表露半分，看她还如在梅山时一样对他撒娇，安心了许多。

他道："既然京中有仰慕我之人，那么你可以替我把这消息传出去，告诉他们，若想见我，便来国公府，恰好我在成凌关作了不少画，想请大家过来鉴赏鉴赏。"

宋惜惜怔了一下。她知道师兄最不喜欢吵闹，也不喜欢应酬，所以他不卖画，更不会邀请不认识的人一起鉴赏他的画。

他只有遇到合自己性情的人，才会以画相送。

反而有时候师叔会拿他的画去卖掉一些或者送出去一些，倒不是缺银子，师叔是觉得他的画太多了，占地方。

如今外头的人得到的师兄的画，大部分是师叔卖掉的，当然，卖得也不多。

师叔不爱赏画，他说人有一对眼睛，就是用来看世间万物的，尤其是梅山上的梅花，就算师兄画得再好，也不如他亲眼看到的好。

师叔实在是无趣得很，不知道为何谢如墨会拜师叔为师，如果同她一样拜师父为师，她这个师姐就当得实实在在的。

"为何？"宋惜惜问道，"如果这样做，你要应酬很多人，要和他们说话，甚至和很多人都说不到一块儿去，你不是最忌讳话不投机吗？"

"无所谓啊，人在世上行走，就是要与各种人打交道。我在成凌关也和许多人说话，住在客栈里，会和客栈的掌柜聊到天明。师兄又不是哑巴，师兄会说话，漂亮的话也会说。"

宋惜惜沉默了一下："你是为了我，师兄，大可不必这样，我能在京城立足，有一身武功，没人敢真的得罪我。"

"京城的权贵圈子里头，打打杀杀是解决不了问题的，别总想着打，还记得师父教你练武是为了什么吗？"

"自然是为了打遍天下无敌手啊！"

她的脑壳又被敲了一下。

"是让你强身健体，不被人欺负。"他没好气地笑了，"就后天吧，后天国公府宴客。"

陈福在门口听着，忍不住道了一句："咦？后日的话，慧太妃不是要宴客吗？这倒是巧了。"

宋惜惜知道慧太妃宴客没请她，至于是什么时候宴客，她并不清楚。

她看着师兄："你是什么时候来京城的？这应该不是巧合吧？"

沈青禾笑着道："来了好几日了，在京城里四处走了走，清净清净，不想这么快听到你聒噪的声音。"

"啊？你到了京城，居然不是马上来找我？你太过分了！"

"嗯，不找你，哭去吧。"沈青禾坐下来，慢条斯理地喝茶，喝了半杯，抬起头就见到小师妹红了眼睛的模样，不禁叹气，"你什么事情都不跟师门的人说，师兄不得亲自来调查调查？你过得好还是不好，哪怕不要我们管，师兄起码心里要有数。"

"师兄，我如今过得很好。"宋惜惜坐在他的身边，还想像以前那样撒娇，只是方才初见时激动，还能做出撒娇的姿态来，现在却不行了，"瑞儿找回来了，我有亲人了，而且我即将嫁人，北冥王待我挺好的。"

"师弟不敢薄待你。"大师兄就是有威仪，一句"师弟"叫得很顺口，"他是师叔的弟子，但每年只去一个月，闭关练功，师叔轻易不许他出来，你以前应该没见过他。"

"我都不知道他是我们的师弟呢，这事弄的，大水冲了龙王庙，咱们闭门一家亲啊！"宋惜惜眉开眼笑，或许她自己都没发现，说起谢如墨时，她总是会笑。

"怎么？想在他的面前显摆师姐的威风了？我告诉你啊，师叔对这个弟子十分重视，你不能欺负人家。再说了，整个万宗门武功最厉害的人是他，不是你。你是有练武的天赋，可你懒惰，但人家是有天赋又勤奋，哪怕每年只去一个月，也比你练得好。"

宋惜惜却不觉得窝囊，反而很高兴："我知道他厉害，我也不忌妒，我与有荣焉啊！"

"不要脸的本性倒是没改。"沈青禾睨了她一眼之后，又看向站在门口的陈福，道："您就是国公府的管事对吗？劳烦您去外头说一说，便说我后日要在国公府展画，也不必邀请谁，话传出去就行了。"

"哎，好嘞！"陈福连忙领了差事，"我这就出去说。哎呀，咱们家的茶叶、点心得提前备好了。"

沈青禾却说："不必备什么点心，一杯清茶足矣。"

"对，有名作看，点心都是多余的。"陈福屁颠儿屁颠儿地走了。

府里头的人听到沈青禾先生来了，都在门口偷偷地看，只有宝珠敢进来行礼："沈大师兄好！"

宝珠不是万宗门的弟子，但她是跟着姑娘喊的，毕竟万宗门只有长幼而无尊卑之分，在万宗门，没人拿宝珠当丫鬟看待。

"宝珠也长高些了，更好看了。"沈青禾打量着宝珠，心头甚是唏嘘：幸好这丫头当时一同陪嫁过去了。

宝珠有些害羞："多谢沈大师兄夸赞。"

沈青禾端茶喝着，眸子扫了宋惜惜一眼，几不可闻地叹了口气。

以前在梅山的时候，她受了一丁点儿委屈，就恨不得整个万宗门乃至整个梅山的人都知道，到处找人呵护；而真的到出大事的时候，她却一个字都不说，什么都往肚子里咽，当师兄的怎么能不心疼？

师门里的人个个都心疼她，却也不敢来找她，她选择自己忍着，慢慢度过，谁又敢来招她呢？

到了慧太妃宴客的这一日，内外命妇、京中权贵的家眷携子女纷纷抵达北冥王府。

这一日根本没有下雪，慧太妃却是以赏雪的名义邀请大家来的，而满园的梅花被移植到了偏僻处，纵然谢如墨凯旋之后叫花匠悉心照料，今年的梅花也没开几朵。

但是大家心里都很清楚，不管赏花还是赏雪，都是其次，慧太妃是要炫耀。

果然，她今日穿了一袭紫红织锦绣大朵荷花的襦裙，外罩一件纯白无瑕的狐裘，头发梳了个凌云髻，饰以镶红宝石的金头冠，显得贵不可言。

今日大长公主也盛装打扮而来，却比不上慧太妃华贵。慧太妃在宫里头娇养了那么多年，肌肤白里透红，眉眼边也寻不着皱纹，倒是大长公主眼角的皱纹十分明显，且冬日皮肤干燥，冻了粉，更显得苍老。

两位贵太妃没来，说是天冷，身子抱恙，实则是不想看这场慧太妃的炫耀宴。

至于其余的命妇和官眷，是肯定要来的，就算不给慧太妃面子，也要给北冥王面子。

其中不乏谄媚之人，对着慧太妃便是一顿吹捧。

嘉仪郡主今日把战少欢带来了。战少欢打扮得十分娇美，衣裳和首饰都是嘉仪郡主赏的，是今冬最时兴的款式，加上她的皮肤本来就比较白皙，更衬得她人比花娇。

战少欢为了今日见慧太妃，做足了功课，她知道慧太妃喜欢别人夸赞她年轻，给她行礼的时候，面上露出微微的错愕，然后连忙伏地请罪："太妃息怒，小女见太妃娘娘肌肤胜雪，比起少女也无不及，一时看呆了眼，实在失礼。"

慧太妃一听这话，顿时眉开眼笑："哪家的姑娘啊？嘴巴这么甜，哀家年逾四十，怎能与少女相比？"

"小女乃是将军府战北望之妹战少欢。小女不敢撒谎，太妃容颜绝美，气质雍容，小女没见过世面，乍一见太妃，还以为是菩萨娘娘呢！"

战少欢这马屁算是拍到慧太妃的心坎上了。慧太妃有很多尊白玉观音，都雕刻得极为精致，眉眼中带着慈悲，气度雍容，她觉得自己这辈子，物质与恩宠，什么都得到了，若能像菩萨娘娘那般被人敬仰，那该多好啊！

她笑得合不拢嘴，对身旁的高嬷嬷道："好伶俐的丫头，赏，把哀家那串珊瑚手串赏给她。"

高嬷嬷犹豫了一下，但还是遵照太妃的吩咐，取来那珍贵的珊瑚手串，赏给了战少欢。

战少欢心里乐不可支，但是表面上既虔诚又感恩，得体地道："小女多谢太妃娘娘的赏赐，今日得太妃赏赐，小女三生有幸，感念太妃大恩，小女会日日祝祷，祈求娘娘顺心安康。"

"好孩子，起来吧。"慧太妃多瞧了她一眼，这丫头嘴巴灵巧得很，哄得她通体舒畅，"你日后得空，多来陪哀家说说话。"

战少欢听了，眉梢都扬起来了，恨不得当场蹦起来，可众目睽睽之下，她只是含笑道："承蒙太妃不嫌弃，小女定然时常来陪伴。"

诸位命妇打心眼儿里瞧不起战少欢——瞧着恭顺，但是嘴里说出来的话真叫一个谄媚。

什么像极了菩萨娘娘？菩萨娘娘慈悲，可没有慧太妃这样爱炫耀。

在场不知道是谁问了句："怎么今日不见国公府的宋姑娘？"

此人一问，众人才发现国公府的宋惜惜没来。

这倒是奇怪了，按理说，她即将过门，今日太妃入住王府宴客，她是最应该来的。

正在众人疑惑之际，慧太妃淡淡地道："哀家的赏雪宴，也不是什么人都能来的。"

这话一说出口，大家心里便都有数了——慧太妃不喜欢这位未来儿媳妇。

也是啊，虽说宋惜惜家世好，也有战功在身，可到底是个和离的妇人，谢如墨贵为亲王，她是高攀不起的。

底下议论纷纷，只有平阳侯老夫人心里不舒服：慧太妃事情做得也太过了，就算再不喜，婚事是早就定下的，面子上也得维持和谐。

她看了自己的儿媳妇嘉仪郡主一眼，见嘉仪和那个战家丫头不知道在说些什么，不禁摇头，这么多年了，她怎么会不知道嘉仪憋的什么坏呢？

之前大长公主母女俩想要挫宋惜惜的威风，在外头散播了那么多流言蜚语，最终却自食苦果，以她们母女俩的德行，能轻易放过宋惜惜？

眼看宋惜惜和北冥王大婚在即，嘉仪却将这么一个嘴甜又出身将军府的姑娘举荐给慧太妃，打的是什么主意，有心人一目了然。

平阳侯老夫人懒得理会这些事，自顾自地喝茶吃点心。慧太妃在吃上十分讲究，点心尤其美味，她就是来蹭顿点心的。

谄媚的人确实多了去了，听到慧太妃这样说，很多人便在慧太妃的面前对宋惜惜阴阳怪气起来。

这些话明面上并没有贬低宋惜惜，但是那阴阳怪气的语气，着实是溢于言表，表面上夸赞宋惜惜立了军功，但是话里话外都在说这样的女子难以驯服，日后贵太妃难以压制，婆媳地位甚至会颠倒。

这些人说的话明显惹得慧太妃不高兴了，她们多半是奉大长公主的意思说的，就是要挑拨她们婆媳之间的关系。

大长公主见说得差不多了，便给嘉仪郡主使了个眼色。

嘉仪郡主笑着上前，道："太妃，表弟马上便要和宋惜惜大婚了，宋惜惜也担任着玄甲军的副指挥使，虽说只是个虚衔，可只怕伺候不好表弟啊。我瞧少欢这丫头就挺好，将军府的门第也不低，给表弟当个侧妃也好啊！"

嘉仪郡主母女俩素来都能拿捏慧太妃，她们说的话，慧太妃多半会听，尤其是慧太妃明显不喜欢宋惜惜，又对战少欢十分满意，如今嘉仪郡主当着这么多人的面提，这件事情十有八九能成。

嘉仪郡主对宋惜惜甚是怨恨，宋惜惜害她被人说了那么久，自己却以二嫁之身嫁给谢如墨，她怎么会就这么轻易地算了？她偏要让宋惜惜原先的小姑子嫁过去恶心恶心宋惜惜。

但是这一次嘉仪郡主打错了主意。

慧太妃是不喜欢宋惜惜，但是宋惜惜嫁给自己的儿子已经有人在笑话了，如果再把将军府的这个丫头娶进门来当侧妃，那北冥王府就成了彻头彻尾的笑话。

再说了，她就算再不喜欢宋惜惜，宋惜惜也比将军府这个嘴甜的丫头好多了，她是喜欢有人吹捧，可喜欢的是外人的吹捧。

她最不喜欢这种有心机的人，尤其是打她儿子的主意的人。

没有人配得上她的儿子，宋惜惜配不上，这个有心机的丫头更配不上。

所以嘉仪郡主说完之后，她看战少欢的眼神就变了，也没回答嘉仪郡主的话，只是对高嬷嬷说："叫你给这个丫头赏赐，你怎么把哀家的珊瑚手串给她了？那是墨儿送给哀家的生辰礼。你近日不是绣了许多手帕吗？送一条给她。"

战少欢当场脸色惨白，在场所有人的目光都投向了她，她觉得羞辱无比，一时不知道如何反应，呆呆地站在原地，任凭高嬷嬷摘下她的珊瑚手串，再塞了一条手绢给她。

高嬷嬷还冷冷地说了句："谢恩吧！"

战少欢哭丧着脸跪下谢恩，然后用求救的眼神看向嘉仪郡主。

嘉仪郡主的脸色一沉：这个没脑子的女人今日怎么回事？居然直接打她的脸。

这一幕把大家看得暗自发笑。慧太妃是很好糊弄，拍几个马屁就能让她掏心掏肺。要让她高兴容易，要骗她的银子也容易，但她素来以自己的儿子为傲，谁把主意打到北冥王的身上，那是万万不行的。

嘉仪郡主憋了一肚子气，却只能僵着脸，一言不发。

倒是大长公主笑了一声，端起茶来慢慢饮了一口，缓缓地道："不过是说笑的话，怎么当真了？正妃都还没过门，说什么侧妃？嘉仪，你也是滥好心，那个战家的丫头说自己倾慕墨儿，流了几滴眼泪，你便可怜她，在太妃面前为她说话，太妃怎么能做得了北冥王府的主？莫说立个侧妃，就是扶个妾侍、通房，没有墨儿的同意，她也是办不到的。"

这话听得在场的几位太妃"扑哧"一声笑了，纷纷用讥讽的眼光看着慧太妃。

慧太妃气极，但她是个嘴笨的人，尤其是对着大长公主，并且大长公主说的还是实话，她根本没办法辩驳。

看着慧太妃气红了脸，大长公主饮了一口茶，不紧不慢地继续道："本宫素来不爱管别人的家事，只不过墨儿是本宫的侄儿，他为国立了大功回来，京中哪家的贵女娶不得，非要娶宋惜惜？今日亏得慧太妃没把她请来，若把她请来了，那本宫是不会来的，像她那样的女子，连夫婿纳妾都容不下，此等狭隘之人，本宫实在是瞧不上眼。"

她抬起头，扫了一眼在座的夫人贵女们："你们也都把本宫的话记在心头，有些人能往来，有些人要避而远之，免得被那一身小家子气传染了，回头落个善妒的名声。"

大长公主这是公然挑明了自己与宋惜惜不和。

在场的不少夫人与大长公主交好，这自然是因为她昔日好客，总爱宴请大家聚一聚，偶尔也有些好处给她们，尤其是她与嘉仪郡主开着胭脂铺子和金饰楼，时兴的款，总是优先给她们挑选，日子久了，关系自然就好，再加上有许多官眷的姻缘都是她牵线的，附和她的人自然就多了。

大长公主的目光中闪过一丝阴毒之色，趁着宋惜惜不在，她自然是要极尽诋毁之能事，于是继续道："这一次慧太妃虽然没邀请她来，按理说，墨儿应该叫她来才是，可墨儿也没叫，显然这位未来的北冥王妃也不是那么得人心，只怕这门亲事还有别的内情啊！"

嘉仪郡主"扑哧"一声笑了："还能有什么内情？这不是学战北望和易昉吗？在南疆战场设计，将自己委身给表弟，逼得表弟不得不娶她。"

听到这番话，众人皆惊。

"天啊，不会是真的吧？"

"这可难说，否则北冥王为何娶她？"

"就是，这么多名媛贵女不娶，娶一个……唉，不清不白的女子。"

大家纷纷低声议论，恶意揣测。淮王妃也在场，听了之后，只是垂着头，什么话都不说。

倒是平阳侯老夫人沉声说："郡主说话除了要有分寸，还要有证据，若无证据，只是猜度，就不要说出口，惹人非议，也会害得宋将军被人误会。"

平阳侯老夫人是嘉仪郡主的婆母，她出言斥责，大家也不好再议论，纷纷止住了话。

嘉仪郡主也不敢得罪婆母，便瞧了母亲大长公主一眼，大长公主放下茶杯，道："呵，真的假不了，假的也真不了。"

大长公主这淡淡的一句话，无疑是肯定了嘉仪郡主的话。

"怪不得慧太妃不喜欢她，原来她竟然用了这样的手段。"

"亏她还是国公府的嫡女，用此等下作手段，实在让人倒胃口。"

"淮王妃，我现在才明白为何你不与她往来，原来是因为这样。"

淮王妃端着茶，想说句话，但见大长公主冷着脸，扫了她一眼，她只得苦笑了一声，喝了一口茶，最终什么都没说。

慧太妃心里不太得劲，这场宴席不邀请宋惜惜，只是给她一个下马威，让她知道自己的身份，别想着进门后骑在自己的头上作威作福，但是，她即将成为墨儿的正妃，这是既定的事实，慧太妃也不愿意宋惜惜被人这样议论。

可这话是大长公主说出来的，慧太妃也不知道真假，瞧她说得像煞有介事，慧太妃没办法反驳，只得生着闷气在一旁喝茶。

"哟，大家都来得这么早呢。"

有一道声音突然响起，众人看过去，只见穆夫人带着侍女走了进来。她穿着一身厚厚的衣裳，手里捧着汤婆子，步履缓慢，但笑容洋溢在脸上。

"见过慧太妃。"她上前福身行礼。

慧太妃见是丞相夫人，便笑着道："不必多礼，穆夫人怎么来得这么迟啊？"

穆夫人笑着道："我先去了一趟国公府，哎呀，那边实在是挤不进去，只得来太妃这里转一转。"

慧太妃一怔："镇国公府吗？为什么挤不进去？她也宴客了？"

"一堆臭男人！"穆夫人朝大长公主也行了个礼，便坐了下来。

"一堆臭男人？"嘉仪郡主如同苍蝇闻到了腥臭味，声音顿时扬高，"她竟邀请了男人去做客？那丞相夫人为何去？"

"还不是我们家那个老头子也去了？"穆夫人笑着摇头，一副拿他没办法的样子，"我说不去，老头子非得带我去，说是让我长长见识。"

嘉仪郡主问道："哦？长什么见识？丞相夫人不妨说来听听。"

"唉，长什么见识，根本见不着，一堆男人围着他，文武百官去了一半，剩下一半怕是也在路上，罢了，罢了，吓得我赶紧跑了。"穆夫人依旧笑着，还用手绢拭了一下鼻子。

"一堆男人围着她？她这是要做什么？"嘉仪郡主的声音又扬高了，她看着慧太妃，掩嘴偷笑，说，"太妃，看来您这位未来儿媳妇可真是有能耐啊！女客宴请男宾，呵，连丞相都去了，也难怪，她那张脸着实狐媚，勾男人的心呢。"

慧太妃要气死了：这个宋惜惜发什么疯？国公府是有男的，但是那个男的才七岁，国公府是她做主，她请当朝文武去做什么？

连平阳侯老夫人都没了话，蒙圈了。

方才被慧太妃羞辱了一顿的战少欢立刻道："她素来如此，喜欢与男子厮混，诸位夫人可要看紧自家的夫婿。"

战少欢是未出阁的少女，本不该说这样的话，但是宋惜惜所做之事让人太过震惊，倒是没有人在意她说了什么。

穆夫人瞧了嘉仪郡主和战少欢一眼，有些疑惑地道："这与宋姑娘有何关系？是沈青禾先生来了国公府，说是今日要把在成凌关作的画展示出来，朝中官员听闻后，无不第一时间赶去，我走的时候，连皇上都来了。"

"什么？沈青禾先生来了？还展示画作了？"

在场不少懂得诗画的贵女纷纷站起来，巴不得立刻奔赴国公府。

大长公主和嘉仪郡主的脸色顿时变得难看极了。

大长公主素来喜欢附庸风雅，上次差点儿得到沈青禾先生的冷梅图，却又被嘉仪郡主撕毁了，还因此被嘲笑了一番。

在冷梅图这里栽了跟斗，导致她对沈青禾也颇有怨言，毕竟，她只是附庸风雅，并非真心爱画，更不会真的欣赏画家。

战少欢讪讪地找了个角落坐下，不敢再出声，只是心中实在不忿：宋惜惜凭什么有这么出名的大师兄？

大长公主和嘉仪郡主都没了话，方才对宋惜惜的那些议论就像笑话一般。

那些之前嘲笑宋惜惜的命妇官眷心里更是五味杂陈。

连皇上和丞相都亲自去了，那边的场面该有多大啊？她们却躲在这里耻笑宋惜惜，真是既小气又没格局。

尤其是想起方才大长公主和嘉仪郡主的诋毁之言，自己还附和她们，真是枉做小人。

淮王妃的神色尤其精彩，一会儿尴尬，一会儿讪笑，一会儿又惶恐不安。

慧太妃也不开心。方才人人说宋惜惜的时候，她不开心；如今被国公府夺了风头，她也不开心。

今天她本来还准备了好几套衣裳和头面要换的，现在却没了兴致。

在座的人大部分坐不住了，巴不得去国公府看看，虽说没帖子，但是自家的男人在那边，自己去凑个热闹，总不至于被人撵出去吧？

穆夫人见在场的人都没声音了，这才"哎呀"了一声，众人看过去，见她一拍自己的额头："瞧我这记性，都忘了要紧事。我从国公府出来的时候，宋姑娘知道我要来王府，便叫我带了一幅《雪山图》给慧太妃鉴赏。这《雪山图》乃是沈先生的得意之作，在场的人甚至都来不及看清楚，宋姑娘便说要收起来送给太妃。"

她回头冲侍女招手，嗔道："知晓我记性不好，怎么也不提醒我一句？差点儿忘了这要紧的事，回头宋姑娘怪罪下来，我这老婆子的面子可挂不住。"

一听到是沈青禾先生的得意之作，众人纷纷看了过去，只见那个侍女将一个卷轴呈给高嬷嬷，高嬷嬷再递给慧太妃。

慧太妃把画卷捧在手里，心里百感交集，但是看到众人歆羡的目光，下巴顿时抬起，骄傲得像只孔雀。

她知晓众人想看，便对高嬷嬷道："打开，给诸位夫人和姑娘欣赏一下沈先生的佳作。"

下人当即摆上案桌，把画卷徐徐地展开。

众人连忙争先恐后地凑上前，恨不得把这《雪山图》印入脑海，回头也能与人说一说这《雪山图》的精妙之处。

不愧是沈先生啊，这图中的雪山巍峨陡峭，高木尽枯，那连绵不绝的山脉大部分被雪覆盖，有些低凹处露出褐色的石头，日头渐起，金光笼罩了最高处的雪山，金光中见雪，雪上笼了金光，还有一缕阳光照在高大的古木上，真是神来之笔。

这一切跃然纸上，让人仿佛亲眼看到了一般。

饶是不懂得画的人瞧了，也屏住了呼吸，仿佛自己置身于那雪山之上，正被那一道金色的阳光笼罩着，顿生暖意。

从这幅《雪山图》竟然能看出暖意来，这哪里是雪山图？分明是日照金山图。

不过，再看题字，确实是"日照金山"。

"真乃传世佳作啊！"平阳侯老夫人眼中的惊艳之色久久不退，她"喃喃"道，"宋姑娘真有孝心，竟把此等佳作赠予太妃，可见她对太妃重视得很啊！"

平阳侯老夫人这话，让慧太妃既得意又生出了一丝愧疚感。

今日自己特意不邀请宋惜惜，就是要给她一个下马威，没想到她丝毫不介意，还把她师兄的佳作赠予自己。

这么看来，宋惜惜不仅会做人，还大方有气量。

相比之下，自己倒是显得小肚鸡肠了。

慧太妃看到几位太妃眼中的羡慕和忌妒：嗯，对宋惜惜的好感又多了一分，只一分，多了不给。

大长公主母女俩过去瞧了一眼，这图确实令人惊艳，但不是自己的东西，二人总是要踩上一脚。

大长公主已经几次三番不顾身份地针对宋惜惜了，如今也不顾昔日装出的好修养，淡淡地道："沈青禾擅长画的是梅花，若她有心送你，理当送《梅花图》，送《雪山图》不过是敷衍你罢了。"

这话若让旁人听了，或许会有几分不满，不过慧太妃不会，她道："哀家最不喜欢梅花。"

大长公主一拳打在棉花上，只能干瞪眼：这个蠢妇懂什么？《梅花图》才是传世之作。

刚欣赏过《雪山图》，路总管便急急来报："太妃，国公府的人送来几幅画，说是知晓太妃宴客，特意送来给太妃和诸位夫人鉴赏的，若太妃有喜欢的，也可以留下。"

慧太妃大喜："真的？快快拿进来。"

气氛当即被点燃，在场出身钟鸣鼎食之家的不少，诗礼传家的也不少，文官清流的家眷更是不少，世家大族的自然也有。

诗画都是高雅的，她们自然希望见识最好的画作，而且这样的机会，怕是一辈子都遇不上一回。

慧太妃第一次出尽了风头。

当然，这是她以为的。明白人都知道，真正出尽风头的是那个没有被邀请出席的宋惜惜。

她不狭隘，不小气，甚至大方得体到了极点，在场的只怕没人像她这样大方，胸怀宽广，不被邀请，不被喜欢，却如此周到。

送来的画作里有两幅《梅花图》，还有一幅画的是成凌关——

成凌关城门下，守城的将士站得端正笔直，身上的铁甲已经锈迹斑斑。他手持长枪,守着城门,枪头隐约有未干的血迹。

守城人目光坚毅,寒冷的冬日里,他脚下的雪已经没过了小腿,脸黢黑黢黑的,嘴唇干裂,头发有些凌乱,或许是因为寒风凛冽,有些鬓发被吹起。

他的手黑且干裂,指甲缝里全是黑色的泥,手指骨节微弯,握住的长枪对准了前方。

入画的景色,入画的人,惟妙惟肖,仿佛那人就站在她们的面前一般。

一时,闺阁妇人也仿佛看到了成凌关的将士,看到了他们的艰难辛苦,看到他们饱经风霜,依旧站立在城门前,守护着国内的繁荣安定。

平阳侯老夫人祖上是武将出身,她看到这幅画,最唏嘘,道:"太平盛世是他们浴血奋战换来的,士兵拿命去拼,武将何尝不是?只怕南疆一战的艰难危险程度远超我们的想象,北冥王和宋将军实在是为国尽忠的好将士。"

她特意说宋将军,而不是说宋惜惜,就是要告诉大家,记得宋惜惜除了是国公府的贵女,还是上过战场的女将。

大家顿时心生钦佩,觉得方才议论她实在是不该。

唯有大长公主冷笑了一声:"富贵从来都是伴随危险而来的,他们是危险,却也换来了泼天的富贵。"

平阳侯老夫人对这位公主亲家极为不喜,也毫不留情地骂了回去:"泼天的富贵?哪里来的泼天富贵?这泼天的富贵若是伴随着家破人亡,给你,你要不要?"

"再说了,"平阳侯老夫人面容严肃地继续道,"任何人说这句话,都没有大长公主说让将士们寒心。泼天的富贵,当公主的享受着呢,怎知战场之艰险?"

大长公主被骂得无话可说,气得怔了好一会儿,才站起来冷笑:"你并不懂画,却在此借题发挥,看来本宫与平阳侯老夫人话不投机,告辞。"

她说完,狠狠地剜了慧太妃一眼。慧太妃怔了怔:这老鸟又怎么了?得罪她的人是平阳侯老夫人,瞪自己做什么?

但是到底在她的手底下吃的亏多了,加上还有生意合作着,慧太妃也不想得罪她,问道:"公主不多赏一会儿吗?"

大长公主走到慧太妃的身边,附耳低语,却隐隐带着威胁的语气:"自然是要赏的。等大家看完,你把画送到我的府上,今日便要送来。"

说完,大长公主便带着嘉仪郡主走了。

战少欢见状,连忙也跟着走了。

有些大长公主的心腹夫人见状,迟疑了一会儿,也起身告辞。

不过,留下的人还有很多,尤其是颜太傅的孙女颜如玉,她痴痴地看着每一幅画,恨不得把每一根线条都刻入脑海之中。

有些人确实不太懂画,只是不想得罪慧太妃,想着方才的针锋相对,一时也理不出个头绪来,倒是觉得将军府的那个丫头自己得留点儿心,莫要让自己的儿子沾上了她，这不是个省心的货。

有儿子即将说亲的人家直接就把战少欢给列入了黑名单，打光棍儿都不能要这种女人。

慧太妃支起下巴赏了一会儿画，便苦恼起来。她对画不是很懂，但她知道这些画值钱，若真的送到大长公主府去，对方肯定是不会还回来的。

那她送还是不送？不送的话，大长公主母女回头又不知道要搞什么幺蛾子，她们让人好烦心啊！

又过了没多久，路总管进来禀报："太妃，诸位太妃、太嫔和夫人，国公府的宋姑娘说，若诸位有兴趣继续赏画，可移步国公府，宋姑娘和沈先生随时恭候大家驾临。"

"我去！"颜如玉毫不犹豫地大声说道，什么仪态都顾不得。能见到沈青禾先生，她才不管什么面子。

因为皇上也在那边，加上确实有许多人想亲眼见一见沈先生，在场的人便都说去。

路总管便躬身问太妃："太妃，是否要备下马车？"

慧太妃苦恼得很。她想去，但是今日是她宴客，最终却变成了国公府宴客，皇上和满朝文武都去了，诸位夫人也要去。偏偏她想恼恨宋惜惜也不成，因为她没邀请宋惜惜，宋惜惜却恭请她去。

气氛都烘托到这个份儿上了，她只能点头："准备马车吧。"

直到上了马车，带着诸位夫人浩浩荡荡地往国公府去的时候，慧太妃忽然想到：自己是不是上当了？是不是被宋惜惜反将了一军呢？

到底今日是谁宴客啊？到底今日是谁做东啊？

怎么几幅画就让情势逆转了呢？

她感觉自己被宋惜惜摆了一道，气恼得很，可现在她带着诸位夫人前往，不可能临阵脱逃，否则岂不是让人说她气量狭隘？

不行，无论如何，她都得硬着头皮去。

如果到了国公府，宋惜惜胆敢对她不敬，哪怕皇帝和文武百官在场，她也要叫宋惜惜好看。

慧太妃的气性上来，是压都压不住的。

谁料，浩浩荡荡的队伍到了国公府后，宋惜惜亲自出来迎客，她下马车的时候，宋惜惜还伸手过来搀扶了一把，笑着道："太妃仔细些，小女扶着您吧。"

慧太妃本以为宋惜惜要耍什么花招儿，没想到对方如此热情好客，她一时还有些不适应，但是想着自己毕竟是长辈，位分也尊贵，宋惜惜敬着也是理所应当的，当即也理直气壮地接受了宋惜惜的搀扶，一身紫红色搭配着狐裘披风，气度雍容地进去了。

慧太妃进了正厅,见皇帝和丞相以及许多大臣都在,连自己的儿子也陪着一位身穿青色衣裳的俊美男子说话。

见她来了,连皇帝在内的所有人纷纷起身行礼见过。

慧太妃的心情顿时大好。被夫人们敬重吹捧,那是常有的事,可她很少接触前朝的人,如今被他们一一拜见,她的虚荣心简直要爆炸了,当即便忘记了在马车上想的事情。

让大家免礼之后,慧太妃被请上了正座。

哇,她这辈子虽说无比荣耀尊贵,但是像今日这般自己身居尊位,被前朝大臣和那位传奇人物沈青禾先生一同拜见,实在是平生未有之事。

坏事了,自己对宋惜惜的好感似乎又多了一分。

在下人奉茶之后,沈青禾走到宋惜惜的身边,低语了一句:"捧杀,是对付一个人最好的方式。"

宋惜惜乐不可支,谁说师兄不懂人情世故的?

"你与她终究是要在同一个屋檐下的,她是你的婆母,你不能对她打打杀杀;至于京中的这些命妇夫人,你少不了与她们往来,今日这场画展,便是为你铺路。希望师兄的心意,你别辜负了,以后别动辄出手打人。"

宋惜惜既感动又无语:在师兄的心里,她就只知道打打杀杀吗?

从梅山回来之后,她学了规矩,也在战家守了一年的规矩,如何在京城做人,她是懂得的,也尽量不得罪任何人。她得罪得起,就是担心影响瑞儿。

为了瑞儿,她整个人的心态都很平和,看什么都顺眼,今日看慧太妃也特别顺眼。

皇帝顾不得任何人,眼珠子盯紧了挂起来的一幅幅画作,甚至谁来说几句,带着点评的意味,都要被他瞪一眼。

点评?谁有资格点评沈先生的画?呵,真拿自己当盘菜了。

穆丞相走过来,他也撵走:"看别的去,朕要朕单独欣赏,这么多幅画,你非得看朕看着的这一幅?"

穆丞相讪讪地走开了。这幅画画的是关外对着鹿奔儿城的方向,大雪漫天,意境真的太到位了,他想多瞧几眼嘛!

他只得去看梅花图,成凌关也有梅花。不得不说,沈青禾先生画梅花真是到了化境,让人真假难辨。

只是他还想看一下边镇的建筑与百姓,沈青禾先生也不知道在成凌关那边住了多久,许多画画的都是百姓、士兵、建筑,还有一些当时发生的事。

例如有一幅画画的是两个妇人吵架,二人衣着简朴,但是干净,手里提着木桶,准备去水井边打水。边镇的每一个村子都打了水井,百姓虽没有过上太好的生活,可也勉强过得去。

停战，对百姓来说真的太重要了。

成凌关和鹿奔儿城的事不管如何，希望不要再起风波，两国哪怕不来往，也别起战事。

穆丞相看了一会儿，干脆厚着脸皮去问沈青禾："沈先生，您的这些画是否能卖一幅给老夫？"

穆丞相这话一说出口，大家猛地看向沈青禾，连皇帝都看了过去，眼中带着渴求之色。

他是皇帝，要沈青禾送一幅画是可以的，只是，他想多要几幅，能买的话，那他就能选好多了。

沈青禾笑着道："丞相大人，这件事，在下做不得主，这些画都赠予了在下的师妹，她如果愿意卖，在下没意见。"

众人的眼睛齐刷刷地看向宋惜惜，眼中都带着渴求之色。

然后便有人轮番上前去恳求，都说不多要，只要一幅，毕竟沈青禾先生的画千金难求，一般人实在买不起太多。

宋惜惜知道这是大师兄在给她做脸，而且不是做给那些夫人看，是做给皇上和满朝文武看，这脸做得大啊！

宋惜惜领了这份心意，笑着打趣道："既然诸位大人如此喜欢我师兄的画，若我说不卖，那大家背地里肯定要骂我。"

"不敢，不敢。"兵部尚书李德槐笑着，然后大声道，"不卖也不会骂我们宋将军的，谁敢骂你，本官第一个跟他急。"

笑话，如此年轻出色的武将，怎么能骂？骂他的武将便是跟他们兵部过不去。

听到兵部尚书这么说，外头的女眷们都面面相觑。

她们都知道宋惜惜是立过军功的，但到底只是个女子，男儿郎有几个真的瞧得上她？

可兵部尚书这话看似是开玩笑，表情却是认真的。

曾与大长公主一同说过宋惜惜坏话的夫人们心里不禁有些后悔：若是那些话传了出去，得罪了宋惜惜，只怕会给自己的夫婿找麻烦啊！

皇帝看着宋惜惜，眼中的意味再明显不过了，他指着一幅《关山图》，道："惜惜，朕不多要，就要这一幅，如何？"

宋惜惜福身："皇上，您若看上了，那便拿走，臣女可不能收您的银子，臣女借花敬佛，送给皇上。"

皇帝摇头："不可，朕要自己买，不要你送。送给了朕，你好意思不送给太傅吗？送给了太傅，你不送给丞相吗？送给了丞相，副丞相你送不送？内阁的人你送不送？"

听皇帝这么一说，大家都笑了，连忙说："我们买，皇上可以送。"

"你们都买得起，朕买不起吗？"皇帝看着宋惜惜，问道："你说，这《关山图》要多少银子？"

宋惜惜笑道："那臣女便做个顺水人情，一千两一幅，诸位大人若有喜欢的，都可以买走。"

大家本以为她要开个高价，毕竟沈青禾先生的画千金都难买到，一万两起步都是正常的，谁知道竟然只要一千两。

瞬间，现场如同炸开了锅，有压不住兴奋的，都尖叫了起来。

只听到人群中有一道苍老的声音响起："哎，哎，哎，丞相，你不要跟老夫争抢，老夫要这三幅。你别推搡，老夫要倒下了，老夫要倒了。如玉，快进来，快进来帮祖父把画拿下。玉贵，拦住丞相这个匹夫。"

说话的人是颜太傅，他老人家双臂一展，便拦住了三幅画，其中便有一幅是丞相看中的，二人用肩膀较量着，太傅年迈，连忙求助外头的孙女。

颜如玉的反应超快，她顾不得仪态，急急忙忙跑进去，立刻把祖父看中的画卷了起来，而那边太傅身边的老侍从正拦着丞相，丞相没法子，只能眼睁睁地看着颜太傅把他中意的画收入囊中。

他不由得回头，哀怨地瞧了自己的妻子一眼：怎么没点儿眼力见儿？也不知道进来抢。

他心里这么想，却不敢出声苛责，谁都知道丞相是"妻管严"，怕媳妇怕了半辈子。

众人各自上前挑选自己喜欢的，李德槐见谢如墨没去拿，便问道："王爷没有中意的吗？没有中意的不要紧，随便拿一幅也成，一千两实在是太便宜了。"

谢如墨双手环胸，脸上带着浅浅的微笑："你们先拿。惜惜是本王的未婚妻，沈先生又是最宠惜惜的，回头请他再给我作几幅便是。"

这句话真是招人恨啊！多少双眸子朝他瞪了过去：哼，炫耀，跟他母妃一样爱炫耀。

诸位夫人小姐今日看着宋惜惜出尽了风头，她们纵然再忌妒，也知道沈青禾是在用自己的名声护着她。

有了沈青禾这位大师兄的宠爱，别的不说，文官清流们是一定会对宋惜惜格外高看的。

例如颜太傅这种爱画如命的人，他若还想得到沈青禾先生的画，那是定然会与宋惜惜多些往来的。

至于皇上和丞相以及兵部尚书李德槐今日的态度，大家也都瞧见了，对宋惜惜十分看重，这可不仅仅是因为沈青禾先生。

大家不得不承认，宋惜惜这个曾经被人贬得一文不值的弃妇，如今摇身一变，成了京中的宠儿。

大家买了画之后，瑞儿也被带了出来，向皇上和诸位大人问安。

宋惜惜是特意让瑞儿露个脸的，以国公府未来掌家人的身份。

他小小的身子挺得笔直，让人想起了当初的宋家儿郎。

之后，宋惜惜领着慧太妃和诸位夫人小姐去了侧厅，茶水伺候。

再听这些人说话，宋惜惜觉得顺耳了许多，间或能听到吹捧的话了。

只不过，真话假话她是分得清楚的，应酬嘛，人家吹捧她，她也会吹捧人家，总之，那叫一个滴水不漏，让人挑不出半点儿错处，甚至比那些世家大妇更得体。

慧太妃侧头看了宋惜惜好一会儿，不知怎么的，经过今日的事，她觉得宋惜惜没那么讨人嫌了。

如果宋惜惜不是要当她的儿媳妇，她觉得自己会喜欢宋惜惜的。

可惜，宋惜惜是自己的儿媳妇。

婆婆与儿媳之间天然就会互相看不顺眼，何况自己的儿子那么出色，又被先帝如此看重，名门贵女都配不上他，宋惜惜就更配不上了。

慧太妃猛地清醒过来：都说宋惜惜厉害，她果真厉害，自己的心差点儿便被她收买了。

自己该生气的啊！本来今日应该是自己出尽风头，现在却变成了宋惜惜出尽风头。

瞧她笑得一脸无辜的样子，心里肯定得意极了。她看过来了，看她那双桃花眼，真是会勾人，真想把她的眼珠子抠下来。

宋惜惜道："太妃，请您喝茶。"

慧太妃恶狠狠的表情硬生生地转变为笑容："嗯，喝茶，大家喝茶。"

宋惜惜端起茶饮了一口，恰好掩饰住了嘴角的笑意。

她忽然觉得，慧太妃也挺有趣的，骄横是真的，刁蛮也是真的，爱炫耀也是真的，但这样真性情的人好相处啊！

淮王妃木然地坐着，全程没说过一句话，但她的心里很惶恐，尤其是坐在国公府里，便想起昔日姐姐待她的好。

姐姐死后，她却这样对待惜惜。

方才惜惜带瑞儿出来之后，甚至都没叫瑞儿过来给她问安，惜惜看过来的时候，目光是很温和的，可这温和与看其他的每一个人都是一样的，仿佛不拿她当姨母看待了。

可那时候并非她这个当姨母的不想管惜惜，实在是管不了，战北望和易昉那时候回来，势头正盛，淮王府又从来不过问朝中之事，她无能为力啊！

而且，也不仅仅是她没管啊，燕王妃也没管，燕王妃甚至都没回京。

至于给澜儿添妆的事，她其实依旧觉得自己没有做错，澜儿大喜的日子，惜惜一个弃妇来添妆，有些晦气。

可谁能想到，惜惜竟然不晦气，还能嫁给谢如墨。

只是这孩子，怎么就跟姨母计较上了呢？她那日也带着澜儿过来叙话了，也解释清楚了，之前的事情就该一笔勾销才是啊！

画展结束之后，皇上带着诸位大人欢天喜地地离开了。

夫人们也纷纷告辞。

经过今日之事，镇国公府在京城的地位大概是无法撼动了，就连皇上都亲自来了，这面子给得是真够足的。

临走的时候，淮王妃心有不甘，因为宋惜惜叫人给慧太妃送了好几幅画，她这个姨母却一幅也没有。

方才买画的都是皇上和朝中官员，王爷没来，她一个妇道人家不适合进去跟男人们抢。

只是，她买不买是一回事，惜惜应该送她一幅，以表示冰释前嫌才对，可一直到她离开，惜惜都没有提，只是福身道了句："姨母慢走。"

她勉强笑了笑："嗯，不必送了。"

与她一同走下石阶的是陈夫人，陈夫人素来是个心直口快的人，见她空手而归，便问了句："王妃，怎么宋姑娘没给您送一幅？您是她的亲姨母啊！"

淮王妃的脸色顿时难看起来，陈夫人这才意识到自己失言，连忙福了身，走到前头去了。

淮王妃坐在马车上，攥紧了手帕，心里极其不悦：早知道今日便带着澜儿去参加慧太妃的宴席，再一同来国公府了，澜儿在的话，惜惜定然会给一幅画的。

如今自己沦为了笑柄，陈夫人是问出口了，那些没问出口的人呢？大概都在心里说她这姨母做得不妥，当日惜惜和离时没有出面帮惜惜。

可谁知道她的难处啊？

人人都道她是王妃，日子定然风光无限，可王爷胆怯，什么人都不敢得罪，连带着她这位王妃也活得窝囊。

其实姐姐在世的时候，她很羡慕姐姐，姐姐家中的男儿个儿顶个儿顶天立地，虽然战死在战场上，但也算是千古留名了，有这份功劳在，起码能福荫三代。

只是最后姐姐满门被杀也是她始料未及的事。

都说宋家满门是被西京探子杀的，万一西京探子还没死绝，她若前往打点，或者帮着惜惜，西京探子又盯上了淮王府，那怎么办？

人都是自私的，换作姐姐是她，大概也会袖手旁观。

淮王妃越想越觉得委屈，回到府中，便派人把澜郡主请了过来，抱着女儿哭了一场。

她抽泣着说："她怎能如此轻慢我？再怎么说，我也是她的姨母，我能真的要她的画吗？但她提都不提，问都不问，这未免太伤我的心了。她小时候，我还经常带着她、抱着她,那会儿她不记得事,长大了自然不知道姨母曾对她好过。

"今日你没在场,所以不知道她们看我的眼光,就跟看笑话似的。我这辈子活得就像是一个笑话,分明是王妃,却连个四品官员的家眷都不如,衣食住行样样都不许高调,连你出嫁的嫁妆也只有区区三十六抬,你父王窝囊,连带着你表姐也瞧不起我。"

澜儿进屋之前就听侍女说了前因后果,心里已经有数,所以母妃这一顿哭诉,她并不认同。

她严肃地道:"母妃,宋家出事的时候,您既然选择避而远之,那么如今宋家富贵了,您也别想沾一星半点儿好处,而且表姐根本没有怪过您当初没出手帮她,反而是她给我添妆的时候,您嫌她晦气。再说了,姨母不在了,您和表姐也没多少情分,她早早地便去了梅山,回来也是找我玩,您连顿饭都没留她吃过,如今说什么旧情呢?"

淮王妃被女儿说得哑口无言,半晌才想起拖燕王妃下水为自己脱罪:"燕王妃是惜惜的表姨,当初还是她做媒的,怎么不见她回来?可见不是母亲凉薄,人人皆是如此。"

澜郡主"唉"了一声:"婶母是什么情况,您也不是不知道,她拖着病躯,想来也没法子来啊。而且在燕王府,她也做不得主,是侧妃掌家,几乎等于把她软禁了。"

淮王妃叹了一句:"那算了,以后你表姐这边,我就不来往了,你与她来往就好,真断绝了关系也不行,毕竟她以后是北冥王妃。你别看母妃与她都是王妃,可那真的不一样,你父王碌碌无为,胆怯怕事;北冥王如今虽说没掌握北冥军兵权,却管着玄甲军和大理寺,人家是有实职的。"

澜郡主不知道说什么好了:父王能有所作为吗?当年先帝在的时候,有恩典,他们才能留在京城,不去封地,可如果父王不是这样碌碌无为,早就被送去封地,无旨意不得回了。

这些事,母妃也不是不知道,却总拿来说事,说得夫妻不睦,说得家无宁日。

淮王妃把慧太妃办赏雪宴的事也大概说了一下,说自己如何委屈,大家都在议论宋惜惜的时候,她也想帮宋惜惜出头来着,只是淮王的性子导致她不敢说太多,免得惹是非上身,说到底,又是在埋怨淮王。

澜郡主皱起了眉头,觉得事情没有那么简单,遂出去找随行的侍女问了个清楚,得知母妃不仅没有帮表姐说话,甚至还点头附和,而到了国公府的画展上,她就怨恨表姐没有给她送画。

母妃素来是藏不住心思的,大概怨恨之情都溢于言表,让表姐看见了。

澜郡主叹了口气。她纵然是初入门为新妇,也知道哪怕只说人情世故,母亲也不能这样啊!

417

何况当年大姨母对母亲是何等照顾宠爱？

第二天，澜郡主少不了跑一趟国公府，代替母亲给表姐道歉，她真的不想失去表姐这个亲戚。

如今她心里有万般委屈，却对谁都说不得，但是去表姐那里，心总能得到片刻安宁。

宋惜惜正在与大师兄说话，听到澜郡主来了，便道："大师兄，你先到处走走，我陪澜儿说会儿话。"

"你去吧，我今日答应给瑞儿作画，你都妨碍我一大早上了。"

宋惜惜笑嘻嘻地道："数钱数了一大早上好吗？你给瑞儿作画就好了，千万别逮着我画。"

沈青禾很少画人物，之前见宋惜惜去踹梅树，落了一地的淡红深红，便画了一幅，这幅画将她粗鲁的举止和踢梅花树时龇牙咧嘴的模样以写实的方式全部表现了出来，在万宗门广为流传。

想起这件事情，沈青禾不由得宠溺地笑了："去忙你的。"

"好。"宋惜惜转身走出去，步履已经没了以前在梅山的轻快。

沈青禾看着她的背影，又想起她在梅山的恣意，以后怕是再也不能够见到了，想到这里，沈青禾不由得微微叹息。

听到澜儿是来道歉的，宋惜惜哑然失笑，也不接她的话，倒是见她愁眉深锁，便忍不住问了句："他待你不好，是吗？"

澜儿一怔，随即勉强笑了笑："他待我挺好的，表姐莫要忧心。"

"你瘦了许多。"宋惜惜道。

"天寒，吃不下。"她笑了笑，"清减些不好吗？夫君说我这样更好看了，腰肢盈盈不足一握，最让人心醉神迷。"

宋惜惜蹙眉：他拿澜儿当什么了？青楼里的姑娘吗？

但她不说，宋惜惜也不勉强，与她说了会儿闲话。喝了一盏茶，她便急着回去，说是婆母身体不适，要回去侍疾。

宋惜惜送她到门口，忍不住说了句："你别事事委屈自己，一味地讨好他们，你把自己的姿态放得再低，他们也不见得对你多重视。"

澜儿滞了滞，摇摇头，坚定地道："表姐此言差矣，人心是肉做的，我总能暖了他们的心。"

说完，她由侍女搀扶着上了马车。

宋惜惜看到她方才的神情，不知道为何，身上倏地一冷，仿佛有些不好的预感。

她回到屋中，还是觉得冷，便叫宝珠给她拿个汤婆子。

梁嬷嬷问道："姑娘是不舒服了吗？"

"没有，就是忽然觉得很冷。"宋惜惜道。

梁嬷嬷见她穿着狐裘披风，正屋里也烧着地龙，怎么会冷？

梁嬷嬷摸了摸姑娘的额头，发现果真很冷，便叫了瑞儿屋中的红雀大夫过来给姑娘把脉。

宋惜惜说不用，但是拗不过梁嬷嬷。

红雀大夫背着药箱过来，给她搭了脉，笑着道："嬷嬷放心，姑娘的脉象极好，之前打仗留下的伤患导致的瘀血不通，如今也好得差不多了，继续吃天王补心丸调养气血便好。"

"但她觉得冷。"梁嬷嬷担心地道。

"也许是方才出去吹了风，嬷嬷别担心，姑娘是练武之人，她的体质要比一般人好。"红雀大夫安慰道。

梁嬷嬷点点头，心里却想着：就是知道姑娘的体质比别人好，自己这个老婆子都不觉得冷，她却觉得冷，屋中烧着地龙，她还要捧一个汤婆子，自己才忍不住担心。

"有劳红雀大夫。"梁嬷嬷道。

红雀大夫笑着摇头："正好给瑞儿公子治疗完，我也要回去了。"

宋惜惜抬头叫住了他："对了，红雀大夫，我知道丹伯父派了人去给我的表姨母看病，她的情况如何？"

她之前问过丹伯父，丹伯父说一切都好。

可一切都好的话，为何表姨母连封信都没来过？她都派人送了两封信过去了。

当初自己说亲的时候，表姨母回京陪伴母亲，顺便养病，战北望便是她推荐的。

这是因为她和战老夫人有些交情，以前在京的时候也多有来往，知道将军府两房还算和谐，老夫人虽然身体差点儿，但是个通情达理的人，容易相处——表面上确实是这样。

表姨母心肠软，也不擅长玩弄手段，否则燕王府的内宅也不至于乱成这样，侧妃当家，她这个主母被燕王厌弃。

表姨母的心思是比较单纯的，这样的人嫁入高门大户，往往会吃亏，她因为自己吃过亏，所以才会推荐将军府的战北望。

如今和离了，她是要知会表姨母一声的。

红雀大夫收拾着脉枕，垂头道："这个我便不知了，是青雀去的，只是听师父说，燕王妃的病需要慢慢调养，不是一两个月能好的，听青雀说，她如今去了青木庵养病。"

宋惜惜微怔："怎么会去庵堂养病？燕王府养不了吗？"

"是燕王妃自己要去的，说是庵堂清静，加上庵堂里供奉着菩萨，自从您父兄战死之后，她便一直茹素念佛，祈求宋家一切顺遂，结果宋家满门被灭，她认为是自己念佛不诚的缘故，所以特意搬去了青木庵。"

宋惜惜知道表姨母一直信佛，只是表姨母为何会去青木庵呢？

青木庵距离燕王封地远，表姨母若有什么事，燕王府如何得知？

宋惜惜想着：等大婚之后，自己要去一趟青木庵才行。不亲眼见过，她实在是不放心。

红雀大夫回了药王堂，跟丹神医禀报宋姑娘问了燕王妃的事。

"你没乱说话吧？"丹神医瞧了他一眼，声音有些严厉。

红雀道："弟子不敢乱说，只说如今燕王妃去了青木庵养着。"

丹神医叹气："这件事，咱们先捂严实了，等她大婚之后再说吧。若是如今让她知晓，她肯定会跑过去的。"

红雀道："弟子也是这样想的，眼看没几日便要大婚了，昨日沈青禾先生开的画展把皇上都招来了，以后京城就不会再有人敢说她的闲话，若是这个节骨眼儿上，她又跟燕王府的人闹上，这是非就没完没了了。"

"是啊，她到底是二嫁之身，又是高嫁，本就遭受非议和忌妒，昨日画展一开，堵住了那些长舌妇人的嘴，大婚的时候顺顺利利，听的都是好话，那以后的日子就好过了。"

红雀"扑哧"一声笑了："师父也这般迷信了吗？"

丹神医瞪了他一眼："你懂什么？咱们行医的，只学了医吗？医卜星相，哪样不得学点儿啊？再说了，气运这东西真是解释不通的，这些年宋家遭受的……唉，老天爷是逮着她们一家来虐啊！多听点儿好话，少惹些是非，先把婚事顺顺利利地办了，我就安心了。"

"是，是！"红雀确实只精通医术，卜卦是半点儿也学不来，不如青雀。

丹神医坐在内堂里，学徒给他沏了茶，他也不喝，只是盯着杯子里的茶水发呆。

他这辈子没有成亲，无儿无女，除了宋怀安之外，也没个朋友。

他把宋家的儿郎和惜惜看作了自己的孩子，宋家遭遇了那样的惨剧，他心里的难受不比任何人少。

惜惜已无父母，他总得多为她考虑。

燕王妃是疼爱惜惜的，可惜她自身难保，又如何护得住惜惜？

还有萧家，举家都在成凌关，镇守边关的武将不得轻易回朝，所以就算萧大将军想护着这个外孙女，也是有心无力。

而且萧家……唉，萧家那几位儿郎也不齐全了，萧大郎君早早地就没了，三郎如今断了一臂，七郎也在成凌关一战中阵亡了，萧家也苦。

他知道萧大将军曾上书皇上，希望皇上多体恤宋惜惜。

皇上如今待惜惜确实不错，只是……

丹神医叹气，有些事情他看在眼里，担忧于心啊！如今只希望他担心的事情都不会发生，惜惜以后和北冥王和和美美的，那就最好了。

腊月十五，下了一场大雪。

宋惜惜原先还期待着下一场雪，和瑞儿玩雪，但是如今都腊月十五了，九天之后便是她大婚的日子，她估摸着师父和师姐他们这个时候差不多该到了。

虽说路途不算特别遥远，但是雪下得大，马儿也不好跑啊，他们估计暂时只能住在客栈等雪停了。

她心里既期待又忐忑，怕自己见了师父和师姐后控制不住情绪，可她真的很久没见他们了，特别特别想他们。

在日子过得不如意的时候，她不想回去，也不想让他们知道。

以前她总觉眼前黑漆漆一团，看不到未来，像有一堵墙挡在了前头，如今她找到了瑞儿，便觉得那墙壁里透出了光。

未来至少有瑞儿在她的身边，虽然王爷心里有所爱之人，但想必他们能做到相敬如宾。

这样的日子，比以前好太多太多了。

雪下了两天，倒不是连续下的，停了停，又继续下。满园都是积雪，好在下人清理出道路来，倒是不妨碍行走。

梅花开得正盛，却被厚厚的雪覆盖着，宋惜惜一脚踹过去，雪纷纷落下，花也簌簌地落下。

看着一地雪白里飘落的残红，宋惜惜带着瑞儿出来堆了个梅花雪人。

瑞儿还兴致勃勃地去找了两块鹅卵石给雪人当眼睛，丑萌丑萌的。

宋惜惜拿了一件斗篷给雪人穿上，再戴上一顶帽子，远远看过去，像极了真人。

不远处，沈青禾已经摆上画板，动笔画了好一会儿。这样活跃的小师妹已经许久没见了，这幅画到时候要送回师门去。

到了腊月二十，大婚之日在即，宋惜惜便完全不得空了。

嫁衣被送了过来。花了几个月赶制出来的嫁衣，自然是极为华美的。

外裳乃大红色，看似厚重，穿在身上却十分轻盈顺滑。嫁衣用了蹙金绣云霞翟纹，是一品内命妇的纹饰。

霞帔是青、金两色交错，绣的是织金云霞龙纹。至于凤冠，也是青、金两种颜色，镶嵌了十余颗蓝、红宝石，凤冠后面脖子处是几道扇骨模样的淡青色黄条状物，尾部微翘，甚是好看。

因为是冬日大婚，所以定做嫁衣的时候，宋惜惜便拿了一块上好的皮子和狐毛，要求做一件红色斗篷，皮子外要以云缎覆盖缝合，在缝合之前自然要绣纹样。

斗篷图案是以金丝线绣的大朵牡丹，寓意花开富贵。

嫁娶是唯一一次可以僭越的机会，所以龙纹、凤纹都可以用，因此斗篷上除绣了牡丹图案之外，也绣了凤纹。

宋惜惜穿上嫁衣之后，大家惊艳得眼珠子都不会转动了。

还是宝珠摁着宋惜惜坐在妆奁前，给她上了个妆。

宝珠上完妆之后，大家的眼珠子总算是会动了。

宝珠什么手艺？上妆之前，姑娘更好看，上妆之后，姑娘老了起码三岁。

姑娘往日是不化妆的，清丽不俗，肤如凝脂，哪里需要傅粉施朱？

黄嬷嬷拍着宝珠的手："行，行，行，你忙你的去，别在这里添乱，哪里有新娘妆化成你这样的？这脸还惨白惨白的。"

宝珠笑嘻嘻地道："姑娘往日不用上妆，要上也是她自己上，我自然学不到这门手艺。"

"姑娘带着你去梅山，把你给纵坏了。"黄嬷嬷拿了巾帕，浸过热水，给宋惜惜擦了脸上的粉和口脂。

天然去雕饰才是最美的。当然，成亲那日，姑娘还是要上妆的，黄嬷嬷已经请了妙仪阁的娘子过来给姑娘上新娘妆。

梁嬷嬷摸着嫁衣上的刺绣，赞不绝口："收得这么贵也是有道理的，换成我，无论如何也绣不出来如此精妙的纹样和图案。"

宋惜惜看着铜镜里的自己，有些恍惚。

她嫁给战北望的时候，母亲请了好命婆给她梳头，然后执着她的手，在闺房里说了许多话，教她如何与夫婿相处，教她如何敬重公婆，教她如何善待小叔与小姑。

在将军府一年，她按照母亲所说的去做，有时候知道不可纵容得太过，只是想起母亲的嘱咐，她便照做。

尤其是被灭门之后，她没有家了，便彻底把将军府当作了自己的家，对母亲说的话更是贯彻到底，仿佛只有这样做，才能尽一点儿孝道，让母亲的在天之灵得以安息。

一眨眼，她和离了，又嫁人。

看着镜子里自己身穿嫁衣的样子，她感觉日子没有挪动过半刻，仿佛一会儿就会有侍女搀扶着母亲进来，母亲会执着她的手，叮嘱她。

她的眼睛瞬间红了，她连忙站起身，进了内室，把嫁衣脱掉，换回常服。

自己还有四天就要成亲了，师父他们还没来，宋惜惜很心焦。

她去问大师兄："师父可有飞鸽传书来？他们什么时候能到？"

沈青禾的手里拿着刻刀，正在雕刻什么东西，听到她问，他才像是忽然想起来："噢，你不提师兄都忘记了，师父飞鸽传书过，说你的婚礼，他们不来了，等你日后空闲了，带着王爷回梅山去探望他们便是。"

"不来了？"宋惜惜很失望，"为什么啊？他们原先不是说来的吗？"

沈青禾笑着道："你知道的，师父近些年不爱动弹，平日里能躺着就不会坐着，能坐着就不会站着，尤其是这么寒冷的天，他更懒惰了，所以就干脆不来了，等你们回去拜见。"

"师父不来，那师兄师姐他们呢？他们可以来啊！"

沈青禾道："师父不来，他们自然就不来了。你自从十五岁离开了梅山，也没有回去探望过，感情自然就淡了，能记得你这个小师妹就不错了，至于千里迢迢……嗯……几百里迢迢地过来参加你的婚礼，感情没到这个份儿上呢。"

"感情淡了？"宋惜惜大受打击，"他们是这样想的？"

沈青禾继续雕刻着手中的东西，这是他答应给瑞儿刻的章，他和瑞儿甚是要好："不奇怪啊！反正这几年，你有什么事都不跟师父说，受了委屈也不回去，他们自然觉得你不需要师兄师姐了。"

宋惜惜感到无比失落，但是也觉得大师兄说得对，自己确实没心肝，这么多年没回去，信也没送过几封，真到着急找人帮忙的时候，才飞鸽传书去找师父，出动了大师兄和二师姐。

只是，师父他们不来，沈万紫他们怎么也没到？沈万紫之前来过信，说到时候会带着"棍儿"他们来。

会不会是师父不来，沈万紫他们的师父也不许他们来？

宋惜惜顿时觉得这场婚礼不那么值得期待了。

她坐在大师兄的身边，吸吸鼻子："幸亏大师兄在，不然就只有瑞儿给我送嫁了。"

沈青禾侧头看着她，温和的眸子里充满了戏谑："那可说不准，师父说有事情盼咐我去办，我可能过两日就走。"

"啊？"宋惜惜猛地站起来，"就不能多等两日吗？是什么要紧事，非得这么着急去？"

她真的伤心了，师父他们说来又不来，如今大师兄也说要走，之前陈福还说国公府里也要大办嫁女宴，现在还怎么大办啊？就办十桌八桌的，请宋族的人过来吃便是了。

她委屈地坐在一旁，但又委屈得名不正言不顺，她确实不当大家是自己人，也怪不得大家不拿她当自己人。

她以为师门的人对她的爱是不会变的，原来不管什么感情，只要不经营，就会变。

但说变吧，当初她写信回师门，让他们调查成凌关的事，大师兄和二师姐马上就去了。

而且，大师兄这一次带来这么多画给她做人情，让文武百官乃至皇上都领了她的这份情。

其实想想，大家为她做得够多了，她不该奢求更多。

等她成了亲之后，就带着王爷一同去梅山拜见师父，给师父请罪，再给诸位师兄师姐请罪，把感情修补回来。

见她失魂落魄的，沈青禾眼中露出不忍之色："难受了？"

"有点儿，但确实是我有错在先，我会想办法请求师父原谅的。"宋惜惜鼻子酸楚地道。

"嗯。"沈青禾笑了笑，没说什么了。

师父也真是的，非得这么惩罚她一下，瞧那张小脸，都要哭了。若师父自己在，定然舍不得这般吓唬她，倒是让他来做这个恶人。

腊月二十二，沈青禾果真走了。

宋惜惜拉着他的袖子，送他到了门口。寒风肆虐，天气阴沉，看样子又要下雪了。

唉，师兄也走了。她只求成亲那日别下雪，花轿能好走一些，也没别的奢求了。

沈青禾笑着道："我在金楼给你定了首饰，你派人去拿吧，银子都付过了，单据在福伯手中。"

"那我回头叫福伯去一趟。"宋惜惜看着马夫把他的马牵出来，不由得有些心酸，"真的着急走啊？不能多等两日？"

"不行，有要紧事。"他揉着她的头，"咱们很快又会见面的……你不是要回梅山吗？"

"嗯！"宋惜惜只得叮嘱道，"那你路上小心点儿。"

"知道了，别送了，回去吧。"沈青禾接过马鞭，翻身上了马，勒住缰绳，冲她挥挥手，"回去吧。"

宋惜惜摇头："我送你。"

沈青禾也不啰唆，策马离开了。

宋惜惜站在府门口，目送大师兄离开，心里有说不出的失落感：都说好了，怎么又集体反悔了呢？

她的心情跌到了谷底。

她回屋坐了一会儿，便问福伯拿了金楼的单据，带着宝珠出门去拿师兄给她定做的首饰。

金楼挺大的，将两个店面打通，分一楼和二楼，店名就叫金楼，卖的不单单是金饰，还有别的珠宝首饰，款式还不错，但是比起金京楼，还是差了些。

金楼开了没几年，有点儿蹭金京楼的意思，不过背后的靠山应该挺大的，生意也不错。

宋惜惜取出单据，交给一楼的掌柜，掌柜叫人倒茶水伺候，让她坐在一侧，便亲自去取。

这个掌柜瞧着跟竹竿似的，似乎风一吹就倒，行动倒是快，没一会儿，便取来一个盒子，递到了宋惜惜的面前："请姑娘过目。"

宋惜惜打开盒子，只见里头是一只大金镯子，是那种俗气得不能再俗气的金镯子。

大师兄品位高雅，她对他送的礼物颇为期待，但这……

这只镯子唯一的优点，大概就是真的足够大，沉甸甸的，戴在手腕上金光灿灿，十足的暴发户气质。

掌柜如此隆重地接待她，也是因为这只镯子够大够重。

宋惜惜是有些失望的，只是到底是师兄的一番心意。

她试戴了一下之后，便迅速摘下镯子，放回盒子里，金楼的客人蛮多的，她不想被人瞧见。

宋惜惜刚把盒子交给宝珠，一起来，就和平西伯老夫人打了个照面。

"老夫人好。"宋惜惜福身问安。

"宋姑娘。"平西伯老夫人的脸上有淡淡的笑意，"你的婚事在即，怎么还出来？"

"取个物件。"宋惜惜道。

平西伯老夫人上前来，轻声道："宋姑娘，能否借一步说话？"

宋惜惜看她神色和善，眼中似带了恳求之色，便道："行，隔壁有茶馆，我们过去坐一坐。"

她们要了个雅间，宝珠和老夫人的侍女在外头站着。

坐下之后，老夫人先说话："还没恭喜姑娘呢，祝姑娘和王爷白头偕老，早生贵子。"

"多谢。"宋惜惜坦荡地接受，也恭喜回去，"我也恭喜令爱与战将军夫妻和顺。"

老夫人苦笑了一声："嗯。那日老身带着小女到国公府叨扰，实在是不得已。"

宋惜惜道："老夫人不必如此客气。"

"老身知道，宋姑娘那日隐瞒了一些实情，其实我们都知道，在你离开将军府之前，他们是想扣留你一半嫁妆的。"

宋惜惜那日并未把话说得很清楚，主要是看三姑娘对战北望似乎颇为满意，如果她直接说战北望也想要她的嫁妆，只会惹来三姑娘的怨恨和怀疑，认为她是故意诋毁战北望。

"可我那个傻女儿，丞相夫人来问的时候，她想也不想便答应了，而且这门亲事我们根本无法推却，这其中的缘由，只怕姑娘也清楚。"

宋惜惜点点头："我大概知道。"

不外乎王彪接管了北冥军，所以皇上想让战北望娶王家的姑娘，两家联姻，由王彪提拔战北望。

如果平西伯府不同意，北冥军大概率是要换将的，而平西伯府已经逐渐式微，怎能错过这样的好机会？

"所以姑娘那日没说战北望半句不好，清如认为你没有败坏战北望的名声，她没有因此记恨你。"

这句话，乍一听，逻辑不通，但宋惜惜听得明白。

那日宋惜惜并未深思，只是见到三姑娘王清如，听她说了那些话之后，便知晓她看上了战北望，不管战北望有没有谋夺过自己的嫁妆，王清如都要嫁给他。

所以那日她们母女来，不是真的要了解战北望的人品德行，是想要了解她对战北望是否有恨或者有情，如果有恨，定然会诋毁；如果有情，自然会敌视。

两样都没有，王清如就放心了。

那天她也看明白了王清如的心思，才会说一半留一半。

平西伯老夫人继续道："将军府之前策划休你，是想拿走你全部的嫁妆，而战北望是不同意的，他说你的嫁妆他一文也不要，是后来易昉来了信，让他扣下一半的嫁妆，他才改口，姑娘那日没说后半截，清如心里舒服多了。"

宋惜惜想：看来闵氏确实管不住将军府，下人的嘴巴真大，这些内宅的事，如此轻易就被打听到了，而且巨细无遗。

宋惜惜微微笑着："嗯。"

她其实没什么话要跟平西伯老夫人说，也不知道对方为何在此刻来点破这些事情。

见宋惜惜没什么话说，老夫人也沉默了一会儿，才轻声道："如果清如日后有什么得罪姑娘的地方，还请姑娘宽恕。"

这才是重点。

宋惜惜道："小女不明白，请老夫人明示。"

老夫人的神色有些尴尬："是战家的那位姑娘，前几日，她来了我们府中，在清如面前说了些话，这些话实在是难以启齿，但……但大概就是说你对战北望念念不忘，当初和离是迫不得已，想逼他挽留，没想到他竟然不挽留，大概是这样的意思。"

宋惜惜端起茶，饮了一口，神色没有任何变化："战少欢吗？然后三姑娘信了？"

"老身让她不要信，但她信了，她认为……"老夫人实在是难以启齿，犹豫了好久都没说出口。

宋惜惜放下茶杯，凤眸微挑，替她说了出来："她认为战北望那样既威武又俊美的将军，没有女子不爱，尤其我还曾是他的夫人，夫人深爱自己的夫婿理所当然，不可能忘情得这样快，而且我们还曾一起上过战场，只不过北冥王身份高贵，我嫁给北冥王便能扬眉吐气，让战北望后悔，是不是这样？"

平西伯老夫人瞠目结舌，半晌，喃喃地道："你莫非在我们府中听到她说话了？怎么几乎一模一样？"

宋惜惜看着她："老夫人，请转告三姑娘，没有爱过，自然就不需要忘情，告辞！"

离开了茶馆，宋惜惜气笑了。

这个王清如是什么脑子？居然信了战少欢的话。

战少欢为何这样编排她，她很明白，那日慧太妃的赏雪宴上发生过什么事，她后来也知道了。

战少欢看上谢如墨了，想当谢如墨的侧妃。

战少欢这样跟王清如说，王清如若是上门来闹，这样的话被谢如墨听了去，谢如墨信以为真的话，自然就会冷落她或者嫌弃她。

至少她可以肯定战少欢是这么认为的。

王清如的性情，说好听点儿是直率，说不好听点儿是鲁莽，容易被人影响，容易被人煽动。

看来，将军府要找一位真正可以掌家的人，可不是那么容易的啊！

而且，以王清如和易昉的性子，她们之间日后会闹成怎样，几乎可以预想到。

那日宋惜惜本着不想结怨或者解开误会的心理，选择见一面，且将大部分情况都坦诚相告，只不过后来洞悉了王清如的心思，才没把话说得太透。

如果王清如信了战少欢的话，那就尽管信吧，只要不闹到自己跟前来，随她去。

在回去的马车上，宝珠愤愤不平，因为隔着一扇门也能听到她们的对话。

她气得粉脸含霜，道："战家的人是不是有病？都和离这么久了还要来沾边。咱们跟他们是老死不相往来，战少欢有什么恶毒的心思，以为旁人不晓得吗？她就是想嫁给王爷当侧妃。"

宋惜惜点了一下她的俏鼻："我都不生气，你生什么气？气坏自己不值当。"

"姑娘怎么能不生气？姑娘分明是最爱生气的。"宝珠有些难受，"以前在梅山，谁得罪了您，哪怕是乱嚼舌根子，您都要打上门去的。"

说起梅山，宋惜惜是真的不开心了。

师父不来，他们都不来。

她十分郁闷："以前是以前，以前我无忧无虑，是因为凡事有人护着，有人兜底，现在连师父都不管我了，我还这么任性，这日子还能过下去吗？瑞儿我还管不管了？"

宝珠知晓姑娘为此事难受，也不敢再说什么，只是打开盒子："您看，这是沈大师兄给您的嫁妆，您瞧好……重，呃……贵重，最重要的是心意贵重。"

她"唉"了一声，又把盒子盖上。这镯子重是重，老气也是真老气，这样的款式，老太太戴着太沉，姑娘戴着太俗。

怎么沈大师兄给姑娘添妆也不买些时兴好看的款式？这样，至少姑娘知道他是用了心去挑的，哪怕他不能出席婚礼，姑娘也会高兴许多。

宋惜惜看到那个金镯子，都想哭出来。

"罢了，我拿了师兄那么多画，而且前些天卖画的银子，他全部给了我，银子也是嫁妆的一部分，银子好，最实用。"宋惜惜自我安慰。

宝珠点头如捣蒜："姑娘这话，奴婢再赞同不过，什么金银珠宝、名贵首饰，哪里有银子来得实在啊？"

她说着，掏出自己的钱袋子数了起来："这几个月的月钱，我都没花，回头放在小柜子里存着，到明年年中，便可以去换银锭了。"

说完，她喜滋滋地笑了。

宋惜惜笑着骂了句："小财迷。"

第十六章
大婚！有情人终成眷属

镇国公府已经开始准备酒席了，因为府中的人手不够，宋太公叫族中子弟们过来帮忙，且带来了家奴。

高门大户嫁女办酒，没有当天才办的，都会提前一天请族中的人吃席，再办三天流水席，让百姓过来沾沾喜气。

因为是二嫁，宋惜惜就没有再请好命婆过来梳头了，到时候让妙仪阁的娘子给她梳便是。

或许是因为师父他们不来了，宋惜惜对出嫁之前的仪式不是太重视。

不是她不重视嫁给谢如墨，婚后她必定恪守为人娘子的本分，该她管的事，她都会管，内宅之事不会让谢如墨分心，只是她要嫁的夫婿再好，没有娘家人在，她始终高兴不起来，自然也不会像之前嫁给战北望的时候那样，鼻酸落泪，舍不得家人。

看着姑娘出嫁之前情绪还如此低落，宝珠心里也难受，对梁嬷嬷道："嬷嬷，您看要不要找个戏班子？反正国公府有戏园子，让姑娘点几场戏看看，心里就没那么难受了。"

梁嬷嬷想了想，道："这么着急，不知道能否请到，你叫福伯去问问。"

宝珠找到福伯，说了请戏班子的事。

陈福道："我今日便去请了庆丰班，但是庆丰班被平西伯府请了去。"

庆丰班是京城最好的戏班子，他们的戏唱得好，唱的《游龙戏凤》最出色。

"没有庆丰班，请别的行不行？毕竟宋族这么多人来帮忙，让大家忙碌之余看看戏也好。"

陈福道："行，我派人去请，除了庆丰班，有个叫乐鱼班的也不错。"

"乐鱼班？这名字听着怪怪的。"

"管他们的名字怪不怪，唱的戏好听就行了。"陈福顿了顿，"不过，听说这乐鱼班唱得还可以，就是故事有些……嗯，标新立异吧，很多人都说没听过这样的戏。"

"是吗？那就唱些喜庆的，咱们不是办喜事吗？你去请一请，然后让姑娘点曲目。"

"行吧，迎亲定在明日傍晚，今日和明日便让姑娘高兴高兴，不能高兴的话，也分分心，别总想着她的师父没来的事，心里堵。"

宝珠道："那您快去请，眼下是年关了，估计各家也要办宴席，就怕已经被人请了去。"

"行，我跑一趟，你去陪着姑娘吧。"陈福说完，便带着护卫出了门。

如今流水席已经在外头筹备起来了，他忙得抽不开身，如果不是为了让姑娘高兴，他才不会出门去找戏班子。

好在宋太公一声令下，宋族的人纷纷出动帮忙，族里有心的人还是比较多的，这让陈福很欣慰，也十分感恩。

乐鱼班还没接到单子，所以陈福很顺利地把他们请来了。

不管嫁女宴席办得是否盛大，国公府里都要足够热闹。

陈福请了戏班子回来，族中的女眷们便拉着宋惜惜去看戏。

明日大婚，本来今日嫁妆便要抬出去了，但因为今日的吉时在晚上，晚上不宜抬嫁妆，便干脆等明日出嫁之前先抬嫁妆过去。

听闻平西伯府也是如此，等出嫁那日再抬嫁妆，而且嫁妆还不少，当初从方家取回来的那些嫁妆，如今全都要被抬去将军府，平西伯府又添了不少。

显然，这是王清如要抬高她自己的身份，也要给将军府增光。

陈福去检查了一下嫁妆，见都贴了大红喜字，妥妥当当地停放着，这才放下心来。

这几日，谢如墨都没来过，自然是因为大婚在即，他们不好再相见。

但北冥王府是真的热闹，除了流水席，还搭建了粥棚，施粥三个月。

宋惜惜陪着族中的伯娘、叔娘和一群姐妹去看戏，瑞儿也跟着去了。

以前当乞丐的时候，他曾偷偷溜去戏园子里乞讨，看戏看得津津有味的时候被人发现，然后就被打了一顿，轰了出去。

这一次，他名正言顺地坐在椅子上看，不用担心被人赶走。以前的那段苦日子让他格外珍惜如今拥有的一切。

唱戏的锣鼓声响起，将气氛烘托起来，宋惜惜感受到喜庆的氛围，心情跟着好转了起来。

总归，路是要一步步往前走的，不管如何，还有瑞儿在她的身边。

宋惜惜看了戏目，因为以前不爱看戏，所以不是很懂，便交给宋世安的娘子点，她们喜欢听戏，也知道哪些戏适合办喜事的时候唱。

宋娘子点了一出叫《喜结良缘》的戏。这戏好不好看另说，但在宋惜惜的面前演起来，颇有些不合时宜。

男主角是武将，爱上了一位官家千金，有父母之命、媒妁之言，又互相钟情，于是他们成亲了。

成亲后不久，男主角便出征了，一去便是三年，夫人在家掌着中馈，照顾公婆，其中自然也有许多辛酸，男主角在战场上也几番历经生死。

最终，男主角凯旋，得封侯爵之位。

封爵当天，他宴请宾客，执着夫人的手，热泪盈眶地跟诸位宾客说娘子的不易与他的感恩，他说娶得娘子是他这辈子最大的福气。

戏的结局，自然是大团圆。

这出戏唱到一半的时候，宋娘子就知道自己点错了，但看戏没有中途叫停的道理，只得硬着头皮看下去，又时不时地看向宋惜惜，唯恐她看了心里难受。

所有人都沉默地看完了整场戏，最后花旦小生出来谢幕的时候，还是宋惜惜带头给的掌声和打赏，其他人才跟着给了掌声。

宋娘子轻声地对宋惜惜道："这戏我原先不曾看过，不知道是这样的，你别放在心上，也别恼婶子。"

宋惜惜笑着说："婶婶，这戏挺好看的，而且结局也好。"

宋娘子见她真的不难过，这才宽心了些："是啊，本该是这样的结局，但凡是个有良心的人，就该知道娘子的艰辛，偏偏有些没良心的……既然是没良心的人，那就不要再想了，以后天天都是好日子。"

大家也都上来送祝福，讨个彩头。

因为这出戏，大家没了看戏的心情，都说去看看嫁妆。

宋族这边帮忙添了不少嫁妆，虽说锦缎、家具之类的居多，但一抬一抬地送过来，到时候再抬往王府，都有面子。

金银首饰也有，其中金镯子、金戒指不少，款式也好看，比大师兄送的那个沉甸甸的大金镯子好看得多。

宋惜惜已经没有半点儿气恼了，毕竟是自己有错在先，而且大师兄和二师姐已经帮了她很多，她如果再心怀不满，就是不懂事了。

之前她心中不快，是因为自己在梅山一直被宠着，以为师门中，除师叔之外的所有人都会宠她一辈子。

是她没有好好经营和师门之人的感情，怨得了谁？

北冥王府也热闹非凡，场面那叫一个盛大。

王府是昨天便开始宴请宾客的，但凡是受邀的宾客，都可以过来吃三天。

谢如墨的心情说不出地急切，他总觉得这几天的时间过得尤其慢，真慢，真慢啊！从辰时到午时，仿佛过了一年，从午时到傍晚，仿佛又过了一年。

他的脑子里时刻都在盘算：要以什么借口去一趟国公府呢？他已好多天没见惜惜了。

　　但钦天监正被礼部拉了过来监督，监正说这几日不宜见面，所以他寻不到借口出去。

　　他表面上平静，内心却仿佛有千百只蚂蚁在蠕动，裹挟他往国公府蠕动。

　　趁着天色已晚，他一脚踏出了王府大门，却被于今先生拦了个正着。

　　于先生的脸上毫无表情，只命令侍卫："来人，把王爷送回去招待宾客，直至明日傍晚迎亲，方可出门。若王爷在这之前出了门，所有侍卫扣俸禄三个月。"

　　有了于先生这句话，侍卫们一个个如狼似虎地盯着谢如墨的双脚，一步步地逼着他后退，退，退，退！

　　谢如墨翻了个白眼："你们想做什么啊？本王方才招待宾客，喝多了，想出去吹吹风，醒醒酒。"

　　于先生再传令："来人，给王爷上一桶醒酒汤！"

　　一桶……谢如墨气愤地瞪着他，但于先生铁石心肠，就算谢如墨一双眼睛仿佛要吃人，于先生也如铁桶一般。

　　忙得跟陀螺似的路总管小跑着过来，大冷天的，他都忙出汗来了，拿手帕擦着额头上的汗水，抱怨道："唉，爷啊，您就让人省点儿心，行不行？哪里有明日便成亲了，今日还跑去女方家里的？这说出去，要贻笑大方的，知道不？"

　　"行，行，行，别啰唆了。"谢如墨没好气地摆手，"本王回去和李德槐多喝两杯。这老小子来吃了两顿了，顿顿别人都散了，就他还在喝。"

　　"哎呀，不能这样说啊！小点儿声，李尚书来是给咱们面子。"路总管很想把王爷的嘴巴封起来，素来沉稳的王爷，这几日像是换了张嘴，说出来的话，净是得罪人的。

　　谢如墨居高临下地瞪了他一眼，大步走进去了，陪客人去！

　　慧太妃则负责招呼女眷。儿子娶妻，她是真的出尽了风头，一天换五六身衣裳，头面也换了好几副。

　　在宫里，她就算再招摇，也只有太妃们看看了，顶多去太后的宫里，等嫔妃过来请安的时候，摆摆架子。

　　离了宫可就不一样了，多少内外命妇，多少世家宗妇，多少官员夫人，光这两天宴客，她认得的还不到三成呢。

　　看着她们一个个在自己面前低眉顺眼的样子，慧太妃的虚荣心得到了极大的满足。如今新妇还没进门，她打算等新妇进了门之后也宴客，摆一摆她当婆婆的威风。

　　大长公主不就总爱宴客吗？她也得学一学。

　　等他们大婚过后，她还要去金楼走一走，看看生意为何会这么差，常年需要贴补。

大长公主和嘉仪郡主都没来，估计要等到明日大婚的时候才来。

颜太傅和丞相一家也没来，大概也是等明日正日。

换了几身衣裳的慧太妃觉得今日炫耀得差不多了，便去新房里走了一圈。

新房选在梅花阁。什么都是梅花，她最不喜欢梅花了。

梅梅梅，霉霉霉，听起来不吉利。她跟墨儿提过换个名字，但是儿子执意如此，说别的都可以商量，这名字是万万不能改的。

好在被移植了两三次的梅树没有开花，霉气没来，倒也让她觉得安慰了些。

但是这新房是真的让她不高兴。

新房打通了两个院子，占地面积很大，院子大，建筑也大，而且多。

有两个院落，自然就有两个主楼，分别位于东西两侧，东苑是居室，西苑是书房和库房。北边还建了几间屋子，说是给伺候他们的下人住的。

真是笑话，哪里有下人和主子住在一个院子的？

侍女倒也罢了，毕竟是要守夜的，但是若小厮和侍从也住在这里，那就贻笑大方了。

以前也没见他这样厚待过府中的下人，该不会是为宋惜惜的陪嫁侍女和嬷嬷做的准备吧？

如此重视宋惜惜，他是忘记自己之前钟情过的那个女子了吗？果然，男人是薄情的，之前他说得多深情，没了她便不娶妻了，现在呢？

想起这些，慧太妃的心情甚是复杂。

之前他上战场期间，但凡提及娶妻的事，他都是拒绝的，信中所表露的坚决，让她认为这个儿子预备打一辈子光棍儿了。

结果一凯旋，他就说自己要娶宋惜惜。

虽说宋惜惜是个二嫁之身，但好歹能让他娶妻了，而且她也调查过，那个战北望根本没碰过宋惜惜，宋惜惜还是个完璧，那她就勉强同意吧。

慧太妃带着高嬷嬷进了东侧的新房，只见里面到处张贴着大红"囍"字，新家具和所有新购置的物品都覆盖着打了同心结的红绸布。就连那扇大屏风也跟女子穿披帛似的，用红绸布绕了一圈，再在中间打了个大大的同心结。

慧太妃心里嘀咕：这么多同心结，她是生了个儿子还是生了个女儿啊？

转进新房里头，入眼全是红与黄，新的织花锦被一床一床地叠在床上，桃花色的帐幔垂地，新妇还没迎进门，就烧上地龙了，新房里暖和得很。

新房里的家具全部焕然一新，一点儿都不比她那个院子里的差，只少了古董架和那些古董。

他原先还暗示她铺张浪费呢，呵，合着不让她铺张，是要给他们俩铺张。

慧太妃转了一圈，揉了揉眉心，对高嬷嬷说："哀家不喜欢宋惜惜。"

高嬷嬷笑着道："太妃，估计人人都看出来了。"

高嬷嬷心里却是高兴的，王爷总算要娶妻了。

"不过看样子，她对哀家似乎挺孝顺的，给哀家送了好几幅沈青禾的画。"

高嬷嬷道："那不是好事吗？太妃反而不开心？"

慧太妃凤眸一瞪："哀家当然不开心，拿人手短，她先示好，又送礼，之后更给哀家做脸，哀家如何叫她站规矩？"

高嬷嬷道："一码事归一码事，站规矩总是要的，哪里有新妇进门不站规矩的？"

慧太妃点头，很认同："你说得没错，哀家叫她站规矩，那是天经地义的事，就算她送再多礼物给哀家，都不能坏了这个规矩。"

她又瞧了一眼新房，气愤地道："过几日再去挑些家具，哀家屋中的那张贵妃榻躺着不舒服，要檀木的才好。"

"那就换。"高嬷嬷笑着随她出去了。太妃要什么，那便买什么，莫说她自己有银子，便是自己没有，花儿子的银子也是天经地义的事。

高嬷嬷是慧太妃进宫的时候陪同进宫伺候的，实则是慧太妃的奶娘，说句僭越的话，她是拿太妃当半个女儿看待的。

反正她也回不了自己的家，就这么跟着太妃一辈子也好，横竖也放心不下太妃。

在高嬷嬷的心里，太妃纵然是要当婆母的人了，也还是当初抱在怀里喝奶的奶娃娃。

"高嬷嬷，"太妃忽然停住了脚步，"你说有没有可能，墨儿心里喜欢的那个女子就是宋惜惜啊？"

她早就有点儿怀疑了，尤其是如今看这婚事的规格，哪里是他嘴上说的随便娶一房妻子就算数的意思？

虽然他的嘴上说得多敷衍，但该走的流程全部按照最高规格走，新房布置得要多豪华便有多豪华，光是聘礼，就比当初皇帝迎娶皇后的时候还要多。

当然，皇帝那会儿娶亲，最大的聘礼是齐家女可以成为太子妃，可以成为皇后，物质上的东西，远没有这地位重要。

高嬷嬷道："是就更好了啊！至少咱们王爷娶到了心爱之人。"

太妃摇头，顿时显得忧心忡忡："这样反而不好，若她是墨儿心尖尖上的人，她进门之后，墨儿岂不是什么事情都护着她？那哀家这个婆母还立什么威？"

高嬷嬷劝道："咱们只是猜测，别乱想了，如果真是的话，王爷当初怎么会眼睁睁地看着她嫁给战北望？"

慧太妃想了想，觉得也是，纵然那时候他在战场上，要阻止这门亲事，应该也不难吧？

只是她忘记了，路途遥遥，宋惜惜就算成了亲，生了娃，他都有可能不知道。

她更不知道战场上险象环生，他急于取胜，且以为宋夫人当初答应了他，便从未忧心过此事，只想尽快取胜回朝。

慧太妃不知晓这些，只觉得娶了这么个儿媳妇，是她完美人生的一个污点，所以她的心情特别矛盾，既高兴儿子娶妻，又不高兴他娶宋惜惜。

与此同时，将军府和平西伯府也在为明日这个大喜的日子做准备。

战北望已经是三度娶亲，但娶王清如的心境和之前两次的心境都不一样。

娶宋惜惜的时候，他是满心欢喜的，觉得这个玉似的人能成为他的妻子，是他三生修来的福气，所以成亲那日，即便接到了出征的旨意，他的心里也是高兴的。

但高兴之余，他更不舍，掀开红盖头，看到身穿嫁衣，美艳绝伦的宋惜惜，他的心都要化了。

他当时的承诺是真的，他说绝不会辜负她。

可惜，他错过了宋惜惜。

之后娶易昉，他觉得自己娶到了真正爱的人，他和易昉心灵契合，纵然易昉送来过一封信，让他扣下宋惜惜的一半嫁妆，这让他有些不舒服，但是没有影响他对和易昉未来的期待。

但是这一次，他是被安排娶王清如的。

他和王清如见过一面，她的年纪虽然稍长，但长得比易昉好看，只是和宋惜惜是怎么都无法相比的。

最重要的是，他和王清如没有任何感情，即便是看她的时候，他的心里也毫无波澜。

而且，上一次娶易昉时算是掏空了家底，这次娶王清如，他把皇上赐的百两黄金都花完了，依旧给不了她一个体面的婚礼。

好在平西伯府虽说渐渐衰败，但家底始终丰厚，加上大舅子王彪成了北冥军的主将，一时人人吹捧，平西伯府那边办得比将军府热闹许多。

偏偏他们的婚事和北冥王与宋惜惜的撞期了。

这就导致很多官员如果想两边讨好，就得跑两场。

但这全是因为平西伯王彪的面子，不是因为他战北望的面子。

因此他心里始终有一股挫败感，这挫败感很强烈，强烈到他甚至产生过悔婚的念头。

他一时不知这场婚事的意义何在。

尤其是易昉的情绪需要好好安抚，不然的话，万一明日大婚之时她闹起来，场面就不好控制了，他也会成为京中的笑柄。

所以，他来到易昉的屋中。易昉静静地坐在屋中的椅子上，像极了当初他要和宋惜惜说皇上赐婚时宋惜惜的模样。

只不过如今回想起来，宋惜惜的神色始终是平静的，唯一有过的一点儿表情便是讥讽，而易昉看他的眼神充满了怨恨。

他坐在易昉的对面，努力让自己平静下来，想和她好好谈谈。

"我知道你委屈，我当初承诺过你的，并没有做到，但丞相夫人婉转地说过，这门亲事是皇上钦定的，只是曾赐婚你我，不可再赐婚我与她，这是皇上的意思，我不可能违抗。"

易昉抬起头，眼中满是嘲讽之色："你当初求娶我，回来是否也是这样跟宋惜惜说的？"

他摇头："不，当时我直言，我所爱之人是你。"

她突然笑了，因为没有戴面纱，这笑容被她的伤疤衬得无比阴沉诡异："那如今呢？你所爱之人是谁？"

战北望沉默了半晌，没有回答这个问题。

易昉其实心里有数，只是始终意难平，不甘心："你当初爱我，是否只是头脑一热？"

战北望依旧没有办法回答这个问题，他不知道。

当时他对易昉动心是真的，但是否头脑一热，他真的说不清楚。

因为娶了她，宋惜惜和离出门之后，他心里隐隐地感到后悔。他记得当时自己冲宋世安说，希望宋惜惜不要后悔，其实他心里很清楚，那一刻他后悔了。

但那时他不爱易昉吗？肯定是爱的。

一个男人心里就不能同时装下两个女人吗？

多少男人三妻四妾，偏偏宋惜惜容不下。他或许是因为违背承诺而恼羞成怒，反正宋夫人已经死了，他这承诺就算不遵守，也不需要跟宋家交代。

或许当时他觉得自己可以拿捏宋惜惜。

他只知道她成了孤女，无娘家可依靠，却不知道她的武功如此厉害，甚至比他和易昉的不知高出多少，更无法想象她单枪匹马便上了战场，无比英勇，屡立战功。

攻西蒙城的时候，他亲眼看到她有多勇敢果断，在万千箭雨间，险象环生，却淡定从容，哪怕这是装出来的淡定，也足以震慑敌人，更震慑了他。

见他没有回答，易昉心里已经明明白白，她凄凉一笑："报应，都是报应，可你我一同欺负宋惜惜，为何你没有遭到报应？你还又娶妻了，娶的还是伯府的女儿，攀上了王家，从此，你的官途再无阻碍了。"

战北望不喜欢听这样的话，满脸不耐烦："男女之事，怎么会有报应？我是辜负了宋惜惜，却没伤她分毫，如果硬要说报应，那么你的报应来自何处，你不知道吗？你不记得鹿奔儿城发生的事了？你不知道鹿奔儿城发生的事与宋家惨遭灭门之事的关联吗？你敢说出这'报应'二字，就不怕真正的报应来到吗？"

"我已经遭了报应，我麾下士兵死的死，伤的伤，我如今被开除了军籍，只能窝在这一方天地，还要受你那个正妻的管束。"她猛地抬头，眼神狠厉，"但战北望，我告诉你，我说过自己最恨内宅手段，我不惹她，若她敢来惹我，我定要她吃不了兜着走。"

战北望听到这样的话，心里已经预想到未来的内宅不会清静："你是你，她是她，你们恪守本分便是，有什么惹不惹的？"

"话我撂在这里了，横竖你与我是陛下赐的婚，此生大概都是要捆绑在一起的，如果你管不好她，休怪我无情。"

战北望看着她眼中的怨怼之色，心里很厌烦："你喜欢怎样就怎样吧。"

说完，他起身出去了。

易昉盯着他的背影，抬起头，拼命地不让泪水落下。

她不能哭，不能难过，不能让任何人看扁，更不能让宋惜惜看笑话。

她去文熙居看过，里头的家具全部被换掉了，自然是要换掉的，宋惜惜在和离的时候把里头的大部分东西搬走了。

这婚礼瞧着着实花了不少银子，他不是一直说没钱吗？不知道他给了多少聘礼、聘金，又要花多少银子办酒席。

她的泪水最终还是从脸颊上滚了下去，当初挑衅宋惜惜的时候她有多得意，如今就有多狼狈。

她输了。

因为王彪掌控着北冥军，如今的平西伯府热闹非凡，明日才大婚，今日府内便已经吃上酒席了。

王清如拿着放妻书离开方家的时候，方家人都对这个儿媳妇有愧，除了返还嫁妆，还给她补贴了不少银子，连方十一郎牺牲的抚恤金也全部给了她，另外又给她置办了田地。

方家是武将之家，觉得她不能蹉跎一辈子，但那个时候王清如一直说自己不会再嫁，方家因此担心她在娘家守着，没银钱、田产傍身，这一辈子难熬，所以给的是真的不少。

凤莲阁的嫁衣本来是要提前半年预订的，但是她多给了银子，一定要穿上凤莲阁的嫁衣。

她的嫁妆被重新换了箱笼，又置办了不少，足足有六十八抬。

她打听过，宋惜惜嫁入王府的嫁妆也只有六十四抬，她要比宋惜惜多。

宋惜惜是从战家和离出来的人，嫁入王府，以后如何风光是以后的事，但在出嫁这一日，她定然是要把宋惜惜比下去的，否则她入将军府怎么有面子？

她听闻沈青禾也离开了京城，宋国公府那边只有宋族的人过来，也不知道是宋惜惜没邀请宾客，还是邀请了但宾客没来。

不管是何种原因，宋惜惜嫁给北冥王，国公府这边的规模着实寒酸了些。

不过她就是要如此，明日大婚，她的风头也要盖过宋惜惜。

北冥王是亲王，不会亲自去接亲，但是战北望会亲自来迎娶她，这又压了宋惜惜一头。

她不是要与宋惜惜争什么，实在是有宋惜惜珠玉在前，她这个当后妻的，不能被比下去。而且，那日战少欢来说的事，她是相信的，母亲糊涂，总说不是，但母亲年纪大了，心思放在内宅掌事上，不知道男女情事。

宋惜惜若不喜欢战北望，当初不会嫁给他，也不会苦苦等他一年，为他掌家，照顾他的父母，甚至不惜用自己的嫁妆给婆母治病。

女子若喜欢上了一个人，不可能轻易地放下。

当初十一郎死的时候，她也伤心了许久，回了娘家后才慢慢地走出阴霾。

如今她重新寻了一门亲事，虽说将军府曾闹出过那样的事端，又有一个皇上赐婚的平妻，可她见了战北望一面，那英姿勃发的模样实在让人心动。而且兄长也说，这门亲事容不得拒绝，兄长若要稳稳地掌控兵权，就不能拂逆了丞相的好意。

何况这哪里仅是丞相的好意？背后是皇上，皇上是在提拔战北望，提拔年轻的武将。谢如墨是亲王，如果兵权过重，会成为皇上的心腹大患，所以谢如墨没了兵权，还要娶宋惜惜这个二嫁之女。

虽说她自己也是二嫁的，可那不一样，她是夫婿战死之后，婆家体恤她，这才给了她放妻书。

宋惜惜在和离书下来之前是要被休弃的，她大概也心知肚明，才去求了和离书，如此便可体面地离开将军府。

她知道自己以后肯定是不能和宋惜惜比的，但是在出嫁的风头上一定要盖过宋惜惜，这有利于她以后在将军府站稳脚跟。

她并非有心踩着宋惜惜彰显自己，只是听了战少欢的话，再回想起宋惜惜那日云淡风轻的模样，总觉得对方是有意隐藏心思。

如此有心机，实在是可恶，不撕破宋惜惜的伪装，反而会让她更加得意。

腊月二十四，早上还下了一场雪，天空阴沉沉的，刮的风像刀子一样。

梁嬷嬷看着天色，祈求道："今日咱们姑娘出嫁，老天爷，您已经薄待了宋家，薄待了我们家姑娘，今日给个晴天行吗？老妇以后日日烧香，祭拜天老爷。"

宋惜惜今日一早就被叫了起来，妙仪阁来了三位娘子，要给她净脸护肤，说这样上妆才好看。

也不知道她们调了些什么糊状的东西就往她的脸上涂抹，还让她静卧，不许说话。

她昨晚心情有些复杂，一晚上没怎么睡着，如今被按在贵妃榻上，闭着眼睛，不许说话，竟然睡了过去。

直到昨晚，她才彻底死了心，师父他们不来了，沈万紫他们也不来了。

她知道是自己的缘故，可她的心里还是难受。

睡了一会儿，妙仪阁的七娘子便给她把糊状物洗掉，全程不需要她自己动手，但她醒了过来，就这么躺着让她们弄。

"几颗珠"显得特别激动，尤其是宝珠，她还把瑞儿带了过来，说是让他看着小姑姑变成很好看的新娘子。

瑞儿善解人意，执着小姑姑的手，说话也流利了许多："不要怕，瑞儿是娘家人，小姑姑出嫁时是有娘家人在的。"

宋惜惜觉得自己没有很好地控制情绪，连瑞儿都看出了她不开心的因由。

她反握住瑞儿的手："小姑姑当然是有娘家的人，小姑姑今日高兴得很呢。你喜欢王爷吧？我们以后就住到王府去。你今日的新衣裳换了吗？你去换了给姑姑瞧瞧。"

"好嘞！"瑞儿开心地说。

宝珠笑着带他下去换衣裳。孩子过来活跃一下气氛，宋惜惜的心情好多了。

妙仪阁的娘子们都是见过世面的，却很少见到像宋惜惜这样既和蔼又有威严的人，当然，更少见容貌如此美艳的新娘子。

那位七娘子见她眉宇间的那点儿愁意消散，才含笑道："今日是姑娘的大喜之日，不管心里藏着什么事，都得放一放，今日只管高兴与期待，别的事都不重要，姑娘的日子会越过越好的。"

宋惜惜知道她是在安慰自己，见自己这边没什么亲人，心生怜悯。

她含笑道了谢："有娘子的祝福，想来我的日子会越来越好的。"

"那是肯定的。北冥王英武勇毅，姑娘好福气；自然，能娶得姑娘为妻，北冥王也好福气。"

见过世面的人，说话总是周全的。

宋惜惜其实觉得很不真实，嫁入皇家是她想都没想过的事。

"姑娘昨晚可有请好命婆梳头？"七娘子往她的脸上刷了一层粉，要给她绞面。

"请我们宋族的老人家梳过了。"宋惜惜道。

"宋族是有福气的。"七娘子坐近了一点点，"姑娘忍着点儿，有一点儿痛。"

"好。"宋惜惜闭上眼睛，任她拿着线在自己的脸上娴熟地绞着。

"姑娘的肌肤白净又光滑，不需要费劲。"七娘子嘴里咬着线，还能清晰地说话，真是好功夫。

没一会儿，瑞儿换好了新衣裳过来。

这几个月他长高了些，这衣裳是定做的，很合身，红色的锦缎上绣着兔儿，外头是皮子做里的小斗篷，斗篷的帽子外黑里红，搭在后背上，像一个侠客，瑞儿绾着总角，总角上系着红绸带子，既可爱，又喜庆。

"让姑姑瞧瞧，是哪家的小孩子这样可爱好看啊？"宋惜惜牵着他的手上下打量了一番，刚绞过的脸还发红发烫，却扬起了灿烂的笑容，"原来是我们的瑞儿啊，姑姑都快认不出来了，可真好看啊！"

瑞儿有些羞赧："这都是哄小孩子的话，姑姑，我不是小孩子了。"

"怎么不是？在姑姑心里，你永远是小孩子。"宋惜惜抱着他，感受着来自亲人的温暖。

七娘子也在一旁笑道:"瑞儿少爷长得多俊啊!以后长大了,定然也威武勇猛,是位顶天立地的男子汉。"

瑞儿最喜欢别人说他是男子汉,顿时把自己私藏起来的喜糖剥了一颗给七娘子吃:"我请姨姨吃糖,姨姨辛苦了。"

七娘子含着糖,笑着道:"多谢瑞儿少爷,这糖真甜。"

宝珠牵着瑞儿的手:"好了,我们出去玩,等姑娘穿好嫁衣再来看。"

申时,嫁妆便要被抬出门,嫁妆出门之后三刻,新娘出门,所以现在穿嫁衣上妆也差不多了。

婚礼在黄昏举行,是酉时,因为现在是冬日,酉时中左右就要抵达王府,然后开始拜天地,这时间虽不仓促,却也必须早些做准备,毕竟还是下雪天气呢。

不知道是不是嬷嬷的祈求起了作用,到了午时,雪就停了,天空放晴,明晃晃的日头照在积雪上,反射着光芒,甚是耀眼。

午时过,宋惜惜穿好了嫁衣,戴上了凤冠。

妙仪阁的娘子们手艺确实好,宋惜惜的肌肤本来就白皙,养了些日子,现在透着红润,如此健康的肤色,不需要太多脂粉去妆饰。

她的眼角下有一颗泪痣,娘子把泪痣点得红了一些,在她的眉心画了一朵桃花,桃之夭夭,灼灼其华。

这朵桃花和泪痣,给她纯净绝美的脸添了一丝妩媚,她的眉眼不需要过多地修饰,因为她的眼角本就微微上挑,蕴藏风韵。

换嫁衣和上妆的时候,宋家这边的娘子、姑娘们纷纷过来看,看到妙仪阁的娘子们巧手之下的宋惜惜,她们都惊叹不已,纷纷打趣。

"说是京城第一美人,那是绝不为过的。"

"咱们惜惜怎么这么漂亮?今晚这红盖头一掀,怕是要把北冥王的魂都勾走了。"

"谁说不是呢?这么漂亮的姑娘,谁娶了那是谁的福气啊!"

"都有福气,他们一定会夫妻和顺,百年好合的。"

宋惜惜也怔怔地看着铜镜里的自己。她知道自己好看,但是素来不以好看为傲。皮相罢了,父母所生,又不是自己努力得来的,有什么值得骄傲的?

但是,今天看着这个身穿嫁衣、头戴凤冠的自己,她仿佛不认识了,这……这是桃花妖吧?

她们三个是如何把她描成这副既清冷又妖魅的样子的?

宋惜惜抽了一口气,叹道:"你们妙仪阁收费高是有道理的。"

七娘子"扑哧"一声笑了:"姑娘这句话对我们而言是最好的赞誉。"

梁嬷嬷请妙仪阁的娘子出去吃酒席,酒席已经摆下了,要提前吃,因为申时过后,新娘子便要出门了。

吃了酒席，妙仪阁的娘子不会马上离开，其中一人会跟着到王府去，等喝过合卺酒，新郎和新娘子是要出去敬茶的，因此要有一人跟妆，毕竟王府宾客太多，一直走动敬茶敬酒的话，容易花了妆容。

申时到了，嫁妆要出门了。

喧天的锣鼓声响起，宋族的子弟们亲自抬着嫁妆出门。

六十四抬嫁妆，里头多是贵重的东西，其中有一抬是沈青禾的画，那可是珍贵得很。

平西伯府与国公府只相隔两条街，他们也是申时抬嫁妆出门。

王清如也已经穿上了嫁衣，嫁妆出门之后，到了酉时，战北望会带着迎亲队伍来接她。

她派人出去看国公府的嫁妆是否也出门了，再让人数一数，是否六十四抬。

丫鬟悦儿出去数了数，果然是六十四抬，她当即笑了起来："呵，堂堂国公府的千金，嫁妆竟然不如我这个伯府女儿的。"

她自然没想到宋惜惜的嫁妆有多金贵，想着嫁妆无非就是那些东西了。

可就在王清如得意的时候，她却听到外头有人敲锣打鼓地喊着："江南沈家给宋惜惜将军添妆，锦缎五十匹，金镶玉头面三套，玉如意一对，龙凤手镯十八对。"

她一怔，心道：何人喊得这么大声？这是假的吧。

正当她要派人出去打听的时候，又听到另外一道声音大喊："青玉帮给国公府宋将军添妆，玄铁剑两把，长枪一柄，金玉刀一把，金银首饰一箱。"

声音显然是用内力送出去的，因为竟然比铜锣的声音还要高，还要响。

这几条街住的都是勋贵人家，众人闻声，纷纷跑出去看，果然看见有人抬着嫁妆跟在国公府嫁妆队伍的后面。

第一批嫁妆都是用双手捧着，一看就知道是十分贵重的物品。

至于第二批嫁妆，则以兵器居多，也是用双手捧着，用红绸带捆了柄，送嫁妆的人像是江湖中人。

"镜花派给国公府宋惜惜添妆，白玉送子观音一座，檀木屏风两扇，蜀锦十匹……"

宋惜惜也听到了这些声音，浑身一颤，难以置信，猛地盼咐道："快，出去看看是不是万紫和'馒头'、辰辰他们……宝珠？宝珠呢？"

宝珠已经跑出去了，一路追着嫁妆队伍跑：呜呜呜，不是说不来吗？怎么嫁妆出门的时候才来？害得姑娘难受了一场。

就在宝珠刚要赶上嫁妆队伍的时候，锣鼓声再次响起。

"古月派给国公府宋惜惜添妆，武林一流高手侍卫一名，桃花酒十八坛，绸缎十匹……"

宋惜惜听到此言，差点儿忍不住哭出来：古月派啊，那是"棍儿"所在的门派，里面都是女子，穷得叮当响，每年连租金都交不起，但桃花酒她真的好爱啊！给她送的那位武林高手侍卫，大概就是"棍儿"孟天生了。还给她买了十匹绸缎。为了这十匹绸缎，古月派上下要喝两个月的稀粥了吧？

"赤炎门给国公府宋惜惜添妆，东珠一斛，和田玉摆件三件，古琴一架，古琴谱十首，红宝石十八颗，蓝宝石十八颗，织锦被褥十床……"

宋惜惜的眼睛红了，赤炎门是沈万紫所在的门派，沈家添了妆不够，赤炎门也要添妆？

围观的人听到这些添妆的礼单，都大为震惊，尤其是赤炎门，这添的可不是寻常用品啊，那都是千金难求的宝贝！

赤炎门之后是药王堂。药王堂在京城，送的是各种名贵药材，百年人参、雪莲等。

药王堂的添妆礼单报了之后，是东海派，送的也是奇珍异宝，其中以东珠为贵，他们仿佛是要压赤炎门一头，送了东珠三斛，各种宝石、头面足足放了三箱子。

王清如越听越心寒，越听浑身颤抖得越厉害。

宋惜惜也是越听浑身颤抖得越厉害，到最后，她几乎没工夫去听报的礼单了，只顾着去听门派的名称。

很多门派她根本没有来往，他们怎么会来添妆？肯定是师父通知了他们。

终于，又听了六七个门派之后，宋惜惜听到了五师兄的声音："万宗门门主嫁女儿，送上嫁妆一百零八抬，京中店铺十间，梅山下的庄子两个，黄金万两压箱底。"

这道声音高亢洪亮，估计附近十条街的人都能听到。

万宗门嫁女儿？宋惜惜是万宗门的徒弟没错，但是，不仅仅是徒弟吗？

这份嫁妆的厚重程度，让听到的人为之震骇。

王清如今日也请了妙仪阁的娘子给她做妆容，因为她白皙的皮肤上有几粒雀斑，所以上的粉略显厚重，好在抹了胭脂，妆容显得自然了许多。

只是听到一声声响彻几条街的喊声，她的脸色一下子难看了起来。

什么？万宗门送了什么？一百零八抬嫁妆？京中店铺十间？庄子两个？还有黄金万两？

这不可能，黄金万两多重啊！怎么抬啊？一定是假的。

"悦儿，快出去看看！"她失声喊道。

国公府里，宋惜惜用手捂住嘴巴，眼泪疯狂地在脸上流：啊，师父，不带这样的，玩什么惊喜？惊了几日，临出门的时候才来喜，是想要她把妆容哭花吗？

宝珠本来是跟着嫁妆队伍跑的，听到后面的喊声，急忙回头去看。

万宗门的人，她是认得的，后面抬嫁妆的正是万宗门的人。

她跑回去，看到了好多个特别熟悉的身影，她"啊"了一声，猛地往国公府跑，嘴里大喊着："姑娘，姑娘，好多人来了，您的师父和师叔、师兄、师姐都来了，好多人啊!"

宋惜惜提着嫁衣跑出去,看到师父的那一刻,她的泪水像断线的珠子,扑簌簌地往下掉。

她站在正厅门前,跺脚,又跺脚,"啊啊"地叫着转了几个圈,连凤冠都歪了,停下后,她使劲擦着泪水,眼前一个个人进来,她都看不清楚了。

一个高大的身影站在了她的面前,语气既宠溺又充满无奈:"往日和别人打得头破血流也不肯掉一滴眼泪,怎么如今眼泪如此廉价了?不要出去说是我任阳云的弟子。"

任阳云满是茧子的手掌抚上她的脸,擦去泪水,他笑着,但也心酸地说:"好了,别哭了,这妆容多好看,如今一哭,全花了。你这泪痣原来是假的吗?怎么掉色了呢?"

宋惜惜哭得跟个泪人似的:"师父,你们骗我,一开始说来,后面又说不来,结果来了,你们诓得我好几晚都睡不着,我都要出门了,你们才来。"

这眼泪擦了又擦,她才把来的人一个个地看清楚。

师父,师叔,大师兄,二师姐,三师姐,四师兄,五师兄……

赤炎门的掌门也带着一众弟子过来了,沈万紫在冲她做鬼脸,做鬼脸的时候,沈万紫的眼睛红了。

镜花派、古月派、青玉派的人,江南世家沈家的大公子,还有很多门派的人她都没见过……

还有辰辰、"馒头",他们全都站在自己师父的身后,冲着她笑,也对着她落泪。

因为嫁妆已经出门,过了半个时辰,宋惜惜便要出嫁了。

谢如墨之前说过会登门迎亲,所以她哭花的妆容又要麻烦妙仪阁的娘子重新整理了。

但是,宋惜惜根本收不住眼泪,捶完了师父,又去捶大师兄,对着二师姐实在是捶不下去,只能一把抱住她:"二师姐,我以为你们不来了,我难受死了,我以为你们不要我了。"

二师姐萍无踪笑着给她擦眼泪,只是眼眶也发酸:师妹,她的小师妹啊!唉,吃了那么多苦,受了那么多罪,硬是全扛下了。

萍无踪心里疼得很,给她擦着眼泪,温柔地道:"好了,咱们不哭,今天最高兴,也要最漂亮,怎么能哭呢?"

萍无踪身材高挑儿,长相秀美,乍一看是大家闺秀的模样,没几个人知道她的轻功有多厉害,她的隐藏与伪装之术有多厉害。

她是当今武林第一探子,除了是万宗门的二师姐,还是云翼阁的阁主。

只不过云翼阁被她交给了副阁主打理,她习惯了东奔西跑。今日来的就是云翼阁的人,她以云翼阁的名义单独送了一份嫁妆。

443

妙仪阁的娘子也算是见过大场面的人，但是忽然来了这么多武林人士，而且打扮得不像一般的江湖汉子那般落拓，一个个衣衫华贵，不知道的人还以为他们是世族大家的人。

七娘子本想帮宋惜惜整理妆容，但见她还哭着，只得站在一旁，等她叙完话，哭完了再给她整理。

宋惜惜刚把眼泪擦干净，又看到师叔站在大师兄的身侧，她心里又是一阵委屈："师叔，我这不是哭，我是开心，不知道为什么就掉眼泪了，你可不能罚我。"

师叔巫所谓淡淡地看了她一眼："这一次师叔饶过你，下次再哭，扎眼睛伺候。"

巫所谓掌管万宗门的门规，大家都怕他，就连师父任阳云见了他，也要谄媚地拍马屁——如果他自己有什么行为不检，被师弟抓住了，那也是没有情面可讲的。

任阳云在被罚过一次之后，就开始后悔：当初自己为什么要找师弟来万宗门执掌门规？他日日后悔，夜夜后悔，但是请魔容易送魔难啊！

巫所谓制定的第一条门规，就是没有他的允许，任何人不许脱离门派，包括他自己，谁敢提出来，就处罚谁。

宋惜惜捂住眼睛，仿佛真的会被师叔扎眼睛，但手指是展开的，能看到师叔，师叔今日竟然穿着锦缎衣裳，她顿时止住了号啕大哭的冲动，惊愕地道："师叔，您今日怎么穿锦缎了？您不是不爱穿锦衣吗？"

师叔视钱财如粪土，平日里总是穿着土布衣裳加草鞋，再冷的冬日，也顶多是多穿一件外裳，全靠一身正气抵挡寒冷。当然，他内功深厚，也不怎么觉得冷。

师叔也不爱和权贵子弟来往，所以之前宋惜惜怎么都没想到谢如墨会是师叔的弟子。

巫所谓"哼"了一声，一甩衣袖："感觉浑身长了荆棘似的。若不是因为你们二人大婚，我怎么会穿？"

师叔是高傲的人，高傲的人自然是要面子的，所以他狠狠地瞪了宋惜惜一眼，意思是你如果再说这件事，不管你是否大婚，我都要把你的嘴巴缝起来。

宋惜惜自然是不敢再说的，拿眼睛扫了一下，却没瞧见"棍儿"，哽咽着问道："'棍儿'呢？'棍儿'没来吗？"

沈万紫"扑哧"一声笑了："他是古月派给你添的嫁妆，嫁妆自然是被抬去王府了。"

宋惜惜看向古月派掌门，古月派掌门素来严厉，今日竟然显得慈眉善目。

宋惜惜有些难过：古月派就一个男弟子，还被拿来给她添妆了。

陈福擦着眼泪上来："姑娘，花轿马上便要临门了，快些把妆容整理整理。"

宋惜惜见了师父、师兄他们，话都没说两句便要嫁过去，有些不舍，忸怩地道："能不能再缓一个时辰？"

"不行的，姑娘，一定要在吉时拜完堂。"

萍无踪牵着她的手："走，回去把妆容整理好，大喜的日子，哭哭啼啼的像什么话？我们是来送嫁的，到时候会一同随你过去，北冥王府有我们的席位，我们就在那边吃喜宴。"

宋惜惜眨着被水雾笼罩的蒙眬眼睛："那就是说，王爷知道你们要来？"

"他知道，但是他不知道你不知道。"

好吧，既然如此，那他也不算知情不报。

收拾好心情，她站起来对前来祝福她的门派掌门和弟子们拱手致谢。

"不用了，快去装扮。"任阳云挥手。道什么谢？这都是他的人情。

宋惜惜"哦"了一声，转身离去，心道：师父着实没礼貌呢。

宋惜惜正在装扮的时候，门外锣鼓喧天，门房急急进来禀报："北冥王的迎亲队伍来了，王爷亲自来迎亲，王爷亲自来迎亲。"

师叔巫所谓最受不得这样的大呼小叫："怎么了？他娶媳妇，亲自来迎亲不是应该的吗？吼什么吼？他敢不来，我把他的耳朵割掉。"

门房对上巫所谓那双尖刀似的眸子，顿时噤了声，退下了。

王清如觉得如今自己最大的优势，就是战北望会亲自过来迎亲，而身为亲王的谢如墨是不必的。

可当她听到禀报，谢如墨带着迎亲队伍提前来了时，她整个人当场呆立。

宋惜惜怎么值得谢如墨待她这么好啊？和离了，还对前头的夫婿无法忘情，这样的女人怎么值得？

不过，她若是善于伪装，谢如墨定然是不知道的。

正在出神之际，王清如听到门房来报，说战北望来迎亲了，她收敛心神，任由嬷嬷把她的红盖头盖上。

宋惜惜拜别了父母兄嫂的神位之后，也出门了。

两位新娘子几乎是同时出门的，只不过排场和两位新娘子的心境完全不一样。

宋惜惜被红盖头覆盖着，只能看到自己的裙摆和行动时露出来的绣花鞋。牵她的手的人是二师姐，二师姐的手指修长，握着特别有安全感。

喜婆在前头说了许多吉祥话。宋惜惜看不到人，只能依稀感觉自己到了府门附近，面前有压迫感，估计来的人不少。

"丫头，要上花轿了，以后要乖。"任阳云走到她的身边，轻声道了句。这是泄露情绪的一句话，有种作为老父亲的心酸与期盼。

以后要乖。

她只要乖就不惹事，不惹事就让人省心，他也不用一直给人家免租。

唉，这么个野丫头，又嫁人了。

当初宋惜惜首次出嫁的时候，任阳云没来，但是给宋夫人来过信，说自己了解过战将军府，看样子门风一般。而且，一个破落门第的武功不算出众的人要娶他的得意弟子，任阳云不满意。

只是宋夫人回了信，说婚事已定，任阳云到底只是师父，不是亲父，无法阻止，去和师弟巫所谓商量之后，巫所谓冷冷地说："不去就是最大的抗议。如果将军府的那个战北望是值得托付终身的人，你到时候再送些嫁妆；如果不是，那你留着吧，还有二嫁。"

看，师弟的嘴巴又毒又像是开了光，她真的有二嫁。

这一次她没有父母，他们自然是要来的。

但是不给这丫头点儿惩戒怎么行？遇到事情，不想着回师门，自己一个人扛。她要是真的这么能扛，当初在万宗门被师叔打的时候，就不会到处找人求情，自己扛着就是。

宋惜惜下意识地去牵师父的手，却见一只手递了过来。

那只手宽而长，手掌心满是茧子，手指修长，指甲修剪得很整齐。

最重要的是，手掌往上一点儿，是绣了龙纹图案的喜服。

亲王喜服可用龙纹，朝服也可，就是不能用五爪九龙纹。

是谢如墨，她的夫君。

她略一定神，把手放入他的手掌之中。他显然没有牵手的经验，先是手掌合拢包着她的手，随即胡乱转了几下，终于与她十指交握。

宋惜惜心跳如擂鼓，吵得仿佛耳膜都在震动，甚至有一种眩晕感。

如果不是这样，她会听到牵着她的手的那个人，也是一样心跳如擂鼓。

谢如墨牵着她的手走向花轿。路上似乎有人说这样不合规矩，是喜娘背着新娘走向花轿的，但他不管，去他的规矩，他的王妃，他自己牵，他们会并肩走，一起走向他畅想的幸福未来。

当然，他们俩是没有办法并肩的，他比她高很多，但谁管呢？他一步步像是踩在棉花上，这一幕比梦境还梦幻。

他曾经伤心绝望，但谁能想到上天待他竟然如此好，他竟然还有这般福气。

师父方才用眼睛瞪他了，意思是他没有规矩，没问安，没行礼，但现在谁管得了这些啊？师父要罚便罚呗，打几鞭子又不痛。

他的眼里只有惜惜，他的娘子，他的王妃。

好吧，师门确实来了很多人，但对不住了，他的眼里只容得下他的娘子。

他调整呼吸，怕自己晕过去。

两个人一步步走向花轿，他是想把人直接抱起来的，但是不行，他纵然武功高强，充满力气，这一刻全身都是软的，他感觉自己走路都是东倒西歪的。

他的克制力呢？没了！

好在喜娘是个有眼力见儿的，在一旁扶着惜惜，稳住了三个人的步伐，他们终于走到了花轿前。

那一刻，宋惜惜很想掀开红盖头看一看穿着喜服的谢如墨，她的手都放在盖头底下了，又被二师姐打了回去。

好吧，有师父在，有师兄、师姐在，她轻浮了，不记得母亲曾教过她的规矩了。

她顺利地坐上了花轿，轿帘落下的那一瞬间，锣鼓声响起，鞭炮声响起，把她吓得一哆嗦。

她失态了，好在没人看到，但这心跳如擂鼓啊……

不怕不怕，师父他们带着瑞儿都在后面的队伍里跟着呢，她的娘家人，她的娘家人啊！

可惜她瞧不见，瞧不见前头的谢如墨差点儿连马背都爬不上去。

听到人群中发出一阵哄笑，谢如墨的脸顿时红得跟这喜服一样，他提起内劲，准备以一个超帅的姿势跃到马背上。

好，好，好，过了，跃过了，他落在了马儿的另外一侧。

好，好，好，今天他这脸是丢大了。

陪同过来迎亲的皇家亲王、郡王，一个个笑得弯下了腰。

师叔巫所谓的脸都黑了，心中产生了把他逐出师门的念头，但最后还是决定再给他一次机会。

还是张大壮知晓王爷是太激动，整个人飘飘然了，才会如此失态，当即上前扶了一下，谢如墨才顺利上马。

在马背上，谢如墨用冷冽得几乎要杀人的视线扫过那些笑着的人，目光所到之处，人们的笑容瞬间凝固。

好在这只是一段小小的插曲，在锣鼓声和鞭炮声中，大家热热闹闹、喜气洋洋地回王府了。

宋惜惜的陪嫁队伍里头，有"几颗珠"和梁嬷嬷加一个侄儿。黄嬷嬷和陈福就留在国公府，打理国公府的事务。

田产、庄园、店铺总得有人管着，为瑞儿守着这份家业。

黄嬷嬷则负责培养一些人，等日后瑞儿回来袭爵，如此一来，府中便都是可靠之人了。

而且，神位每日的一炷香，也要由熟悉的人去上。

两支迎亲队伍迎头碰上了。

战北望看向谢如墨，谢如墨也看向战北望。

目光对碰，谢如墨的心中只有感激之情，感谢对方放弃了宋惜惜。自然，感激是一回事，这人欺负过惜惜是另一回事。

战北望的目光十分复杂。曾经，他也是这般意气风发地把宋惜惜迎娶回府中。那时候，他觉得自己是天下最幸福的男子。

可天意弄人，如今宋惜惜成为北冥王妃，他娶了一房又一房，心中却始终有所缺失。

因此，他看向谢如墨那复杂的目光里包含但不限于羡慕、忌妒、怨恨、不甘、难受、心酸……

到了这一刻，他仿佛才真正意识到，他和宋惜惜再也回不去了，他们之间是真的再无关系了。

冲动之下，他在二人擦肩而过的时候说了一句："恭喜王爷，娶了我们将军府不要的弃妇。"

他知道自己有多不理智，他知道这句话意味着什么，他知道自己或许要面对北冥王的震怒。

但是竟然没有，谢如墨只是冲他一笑，勒住了马儿，轻轻地道了句："多谢你双眼尽瞎，才让本王娶得心头所爱。"

战北望一怔，看着北冥王意气风发地带着迎亲队伍离去。

什么意思？他的心头所爱？

他娶宋惜惜不是迫不得已的吗？

远去之后，谢如墨收敛了笑容：找死。

张大壮在前头牵马，自然也听到了这句话，他低声地问了句："揍否？"

"明日！"谢如墨的薄唇吐出两个字。今日是大喜的日子，不宜见血。

最重要的是师父在。动不动就说什么门规家法的，他可不想新婚之夜还要消受师父的棍棒。

顿了顿，他添了两个字："群殴。"

张大壮正要点头，却听见巫所谓那阴森森的声音传来："给我消停点儿，用得着你？"

谢如墨顿时挺直后背，面向前方，目不斜视。

师父的声音，有时候听着真的很吓人，这大喜的日子，师父可以不用这种语调说话吗？

一路鞭炮齐鸣，伴随着喜庆的锣鼓声，很快，花轿便到了北冥王府。

都是权贵府邸，王府和国公府相隔不远。

此刻，日头还挂在天边，正在徐徐落下，把天边的云层染得像织锦一般瑰丽。

早上还在下雪呢，中午就放晴了，现在，夕阳仿佛给世间镀了一层金箔，并没有日暮黄昏的苍凉感，反而有一种大气磅礴的美。

花轿在北冥王府的门口停下。宋惜惜感觉自己全程跟个瞎子似的，两眼一抹黑，哪怕下了花轿，除了见到自己的喜服衣摆晃动，便只能看见不少双脚在自己的面前转来转去。

她想往里头走，但是喜娘和二师姐都拉住她，又一阵震天的鞭炮声响过之后，二师姐和喜娘才牵着她进去。

地上铺着红地毯，与红盖头几乎一个颜色。宋惜惜不能总是低头，不然凤冠会松掉，所以她只能直着脖子，偶尔扫一眼脚底，以免自己踢到门槛。

不是，她记得上一次是喜娘背着她进去的啊，怎么这一次要自己走？

她自然不知这是师父任阳云的意思：嫁人了，以后许多路就要自己走了，如果连这门槛都迈不过去，以后怎么让人放心？

不过，任阳云最真实的意思其实是：不是什么都要自己来吗？好啊，自己走啊，走啊，石阶啊，门槛啊，都自己走啊！

进了王府，宋惜惜只听到处处都是嘈杂之声，夹杂着很多恭喜的话语，有些声音是熟悉的，有些声音是陌生的。

还有大长公主那讨厌的声音，噢，嘉仪郡主这个讨厌的人也在啊，她的婚礼脏了。

师兄是最受宾客欢迎的，盖过了她这个新娘子的风头，但是不要紧，因为沈万紫悄悄地走了上来，握住了她的手："猜猜我是谁？"

"幼稚！"宋惜惜笑着说，"你是'棍儿'。"

"你才是'棍儿'。"沈万紫"扑哧"一声笑了，"'棍儿'这会儿估计在侧厅摆着，他是嫁妆。"

宋惜惜也"扑哧"一声笑了，心里没有那么紧张了。

不知道现在在走什么流程，反正宋惜惜就站在这里，听到有人说"摆下香案"什么的，心里胡乱地想：摆下香案？她和谢如墨要结拜了吗？

哈哈，好好笑。

好吧，其实不好笑，但是她的脑子就是忍不住胡思乱想，因为她什么都瞧不见。

然后她听到有人喊慧太妃坐在主座上，新人准备拜天地、拜父母。

又是一阵闹哄哄的响动，似乎是慧太妃坐上去了，有人要求再摆一把椅子，因为任阳云要坐上去让他们拜师父。

但是任阳云是宋惜惜的师父，新娘子应该是在家里拜别了父母之后才来到这里的，新娘子的师父怎么能在男方家的礼堂接受新人的拜礼？

这不合规矩！

不过，不合规矩无所谓，巫所谓会出手。

只听到他严厉的声音响起："天地君亲师，我是谢如墨的师父，受他一拜又如何？"

总之，万宗门的人坚决要求要有女方的人在这里接受拜礼。

谁管什么规矩？江湖人讲规矩，谁的拳头硬，谁就是规矩。

巫所谓的道理是通的，作为师父，他坐在那里绝对没问题。

然后巫所谓又说：他的师兄在，师兄站着，师弟坐着，不合规矩，京城有这样的规矩吗？

这一句反问，大家细思，觉得也合情合理，好吧，任阳云得到了他的椅子。

就这样，一段连着同心结的红绸带被塞到了宋惜惜的手中，另外一头是谢如墨牵着，二人站在了一起。

这个环节宋惜惜熟悉啊，她毫不犹豫地转身对着外头，甚至还提点了谢如墨："先拜天地，我们要面朝外。"

谢如墨慢慢地转了过去，声音平静无波："听司仪的，今日主持我们婚礼的是礼部尚书。"

宋惜惜没作声了，自知失言。

娶个二嫁的人也挺委屈他的，自己就不要再提与此有关的事了。

拜完天地之后，宋惜惜便被送入洞房了。这一路可太远了，而且全程不能掀开红盖头，红盖头要留到新房里，让谢如墨掀开。

盖头掀开之后就是喝合卺酒，喜娘进来说吉祥话，一堆人进来讨赏，然后她留在房中，他出去应酬宾客，等到开席的时候，他们再一同出去敬酒。

这个流程她熟啊！

二人进了洞房之后，流程确实是按照宋惜惜熟悉的那样去走的。

喜娘进来，说了一大堆贺词，不外乎"夫妻百年好合""早生贵子"之类的，然后梁嬷嬷在一旁打赏。

接了赏赐之后，喜娘递给谢如墨一把金色的秤杆，笑着道："掀开红盖头，富贵又长寿。"

谢如墨稳住自己的呼吸，将秤杆往宋惜惜的面前递过去，他的手竟微微颤抖。

宋惜惜看着那秤杆被递了进来，然后那秤杆轻轻地顺着她的下巴往上挑，她猛地把头往后仰，秤杆脱离了她的下巴，顺利地搭到了红盖头，慢慢地掀起。

宋惜惜："……"

她不向后仰的话，他是准备直接戳她的下巴吗？啊，好惊险。

谢如墨："……"

他刚刚是不是挑到她的下巴了？啊，好紧张！

红盖头被挑起之后，喜娘过去把红盖头直接取下。

四目相对，彼此的眼中都有惊艳之色，那一瞬间，二人都屏住了呼吸。

谢如墨的心跳越发地快，目光一刻也舍不得从她的脸上移开。今日她这么美，是他从没见过的美，像一只躲藏在桃花树下的桃花精灵。

宋惜惜望着目若朗星的他，他比之前更加丰神俊逸，喜服上的龙纹彰显着他的地位，贵族气息里不掺杂一点儿清冷，反而眼神温柔缱绻，长身玉立，仿如神祇降临。

二人对视得面红耳赤，却依旧舍不得移开视线。

有些东西是奇妙的，在对视的时候，彼此都感觉到了。

直到喜娘在一旁说："王爷，王妃，外边的夫人和姑娘们要进来讨赏钱，沾点儿喜气了。"

宋惜惜这才一怔：不是要先喝合卺酒吗？

还没等她问，一堆人便拥进了新房。

让宋惜惜感动的是，沈万紫、辰辰、"馒头"，还有脖子上系着一条红绸带的"棍儿"挡在了最前面。

所以后面的那些小媳妇大姑娘都只能隔着四个人组成的人墙给他们道喜。

道喜之后，许多人说他们两个人都长得那么好看，郎才女貌，金玉良缘，简直就是天生一对。

一大堆恭维之词连续涌来，不时响起低低的尖叫声，都是为他们今日的容貌所震惊的人发出的。

这方面，宋惜惜要比谢如墨更能控场。她笑盈盈地福身，道："多谢大家的祝福，有心了，今日多喝两杯。嬷嬷，给红封，让大家也沾点儿喜气。"

梁嬷嬷挽着一个大袋子，里头满满的都是红封，每一个红封里面都是一对金瓜子。

皇家婚宴，给金瓜子也算不得奢侈。

但是，当这些夫人和姑娘去看嫁妆时，见到嫁妆把整个侧厅都堆满了，一直堆到回廊里，就连慧太妃都被震惊到了。

能来这里的，多半是权贵家里头的小娘子和大姑娘，所以讨了个彩头便出去了。

谢如墨也不能在新房里逗留太久，他作为新郎官，要出去招呼宾客。

他依依不舍，一步三回头，终于离开了新房。

他一走，梁嬷嬷便坐了下来，捶着发疼的双腿，今日是开心，但也是真累啊！

"棍儿"和"馒头"也要出去，新郎官出去之后，这里只能有女眷。

沈万紫和辰辰留在新房里。至于师姐们，一个都没进来，估计是在外头一同招待宾客。

看师父和师叔今日的架势，仿佛是要反客为主，把北冥王府变成自己的主场。

"惜惜，你今天好美啊！"沈万紫捧着宋惜惜的脸，恨不得一口亲过去，眼中冒着小星星，"你怎么长得那么美啊？要是别人长这样的脸，我一定要把她的脸划了。"

辰辰在一旁笑着道："比你好看的人多了去了，怎么不见你去划？"

"你给我闭嘴，今日你们镜花派没我们赤炎门那么有排场，我和惜惜说完话才轮到你。"沈万紫凡事都要争个高低。

辰辰偏不。她坐在惜惜的右侧，把惜惜的脸转了过来，"呜呜"地叫了两声："我以后若是嫁人，也要打扮得这么好看。"

沈万紫把宋惜惜的脸扭了回来，"哼"了一声："你的脸，再打扮也没有惜惜好看。"

"谁说的？"辰辰又把宋惜惜的脸扭了回去。

宋惜惜伸手压住二人的肩膀："停。问你们，是不是我师父不许你们先进城，非得等到我出嫁的时候才进城？"

说自家师父的坏话以及说对家师父的坏话毫无压力。

宋惜惜扬扬手，让"几颗珠"出去守在门外。

沈万紫什么都敢说，道："我们来了两天了，但是不许入城，是你师父下令的，让大家在城外一个小镇的客栈里住下。那个小镇贼人多，好在我们这边高手也多，才不至于让嫁妆丢失。"

两天前，那就是大师兄离开的时候，估计他那会儿是出城和师父会合。

"不过你师父每天都会带着你二师姐进京城，早上出去，到傍晚才回，也不知道是在打听些什么消息。今日我们午时就在城外等着，看着时辰，估摸着你的嫁妆差不多要出门了，我们才飞快地跑进来。"

沈万紫吐槽："我都没这么狼狈过，但是也好高兴啊！感觉我们全城瞩目了。"

辰辰也激动得很："我都没见过这场面，哇，真的太热闹了！我们镜花派是师兄喊的话，师兄的声音多洪亮啊！我估计整个京城的人都听到了。"

宋惜惜弯着眉笑道："那是肯定的。"肯定是夸张的，整个京城多大啊！

"那个小镇就是太冷了，客栈里头取暖的炭熏得我的眼睛都痛了。"沈万紫抱怨"我那么娇贵的人，吃这种苦，也只有你宋惜惜有这个面子。"

沈万紫总说自己娇贵，总是喊苦，但是在战场上，她只在闲下来的时候喊，真要上的时候，她是一声都不吭的。

辰辰则道："也没什么，就是吃得太差了，厨子也不知道在哪里学的手艺。"

门派里头总有几个出色的厨子，做出的菜色香味俱全，尤其是辰辰所在的镜花派，饭食好吃是出了名的，他们的门派就像一个厨子训练营。

宋惜惜的眼睛有些湿润："让诸位掌门和这么多弟子窝在那个小镇的客栈里，这份情，我欠大了。"

沈万紫道："又不要你来还，你师父还。你师父说了，如果在受邀名单上的门派不去，以后便与万宗门断绝来往。"

辰辰"扑哧"一声，笑道："丐帮的人倒是想来，可你师父嫌人家脏乱臭，不许人家来，丐帮帮主这会儿难受着呢。"

宋惜惜"嗯"了一声："丐帮不来也好，我一见到他们就来气，分明知道有人假借丐帮的名义，在外头拐卖小孩去做小贼和小乞丐，他们都不管。"

沈万紫说："丐帮换了帮主之后就不如从前了，希望他们以后大选能选出个贤能之人。"

说了这些，沈万紫又迫不及待地问她："嫁给元帅，心里是什么感受啊？我瞧他今日俊美得很，你一定心动了吧？"

宋惜惜支着下巴："我们俩就是搭伙过日子。他从前有个喜欢的人，但是那个女子嫁人了。哎，我怀疑那个人是我，他今日瞧我的眼神和往日的不一样。"

沈万紫睨了她一眼："你是怎么好意思这么怀疑的？你一直都在梅山，也没见过他几回。"

"他是我师叔的弟子,但是我确实没见过他,他倒是见过我。"

"得嘞,在梅山见过你的话,我可以肯定他绝对不会喜欢你,梅山上那么多男弟子,哪个喜欢过你?见你都怕,见你就躲,也就'棍儿'和'馒头'与你亲近些,那也是因为'棍儿'穷,想蹭点儿好处。"

宋惜惜不服:"我长得好看。"

"长得好看有个屁用,整天摸爬滚打的,像个泥猴子,一年到头,你的身上、脸上没几日是干净的。"

宋惜惜想起自己在梅山的模样,心里生出的那点儿怀疑顿时消散了。

是的,谁见了那个泥泼猴还会喜欢呢?

以前她不会以为谢如墨喜欢的那个人是她,但是自从她有了一点点动心之后,竟然生了许多妄念,比如,有没有可能,他心里喜欢却又另嫁的那个人是她呢?

今日的王府甚是热闹。

满朝文武,四品以上的,大部分都来了,没来的,要么去了平西伯府的嫁女宴席,要么去了战北望那边的娶亲宴席。

但是,今日议论度最高的,竟然不是宋惜惜这位新王妃,而是任阳云及其带领的一群武林人士。

光是任阳云就足够大家议论纷纷了。

任阳云是谁啊?任家当初可是京城的风云家族啊!只是最后退出了权贵圈,去开宗立派。有些有见识的人说,武林虽说没有武林盟主,但是任阳云的地位,基本相当于武林盟主了,原因无他,能打钱多。

能打,武功奇高,此人不知有何奇遇,武功竟然练得出神入化。

钱多,这不用说,任家积攒财富这么多代,买的山头、田地,估计连他自己都数不过来。

光是一个梅山就多大啊!梅山可不是一个山头那么简单,它可是延绵百里,山下的庄子、田地不计其数。至于任家在别处置办的产业,那就更多了,就连京中的好多商铺都是他买下的。

他这一次带来的人也没几个看得出有江湖习气,都比较懂礼仪,温文尔雅谈不上,不过瞧着就是有素养的人。

这颠覆了权贵和官员们对江湖人士的认知——

他们一直以为这些人只是莽夫而已,不太瞧得上眼,毕竟许多门派的子弟出来都是当护院的,值得谁高看一眼呢?

讨论度第二高的就是他们添的嫁妆。

嫁妆是会摆出来给人看的。

万两黄金,用好多个箱子装着,全都是一锭一锭的金元宝,纯度有多高就不用说了，在场的都是见惯了黄金的人。

至于奇珍异宝，有些他们见都没见过。

那些东珠一颗有多大呢？这么说吧，他们若是得到一颗，也会炫耀好一阵子。

但这里有四五斛。

这哪里是添妆啊？这分明就是要养北冥王妃十生十世，就算以后北冥王娶很多侧妃、夫人、妾侍，生得满屋都是孩子，也无法撼动她正妃的地位。

就连慧太妃都被惊到了，她巡视嫁妆的时候，全程哆嗦着手，心里一直喊着"天老爷啊""天老爷啊"，她爱极了这些珍贵的东西啊！

不过，当北冥王牵着新妇出来敬酒的时候，宋惜惜就一跃成为话题的中心。

都说冲冠一怒为红颜，这"红颜"指的就是宋惜惜这类美人。

今日的她美得发光，像一颗耀眼的宝石，不管去到哪一桌，大老爷、大夫人、小娘子、大姑娘，那眼睛都移不开。

尤其是她面色羞红，含娇带笑时，大家的眼珠子都要钉死在她的脸上了。

在场的许多皇室宗亲和文武官员都是见过宋惜惜的，在庆功宴上。

那时候的她就算不能用邋遢来形容，也只能说大家都希望离远点儿，别被她熏着，至于那红铜似的脱了皮的面容，不看也罢。

谁承想，她竟然这样美，美得倾国倾城，美得娇艳绝伦，美得让人心旌摇荡啊！

那个易昉，大家是见过的，战北望怎么舍得抛弃这么一位绝美的夫人，另娶他人呢？

这真是让人百思不得其解。

宋惜惜脸上的红晕倒不是妆容所致，而是谢某人一直牵着她的手，原来执子之手是这种感觉。

在出嫁的时候，谢如墨就牵过她的手，但当时她有太多情绪，注意力一时没全在手上。

如今，这一桌一桌地敬酒下来，他就没松开过她的手。

心跳在他的牵引下加速，如同小鹿乱撞，充满了亢奋与期待。

他喝了好多酒，脸色也红了，从她的角度看去，能看到他的侧脸、他的下颌线，她警告自己不能再看，否则这颗心就不是她自己的了。

酒过三巡，任阳云也带着万宗门的弟子起身敬酒。

莫说任阳云，就是沈青禾，他前来敬酒，丞相都要站起来回敬的。

这门亲事是颜太傅保的媒，所以任阳云敬了颜太傅三杯。他喝三杯，颜太傅只需要浅尝，给足了太傅面子，也顾着太傅的身体，不让他多饮。

宋惜惜看着万宗门的人起身敬酒，眼睛一下子就红了。

他们无疑是在给她撑场子，哪怕今日这个场子是北冥王府的，可他们就是要告诉所有人，这场子以后也是她宋惜惜的。

虽说高门娶妻嫁女都没有这个规矩，可他们是武林中人啊，谁会与他们计较呢？再说了，任阳云本就是权贵出身，加上还有一位沈青禾，这面子谁能不给啊？谁又敢说他们做得不妥呢？

至于大长公主和嘉仪郡主，今日全程黑脸，不黑脸的时候，表情也阴阳不定的。

大长公主寻了个机会，坐在了慧太妃的身侧，轻轻叹息道："慧太妃啊，本宫忍不住为你日后的日子担心，儿媳妇有如此强大的靠山，你这个当婆母的莫说立规矩了，怕是明日给你敬茶，她都不愿意。再者，日后与她相处，你也得小心些，若言语上有什么不周到的，怕是要遭报复。"

慧太妃今日心情复杂，实在是自己都品不出真正的滋味来。

自然，今日北冥王府的风光举世无双，她是高兴的；宋惜惜有这么多的嫁妆，这么多的人脉，她也是高兴的。

可这福气是落在北冥王府的头上，而不是落在她的头上。

如今被大长公主这么一挑拨，她的心里更是有难以言说的感受。

莫非自己以后真的要看儿媳妇的脸色过日子吗？哪里有这样的规矩？当儿媳妇的敢不孝顺，言官都要参死她。

可今日这场景，又怎能以常理来论呢？

就怕宋惜惜表面孝顺，背地里给自己使绊子，那就麻烦了。

慧太妃也算是有几分自知之明，知道自己这么多年都是被人娇宠着长大，在后宫也有长姐护着，实在没什么手段，若宋惜惜是个擅长玩弄手段的人，自己是真要吃大亏啊！

高兴的劲头没了，她只剩下忧心，觉得入王府居住也索然无味。

那日宴请宾客时，她也看出来了，其实很多人没拿她当回事。

她好歹是太妃啊，原想着以往没有好好经营这些人脉，她们一时半会儿不亲近她也是可以理解的，但宋惜惜如此风光地入门，这北冥王府以后哪里还有她的位置？

她一时心灰意冷起来。

大长公主见自己三言两语便挑拨成功，心里直骂"蠢货"，同时给嘉仪郡主使了个眼色。

嘉仪郡主在一旁道："母亲这话，女儿可不认同啊，宋惜惜的靠山再厉害，我商朝始终是以仁孝治国，若不孝，便是犯下大罪。即便是我这个当郡主的，对我婆婆也不敢不敬，入门那会儿，我也足足站了一年的规矩呢。"

这话说得慧太妃的头颅又抬了起来。没错，宋惜惜就算有今上给她做靠山也没用，孝道在她的头顶上悬着呢，她敢不孝，孝道这座大山就能把她压死。

慧太妃又得意起来。

大长公主"呵呵"地笑了一声："只怕未必啊，不信的话，明日你说取她一斛东珠，看她给不给你，就知道她是否孝顺了。"

那些东珠可让大长公主忌妒得发狂。

慧太妃是个要面子的人，听到大长公主这么一说，当即道："怎么会不给？不就是东珠吗？我都不用问她，直接拿便是。"

大长公主"哈哈"地笑了一声："是吗？那你现在便去拿几颗交给本宫保管，若她没有追着不放，便算我输了，东珠悉数奉还，再输给你三千两银子；但你若输了，这东珠可就归我了。"

嘉仪郡主在一旁笑道："母亲，这可不行，若是回头宋惜惜追问起来，责怪太妃，岂不……唉，别说了，太妃不敢的。"

可以说，慧太妃完全被她们母女俩拿捏住了，"单纯"得有些可怕，也最受不得激将法。

她当即道："不就是几颗东珠吗？我拿了，她还真的敢生气不成？"

分明她方才还担心宋惜惜背后的靠山这么大，她以后当婆母立不起来，现在别人说几句话她就能了，很能了。

她当即离席，扬着下巴，带着高嬷嬷去了偏厅。

这会儿，外头的人吃着酒席，也敬着酒，看守嫁妆的人就那么三两个，毕竟府中宴请的宾客都是有头有脸的人，谁也不会做那宵小。

守着嫁妆的是于今先生安排的侍卫，他们见慧太妃来了，不疑有他，行了礼，便让她进去了。

慧太妃背着手，围着一屋子的嫁妆转了个圈——实在是难以下脚，屋子里几乎摆满了，只空出一道缝隙让人走。

四斛东珠就这样打开摆放着，一颗颗圆润光亮，东珠特有的光泽不是一般的珍珠可比拟的。

"四斛，加起来得二百来斤吧？我的天，哀家都没见过这么多东珠。"慧太妃再一次震惊了。

高嬷嬷觉得大长公主不怀好意，便小声劝道："太妃，您这身份可不能做这种事，您要是拿了儿媳妇的嫁妆，传出去不好听。"

慧太妃用一副看傻子的模样看着她："当然啊，哀家怎么会做这种事？"

高嬷嬷抚着胸口，舒了一口气，她怕太妃真的上当了，但是这口气还没舒完，就听到太妃说："哀家肯定是不会拿的，否则为何带你来？肯定是你拿。"

高嬷嬷瞠目结舌：什么？

"你怕什么？若真的出了什么事，难不成哀家还护不住你吗？"慧太妃回头瞧了一眼外头，低声道，"快些，就拿三颗，没人会发现的，这么多呢，少十来颗都不会有人知道的。"

高嬷嬷不敢相信地看着慧太妃：这是她带大的娃吗？竟然如此坑她，让她临老做贼？古人诚不欺她啊，老而不死是为贼！

但是她能怎么办啊？这是她宠着长大的小姐啊，报应啊！

第一次做贼，高嬷嬷很紧张，虽然太妃挡着外头的人的视线，但是高嬷嬷伸出去的手还是微微颤抖。

高嬷嬷心跳如擂鼓，抓了一把东珠，也不知道有几颗，迅速地揣到兜里，然后若无其事地转身。好在门外的人没有看进来，毕竟是太妃啊，谁能想到太妃会来偷东西啊？

太妃带着心惊胆战的高嬷嬷巡视了一圈，装模作样地道了句："嗯，这些嫁妆果然丰厚，有不少奇珍异宝呢。"

高嬷嬷摸了一下额头，这么冷的天，她愣是出了一身虚汗。

"好了，我们出去吧，还要招待宾客呢。"

慧太妃说完，就出了门。高嬷嬷马上追过去，做贼的负罪感让她备受折磨：老天爷一定要原谅她啊！她也是不得已的。

慧太妃和高嬷嬷刚走，守门的侍卫就对视了一眼，其中一人点点头，便迅速离开去找于今先生。

"当真？"于今皱起眉头。

"属下不敢诬陷太妃，也不敢阻止，怕让太妃颜面尽失。"侍卫说。

"行，你回去守着，这件事先别声张。"于今先生道。

侍卫走了，于今便倒了一杯酒，拿在手上，在酒席间转悠了一圈，从屏风的缝隙看过去，刚好可以看到女眷那边，太妃正在和大长公主说话，然后把东西给了大长公主。

于今从这个角度看得清清楚楚，那东西就是东珠，瞧着起码有五六颗。

他也没声张，今日是王爷大喜的日子，任何事情都得往后挪一挪。

但于先生叹了口气：太妃是怎么想的呢？怎么会把自己儿媳妇的嫁妆给别人？正常人干得出这样的事？

他实在不明白，为何如此"单纯"的太妃生得出王爷这般聪慧睿智的儿子。

宋惜惜只敬了一轮酒，谢如墨便同她回了新房。他作为新郎，是不可能这么快被人放回去的，所以，他还得再出去。

宋惜惜是一路被他牵着手回来的，看着他离开，手掌上仿佛还有他的温度。

屋中烧着地龙，真暖和啊！暖和到心里去了。

原来动心是由不得人的，她再想管束好自己的心，也只能眼睁睁地看着它沉沦在谢如墨温柔的眼眸里。

梁嬷嬷进来，叫宝珠她们几个下去吃喜宴。下人也是能吃一顿的，菜肴同样十分丰盛，只不过在下院，不是在前院。

宝珠她们方才跟着姑娘一路敬酒，到现在还没东西下肚呢，确实饿了，但是她首先想到的是姑娘也饿了，道："嬷嬷，这里有一桌菜，能让姑娘吃吗？"

梁嬷嬷道："已经叫人做了小半碗面条，先让姑娘垫垫肚子，回头等王爷招待完宾客，再与王爷一同进食，王爷今晚也只喝了酒，还没吃菜呢。"

宋惜惜抬起头："光喝酒不吃菜，行吗？就没人给他挡一会儿，让他吃点儿东西？"

梁嬷嬷笑着道："哟，姑娘这么快就知道体贴夫君了？"

宋惜惜顿时脸色羞红："嬷嬷不要乱讲，空腹饮酒着实不好嘛！"

梁嬷嬷打发了人出去，然后把新房的门关上，有件事情是该让姑娘知道了。

如今姑娘都嫁过来了，木已成舟。

当初梁嬷嬷是想等圆了房再说的，但是这些日子发生的事，梁嬷嬷看在眼里，姑娘对王爷动心了，若再不告诉她，她会觉得很煎熬。

梁嬷嬷搬来一把椅子，坐在宋惜惜的面前，欣慰地看着她家姑娘。

今日姑娘真好看啊！比嫁给战北望的时候要好看多了。

不仅仅是妆容的问题，还有她心里是真的有北冥王，心里有爱，人便会容光焕发，那甜丝丝的感觉，从眼角眉梢都能瞧见。

"姑娘，高兴吗？"

梁嬷嬷拉住宋惜惜的手，摩挲着她手掌心里的茧子，然后拿出随身携带的香膏。这香膏是丹神医给的，可以软化肌肤上的茧子，还香香的。

宋惜惜用另一只手揉了揉后脖颈："也没什么高兴不高兴的，嫁人嘛，也不是头一次了。"

她开心，但是开心里也有点儿失落，因为她动了心，谢如墨却是为了一些别的缘故娶她的，他在凑合，她怎么能表现得很欢喜？她心里也得时刻这么提点自己，免得不知什么时候把心给了出去，以后他若冷淡地对待自己，她心里会难受的。

梁嬷嬷还能不知道姑娘的心思？有芥蒂的话，姑娘是会藏起来的。

这是她看着长大的娃啊！虽说她后来去了梅山，可这几年她一直在姑娘的身边，姑娘的心思是瞒不过她的。

"今日嬷嬷要告诉你一件事情，等我说完之后，你再看看要不要开心一下。"梁嬷嬷嗔怪地瞪了她一眼，"但以后可不能再把嫁过人的话挂在嘴边了。"

"什么事啊？"宋惜惜的兴趣被勾起来了。

嬷嬷又给她的另外一只手涂抹香膏，垂下眉目，掩盖了眼中的伤感："当初你回来说亲，登门求亲的人多了去了，不知有多少权贵门第都来过。"

宋惜惜点头："这件事情我知道的。"

"嗯，但你也有不知道的，你那时还没从梅山回来。"梁嬷嬷轻轻地把香膏揉开，叹了口气，"那会儿，侯爷……国公爷和公子们牺牲的消息传了回来，阵前岂能无大将？皇上便封了北冥王为收复南疆的大元帅。"

宋惜惜抽回手，自己揉着，垂下了眸子，睫毛湿润了："这些我都知道，嬷嬷不用说。"

今日说起父兄，她心里会很难受。

"听嬷嬷说完，"嬷嬷把眼泪逼了回去，今日是无论如何也不能掉一滴眼泪的，"北冥王在点兵出城之前的那晚，我记得已经是亥时了，夫人都歇下了，听说北冥王到访，夫人重新更衣出去见了他。"

宋惜惜一开始怔了一下，随即似乎想到了什么，心像是漏跳了一拍，声音都微微颤抖："这么晚，他来做什么？"

梁嬷嬷想起那时候的事，也觉得像是做了一场梦。

她轻声说道："他带来了一把匕首和一个诺言，他说，自己此番去南疆战场，一定会手刃杀害国公爷和公子们的那位将领瓦拉以及他所率领的军队，以此为聘，以匕首为信物，求娶姑娘。"

饶是方才已经猜出了大概，听到嬷嬷这样说，宋惜惜还是惊得说不出话来。

他竟然来求娶过她？

"母亲没答应，对吗？"宋惜惜睫毛微颤。

梁嬷嬷道："不，夫人答应了。"

宋惜惜疑惑："既然答应了，为何后来又应下了战北望的求娶？"

梁嬷嬷叹了口气："夫人答应他，是因为想让他安心出征，但是夫人觉得国公爷都没能真正把沙国人赶出南疆，北冥王也不可能做到，而且他此去凶多吉少……姑娘，夫人那时实在是怕了，怕了南疆战场这个地方，你别怪夫人，选战北望是因为她以为他能给你安稳的日子。"她重新执住宋惜惜的手，"夫人是英明的，自从掌家之后，从没做过什么错误的决定，唯一选错的就是你的婚事。那时候她最为重视的就是你的婚事，却看错了战北望。"

宋惜惜心头酸楚，心脏仿佛被一种无形的力量攥紧了，让她有些透不过气来。

谢如墨上南疆战场之前竟去求娶过她？

而且他做到了，瓦拉是他亲手杀的，他也收复了南疆，完成了父亲的未竟之业。

"姑娘，你可千万不要乱想啊，夫人其实很喜欢王爷，她将你许配给战北望的时候，跟关嬷嬷说了一宿的话，她说这么多求亲的人，她最满意的人是王爷，可惜他上南疆战场去了，去了那地方的人九死一生啊！

"除了这个原因，她也说了，就算北冥王打了胜仗回来，他是皇家亲王，以后府中侧妃、姬妾是少不了的，动辄十几二十人，以你的性子，是待不下去的。"

宋惜惜明白母亲为何如此惧怕南疆战场，又为何觉得上了南疆战场就回不来。

在母亲的心里，父亲无所不能，是顶天立地的武将，举世无敌手，她爱父亲，也崇拜父亲，所以她认为，连父亲在南疆战场上都保不住他和哥哥们的性命，那个地方就是地狱。

梁嬷嬷说完，便有侍女端着一碗面条进来。

宋惜惜方才还觉得饿，但现在看着热气腾腾的面条，竟然不想吃了。

梁嬷嬷温柔地道："吃吧，夫人在天之灵，看到你今日嫁给了王爷，她会很高兴的，嬷嬷跟你保证。"

宋惜惜端着面条，泪水一滴滴地落在面汤上，哽咽着道："这凤冠真重啊！重得我脖子都痛了，痛得我想哭。"

嬷嬷给她擦眼泪："傻丫头，快吃面，吃完给你卸了凤冠，沐浴更衣。今晚外边很热闹，不到子时，王爷怕是不会回梅花苑。"

宋惜惜吃了几口面，抽泣了一下，声音娇软了许多："他送的匕首呢？母亲当时没给他回送信物吗？"

"匕首放在国公爷的兵器库里，奴婢收拾好，带过来了，明日取给你看。夫人自然也回了信物，"梁嬷嬷说着，又笑了起来，"送了一方手帕，说是你亲手绣的。"

宋惜惜惊讶地抬起头："啊？那方手帕就是定亲信物？"

她还以为是她小时候人手一条送人的时候送给谢如墨的。

"对啊。"

"有这么多东西可以送，为什么要送那方手帕？"

宋惜惜真的吃不下了。母亲怎么会把那么丑的手帕送给他当信物？在战场上看到那方手帕的时候，她真的觉得奇丑无比，当时还在心里耻笑了一番。

但一想到他在战场上把那方手帕保存得好好的，且一直不离身，哪怕那个时候已经知道她嫁给了战北望，他也没扔掉手帕，她心里便有些感动。

但那手帕也太丑了！

梁嬷嬷含笑看着她，泪花在眼中闪烁："因为啊，那是我们姑娘第一次做的女红，咱们姑娘第一次就能绣得这么好，夫人觉得很骄傲呢。"

宋惜惜哭了又笑了，闻着香喷喷的面，还是忍不住大口吃了起来，但也撒娇式地吐槽了一句："一桌子的菜，我不能吃吗？非得吃面？"

"今晚你要和王爷合卺交杯，这也是你们新婚一起吃的第一顿饭。"梁嬷嬷虽然心疼姑娘饿坏了，但是这合卺交杯意义重大。

"按理说，亲王成亲，来的又是满朝文武，你这位新娘子不适合这么早离场的，但王爷体恤你，让你早早回来休息。咱们吃了便沐浴去，让妙仪阁的娘子帮你把妆容卸掉。"

凤冠确实太重了，嬷嬷瞧着，也替她难受。

等她吃完面，梁嬷嬷叫了人进来伺候。这梅花苑的寝室外就是沐浴房。不知道他们是如何设计的，竟搭了一根紫金竹管进来，热水贴着几个房间的墙壁一路流过来，沐浴房里做了一个小水池子，热水刚好落在小水池里，不必再从外头提热水进来，如此沐浴便十分方便了，冬日也不怕冷，毕竟屋中烧着地龙。

今晚这热水是不会停的，把紫金竹管的塞子拔开，就有热水流出来。

至于以后，听路总管说，也就供应两个时辰，那也足够了。

"几颗珠"进来伺候，妙仪阁的七娘子也进来帮忙。宋惜惜把脸上的妆容洗去之后，天然去雕饰，依旧美得让人移不开眼睛。

她换上一套紫红绣蝴蝶穿花的蜀锦襦裙，束胸上绣了许多梅花，曳地的外裳是同色的轻软料子，凤冠摘除之后，一头秀发以紫红绸带扎成高马尾。

为了出嫁，她做了许多新衣裳，加上北冥王府下的聘礼，便有许多蜀锦。

她的箱笼里头，春夏秋冬的衣裳一堆一堆的，颜色各异，绣工精致。

狐裘和大氅也单独装了一个箱笼。

如今再看这些聘礼和嫁妆，宋惜惜觉得这些衣料足够她穿一辈子了。

如今她身上穿的以及衣橱里刚收拾好的几身衣裳，是她这几日要穿的，颜色都偏艳，但是艳而不俗。而且，她其实很适合穿红色系的衣裳。

尤其是如今这一身紫红色衣裳，并非深紫，是紫色里暗藏了桃花颜色最浓时候的红，映得她肌肤胜雪，又与泪痣交相辉映。

云缎外裳轻软无比，缎面流光似的一层一层闪过，只是穿着未免有些单薄，好在烧着地龙，倒也不碍事。

宋惜惜只觉得浑身都轻松了，本来方才哭过一场，鼻子是堵的，沐浴之后，鼻子也通畅了。

前院那边传来消息说王爷喝多了，估计一会儿便要回新房了。

现在不过亥时中，比梁嬷嬷所想的子时要更早一些，今晚的宾客是真的不醉不归啊，什么人家办喜宴能喝到这个时辰？

这是真的给面子。

梁嬷嬷急忙命人把一桌子菜端下去，再把厨房里备好的另一桌子菜端上来。

这一桌子菜本就不是用来吃的，是新房里得摆着吃食，而且要丰盛，寓意夫妻以后衣食无忧。

除了酒和酒杯，所有的菜焕然一新。

其实还是那些菜式，不过是厨子备着料，等差不多的时候便再做一遍，热在锅里头，在王爷回新房之前重新摆上桌。

等一切置办好，张大壮便扶着王爷回梅花苑了。

宋惜惜一侧头，忽然想起：有一道仪式是不是没进行？

那就是闹洞房。

记得她和战北望成亲那会儿，虽说他出征在即，却也叫了人来闹新房，讨赏钱。

那时候的场面可真尴尬啊！各种闹法儿，她若脾气还像从前那样，早就出手把他们一个个扔出去了。

461

她连忙问嬷嬷："嬷嬷，不是还要闹洞房吗？"

梁嬷嬷轻飘飘地道了句："王爷不许。"

宋惜惜"哦"了一声，心头一松："那就太好了，闹洞房太让人生厌了。"

梁嬷嬷知道她记着将军府的事，快速地道："嗯，将军府那一次太过分了，是将军府的三少爷找来的人，本就不是什么好人。好了，姑娘休得再说，王爷来了。"

张大壮扶着谢如墨到了新房外，便不敢再踏进去。

梁嬷嬷便叫宋惜惜一同出去搀扶。这梅花苑如今还没安排小厮过来，等着惜惜进门之后挑选，所以暂时只有"几颗珠"和梁嬷嬷在此。

喜娘和妙仪阁的娘子已经被打发走了。

宋惜惜扶着谢如墨，他几乎半边身子都靠在宋惜惜的身上，宋惜惜若是个弱女子，怕是要倒在地上了。

他身上有浓烈的酒气，可见喝了不少。

宋惜惜在同他一起出去敬酒的时候，便见他喝了许多。

实在是宾客太多了，即便是一桌一桌地敬下来也够呛。

张大壮在外头招手，叫了宝珠过去，轻声道："王爷今晚喝了许多酒，被万宗门和那些帮派的人轮番灌酒，他也不好不喝，已经命人煮了醒酒汤，一会儿就送过来了。"

"又被灌酒了啊？"宝珠已经开始心疼姑爷了。唉，她是在梅山待过的，知道他们要么不喝，要么往死里灌，仗着自己内力深厚。

可今晚姑爷本就喝了许多，临结束时再被这么灌一番，这能受得了？

"吐过吗？"宝珠问道。

张大壮说："吐过一次了，还在外院歇了一会儿，给他漱了口，擦了脸，才送回来的。他难受得紧，那些酒是古月派送过来的桃花酒，不知怎么的，竟然如此烈。"

宝珠点点头，说"知道了"，便急忙跑回去叫人张罗热水，准备再给姑爷净手净脸。

宋惜惜把他放在贵妃椅上，刚安置好，宝珠进来道："是被师父师兄他们灌了酒，张副将说他不敢不喝。师父师兄他们灌了许多，还和其他门派的人一起灌，喝的是桃花酒。"

宋惜惜蹙眉："师父还叫人灌他酒啊？"

这不是欺负人吗？门派来了这么多人，一人一杯，能把他喝吐血。

"是啊，喝了许多。古月派的桃花酒不是淡淡的吗？怎么如此烈？"

"怕是师父酿制的那些，不是古月派给我添妆的那些。"宋惜惜看着脸颊、耳朵都变得通红的谢如墨，今晚这合卺酒怕是喝不成了，这满桌子的菜，也只有她吃了。

本来她有许多话要问他的——今晚梁嬷嬷对她说的那些事，她想再问一问细节，如今莫说问了，叫他都叫不醒。

明珠端了热水过来，宋惜惜道："你们都下去休息吧，今晚你们也累了，我照顾他就行了。"

"但今晚……"明珠犹豫了一下，本来今晚梁嬷嬷安排她留在新房外头，随时准备伺候，毕竟是大婚之夜，只是如今王爷委实醉得不省人事，大概连合卺酒都喝不下去了。

"嬷嬷，合卺酒还没喝呢。"明珠转身去找梁嬷嬷。

梁嬷嬷叹了口气："怎么能把他灌得这么醉啊？他都没吃东西就使劲灌酒，怎么也不知道心疼一下姑爷？"

梁嬷嬷对任阳云是有些埋怨的：今晚对姑娘而言是多么重要的日子，而且王爷是良婿，姑娘的师父怎么就舍得使劲灌酒？

上战场那会儿，姑爷没少受伤，回京之后又一直劳碌，哪里养过身体？这样灌怎么能行啊？

莫说宋惜惜心疼，梁嬷嬷都心疼得紧。

宋惜惜用热毛巾敷了一下他的脸，再给他擦擦手，然后在他的穴位上点了几下，让他清醒一些。

谢如墨睁开眸子，只觉得天旋地转，不知身在何处。只见眼前晃动着无数个宋惜惜，他抬起手，"嗯"了一声，声音被烈酒灌得有些沙哑："别动，别动，让我瞧仔细些，我是做梦还是醉了啊？我怎么觉得娶到惜惜了？"

实在是晕得很，他把手伸过去抚摸着眼前的脸，真是睁开眼睛晕，闭上眼睛更晕："啊，是在做梦啊，惜惜的肌肤怎么会这么粗糙？还有褶子，肯定是在做梦。"

梁嬷嬷把他的手推开："奴婢的脸自然是粗糙有褶子的，奴婢都什么年纪了？快，喝几口醒酒汤。"

碗被送到了他的唇边，他想也不想，"咕咚咕咚"地喝了下去。

宋惜惜把毛巾浸热，又拿过来给他擦脸，"扑哧"笑了一声："都醉成什么样子了？把嬷嬷当作我了。"

方才听到他说的那几句醉话，宋惜惜心里还挺舒服的：醉吧，醉吧，清醒了就不会说了。

喝了醒酒汤，谢如墨顿时觉得胃里一阵翻江倒海，猛地站起来扑了出去，蹲在廊下狂吐起来。

他这一顿狂吐，基本上把胃里的酒给清空了，人也舒服了许多，也不再觉得天旋地转，晕还是晕，但自己能扶着墙走了。

梁嬷嬷叫人来清理，宋惜惜扶着他回去，把拧好的毛巾往他的脸上使劲地一顿擦，她心里是有气的：不知道拒绝啊？他们灌你，你就要喝？

梁嬷嬷在一旁看着，得嘞，不管了，当即带着一众人下去了，让他们夫妻自己磨合，是打是骂，他们自己来，旁人管不着。

姑娘撒气了，心情很快就好了，若她们在一旁劝解，这怒火反而可能"噌噌"直上。姑娘这气本来也不是冲姑爷的，是冲她师父的。

单独留下他们二人，她才会心疼姑爷。

宋惜惜给谢如墨擦了脸，净了手，又拿桌子上的热茶给他漱了口，他整个人才清醒多了。

清醒是清醒了，但他也发现惜惜生气了。

他知道这气不是冲着他的，只是她生气的时候，俏脸含霜，甚是好看。

龙凤花烛映照着新房里的一切，那一个个同心结暖在了他的心口上。

他轻轻咳嗽了一声，问道："这些同心结，多半是我自己做的，好看吗？"

宋惜惜给他舀着汤，闻言，抬头四处瞧了一下。他不说，她都没发现这些同心结。不是同心结不够多，是她今晚心情比较忐忑。

她很意外，看着他修长的双手，道："你做的？你还会做这些细活儿？"

他的鬓发微乱，一张脸却俊美无俦，笑意盈在眉眼间："本来不会，学了便会了。"

宋惜惜眼中波光潋滟，荡漾着说不清道不明的情意，她故作不知地问了句："为什么要学这个？"

"不知道为什么，就是想亲手做，咱们的婚事，我想多参与一些。"他想了想，道，"有件事情，我一直没同你说。"

他伸手扶额，努力摆脱那残留的眩晕感，想以最清醒的状态同她讲，免得她以为他说的是醉话。

宋惜惜缓缓地走到餐桌前，显然已经猜到他要说什么了："嗯，要不过来说？你还能再饮一小杯吗？我们的合卺酒还没有喝。"

"对，合卺酒，这必须喝，我能喝。"他站起来，脚步虽有些晃，却还是勉强走的直线，坐在了宋惜惜的身侧。

二人目光相对，眼里都是不再掩饰的情意，宋惜惜脸色一红，垂下眸子去倒酒。

小小的雕花金杯，杯脚系了一条细细的红带子，显得特别精致又喜庆。

这酒倒出来时有一股浓郁的桃花香味，这才是适合新人喝的桃花酒。

"很香的酒。"他说了句，伸手端起两个酒杯，一个交给她，不知为何，他的心忽然加速跳动起来。

二人将手绕过对方的手，脸贴得很近，几乎能感受到彼此的气息。

或许是因为红烛映照，二人的眼中都波光潋滟。

"娘子，喝下这一杯合卺酒，你我白头偕老。"他轻轻说了句，脑子已经很清醒了，只是心依旧醉着。

宋惜惜的脸红彤彤的，像那满山的桃花里的一朵，且是开得最艳的一朵。她"嗯"了一声，看他抬头喝下，她跟着饮了。

带着清冷香气的酒在口腔里散发着几不可闻的酒味。这桃花酒入口清香，但酒劲还是有的，只不过口感特别好而已。

这一杯喝了，再对上他漆黑的瞳仁，宋惜惜也觉得自己也有些醉了。

放下酒杯，二人凝视着对方。

"我有些事情要同你讲……"

宋惜惜打断他的话："我来问。你去南疆战场之前，是否找过我母亲，求娶我？"

他愕然："你知道了？"

"梁嬷嬷方才与我说了。"她咬了一下红唇，再抬起头，睫毛如蝉翼般微微颤了一下，"那么你原先说的那个意中人，就是已经嫁了人的意中人，是我？"

他微微点头："是你，一直是你，从来都只有你。"

所有的事情，宋惜惜都明白了。

她的眼中泛着泪光："为了娶我，你放弃了兵权。皇上知晓你的心意，才会有那三个月的口谕，我若嫁不出去，便要入宫为妃，他是在逼你放弃兵权，你傻啊！"

谢如墨拿出手帕，擦拭她眼角流出的泪水，温柔地道："我一点儿都不傻。兵权有什么用？兵权怎么能与你比啊？如今国无战事，我手握兵权，只会惹人忌妒，后患无穷，就算他不逼我，我也是要交出兵权的。"他甚至还得意地笑了笑，"他若不是这样逼我，我还在发愁怎么跟你开口求娶，有了这道口谕，我相信你会在我与入宫为妃之间选择我，他帮了我。"

宋惜惜娇嗔地瞪了他一眼："你还高兴上了？真是的，被人卖了还要给人家数钱的那种呆子说的便是你。"

美人娇嗔，直接娇到了他的心窝上，他的心软得跟撒了糖霜的棉花云似的。

他说："不要紧，我得偿所愿了。"

宋惜惜垂眸，心里甜甜的，得偿所愿，她何尝不是？

原来，彼此心意相通是这样让人欢喜。

他给她布菜，每一样都搛了一点儿："今晚饿坏了吧？"

宋惜惜道："我今晚吃过一点儿面条了，嬷嬷怕我饿，叫人给我准备了面条。我听他们说，你是一点儿都没吃。"

他说："一桌一桌敬下来，确实没空闲吃。我想早些回来的，却又被我师父拉住，去给其他门派的掌门敬酒，一时喝过了头。"

"是我师父拉着你去的吧？"宋惜惜咬了一口莲藕，这莲藕做得面，好吃得紧。

莲藕通心，寓意夫妻同心。

所以她先吃莲藕，也给他搛了一块。

娘子搛的菜，他吃在嘴里，甜在心头。

他们便这么静静地吃着，心里有许多话想说，但这是他们成亲之后的第一顿饭，而且没寻到合适的方式把心里的话说出来,那就宁可少说,以免说错。

她吃得很斯文,像极了优雅的大家闺秀。

谢如墨眼中不由得染上了笑意,想起在攻下伊力城之后,自己给了她一碗面,她简直就是狼吞虎咽,一大碗面条顷刻扫光,汤也喝得半滴不剩。

谁能把眼前的宋惜惜与战场上的宋惜惜联系起来呢?简直不是同一个人。

宋惜惜吃得慢,并没留意到他眼中的笑意,她如今在想别的事情。

嫁给战北望那一次,出嫁的前一天晚上,母亲请了表姨母跟她说出嫁后如何伺候夫君,还有新婚之夜该如何做。

但是,时过境迁,她把表姨母的话忘记得差不多了。

这一次没人跟她说,大概是认为那会儿已经说过了,梁嬷嬷便不再叫人跟她说了。

她努力地回想表姨母跟她说的那些话——

是自己要帮夫君脱衣裳,还是夫君帮自己脱衣裳来着?

是自己不能太主动,还是不能太像根木头?

是怕夫君觉得自己太轻浮,还是怕他觉得自己没情趣来着?

天哪,她全都忘记了。

等等,她记起来了,似乎是既不能太主动,也不能太像一根木头;既不能让夫君觉得自己太轻浮,也不能让他觉得自己太没情趣,所以,这尺度要掌握得恰到好处。

二人用了膳,谢如墨先站起来,牵着她的手,眉目缱绻:"累了一天,我们今晚早点儿歇着。"

"好,那你……"她的脸颊没来由地红了,"要不要去沐浴?"

"要,我一身酒味,免得熏着你。"

"那我叫人进来伺候?"宋惜惜道。

他笑了:"不,今晚谁都不用进来,而且沐浴房就在寝室侧边。你……你先换好寝衣。"

"嗯。"宋惜惜垂眸,抽回自己的手,小声说,"那你快去,喝了太多酒,随便洗一下便好。"

"知道。"他心头一暖。

沐浴房里早就放了谢如墨的寝衣,寝衣也是红色的,只是料子比婚服舒适,只有暗云纹而无别的绣花图案,和宋惜惜的寝衣是同款同色。

其实也不是全无刺绣,寝衣的袖口是绣了字的,一边袖子绣了"百年好合"四个字,另外一边绣着"早生贵子",取个吉兆。

谢如墨只浴不沐——他知道今晚会耗到很晚,所以昨晚便沐浴好了。

他从沐浴房出来后,穿着红色的寝衣,整个人干净又俊美。

在京城养了些日子,他的肌肤白皙了许多。

宋惜惜还记得刚到战场上,见到他时,他满脸的胡子,要多邋遢有多邋遢,实在难以想象当初那个人与眼前的人是同一人。

龙凤花烛映照着大红喜被,帐幔垂地,他牵着她的手缓缓地走向大床。

宋惜惜心跳加速,手心都出了汗,她这辈子还没这么紧张过。

她不知道的是,谢如墨比她更紧张。

谢如墨此刻想抓住所有人的衣领子,大声地问他们:你们有没有试过等一个女孩很多年,等她长大,就娶她为妻,结果她嫁给了别人,就在你觉得绝望之际,那女孩和离了,且来到了你的身边?今晚,他终于如愿以偿地娶了那个女孩为妻。

有人能对他的激动、他的喜悦感同身受吗?

有没有人?!

或许是因为太激动,他一脚踩在她长长的裙尾上,宋惜惜顿时往前扑倒,他迅速地抱住她:"对不起!"

软玉温香在怀,谢如墨只觉得脑子一片空白,天旋地转的感觉再次袭来,胸腔里像是有闪电划过,不断划过。

所有的东西都是一片空白。

他也不知道事情是怎么发生的,反正等他回过神儿来的时候,他发现自己已经在床上了,而她在笨拙又颤抖地脱他的衣裳。

她半趴在床上,双眼没和他对视,一张脸红得像熟透了的苹果。

他的寝衣半开,露出了胸口,她显得更紧张了,双手无措地拿开,也不知道往哪里放。

宋惜惜心跳加速:他忽然抱着她往床上倒去,这是他主动的吧?那他主动了,她就不能显得那么没有情趣,也得稍微主动一下,对吧?

所以,正常的流程就是他主动抱她,然后她去脱他的衣裳,而不是等他来脱她的。

那现在,她脱了他的衣裳,接下来呢?

她觉得自己全身都在发烫,连耳尖都是滚烫的,像一只在蒸锅里蒸过的虾子,她估计自己连头发都是红的。

她那蝉翼似的睫毛扇了下,慢慢地往他的脸上移,她微微仰着头,仿佛是在问:接下来呢?

这呆萌的表情……好吧,谢如墨不知道醉的人还是心,只觉得嘴唇都在颤抖,直到唇的柔碰上唇的软,他的理智彻底被碾为齑粉,天旋地转的感觉又来了。

宋惜惜被他抱入怀中,他的双臂强劲有力,胸膛坚硬得像铁一样,压得她几乎喘不上气来。

当然,她喘不上气的原因也可能是她的唇被堵住了。

他是小狗吗？怎么乱啃。

谢小狗不是在乱啃，他发誓。

他在婚前熟读过这方面的书，深刻钻研过包含但不限于文字、图画以及于今先生的口述，是知道如何表现得很好的。

他知道的，就是晕得厉害，脑袋有些空白。让他缓一缓，今晚是他和惜惜身心结合的第一次，他要表现得超级好。

很久以前，那个少年的心里就有那个女孩了，等她长大，等她及笄，等她可以嫁人。

他没有碰过任何女子，他认为那是圣洁的，他只想和她那样那样又那样。

所以那个少年没有经验，导致这个青年莽撞又忙乱，表现得不尽如人意，但好在这夜挺长的不是？

两个人费力地摸索、尝试，从生疏到依旧生疏。

这龙凤花烛啊，它们是要燃烧一整夜的。

还有，这辈子也很长不是？他们有无数次机会去互相适应。

第十七章
拿回东珠，一起返师门

卯时末，梁嬷嬷就在外头叩门。

寝室分里外，寝室的门在外间，里外用帘子隔开。

一听到叩门声，谢如墨和宋惜惜几乎同时睁开眼睛坐起身，他们都是比较警醒的人。

宋惜惜坐起身来，看到谢如墨没穿衣裳，她怔了一下，忽然意识到自己也没穿，立刻一把抓过被子，覆盖在身上。

脸上一阵滚烫，她料想自己定是脸红了。

谢如墨想起昨晚的事，自觉没有表现得很好，也不是很敢直视她的眸子，对于身体上的坦诚相见，他暂时也不是那么习惯，所以抓过寝衣，钻进被子里穿了起来。

他穿好之后，咳嗽了一声："我先起床，你……你先把寝衣穿上，回头叫人进来更衣。"

啊，他为什么会觉得这么尴尬？就连她的眼睛都不敢看。但还是偷偷瞧一眼吧，她睡醒的样子原来是这样的，惺忪里带着点儿呆滞，但很漂亮，也很清新。

今日要去给母妃敬茶，以母妃的性子，她定会刁难惜惜，所以他就不要拖拉了，免得母妃寻个借口一顿发挥。

他先去打开门，梁嬷嬷领着"几颗珠"在门外，高嬷嬷也在，一见到他，便福身道："参见王爷。"

谢如墨"嗯"了一声："进去给王妃更衣吧。"

高嬷嬷可不是来给王妃更衣的，她是奉贵太妃的命令，检查一下王妃是否还是清白之身，所以，她行礼之后便进了寝室，见宋惜惜已经穿好寝衣起身，她忙福了个身："老奴参见王妃。"

"免礼。"宋惜惜迎上梁嬷嬷的目光,想到自己的脖子都被啃红了,这寝衣也遮不住,心中羞赧不已,但表面上装作见过世面的样子,沉静如水:"都来了?那洗漱更衣吧。"

谢如墨原本是有小厮伺候的,但是新房这边,他没让小厮进来——得惜惜挑过才行。

他在南疆战场这么多年,自然也有贴身伺候的小厮,但那个小厮如今已经是府中的一个小管事,自然不好调回来伺候他。

这段日子伺候他的小厮,是于先生临时调派过来的,还没建立起什么默契来,可以换。

他身边从来不要侍女伺候,尤其是贴身之事,更不会让侍女碰。

所以,他自己拿了一身衣裳,准备到屏风后面去换,刚要进去,便见高嬷嬷在翻他们的床,他连忙喝止:"高嬷嬷,你这是做什么?"

高嬷嬷已经将被子翻开,看到了落红,笑得满脸都是褶子:"没事,没事,老奴把锦被收拾收拾,拿出去叫人洗了。"

宋惜惜知道床上有什么,脸颊顿时一红,见宝珠端了水进来,便开始洗漱,然后更衣,至于高嬷嬷做什么,她权当瞧不见便是。

高嬷嬷叫了两名侍女进来,把被褥全部收走,重新铺床。

梁嬷嬷瞧了一眼,既心酸又欣慰,心酸姑娘在将军府一年,有名无实,却要付出如此之多;欣慰的是,好在没便宜了那个战北望,与王爷才是身心契合的第一次,有了这落红,府中就没人敢拿她的清白说事了。

宋惜惜今日穿亲王妃朝服,因为要入宫觐见皇太后和皇上。

红色直领对襟的大袖上以金银线绣了青鸾与芍药,深青色的霞帔为并列两条,饰织金云霞凤纹,用金坠子、帔凤纹,青色圆领鞠衣,前胸、后背饰金绣云凤纹,一枚鸾凤玉佩压身,头戴九翟冠,冠上有翠顶云一座,冠顶插金凤簪,冠上饰珠九颗、珠翠云十一片,冠的前部饰珠翠翟九个,冠底为翠口圈,缀金珠宝钿花,如此一来,作为亲王妃的威仪便出来了。

因为天寒,梁嬷嬷又给她穿了红色带帽子的斗篷。帽子自然是不能戴的,毕竟戴着冠,所以帽子自然地垂在后背上,斗篷两侧是一圈白,帽子边缘也饰以白绒,瞧着既庄重又可爱俏皮。

谢如墨也是要穿朝服的,但朝服穿起来实在是烦琐,他自己穿不好,最后还是拿着朝服出了外间,叫路总管和小厮过来给他穿戴。

他头戴九旒冕,身着青色五章朝服,肩膀两侧绣龙纹,腰部用朱缘束着,腰间左右各压一枚玉佩,琢描金云龙纹,贯以玉珠,佩上有金钩,佩下副以四彩小绶。

大绶以赤、白、缥、绿四彩织成,他本就身材修长,穿着这一身名贵的朝服,更显得挺拔威严。

宋惜惜还要淡扫蛾眉，略施脂粉——再貌美如花，觐见皇太后和皇上时也不好素面朝天。

装扮整齐之后，宋惜惜被梁嬷嬷和宝珠她们几个拥簇着出去。宋惜惜先问了一句瑞儿，得知他还没起，且瑞珠在那边伺候着，便放心了。

她在外间和刚穿戴好的谢如墨对上眼神，或许是因为两人今日都道貌岸然，倒是把昨晚的亲热忘记了，就不再觉得尴尬。

谢如墨很自然地伸出手，宋惜惜便很自然地把手放入他的手掌心，二人相视一笑，便一同出去了。

梁嬷嬷在后面抹眼泪。都说大喜的日子不能哭，但是看到王爷和王妃如此恩爱，她的眼泪就是忍不住。

慧太妃已经端坐在正厅的太师椅上。这把椅子是她特意命人定做的，虽然放在外院的正厅中，她坐的次数不多，毕竟以后如果宋惜惜要请安，得去她的屋中，但今日，这威慑必须给下去。

谢如墨和宋惜惜在出去的路上被于先生拦下了。

因为今日便要把嫁妆收入库房，所以今日会盘点一次嫁妆，缺失的那几颗东珠定然是要禀报的。

这些嫁妆，于先生知道是在衙门那边备案了的，有册子，有礼单，所以少了东西，入库的时候一盘点就知道。

东珠被送来的时候是一斛一斛送来的，可到底一斛有几颗，他瞧了礼单，并没有写。

就算没写，这件事也得告知王爷和王妃，不能便宜了大长公主。

听了于先生的话，谢如墨的脸色顿时沉了下来："看清楚是给她了吗？"

"看清楚了，确实给了，而且高嬷嬷拿的时候，侍卫亲眼所见，只是不好当场揭穿。"

谢如墨信了，因为这是母妃做得出来的事。

不是说母妃惦记宋惜惜的嫁妆，她不至于，但是她爱面子、爱炫耀，又长期向大长公主和嘉仪郡主靠拢，分明每一次都处于下风，她非得上赶着去受虐。

"等进宫回来，本王亲自去一趟。"谢如墨说。

宋惜惜听完，很是无语：自己这位新婆母是不是有什么病啊？居然把自己的嫁妆拿给大长公主？为了什么？为了面子，还是为了让大长公主觉得她可以震慑新妇？

宋惜惜最烦这种拎不清的人，慧太妃对大长公主母女是什么态度，而大长公主母女对慧太妃又是什么态度，宋惜惜一清二楚。

令她更不明白的是：在宫里横着走的慧太妃，为什么如此惧怕大长公主母女，她们母女会咬人吗？

听到谢如墨这样说，宋惜惜道："不用你去，这是妇道人家的事，我去就行。"

"你去？"谢如墨想了想：虽然合适，但大长公主可不好应付，回头不承认，那可就不好办了。

"我去。"几颗东珠都拿不回来，以后她在这个圈子里头就不用混了，"但要先去问问母妃，这到底是什么情况？为何要给她东珠？"

摆足了阵势的慧太妃，终于等到儿子牵着宋惜惜的手进来了。

这一幕确实是赏心悦目，儿子俊美，宋惜惜娇美，且二人的神色俱威严清冷，颇有夫妻相。

方才高嬷嬷已经飞快来报，确定宋惜惜是清白之身，昨晚才真正委身给了王爷。

慧太妃对此感到很满意，但仅仅是满意宋惜惜是清白之身，至于宋惜惜二嫁的事，她可还没完全接受。

她坐姿端正，态度傲然，目光威严。

谢如墨忍着怒火，牵着宋惜惜的手上前，跪下磕头问安。

"新妇给太妃敬茶！"高嬷嬷端着茶托站在一旁，道。

宋惜惜端着茶，用双手递到慧太妃的面前："母妃请用茶。"

慧太妃等了一会儿，在谢如墨的目光中要迸发出怒火的时候，她才缓缓地伸手接了茶，饮了一小口便放到一边去。

"赏——"她声音缓慢，自带一股骄矜傲气。

高嬷嬷放下托盘，取出一对龙凤镯子，笑着给宋惜惜戴上："这是太妃赏给新妇的，新妇磕头谢恩吧。"

婆母赏了礼物，宋惜惜是要磕头谢恩的，这是规矩，她照做了。

谢恩之后被免了礼，宋惜惜刚站起来，慧太妃便揉着自己的脖子："昨晚吵闹了一宿，哀家睡得不好，头有些疼，你过来给哀家按一下头。"

"不着急！"谢如墨冷冷地出声，"有件事情要问一问母妃，昨晚是否拿了惜惜嫁妆里的几颗东珠给了大长公主？"

慧太妃一怔，眼神顿时躲闪起来。眼神躲闪就是心虚，她大概也意识到了，随即色厉内荏地道："谁乱嚼舌根子？哀家拔了他的舌！"

谢如墨道："母妃就说有没有！有就说有，没有就说没有。"

慧太妃最怕自己的儿子板起脸的模样，跟先帝发怒的时候一模一样。

先帝发怒，她还能撒娇，但是对儿子，撒娇是不管用的，不仅不管用，还会收到他眼里射来的刀子。

在儿子眼神的威逼下，她给高嬷嬷递了个眼神，高嬷嬷"扑通"一声跪下："王爷王妃息怒，都是老奴的错。"

她一五一十地把大长公主与慧太妃打赌的事情说了出来。

慧太妃瞪了高嬷嬷一眼：真是的，一点儿事情都藏不住。

宋惜惜听完来龙去脉，先给了谢如墨一个安抚的眼神，示意他别乱发脾气。

她道："不过是几颗东珠，儿媳孝敬给母妃便是。既然大长公主说了，如果儿媳不追着您要，她会把东珠悉数奉还，还输给您三千两银子，那好办啊，今日您随儿媳去一趟大长公主府，我当着大长公主的面陈情，大长公主通情达理，既然赌了，就一定会认输，把东珠还给您，再给您三千两银子。"

慧太妃的眸子一亮："你不追究？你不生气？哀家拿你的嫁妆，你不生气？"

宋惜惜这么大方吗？

宋惜惜笑着道："不过是几颗东珠，全部送给母妃都可以，有什么好生气的？不过东珠名贵，落在旁人的手中，不就便宜了她吗？咱们可不能便宜了她。"

慧太妃一拍掌，高兴地道："好，哀家赢了，哀家这就随你去大长公主府，问她要回东珠，再让她输给我三千两银子。那金楼花了哀家不少银子，一文钱没赚过，如今从她们的手中拿回三千两，也只是我上次给她们的数。"

"金楼？"宋惜惜意味深长地问道，"金楼是您和大长公主开的？"

"可不是？开了好几年了，一文钱没赚，她们还时不时地问哀家拿银子去补贴……"慧太妃止住了话，觉得这样说不妥，这岂不是说明她投资无方？那就丢面子了，她立刻改了口，"但做生意嘛，总是有亏有赚的，你不懂，创业难，守业更难，以后总会盈利的。"

宋惜惜笑了笑，牙齿都快磨出声音来了，却还是温和地附和着："母妃说得对，做生意嘛，总是有亏有赚的。哦，对了，金楼您与她们是一人一半吗？可签了契书？开张至今，可看过账本？"

慧太妃骄傲得像只孔雀："自然是签了契书的，你当哀家是傻子吗？倒不是一人一半，哀家占了七成。账本自然也看过，她们每季都会送账本来，哀家核对过，确实是亏的。"

"哦？母妃是占大头儿的啊？如此说来，亏损了，那您岂不是要多拿银子补贴？这些年给出去多少银子了，您可有记账？"

"那自然是有记账的，每给出去一笔银子，哀家都记着呢。"

宋惜惜心想，那就行："那母妃可记得总共给出去了多少银子？"

慧太妃不太高兴地道："谁记在脑子里呢？要看账本，大抵几万两是有的。"

"哦。"宋惜惜看了一眼脸色阴沉到极点的谢如墨，继续问道，"母妃应该不曾去过金楼吧？"

慧太妃冷冷地道："怎么去？哀家在深宫里头，能外出吗？出了宫，又要为你们筹办婚事，还不曾得空去呢。再说了，哀家去与不去有什么要紧的？金楼的事是交给赵掌柜管的，哀家与大长公主身份矜贵，怎可抛头露面？反正每季的账册，哀家都是看了的，也不怕那个赵掌柜诓我们。"

宋惜惜知道京中不少权贵家中都有生意铺子，但是不会自己去管，都是交给掌柜们，掌柜们报账上来，只是也会叫信得过的家奴心腹时不时去查看，自己也偶尔去走走，亲自打理是不可能的。

慧太妃这样说也没错，除了那句"我们"。

她和大长公主，不可以称为"我们"。

谢如墨已经气得不行了，几万两银子投进去，连个响声都没有。

筹办婚事的时候，他亲自和于先生、路总管跑了京城一带有名的金饰楼。

生意最好的是金京楼，金楼的生意也不差，只是金楼就爱抄人家金京楼的款式，所以口碑不算好。

但口碑好不好是一回事，生意好不好又是另外一回事。

因为两家店的款式接近，很多人贪图便宜，会去金楼购买，所以金楼的生意是不错的，赚多赚少另说，亏本是不可能的，更不可能需要补贴。

宋惜惜也知道这一点，但慧太妃显然还不知道，此刻不好告诉她，先把东珠拿回来再说。

谢如墨叫人备下马车，他和惜惜先进宫。

为了防止母妃先去大长公主府炫耀，所以谢如墨把她也带进宫去了。

马车分为三辆，谢如墨和宋惜惜坐一辆，慧太妃和高嬷嬷坐一辆，梁嬷嬷和宝珠、明珠坐一辆。

到底身份不一样了，嫁为人妇后，宋惜惜的身边随时都得有人跟着伺候，即便是做做样子，也是要的。

一行人进了宫，先去拜见了皇太后。皇太后看到宋惜惜，甚是喜悦，敬茶、赏赐等仪式过后，便拉着她的手问长问短，还故作严肃地警告谢如墨要好生对待惜惜。

谢如墨少不了在太后跟前做保证，让太后放心。

慧太妃就不是很高兴了：姐姐也真是的，难道不是该叮嘱宋惜惜好好地伺候夫君吗？难不成她一个当娘子的，比夫君更大？

太后什么眼力？一眼就看出自己的妹妹心里不痛快了。

等谢如墨和宋惜惜去拜见皇上皇后的时候，她单独留下了慧太妃和高嬷嬷。

她先说了高嬷嬷："如今去了王府，不比在宫里，人情往来是少不了的，出了什么差错，言语上惹了人记恨，都于北冥王府无益，所以言行举止更要讲究，不能有丝毫错漏。你家主子算是你带大的，你过往宠着她宠惯了，但往后若发现有不对的地方，要马上与她说；她要去做不合适的事情，你也得劝着，知道吗？"

高嬷嬷恭谨地应道："是，老奴知道了。"

慧太妃撇嘴："姐姐，我有什么事情是做得不对的？再说了，往后我掌管王府中馈，有高嬷嬷和路总管帮衬着，也有于先生提点，能出什么差错？"

"你掌管王府中馈？"太后摆摆手，一个劲儿地摇头，"不行，你踏实地在王府享福便是，府里的事，你不可插手。你要管事，就管你院子里的事、你院子里的人，你带出去的人不是挺多的吗？够你管的。"

慧太妃道："姐姐这话说的，我是墨儿的母妃，我不帮他掌管王府中馈，谁帮他管啊？指望宋惜惜吗？她一个小丫头，懂什么？"

太后毫不留情地顶了回去："她再不懂，也比你懂得多。你在闺中的时候，母亲教你看账本，你都不愿意学；入宫之后，你连个美人都斗不过，若不是哀家看顾着你，你以为她们真的能让你轻松这么多年？墨儿半岁那会儿，哀家身子不适，休养了几日，墨儿便差点儿被毒死了，你不记得这件事了？"

慧太妃顿时尴尬起来："都过去那么久的事了，你还提起来做什么？那一次是不小心，被梁美人在奶娘的饮食里加了药，导致墨儿一吃奶就上吐下泻。这般阴毒的人，姐姐不是把她发落了吗？"

"若不是哀家彻查，能查出梁美人给奶娘下药的事吗？再说了，梁美人为何会下药？还不是你动不动就罚她，拿她出气？她长得好看，先帝宠她几分，你就受不了，就你这性子，还能掌管王府中馈？你赶紧歇了吧，别给墨儿和惜惜添乱。"

因为多年前的事情被姐姐数落一通，慧太妃心里很不高兴，觉得都是姐姐疼爱宋惜惜的缘故。

"姐姐以前最疼我，如今只疼宋惜惜了。"她委屈地道，"姐姐可别忘记谁才是你的亲妹妹。"

皇太后瞧见她这副模样，真是后悔这些年对她一直骄纵，尤其是先帝走了这几年，念在她也跟着守那空虚的日子，对她更是事事宽松，想着等墨儿娶了媳妇，她当了婆母，自然会有当婆母的样子，没想到如今竟跟儿媳妇争起宠来了，她心想，不能再纵着她了，当即眼睛一瞪，厉声道："收起你的矫情，都当婆婆了，还吃儿媳妇的醋！她从今往后与你是一家人，你当婆母的，应该护着她点儿，与她争来夺去的，像什么话？传出去也不怕被人笑。"

慧太妃纵然心中不服，但姐姐很少用这么严厉的语气跟她说话，但凡这样说话，就是真的生气了。她虽不聪明，却也不蠢笨，懂得看人脸色，当下装出可怜的样子点了头："是，妹妹记住了。"但她心里却在想：幸亏姐姐不知道她拿了宋惜惜的嫁妆给大长公主的事，否则她定然要挨一顿数落。

皇帝和皇后在来仪殿接见了谢如墨和宋惜惜。

行礼之后，皇帝赐座，齐皇后看着妆容淡雅的宋惜惜，心里微微松了口气。

好在一切都尘埃落定了。

若是真的让她进了宫，这后宫怕是她宋惜惜的天下了。

这昳丽清冷的容貌，宫中嫔妃无一人能比。

她下意识地看向皇上，只见皇上正好看向宋惜惜，她的心不由得一紧——这眼神，她太熟悉了。

但凡看到让他心动的女子，他的眼神里总会有这么一丝耐人寻味之色。

她再一次庆幸宋惜惜嫁给了谢如墨。

说起来，那时候皇上下的那道口谕，吓得皇后几宿都睡不着觉。一般女子也就罢了，但对方是宋惜惜，她战死的父兄在皇上的心里有太重的分量，而且她的容貌太过让人惊艳。

幸亏皇后忧心的事情没有发生，宋惜惜反而与她成了妯娌。

所以，皇后今日对宋惜惜露出的笑容甚是真心——不管皇上心里想什么，都不可能夺弟之妻。

而且齐皇后也不傻，回想起皇上前前后后的这些操作，不就是逼着谢如墨娶宋惜惜，舍了兵权吗？

所以，皇上一开始根本没想过真的让宋惜惜进宫。

至于皇上之后是否后悔，皇后管不了那么多，反正不可能了。

其实她知道，就算宋惜惜进宫，也无法撼动她的后位，但是，后宫再也无法平静了，争宠自然少不了算计，后宫的算计若是多了，就算她这个皇后管不住后宫，无德又无能。

自然，作为妻子，她是担心皇上将真心托付给一个女人，皇上可以宠后宫的某个嫔妃，但不能爱，不过她更担心自己贤后的名声受损。

皇帝看了宋惜惜几眼之后，便不再看了。

他知晓自己的心思，或许是对宋惜惜有那么几分男女情意，但是前朝的稳定更重要，兄弟间毫无嫌隙也更重要。

自古鱼与熊掌不可兼得，他明白这个道理。

坐了帝位，就注定要放弃一些东西，也注定会算计，算计任何人，包括自己的亲弟弟。

兄弟二人本来说着家常，说着说着便说到了公事，皇帝问谢如墨大理寺里的一些案子。

因为马上便要封玺过年了，有些案子要早些决断。

这些与前朝有关的事情，皇后和宋惜惜都不好在场听，于是皇后邀请宋惜惜去赏梅。

二人走了出去，身后远远地跟了一串人。

皇后笑着说："本宫知道你在梅山长大，都说整个商国最漂亮的梅花在梅山，宫里的梅，你将就看看。"

宋惜惜笑着说："这是误传，其实哪里的梅花都是不一样的，各有各的美。"

皇后将手笼在袖子里，笑了一声："是啊，各有各的美。世事真是奇妙，本宫最初以为会和你当姐妹，没想到当了妯娌，不管如何，本宫同你是真的有缘分。"

"的确有缘分。"提起那些事情，宋惜惜并无半点儿不自然。

大家都是明白人，也不必揣着明白装糊涂，毕竟一切都尘埃落定了，若是什么都不敢说，那才不好呢，会互相猜忌，埋下隐患。

行至绿梅前，皇后忽然说了句："娴宁明年也要下降了，听闻公主与本宫那个堂弟齐六有几分默契，只是慧太妃瞧上的是本宫的五弟。惜惜，本宫觉得两情相悦是最好的，婚事若多了算计，这日子，大家都过得不痛快，对吗？"

宋惜惜略一沉思，便明白皇后的意思了，笑了笑道："娘娘所言甚是，但我不过是娴宁的嫂子，她的婚事轮不到我来做主，不过我了解了解小女儿的心事还是可以的。"

齐皇后对宋惜惜多了一分欣赏，跟她说话不费劲。

皇后实在也是没法子了，慧太妃见秦王娶了齐家女，她也想让娴宁公主嫁给齐家人，皇太后对此是默许的，皇上孝顺，也会听太后的。

但齐家的男儿，除了一个齐六不爱诗书，终日遛狗逗猫，游戏人生，其余的人都寒窗苦读，想在朝中占一席之地。

尤其是五弟。五弟是她这一房的，自小头悬梁、锥刺股，就是奔着状元去的，若尚了公主，以后只当个闲散驸马，那他的努力又有什么意义？

皇后知道自己不能在公主的婚事上指手画脚，所以只能求助于宋惜惜。

她以为宋惜惜不会帮忙，但宋惜惜的最后一句话表明了心意，她自然多了一分感激。

她道："若娴宁与本宫的六弟成了好事，本宫定然要给王妃送一份大礼，本宫也欠王妃一个人情。"

宋惜惜笑了笑，不再说什么。

大礼什么的，她不缺，皇后的人情，她也不缺，但秉承着多一个朋友比多一个敌人好的原则，她知道该怎么做。

她是了解齐六的，也知晓娴宁的心意，她愿意帮忙成就一段良缘，这是因为她拿娴宁当自己的妹妹看待。

反对这桩婚事的是她的婆母慧太妃。

话说完了，谢如墨一行人便出宫了。

谢如墨先回王府，宋惜惜和慧太妃同乘一辆马车去了大长公主府。慧太妃觉得一个人对着宋惜惜很压抑，所以叫高嬷嬷上了马车。

不知道为何，慧太妃看到宋惜惜的那张脸，就觉得宋惜惜会对她说教。她最烦别人对她说教了，尤其还是晚辈。

不过一路上还算平静。

差不多到大长公主府了，宋惜惜才问了一句："母妃，有没有想过大长公主或许不会还那些东珠给您，三千两银子也不会给？"

慧太妃斜睨了她一眼:"你这是什么意思?怎可如此猜度大长公主?她既然打了赌,输了自然就要认,她是最要面子的,怎么会诓哀家?"

天真,哪个好人会劝婆母去偷儿媳妇的嫁妆赠予她?

宋惜惜瞧了高嬷嬷一眼,见高嬷嬷神色不安,她便问了句:"高嬷嬷,你认为呢?"

高嬷嬷勉强一笑:"回王妃的话,这……这按理说不可能不给,太妃说得有道理,再说了,大长公主怎么会稀罕您的东珠?"

最后几个字,高嬷嬷的声音低到几乎听不到。

其实高嬷嬷知道,高嬷嬷什么都明白,但是没跟慧太妃说,或许以前是说过、劝过的,但是没用,所以现在她选择心盲眼瞎,直接装哑巴。

宋惜惜想笑,想冷笑。

看着慧太妃那张得意的脸,她真是一点儿都忍不了了,道:"她不会还,所以我这一次去是强行拿回的,母妃不要作声,也不要帮她们说话,更不要和稀泥,最重要的是,不要拿我的嫁妆来做顺水人情。"

太妃大怒:"你这是什么话?难不成大长公主还会贪图你那几颗东珠不成?东珠虽然值钱,但大长公主府中定然少不了这些物什。再说了,她家要什么东西没有?京中权贵哪个不知道?"

宋惜惜"呵呵"地笑了一声:"行,那您瞧好嘞!"

慧太妃总算是找到机会教训她了,厉声道:"你目无尊长,竟然如此猜度大长公主,回府之后,哀家要好好地罚你。"

宋惜惜白眼一翻,懒得理会她,一会儿且看看谁的脸被打肿。

马车停在了大长公主府门口,门房进去禀报,出来后一脸歉意地道:"太妃恕罪,王妃恕罪,方才小人忘记了,原来大长公主今日出门去了。"

慧太妃一听,便对宋惜惜道:"既然如此,那我们先回去吧,先送拜帖,明日再来也是一样的。"

宋惜惜问那个门房:"大长公主去了哪里?什么时辰回来?"

门房道:"那就不知道了,兴许很晚才回。"

宋惜惜道:"无妨,我们等着便是。"

说完,她拉着慧太妃的手便要进去。

门房一看,着急地跑过来:"太妃,王妃,这是公主府,可不能乱闯啊!"

宋惜惜笑了一声:"怎么是乱闯?我们是前来拜访的,在公主府等着大长公主回来,怎么?你们的正厅不可以招待客人吗?"

门房是见识过宋惜惜的霸道的,虽然她这样笑盈盈地说着话,可门房一点儿都不认为她是好说话的人。

他愣怔之际,宋惜惜已经拉着慧太妃进去了,慧太妃一路上一直挣扎:"你还懂不懂礼数？门房都说了她不在，你在里头等什么？等到晚上吗？"

"就算等到明天，我也要等。"宋惜惜一道冷厉的目光扫过来，"母妃，高嬷嬷，今日等不到，我是不会回去的。"

慧太妃气结："你不是说那几颗东珠可以给哀家吗？既然给了哀家，什么时候拿回来，哀家自己做主。"

"行，"宋惜惜也很干脆，"那母妃就先回去吧，您不等，我等。"

她松开慧太妃的手腕，但慧太妃哪里能让她单独留在这里？

宋惜惜不管怎么看都不是好相与的人，莫要回头把大长公主得罪了，还是以她的名义得罪的，那就不好办了。

大长公主可不是好得罪的人。

"等，你满意了吧？"慧太妃没好气地说，然后径直往里走去，嘴里还嘀咕着"大长公主不是那样的人""若是得罪了大长公主就麻烦了"之类的话。

宋惜惜实在不明白这个婆母的脑子是用什么做的。她这些年能活得这么肆无忌惮，太后娘娘肯定没少操心，宋惜惜真的替太后心累。

二人进了正厅坐下，下人自然不敢怠慢。公主府的人都知道，慧太妃好对付，但是这位新晋的北冥王妃可不好惹。她是真的会上门寻仇的那种人。

茶点上了，也有人在跟前伺候。

宋惜惜扫了一眼公主府的正厅，白玉为砖，雕梁画栋，两排花梨木交椅雕刻得很精致，泛着淡淡的光泽。

正对门口的墙上悬挂着一幅《江山图》，大气磅礴。正厅右侧有一扇悬挂着珍珠帘的门，直通侧厅。

以珍珠做帘子，确实瞧着很贵气。

眼前所见的一切，都在彰显大长公主府的贵不可言。

是啊，这么贵，自然要花不少钱。

光是这如云的奴仆，每月都要花不少银子养着。亲王可以有五百府兵，她公主府也照着亲王的规格养着。本来这是不被允许的，但是当初先帝没说她什么，如今的皇上也不会管她。

这五百府兵，衣食住行样样都要钱。

另外，她是京城里最爱开宴会的人，以巩固她在京城的人脉。

她宴请的宾客非富即贵，不管是茶点还是餐食，都必须精致，若有宾客带着小儿小女来，以她的身份，少不了打赏，年长日久，公主府还能维持真正的富贵吗？

她若真的这么富贵，也不会逮着自己那个憨傻婆母一直薅羊毛。

宋惜惜坐了一会儿，也没喝茶吃点心，而是起身，说要到处走一走。

公主府宴请宾客，素来是任由宾客到处欣赏的，当然，这是在公主府提前安排好的情况下。

贸然闯进来的人，还说要到处走一走，那自然是不被允许的，公主府有的地方是不能让人看见的，那里藏着公主府见不得人的秘密。

宋惜惜是北冥王妃，府兵是不可能阻拦她的，万一她叫一句"非礼"，他们就得吃不了兜着走。

至于普通下人，根本拦不住她。

这不，好几个下人试图拦住她，她却迅速地闪过那几个人，大步朝内院而去。

几次阻拦无果，就在宋惜惜要接近内院里的一所院落时，有人大声喊道："公主回府！"

宋惜惜勾起唇角：呵，终于肯出来了。

她整理了一下发髻，淡淡地扫了一眼那处院落，道："既然公主回来了，那我便回正厅里等着吧。"

下人紧张地道："对，王妃还是回正厅里等着吧，公主回屋更衣后便出来了。"

宋惜惜走回正厅，只见慧太妃已经把点心都吃完了，正在叫人给她换一杯茶，茶凉了。

平日里她颐指气使，但是在公主府却将姿态放得很低，对公主府的下人都十分客气。

看到宋惜惜回来，她没好气地道："公主回府了，真的让你等到了。"

宋惜惜坐了下来，语气淡淡地道："是回来还是出来？我们就坐在正厅里，除非她从侧门或者后门回来，否则我们能看到她进来。"

慧太妃道："她是公主府的主子，怎么会走侧门或者后门？你懂不懂规矩？"

"那我们就看着她进来啊！"宋惜惜端起凉了的茶，抿了一口。

慧太妃果真叫高嬷嬷出去等着，高嬷嬷等了好一会儿，也没见人进来，倒是冷得直哆嗦。

她像是要帮着太妃证实大长公主就是从外边回来的，所以冷得连续打了好几个喷嚏也不愿意回去。

就这么一直等，等了差不多一炷香的工夫，她冻得实在是不行了，这才往回走。

然后她便见到大长公主被仆从簇拥着从内院走出来，上了回廊。

任高嬷嬷再愚钝，也知道大长公主压根儿没出门。

"哟，一回来就听说你们婆媳在等本宫，按理说，今日你们的事情多，怎么来本宫这里了？"

宋惜惜站起福身，含笑道："惜惜既入皇家，那自然是要来拜见姑母的，姑母安好。"

大长公主笑了笑，先不搭理她，和慧太妃互相行了个平礼，缓缓落座之后，才对宋惜惜道："都坐下来吧，一家人不必见外。"

宋惜惜坐下，道："确实不必见外，今日来，惜惜除了给姑母请安，还是因为听我的母妃说，她在昨晚的婚宴上与您打赌，拿了我嫁妆里的几颗东珠，我若不追究，姑母便输了，除了要将东珠如数归还，还输给她三千两银子。"

她含笑看向慧太妃："母妃，咱们今日是来拿彩头的——咱们赢了，那些东珠，您要多少便拿多少，儿媳的就是您的。"

大长公主的脸色肉眼可见地沉了下去：真是没点儿修养的人，一来便打直球，一点儿转圜的余地都不给她。什么国公府千金，就是个武夫。

哼，莫说三千两银子，就是那几颗东珠，她也不可能拿出来。到了她手上的宝贝，怎能轻易吐出去？

但慧太妃这个蠢货怎么会让宋惜惜知晓此事？

她看向慧太妃，一脸疑惑："怎么回事啊？什么东珠？什么打赌？昨晚不就是饮宴吗？你什么时候拿了她的嫁妆？这可不行啊，儿媳妇的嫁妆是她自己的私产，你不能拿的，即便是闹着玩也不行。"

慧太妃怔住了。

其实以她和大长公主母女这些年的相处经验，她有想过大长公主不会给那三千两银子，但是始终心存侥幸，想着大长公主是个要面子的人，既然说了，那就有一半的可能会给。

可大长公主居然连拿东珠和打赌的事情都不承认，这是她无论如何也想不到的。

她一时傻了眼，下意识地寻找高嬷嬷，见高嬷嬷冻得脸都红了，正在用袖子遮挡，用力地把鼻涕吸回去。

慧太妃又看向宋惜惜，只见宋惜惜一脸淡然，仿佛早就料到了。

她不甘心被宋惜惜看扁，但是更恼恨大长公主的无耻，急了："你怎么能这么说？昨晚哀家分明把东珠给了你，你说如果她不追着哀家要，你就把东珠还给哀家，再输给哀家三千两银子，怎么说过的话你不承认啊？"

"荒谬，本宫怎么会叫你去拿儿媳妇的嫁妆？你出去打听打听，本宫做得出那样的事吗？"大长公主脸色一沉，喝道。

这一喝，把慧太妃喝蒙了。

她本来就有些害怕大长公主，平时大长公主不发怒她都害怕，现在听到这一声喝，她心里顿时一慌，下意识地脱口而出："那……那我们先回去核实一下吧。"

宋惜惜的白眼都要翻到天上去了：回去？回去了就再也拿不回来了。

但是，她这个孝顺的儿媳妇总是要配合一下婆婆的，遂含笑道："行，那我们就先回去吧。"

大长公主端起茶，斜睨了宋惜惜一眼：哦？这么容易打发？那倒是省事了。

确实，那日的事情只要她咬死不承认，就没人奈何得了她。

至于慧太妃嘛，回头糊弄几句就过去了，慧太妃是最好拿捏的。

慧太妃听到宋惜惜也说离开，心里有种说不出的感觉：这么听话？那这东珠没了，三千两银子也没了。

不过宋惜惜听话是好事，不听话，那就会争吵起来，面子丢大了。

只是大长公主怎么能不承认呢？她有些不甘心。

就在慧太妃失魂落魄地站起来的时候，宋惜惜笑着道："恰好我明天回门，便把东珠的事情与师父说一说，反正门派的人都还在呢，婆母拿了我的东珠给大长公主的事，我也是要交代交代的，免得回头数目不对，弄得他们糊弄我似的。"

大长公主大怒："你休得胡说！本宫说了，没有拿过，你是想诬陷本宫吗？"

"行，行，行，您说没拿过便没拿过，但我还是要如实回禀师父的，毕竟，您说的是您说的，我说的也有证人，是不是？"

"慧太妃，你就这么纵容她诬陷本宫？"大长公主厉声道。

慧太妃一时不知如何应答，但心头是真的有些恼了：大长公主怎可如此欺负人？

她抬起头来："打赌确有其事，怎么算得上诬陷？"

大长公主拿捏她惯了，没想到她竟敢反抗，脸色越发阴沉。

宋惜惜握住了慧太妃因为无措而有些颤抖的手腕，言笑晏晏："母妃，姑母与您说笑呢，她怎么会不承认与您打赌的事？她是一番好心，想替您看看我这个儿媳妇到底是不是真的孝顺，才会与您打赌，她是冒着让自己身败名裂的风险帮您考察我呢，毕竟，这教唆婆母偷盗儿媳妇嫁妆的事一旦传了出去，不消一月，举国上下的人便都知道了，那些跑江湖的人，别的事不太在行，传消息是很快的。"

她说完，对着大长公主福身："姑母待我母妃如此真诚，惜惜十分感动。惜惜往日的名声不太好，姑母有此顾虑也在所难免，但惜惜保证，以后定会孝顺母妃，事事以母妃的意思为先。至于那些东珠，惜惜本来就打算分一些给母妃，等回门之后，我便让人送一斛给她，到时候她想赠予谁，都是她自个儿的事，我当儿媳妇的绝不敢过问。"

大长公主知道，宋惜惜这是在给她台阶下。

这台阶，她不下也得下。

她半辈子经营的名声，岂能让几颗东珠毁了？那些江湖汉子对宋惜惜有多么宠爱，她昨日也见到了。

而且慧太妃也不好得罪得太过，如今她已懂得反抗，日后再想从她那儿拿银钱就不容易了，不若顺水推舟，把东珠还给她，继续麻痹她，以后从她身上还是可以抠出许多银钱珍宝来的。

大长公主心中恼恨得冒火，那隐隐带着怒气的面容却突兀地露出了笑容："你既然是孝顺的，那本宫就放心了，本宫岂会贪图你那几颗东珠？确实如你所说，本宫只是想试探你一下。"

她扬了扬衣袖："来人啊，把那几颗东珠拿上来。"

宋惜惜福身，含笑道："多谢姑母。对了，还有输给我母妃的三千两银子呢。"

大长公主顿了顿，粗声道："再取三千两银票，一同拿上来。"

慧太妃眼睛一亮，激动地道："大长公主待我真好！宋惜惜，你瞧见了吧？我说了，大长公主是好人。"

"是，母妃说得对。"宋惜惜垂下眸子：很好，很好，还在被蒙蔽。

看到慧太妃这激动的样子，大长公主既放心又鄙夷：真是个蠢钝的玩意儿。

不过她既然还继续相信自己，那就足够了，几颗东珠，还愁以后拿不回来吗？

东珠被拿了出来，总共五颗。至于到底是不是五颗，其实慧太妃和高嬷嬷都不知道，那会儿怕被人瞧见，她们也没敢细看，就是抓了一把攥在手中，这东珠委实大，抓得住五颗就算不错了。

三千两银票也被拿了出来，慧太妃把东西抓在手中，冲宋惜惜冷哼一声："哼，瞧见了吧？小人之心度君子之腹。"

大长公主冲宋惜惜冷冷地笑了起来："哦？你曾猜度过本宫？"

东西拿回来了，宋惜惜也不与大长公主虚与委蛇，道："告辞！"

她率先走了出去，不管慧太妃和高嬷嬷：真是气得很，都这样了，还说大长公主是好人。

若不是才新婚第二天，她真的要大不孝了，身后还传来慧太妃跟大长公主告别的声音，慧太妃说过几日来公主府说话，大长公主笑着叫人送慧太妃出去。

宋惜惜大步走出去，自己先上了马车，窝着一肚子气，想着等慧太妃上了马车，定要说她几句。

但是，当高嬷嬷扶着慧太妃上了马车后，慧太妃却气得浑身哆嗦，破口大骂："老贱人，竟敢诓哀家！她是真的想贪了哀家的东珠，贱人，老贱人！"

宋惜惜眉头一挑：哦？方才是做戏？出息了啊！她都没瞧出来，竟然反套路了大长公主啊！

高嬷嬷上了马车，连续打了几个喷嚏，实在是方才冻坏了，现在出来又吹了寒风，老骨头受不住。

慧太妃把东珠塞给宋惜惜："还给你。这三千两银子分你两千两，要不是你来找她，她是绝对不会把东珠还给哀家的，更不会有这三千两。"

她说着，数了银票，塞给宋惜惜："拿着啊，发什么愣？"

宋惜惜眨了眨眼：她没听错吧？

宋惜惜看着被塞过来的两千两银票，还真有点儿受宠若惊：哇，她真的好爱给人好处啊，她真的很容易就给人分银子啊！

她真的很有当冤大头的潜质啊！

不，她已经当了冤大头。

"母妃看清楚大长公主了？"宋惜惜笑着，语气也好了许多。

483

慧太妃脸色阴沉："当哀家眼睛瞎啊？都这样了还看不清楚。"

"我见您还跟她好声好气地说话，以为您还在被她蒙蔽呢。"

慧太妃没好气地说："不好好说能行吗？咱们两个总要一个唱红脸，一个唱白脸，总不能真的跟她撕破脸吧？她跟那些夫人的关系这么好，回头编派哀家几句，哀家岂不是名声尽失？你是无所谓的，你是死猪不怕开水烫。"

宋惜惜没说话，数起了银票，银票都是一百两面额的，她顺手给了高嬷嬷一张："赢来的，讨个彩头。"

高嬷嬷的眼睛都定住了，她感觉呼吸有些困难："王妃，这可是一百两啊！"

"对啊，您伺候母妃多年，她赢了银子，自然有您的一份彩头。"宋惜惜笑着说。

慧太妃睨了她一眼："你给她做什么？她不愁吃穿，跟在哀家的身边，哀家自然会给她养老，年纪大了，拿这么多银子在身上，容易被人骗了去。"

高嬷嬷立刻谢恩，接过了这一百两银票。

宋惜惜从高嬷嬷的反应和慧太妃的话中基本能猜出来，慧太妃平日里确实没短过高嬷嬷的吃穿用度，但是除了宫里该给的那份月例，慧太妃私下大概没怎么赏过她。

倒不是说慧太妃薄待她，相反，慧太妃是拿她当自己人看待了。

有些人就是这样，对外人特别好，对自己人就很随意，甚至还会从自己人身上抠点儿东西出来便宜外人。

宋惜惜揣好银票。好在现在慧太妃还拿她当外人，那就一直拿她当外人吧，别当自己人了。

见高嬷嬷跟没见过银子似的，把那一百两拿了去，慧太妃"哧"了一声："瞧你，哀家这些年短过你什么吗？"

"太妃厚待老奴，不曾短过老奴什么。"高嬷嬷笑得合不拢嘴。太妃是没短过她什么，但是年纪大了，谁不希望有个近身钱？

高嬷嬷感激地看了王妃一眼。她打定主意了以后太妃看王妃不顺眼的时候，她一定要多替王妃说话。

慧太妃把手肘放在马车的窗子上，别开眸子，不看宋惜惜，装出一副依旧很不待见她的样子，但是心里对宋惜惜有了很大的改观：自己偷拿嫁妆的事，她知晓前因后果，却没有埋怨过自己一句，直接带着自己去大长公主府里把东珠拿了回来，连那三千两银子都没放过。

慧太妃给宋惜惜两千两银票，就是因为心虚，毕竟她叫高嬷嬷去偷东珠给大长公主这种行为是不对的。只是当时大长公主的话把她架了起来，她不做就是不敢，不敢就会被大长公主拿出去唱衰。

所幸问题都解决了，但如今她回想起来，有两个危险的地方是自己当时没有想到的，如今想起，她才觉得后背发凉。

第一个自然是大长公主不肯归还东珠，还捏住了她拿儿媳妇嫁妆的把柄。

第二个就是宋惜惜知晓此事之后闹起来，闹得尽人皆知，届时她什么面子里子都没了。

想到这里，她才发觉大长公主的阴毒。

经此一事，慧太妃对这个儿媳妇是再也讨厌不起来了，甚至有些后悔来的时候对她说了些重话。

她不是拿自己没办法，看她轻易地把大长公主气得眼冒火星还能顺利拿回东珠就知道。

她如果要与自己斗，自己必败无疑。

慧太妃偷偷地瞄了宋惜惜一眼，见她神色轻松，脸上微微绽放笑容，不得不说，这张脸真的比桃花还要艳上几分，更有种梅花的清绝之感。

慧太妃忽然生出好奇："你真的不怕大长公主吗？"

宋惜惜反问道："她有什么地方值得让人害怕的？"

"她是大长公主，当今皇帝的姑母，先帝也让她几分，而且京城的人脉圈，她起码掌握了一半以上，她说一句话，可以让你一夕之间声名狼藉。"

宋惜惜满不在乎地说："您不是说我死猪不怕开水烫吗？那我怕什么声名狼藉？但如果她随意中伤我，便是中伤收复南疆的功臣，就算她是大长公主，也必定会被天下士子口诛笔伐。"

慧太妃觉得，虽然宋惜惜说得轻松，但是得罪了大长公主，她要报复的话，还是很难应对的。

不过，慧太妃随即又想起了今日之事，拿回东珠和三千两银子也很难啊，可宋惜惜两三句话就做到了。

宋惜惜自然不知道这位婆母的脑子里此刻在想什么，如果知道，她会说：哪里是两三句话能做到的事？是因为她和谢如墨的婚礼来了很多江湖中人。大长公主拿捏得住京城权贵、官员的家眷们，却甚是惧怕这些跑江湖的人，更怕自己的名声被损坏，被天下人指着脊梁骨谩骂。

毕竟，教唆人偷盗儿媳妇的嫁妆，令人不齿。

宋惜惜忽然掀开帘子，吩咐车夫："去金楼。"

慧太妃早就想去一趟金楼了，只不过她不想和宋惜惜一起去，免得让宋惜惜看见金楼的生意如此之差。

当然，那日她都这样说了，宋惜惜肯定知道金楼的生意差，但知道是一回事，亲眼看见又是另外一回事。

慧太妃刚想说不去，宋惜惜道："我正好要买些礼物。明日回门，师父他们在国公府等我呢，我给师姐她们买些首饰。横竖是要花钱的，肯定得花在金楼，毕竟金楼母妃占着大头儿呢。"

485

她都这样说了，慧太妃也不好再说什么，确实，既然要花银子，那肯定要花在自己的铺子，也好给铺子增加一笔收入，免得赵掌柜隔三岔五就说工钱发不起，店租交不起。

　　年关已近，赚到银子的人家都会给女子买些首饰，在宜嫁娶的黄道吉日之前以及年末，金楼的生意是最好的。

　　马车停靠在金楼外，慧太妃刚掀开帘子，就看到金楼里人头攒动。

　　到了年底，金楼一楼的平价首饰会打折，所以这些日子生意都很好。

　　慧太妃诧异得很：不是说生意清淡吗？怎么会如此火爆？

　　她正要下马车去看一看，宋惜惜却说："高嬷嬷，你下去问一问，看有没有缠丝嵌宝金手镯？有的话，我要买几只。"

　　慧太妃道："你为何不下去看看？"

　　宋惜惜只是想要经过这里，让慧太妃看到金楼的生意不像大长公主说的那样差，她是不会在今日穿着这身亲王妃朝服进去的。

　　"人太多了，我怕挤坏了新衣裳。"宋惜惜坐得淡定，回答得也很淡定。

　　慧太妃又瞧了一眼，确实，人太多了，有男有女，她和宋惜惜若是被碰被撞，可就丢了身份。

　　"你去吧，去问问看。"她吩咐高嬷嬷。

　　高嬷嬷应声，然后下了马车。慧太妃瞧着她进了店面，却挤了好久都挤不到展柜前去问伙计，不禁庆幸：好在没下去，否则她这双珍珠鞋要被踩烂了。

　　终于，高嬷嬷吃力地挤了进去，十分艰难才问到伙计："可有缠丝嵌宝金手镯？"

　　年轻的伙计抬头瞧了她一眼，大声道："那是二楼卖的，但是没货了，今年做了一批又一批，都卖光了，要买的话，上二楼下订，明年二月才能有货。"

　　要下订啊？还要等明年二月才有货？

　　高嬷嬷慢慢地退了出去，然后顺着楼梯上了二楼，只见二楼装潢雅致，一侧摆放着八九个柜台，柜台前面放置了交椅，交椅上铺着软垫，一个柜台招待一位贵宾；至于另外一侧，则有十余人在等候，他们都坐在椅子上吃着点心，喝着茶，炭炉里烧着银丝炭，屋里暖和极了。

　　这些客人虽然富贵，却不着织锦绸缎，看样子都是富裕的商户，而不是权贵或世家的人。

　　高嬷嬷扫了一眼，只见其中一位客人戴了几只金镯子在手上，瞧了瞧，觉得合适，便叫人包起来，镯子的款式倒是时兴的，只是比金京楼的肯定要差很多。

　　有伙计过来招呼她，她便问了句："可有缠丝嵌宝金手镯？"

　　伙计"哎呀"了一声："您说巧不巧，都卖完了，您要不下个订？"

　　"你们的生意这么好啊？"高嬷嬷离了慧太妃也是很清醒理智的，"前阵子来，你们这儿也是满客,那些时兴的款式,怕是都没了吧?"

"那可不?咱们金楼的生意,除了金京楼,京城再无及得上的。"伙计骄傲地说,打量了她一眼,见她衣着不凡且颇有威仪,便道,"您看看,除了那缠丝嵌宝金手镯,别的手镯行吗?我们这儿金的、玉的,款式都不少,就是许多都缺了货,只能等明年再补了。"

高嬷嬷瞧了一眼柜台上的货,显得有些瞧不上的样子,道:"算了,明日叫姑娘自己来挑吧。"

高嬷嬷走了。

回到马车上,她先回了宋惜惜的话:"王妃,那缠丝嵌宝金手镯卖完了。"

宋惜惜"嗯"了一声:"这缠丝嵌宝金手镯是金京楼最先设计的,金楼抄了人家的款式,但也卖得很好。"

"卖得好?那年底送来的账本应该好看了。"慧太妃显得很高兴。

高嬷嬷却心事重重,因为那个伙计说,他们的生意一直很好,除了金京楼,京城就没有比他们生意更好的了。

但是看太妃这么高兴,她决定还是先不说,等嘉仪郡主把账本送来看看再说。

这两日,账本也该送来了。

今日见过大长公主那卑鄙的嘴脸,高嬷嬷不禁有些担心:有没有可能,大长公主母女一直都在骗太妃呢?

这母女俩不至于这么下作吧?

她看向王妃,只见王妃一副了然于胸的表情。

莫非王妃早就知道什么?

王妃会不会是特意带太妃过来看看金楼的生意的?

太妃原先也说过要来金楼,但是她出门素来是奴仆如云,侍卫开路,如果嘉仪郡主有心骗她,定然会提前交代店中的掌柜,一旦见到这样的人或者自称慧太妃的人,便将提前拟好的说辞搬出来。

毕竟,方才见到的这金楼的客人,一楼的是普通百姓,楼上的也只是富商以及小官员的娘子。

方才王妃说,金楼抄了人家金京楼的款式,所以,真正的贵族大户,应该比较少踏进金楼。

太妃出门声势太大,是很容易被认出来的。

好巧不巧,明日谢如墨和宋惜惜准备回门,今日嘉仪郡主便派人把账本送来了,而且是赵掌柜亲自送来的。

因为慧太妃入住王府了,所以是赵掌柜亲自来;若慧太妃还在宫里,账本就是嘉仪郡主送过去。

高嬷嬷认为赵掌柜是过来认一认人,等太妃以后去了,他们就能认出来。

慧太妃翻开账本，从寥寥无几的账目来看，卖出去的都是些粗鄙物件，贵的饰品一件都没有。

再看最后的营收结余，又是亏损，一个季度亏损了一万多两银子。

一万多两银子，比之前还要多。

慧太妃气得浑身颤抖，把账本往地上一扔："为什么会亏那么多？你给哀家一个交代！"

赵掌柜跪在地上，哭丧着脸："太妃，您实在不知道如今的生意有多难做，咱们想年前赚一拨钱，便提前囤积了一堆货物，没想到那些货好多都是残次品，根本卖不出去，眼看人家生意火爆，唯有我们金楼门可罗雀，实在是令人心酸啊！"

他跪爬着前行，捡起那账本，打开其中一页："这还是因为前阵子您和嘉仪郡主一同拿了些银子出来，才不至于亏损太多，否则的话，起码要亏损两万两。"

"胡说！"慧太妃一拍桌子，气得满脸铁青，"金楼门可罗雀？为何哀家经过的时候，却见里头全都是客人，而且很多客人都满载而归？"

赵掌柜心头一惊：慧太妃来过？什么时候的事？具体是哪一天？

他忽然想起昨日有伙计跟他说，有个瞧着像出自高门大户的嬷嬷来买金京楼的那个爆款缠丝嵌宝金手镯，会不会是昨天？

他眼珠子一转，决定赌一下："太妃娘娘，您说的是昨日吧？我们近段日子，就只有昨日生意好，因为我们积压的货太多了，所以郡主说要把货推出去，哪怕亏一点儿也不要压太多，否则对太妃没办法交代。昨日咱们是卖了很多，但都是亏本卖的啊！今日还在做打折特卖呢，不信的话，您亲自去一趟，瞧一瞧就知道了。"

慧太妃听他说得情真意切，还真的信了几分。

宋惜惜在门外看到她的神情，知晓她又被人哄骗了，当即迈步走进去："是吗？为何我听你们的伙计说，缠丝嵌宝金手镯你们卖了一批又一批？那手镯的款式是抄金京楼的，你们怎么卖都不会亏本吧？让我看看你们的账本上记了这一笔没有？"

宋惜惜说完，伸手去抢赵掌柜手里的账本，赵掌柜下意识地想藏起来，但是动作不及宋惜惜的快，账本马上就落在了她的手中。

宋惜惜翻看了那几页，冷笑一声："好家伙，竟然真的没有这一笔，就连我师兄给我打造的那只大金镯子也没有写上去，所以你这账本到底记了什么？赵掌柜，做假账是大罪啊！"

赵掌柜一看宋惜惜，顿时吓得魂飞魄散：这……这不是那日来取大金镯子的那位姑娘吗？她居然是北冥王妃？

宋惜惜轻飘飘地说了句："来人啊，把账本和赵掌柜一同送到京兆府去，叫瑞儿的舅舅好好地审一审，看他到底骗了太妃和嘉仪郡主多少银子。"

路总管当即吩咐了两名侍卫进去，便要押着赵掌柜去衙门。

赵掌柜吓坏了，失声大喊："请王妃饶了小人，这不是小人的意思，这是嘉仪郡主的意思，是她命令小人做这些账本骗太妃娘娘的。"

"什么？"慧太妃气得砸了杯子，"嘉仪拿假账本欺骗哀家？"

宋惜惜伸出手，压了压，阻止了慧太妃的话："既然以前的账本都是假的，那么定然有真的账本。"

赵掌柜被侍卫架着，双臂像是要断掉一般疼痛，他不敢再撒谎，连连点头："有的，有的。"

宋惜惜因为今日要回门，也不与他啰唆，叫了路总管进来，道："劳您带两个人同他回金楼，把这些年的账本全部取回来，交给账房逐一核实。要在现场核查清楚是不是真的账本，若他还敢弄虚作假，不必回来禀报，直接把人送到京兆府便是。"

路总管应道："是，王妃！"

他扬手，叫人迅速把赵掌柜带出去，外头已经备下马车，一行人上了马车就直奔金楼而去。

那个赵掌柜哪里见过这种阵仗，吓得直哆嗦，心里在暗暗叫苦：嘉仪郡主不是说慧太妃好应付吗？每年都是这样应付过去的，怎么今日却不好使了？还让北冥王妃看见了。他知道北冥王妃，那是个杀伐果断的沙场战将，京兆府府尹更是她娘家侄儿的舅舅，若真的到了京兆府，他不死也得脱一层皮。

慧太妃发了好大的脾气："嘉仪骗哀家？她怎么敢？"

宋惜惜叫人进来打扫被她砸了的杯子，心道：她怎么敢？她怎么不敢啊？平日里，你怕她们母女怕成那个样子，不骗你骗谁？加上在深宫里头，你不能经常出去看，多好骗啊！

"母妃息怒，这件事好办，你们原先是有契书的，等我回来再同你看看，动怒是解决不了问题的。"

慧太妃都想哭了。嘉仪和德贵太妃做生意，德贵太妃年年都有收益，她却年年拿银子去补贴，本来心里就觉得不如德贵太妃了，没想到竟然是嘉仪骗了她。

嘉仪没骗德贵太妃，却骗了她。

这份委屈感涌上心头，她的眼泪差点儿没忍住。听到宋惜惜这句话，想起对方昨日为自己出头拿回东珠，如今这件事情也没置身事外，她的心里生出一丝依赖感。

但是，她知道此事不好办，对方骗了她这么多银子，怎么会轻易地吐出来？搞不好连真正的账本都看不着，去了也是白搭。

宋惜惜就只安慰了这一句，便福身告退。

谢如墨没管这件事情，今日他有更要紧的事情，那就是陪宋惜惜回门。

装礼物分明是下人的事，他却亲力亲为，把回门礼一件一件地搬上马车。

开什么玩笑？大师伯的弟子里有一个萍无踪，潜藏起来无踪影，有没有可能她如今就躲在王府附近哪个地方盯着自己，他也不知道。

不是他对自己没有信心，实在是他知晓万宗门对惜惜有多宠溺，可以这样说，

489

如果不是师父执掌门规，惜惜在万宗门犯下的所有错误都不会被罚。

有时候惜惜犯错回来，不等师父发话，师伯就先动手了，但那是真的打吗？那是打给师父看的，免得师父出手，惜惜会被处罚得更重。

师伯一处罚，师兄师姐们就连忙出来求情，一人分担一板子，真的落到她身上的没有几板子。

如果是他的师父出手，那才叫真的遭罪，而惜惜确实也遭过好几次罪，所以她见了他师父都躲得远远的。

谢如墨一边装礼物，一边想着万宗门的事。

他自然高兴惜惜有这么多人护着，但是他也想让师伯他们知道，惜惜如今有他护着，他们不必再担心。

最重要的是，今日他一定要跟师伯说一句话，那就是自己以后会督促惜惜一个月写两封信送回师门，不管遇到好事还是坏事，都必定让师门知道，不必他们费心下来打探。

谢如墨带人装了满满三车礼物，便见宋惜惜领着瑞儿和宝珠出来了。

惜惜沉静、从容，一袭紫衣衬得肌肤更加白皙通透，发髻上簪了两朵芍药，人比花娇。

想起昨晚的事，他只觉得浑身的血液都往一个地方涌去，目光深沉，透着意味不明的情绪。

宋惜惜抬头看过来，他这眼神，这表情，两个晚上了，她认得出。

这两个晚上，他像是婴儿喝到了第一口奶之后便进入了一个欲罢不能的状态，索取无度。

宋惜惜脸颊一红，避开了他的视线，这样的视线让人心跳加速。

谢如墨迎上去，牵着她的手："回门的礼物都备好了，我们走吧。"

"好。"宋惜惜低眉顺眼，方才的淡定从容一瞬间被羞赧取代，纵然他们已经成亲，也有过肌肤之亲，但是他这样与她十指紧扣，还是让她生出难以言明的欢喜与娇羞。

瑞儿抬起头问宝珠："宝珠姐姐，为什么姑父一牵小姑姑的手，小姑姑就会脸红？"

宝珠听到这话，不禁抬头瞧了姑娘一眼，姑娘的脸还真的比桃花都红。

宝珠笑着敷衍了一句："那是因为男子牵女子的手，女子都会脸红。"

瑞儿问道："那我也牵着你的手，你为什么不脸红？"

宝珠"扑哧"一声："奴婢脸皮厚，所以红了你看不出来。"

瑞儿"噢"了一声，一双眸子顿时像洞察了世事那般透亮。

二人上了马车，拖着三大车礼物，风风光光地回门去。

说来也巧，他们恰好碰到战北望带着王清如回门。

战北望依旧骑着骏马，谢如墨掀开马车的帘子，刚好看到他，看到他的脸肿得不成样子，谢如墨就知道张大壮带人围殴时下手不轻。

叫他嘴贱。

战北望的目光也扫了过来，看到掀开帘子的谢如墨，他眸子一眯，眸中凝了怒意。

谢如墨放下帘子，唇角微弯：嗯，打得让他生怨就对了。

宋惜惜方才顺着他的视线，也看到了战北望，有些疑惑："他是被家里的两位夫人揍了吗？"

谢如墨摇头："不知道，兴许是吧，毕竟他那两位夫人都不是省油的灯。"

易昉是平妻，占着一个"妻"字，自然也能称一句"夫人"，只不过要加一个"如"字或者"侧"字，如夫人或者侧夫人。

宋惜惜随口说了句："打得可真狠哪！脸肿得我都快认不出来了。"

谢如墨点了点头："确实狠了点儿，看在大家都是从南疆战场回来的分儿上，我明日叫张大壮给他送点儿散瘀药。"

宋惜惜诧异地看了他一眼："倒也不至于……"

他豪气干云地道："战友一场！"

宋惜惜沉默了一会儿，轻声道："你叫人揍的。"

她可以笃定，不需要问。

他侧头看过去，没承认，也没否认。

她蹙眉添了句："鲁莽！"

他以为她在维护战北望，语气顿时酸了："他活该，你不知道那日迎亲时，他对我说了什么话。"

宋惜惜依旧皱着眉头。师弟一看就知道没受过惩罚，这么天真无邪，屁股是会被打烂的。

"师叔还在京城，你要揍人，也要等师叔离开京城再揍，你想受罚吗？"

"啊？"谢如墨怔了一下，随即脸上满是欢喜之色，"你在担心我被师父罚？你担心我啊？"

"我肯定担心你啊，你没挨过师叔的铁拳吗？"宋惜惜凤眸微挑。

"嗯，没怎么挨过。"谢如墨想起了在师门的日子，一年严格来说一个月都不足，虽然也不是没被揍过，但这与尊严有关，就算被揍过也不能说。

"你一直都很乖吗？"宋惜惜好奇地问道。在万宗门，就连大师兄都被罚过，他比大师兄还听话？

谢如墨侧头想了想："主要是我去万宗门的时候，你们也不来找我玩，我只能勤于练功，师父对我很满意。"

宋惜惜敬佩地看着他：他们作为师侄都被师叔罚过，他这个嫡传弟子竟然没被罚过？怪不得他的武功这么好，他实在是太出色了。

在万宗门没被师叔打过的人，在她看来都无比出色。

谢如墨看着她崇拜的目光，微微抬了抬下巴，露出骄傲之色，浑然没有半点儿心虚，偶尔一两次的挨揍不值得一提，不要提。

二人言语间，便回到了国公府门口。

陈福领着黄嬷嬷以及府中的下人在门口迎接，沈万紫也带着"馒头"、辰辰、"棍儿"跑出来。

沈万紫笑嘻嘻地挽着宋惜惜的胳膊："可算等到你回门了，你得说一说'棍儿'，他作为嫁妆，那晚居然敢跟着我们跑回来。"

"棍儿"瞪了沈万紫一眼：哪壶不开提哪壶啊！

宋惜惜笑着瞧了"棍儿"一眼："那都是开玩笑的，'棍儿'怎么能当我的嫁妆？"

"怎么不能？他师父都不要他了。"沈万紫说完，又小声地在宋惜惜的耳边道了句，"说是给你当嫁妆，其实是想让他在王府谋一份差事，好领了月钱，送回梅山去。"

宋惜惜也猜到了。古月派的人这些年过得确实苦哈哈的，全都是女弟子，只有"棍儿"一个男弟子，他师父又是个守旧的人，不愿意让女弟子下山谋生，只种些果树瓜菜，一年也卖不了几个钱，有时候连饭都吃不上，只能靠着各派送些吃喝用度撑过去，有时候实在熬不下去，需要购买什么东西，便借银子，借了好多年。

听师父说，当初古月派创立时，还是师父号召了人去给她们把房子建起来的呢，那些建造房子的材料钱也是借的。

"棍儿"也听到沈万紫的话了，偷偷地看了宋惜惜一眼，也没好意思问行不行。

宋惜惜问了句："你那些赏金呢？"

"棍儿"两根手指对戳，讪讪地道："那会儿在京城的时候，我不是跟你们去买买买了吗？剩余的师父拿去还账了，还买了许多粮食和过年用的东西，如今已经没多少了。"

总而言之，大头儿是拿去还账了。

宋惜惜笑着说："那你先留在京城，回头我看看什么差事适合你。"

"棍儿"舒了一口气，顿时露出了烂漫的笑容："好嘞！"

谢如墨跟在身后，问了句："那为何当初不留在军中？"

"元帅，进了军中便有军纪军规束缚，不自由，我一年也得回几次梅山。"

"棍儿"还是习惯称呼谢如墨为元帅。

谢如墨见识过"棍儿"的武功，瞧了瞧"棍儿"，心里顿时有了打算，但也不着急说。

进了正厅，师父、师叔他们已经在等着了，其他门派的人在婚礼翌日便已经离去，如今只有万宗门的人和沈万紫他们几个在了。

宋惜惜昨日也不是吓唬大长公主，只要她想，就算那些人离京了，她还是可以帮大长公主扬一扬恶名。

反正，自从贞节牌坊的事情之后，她和大长公主就势不两立了，往后还有的交锋。

她让宝珠先带瑞儿去玩，一会儿再来拜见长辈们。

谢如墨和宋惜惜依礼拜见了师父和师叔，还有各位师兄师姐。

师叔的一双小眼睛半眯半睁，实在瞧不出是眯着还是睁开了，可宋惜惜知道，这样的师叔才是最可怕的，因为，他在盯着你有没有犯错。

所以，宋惜惜磕头磕得十分认真，力度也恰到好处，能听到"咚咚"的声响，还能听到点儿回声，这磕头礼就合格了。

宋惜惜曾被师叔训练过磕头礼，就是因为给师父磕头的时候磕得太草率了。

被训练的那一晚上，她的脑袋都磕得眩晕了，额头都出血了，师叔才微微睁开眸子，扬手让她走。

她都走不了路了，还是二师姐背她回房的。

回想起旧事，宋惜惜忍不住掬一把凄惨的泪水。

她在磕头的时候，却发现谢如墨只对师父他们行了个拱手礼，向师叔磕了一个头，而且磕头时没有一点点回声，完全不及格。

惨了……宋惜惜猛地看向师叔。

啊？师叔没生气？

师叔不仅没生气，竟然还对谢如墨露出了微笑，微笑中可见欣慰："你已立业成亲，为师可以放心了。"

啊，师叔是会笑的？

"劳师父记挂了。"谢如墨立于师父面前，一副随时聆听师父垂训的乖巧模样。

巫所谓更满意了，笑道："都坐吧。"

萍无踪立刻去把宋惜惜扶起，用手掌在她的额头上揉了几下，轻声问道："不疼吧？晕吗？想吐吗？"

"不疼，不晕，也不想吐。"宋惜惜摇头说。

萍无踪这才松了一口气。实在是她有心理阴影，之前小师妹训练磕头的时候，她把人背回房的路上，小师妹就开始吐，感到眩晕，后来她请了师父过来扎针，小师妹又服了好几日药，这才好转。

"只是娶了这么个刺儿头，以后的日子只怕也不太平，你还是要对她多加管束，不可让她生事。"

巫所谓的声音响起，他是对谢如墨说的，在他的心里，宋惜惜永远是万宗门最调皮的弟子。

"惜惜不会生事，请师父放心。"谢如墨恭谨地回答，却坚定地维护她。

493

巫所谓的眸子又眯了起来，一副不高兴的样子。

宋惜惜的师兄师姐们用怨恨的眼神看着他：这恶势力……莫非又想迁怒小师妹？

不过巫所谓很快又露出了笑脸，因为谢如墨端着茶过来，先奉给任阳云，再奉给他。

一日之内，师叔两次露出笑脸，足以让人觉得诡异无比。

原来师叔是会笑的，怪哉！

巫所谓喝了茶，谢如墨便道："师父，弟子有话要单独和您说，请您随弟子到侧厅去。"

"好。"巫所谓站了起来，轻轻地甩了一下衣袖，便同谢如墨出去了。

谢如墨回头给宋惜惜使了个眼色，露出了俏皮的笑。

众人这才知道他是故意支开师叔的，就是为了给他们单独的空间和小师妹说说话。

萍无踪轻轻地给宋惜惜揉着额头，然后伸手抱了抱小师妹。当年小师妹刚到万宗门的时候，她总是背着小师妹到处跑。小师妹那会儿想家想得厉害，也是萍无踪哄她睡觉的。

"好了，不可太骄纵她了。"任阳云发话了，看向宋惜惜的目光却比任何人的都宠溺，"都为人娘子了，以后凡事自己要立得住，但若受了委屈，也不必自个儿忍着，寄信回梅山，自然有人为你出头。"

宋惜惜靠在二师姐的怀中，轻声地应了句："知道了，师父。"

任阳云听到她乖乖地应了一句，这才伸手招呼她过来："来师父这里。"

宋惜惜乖巧地过去，师父将手伸过来，在她的鼻尖上弹了一下。

宋惜惜"啊"了一声："师父，疼！"

"惩罚！"任阳云板着脸，"叫你遇事不说，这惩罚算是轻的。"

宋惜惜的眼中闪过一丝沉痛之色，但很快又掩饰了过去："知道了，我以后不会了。"

任阳云自然不会忽略她的眼神，心里叹气：他这小幺经历的那些事情啊，不能想，一想真是要他的命了。

任阳云执着她的手，令她坐在自己的身边，道："谢如墨的心性、品德远胜那个战北望，为师相信他不会辜负你，也不会薄待你，但世事易变，人心也易变，往日他喜欢你，得不到便更念着你，如今如愿与你成亲了，难保不会因为厌倦而见异思迁，男人啊，一个都信不得，所以就算你再喜欢他，也不可以把心完全交给他，晓得了吗？"

五师兄猛地点头附和："对，男人没一个好东西，瞧着就恶心，咱们不能全然相信他，免得再来个负心汉……"

"闭嘴！"大师兄沈青禾敲了他的额头一下。方才师父说那番话他就觉得不可这般吓小师妹，但师父在上，他不敢反驳，想不到五师弟居然附和师父。

沈万紫在一旁听着，"扑哧"一声笑了："王老五，你自己也是男人，怎么也恶心男人啊？"

五师兄姓王，叫王乐章，擅长乐器，更擅长用乐器杀人，因为在万宗门排行第五，所以大家都叫他"王老五"。

王乐章看向沈万紫，俊美的脸上满是冷意："怎么不恶心？所以我素来不与臭男人来往，只和女子做朋友。"

"你倒是为你自己的好色寻了个借口。"沈万紫嗤笑。

谁不知道他王老五最爱流连秦楼楚馆？他抚琴、吹笛，花魁娘子闻曲起舞，她都亲眼见过。

王乐章瞧了一眼外头，目光略带紧张："你休得胡说，要是被我师叔听到，我跟你没完。"

沈万紫耸耸肩："上得山多终遇虎。"

王乐章面无表情地转过头："见了你，我如今连女子都不喜欢了。"

"行了，都闭嘴吧。"任阳云打断了他们的斗嘴，"明日我们便要回万宗门了，有什么要对你们的小师妹说的，赶紧说，不要说废话，一会儿她还要去神楼拜祭父母兄嫂。"

大师兄被推了出去，因为他在师妹出嫁之前就在国公府住了几日，如今怎么好意思占用他们和师妹说话的时间？

宋惜惜被师兄师姐们围着，他们说话不会七嘴八舌地一起说，都是一人说几句，但其实大家不管说什么，最终都是提醒她，遇到事情，要记得自己还有师门。

萍无踪抱着师妹，这个雄鹰一般的女汉子也忍不住落泪了。

小师妹初到万宗门的时候，还是个七八岁的小女孩，扎着双丸髻，穿着红色的小裙，漂亮可爱得像一枚红樱桃，水嫩嫩的脸蛋儿，谁见了都忍不住想掐一下或者亲一口。

小师妹多半时间是跟着她的，刚开始习武的时候，因为练基本功，最初几日，小师妹走路都走不了，是她背着小师妹从练功院回到房间，给小师妹用药酒擦揉疼痛处。

小师妹会撒娇，会声音软软地说："二师姐，我想吃山里红了。"

那酸得倒牙的山里红，小师妹却一口一个，哪怕酸得小脸蛋儿都皱成干桃花了也不怕。

后来她便学着用山里红做糖葫芦，甜甜的糖葫芦吃得小师妹眉开眼笑。

看着小师妹笑，仿佛所有的烦忧都没有了。

那个时候，小师妹的眼里写满了灿烂和恣意，而那个小小的女孩，如今长大成亲了。

萍无踪一会儿心酸，一会儿心喜，又想起她这几年的经历，泪水止不住地流。

萍无踪擦了擦眼泪："师姐不走，师姐就留在京城，留在国公府陪着你，你什么时候想师姐了，就回国公府看我。"

"我们也留下！"一听到二师姐这样说，大家跟着附和。

宋惜惜躲在二师姐的怀中，她已经许久没有像现在这样充满安全感了。

她也想哭，也舍不得他们走，但是师父冷着脸发话了："你们还能陪她一辈子不成？每个人总要过自己的日子。再说了，这京城岂是好待的地方？即便是好待的地方，也不是我们万宗门的人能长居的。"

任阳云对京城没有好感，对皇室中人本来也没有好感，但是谢如墨的人品确实没得说，他又收复了南疆，任阳云这才勉强接受了他，但人心会不会变，还需要用时间来证明。

当年谢如墨本来是想拜在任阳云门下的，但他不想收皇室中人，正好师弟不知道为何瞧上谢如墨了，就把人收下了。

当初任阳云还觉得这种娇贵的皇子吃不得练武的苦，甚是轻视他，没想到他一年只上山一个月，由师弟教习之后回京城刻苦勤练，武功竟然非常高。

任阳云叹了口气，任他们师兄妹在这里叙话，自己去找师弟和谢如墨了。

不管如何，谢如墨如今娶了小幺，自己是半个老丈人，老丈人是既要对姑爷立威，又要对姑爷示弱的，真难啊！

自己不能再摆师伯的威风了。

聊了许久，宋惜惜带着谢如墨和瑞儿去了神楼，上香拜祭之后，宋惜惜跪在地上，谢如墨立刻跟着跪下。

看着他干脆利落的动作，宋惜惜眼圈微红，她看着父母兄嫂的牌位，哽咽着轻声道："父亲，母亲，兄长，嫂嫂，我已觅得良婿，从今往后，我会带着瑞儿好好地过日子，不求光耀门楣，只求平安顺遂，不堕父兄威名。"

瑞儿也双眼通红，道："祖父，祖母，父亲，母亲，瑞儿一定会乖乖听小姑姑的话，不会乱闯祸的。"

说完，他"咚咚咚"地磕了九个响头。

谢如墨只说了一句话："请岳父岳母放心，小婿定然会好好待惜惜，不让她受半点儿委屈，小婿也承诺绝不纳妾，此生只有惜惜一位妻子。"

宋惜惜泪水滴落，她知道谢如墨为什么要说这句话。

母亲当初瞧上战北望，就是因为这一句承诺。

母亲大抵认为，当朝亲王的后院不会只有一个女人，所以，她或许是欣赏谢如墨的，却不敢把女儿托付给他，没想到还是看错了人，把鱼目当成了珍珠，把珍珠混作了鱼目。

好在如今她嫁给了良人，以后的日子未必一路平坦，但有知心人相伴，总胜过在将军府的独木难支。

拜祭了亲人之后，午膳也备好了，宋惜惜先叫瑞儿拜见了师父师叔他们，再一同用膳。

食不言，寝不语，这是万宗门的规矩，尤其是有巫所谓这位黑脸师叔在，大家进膳的仪态堪比世家大族中人。

宋惜惜特别珍惜这样坐在一起吃饭的机会，总是抬起头看看师父，看看大师兄，看看二师姐他们，心里特别高兴，只是想到他们马上就要离京了，心里不禁又难过起来。

吃完饭，下人撤了残羹，众人依旧在正厅里说话。

任阳云看着瑞儿，忽然招呼他过去："瑞儿，过来。"

瑞儿"哦"了一声，小步上前："师公好！"

瑞儿知道他是小姑姑的师父，自己要叫师公。

"你想不想和你小姑姑一样，武功天下第一？"

宋惜惜的武功自然不是天下第一，但是在万宗门已经十分厉害了。

瑞儿立刻重重地点头："想！"

宋惜惜眼眶一热：师父……师父是想带瑞儿回梅山吗？

任阳云看着瑞儿，意味深长地道："为什么想练好武功啊？"

"为了保护小姑姑。"瑞儿大声地说，顿了顿，似乎觉得这个格局小了点儿，又道，"像我祖父和我爹一样，上战场，保家卫国，护卫疆土。"

任阳云笑了起来："好，好，好，小小年纪，却有这么远大的志向，但是，当英雄要吃苦，会很累，你能吃苦吗？"

"我能！"瑞儿挺起胸膛，大声地说。他虽然不知道师公为什么这样问，但是大声地回答总没错。

反正他什么苦都吃过。

"那若是让你同你的小姑姑分开呢？你也行吗？"任阳云问道。

"我能……啊！"瑞儿当即退后两步，下意识地摇头，"不，我不离开小姑姑。"

宋惜惜也不舍得瑞儿，他如今是宋家唯一的男儿了。

"师父，如果他想学，我会教他武功。"她道。

任阳云道："自然是你先教，如今他什么都不懂，难不成还要师父亲自教他基本功？等他的腿好了，在你的府里练两年，你把他的武功教好了，再让他到梅山上跟你的师兄师姐们学点儿别的东西。"

瑞儿日后会袭爵，就他一人，定然十分困难，若不多些本事防身，让人不放心啊！

宋惜惜知晓师父的良苦用心，含泪道："是，徒儿知道怎么做了。"

入万宗门，不知是多少人梦寐以求的事，不仅仅可以练武，更有其他本事可以学，像沈青禾这样年纪轻轻的大儒，实在是当世罕见。

沈青禾可不仅仅懂得作画，即便琴棋书画无所不精也不算什么大本事，他厉害在满腹经纶，博古通今，能发表真知灼见，著书立说。

当今皇帝便是他的头号崇拜者，当日沈青禾来国公府，皇帝纡尊降贵到国公府求见，足以再一次抬升沈青禾的地位。

皇帝甚至都没敢想把沈青禾招揽入朝，因为在他看来，像青禾先生这样的人，就该放在心中膜拜。

商国的文人学士，乃至当朝的文官清流，都对沈青禾十分欣赏，尤其是颜太傅这样的当世大儒，对他更是推崇备至。

"你们什么时候离开？"宋惜惜含泪问道，语气中充满不舍。

"还未定下来，走的时候会与你说的。"任阳云道。

"一定要说，不能偷偷地走了。"泪水浸满了眼眶，她觉得他们会偷偷地离开，不告诉她——师父最怕分别，她每一次下山回家，他都推说忙，躲了起来。

任阳云保证："我们绝对不会偷偷走的。"

宋惜惜觉得师父的话一点儿说服力都没有，从他之前说来，又说不来，之后再弄出这么大的惊喜就可以看出来。

午膳过后，师兄们拉着谢如墨进侧厅说话，每个人说话都滴水不漏，没有带半点儿威胁，言语里都是拜托他照顾好小师妹，却又让他感受到一种无形的压力。

谢如墨应对得体，而且郑重严肃，态度真诚，大家便拍了拍他的肩膀，表示了肯定。

他们虽在武林，却也知道京中贵族圈的规矩。

小师妹二嫁，在外人看来就是丢了清白，谢如墨作为亲王，愿意娶她为正妃，还发誓府中只有她一人，实在难能可贵。

他们回府之前，萍无踪私下跟谢如墨说了句话："若是有一天，你也不喜欢她了，请别伤害她，把她还给我们。"

一个"也"字，让谢如墨绷紧了脊背："不，绝对不会有这一日。"

在马车上，谢如墨跟宋惜惜说了师姐的话。

宋惜惜把头靠在他的肩膀上，泪水忍了好久，还是忍不住流了下来。

谢如墨抱着她，将下巴抵在她的头上："师姐真的是拿你当亲妹妹看待。"

"嗯，我去万宗门的时候，师姐带我的时间比较多，她宠我，宠得很。"

谢如墨心想：万宗门里谁不宠她呢？即便是师父同他在侧厅说话的时候，也叮嘱了他，要他好好待宋惜惜这个泼猴。

师父难得露出心疼的神色，说起了岳父一家，眼神里充满了伤感和遗憾。

天下人无不感动于国公府男儿们为国家的付出与牺牲。

宋惜惜擦去眼泪，问道："'棍儿'要留在京城，你有什么差事可以安排给他吗？他不想回军中去了。"

谢如墨道："那简单，亲王可有五百府兵，我如今还没组建起来，就让他领个头，寻些人来呗。"

以前他领着北冥军，府中只有侍卫，不曾设府兵。

宋惜惜认真地道："可以。别的不说，'棍儿'的武功是可以的，带人也有一套，他在南疆战场上带兵的时候，也颇有魄力。"

她又瞧了谢如墨一眼，轻声问道："那……一般会开多少月钱？"

府兵属于外院，不由她来管，所以开多少月钱也不是由她来定。

"多开点儿，本王看他也甚是艰难，一人出来赚钱养活整个门派。"谢如墨大方地说。

"嗯，好！"宋惜惜想，她也会私下补贴点儿。其实在万宗门的时候，她就知道古月派的艰难了，只是那时候她不懂得生活，不知道如此艰难。

"他是等师父他们回去了之后再过来，对吗？"

"对的，沈万紫也一同过来，辰辰和'馒头'是要跟着回去的。"

相比于沈万紫，辰辰和"馒头"就没有那么自由了。

沈万紫的话，只要她想，不管留京多久，赤炎门都不会有意见，她可是赤炎门的大金主、姑奶奶，连赤炎门的掌门都得哄着她。没有沈万紫，赤炎门的日子也好不到哪里去。

宋惜惜打起精神来："回府之后，金楼的账应该也查得差不多了。"

是时候和嘉仪郡主对质了。

谢如墨道："这件事也权当给母妃一个教训，让她以后不要轻信旁人。"

宋惜惜的眼中带着寒气："嗯，教训归教训，但一文钱都不能便宜了大长公主母女，该拿回来的，都要拿回来。"

谢如墨握住她的手："好，听你的，你想怎么做就怎么做，出了事，有我担着。"

宋惜惜的目光落在他们交握的手上，他的手指骨节分明，与他十指交握总能让她的心悸动，亲密感油然而生。

她不知道为何，特别享受与他十指交握的感觉，仿佛这样才是真正的夫妻该有的亲密。

这与被他拥入怀中是完全不一样的感觉，被他拥入怀中，有情动驱使，因而是不一样的。

她虽然还不知道是何缘故，可就是莫名其妙地喜欢牵他的手。

第十八章
替婆婆出头，飒爆了

谢如墨和宋惜惜回到府中后，见送回去的礼物被原封不动地搬了回来。

二人进了正院，明珠给宋惜惜递上汤婆子，轻声道："太妃在账房里发了好大的火，砸了好多东西，您和王爷快去看一眼吧。"

宋惜惜看向谢如墨，见他眉头蹙起，知晓他们母子之间沟通不顺，便道："我去吧，你先回书房看文书。"

虽然皇帝准备封印辍朝，大理寺也要封案不审，但谢如墨最近除了背律法，还在翻看之前的案子做参考，还是很忙。

"行，你去吧，若制不住她，便差人喊我。"谢如墨很了解自己的母妃。

"没事，我行。"宋惜惜给了他一个安慰的眼神。多大点儿事，不外乎是慧太妃查出嘉仪做假账，发现自己被骗了很多银子，所以大发雷霆呗。

她先找路总管了解了一下大概情况，还有金楼那边的动向，路总管让她放心，赵掌柜还被扣押着，金楼那边他也派人盯着，不会有人出去报信的。

宋惜惜放心地朝账房走去。

慧太妃还没查完账，但账房里一屋子的人都跪了下来，惶恐不安。

满地狼藉，案桌上能扔的东西，除了账本，全部被她扔了，连茶杯都砸了几个。

慧太妃发髻凌乱，脸色铁青，看见宋惜惜回来，她的屈辱感顿时达到了顶峰，竟然"哇"的一声哭了出来："她们欺负我！"

宋惜惜进去，对大家道："你们先起来。除了账房之外，全部出去，高嬷嬷也出去。"

王府有好几位账房，如今都跪在地上瑟瑟发抖，实在是他们不曾见过如此狂怒的太妃。

在屋里伺候的下人们松了口气，站起来，福身，出去了。

赵掌柜还跪在地上，也被带了出去。

宋惜惜过去，掏出手帕给太妃擦了眼泪："账本都看完了？"

"还有今年的没看没算。"慧太妃拿了她的手帕，眼泪鼻涕一起擦，宋惜惜回来后，她的心定了很多，但屈辱感还是很强烈，"即便不算今年的，金楼也赚了十三万两银子，可她隔一阵子便进宫问哀家要银子，说是一直亏，需要贴补租金和伙计的工钱。"

宋惜惜扶起她："走，出去喝杯茶，吃点儿东西。剩下的，叫账房们算一算，算完之后我过目，再把你的契书拿出来，去大长公主府找嘉仪郡主对账。"

近段日子，嘉仪郡主都住在大长公主府，昨天宋惜惜和慧太妃去拿东珠的时候，她没出来，但金楼是她管的，她必须出来对账。

"羊入虎口，还能拿回来吗？"慧太妃恨恨地问道。

"当然，属于我们的，肯定要拿回来。"

慧太妃擦了擦鼻子，顿了顿："你能帮哀家拿回来的话，哀家分你一半。"

宋惜惜道："我要您的钱干什么？该是您的，就是您的。金楼可比胭脂铺子赚钱，不仅要拿回您应得的钱，金楼您占大头儿，以后也应当由您派人去管，她们母女日后想从您这里骗取一文钱都不行。"

进了偏厅，喝了一碗热燕窝，慧太妃还是愤愤不平："她们凭什么这般欺我、骗我？她们母女实在是太过分了，这些年，哀家信她们，敬她们，甚至想着日后如果赚了银子，她们多拿点儿也无所谓，没想到她们居然心黑成这样，就不怕传了出去，被人指着脊梁骨骂吗？"

"那是因为她们骗您的时候，没想过您会离宫出府居住，否则这么好做的生意，她们为什么让您占七成？那是因为出资的时候，您要给七成；亏损后需要补贴的时候，您也得拿七成。"

"岂有此理，岂有此理！"慧太妃愤怒是愤怒，现如今却一点儿主意都没了，只能看向宋惜惜，"那该如何是好？除了一开始出资的那几万两银子，后来哀家又补贴了几万两银子进去，哀家宁可不要分红，只要把这些银子拿回来，哀家就罢休了，往后不跟她们来往就是。"

她最后那句话带着哭腔，说得十分委屈。

宋惜惜蹙眉：方才自己都说了，要全部拿回来，怎么慧太妃如今连分红都不要了？

这外强中干的婆母啊！认怂的样子是真的让人瞧不起……但那泪水涟涟的样子也有点儿让人心疼。

宋惜惜算是知晓，为什么不管是她的娘家人还是先帝和太后，都对她十分宠爱了。

她哭起来真的很可怜。

她的长相偏柔弱，凤眸瞪大的时候总是给人一种无辜感，眼中一蓄泪，那真是让人心疼。

这个婆母，真是喜怒哀乐都写在了脸上，不过现在好一些了，学会在大长公主面前做戏了。

宋惜惜没说什么，只叫人备膳，让她先吃饭。

等她吃完，宋惜惜道："契书找出来，让我看一看，怕有什么陷阱，若有陷阱，我们要提前做准备。"

慧太妃眨了一下蒙眬的眸子："有陷阱还能怎么做准备？"

"有法子，先找来让我看看。"宋惜惜不看她，尤其是她落泪的时候，转身去找高嬷嬷，让高嬷嬷去找契书。

高嬷嬷是知晓这些东西放在哪里的，没一会儿便找出来，送到了宋惜惜的手中。

宋惜惜把契书从头到尾看了三遍，竟然没发现任何问题，契书公平公正。

至于控股的人，慧太妃这边用的是高嬷嬷的名字——高桂芬；而嘉仪郡主用的是赵掌柜的名字，这赵掌柜竟然是她的家奴。

世家大户的夫人，若在外做生意，都不会用自己的名字，因为要跑到官府办一大堆手续，而且有抛头露面之嫌，所以要么是用家中男主人或者儿子的名义，要么就用信得过的心腹奴仆，毕竟自己掌握着他们的身契，即便把产业置办在他们的名下，他们也翻不了天。

慧太妃和嘉仪不可能用自己的名义出去做生意，士农工商，银子让人欢喜，但商人身份卑贱，所以能赚到银子就行，写谁的名字不打紧，她们握着身契呢。

"怎么样？有问题吗？"慧太妃见宋惜惜反复看了三四次，有些担心地问道。

宋惜惜抬眸看着她，目光意味深长："没有任何问题。"

"那不是好事吗？你为何用这样的眼神看哀家？"好像她是个蠢货，她最不喜欢这样的眼神了。

宋惜惜想说：对你，人家都不屑在契书上做手脚，可见她们母女知道你有多好拿捏。

当然，她不能这样说，不然娇滴滴的慧太妃又要气得拍桌，泪水涟涟地说"欺人太甚"了。

"是好事。"宋惜惜收好契书，"不等明日，我们今晚便去拜访大长公主。至于赵掌柜，今晚先扣押下来，不许他回去报信。金楼那边，路总管已经派人盯着了，伙计是不可能出去报信的。"

"这么着急去吗？"慧太妃生气归生气，怕她们母女也是真的怕。

"打铁要趁热！"宋惜惜看着她，见她的眼睛又开始变得蒙眬，声音没来由地变软了，"好了，别哭了，我陪着您去，有什么事情我担着。"

慧太妃的声音沙哑里透着柔弱:"那我就全指望你了,墨儿那边,回头你也替我说句话,别让他生我的气。"

如今慧太妃也不自称"哀家"了,也不骄横跋扈了,甚至之前看宋惜惜时会流露出来的不喜眼神也没了,相反,还有些娇嗔。

宋惜惜瞧见慧太妃这副模样,不自觉地打了个寒战……素来爱摆威风的人,忽然露出这般小女儿的娇态,她好不习惯啊!

到了傍晚,账房便把所有的账目都送上来给宋惜惜过目。

今年的利润尤其可观,就算抹了零头,也足足赚了七万三千两。

再加往年的,这金楼可是赚二十余万两银子啊!靠着抄袭金京楼的款式做起来,营收竟然如此厉害。

也是啊,抄的成本低,用料纯度也不如金京楼,虽然卖得便宜些,可利润还是很可观的,再加上用打折货冲一冲销量,打开了知名度,至少在富商和百姓的心中,金楼的饰品实惠且款式新颖,那就足够了。

宋惜惜又看了一下支出,用于购买原料以及成品饰品的支出很低,换言之,所谓的纯金,到底有多纯,是不是镀的,真是不好说啊!

三五年之后,若金饰掉色,那金楼将迎来一场声势浩大的声讨啊!

占七成股的高桂芬也就是高嬷嬷,将首当其冲地被追究。

所以这金楼是万万不能再要了。

宋惜惜斟酌了一会儿,命人把赵掌柜带上来审问。

偏厅置了炭炉,炭炉上烤着铁棍,烧了一会儿,那铁棍就半截通红了。

赵掌柜一见这阵仗,吓得差点儿尿裤子,"扑通"一声跪了下来:"王妃饶命,王妃饶命啊!"

宋惜惜端坐着,皱起眉头:"我要你的命做什么?问你几句话,你如实回答即可。"

赵掌柜点头如捣蒜:"小人知无不言。"

宋惜惜手里拿着进货的账本:"进的这些便宜粗糙货,嘉仪郡主知道吗?"

"知道,知道的,是她亲自交代的。"

"你有没有告诉她,金饰用料不纯,容易出问题?"

赵掌柜的眼珠转了转,道:"小人有告知,但是郡主说不打紧,等过几年出问题的时候,咱们店都关张了。"

宋惜惜冷笑一声:"是关店,还是将责任都推到慧太妃的身上?"

赵掌柜哑口无言:"这……"

宋惜惜也不追问:"按理说,也开了几年,应该陆续会有客人反映金饰不纯,你们是如何处理的?"

路总管在一旁拿起铁棍扬了扬,吓得赵掌柜哆嗦着回答:"送些平价的礼物,堵住他们的嘴。今年生意好，嘉仪郡主的意思是，等明年过了八月婚嫁多的日子，便把店关了。"

"就这样？"宋惜惜"哧"了一声，"我说了，要说实话，你说半句留半句，是想吞一吞这铁棍吗？"

铁棍直直地伸到了赵掌柜的面前，赵掌柜吓得尖叫一声，跌坐在地上："不，不，我说，我说。"

宋惜惜冷声道："那就好好说，但凡有一句假话，这铁棍，你便吞了吧。"

赵掌柜看着那烧得通红的铁棍，哪里还敢隐瞒，趴在地上重重地磕了一个头："王妃，小人说实话。郡主说，等到时候事发了，便把一切责任都推到慧太妃的身上，因为慧太妃是北冥王的母妃，她担待得起，郡主再让大长公主出面，安排赔偿事宜。至于赔偿嘛，肯定也是用金楼里的存货，都是廉价品……"

他顿了顿，有些犹豫，若再说下去，可就牵扯大了。

宋惜惜却不需要他继续说下去了："如此一来，大长公主为百姓出头，博得了贤名，而慧太妃与北冥王府则成了人人唾骂的奸商，加上赔付的是店中的廉价之物，根本不值几个钱，这笔账算一算，她们赚翻了，既赚了银子，又赚了名声。"

赵掌柜脸色惨白，一句话都不敢说，显然，宋惜惜猜对了。

宋惜惜叫人把赵掌柜带下去之后，冷笑一声："真会给自己做脸，踩着慧太妃和北冥王府的脑壳，把自己抬得高高的。既要民心，又要笼络世家，路总管，你说她想做什么啊？"

路总管在一旁想了想，道："奴才愚钝，实在不明白。"

她是公主，又不是亲王，当今圣上是她的侄儿，也已经稳坐帝位了，她能生什么别的心思？

路总管猜不透，宋惜惜一时也没想明白：总不会只为了让无子的嘉仪郡主在京中或者平阳侯府站稳脚跟吧？

但不管如何，既然这算盘珠子都打到她的婆母和北冥王府的脸上了，就不能让她们如意。

她让账房把慧太妃的投资款和这些年给出去的银两，连同金楼盈利的七成都算一算，再报个总数上来。

宋惜惜回屋换了一套湖蓝色织锦绣花裙，穿上黑色斗篷，将红鞭别在腰间，红鞭被斗篷遮住，瞧不见。

账房把账算了出来，把账本交到了宋惜惜的手中。

宋惜惜看完之后，"嗯"了一声，递给慧太妃："请母妃过目，看一下数额对不对？"

慧太妃拿过来仔细看了看，她已经做好了战斗的准备。

结果一看账册，她自己目瞪口呆："这几年，哀家给出去了这么多银两吗？"

连同出资，她这些年给出去整整十三万六千两银子。

她虽然每一笔都记了下来，但是记下来的时候没觉得有多少，没想到算出来竟然这么多。

十三万六千两银子，如果不是宋惜惜带她去看了一眼，再带人回来审问，她会认为金楼一直在亏损，还会继续给银子出去跟德贵太妃争面子。

十三万六千两银子是本金，往年加今年的总利润是十八万六千五百三十两，而按照她占的份额来算，她可以从这笔利润里分到十三万零五百七十一两。连同利润在内，这一次她要问嘉仪郡主追回二十六万六千五百七十一两。

她的气势顿时弱了一重："这么多，很难拿回来的。"

"母妃这话，既削弱了自己的胆气，又轻看了大长公主的家底。"宋惜惜淡淡地说了一句。

慧太妃想说什么，但看到儿媳妇那冷淡的眼神，再想起她拿回东珠时十分顺利，顿时觉得还是不说丧气话为好。

路总管问道："太妃，王妃，奴才安排侍卫同你们去？"

慧太妃连忙点头："对，多安排点儿，带上几个，先震慑她们一番。"

宋惜惜道："不用安排侍卫，咱们又不是去打架，去对账而已。"

慧太妃不同意："怎么不要？多带些人好自保啊！谁知道她们会使出什么腌臜的招数？"

宋惜惜抬眸，看着下人们把账本装好："什么招数都不用怕，只带几个人把账本抬去便好。"

慧太妃坚决地道："必须带！"

路总管瞧了瞧慧太妃，又瞧了瞧王妃，小心翼翼地问道："那……带还是不带呢？"

他觉得以后当差可不好当了，一位太妃，一位王妃，两边都不好得罪。

宋惜惜站直，唇间吐出两个没有感情的字："不带。"没感情，但有威严。

路总管看着慧太妃，慧太妃翻了个白眼："看哀家做什么？她说不带，那就不带吧！"

宋惜惜你凶什么凶？了不起啊？

路总管看明白了，以后北冥王府没什么婆媳之争，由王妃做主。

之前他和于先生烦恼的就是以后如何平衡太妃和王妃之间的关系，让她们不要生了嫌隙，导致王府后院纷争不断。

现在他们俩不用担心了，王妃过门才三天，已经完全把太妃收服了。

还有娴宁公主，她更让人省心，入府之后，终日叫人出去买各种零嘴，如今沉浸在零嘴和小吃中不能自拔，别的事一概不管，也不与府中的下人为难。

大长公主府。

"她们又来了?"大长公主见下人拿着拜帖,皱起眉头瞧了瞧。

这会儿正是用膳的时候,她和嘉仪在用膳,至于驸马……自然是不配和她一起用膳的。

"母亲,来了便见见呗,还怕她们不成?"嘉仪郡主懒洋洋地说。她回娘家好些日子了,夫君还没来请她回府,这让她有些烦躁。

大长公主厌烦得很:"把她们叫进来,到偏厅去等一会儿,不必请到正厅去,本宫用了晚膳再出去见她们。"

管事亲自出去招呼了,见她们是命人抬着东西来的,瞧着也不像是礼物,便问了一句:"不知道太妃送来的是什么东西?"

慧太妃刚要脱口而出说是账本,宋惜惜就先说了:"一些旧的手稿,给大长公主过过目。"

管事眸子一亮:手稿?莫不是沈青禾先生的手稿?

他当即命人上好茶好点心,先招待着,然后去禀报大长公主和嘉仪郡主。

"手稿?沈青禾的?"大长公主慢条斯理地问了句。

"不知道,她没说,奴才也不好问。"管事哈着腰说。

关于东珠和三千两银子的事情,嘉仪郡主是后来才知晓的,听完之后十分恼怒。如今见她们抬着手稿登门,她冷笑了一声:"慧太妃大概是觉得拿回了东珠,得罪了母亲,才叫宋惜惜与她一同登门,且送来沈青禾的手稿赔罪,也算她识趣。"

大长公主睨了她一眼:"你要是再用这脑子在夫家活下去,不出三年,你那婆母便会把你休出门去。"

提到婆母,嘉仪郡主的脸色便不好看了:"那个老妖婆,我迟早毒死她。"

大长公主冷冷地道:"你还是给我消停点儿,别弄出什么祸事来又要我给你擦屁股。你那个婆母是好对付的人吗?你近得了她的身再说别的吧。"

嘉仪郡主郁闷得很:"算了,不说那个老妖婆了,母亲觉得慧太妃和宋惜惜来做什么?"

大长公主放下筷子,侍女递上漱口的茶水,她漱口之后,又接了手绢擦拭嘴唇,擦完后把手绢一扔,站了起来,侍女把斗篷给她披上,她迈步出去:"看看不就知道了。"

嘉仪郡主见状,也穿了披风跟着出去。

到了偏厅,大长公主首先看到地上的几个箱子,眉心顿时一跳。

这些箱子她再熟悉不过,金楼每年都要送来一次全年的账本给她看,这些账本会用一个箱子装着,就是这种箱子。

现在地上放着六个箱子,想来这些年的出入账全都在这里了。

金楼看似是嘉仪的,实则是她的,不过,抄金京楼款式的金楼,她不会承认是自己的。

嘉仪郡主也认得，失声道："这不是金楼的账本吗？"

宋惜惜笑盈盈地起身："姑母，表姐，我们又见面了，给姑母请安，表姐安！"

嘉仪郡主脸色阴沉："不要卖嘴甜，你们来做什么？"

"嘉仪，不得无礼。"大长公主缓缓地坐下，轻轻斥了嘉仪郡主一声。

嘉仪郡主一屁股坐下来，目光掠过那些账本，脸色微变，但很快恢复如常了。

"慧太妃，这是什么意思啊？"她指着地上的箱子问道。她没问宋惜惜，她傻了才会问宋惜惜，自然是要挑软柿子来捏。

同样，宋惜惜傻了才会让慧太妃做开场白，她笑着道："是这样的，昨日听母妃说起，我才知道原来她和表姐一同开了家金店，一细问，才知道竟然就是金楼。那真是巧了，我出嫁之前，我大师兄就在金楼给我打了一个大金镯。"

她脸上全是笑意，眼中也没有一点儿锐意，仿佛不是来查账的。

与她交手了两三回，大长公主自然不会掉以轻心，看向嘉仪郡主："这金楼，就是你同本宫说的与慧太妃合开的那家，对吧？"

嘉仪郡主道："母亲，正是。"

大长公主"嗯"了一声："本宫记起来了，你说过，这家店生意不好。"

嘉仪郡主大吐苦水："可不是吗？开了几年，不仅没有盈利，还一直亏损，亏得年底做了打折促销，才不至于要再补贴店租与工钱。女儿实在是愧对慧太妃，她相信女儿，才与女儿合伙开了这家金楼，结果不仅没能给她盈利，还一直亏钱。"

宋惜惜道："如今各行生意都不好做，表姐倒也不必愧疚，相信母妃也能理解，对不对，母妃？"

宋惜惜侧过头看着慧太妃。

慧太妃看着宋惜惜，觉得莫名其妙：看什么看？进来之前才吩咐了她能不说话就不要说话，现在又问她。

但在宋惜惜的眼神暗示下，她只能点点头，生硬地道："对。"

宋惜惜接了她这个字："对啊，怪不得表姐，生意不好做嘛。"

嘉仪郡主连忙点头："对，对，生意确实难做。"

宋惜惜取出一份契书，道："这份契书我看过了，金楼我母妃占了七成，除了初始出资，她这些年还掏了不少银子补贴金楼，每一笔都是有记录的。表姐，我相信余下的那三成是你出的，对不对？"

嘉仪郡主觉得这句话莫名其妙地有些不对劲，但是又没发现哪里不对劲，只得点了点头："自然，要补贴的时候，我也是拿出了三成银子的。"

宋惜惜点点头："合理，我母妃占七成，需要补贴的时候，她出资七成；表姐占三成，补贴的时候出资三成。"

"那自然是合理的。"嘉仪郡主盯着宋惜惜：她到底要做什么？这些账本是没看过还是看过了？

那个赵掌柜也是，怎么北冥王府派人去拿账本，他都没派人来通报一声？办事如此粗心，回头要好好惩治他一番才是。

大长公主察言观色，知道宋惜惜定然看过了账本，知道账面盈利了才来的。

这些账本自然是在金楼里找出来的，宋惜惜应该是杀了赵掌柜一个措手不及，搞不好赵掌柜也被带回了王府审问，那些个软骨头，一审问，定然什么都吐了。

大长公主正思考着，便听到宋惜惜说："表姐说合理就行，需要补贴的时候拿出七成，那么有盈利，自然也要拿走七成。"

宋惜惜打开其中一个箱子，取出最上面的账本："我们王府所有的账房算了一天，十几把算盘都打冒烟了，才把这些年的账目给整理清楚。请姑母和表姐过目，原来这些年外边的生意不好做，但我们金楼的生意还可以，盈利不少呢。"

嘉仪郡主的脸色一变："什么？盈利？怎么可能盈利？前两个月才补贴了铺子呢。"

她拿了账本过来一看，看到最后的数目，瞳孔一震："不可能，这不是真的账本。"

大长公主皱起眉头："账本应该是真的。"

"母亲。"嘉仪郡主抬眸，不明白母亲为什么拆她的台，这个时候肯定不能承认账本是真的啊！

大长公主看到她眼中的茫然之色，心中直叹气：真是愚蠢，账本是在金楼拿的，肯定有人做证，而且账本的字只要和赵掌柜的字一比对就知道了，说账本是假的有何意义？

她厉声斥道："嘉仪，你是怎么管束底下人的？没有偶尔去巡店吗？被底下的人骗了也不知道，你怎么对得住慧太妃？"

嘉仪郡主顿时反应过来，大怒："赵掌柜敢骗我？他好大的胆子，女儿立刻寻他过来。"

说完，她便朝边上的管事使眼色，管事明白了她的意思，刚要转身，宋惜惜淡淡的声音便传了过来："不必去了，此等欺上瞒下的恶奴，我早已扣押在王府，只等问过表姐，确定表姐也不知情，被他蒙骗，再把他捆了送到大理寺去。"

母女二人的脸色俱是一变，如今的大理寺卿是谁，她们自然清楚，正是谢如墨。

大长公主看了一眼那几箱账本："既然赵掌柜欺瞒了你们，那么这账你查过，嘉仪也得找账房来好好查查。你先把账本留在此处，等我们查过之后，再亲自登门与你们对一对，罪证确凿之后，该送官送官，该查办查办。"

宋惜惜饮了一口茶，笑着道："姑母，我这人性子急，账本就在这里，你们马上找账房过来查，多找几个，若是不足，我派人去平阳侯府，把平阳侯府的账房一同请过来，今晚理一理，明日便可把账算出来。"

"不能去平阳侯府找人！"嘉仪郡主站起来，脸色发白地说了一句。

如今婆母、夫君已经不待见她了，若是再让他们知道这件事情，指不定要怎么鄙视她。

婆母的脸色，她已经看够了。

大长公主的眼神似冷冷的刀锋："怎么？一口一个'姑母'地叫着，却不信本宫吗？"

宋惜惜笑着道："正是因为相信姑母，我才会把账本带过来同姑母一起对账，若是不信，只怕这会儿账本和赵掌柜已经在衙门了。"

大长公主把茶杯重重地放下："这么多年的账，岂能在一日之内查完？"

宋惜惜巧笑倩兮："姑母的田庄和店铺不少，府里的账房只怕不止一个，还有店铺的掌柜账房，不行的话，我国公府与北冥王府的账房也可以来。"

"说到底，你就是不信本宫！"大长公主"哧"了一声，怒气已在眼中隐现。

"姑母不如看看我们北冥王府查出来的总账，您与表姐若是信我，就不必再查，照着我算出来的账本分钱便是。"她倒是慢条斯理了起来，指腹抚过衣裳的刺绣，笑意在眼中浮现，"还是说，姑母不信我啊？"

大长公主脸色阴沉。这不是她信不信的问题，金楼盈利多少，她很清楚，所赚的数额和账本上的没多大出入。

她们哪里是对账来了？她们是要账来了。

"今日太晚，不查了，账本先留下，你们回去吧。"大长公主一扬手："来人，把账本搬回库房里，明日开始查账。"

当即便有几名侍卫进来，要把箱子全部抬走。

慧太妃急了，顾不得儿媳妇叫她不要说话，尖声道："不能抬走！"

账本被抬走了还能拿回来？她们就是想赖账。

但侍卫已经去抬箱子了。

一条鞭子凌空抽来，甩在箱子上，那侍卫伸手过去抬，鞭子刚好从他的手边甩过，"啪"的一声，吓得他急忙缩回了手。

宋惜惜沉下脸："好，既然你们不查账，那行，来人，把箱子全部抬回去，送往平阳侯府，平阳侯府的人若不查，那就直接送到大理寺。"

宋惜惜的人也进来，要抬箱子。

公主府的侍卫和他们推搡着，下人们哪里是侍卫的对手，三两下便被推倒在地上。

慧太妃急得不行，看向大长公主，只见她嘴角噙着一抹冷笑，慢慢地端起了茶杯。

在她的府里闹事？她的府里养着五百府兵，这账本既然抬进来了，就没有抬出去的道理。

转眼间，又有十余人拥入，在大长公主的命令下，朝箱子走去。

慧太妃急得不行："大长公主，你这是做什么？这账本明明白白地对便是，你藏起来算什么意思？"

大长公主看着自己的手指，漫不经心地睨了慧太妃一眼："本宫怎么知道你们有没有做手脚？"

"那就一起对呗，一起对不就知道有没有做手脚了吗？"

"哧！"大长公主的鼻子里发出声音，却是一声冷笑，"不必劳烦你们，你们既然已经对过了，那就轮到我们了。"

嘉仪郡主厉声道："还愣着做什么？抬下去啊！"

宋惜惜一手执着鞭子，手里的茶杯朝一个人砸了过去，正中他的额头，那人倒地，竟然晕了过去。

宋惜惜上前，鞭子在空中一扬，发出"噼啪"的声响，朝那十几名侍卫的身上抽过去，他们并非站成一排，却全都挨了鞭子。

"我看谁敢抬！"宋惜惜立于箱子前面，冷冷地睨着府卫。

"宋惜惜，你敢在我大长公主府出手打人？好大的胆子！"大长公主气急败坏。

"姑母过奖，惜惜胆子不大，但好在没做亏心事，所以就算在大长公主府出手打人，也是迫不得已，请姑母见谅。"

嘉仪郡主冲出去大喊："一个个死了吗？一个女人都对付不了。来人，来人啊！"

慧太妃吓得站起来，躲在宋惜惜的身后，宋惜惜的声音森冷："我劝你们不要闹出这么大的动静，公主府左右都是权贵府邸，若是传了出去，只怕会有人说姑母欺负我这个侄媳妇呢。"

嘉仪怒吼："宋惜惜，到底是谁欺负谁？你们上门挑衅……"

宋惜惜落落大方："大家都看见了，我带着婆母和几个下人来到公主府，一名侍卫都没有带，你们大动干戈，要叫府兵侍卫，是要把事情闹大？"

大长公主眼睛一眯：这小贱蹄子，倒是个有心计的人，并非无脑鲁莽的武夫。

宋惜惜轻轻地挥了一下鞭子，鞭子就发出凌厉的"噼啪"声，夹着一股劲风，朝旁边的人袭去，那些人不由得退后一步，露出了惊悸之色。

他们都听说过，在南疆战场上，宋惜惜为攻城先锋，在箭雨之中穿梭，带着玄甲军打开了城门。

她的武功，她的勇毅，至少在大长公主府无人可当。

震慑了府兵侍卫，宋惜惜眉毛一挑，笑了："这真是奇怪了，我不过是拿金楼的账本过来对账，你们又是抢账本，又是喊打的，这里头莫非有什么猫儿腻？难道不是赵掌柜贪墨了金楼的银子，是嘉仪贪墨了我母妃的盈利？"

"你胡说！"嘉仪郡主色厉内荏地喝了一声，但显然已经心虚了。

"希望我是胡说。既然你们不查,那么我和母妃便去一趟平阳侯府吧。"

她手持鞭子,挡在那些府兵侍卫面前,淡淡地吩咐她的人:"把账本抬出去,我们去平阳侯府。"

府兵不敢动手,但王府的下人一个比一个伶俐,在王妃的保护下,抬起了木箱。

宋惜惜回头,故意忽略沉着脸的大长公主,对慧太妃招手:"母妃,我们走吧,公主府不是讲道理的地方,我们找别的地方说理去。"

慧太妃小碎步跑着来到了宋惜惜的面前,宋惜惜一手牵着她,一手执着鞭子,便要带着下人往外走。

"站住!"大长公主大喝一声。

宋惜惜回头,挑眉笑了:"大长公主打算叫你那五百府兵打我和母妃吗?他们打赢了,便是以下犯上,殴打王妃和太妃;他们打输了,啧啧,那可真是丢人啊!"

看到她的笑脸,大长公主从心底感到厌恶:这张脸和她母亲的脸太相像了,两个都是贱人。

宋惜惜脸上的笑意不减:"我们是光明正大来对账的,不知道姑母为何要如此大动干戈,这里头真的有什么猫儿腻吗?等去平阳侯府对过账之后,母妃,你得开个宴席,请大家过来说道说道此事。"

嘉仪怒道:"你张口就胡说,有什么猫儿腻?这些年没送过账本给慧太妃看吗?"

"巧了,你送进宫的账本,和我在金楼里找到的账本完全不一样。"宋惜惜看着嘉仪,声音也严厉起来,"你送来的账本是亏损的,而金楼里的账本是盈利的,你说有没有猫儿腻?"

嘉仪烦躁极了:"你这么大声做什么?这里是公主府,不是国公府或者王府。"

宋惜惜的眼中透着寒意:"公主府又如何?难不成公主府是不讲道理的地方?既然如此,看来也不必废话,我们走。"

大长公主把杯子砸在地上,伴随着的是她冷冽的声音:"对账是吗?好,对吧!"

嘉仪转过头,急急地唤了声:"母亲!"

这账怎么查?这能查吗?

大长公主目光如刀:"来人,传账房,把所有店铺的账房都传过来。本宫倒是要看看,那个赵掌柜是如何欺上瞒下的?"

宋惜惜嫣然一笑:"姑母英明,若是查出赵掌柜贪墨,此人定是要被扭送大理寺的。"

大长公主盯着她,眼中寒气湛湛。

那个奴才到了大理寺,肯定什么都招了,把锅推到赵掌柜的身上是行不通的。

那个赵掌柜是平阳侯府的家奴,只是早早被派出去做了管事,后来因为犯了错误，被平阳侯老夫人调回大宅里。嘉仪做生意的时候看准了他的伶俐劲，所以把他提拔起来，让他去当金楼的管事。

说到底，赵掌柜是平阳侯府的人，这件事情如果被宋惜惜闹到了平阳侯府，于她和嘉仪的名声都有碍。

之前被宋惜惜爆出她给国公府送贞节牌坊的事已经让她的名声受损了，她想着这一两年低调些，等大家把此事忘掉了再做打算，所以即便那日她们登门来拿东珠和三千两银子，她也都给了她们，省得把事情闹大。

如今这件事情不单单是赔钱的事，若是闹大了，就是贪墨诈骗太妃的银钱，即便嘉仪是郡主的身份，不会被下狱，也定会被人口诛笔伐，被百姓谩骂，平阳侯府正愁找不到机会休她，她当了贼，岂不是正好给他们送了借口？

但银子肯定是不可能还给她们的，反正这家店也差不多到头了，把店抵给她们便是，毕竟当初她也是有这个打算的。

这家店虽然生意好，但名声极差，只能赚个快钱，是不可能长久经营下去的。

大长公主心里有了打算，查账自然就快了，反正账本她都看过，这些年的盈利加起来差不多就是这个数。

七八位账房的算盘打得"噼啪"响，说是两个时辰之内能把账查明白。

两个时辰，大长公主母女故意不上茶，不上点心，停了地龙，滴水成冰的寒气从人的脚板底一直蹿到头顶。

大长公主母女是抱着暖手炉的，但宋惜惜和慧太妃没有。

宋惜惜有内力护身，倒是没什么问题，就是慧太妃冻得直哆嗦，叫了大长公主好几次，让她上个炭炉，大长公主也吩咐了好几次，但就是没人拿上来。

慧太妃再傻也知道她是故意的，所以靠在宋惜惜的身边取暖。

宋惜惜展开斗篷，把慧太妃搂进来。她有内力护身，不会太冷，而且年轻能扛，不像慧太妃那么娇气。

慧太妃也就心安理得地靠着儿媳妇，犯起困来，还睡了一觉。

两个时辰，不多不少，账正好全部查完，这时外头的天早就黑透了，天气更是冷得厉害。

一位留着山羊胡子的账房上来禀报："回大长公主的话，账已全部查完，与王妃手上的数目没有出入。"

"岂有此理！"大长公主又砸了一个杯子，"啪"一声，吓得慧太妃惊醒过来，睡眼惺忪地看着怒气腾腾的大长公主。

大长公主怒道："好个恶奴，竟敢虚报假账，贪墨慧太妃与嘉仪郡主的银子！本宫定要对他严惩不贷。"

宋惜惜放开慧太妃，道："查清楚了就好。既然是赵掌柜贪墨，此事就不用大长公主出手了，我会把人送到大理寺去，叫他把贪墨的银子全部吐出来。"

"惜惜，"大长公主的语气温和了许多，她叹了口气，道，"你表姐也有错，她监察不力，被人贪墨了这么多银子也不知道，赵掌柜是平阳侯府的人，此事闹大了，对平阳侯府、对你表姐都不利。这样吧，你把人交给本宫，本宫会让他把钱吐出来，若他吐不出来，那么你表姐那三成股便不要了，整个金楼都给你。金楼这些年盈利多少，你们也知道了，往后还能继续赚钱，金楼给了你们，你们也不吃亏。"

"岂止不吃亏，我们还占便宜了呢。"宋惜惜笑着说，"但是一家人不说两家话，我怎么能让表姐吃亏？金楼既然是表姐在管，而且店铺里的掌柜、伙计都是表姐派去的人，我们也不会做生意，贸然接手金楼，只怕会落得个亏损的下场，但继续合作呢，我觉得也没有必要，已经发生了这样的事，很难说不会心存芥蒂。亲戚呢，最好是不要合伙做生意，以免最后撕破脸，对两家都不好，所以我们也打算退股了。"

她拿出契书："如果是亏损呢，我们出资的份额自然是按照亏损来折算的，但如今店铺是盈利状态，按理说，我们出资的份额就该涨一涨，可正如我方才所言，大家都是亲戚，不必算得那么清楚，我们就只拿回这些年的出资以及盈利，至于溢出部分，我们就不要了。"

嘉仪郡主看了看总账上的数目，二十六万多两，那还不如拿走她的这条命。

"不行，我不同意！"她脸色铁青，"既然是二人合伙，那么谁要谁不要，不是你一个人说了算的。"

"好办！"宋惜惜把账本一推，抬头道，"把店盘出去，从明天起，店面张贴转让告示，但在转让之前，我们该分多少银子，还得分多少。先把这笔账给清了，等店转卖出去，咱们再按照三七分。"

转店？可以啊。嘉仪求之不得，金楼名声差，转出去也没多少银子。

"转，那就转。"嘉仪道。

宋惜惜微笑着说："表姐赞成就好。那么分红这一笔，表姐是打算先送赵掌柜去大理寺，还是先垫付这部分？"

慧太妃怔了怔：来的时候可不是这样说的，不是说把店给她们吗？怎么现在变成转让出去了？转让出去能换回她那十三万两银子吗？

大长公主的脸色甚是难看，但赵掌柜是肯定不能送大理寺的，所以这笔银子还是得她来出。

十几万两，跟剜了她心头一块肉没什么区别，她却不得不咬牙道："管事，去取银票。"

在通明的灯火的照耀下，宋惜惜数了银票，是这些年金楼盈利的七成没错，连零头也没有少给，她们拿了碎银给她。

看着她认真数银票的模样，嘉仪郡主恨得牙根痒痒，但想着好歹混了过去，也微微松了口气。

没想到宋惜惜又道："明日转让店面时，我会让人在外散出消息，说这店乃是由姑母和表姐经营，有二位的名声在，想必慕名而来要店的人会很多，我们定个底价，二十五万两，如何？"

嘉仪脸色一变："什么？你要对外说是我和母亲经营的？那不行！"

金楼有什么名声？金楼一来抄袭金京楼的款式，二来用料粗糙，传出去会把她和母亲的名声都败坏了，她只为金钱，可不想承认金楼是她的。

宋惜惜"噢"了一声："也对，确实不算表姐经营的，那个赵掌柜是平阳侯府的人，那就对外宣称是平阳侯府的店。平阳侯府也是百年世家，加上金楼的生意很好，一样能吸引很多客商前来接手。"

"那更不行！"嘉仪郡主气得直跺脚，"宋惜惜，你居心叵测，到底想做什么啊？"

宋惜惜一脸错愕："价格高一些，表姐也可以多分一些，不好吗？我不明白表姐为何这么生气。"

嘉仪都快被宋惜惜气死了。她就不信宋惜惜什么都不知道，装出这副无知的样子，真是倒胃口。

还有慧太妃，跟个傻子似的，新妇入门，不想着先给她立规矩，倒是跟她沆瀣一气，上门讨钱来了。

之前她说自己有多厌恶宋惜惜，如今根本看不出来，倒是方才，二人依偎在一起，不知道的还以为是母女呢。

嘉仪正气着，便听到大长公主道："慧太妃，你同本宫来，本宫有话要单独跟你说。"

要单独向慧太妃下手，还要趁机离间她们婆媳，这件事才有转圜的余地。

宋惜惜就是一条疯狗，因为贞节牌坊的事盯着她不放，是不可能跟她好好商量的。

"哦。"慧太妃刚要站起来，就被宋惜惜拽住了，她愣了愣，对上儿媳妇那双透着寒气的眸子，顿时又坐了回去。

宋惜惜拽紧婆母之后，含笑道："有什么事便在这里说吧，都是一样的，我们婆媳之间没有秘密。"

大长公主冷笑："怎么？北冥王府如今换人掌家了？慧太妃，你之前跟本宫说过北冥王府由你做主，怎么如今沦落到事事都要听儿媳妇的了？这要是让德贵太妃知道了，她指不定怎么笑话你呢。"

慧太妃脸色一沉，这句话算是戳到她的肺管子了，大长公主是知道如何拿捏她的。

她这辈子最不喜欢的人就是德贵太妃，也不愿意让对方看自己的笑话。

宋惜惜倒是不着急说话了，她想看看这憨婆母到底还有没有脑子，还有没有救。

如果一句话就挑唆成功了，那这件事她就不管了，横竖不是她的银子。

"谁掌家不行？谁有能力谁掌家呗。德贵太妃要笑，就让她笑吧，再怎么样也是哀家能出宫跟着儿子住，她还在深宫里熬着呢。"

慧太妃没有让宋惜惜失望，在面容数变之后，勉强挤出了一个笑容，说出了这句话。

这下轮到大长公主的脸色沉下去了。这招儿对慧太妃素来有效，她事事都想压德贵太妃一头，是无论如何也不愿意让德贵太妃笑话她的，现在竟能忍住？

宋惜惜的身子靠在椅背上。她身高腿长，这般坐着，看上去特别有气势。

宋惜惜的唇角勾起淡笑，眼中也染了笑意，她很高兴慧太妃没有上大长公主的当，虽然慧太妃的语气听起来十分勉强。

大长公主见激将法无用，便笑了笑："谁有能力谁掌家，没错，只是本宫怎么记得你说过嫌弃她是二嫁妇，说她配不上墨儿？这才几天便被她收服了，确实是好手段。慧太妃，本宫担心你以后在王府会被她耍得团团转。"

宋惜惜这才冷冷地出声："到此为止吧，剩下的就按照我方才说的办，失陪了。"

"慢着！"大长公主厉喝一声，"宋惜惜，你别给脸不要脸。"

她一声喝，慧太妃下意识地哆嗦了一下。

宋惜惜却猛地爆发了："要你给什么脸？我要你还钱！有些事情我不想明说，是不想闹得太难看，既然你们不怕难看，我一个二嫁妇怕什么？不是赵掌柜贪墨了，是你们母女变着法儿地骗我母妃的银子，你们拿她当冤大头，当大傻子！那个赵掌柜什么都招了，这些年，母妃住在宫里，不能轻易离开皇宫，所以这几年你们肆无忌惮，等到我母妃离宫出府居住，你们便提前把我母妃的画像给赵掌柜他们看过，让他们一见到她来，便说那些客人都是托，用来招揽生意的。"

"一派胡言！"大长公主"哧"了一声，"一个贪墨的人说的话，你也信？"

"我宁可信他，也不会信你们母女。我今晚来与你们好好说，该还的银子还了，该退的股退了，这件事情就闹不到外头去，如果你们执意撕破脸，我宋惜惜也不怕你们。

"我告诉你，从你把贞节牌坊送给我母亲的那一刻开始，我就跟你没完，别以为仗着大长公主和长辈的身份便可压我一头，我们结着怨呢，有那件事情在，我宋惜惜一辈子都不会原谅你。"

大长公主脸色铁青，气得捧着暖手小炉的双手都在发抖，眼神凶狠得像要把宋惜惜吞了一样。

嘉仪大叫起来："你敢辱骂我母亲？我母亲乃当朝大长公主，宋惜惜，你冒犯尊长，罪无可赦，我要去皇宗府告你。"

宋惜惜一拍桌子，厉声道："去，尽管去，把事情闹大些，闹得越大越好，最好把公主府里的那些腌臜事一并闹出去。"

大长公主的脸色陡然大变："你在胡说什么？我公主府里何来的腌臜事？"

宋惜惜冷声道:"没有吗?要不要我现在去西院看一看?"

"放肆,放肆!"大长公主这一刻又怒又怕:她是怎么知道西院之事的?

宋惜惜鞭子一抽,眼前的花梨木茶几轰然碎裂成两截,发出好大的声响,但比这声音更大的是宋惜惜的厉喝声:"我不放肆的时候,你们配合了吗?钱,把钱给我全部吐出来,这金楼,谁要谁拿去,休得用金楼来败坏我母妃的名声。"

府兵迅速冲了过来,拦在大长公主的身前,以免北冥王妃对公主动手。

"你大胆!"大长公主惊得跳起来,看着碎裂的茶几,失声喊道,"宋惜惜,你是觉得本宫奈何不了你吗?"

"是!"宋惜惜冷冷地道,"你奈何不了我,但我奈何得了你。你的手脏,你有一堆把柄在我的手中捏着呢,你以为那点儿事情瞒得住旁人,瞒得住我吗?今晚不把钱全部给我吐出来,那就让大理寺来搜府,我要告你残害……"

大长公主尖声怒吼:"给她,拿银票!"

慧太妃吓得抚着胸口:天啊,宋惜惜吃了熊心豹子胆吗?敢这么跟大长公主叫嚣。

她竟然还赢了!

但西院到底有什么秘密啊?竟然让素来端庄威严的大长公主失去了理智。

大长公主府又在数钱,银票不够,金锭来凑。

看来大长公主是有家底的,这二十多万两银子拿出来也不算艰难。

之前宋惜惜倒是小看她了,毕竟她这些年养着府兵,养着几百号侍从奴仆,还时常宴请宾客,加上锦衣华服、名贵首饰,件件都是极好的。

只是看她掏钱的时候心都在滴血的样子,宋惜惜想:这笔钱应该动到了她的要害。

这一次,双方是真的撕破脸了。

但是她们拿回了应得的和被骗的,至少没吃亏。至于和大长公主撕破脸,也不是头一次了,这虚伪的和谐表象没必要维持。

宋惜惜带着慧太妃和下人们打道回府!

大长公主母女看到她离开的时候浑然没有来时的那种客气,从她那挺直的背影中看出了飞扬跋扈的感觉。

"宋惜惜!"大长公主咬牙切齿,此刻却拿她毫无办法。

嘉仪也心疼得很:"这几年的辛苦努力全部打了水漂儿,都怪宋惜惜这个贱人,我不会放过她的。"

大长公主虽然恼恨宋惜惜,但是听到女儿这样说,便厉声警告:"你不要去惹她,你不是她的对手。金楼的事全因你大意,你怎么会让他们轻易地找到账本?而且全部账本你都放在了金楼,你是怎么做事的?"

嘉仪既恼怒又委屈:"女儿这不是怕拿回侯府去会被我婆母发现金楼是我开

的吗？"

"那你不会送去别的宅子？你又不是只有侯府一个地方可以放。再不济，你每年对完账之后，直接烧掉不就行了？反正也不是什么长久的生意。"

"是那个赵掌柜说不能烧，咱们这么多铺子，唯有金楼缴足了税，留着账本以防万一呢。"

大长公主皱起眉头："罢了，当初谁也没想到慧太妃真的能出宫居住，更没想到谢如墨居然会娶宋惜惜这个二嫁妇。这种人家里头都死绝了，她又被战北望抛弃，自然破罐子破摔，犯不着与这种人硬碰硬，别的生意，你手脚干净点儿，别让她抓到了什么把柄。"

"别的生意同她和慧太妃都没有关系。"

"你没听到她说吗？她要盯死我们。"大长公主心烦意乱，更因为拿出这么多银子而心疼得很，"行了，反正照本宫的话去做，凡事小心一点儿，更不要去招惹她，听到了没？"

"知道了。"嘉仪郡主虽然这么应着，心里却对宋惜惜恨之入骨，这仇，她定然要想法子报。

宋惜惜和慧太妃出了公主府，便见谢如墨带着张大壮骑着马停在公主府所在巷子的巷口。

看到她们出府，谢如墨策马上前，望着宋惜惜，问道："事情都办妥了？"

他嘴里哈着白气，这天实在是冷，寒风又那样大，他带着张大壮，不知道在这里等了多久。

"办妥了。你怎么来了？不用来。"宋惜惜快步走过去，看他想下马，压住他的手，感觉到他的手冷得跟冰似的，连忙道，"快回去，回去再说。"

慧太妃也在一旁扬手，笑得嘴巴都咧到耳朵后面去了，寒风"飕飕"地刮过，她也浑然不觉得冷，心里热乎着呢："对，回去再说。"

谢如墨的目光淡淡地扫过母妃的脸，看她笑成这样，还真少见。

"好，快上马车吧，别冻着了。"谢如墨道。

"好，母妃这就上。"慧太妃心里真高兴啊，儿子总算懂得关心她这个母妃了。

也怪这暗淡的光线，让她看不清楚谢如墨的眸子在看着谁，这句话又是跟谁说的。

但说的人知道，听的人也知道，这就够了。

谢如墨和张大壮在前头带路，马车在后面徐徐地跟着。

慧太妃抓住宋惜惜的手，高兴得都不知道怎么形容自己的心情了："哀家是真的没想到，你能让她们把银子都退回来。别人不知道，但哀家是很清楚大长公主的，她表面上对谁都好，实则不知道有多霸道。"

宋惜惜慢慢地抽回自己的手，道："知道她是什么样的人，以后少往来就是。"

慧太妃"嗯"了一声，想了想，又有些担心："哀家担心和她闹翻了，以后她在那些夫人面前说我们的坏话，败坏我们的名声。"

"这有什么好担心的？"宋惜惜淡淡地道。

"你当然不担心，你的名声早就坏了，但哀家刚出宫，可不能落个坏名声。"

宋惜惜斜睨了她一眼：真会说话，对自己人那是句句插刀子啊！

慧太妃也意识到自己说错了话，连忙圆过来："哀家不是那样的意思，这不，娴宁正在说亲，大长公主和很多世家夫人来往密切，怕她们乱嚼舌根子，坏了娴宁的名声。"

宋惜惜道："娴宁是长公主，有皇上和太后护着，更有北冥王府当她的靠山，谁敢嚼她的舌根子？嫌自己命长？"

她想起了皇后同她说的话，皇后显然是属意齐家六公子娶娴宁的，回头她先了解了解齐六的为人，若是个可靠的人，再问问娴宁自己的想法，自然，也要问问齐六的想法。经过与战北望那般失败的婚姻，宋惜惜觉得婚事只遵从父母之命、媒妁之言是不够的，还要两个人互相属意。

"生气了？"慧太妃见她好一会儿没作声，便问道。

"没生气。"宋惜惜收回思绪，"我只是在想一些事情。"

慧太妃大方地道："不用想，给你，哀家说了，你若帮哀家拿回银子，哀家分你一半，决不食言。"

宋惜惜失笑："母妃的银子还是自己存着吧，我不能要您的。"

"不要？"慧太妃不解了，"既然不要，为什么那么卖力地替哀家去跟大长公主闹？"

宋惜惜道："您如今是我的母妃，她们母女骗了您的钱，我替您出头拿回来，这不是天经地义的事吗？"

慧太妃看着她清冷的侧脸，想起在大长公主府查账的时候，自己冷得很，她便用斗篷包着自己，那是下意识的动作。

慧太妃心头一暖："你待哀家好，哀家会记得的，哀家和那些忘恩负义的人不一样。"

那些忘恩负义的人，指的自然是将军府的人。

宋惜惜笑了笑，没说话。

慧太妃瞧了她两眼，心想：她并不像那些人口中说的那般不堪啊！不止不像，甚至完全相反。

可见昔日大长公主说她如何如何，国公府又如何如何，都是骗人的话。

她不禁懊恼自己听信了谣传，对人说过宋惜惜不堪为她儿媳妇的话。

她想了想，又觉得不能光怪别人，也是自己先嫌弃宋惜惜二嫁之身的。

念及此，再想到宋惜惜这两次帮她的事，慧太妃又羞又怕。

宋惜惜若真的和别的世家女子一样，见婆母偷盗自己的嫁妆，便闹起来，她这名声还能要吗？

即便不说名声，自己以后在宋惜惜的面前也摆不了婆母的架子了，她大可以直接甩脸子，自己也奈何不了她。

毕竟，哪里有新婚当日，婆母便偷拿儿媳妇的嫁妆的？寻常百姓家的婆母也做不出这样的事来。

她心中恼恨，想着大长公主真是歹毒，自己也蠢，怎么就被三言两语挑拨得什么都不顾，只为了那几寸脸皮了。

慧太妃想来想去，加上受了寒，脑袋竟然开始混沌发麻，骨头也有些酸痛。

回到府中，宋惜惜搀扶她下来，便马上吩咐下去："熬一锅姜汤，大家都受了寒，喝碗姜汤祛祛寒气。"

慧太妃闻言，更觉得羞愧，宋惜惜真够体贴的，还记得她在公主府里受了寒，这番孝心和细心，谁人能及？

她自然想不到宋惜惜并非为了她，是因为谢如墨在外头吹风，受了寒，她是心疼自己的夫婿。

厨房的人煮了姜汤，一人端了一碗，宋惜惜盯着谢如墨喝了两碗，这才作罢，回头见婆母一小口一小口地喝，便道了句："母妃先喝一碗，回头吃些热汤食。"

今日她们是傍晚去的，自从开始查账，公主府便一口水都不给她们喝，更不要说备下些吃的了。

"嗯，知道了。"慧太妃鼻音重重的，心里已是说不出的感动，"哀家会喝完的。"

"那行，我先回屋用热水泡泡身子，您一会儿也叫人给您上热水泡暖和些。"

宋惜惜说完，不等慧太妃说话，便带着一脸不悦的谢某人回屋去了。

谢如墨憋了一肚子气，母妃做的那些事情，真是够惊世骇俗的。

在后宫那样的地方活到如今，她居然做得出把银子给了嘉仪便不管不顾，嘉仪时而再来拿一笔银子，她也不多问两句的事情。

惜惜嫁过来才几日？便为她的事情奔波了两次。

他今晚去公主府外等着，不是认为惜惜能力不足，办不妥此事，而是她为母妃的事情辛苦奔波，他只在府中干等，心里不痛快，这才去的。

因为是内宅女子的事情，他不好进去，至少在惜惜求助之前，他是不好出手的。

她和大长公主之间有私怨，她应该比较希望自己解决。

回梅花苑的路上，他感觉到握住宋惜惜的手已经不那么冰冷了，方才他双手端着滚烫的姜汤碗，又喝了两碗，很快通体便温热了。

"别生气。"宋惜惜轻声道，"人都是有弱点的，母妃的弱点便在于轻信别人，而且她对大长公主十分惧怕。"

"我做儿子的不好说她什么,但这样的事,但凡有点儿脑子的人都做不出来。"谢如墨的语气还是不好,但被惜惜劝慰了一番,他算是堪堪咽下了这口气。

宋惜惜很想点头说是,但是这样未免有点儿落井下石的意思,便笑了笑,道:"也罢,一切都拿回来了,不用置气。"

"我是心疼你,为了她那点儿破事,大冷天的,来来回回跟大长公主扯皮,怕是没少受委屈。"

"还好,而且经此两事,母妃待我应该不会刻薄了。"

"她敢?"谢如墨横眉冷眼。

"她是我的婆母,她要让我站规矩,伺候她的起居饮食,我是不能推却的。当婆母的一般都会这样磋磨儿媳妇,好立威,也好管教。"

谢如墨攥紧她的手:"在北冥王府没有这个规矩。"

宋惜惜心中暖暖的,笑了笑,不再言语,同他牵着手进了梅花苑。

梅花苑有个好处,便是有一池子热水,什么时候用都成。

正好谢如墨受了寒,宋惜惜便让他先去泡一泡。

谢如墨一只手搂住她的腰:"我见那池子大,容纳二人绰绰有余,也省得一个一个泡了,不如我同你一起?"

他漆黑的瞳仁含着隐晦又直白的暗示,二人身子相贴,谢如墨感觉到热气在身体里流窜,如电光闪过,瞬间燃起了火焰。

她不禁脸颊、耳朵都红了,见旁边"几颗珠"捂嘴偷笑,不禁捶打了他的胸口一下:"羞不羞?"

不管羞不羞,最终是两个人一同泡澡。

泡了澡,红帐里自然是被翻红浪。好在两个人都是练武之人,即便只睡一两个时辰,也扛得住。

翌日,谢如墨起身后,便有两名陌生的姑姑进来伺候他。

这是路总管的安排。这两位姑姑原本在绣房里当差,因为如今殿下的身边无人伺候,总不好让小厮进屋伺候他更衣,她们俩才被调了过来。

至于王妃身边的丫鬟,瑞珠、冬珠去伺候瑞儿少爷了,宝珠、雪珠、明珠则留在王妃的身边伺候。

梁嬷嬷要管理梅花园上下,自然不能劳她老人家来伺候。

若是派些年纪轻的丫鬟过来,就怕她们动了别的心思,倒不如叫绣房的瑛姑姑和琼姑姑过来伺候王爷,二人的年纪都在四十岁上下,做事素来稳重,不会生出什么事端。

说起来,这两位姑姑还是当初王爷开府的时候太后赐的,以前是伺候太后娘娘的,用着也放心。

谢如墨今日不用回大理寺了，年关将至，大理寺已经封了印，有什么事情，到明年初八才开始办理。

宋惜惜说今日要回国公府，二人更衣之后，吃了早饭，便派人去请瑞儿，要带着他一同回去，没想到刚要出门，就见沈万紫带着"棍儿"来了。

沈万紫进门就说："他们昨日傍晚便出城了，说赶着出城，便不来和你说了。"

宋惜惜一听，眼圈就泛红了："又是这样，我就不能相信师父，分明都说好了，回去之前要同我说的。"

沈万紫道："你师父怕你哭哭啼啼的，罢了，等天热了，再同你回梅山去。"

"你要在这里住到天热吗？"宋惜惜看着她，"你师父允许你在京城住这么久？"

"倒不是我想，是你二师姐说，有些事情，你或许需要人帮忙跑腿，我便留下来了。"沈万紫偷偷地在她的耳旁道了句，"她还给我留了几个人，用来打探消息的。"

宋惜惜心里既难受又感动，师姐的人从不轻易给人用，所以武林中很少有人知道云翼阁是二师姐开的。

"你也不喜欢京城，留在京城，岂不是委屈了？"宋惜惜抱着沈万紫，有点儿想哭。

"我也不完全是为了你，我师父让我在京城住一段日子，若看见不错的贵家公子，我也瞧得上眼，他便暗中将人掳走，我再出面去救，制造一出美救英雄的戏码，便可成就一段良缘。"

沈万紫这话说得跟吃饭那样简单，仿佛掳人不算什么事。

宋惜惜被逗笑了："好，你若瞧上了谁，我帮你去提亲，不用劫人。"

沈家女说亲，说难也不难，只要愿意低嫁。

但沈氏是大族，不是所有女孩子都愿意低嫁的，若是瞧上个武林中人，那是断然不行的。

沈万紫可以去习武，就是不能嫁给江湖汉子，有那位与书生私奔的姑母在，若是又来一个嫁给江湖汉子的沈万紫，那沈家女儿的婚事就更艰难了。

谢如墨把"棍儿"叫到书房里，于今和路总管都在。

听到谢如墨说让他带头成立府兵，"棍儿"的眸子瞪得老大："王爷的意思是，我带头成立了府兵，以后府兵由我来管？那一个月给我开多少月钱啊？"

"棍儿"问得直白，反正他此番留在京城只为求财。

于今笑着道："有王妃在，亏待不了你，你只管把差事办好。府兵入府之后，由你掌管和训练，如此辛劳，肯定额外有一份奖赏。"

"棍儿"不想听这种模棱两可的话，还是直接问了句："那到底是给多少呢？"

于今先生竖起了一根手指："这个数。"

"棍儿"此刻心里有一根棍子，想砸在于今先生的脑袋上：就不能直接说是多少吗？非得让他猜？

"你就说干不干！"谢如墨问道。

"干！""棍儿"立刻应承了：回头再叫惜惜去打探一下到底是多少钱。

反正差事是干定了，若赚不到银子送回师门，"棍儿"就要挨棒槌了。

"行，招募府兵的事不用你来，你只管当个教头，好好教他们练武。"于今先生说。

"棍儿"道："行，但王府住得下这么多人吗？"

路总管道："这个你不用操心，王府后面还有一块空地，等年后找工匠来，只要银钱到位了，很快就能建造起来。"

"那这期间，我也是有工钱的，对吗？""棍儿"问道。

于今的心堵了堵：他真的三句话不离工钱，目的确实明确。

"给。"于今先生也不是吝啬之人，该给的都会给，再说他还是王妃的旧友，更是曾经在军中临时被封为百户的武将，这月钱是少不得的。

"棍儿"放心了，笑得咧开了嘴巴："好嘞。"

下雪了。

虽然大理寺封了印，但是谢如墨作为玄甲军指挥使，临近过年了，反而不得空。

他出来同惜惜说了句要回京卫衙门，把底下的指挥召集起来开个会，商议一下过年期间值班的事以及巡防的事。

宋惜惜道："好，你忙你的，我和滋滋还有'棍儿'去青木庵探望一下表姨。"

"你去青木庵啊？那要不你等等我，我把事情忙完就陪你去。"

"不用，我和滋滋、'棍儿'去就行，你忙你的，年前京卫衙门的事可不少。"宋惜惜担了副指挥使的虚职，知道越是这样的大时节，玄甲军中的京卫和巡防营越忙，也越容易出差错。

谢如墨是想陪她走一趟的，但眼下京卫衙门那边确实需要安排，加上这大雪天的，青木庵里的姨母身体也差，惜惜不能拖，要尽早去探望一下。

人都说重病之人，年关是最难熬的。

"那好，你们路上小心点儿。"谢如墨想了想，"我把事情办妥之后，尽快过去同你们会合。"

他想让姨母也见一见他，毕竟他如今是惜惜的夫婿。

"行。"宋惜惜见到他望过来的缱绻眼神，看起来有依依不舍之意，连忙别开了脸，唯恐沈万紫和"棍儿"笑话她，"你先忙你的去。"

谢如墨有一点点失望，惜惜在人前总有一种想和他撇清关系的感觉，哪怕视线对上了，她也会马上移开。

他不理解，他是时刻都想见到她的。

"王爷，马备好了。"路总管进来禀报。

"嗯。"谢如墨走过去，站在宋惜惜的面前，捏住了她的手，"那你们一路上小心点儿，多穿些衣裳，今日还下雪了呢。"

"行，我知道了。"宋惜惜笑着抽回自己的手，甚是道貌岸然地说，"我们坐马车去，王爷且忙你的。"

看到被她瞬间挣开的手，谢如墨失落不已。

沈万紫发现了，看了宋惜惜一眼，但没说什么。

宋惜惜去给慧太妃请了个安，说自己要去青木庵看望表姨，怕是要去两三日，但是过年时肯定会回来。

慧太妃愣了好一会儿，才意识到她说的表姨是燕王妃："那你快去吧，快去快回。"

娴宁公主也在，她有些好奇地问道："婶母为何住在青木庵呢？她不住在燕王府吗？"

宋惜惜道："她病了，所以搬到青木庵去，一来是图清静好养病，二来是图青木庵有菩萨保佑。"

娴宁很不解："正是因为病了，不更应该留在燕王府吗？至少有什么事情，府里的人也能知晓。"

连娴宁都知道的道理，燕王岂会不知？

宋惜惜其实甚是担心：燕王的封地在燕州，距离青木庵和京城都不算太远，如果是送姨母去养病，送回京城不是更好吗？至少京城还有府邸，也有太医和丹神医看着。如今姨母到了青木庵那边，虽然丹神医把菊春和青雀送过去照顾她，可姨母身边没有亲人，难免感觉孤独。

宋惜惜道："我去了便知，这几日便劳烦母妃帮我照看一下瑞儿。"

"行，包在哀家身上。"慧太妃见自己能帮到宋惜惜，立刻拍着胸口打起了包票。

把娴宁公主看得一愣一愣的。

这几日她只顾着吃各种小吃，府里头发生了什么事情，她一概不知道。

所以等嫂嫂转身出去后，娴宁公主便小声问地道："母妃，你不是和嫂嫂不对付吗？怎么关系这么好了？"

慧太妃叹息了一句："你嫂嫂也是个可怜人，她家里就瑞儿一个人了，母妃也不好为难她，自然该把她当自己的闺女一样疼。"

娴宁觉得很奇怪："在宫里的时候，您不是这样说的，女儿劝您，您还不听呢。"

"母妃哪儿有不听？就是听进去了，才会待她好。"

娴宁见母妃有些心虚的模样，也就不追问了，反正她对嫂嫂好就行了。

第十九章
燕王与淮王

宋惜惜此番出门，没带别的人，让"棍儿"驾马车，她和沈万紫坐在马车里，连宝珠都没带。

沈万紫这才把云翼阁的人探听到的消息告知宋惜惜。

"你表姨被送到青木庵养病，不是她自己想去的，是燕王府中的金侧妃所为。你表姨的两个女儿也完全不管母亲的死活，简直就是把金侧妃认作了自己的生母，此等狼心狗肺之人，实在让人愤恨，此番去了，若你表姨对她们失望透顶，我肯定要给她们一点儿教训。"

宋惜惜纵然早已经想到可能是金侧妃做的，但听到两位表妹也是这种态度，依然感到心寒，又问道："燕王是什么态度？"

"呵呵！"沈万紫冷笑一声，"男人，你指望男人爱护糟糠之妻？你表姨没有生儿子，膝下的儿子还是燕王原先的通房所生，通房死了之后，她养在身边当儿子看待，给他请了燕州最好的先生，可你表姨病了之后，金氏掌管府中的一切事务，那个通房所生的儿子只是名分上占了嫡出，实则是通房所生，金氏怎么会让他压自己所生的儿子一头？便把那个先生给辞了，在燕州衙门给他寻了一份差事，是个捕头。"

宋惜惜皱起眉头："他是读书人，手无缚鸡之力，怎么当捕头？而且他是皇室中人，即便是通房所生，也是记在表姨名下，上了玉牒的。"

"哪个晓得？金氏一家在燕州是大户，倒是你表姨娘家不得力了，外放当官，也没有政绩，说到底，人老珠黄，也没有娘家可依仗，更无亲生儿子，身子也不好，遇上个负心汉，自然就任人鱼肉了。"

燕王宠妾灭妻，燕州很多人都知道，京中知晓的人只怕也不少。

宋惜惜记得自己从梅山回来时，表姨刚好在京城养病，母亲请丹神医给她医治，之后她回燕州的时候，丹神医还派了弟子跟随，那时候表姨总是心事重重的，问她却什么都不说，只说自己在燕州一切都好，就是身体差了些。

宋惜惜把往事在心间来回思量了一番，怅然道："只怕她的病情忽然加重，与我脱不了干系。"

沈万紫本来想瞒着的，但既然宋惜惜自己都猜到了，她便也直言相告："没错，她本来是不知道的，是那个金氏特意到她的跟前说了，她听完就吐血了，病情也加重了。这些消息不是云翼阁的人探得的，是红雀说的，叫我斟酌一下是否告诉你。"

"我大概猜到了。"宋惜惜怅然道，"我的婚事是她保媒的，虽然是她保媒，是她举荐的人，可我母亲也打听过，将军府那些年确实沉寂，没闹出过什么事端来，加上闵氏无能软弱，我嫁进去之后，没有长嫂压迫，大房和二房之间也能维持表面的和谐。"

"别想太多了，等到了青木庵，见了你表姨，再做打算。"沈万紫不擅长安慰人，她总觉得如果要解决这件事情，当事人也得立起来。

燕王妃再不济也是正妃；金氏的娘家再得力，即便她生了子嗣，她也到底是侧妃，是妾。

没有妾压主母一头的道理。

"嗯，我知道这个道理。"宋惜惜点点头，"如今我嫁给谢如墨，表姨知道了，应该会安心些。"

"是啊。"沈万紫靠着软垫，披风的立领上缝着白色狐毛，衬得她面容英气又娇媚。

宋惜惜瞧了她一眼："还有什么我不知道的事吗？"

"没，是我自己的烦心事。"沈万紫拧起眉毛，"不提也罢。"

"家里的事？"

"我姑母回来省亲，带着那个书生。"沈万紫愁眉紧锁，"说真的，我以前很讨厌她，因为她导致我们沈家面目无光，我族中好几位姑娘的婚嫁都成了问题，连带着我自己在内，但是这一次我来京之前，特意回了趟家，见了她和那个书生，又觉得没有那么讨厌她了。"

"哦？为什么？"宋惜惜很久之前就知道她姑母的事情，沈万紫每次说起来，眼里都充满戾气，她对她的姑母厌恶得很。

"不知道，或许是看那个书生待她还不错。"

"沈家让她进门了？"

"没，在外头租了个小院子。那书生是个秀才，娶了我姑母之后，算是断了前程，毕竟拐了沈家的姑娘私奔，哪家书院会用他？学政也不会举荐他。所以他如今只能靠卖些书画过日子，我姑母也会做些绣品，日子还算过得去。"

"孩子呢？多大了？"

"我姑母没生孩子,她体寒不育,但那个书生对她不离不弃。"

宋惜惜点点头:"那实在是难得。"

"我回去后见到她了,她没了沈家大姑娘的气派,作妇人打扮,但不显老,没有一根白头发,脸色也好,她过得幸福不幸福,其实从这些便能看出来了。"

沈万紫看着宋惜惜:"我在想,这世间薄情的男子如此之多,像战北望、燕王,她寻了一个不管贫寒还是富贵都愿意陪伴在她身边的男人,实在是很难得。虽然我恼她私奔导致族中女子说亲困难,但是仔细想来,她又有什么错呢?她只是喜欢那个人,而那个人入不了我祖父的眼,他们只有私奔才可以在一起。想到这里,我忽然就不那么恨她了。如果我祖父当年同意他们在一起,他们也不会私奔。"

"你是想说,错的是这个世道,是大族对贫寒子弟的偏见?"

沈万紫怏怏地道:"是。但我祖父待我极好,我又不能恼恨我祖父,所以我心里特别纠结。"

宋惜惜"嗯"了一声:"这种事情,没落到我们的身上时,我们很难断定对与错,但是你姑母知道自己富贵不保,那书生也知道自己前程尽毁,依旧愿意这么做,可见他们是着实互相喜欢的。"

沈万紫的眼中忽然有了泪意,她靠在宋惜惜的肩膀上,呜咽了一声:"我以前是怎么想的呢?我盼着那个书生待她不好,她因此后悔,而那个书生在尝尽人间疾苦之后,也后悔了,他们成了怨偶,彼此对骂。"

宋惜惜抚着她的肩膀:"你不是那种恶毒的人。"

"我是真的这么想过,我恶毒,只是你不知道。"沈万紫的眼神很空洞,"如今除了我,我家中人人都不待见他们,连府中的老仆人,见了他们都会暗暗地骂一句'晦气'。"

"那他们为何回来?"

沈万紫道:"我祖母的身体不好了,姑母想回去见她一面,或许也是想念家人,就在附近租了房子,隔天便来门口跪一跪,想着日子久了,祖母会愿意见她一面,但祖父祖母怎么会愿意见她?更不会让她踏进沈家大门一步,否则难以平息族中其他人的怒气。"

宋惜惜想:确实如此,受她牵连的沈家女,婚事如此艰难,大家对她肯定是充满怨怼的。就算沈万紫的祖母心里是想见她的,也不能让她进门。

宋惜惜心里跟着惆怅了好一会儿,想安慰沈万紫的时候,她却坐直了:"我没事,就是想起你表姨,再联想到我姑母,心里有些纠结。你表姨倒是嫁得好啊!嫁入亲王家,成了燕王妃,可这日子过得,真是连我那个私奔的姑母都不如啊!"

"还有你原先嫁给战北望,也落了那么一个下场。"

宋惜惜沉默不语,过了好久,才道了句:"各人有各人的缘法。"

宋惜惜此刻还没完全明白沈万紫的感受,直到到了青木庵,看到表姨的那一瞬,她才明白。

短短两三年，表姨仿佛变成了一根腐木，瘦得可怜，浑身上下没有一点儿生气，脸颊凹了进去，眼睛大而无神，她躺在床上，被褥裹得厚厚的，屋中也烧了暖炉，但她还是在颤抖。

她就像不认识宋惜惜一般，瞧了好久，眼睛跟枯井似的，没起一丝波澜。

菊春在她的耳边说了几次："她是宋惜惜，您的表姨甥女，镇北侯府的大姑娘，您不认识她了吗？"

她还是用那样的眼神看着宋惜惜，嘴里吐出了一个字，含混不清。

但宋惜惜听清楚了，她说"冷"。

宋惜惜的泪水滑落："怎么会这样？她得的是什么病啊？怎么瘦成这样了。"

青雀在一旁轻声道："自从前些天燕王府的休书被送来之后，她便这样了。"

"休书？"宋惜惜大惊失色，"为何休她？"

青雀叹气："恶疾，善妒！"

宋惜惜气得浑身颤抖："她都病成这样了，为什么燕王还要休她？休了妻，他就很光彩吗？这件事向皇上禀报了吗？"

"不知道，但估计会压下来，等过了年才禀报。"青雀瞧了沈万紫一眼："沈姑娘，我认得你，燕王休妻，和你们沈家也有关系。"

青雀认识沈万紫，是因为沈家老夫人，也就是沈万紫的祖母，她病了，沈万紫请宋惜惜帮忙，求了丹神医过去医治，丹神医那会儿是带着青雀去的。

沈万紫脸色一变："与我沈家有关？何出此言？"

青雀诧异地看着她："你不知道吗？燕王去了沈家求娶姑娘。"

"放屁！"宋惜惜气得七窍生烟，"什么时候的事？我怎么不知道？"

因为宋惜惜的婚事，沈万紫回了一趟家，让家里人和赤炎门的人都给宋惜惜添妆。

那是一个多月前的事，如果燕王求娶她，要从燕州去江南沈家，按照马匹的脚程推算，岂不是她从沈家回赤炎门没多久，燕王便去求娶了？

沈家派去给惜惜添妆的人，应该是她回赤炎门后没几天便出门上京了，所以她在京城与沈家人会合的时候，他们大概还不知晓此事。

沈万紫顿时跳脚："这个燕王是有多不要脸啊？他都多大岁数了，还敢来求娶我？休书是什么时候送来的？搞不好是先去求亲再送休书来的，这个贱男人，我剁了他！"

或许是因为她们一直说着燕王，燕王妃的泪水滑落，那无神的眸子终于聚焦，定定地看着宋惜惜。

她认出来了。

"呜"的一声，她哭了出来，瞬间便哭得撕心裂肺。

这一哭，她便跟要断气似的，好久都喘不过气来，然后便边哭边咳嗽着趴在床边呕，呕出来的是一口一口的鲜血。

宋惜惜吓得不行，轻轻地拍着她的后背，给她擦了血，但那血呕了一口又一口，最终，她昏了过去。

青雀和菊春仿佛都见惯了，扶着她躺下，便开始施针，之后捏碎了药丸，强行给她喂下，身边的侍女擦地的擦地，洗脸的洗脸，有条不紊地做着这些善后之事。

宋惜惜却如遭雷劈般定在了那里，即便双手都是血，侍女端了水过来叫她净手，她也没反应。

沈万紫拍了拍她："洗一下手，等施针了，看看情况再说。"

宋惜惜这才把双手浸入热水里头，全身颤抖不止。

她知道表姨病了，但是真的不知道表姨病得如此严重。

她心中生出一阵寒意和恐惧，那种恐惧，她太熟悉了，是即将失去亲人的恐惧。

她的心也往漆黑处堕了下去。

青雀和菊春施针之后，又喂了一次药丸，燕王妃才慢慢地醒来。

她比方才更虚弱了，但是，她认得宋惜惜了，拉住宋惜惜的手，又想哭，宋惜惜连忙告诉她："表姨，我如今过得很好，我嫁给了北冥王谢如墨，他待我很好。"

"真的吗？"燕王妃显然不知道此事，她的眼睛睁得很大，充满了不相信，"莫不是……在骗我？"

"没有，是真的，你问问她们。"宋惜惜拉着青雀和沈万紫过来，"你问问。"

沈万紫看着燕王妃，点了点头："是真的。"

沈万紫心里复杂得很：燕王那个老东西把她害得这么惨，现在还要休了她去求娶……呸呸呸！

不能想，想想都恶心。

不知道祖父和父亲会如何拒绝他，会不会把他痛骂一场，然后撵出去？

应该不会，祖父和父亲总是顾着颜面，燕王再如何，也是个亲王，祖父和父亲怎么好直接撕破脸？

但若是她在场，定要指着他的鼻子痛斥，管他什么劳什子亲王。

沈万紫觉得，这件事情的恶心程度已经是她平生所见的最恶心的，没有之一。

那个燕王有四十岁了吧？这糟老头子是怎么想得出娶她的？

宋惜惜顾不得沈万紫，一直在安抚表姨，等她的心情好了些，才同她说自己的事。

燕王妃拉住宋惜惜的手，哭着说："你和离的事，表姨是知道的。你上战场的事，表姨也知道，日日操心，怕你……所幸如今一切都好了，你觅得良婿，表姨心里才没有那么难受。"她长叹一口气，那泛青的脸夹杂着灰白之色，"都是表姨害了你啊！怎么会给你说了这么一门亲事？我日日做梦，梦到你母亲来责备我，她在天之灵，恨我至深啊！"

说着，她又哭了起来。

怕她的情绪再度激动，青雀又给她施针刺穴，让她先好好睡一觉，然后开了些安神的药。

沈万紫看了那封休书，把一张桌子都给砸了。

青木庵里的姑子过来，说斋饭准备好了，青雀命人端过来，大家就在侧院里用膳。

宋惜惜从青雀的口中得知，青木庵的住持是一个心善的人，对燕王妃也十分同情，其他姑子不会过来打扰她，在吃喝上也没亏待燕王妃，就是不能杀生吃肉。

"表姨如今的身体，连一口肉汤都喝不到，如何能行？"宋惜惜担心地道。

"即便给她喝，她也喝不下去。"青雀摇摇头，她穿着一身粗布衣裳，裹着厚厚的棉衣，"她原先在王府就不怎么吃肉了，闻到肉的味道都不行，她为了一些事情，茹素许久了。"

宋惜惜从青雀口中得知的消息，和沈万紫跟她说的大致相同。

表姨有一子二女，儿子不是她生的，还挺孝顺的，但暂时没什么出息。

两个女儿倒是她生的，可惜没什么用，她们嫌弃自己的母妃不为父王所喜，纷纷倒戈向着金侧妃，因为金侧妃能给她们锦衣玉食，要什么就给什么，她们还想让金侧妃给她们找一门好亲事。

她们二人都被封了县主之位，没有封郡主，在燕州这个地方，金侧妃的娘家是大族，自然胜过如今娘家没落的母妃。

表姨一辈子与人为善，可能这样在别人眼里就是软弱，连自己的两个女儿都瞧不起她。

菊春说得更详细一些："玉莹县主很少理会王妃，即便是在府中的时候，也没有几日来请安。玉轻县主倒是还遵循着孝道，偶尔过来伺候王妃喝汤药，可若是王妃的药弄脏了她的衣裳，她也十分嫌弃，说的话也难听。

"还有，原本伺候王妃的侍女婆子都被金侧妃调走了，全部换成了自己的人，如今庵堂里的侍女也是金侧妃的人，这就是为什么我要同王妃在这里说话。"

宋惜惜见那些侍女方才伺候表姨的时候，虽说做得细致，但是脸上毫无担忧之色，可见也只是做做表面文章。

"那燕王呢？"宋惜惜眼中闪过一丝锐意。

"呵！"青雀冷笑一声，"自从我和菊春去了燕王府，就没见他踏入过王妃屋中几次，即便是来了，也冷言冷语，一副恨不得她快些去死的厌恶模样，真是见过心狠的，没见过这般心狠的。"

宋惜惜很疑惑："我表姨都这个样子了，他为什么还要休妻？而且亲王休妻哪有这么简单？他上休妻的折子了吗？若上了，皇上怕是不会允许的。"

就他那份休书上写的无子、善妒，实在算不得什么罪名。

何况无子这条也不通啊，她既然收了通房的儿子在膝下，那就算是自己的儿子了。

至于善妒，更不可能，先不说表姨善不善妒，在金侧妃的欺压之下，她有没有资格善妒都成问题。

青雀摇头："这个我们不知道。"

宋惜惜想：亲王休妻没那么简单，只怕这封休书不是真的休书，而是一道催命符。

他是要表姨死，好给新王妃腾位置。

宋惜惜抬头问青雀："我表姨的病没有别的办法治了吗？可以请你师父过来吗？"

青雀道："师父早就来过了，只是没告诉姑娘。师父说，她就是在熬日子，不知道能熬到什么时候，若断了药，估计也就是一两天的事情。"

宋惜惜猛地抬头："不能断药。"

青雀无奈地道："即便不断药，熬得过这个年关，也熬不过十五。"

宋惜惜的眼泪滑落，她真的不知道表姨病得这么重。虽然丹神医没告诉她，但红雀总是欲言又止，她早就应该猜到的。

"如今用药施针，主要是让她不至于这么难受，至少真的到了那一日，她不会走得很痛苦。"青雀这般安慰着。

作为医者，她见过很多病人离世，但是对于燕王妃，她还是觉得很惋惜，更多的是意难平吧。

一个人要倒霉成什么样子才会被夫婿、女儿厌弃？娘家也不得力，被外放到很远的地方，这大冬日的，也不能回来瞧她一眼。

一般德行有亏之人，落个不好的下场，旁人只会说一句"活该"，但燕王妃与人为善，平生做了不少善事，怎么就落得如此下场？

"滋滋，你明日回京，我在这里守着表姨。"宋惜惜擦干了泪水，"我不能让她身边连个亲人都没有。"

沈万紫是个讲义气的人："我在这里陪着你。至于'棍儿'嘛，庵堂外头有一间木屋子，专门用来招待男宾的，就让他在外头住着。"

"但眼看就要过年了，庵堂孤寂清冷，你要跟着吃苦了。"

"上战场的苦我都吃了，还有什么苦不能吃？"

宋惜惜把手绢捏在指间，听到她这句话，忽然愣了愣：燕王求娶沈万紫，是不是因为她上过战场？

不会，不会。宋惜惜甩了甩头。若是有兵权的亲王，宋惜惜还觉得有可能，但燕王只有五百府兵。何况他在燕州当这没兵的藩王期间，皇上估计没少派眼线盯着他。

再说了，他本来也不是有大才之人，怎敢想那谋逆之事？

这个念头太过荒诞，宋惜惜不敢相信，认为燕王顶多是想巩固他在燕州的势力。

但宋惜惜还是留了个心眼儿，有些事情听起来很荒诞，但人的欲念是无穷的。

谁知道燕王是不是故意露拙？万一他本身是个心机深沉的人呢？

而且这么多位藩王中，他是距离京师最近的。

奇怪就奇怪在，他和淮王的性子差不多，可淮王主动留在京城，他却要前往封地。

或许先帝也不懂他的想法，所以干脆把他放在燕州盯着。

先帝是有先见之明的，他把他的兄弟们全部送往了封地，削了他们的掌兵之权，让他们纵有妄念，也没有能力。

可先帝不是神，燕王既然在封地，就有办法躲过朝廷的眼线，在暗地里屯兵。

这样的事情，前朝就发生过，最后酿成了内乱，导致民不聊生，这才有了如今的商国。

可奇就奇在，如今燕王不成气候，怎么就敢休妻，娶大族沈家的女儿，还是在战场上立过功的沈万紫？

晚上，宋惜惜和沈万紫就住在这小院子里，因为只有一张床铺，所以二人同寝。

二人都睡不着。

沈万紫晚饭只吃了几口就不吃了，倒不是因为全是素菜，而是她感觉恶心得很。

宋惜惜是一点儿都没吃，看到表姨这副模样，她很难受。

"嘻嘻，我想潜入燕王府，把燕王给杀了。"沈万紫辗转反侧，突然说了这样一句话。"嘻嘻"是沈万紫给宋惜惜取的昵称。

"别犯傻，谋害当朝亲王，你想让全家给你陪葬吗？"宋惜惜侧头去看她，"你担心你家中的人会应承这门亲事？"

沈万紫枕着双手："我不知道。父亲肯定不会同意，祖父素来宠我，我相信他也不会同意。可沈家太需要一门高嫁的亲事挽回名声了，就怕族中的人逼得紧，逼得祖父和父亲答应了婚事。"

"即便答应了，你也不会嫁。"

"是的，我不会嫁。"沈万紫怏怏不乐，"但是既然答应了婚事，我不嫁，族中就有别的女子嫁，要别人为我牺牲，我怎么忍心？尤其还是我族中的姐妹。"

她很担心，恨不得马上回沈家去。

"你要不要回去？"宋惜惜问道。

"想回，但我不回，你师姐不是给我留了人吗？我叫红绡去一趟。"

宋惜惜"嗯"了一声，拉过被子蒙住头，眼泪已经溢出。

宋惜惜几乎一夜没睡，一大早就起来了。

她亲自去熬了点儿粥，端去喂燕王妃。

或许是因为宋惜惜亲自喂，燕王妃吃了小半碗。

菊春说，这已经算是吃得多的了，平时她吃了两口就吃不下了，若不是有参汤和各种名贵的药物吊着性命，怕是早就没命了。

菊春在一旁道："如果大公子和两位县主能来看看她，兴许真的有希望活下去。"

"算了吧，大公子想来也来不了，两位县主既不敢得罪金侧妃，也不会真心想来的。"青雀道。

宋惜惜听得心里难受又窝火，转身出去，见沈万紫从外头回来，于是问道："你去哪里了？"

沈万紫裹紧了披风，白色狐毛遮住了她的下巴，衬得两个黑眼圈明显得很："给红绡飞鸽传书，让她去查查。"

宋惜惜轻声道："嗯。"

沈万紫凄凉一笑："我担心沈家真的应下亲事，那我们沈家就算是帮凶，帮着燕王休妻，害得燕王妃落到这般田地。"

宋惜惜没说话，心头刺痛得厉害。

第二天，谢如墨和张大壮来了。

虽说他们是男子，但住持还是让谢如墨进来探望燕王妃了。

宋惜惜看到他冒雪赶来，这两日隐忍的情绪爆发，泪水止不住地往下滴。

谢如墨心疼地擦拭着她的眼泪，捧着她的脸："我们进去看看她。"

看着谢如墨牵着宋惜惜的手出现，燕王妃激动得泪水直流。

她不会看错的，谢如墨眼中对惜惜的缱绻深情丝毫掩饰不住，也丝毫没打算掩饰。

燕王妃原先还担心谢如墨会嫌弃惜惜是二嫁之身，如今见他望着惜惜时眼中的欢喜之色，她知道他并没有嫌弃惜惜，悬着的心缓缓落地了。

谢如墨道："表姨放心，我定会待惜惜好。"

"放心，放心了。"燕王妃听他不唤自己"婶母"，而是跟着惜惜唤"表姨"，心里特别高兴，泪水怎么都擦不完。

谢如墨的出现，对燕王妃来说是一种救赎。

她之前一直觉得自己愧对表姐的在天之灵，现在看到惜惜二嫁的夫君比原先的更好，她就算死，也不至于太愧对表姐了。

心情好，胃口也好，当天燕王妃吃了满满一碗粥，这让大家都看到了希望。

谢如墨只能在这里逗留半日便要回京，因为过年之后，京城有很多庆祝活动，从除夕到上元节，持续足足十五天。

在这十五天内，皇上会亲临祭天台，还会去城门和百姓同乐，一起看烟花。

京卫和巡防营需要早做准备，督促工部在城楼外边搭建高台，供皇上与朝廷要员在上面赏烟花。

看望过燕王妃后，宋惜惜和他在外边的小木屋里说话。

宋惜惜把燕王府的情况说给他听，听到燕王休妻，谢如墨也很吃惊。

"这不是荒唐吗？无子，善妒，这说出来，哪一条让人信服？"

"总有让人信服的，比如恶疾。"宋惜惜憋着一口浊气，久久不能吐出。

"皇叔居然还要娶沈万紫？他在想什么？"谢如墨皱起眉头。他素来敏锐，有些事情稍微一动脑子便明白了，但他想的和宋惜惜想的差不多，觉得燕王如果真的这样做了，以燕王的实力，很快就可以去见阎王了。

沈家是江南世族，虽然没人在京城当官，但是当地方官员的人不少，加上沈家生意做得大，虽不至于富可敌国，但若说它是商国首富，应该也没人反对。

不过，若说有钱，燕王那个侧妃的娘家也很有钱。

也许，他想从沈家获取的不仅仅是金钱，还有别的东西？而且他指定要娶沈万紫，这件事情远远没那么简单。

"我会留意的，"谢如墨顿了顿，想起如今自己也为皇上所忌惮，他轻轻地道了句，"只能暗中留意了。"

宋惜惜明白，想起南疆一战的艰难，回来之后，他却落了个表面风光，暗地里反而被皇上忌惮，解了兵权的结局，若暗查亲王的事被皇上知晓，皇上不知会如何猜疑他。

她忧心他："不如别管这件事？"

谢如墨心中暖暖的，笑了笑，伸手抚上她的脸颊："不管的话，若起了战乱，那牺牲的还不是我们军中的男儿，受苦的还不是老百姓？"

宋惜惜叹气："我知道，我也就是那么一说罢了。"

只有军人才懂得战争的可怕，也只有真正的武将才会心疼冲锋陷阵的士兵。

"别担心，我会小心行事的。"他用指腹抚着她的脸颊，"我看表姨的病情如此严重，只怕你还不能离开，除夕宫宴之前，我再来接你。"

"好！"宋惜惜点头，"你回去吧，路上小心点儿。"

谢如墨不舍地亲了她的额头一下，便和张大壮策马离开了。

宋惜惜回了小院子，菊春正在伺候燕王妃喝药。这药往日是喝一半，吐一半，如今总算是全部喂下去了。

见宋惜惜进来，燕王妃枯瘦青灰的脸上有了一丝光泽："惜惜，你来。"

宋惜惜坐在床边，接过药碗，对菊春说："我来喂。"

"好。"菊春退到一旁守着。

宋惜惜要喂药，燕王妃伸手阻挡："惜惜，你记住，如果表姨有什么三长两短，你别去寻谁的麻烦，过好自己的日子便成。"

"表姨在胡说什么？如今你的病情见好，只会越来越好，怎么会有什么三长两短？休得胡说。"

"人嘛，都是要死的，"燕王妃微笑着，只是眼中透出浓浓的苦涩，"有时候活着是一种折磨，死了才是解脱呢。"

"表姨！"宋惜惜沉下脸来，"这话我不爱听。"

燕王妃重重地抓住她的手腕，瞧了一眼外头，气息急促，却用力地压着声音："听表姨的，他不是什么老实人，他和大长公主有密谋。"

宋惜惜惊愕地道："什么？"

她急忙把所有人打发出去，叫沈万紫在门口守着。

"表姨，您这话是什么意思？"

燕王妃的脑袋垂了下去，声音里透着惧怕和寒意："这些年，他在燕州私自招兵买马，用的都是大长公主和金侧妃的银钱，这些兵马就藏在雍县。"

宋惜惜知道雍县，那是大长公主的封地，是当初先帝给她的嫁妆。

"不要得罪他，不要与他为敌，他没有外人想的那么简单。"燕王妃的气息弱了很多，或许是发现了这个秘密之后，她太害怕了。

"这些年，他一直闹出宠妾灭妻的事，你以为他真的宠着金侧妃吗？不过是闹些坏名声出来麻痹当今圣上罢了。"

宋惜惜听得心惊肉跳。

人人都以为燕王是个闲散的窝囊废，她之前也是这么认为的，估计皇上就算派了人盯着，也只盯了燕州，可他们在雍县招兵买马，那是大长公主的封地，大长公主甚至都没到那边去定居，皇上怎么会留意雍县？

怪不得大长公主如此张狂地敛财。

燕王妃说完这些话，便没力气了，昏昏沉沉地睡了过去。

腊月二十八这天，燕王妃的精神显得格外好，午膳吃了半碗粥，晚膳也吃了半碗，竟然问还有没有，最后又多进了半碗。

宋惜惜以为她好转了，高兴得很，执着燕王妃的手，让她好好养着，过了严冬，等开春了，一切就好了。

燕王妃眼中盈满了笑意，应承了宋惜惜："好！"

宋惜惜只顾着高兴，没看到青雀和菊春对视了一眼，皆无声地叹了口气。

晚上子时，宋惜惜和沈万紫听到菊春的拍门声，伴随着她哽咽的声音："燕王妃去了！"

宋惜惜猛地坐起来，像是溺水过后一般，大口大口地喘着气："不！"

燕王妃去得不痛苦，是在睡梦里去的。菊春守夜，半夜起来，想问她要不要喝口水,却发现她没了气息。

这个年,她没熬过去,就这样死在了寂静的青木庵里。

谢如墨是腊月二十九一大早来到的,得知了燕王妃的死讯,他心疼地抱着宋惜惜,本以为她会哭一场,但是她很冷静,眼里一滴泪水都没有。

宋惜惜依偎在他的怀中,声音虚弱:"她走了,也许是解脱。"

谢如墨望着青木庵到处都是的枯木,枯木给人的孤寂感觉里似乎也隐隐透着绝望的气息。

在这个地方凄惨地死去,丈夫子女都不在身边,亏得惜惜来了,否则燕王妃走的时候,身边连个亲人都没有,而她的身份如此尊贵,她是当朝亲王妃啊!

那几个侍女是燕王府的人,她们会派人去禀报,燕王妃的丧事也轮不到宋惜惜来办。

但是宋惜惜亲自给燕王妃洗了脸,擦了手。这里没有华服,燕王妃只能穿着这素淡的衣裳,等燕王府的人过来把她接回去安葬。

回京的路上,谢如墨陪着宋惜惜坐在马车里,沈万紫骑着谢如墨的马,"棍儿"则驾着马车。大家都没说话,心情很沉重。

谢如墨一直抱着她,没让她离开过自己的怀抱,宋惜惜像一只受了伤的幼猫,一动不动,连话都没说一句。

直到即将入城的时候,她才轻声道:"表姨告诉我,大长公主和燕王来往颇密,而且燕王在雍县招兵买马,用的都是大长公主和金侧妃的银子。"

"真是没想到。"谢如墨蹙起眉头。谁能想到?一个软弱无能,后院的事情都搞不定的人,居然怀揣着这么大的野心。

他们回到京城时已经是除夕当日。

春节是老百姓一年当中最开心、最期待的节日,大街小巷都飘着喜庆的气息,家家户户都张贴春联,燃放鞭炮,驱赶年兽。

在这千万家喜庆团圆的日子里,表姨就这么悄无声息地走了,她的死,甚至没有为燕王府带来一丝波澜。

因为燕王一家已经抵达了京城,自然,燕王还不知道表姨的死讯。

宋惜惜刚进门就听说燕王一家到访,慧太妃正在招待。

沈万紫把马鞭交给马夫的那一刻,听到这个消息,拳头都握紧了,恨不得冲进去对着燕王一顿爆捶。

谢如墨皱起眉头:"我出门的时候,他们还没到京城,显然才回到京城,不先进宫给太后请安,却先来北冥王府拜访我这个侄儿?看来我昔日真是小看了这位皇叔。"

宋惜惜冷笑道:"他先来北冥王府,自然是做给皇上看的,等于告知皇上,如今商国只知有北冥王,不知有皇上,连燕王从封地回京,都要先到北冥王府拜访。"

谢如墨知晓她心里还难受着,定然不想见那一家人,于是道:"惜惜,你别去见他,回梅花苑休息一下,我去看看他到底要干什么。"

宋惜惜沉沉的目光里隐隐显露出肃杀之气:"见,为什么不见?这大过年的,正好报个丧,让他们高兴高兴啊!"

谢如墨抓住她的手臂,眼中尽是对她的担忧:"别这样,你心里若难受,便哭出来。"

自从燕王妃去了之后,她一滴眼泪都没流过,在回来的路上,他本以为她会伏在自己的怀中痛哭一场,但她只是静静地伏着,没哭,也没说话,甚至最后同他讲燕王与大长公主勾结的事情时,也十分冷静。

宋惜惜缓缓地摇头:不哭,哭有什么用?不过是在她本来就溃烂的心头再挖一块肉,眼泪宣泄不了她的痛。

她甚至都没有回去更衣,就与谢如墨一同前往正厅。沈万紫没有丝毫犹豫便跟着去了。

笑声从正厅传来,伴随着说话的声音。

"太妃真是有福气,能出府随王爷同住,有王爷在身边孝顺您,后宫里的太妃,没有像您这样有福气的。"

"金侧妃真会说话,好一张伶俐的嘴,哀家很喜欢。"慧太妃笑得合不拢嘴。她最喜欢的就是别人的夸赞。

"慧皇嫂,妾身句句都是真心话。"金侧妃的声音沉稳中带着真诚之意,若是只听声音,旁人恐怕会真的以为她说得无比诚心。

"王爷王妃回来了。"高嬷嬷远远看见谢如墨和宋惜惜,连忙说了句。

厅内几个人说话间,谢如墨和宋惜惜、沈万紫已经来到了正厅门口。

正厅左侧坐着一名穿锦袍的中年男子,颇为俊美,瞧着有些憨厚内向,正往门口看去。

坐在他身侧的便是金侧妃,她身穿海棠红挑花金银线错绣襦裙,看上去三十来岁,保养得极好,面如银盘,绾了堕马髻,插着两根嵌珍珠如意头簪子,垂下薄金丝流苏,甚是雍容华贵。

燕王右侧坐着那位通房生的大公子,他的长相酷似燕王,身材偏瘦,坐姿端正,看着教养极好。

大公子旁边还有两位年纪较轻的少年,年龄大约十五到十七岁,衣着比大公子名贵,神色也更骄矜。

玉莹和玉轻两位县主穿同色湖水蓝襦裙,因为烧着地龙,都把披风脱了。

谢如墨和宋惜惜走进去,用目光环视了一圈,没有说话。

金侧妃因为不是正室,起身行了个礼:"妾身见过王爷,见过王妃。"

三位公子和两位县主也起身行礼。

谢如墨淡淡地道："坐。"

燕王坐着，自然是等谢如墨和宋惜惜上前行礼的，见他们站着不动，燕王面子上有些挂不住，便笑着问道："侄儿是从哪里回来的？"

谢如墨目光冷淡，声音更冷："青木庵。"

一听"青木庵"三个字，燕王一家七个人顿时脸色一变。

大公子谢如龄刚要坐下，听到此言，当即问道："青木庵？那兄长可知我母妃的病情如何？"

"不如何！"宋惜惜看着谢如龄，"你关心她的话，为什么不自己去看看她？"

谢如龄瞧了燕王一眼，燕王神色冷淡，并未言语。

"弟弟我……我在书院，一时走不开。"他尴尬地回道。

"是吗？燕王府这么多人都走不开吗？只派了两个侍女去伺候，如果不是有丹神医的弟子菊春和青雀，她在青木庵能熬几日？"

玉莹县主本来就不太瞧得起这位二嫁堂嫂，听到她这样说，便不太高兴地说："我竟不知堂嫂有插手别人家事的爱好。"

宋惜惜的目光如刀子一般刮过玉莹县主的脸："我也不知道天下竟有此等忤逆不孝之女。"

"你！"玉莹县主当即红了眼眶，"真是扣下来一个好大的罪名，堂嫂怎知我不孝？我孝顺母妃的时候，你看见了吗？"

"我没看见，我只看见你母妃死的时候，你们没有一个人在。"

谢如龄的身子摇晃了一下："什么？母妃死了？"

他似不能相信，泪水滚滚落下。

宋惜惜见他哭，这泪水也不知道是真的还是假的。

玉莹和玉轻二人怔了怔，红了眼眶，但眼泪死活没能挤出来。

倒是燕王抚着胸口，沉沉地叹了口气："本王知道她的病情严重，但她非得去青木庵养病，说是还当年许下的愿，让宋夫人一家的在天之灵能够安息。"

宋惜惜还没说话，身后的沈万紫怒火已经三丈高："我头一次听到有人把宠妾灭妻怪在死人身上的！没有人愿意在病重的时候远离自己的夫君、孩儿，去一个孤寂冷清的庵堂静悄悄地死去，分明是你们强行送她去的，你们但凡能善待她几分，她也不至于死得这么早。"

"放肆！"燕王面色一沉，"你是何人？竟敢在本王面前妄议燕王府的事？是她自己要去的，府中人人可以做证。"

"哼！"沈万紫冷冷一笑，"人死了，你当然可以说是她自己要去的，希望燕王临死之前，也找个寺庙独自一人死去，没有子女在身边送终。你能做到这一点，我就信你的鬼话。"

· 537 ·

金侧妃打量着她,见她神态骄矜冷傲,想来是京中贵女,于是问道:"不知道你是哪家的姑娘?说话怎么如此偏激?你可知诅咒当朝亲王是死罪?你不要胡说八道,见你年纪轻轻的,我们不与你计较,但若有下次,必定严惩不贷。"

"好威风的小妾啊!"沈万紫讽刺道,"诅咒亲王是死罪,但是迫害王妃致死难道不是大罪吗?她都病成那样了,还给她送去一封休书,那是休书吗?那是她的催命符,你们是嫌弃她死得不够快。"

"什么休书?"大公子谢如龄不可置信地看向燕王:"父王,你给母妃送去休书?她做错了什么,你要休了她?"

燕王皱起眉头:"坐下,不得胡说,哪里有休书?不知道你们是从哪里听来的谣言。"

他吩咐过的,那休书给她看过之后便烧毁,所以宋惜惜他们纵然去了青木庵,也拿不到休书,顶多是听丹神医那两个弟子口述。

口述便是没有证据,而且他从没上过奏本说要休妻。

但宋惜惜从袖袋里取出了休书,丢给了大公子谢如龄,冷冷地道:"看看,是不是你父亲的笔迹。"

燕王的脸色陡变:休书居然还留着?那些办事的人没一个靠谱儿的。

谢如龄用双手接过休书,手颤抖得厉害,休书上的笔迹,他怎么会不认得?是父亲的笔迹,是父亲亲手所写。

他抬起眸子看向燕王,握紧了拳头:"父亲,你做何解释?"

燕王抿着唇,满脸不悦,脸上的憨厚淳朴不见了,取而代之的是满脸阴沉之色。

金侧妃连忙打圆场:"这怎么会是你父亲写的?分明是有人模仿你父亲的笔迹,你父亲怎么会休了你母妃?"

她看了一圈,不敢说是宋惜惜,只能质问沈万紫:"休书是你拿出来的吧?你和我们燕王府有什么深仇大恨?竟然用一封假的休书去刺激王妃,害她受了打击病发。"

沈万紫冷冷地道:"你们不知道我是谁?不知道我是谁为何去沈家求娶我?我和燕王连面都没见过,他的字,我怎么模仿?要说模仿,也是你这个日夜陪在他身边的侧妃模仿,莫非是你模仿燕王的笔迹,给燕王妃送去了这封休书?你嫌她死得不够快?"

燕王和金侧妃的目光齐齐落在沈万紫的脸上。

燕王的眼睛陡然一亮:她就是沈万紫?

金侧妃的眸子瞬间眯起:她就是沈万紫?

宋惜惜看着燕王府的这些人,除了大公子谢如龄,其他的人一点儿哀伤的表情都没有露出,仿佛从表姨被送到青木庵的那一刻起,在他们的心里,表姨就已经死了。

这个大公子不管是真心还是假意，至少落了眼泪。

她心寒至极：表姨如此善良之人，为何会落得这样的下场？女子若是遇到了白眼儿狼夫君，下场真的太惨了。

她毫不留情地对两位县主说："她是你们的生身母亲，她死了，你们连一滴眼泪都挤不出来吗？"

玉轻县主面露哀伤，起身袅袅福身："今日是除夕，我纵然心中悲伤，也不能在这种日子里落泪，否则便让人见笑了。"

"还真是让人笑了，父丧母丧大于一切，即便连朝廷命官，若有父丧或者母丧，也要守孝三年，在妹妹心里，孝道竟然不如这过年重要？"

"堂嫂纵然指责妹妹，妹妹也不能在别人的府邸落泪。再说了，不落泪便是不悲伤吗？堂嫂岂能知晓妹妹心里的难过？"

"真是伶牙俐齿，可惜是个白眼儿狼。"宋惜惜失望至极也愤怒至极，"你们刚回到京城，理当去给太后请安，而不是来北冥王府，恕不招待，诸位请离开吧。"

宋惜惜直接撵人，撵的还是长辈皇叔，这放在京圈里，也是相当无礼和放肆的。

但毕竟只是宋惜惜撵人，燕王虽然生气，却没有表现出来，而是看向了谢如墨："侄儿是要把皇叔撵走吗？"

谢如墨道："王妃说得对，你们入京，应该先去拜见太后和皇上，而不是来我北冥王府。再说了，不管如何，死者为大，你们府上既然有丧事，就该去告知太后和皇上，急忙赶回燕州才是。"

燕王气得脸都青了，站起来，看着谢如墨，冷冷地道："侄儿立了功，连皇叔都不放在眼里了，就不怕传了出去，说你居功自傲？"

谢如墨还傲给他看了，下巴微抬，目光冰冷："讲的是人话，说的是道理，任人说去吧。"

"好！"燕王嘴唇都哆嗦了，喝了一声，"我们走！"

谢如龄擦了眼泪，走到谢如墨面前，开口想问什么，燕王朝他大喝一声："听不见吗？人家嫌咱们晦气，赶紧走！"

谢如龄的眼泪又落下了，他朝谢如墨和宋惜惜拱了拱手，又高又瘦的身体像风中飘摇的柳树，脚步踉跄地跟着走了。

那两位公子和县主同时"哼"了一声，离开了，倒是金侧妃还能维持礼貌，朝慧太妃福身："太妃保重，妾告退。"

走的时候，金侧妃还看了沈万紫两眼，眼神意味不明，沈万紫直接朝她翻白眼。

慧太妃则全程处于蒙蒙的状态。

她方才还跟他们聊得好好的，一个个瞧着懂礼貌，嘴巴也伶俐，怎么竟然是如此狼心狗肺之辈？

燕王妃死了，只有那个谢如龄哭了，其他人脸上连悲伤的表情都寻不着。

539

两位县主还是燕王妃亲生的呢，竟然放任自己的母妃在青木庵孤独地病死。

慧太妃想到这里，后背一阵发凉。她如今出宫了，靠着儿子儿媳妇养老，他们自该遵循孝道，不敢这般对她。

但若是他们也这样做呢？墨儿可是她唯一的指望了啊！

慧太妃想到这里，连忙站起来，附和宋惜惜，痛骂燕王一家狼心狗肺，不得好死。

骂完之后，她起身过去，轻轻地抚着宋惜惜的后背："咱们不跟那一家子人置气，燕王妃在天之灵也不会放过他们的，他们就等着遭报应吧，别难受。"

宋惜惜本来愤怒难受得很，但听见婆母这番伴随着讨好的安慰话语，看见她那想哭又憋不出眼泪的样子，感觉一言难尽。

不管如何，她确实被安慰到，没那么愤怒了。

"乖，回去沐浴，晚些便要进宫了。"慧太妃哄小孩似的又劝了句，回头见谢如墨定在那里，不禁端起了母妃的架子："还愣着做什么啊？带你媳妇回屋去啊！她的手心这么冰冷，你也不知道疼惜疼惜。"

谢如墨愣了愣，母妃从来不会用这样的语气跟他说话。

少时自己被母妃责骂是有的，但自从练武，尤其是投身行伍之后，他的威严渐露，她看自己的眼光便有些……发怵？

反正母子之间越来越疏远，除了请安问候，几乎没有别的话说，在他封王开府之后，两个人更是疏远，母妃跟他说话要么客客气气的，要么一副巴不得他快点儿离开的样子，像这样斥责他，这些年还真没有过。

他看了母妃一眼，便牵着宋惜惜的手回屋了。

慧太妃坐回椅子上。咦，她刚才是严厉地跟儿子说话了吗？他竟然没有露出那种可怕的气势，可见成亲了果真好，人都变得温和了许多。

她见沈万紫气鼓鼓地坐着，想来是因为燕王妃的事，心里不禁有些酸楚。

她和燕王妃算不得熟稔，但这些年也见过很多次，燕王妃总是一副温婉端庄的模样，对待宫人也甚是和气。

身为燕王妃，她却惨死在庵堂里，连自己的女儿都没有为自己掉一滴眼泪，这一辈子过得是有多惨啊！

慧太妃都想哭了，哽咽着问沈万紫："燕王妃去得可安详？"

沈万紫回答说："有丹神医的弟子在，她不至于很痛苦，但若说安详，那是无论如何都称不上的。"

慧太妃"喃喃"地道："是啊，子女夫婿，无一人在身边，她得多怕啊！"

慧太妃这辈子最害怕的事情就是死亡。

在她看来，死对一个人来说，是一辈子最大的事情了，所以千万不能孤零零地一人去面对，最好身边能有人握住她的手，能安抚她，在她的耳边同她讲不要害怕。

所以，她特别能共情燕王妃，因为她真的很害怕一个人孤零零地死去。

唉，大过年的，不想这些了，太让人难受了。

宋惜惜沐浴之后，换上礼服，有种说不出的华贵威严之感。

宋惜惜淡扫蛾眉，掩盖住苍白的脸色，眼下的黑色眼圈也遮盖了一下，免得让人看出她的憔悴。

皇室家宴，名义上是庆祝阖家团圆，但礼数规矩样样都是要遵守的。

她对着铜镜深呼吸了几下，尽力压下失去亲人的痛。

她告诉自己，都习惯了，习惯了就好，习惯了就不那么难受了。

铜镜里的人，华服高髻，珠翠满头，用东珠穿成的项链泛着莹润的光泽，长长地垂挂在胸前。

这是师父给她的嫁妆，那几斛东珠也有做好的成品，只是用另外一个箱子装着。

耳环也是东珠制成的，遮住了整个耳垂，看起来贵气逼人。

眼角下的泪痣艳如桃花，更似一抹血，竟透出肃杀之气。

她敛下眉目，遮住因心中的愤怒而透露出来的锐光。

谢如墨过来牵着她的手，轻声道："走吧。"

穿着礼服的谢如墨，身材修长挺拔，面容俊逸不凡，宋惜惜看了他一眼，勉强笑了笑，"好，别让母妃久等。"

慧太妃难得打扮低调，只绾了个简单的螺髻，插着素淡的玉簪子，本来是佩戴了红珊瑚项链的，但想起燕王妃，她又把红珊瑚项链摘掉了，连素日最喜欢戴的金镶红宝石翡翠手钏也摘下了。

娴宁牵着瑞儿的手走向外头，瑞儿扎着总角，十分可爱。

海棠红的襦裙衬得娴宁十分娇憨可爱，她杏眼含着笑意，低头弄了一下瑞儿总角上的绸带，便又牵着他的手过来。

"母妃，皇兄，嫂嫂。"

"太妃，姑姑，姑丈。"

娴宁和瑞儿几乎是同时出声的，然后便蹦蹦跳跳地走过去。

看到瑞儿脸上的天真与笑意，已经没有刚被寻回时的灰败颓然，宋惜惜心里稍感安慰。

"腿才好，慢慢走。"太妃说了一句。相处了几日，她对瑞儿不错，瑞儿乖巧懂事，不让人操心，慧太妃最喜欢乖巧的孩子。

"是，太妃。"瑞儿停下来。其实这样蹦跳着走，可以一只脚用力，另外一只脚不那么用力，反而更好走，不过，他是不会拂逆太妃的好意的。

小姑姑出嫁的时候，福爷爷告诉过他，以后在王府一定要听话，好好读书练武，不可太顽皮惹太妃生气，太妃生气的话，就会迁怒小姑姑。

所以，他一定会很乖，让太妃喜欢他，这样太妃也会喜欢小姑姑的。

谢如墨策马，宋惜惜四人上了马车。王府的马车很宽敞，铺着软垫，角落里放了几个雕花铜炉，铜炉里是烧得通红的铁块，能驱散马车里的寒意。

宋惜惜一路上没有说一句话。

除夕的喜气，她没有感受到，只有"飕飕"的寒风从帘子里钻进来，冷得她的心都是寒的。

一只手握住了她的手，宋惜惜看着那只手，又顺着手看上去，太妃对她投以鼓励安慰的眼神："惜惜，你还有我们。"

"发生了什么事？"娴宁见状，疑惑地问道。

燕王来的时候，她和瑞儿在后院玩耍，不知道燕王妃的事。

慧太妃委实不是个懂得安慰人的，不想提起燕王妃，惹得宋惜惜难受，所以道了句："每逢佳节倍思亲，这大过年的，你嫂嫂想起了她的家人。"

这句话一说出口，瑞儿的目光黯淡了。

宋惜惜打起精神来。在宫宴上，她自然不能露出消沉难过之色，所以趁着这一路把心痛藏好，像以前那般，只要藏好了，就不会那么痛。

何况确实不能再让母妃安慰下去了，她的安慰扎人心啊！

宋惜惜握住瑞儿的手："没事，小姑姑就是心情有点儿不好，但想起今晚参加宫宴会有很多好吃的，心情顿时好起来了。"

她的语气轻松，骗过了娴宁和瑞儿，也骗过了慧太妃。

慧太妃虽为燕王妃伤心，但宫宴热闹啊，这热闹的场面难得，谁会不喜欢呢？

宫中确实热闹，洋溢着浓浓的过年气息，到处都张灯结彩，宫灯缀满了一条又一条路，每一道回廊上都挂着琉璃风灯，照得这宫里头如同白昼一般。

燕王正带着一大家子拜见太后和帝后。皇太后并不喜欢先帝的这个弟弟，自然是因为他胡闹，闹得宠妾灭妻的名声都传到京城来了。

如今见燕王妃没随同入宫，皇太后心里也知道她的情况不好，这两年她的病情反复，还是丹神医派人去照顾的。

若是指望燕王和金侧妃，只怕燕王妃早就死了。

不过，皇太后还是问了一句燕王妃的病情。

这本是一句问候，太后也没指望他说实情，以为他无非就是说燕王妃还在养着，身子骨没好，不宜远行。

但是燕王很难回答这个问题。

若是在宋惜惜说出燕王妃殁了之前，他还可以用以前的借口，说她不宜出门受寒。

但如今，北冥王府的人已经知晓燕王妃殁了，宋惜惜难保不会在宫宴上说出来，即便在宫宴上不说，明日或后日也是会说的。

只是对于燕王妃，他实在是挤不出一滴眼泪，只好面容哀伤地道："回皇嫂的话，臣弟刚抵达京城，就收到噩耗，王妃已经殁了。"

太后端着茶，闻言，杯子"啪"的一声落地："什么？"

皇帝和齐皇后也纷纷看了过来，面露诧异之色：这大过年的，人怎么就没了呢？而且，既然燕王妃没了，燕王还带着一大家子在京城做什么？这宫宴哪里有王妃的后事要紧？

"那皇叔还不赶紧启程回燕州？"皇帝连忙说，心里想起婶母在他少时对他多有照顾，难忍悲痛。

燕王惶恐地道："本来入京之前她还好好的，不知怎么的，刚到京城，便传来噩耗，臣想着先来拜见太后和皇上，等宫宴结束之后，马上启程回去。"

"是啊，毕竟都来了。"金侧妃也在一旁道，"也就耽误一日，明日便启程。"

道理确实是这么个道理，毕竟一大家子顶着严寒抵京，就为了这团年的宫宴，可听起来为何让人觉得别扭？

发妻殁了，他还有心思吃这顿宫宴？看到其他人高高兴兴地团年，他心里不会更难受吗？

皇帝稍微一想便明白了，这位皇叔宠爱金侧妃，冷落燕王妃许久，大概燕王妃的生死对他而言是无足轻重的事。

皇帝心里有些不高兴，但人都来了，加上今晚便是除夕，过会儿城门也要关闭了，让他们连夜赶路回去确实也不合适。

这大好的日子，皇帝不想与他多说这些，道："你与你的母妃已有两三年不见，去给她请个安吧。"

燕王的母妃是老荣太妃。文帝朝的太妃如今都被安置在一个宫里，也没几个人了，老姐妹们能做个伴儿，毕竟争了半辈子，文帝爷驾崩了那么多年，她们也没什么好争的了。

老荣太妃也是大长公主的养母。大长公主的生母是当年的懿贵妃，懿贵妃病重，便把大长公主送到当时的荣妃膝下养了几年，后来懿贵妃死了，大长公主就直接养在了荣妃的身边。

当年文帝是很宠爱懿贵妃的，连带着也疼爱大长公主，尤其是她养在荣妃身边的时候，赏赐是流水般往荣妃的宫里送。

如今，荣太妃已经是文帝朝的老太妃，比起先帝朝的太妃，这些老太妃几乎没有什么存在感，有些位分低且没有孕育子女的，在文帝驾崩之后没多久，要么殉葬，要么被送去了姑子庵。

若论起辈分来，她们自然算是宫里辈分最高的，可惜，这后宫是不论辈分的。

先帝当初让燕王去封地就藩，却独独留下荣老太妃在宫里养着，自然是为了掣肘燕王。

这些年，燕王看起来是没有什么才能的，又傻又蠢又好美人，宠妾灭妻的事闹

543

得尽人皆知。

因此皇帝认为可以给他们母子一个恩典，让他把荣老太妃接到燕王府去，打算等除夕之后便宣旨。

可如今听了燕王妃的事，他龙心不悦，也就暂时搁置了此事。

反正大长公主也算是荣老太妃的女儿，就让大长公主给她尽孝好了。

燕王带着一家人告退，去了长寿宫拜见母妃，恰好大长公主也在。

荣老太妃两鬓斑白，见到儿子回来，她欢喜得很。

待他们都磕过了头，荣老太妃连忙叫他们起身，逐一叫到身前，细细地问着。

燕王则走向大长公主："皇妹，许久不见了。"

他们名义上是兄妹，实则生日只相差两日，同年同月生。

大长公主道："皇兄有两三年没回京了吧？"

"嗯，上一次回来，还是因为王妃要参加宋家女的婚事。"燕王的目光冰冷阴沉，一点儿都没有之前那敦厚的模样。

听到宋家女，大长公主攥住了披风，缓缓地走了出去。

燕王随即跟在她的身后："怎么了？皇妹对这位宋家女也甚是不喜？"

大长公主冷冷地道："何止不喜？简直恨不得抽她的筋扒她的皮。"

燕王若有所思："她是宋怀安的女儿。"

说起宋怀安，大长公主眼中露出了浓浓的恨意，恨意翻滚之际，心也像是被锤子狠狠地砸了一下，震荡得四肢百骸都钝痛起来。

她的声音冷酷无情："本宫永远都会记得，宋怀安是如何拒绝本宫的。"

"都已经过去了，记着就行，不必记得太深，免得让自己受伤。"燕王轻声说，对这个皇妹，他心里还是在乎的。

"受伤？"大长公主冷笑了一声，"为了他？倒也不至于，只是看到宋家的人本来死绝了，又冒出头来，宋惜惜还嫁给了谢如墨，风光无限，本宫心里是真的硌硬。"

燕王站在她的身边，眼里的野心丝毫不掩藏："风光是一时的，等我们成了大事，那个宋惜惜要杀要剐，还不是皇妹一句话的事？"

大长公主收敛眼中的情绪，问道："雍县那边是什么情况？"

燕王吐出七个字："缺人，缺兵器铠甲。"

大长公主皱起眉头，朝廷对兵器和铠甲的管制十分严格，这不是有钱就能买到的。

燕王道了句："且看这一次沈家的意向如何。"

江南沈家承接了兵部一部分制造兵器铠甲的生意，自然，沈家制造厂那边也是有兵部的人督办的。

"缺人的话，继续招兵买马。银钱上，让金侧妃多出一点儿，本宫着了那个宋惜惜的道，赔出去二十余万两银子，如今账面上没有多少可以动的银钱。"

她把来龙去脉告诉了燕王，燕王闻言，异常恼怒："又是她！今日我到京，先是去北冥王府拜访，才知道原来她去了青木庵，她还在北冥王府直接说出了那个蠢妇的死讯。方才本王不得不向太后和皇上说了此事，明日一早，我便要返回燕州了。"

大长公主一点儿都不意外燕王妃的死，只是冷冷地道了句："活着的时候便帮不上你的忙，死了也挑这个日子，晦气。本宫还特意在初三开了个宴席，请了好些文武大臣，想着让你在他们的面前露露脸，如今看来是不行了。"

燕王道："她什么时候死都不打紧，她死了，我自然会隐瞒死讯，等年后再公开，但如今被宋惜惜这么一搅和，太后和皇上都知晓了，叫我如何还能再留在京中？"

大长公主咬牙切齿，却不得不劝他忍着："罢了，暂时不招惹他们，他们方立功归来，在朝中、民间都有声望。避其锋芒，低调些，尽快招兵买马。至于同沈家的亲事，你也抓紧，那个沈万紫是上过南疆战场的，若能娶到她，让她为你所用，你招兵买马肯定会顺利许多。再说了，有沈家这个靠山，还有赤炎门相助，假以时日，大事可成。"

燕王蹙眉，摇摇头："沈家主的意思，本王认为敷衍居多，那个沈万紫算是集万千宠爱于一身，让她嫁给本王做填房，而且她也知晓那个蠢妇在青木庵的事，只怕她是不会同意的。"

"娶不了沈万紫，那就娶沈家别的女儿，本宫不信他们不想洗刷掉那个私奔的姑奶奶带来的耻辱。你记住，志在兵器盔甲，还有，沈家在北边草原还有一个养马场。"

要起事，粮草兵马缺一不可。

"如今你且混账着，不引皇上多看一眼，就算娶沈家女，也要让皇上认为你图财，一个不成器的藩王，就是酒色财气一样都不能少。本宫会先挑起皇上对谢如墨的怀疑。至于王家那边，他们如今掌控着北冥军……"大长公主顿了顿，"皇上有心抬举王家，看上去也有心扶持战北望，倒是可以从战北望的夫人入手，把王家拉拢过来。"

在正阳殿，谢如墨一家五口去拜见太后，皇帝、皇后以及后宫嫔妃都在。

太后见了宋惜惜和瑞儿，少不了叫到身边好生问一番，更是执着瑞儿的手，问他如今写字可顺利。

瑞儿声音清朗，道："回太后娘娘的话，姑父日日教导，瑞儿也日夜苦练，如今手腕已经有力许多，写字无碍了。"

"那就好，那就好。"皇太后开心地拍着他的肩膀，"可不能辜负你姑父的期许啊！要好好地学，等你练好了字，再去书院读书。"

"是，瑞儿谨遵太后娘娘的教诲。"瑞儿回答得很得体。

皇太后又搂过瑞儿，笑着小声问道："你告诉哀家，太妃可有给你脸色看？可有对你翻白眼？"

她是最了解这个妹妹的，她这个妹妹，但凡看谁不顺眼，那白眼就要翻到天上去。

"姐姐！"慧太妃听到了，不乐意了，"我怎么会薄待瑞儿？瑞儿乖巧有趣，我喜欢都来不及。"

"真的吗？"皇太后笑了，有些欣慰地看着慧太妃，"你能爱护他，那最好不过，但若让哀家知道你不待见他，薄待他，哀家饶不了你。"

慧太妃翻起了小白眼："不信你问娴宁。"

娴宁脆生生地道："母后，是真的，母妃很喜欢瑞儿，娴宁也喜欢瑞儿。"

皇太后乐呵呵地道："母后就是同你母妃开个玩笑，你母妃出宫这么久，哀家没见到她翻那小白眼，心里不舒坦，如今见到了，就舒坦了。"

这话一说出口，帝后都跟着笑了起来，只有慧太妃生着闷气：什么意思？她是会亏待小孩子的人吗？

诸位在京的皇族及其亲眷也纷纷进宫了。

淮王与淮王妃是同几位大长公主一起来的，几位大长公主都带着驸马和儿女，这一来便是乌泱泱的一群人，殿中顿时热闹得很。

之后便是两位已经下降的长公主，敏清长公主和徽峥长公主。她们是皇帝的姐姐和妹妹，其中敏清长公主是太后所生，是皇帝的姐姐；徽峥长公主是齐贵太妃的女儿，是皇帝的妹妹。

敏清长公主嫁给了御史大夫的次子许乐天。许乐天，人如其名，是个乐天派，在礼部挂了个闲职。

许家是穆丞相夫人的娘家，诗礼传家，但是许御史性情刚烈执拗，是个连皇上都敢顶撞的人，敏清长公主虽有公主府邸，但每月初一、十五也要去许府给他们请安，这是为人儿媳妇的礼数，许御史是不容许她因为皇家公主的身份而藐视自己的。

不过，敏清长公主与驸马琴瑟和鸣，且太后教导有方，敏清公主并不会对许家人端起架子，因此许家上下对她是一片赞誉。

徽峥长公主则嫁给了兵部尚书李德槐的侄子李游。李游没有寻个闲职，而是帮公主管着田庄、铺子，是个做生意的好手。

宋惜惜看了一圈，没见到澜儿。

澜儿虽是郡主，但出嫁之后，自然是在夫家团年的，她的那位探花郎夫婿，宋惜惜实在不喜，有那么古板的思想，想来澜儿没少吃苦。

宋惜惜正想着，突然听到太后对淮王妃说："永安郡主好些日子没来给哀家请安了。"

淮王妃笑着说："太后，澜儿有喜了，如今在府中养胎呢。"

"真的？太好了。"皇太后笑逐颜开，"哀家本来还想叫御医去给她诊脉，进门的日子也不短了，怎么没有好消息传出来？想不到这大过年的，你便来报喜了。"

淮王妃也一脸宽慰："是啊，她有喜了，臣妾也就放心了。而且承恩伯府的人知道她有喜了，还特意给她添置了许多物品，身边的人也多了几个，也算是有心了。"

徽峥长公主却淡淡地道："是啊，确实有心，不止添置了那些物品和人手，还添置了两名小妾呢。"

淮王妃脸色一滞，随即笑着道："妾嘛，不就是个玩意儿吗？不值得多说这一嘴的。"

"那些个物什、丫鬟都值得说一嘴，怎么郡马爷添了小妾不值得说一嘴？"徽峥长公主嗤道。

敏清长公主的脸色沉了下去："夫人有孕便立刻纳妾，哪家能做出来这样的事？若身边没人伺候，给陪嫁丫鬟开脸便是，就这样纳妾进门，也不怕澜儿多想，影响胎儿吗？"

京城世家子弟，不纳妾的人少之又少，但是纳妾一般也是有分寸的。

澜儿进门的日子不算长，且她怀了孕，郡马爷怎么能在这个时候纳妾？再说了，那个探花郎在娶亲之前不是还有两名通房吗？这个时候纳妾，是要给谁难看？

敏清长公主继续说："梁绍在这个时候纳妾，本就不是体面的事，还伤了澜儿的心，婶母是澜儿的母亲，不替澜儿感到难受，反而替女婿说话，这才让人寒心。"

敏清长公主是皇帝的姐姐，更是皇太后的亲生女儿，又素来端庄严肃，这一番话说得淮王妃半句话都说不出来，只能讪讪地退到一边去。

淮王是懒得管的，他觉得纳妾不算什么大事，哪个男人不纳妾？

宋惜惜看着淮王夫妇的反应，心寒极了，更心疼澜儿：这个年，她怎么过？

开席之前，女眷们在一处说话，皇帝则与叔父兄弟们一起聊天儿。

敏清长公主坐在宋惜惜的身边，道："你和墨弟成亲的时候，本宫身体抱恙，便没有前来道贺，只派人送了礼去，长姐在这里给你赔个不是。"

宋惜惜知晓这位长公主的性情，她不是看不起人的，如今更是自称长姐，宋惜惜笑着道："怎么还要长姐赔不是？长姐送礼来，是我该感谢才是，长姐如今身体可好了？"

"还有些咳嗽。高烧了几日，你和墨弟成亲那会儿，实在是下不来床。"敏清长公主说着，又咳嗽了几声，侍女急忙端来橘红茶，她喝了几口，这才缓过来了些，但一张脸都咳红了。

"长姐保重身体。"宋惜惜道。

"嗯。"敏清长公主点点头，"惜惜有心了。"

徽峥长公主有去婚宴，听了她们的对话，在一旁"扑哧"一声笑了："你不知道那晚墨弟有多紧张，他连洞房都不许人去闹，怕惊了新娘子，实在是爱妻，羡杀旁

547

人啊！"

敏清长公主白了她一眼，嗔道："驸马待你不好吗？听闻他日日早起给你画眉，在京中都传为佳话了。"

徽峥脸色一红："长姐！"

宋惜惜笑了，端茶饮着，这一团和气的感觉真好。

她尽力去忽略那些不好的事情，大过年的，在宫里，但凡露出点儿愁容都是犯忌讳的。

好在，她已经习惯了去压抑心情。

女眷们在说澜儿的夫君梁绍，那位骄傲的探花郎，纳的两房妾侍，其中一位居然是迎香楼的头牌清倩，长得貌美自不必说，光是为她赎身，就花了三万两银子。

另外一人则是商户的女儿，姓文。听闻梁绍纳她为妾是图她的嫁妆多，那三万两银子，正是文氏给的。

大家一片哗然。

这些百年世家，没有把青楼女子娶进门的先例，即便是瞧上了，顶多在外头给她置办个宅子，当个外室就可以了。

梁绍居然为了纳一个青楼头牌，又纳了商户之女。

有人突兀地笑了笑："想不到探花郎竟是个痴情的人，用妾的银子来娶妾，真不愧是探花郎啊！聪慧得很，换作旁人，是想不出这般两全其美的法子的，既给商户抬了身份，也娶得了心爱的头牌，咱们的澜郡主算什么呢？只是个连父母都不护、夫君都不爱的可怜人罢了。"

说话的正是慧太妃。

她以前从来不和淮王妃过不去，因为淮王是个不入流的亲王，没本事、没能力还懦弱，夫妻二人都是扶不起来的阿斗，斗赢这样的人实在没有成就感，但自从得知淮王妃拒绝宋惜惜给永安郡主添妆的事情之后，她当即同仇敌忾，把淮王妃视为眼中钉。

这一番奚落，实在是半点儿情面都不给淮王妃留了。

淮王妃的脸上一阵红一阵青。

淮王妃是不敢得罪慧太妃的，且不说慧太妃是皇太后的亲妹妹，还有一个立了战功回来的儿子，就是她本人也不是好惹的，浑身带刺，若跟她争辩，她的嘴里指不定还要说出多少难听的话来。

淮王妃自知不占理，只是她有什么办法？澜儿怀孕，姑爷要娶妾，她作为娘家人，能干预女儿后宅的事吗？

而且王爷也说了，男子纳妾是再平常不过的事，澜儿要有容人之量，否则便会落得个善妒的罪名。

慧太妃说完之后，给宋惜惜递了个眼神，仿佛是告诉她：有些话你不方便说，哀家帮你说，哀家罩着你。

宋惜惜拿起手绢拭了一下嘴角，隐去了那一抹似笑非笑之色。其实，她的心里是难过的，好在母妃说的这番话正是她想说的。

慧太妃这话让在场的人都对淮王妃投去不屑的目光。

淮王妃心里既委屈又无地自容。她看向宋惜惜，希望宋惜惜替她说句话，但宋惜惜神色冷淡，眼中更是瞧不出任何情绪，她只得放弃，心里却暗暗记恨：亲姨母她也不帮一下，怎么对得住她的母亲？

众人说了好一会儿话，大长公主才回来，各人一番行礼之后，重新入座。

宋惜惜也给她行了个礼，仿佛二人的芥蒂不曾存在过。

大长公主比宋惜惜更善于伪装，还特意给了她一个关爱和温暖的眼神。

皇太后问起荣老太妃，大长公主说："母妃的身子好些了，但今晚就不来同大家团年了，这天寒夜冷的，免得受寒，加重了病情。"

"嗯，回头哀家会叫太医多看顾着点儿，你也别太担心。"皇太后说了句。

"多谢皇嫂。"大长公主道。

差不多要开宴了，宫人来请，大家便依次起身，簇拥着皇太后往坤和殿走去。

帝后在人前和谐恩爱，纵然大家都知道皇上如今最喜欢的是淑妃，但今晚淑妃也只能看着帝后表演恩爱夫妻。

也正因为如此，淑妃总能看到皇上的目光瞟向北冥王夫妇。

他们夫妇确实恩爱，坐在一处，宫人上菜的时候，北冥王都会挑一些菜给王妃，再把王妃不爱吃的菜撩到自己的碗中。

淑妃发现皇上看他们的目光特别复杂，只是很快恢复了正常。

淑妃想起了自己曾经听闻的消息，说皇上本来有意纳宋惜惜入宫为妃。

淑妃看向宋惜惜的眼神带了一丝冰冷入骨的嫉恨之意。不过好在宋惜惜已经是北冥王妃，皇上仁德，即便惦记宋惜惜的美貌，也不会夺弟妻的。

说起来，那个二嫁妇的容貌着实令人惊艳，自己即便身为女子，看到她，视线也很难移开。自己尚且如此，那些男子又怎会不心动？

只是没想到北冥王也是容易为女色所迷惑的，像他这样的条件，要娶什么样的世家女没有？非得娶一个二嫁妇，白白惹人笑话。

淑妃心里当然是瞧不上宋惜惜的，如今连带着谢如墨也瞧不上了。

燕王全程默不作声，只是将目光从每个人的脸上扫过，去揣摩这些人的心思。

同他一样的还有大长公主，淑妃的表情，他们自然没有错过。

大长公主心里有数了：有些话啊，还真的要皇上的枕边人说才管用。

晚宴结束之后，众人便互相道别，各自回府。

宋惜惜牵着瑞儿，向皇太后与帝后福身行礼："臣妇告退。"

皇帝的目光凝在她的脸上，唇边笑意不减："惜惜，多入宫陪伴母后，母后总念着你。"

"是，臣妇谨记。"宋惜惜道。

皇帝微微颔首，目光依旧没有收回来，瞧得宋惜惜不敢抬头。

还是皇后在一旁说了句："早些回去吧，本宫看瑞儿都困了。"

"是，臣妇告退。"宋惜惜牵着瑞儿转身离开。

淑妃撇了撇嘴，看向皇上，只见皇上盯着宋惜惜的背影，久久都没有收回目光，目光里有一种温情，是她不曾见过的，倒是方才北冥王看宋惜惜的时候，也带着这般的温情。

淑妃眉心一跳：皇上莫不是真的动了心，而不是只贪恋她的美貌？

谢如墨被老晖王爷拉出去说悄悄话了。晖王是文帝爷的弟弟，是谢如墨的叔公，原先在封地，如今年纪大了，便回京养老，一般不出府。

他的儿子被封为郡王，在封地里过着相对安逸的日子。倒不是他想独自回京过孤单的老年生活，他也是希望儿孙绕膝的，只不过人老了，就想着叶落归根，同时也是做给皇上看——他这个老头子在京城呢，他的儿孙不会有异心。

他是不担心自己的儿孙，只是有些情况他这个老头子瞧出来了，就怕有人有野心，去拉拢各地的藩王、郡王，所以他才急着回京来养老。

今晚他拉了谢如墨出去，便是借着几分酒意，说些醉话，说是警醒也好，说是暗示也好，总之，老头子能做的只有这么多。

临了，他拍着谢如墨的肩膀说："你那个媳妇，本王瞧着甚是喜欢，改日你带她来给我这个老头子磕个头。"

谢如墨笑着道："是，一定。"

"好，本王回去啦！"晖王捋了一下胡须，"哈哈"大笑着离开，脚步走得极稳，也不需要人搀扶，显然没有喝醉。

谢如墨一转身，便见宋惜惜牵着瑞儿走过来。他迎过去，习惯性地牵着她的手："冷吗？"

"不冷，喝了几杯酒，身子暖着呢。"宋惜惜没贪杯，只有敬酒的时候喝了几小杯。

宋惜惜添了句："母妃倒是喝多了，她说今晚不回府，留在宫里陪伴太后守岁，娴宁跟着她。"

"随她。"谢如墨牵着她，她牵着瑞儿，出宫回府去了。

王府今晚也热闹，有沈万紫和"棍儿"这两位客人在，加上大过年的，府中的人定然是要好好吃一顿的。

于今已经准备好了几箩筐的铜钱，只等王妃回来，大家一同守岁的时候，谁来说好话，便抓一把赏下去。

有几箩筐的铜板，就有几箩筐的好话。

谢如墨夫妇一回府落座，下人们便鱼贯而入，嘴里说着吉祥话。

于先生围炉煮茶，烤着红薯，红薯的香气飘满了整个王府，只有下人说得他满意了，他才会扇一扇炉火，然后说："去王妃那里领赏钱吧。"

宋惜惜便抓起一把铜板给过去。瑞儿见状，觉得特别好玩，说他要当负责抓铜板的人。

他这么一说，大家纷纷看向他的小手，那不能同意，王妃的手虽说也不大，但手指修长，一把下去，能抓好多呢；瑞儿少爷的手才多大啊，抓两把都没有王妃抓一把多。

在大家的抗议声中，瑞儿"下岗"，这派赏钱的任务还得是王妃来啊！

于先生笑着和王爷对望了一眼，这多好，王妃听着一声声的祝福，没有空闲去想不高兴的事。

今晚嘛，就是要热热闹闹、开开心心地过。

沈万紫也过来帮忙，所以下人分成两队，反正她们二人都是不吝啬钱的主儿。

沈万紫派着派着，笑着伸手给了面前的人一拳："'棍儿'，你要不要脸了？你来三遍了，三遍都是说同样的话，你就不能想点儿别的？"

"棍儿"挠挠脑袋："这已经是我绞尽脑汁想出来的了。"

"你想不出别的，那你抄人家的啊！人家说什么，你就说什么，你这个'富贵吉祥，健康长寿'，实在是没有一点儿内涵。"

"棍儿"道："你懂什么？这'富贵吉祥，健康长寿'就是人之所求，祝福嘛，就是要简单直白的，咬文嚼字，神仙都听不懂。"

"哈哈哈，你以为神仙同你一般胸无点墨吗？"沈万紫笑着道，"我听腻了，你去'嘻嘻'那边。"

"那我这一次都说了，你得先给我，我再去'嘻嘻'那边排队。""棍儿"摊开手，"给我。"

沈万紫笑着说了句"臭不要脸"，却还是抓了一把给他。

热热闹闹了一晚上，守到过了子时，大家便各自回屋睡觉。

瑞儿早就困得不行了，不过是在强撑，"棍儿"抱着他回了屋。

谢如墨把宋惜惜抱在怀中，被窝里是暖的，他只希望把她的心也焐暖一些。

谢如墨本以为她会说点儿什么，但是她一句话都没说，就这么静静地躺在他的怀中，呼吸均匀，不知道是否睡着了。

宋惜惜自然没有睡着。她睡不着，也不想动，不想说话。

有些事情是要硬扛过去的，咬着牙关扛过去，时光会带来尘埃，把所有的痛楚封闭。

这是她一贯的方式。

但比以前好的是，如今她有真心爱护她的人。

谢如墨心里也有些难受，更多的是心疼她。

高兴的时候，她会对着他笑，但她伤心的时候，是不会对着他落泪的。

她总是藏起悲伤的一面，给他的永远是理智冷静与充满笑容的一面。

惜惜从不曾说过心悦他，唯独有一次对瑞儿说过，但他听得出那是骗瑞儿的。

只是自己那时候当了真，自然，也是自己骗自己的。

他心里有些责怪皇兄，从南疆回来，他想和惜惜培养一下感情，然后隆重地提亲，结果皇兄一道口谕，他和惜惜的婚事就变成了不得已而为之事。

好在惜惜知道他曾经求娶过她，起码知晓他是真心待她的。

天亮时，宋惜惜才睡着，好在慧太妃在宫里，她不用起个大早去请安。

不过，还没睡多久，她就被鞭炮声吵醒了。她在床上愣怔了半晌，干脆起床更衣。

宝珠过来给她梳头，道："王爷一大早便去正院招待客人了，有些官员过来拜访。"

"有带夫人吗？"宋惜惜问道。作为王府主母，若有夫人来，她是要去招待的。

"没带，听沈姑娘说就是几位武官。"宝珠说。

"沈姑娘也起来了？"宋惜惜看着镜子中的自己的脸颊，觉得好苍白，"给我涂点儿胭脂，今日若是有客人来，我这样子怕是要吓着别人。"

"不见就行啊！"沈万紫知道她起来了，便大摇大摆地走进她的寝室，"啧啧，哪家的新妇起得这么晚？也就是仗着元帅宠你了。"

宋惜惜把胭脂盒子朝她砸过去："贫！"

沈万紫脚尖一抬，接住了胭脂盒子再踢回去："今日大年初一，可不能说这些穷话。"

宋惜惜一手抓住胭脂盒子，笑着递给了宝珠。宝珠被她们这一来一往弄得眼花缭乱，好在胭脂没有掉到地上，也没有甩出来。

等宋惜惜梳好了头，沈万紫便撒娇道："宝珠妹妹，你出去一会儿，我跟你家姑娘说会儿话。"

宝珠笑着道："沈姑娘说话便说话，扭着身子做什么？不知道的人还以为您发羊角风呢。"

宋惜惜"扑哧"一声笑了。

沈万紫端起架子："你懂什么？这叫撒娇。"

宝珠收拾着东西，捏了个兰花指，娇嗔地道："这才是撒娇，看到了吗？"

说完，宝珠笑嘻嘻地出去了。

沈万紫把椅子挪过去，坐在宋惜惜的身边，同她照着铜镜：嗯，被比下去了，好气人。

沈万紫淡淡地道:"红绡回信了,我祖父没把我许给燕王,倒是我那个堂姐愿意嫁,而且她去我祖父的屋中跪着求了一个晚上,冻得跟座冰雕似的,我祖父才应承了她。"

宋惜惜皱起眉头:"你堂姐不知晓他的为人?"

"知晓。"沈万紫淡淡的神色间明显带着恼怒之意,"红绡告诉她了。"

"知道了还要嫁?"宋惜惜换了一根簪子,素一点儿好。

"嫁入王府,成为王妃,便是人上人。"沈万紫最讨厌蠢人,以前她还觉得堂姐挺上进的,想不到其实是蠢蛋一枚,靠着男人成为人上人,这不是沈家人的做派,"这是她跟红绡说的原话。"

宋惜惜"嗯"了一声:"如果是一般女子这么想,我觉得好理解,但是你们沈家是江南大族,传承百年不曾衰败,也就是你姑母的事导致晚辈们的婚事艰难点儿,但你们依然是高门,又何必攀什么高门?嫁得低一些,在夫家掌权,日子不是更好过吗?"

"所以我说她蠢。"沈万紫给她戴上东珠耳环,"燕王盯上沈家没那么简单。今日一早,他就离京了,不知道会把你表姨的丧事办成什么样子。"

"派人盯着了吗?"宋惜惜问道。

"盯着了。"沈万紫捏着她的脸颊,"笑一笑,你这几日都没怎么笑过。如果我有后代子孙,哪怕我死了,我也希望我的子孙日日都是笑着的。"

宋惜惜拍开她的手:"你连相公都没有,哪里来的后代子孙?"

"三条腿的蛤蟆不好找,两条腿的男人还不好找吗?"沈万紫虽然这般说着,却意兴阑珊。

她一点儿都不想嫁人。

惜惜是嫁得不错,但是皇家里一大堆狗屁倒灶的事情,惜惜不会省心的;而她沈万紫……嗯,没有男人配得上她,没错。

新年就这样在宴客和被宴请中如流水一般过去了,到了正月十五上元节,庆祝活动很多,谢如墨说晚些时候带宋惜惜去看烟花。

可到了中午,竟下起了冻雨。

下雪还好办,下冻雨的话,那就是灾害了。

烟花是看不成了,官府赶紧救灾救人吧。

谢如墨是大理寺卿,也是京卫指挥使,忙得跟个陀螺似的,还要派人回来跟宋惜惜说一句,让她们千万不要乱跑。

天气冷得刺骨,滴水成冰。

后院里,冻雨压倒了几株梅树,是之前被慧太妃移植出去的,东南角的墙壁附近有一株槐树,也被压倒了一半,把墙都给压塌了一部分。

府中也一片忙乱，好在于先生指挥有度，下人们井然有序地清理树枝、破烂的砖，只等天气好些再修补。

期待了许久的烟花看不到，还遭了冻雨灾害，百姓怨气颇大。

而且，但凡有灾害，就有人趁火打劫，因为到处都乱糟糟的，很多百姓家里都丢了财物，告到了官府去。

瑞儿的舅舅孔大人也忙得昏了头，从刑部和大理寺借调了人过来，一一立案。

这里头也有不少浑水摸鱼的人，分明没丢失财物，却来报官说丢失了，真真假假，要调查可就难了。

冻雨下了两日，所有的衙门前后却忙活了一个多月，才算是把一切都理顺了。

因为遭受冻雨灾害的不只有京城，从京城一直到燕州都下了冻雨，许多百姓的房子都被压坏了，朝廷掏了银子赈灾，好让失去家园的百姓暂时有个安身之所。

只是，缺衣少食也是个大问题。

勋贵圈中，有一位被人尊称为"活菩萨"的老夫人，她就是建康侯府的老夫人，今年已经九十三岁了，身体还挺硬朗，只是平日里不爱出来走动。

这场冻雨造成的灾害太严重，她派自己的孙子、重孙子们出去查看情况，等他们回来一禀报，老夫人就睡不着了。

第二天，这位老夫人便由几名孙媳妇带着，逐户走访勋贵人家，请求他们捐款，说是要捐给灾区。

老夫人声望高，而且是走路去的，这么冷的天气登门求人捐款给灾民，官员家眷哪里有不给的？只看给得多还是给得少。

不过不管多少都是心意。

老夫人来到了北冥王府，宋惜惜马上出去，恭迎老夫人进来，暖茶暖粥伺候着。

老夫人已经十分疲乏，得到王府的暖茶粥菜，喝了两大碗肉糜粥，还问能不能再喝一碗。

宋惜惜把一万两银票和粥放在了桌子上，建康侯老夫人猛地瞪圆了眼睛，抬头看着宋惜惜，心里很是震撼，手和嘴唇都抖了。

她跑了两天，才筹得七百两银子。

正当她激动得说不出话的时候，慧太妃在一旁道："来人，去找哀家装银票的匣子，取两万两银票给老夫人。"

儿媳妇要做的事情，她自然要支持，还要加倍支持。

建康侯老夫人激动得猛地站起来，眼泪差点儿出来了。

"莫激动，莫激动，老夫人请坐。"宋惜惜怕她一个激动，身体出什么问题，那就好事变成坏事了。

老夫人的几名孙媳妇也忍不住热泪盈眶。

其中一人实在是忍不住，红着眼眶说："我们今日到了将军府，本来没打算让他们捐银了，知道他们家连续娶妻，也很艰难，只是那会儿祖母累得很，也口渴，想着讨一碗粥喝，没想到刚敲开门，那个易夫人正好走出来，说祖母年纪这么大还出来当乞丐。真是屈辱啊！祖母哪里有一文钱落进了自己的口袋里？她自己的体己银子都捐了大半。"

"闭嘴！"老夫人喝了一声。纵然她很少出门，也知道将军府与北冥王妃的往事，孙媳妇怎可在这时候提起将军府？

那个孙媳妇被斥责了，顿时也想起来两家的恩怨，连忙道歉："对不住，妾身不是有意说起的，只是看到太妃和王妃二话不说便捐了这么多银子，显然是信得过祖母，妾身因为这份信任……一时……一时激动，失了分寸，望王妃恕罪。"

她心慌之下，语无伦次，只想着王妃千万别误会了她的意思，她真的只是替祖母感到委屈。

慧太妃知道那个易夫人就是易昉，是自己儿媳妇的老敌人了，当即一怒："岂有……"

只是她的话还没说完，宋惜惜便道："老夫人行的是善事，行善就会被人非议，老夫人受得住这份委屈和非议，因而才被人称作'活菩萨'，夫人莫要将这些非议放在心上。"

慧太妃话锋一转："对，岂是人人都知道老夫人的心意的？总有人以最大的恶意揣测别人，别管那些人，咱们做好自己就是。"

见风使舵的本事，如今慧太妃已十分娴熟了。

建康侯老夫人欣慰地笑了："太妃和王妃言之有理，这也是老身的肺腑之言，既然做了这事，就不要管别人的非议；若怕非议，就不要做。先前老身用体己银子做了一批棉衣送了过去，但也只是杯水车薪，如今有了这些银子，那能做的事情可就多了。"

"老夫人心善，一定会多福多寿。"

"老身不求这些，但求问心无愧。"建康侯老夫人笑着摆摆手。等慧太妃的银钱送到，她便起身告辞，也正色跟慧太妃和宋惜惜说："捐献名单，老身会送一份给衙门，衙门是否公开表彰，老身不知，但老身谨记太妃和王妃的善心。"

她们走后，慧太妃甚是疑惑："那个易昉是不是脑子有病啊？这是建康侯老夫人，她怎么敢骂的？那可是德高望重的老人啊！"

沈万紫说："许是人家刚刚在府中同人吵架了，一时怒火中烧，见老夫人来了，又知道是登门求捐献的，便骂了一通，她素来有些疯癫。别管她们，做好自己就是，我是没多少银钱在身上，否则我也捐一些。"

说起来，宋惜惜也确实很久没有关注过将军府那边的事情了。

如今战北望有两位夫人，想必能把老夫人伺候妥帖。

慧太妃道："是，同人吵架之后，就是会口不择言，不管来的人是谁，照骂不

555

误,而且是用最恶毒的话来骂。"

说的时候,慧太妃的脖子缩了缩,显然是有些心虚。

沈万紫笑着道:"听您这话,有故事啊!"

慧太妃讪笑:"当年哀家和德贵妃吵架,吵输了,陛下来安抚哀家,哀家却指着他骂,差点儿酿成大祸,幸亏姐姐过来救场,否则哀家只怕要进冷宫织蜘蛛网了。"

宋惜惜和沈万紫相视一笑,宋惜惜心想:她这个婆母啊,有时候说话确实不分场合。

太后娘娘也确实对母妃宠得很,如今她当了婆婆,太后才适当地批评她,过年时将她留在宫里住了好几日,大概也是跟她说为人婆母之道。

总之,从宫里回来之后,慧母妃待自己比原先更好了些。

第二十章
自讨苦吃的战家

过了两日，不知怎么的，易昉骂建康侯老夫人是老乞丐的话传了出去。

整个京城的上流社会都震惊了。应该说是整个京城的人都震惊了。

因为受灾后，京城虽然是最快恢复的，但是依然有许多灾民得到了老夫人送的棉衣和粮食，再说了，老夫人行善几十年如一日，连先帝都赐了牌匾，说建康侯府是积善之家。

如果是寻常人骂老夫人，大家也不会这么愤怒，偏偏是那个名声臭了的易昉骂的，这就引起了众怒。

一时间，各家的人都将烂菜叶、臭鸡蛋往将军府门口扔，有人还半夜泼夜香到他们的大门口，还不止一桶。

这导致和他们位于同一条巷子的府邸的人叫苦连天——将军府府邸在巷子前段，巷子的尽头是一堵墙，所以其他人家的人出门都要经过将军府的门口。

还有些晚上去泼夜香的人，分不清门，泼了隔壁两家，这导致隔壁两家的人和将军府的人直接打了起来。

要说打架，那隔壁两家的人肯定不是易昉的对手，导致三个人骨折、一个人断腿。

因为家里那点儿事，战北望在差事上也屡屡出错，毕铭喷了他几顿，而且直接禀报到了谢如墨的跟前。

御史台为了将军府的事情，可忙了，连续几日上奏本参战北望，还有战北望的父亲战纪以及兄长战北卿。

皇帝本来还有心抬举战北望，没想到出了这样的事，他跟吴大伴说了句"烂泥糊不上墙"。

皇帝心里郁闷得很，因为战北望和易昉是他赐婚的，将军府不敢休妻，皇帝也不好让人家休妻。

皇帝传了毕铭，问他战北望往日的差事办得如何。

毕铭有话直说："往日很积极，家中出事之后，便屡屡犯错。"

皇帝便叫毕铭带话给战北望，让他带着易昉登门去找老夫人道歉，平息此事。

皇帝特意颁布了旨意，赞许了老夫人，且张贴了皇榜，讲述老夫人这些年所行的善事。

就在皇榜的旁边，京兆府也张贴了这次的捐款者以及款项去处。

看到北冥王府的人竟然捐献了三万两银子，围观的百姓惊叹不已，而在这之前，北冥王府竟未对外说过，这是行善不欲人知啊！

关于宋惜惜和易昉的话题再度在京城里引起热议。

一个捐献了三万两银子；一个骂老夫人是乞丐，一毛不拔。

大家对宋惜惜是一片赞誉之声。

但是总有那么几个人说：宋惜惜是北冥王妃，本身又是国公府嫡女，家底丰厚，银钱无数，捐几万两银子算得了什么？反而将军府贫寒，老夫人久病未愈，拿不出银钱也情有可原。

这样的说法当即被人反驳了回去。

"你是不是对贫寒有什么误解？当初战北望娶易昉，听闻聘礼便给了一两万两银子。还有那位王夫人进门的时候，嫁妆有多少抬，你是没眼睛看吗？"

"你说人家贫寒，人家手指缝里漏出来的钱都够你吃一年了。"

"就算贫寒，不捐就不捐，为什么要骂建康侯老夫人是老乞丐？她老人家今年九十多岁了，大冬天的步行去求捐献，为的是谁？为的是灾区百姓。她何错之有，要被人指着骂老乞丐？"

"还有，北冥王府的人有钱不假，你有钱没钱啊？你有十两银子吧？叫你捐一两，你愿不愿意？不愿意了吧？"

"人家就是有这个格局和胸襟。难道京城的其他勋贵人家没银子吗？为什么只有他们捐了三万两？"

百姓吵吵闹闹的声音自然也传到了王府。

宋惜惜派人去看了捐献名单，果然，北冥王府是捐得最多的。

她一时有些郁闷。

这样弄得她们北冥王府好像要出风头似的。而且建康侯老夫人说会把名单交给衙门，衙门是否表彰，是衙门说了算，宋惜惜当时想：以前捐献的都没贴出来，这一次应该也不会公布。

怎么这一次衙门偏偏贴出来了呢？

她捐银子是心存善念，想帮助受灾百姓，不是要出风头的。

宋惜惜郁闷，慧太妃却很高兴，特意派人去找了一下，见秦王府只捐了三百两银子，她"哈哈"大笑："三百两，他们是怎么好意思拿出来的？哀家过两日进宫，要问问德贵太妃才是。"

秦王是德贵太妃的儿子，又娶了齐家女，家底丰厚得很呢。

宋惜惜的嘴角抽了抽："母妃，咱们这是做善事，若是同人攀比，性质就变了，还是不要说的好。"

慧太妃心想：那多可惜啊！现在能奚落德贵太妃的机会不多了。

只是她又想起了姐姐的吩咐，让她以后在府中听儿媳妇的话，儿媳妇的话是有道理的，她只得勉强点了点头："好吧，那哀家就不说了。"

宋惜惜瞧了她一眼：怎么比瑞儿还乖了？

嫁进王府之前，她想过慧太妃会很难应付，结果没几日，两个人便好得跟蜜里调油似的。

每日早上，慧太妃不是等她过去请安，而是直接找过来，说要一同用早膳，二人的地位属实颠倒了。

最重要的是，慧太妃还搬了院子，住到了梅花苑隔壁的明德院，还叫人种植梅花，一副要和儿媳妇多亲近的模样。

外面的纷纷扰扰，宋惜惜也懒得理会，见如今百姓受灾的事渐渐平息了，便找来娴宁，问问她对齐六的看法。

娴宁一听嫂嫂问起婚事，顿时娇羞起来，脸颊红彤彤的，她扭着手绢："嫂嫂说的是哪个齐六公子啊？"

宋惜惜双手抱臂："槐树路齐家的那个齐六公子啊！"

娴宁怔了怔：槐树路？哪个槐树路？齐家不是在北冥王府外二街的石季路吗？

宋惜惜"扑哧"一声："还要和嫂嫂玩心眼儿吗？"

娴宁这才知道自己被嫂嫂打趣了，当即脸红如火，扭身就跑："嫂嫂太坏了。"

她跑出去没一会儿，又跑回来，眼中闪烁着光芒："齐六，我心悦他。"

说完，她"啊啊"地叫了两声又跑开了，羞啊！

宋惜惜失笑，但还是要问清楚些，叫沈万紫去把娴宁逮回来，把她摁在椅子上。

"你见过他？"

娴宁的眼中波光潋滟："嗯，他进宫给皇后嫂嫂请安时，我见过。"

"喜欢他什么啊？"宋惜惜问道。

"不知道，瞧着就喜欢了。"

宋惜惜也不知道那个齐六的长相怎么样，但第一眼就喜欢的，多半是一见钟情，一见钟情和相貌太有关系了。

"嗯，那嫂嫂找人去问问？"

"这个我做不得主，要母妃和嫂嫂做主。"娴宁的嘴角压不住地往上扬，"但随便吧，问问咯。"

公主的婚事，其实也不需要问，公主如果看上谁了，也就是请一道旨意的事。

不过，宋惜惜还是想知道齐六的意愿，如果他只是迫于皇室的压力，不得不娶，那么婚后的日子大抵也过得不痛快。

皇后的意思，她是知道的，齐家子侄大多出色，如果让他们尚公主，齐六这个瞧着最没有出息的三房儿子是最适合的，不会浪费齐家其他的好苗子。

但慧太妃不是很满意。她是想和齐家联姻没错，但是，最好是齐五公子，那个齐六是三房的人，三房没多大出息。而且齐六也不是那种特别有才华的人，读书不出众，终日爱鼓捣这个鼓捣那个，瞧着没什么出息。

所以，宋惜惜来问她的时候，她沉默了半晌，道："换成齐五不行吗？"

"娴宁喜欢齐六。"

"喜欢有什么用？喜欢只是一时的，一起过日子，久了就厌弃了，还是要找个拿得出手的驸马才行。"

"驸马顶多挂个闲职，当不了大官，和娴宁心心相印才是最要紧的。"

慧太妃还是觉得别扭："你看秦王娶的齐家女就很好，大房嫡出的。"

宋惜惜的声音淡淡的："怎么？齐家女很好，我就不好吗？真要比的话，秦王如何能跟夫君比？有夫君在，哪位太妃越得过您去？您跟她们比，不觉得辱没了自己的身份？"

一言惊醒梦中人啊！

慧太妃在愣怔片刻之后，猛地站起来，激动地道："对啊，你说得太对了，谁能跟我儿比？先帝的儿子，除了皇上，谁比得上墨儿啊？我何苦要跟她们比呢？我赢的，我一直都是赢的。"

宋惜惜悠闲地坐着，等她激动完，道："那么我便请个人去问问齐六的意愿。"

"还需要问吗？叫哀家的姐姐赐婚便是。"

"先问一问。"宋惜惜道。

慧太妃扬手："不用问，问他是给他脸了。"

宋惜惜的面色一沉："问！"

她还优越上了。

"那……那好吧。"慧太妃妥协得也快。

宋惜惜想到了丞相夫人，当即带着拜帖登门。

丞相夫人可喜欢做媒人了，尤其是娴宁公主如此可爱娇美，她当即应承，叫宋惜惜回去等好消息。

第二天，丞相夫人便登门了。

她笑容堆满了脸，对宋惜惜道："六哥儿也是对公主有意的，三夫人一问他，他便忙不迭地点头了。"

慧太妃狐疑:"他们是什么时候看对眼的啊?就见过那一两面,就喜欢上了?"

"齐六这个人嘛,"丞相夫人宽慰着太妃,"是个体贴的人,也没那些花花肠子,更没什么不良的嗜好,就是贪玩了点儿。年轻人嘛,只要不是逛秦楼楚馆或者混迹赌场,那就还行。"

丞相夫人这样说,慧太妃也只好点头了。

二人的婚事敲定,太后下了一道赐婚旨意,钦天监日子一选,今年八月有吉日,宜婚嫁。

谢如墨下值回来,宋惜惜便同他讲了此事。

谢如墨把斗篷脱掉,交给了宜姑姑,坐下来饮了两杯茶,斟酌了一会儿,道:"齐六就是典型的富贵子,爱玩爱吃,和娴宁倒是臭味……志趣相投。"

"过几日,齐家大概就要来下小定了,我的意思是,就按照正常的婚嫁流程走,我问过娴宁了,她很喜欢这些仪式。"

"她的婚事,那就按照她的喜好去办吧。我是她的兄长,在战场上九死一生,为的也是让她们母女能够恣意地活着。"他牵着宋惜惜的手坐下,目光温柔,"本来这句话我也是想同你讲的,但显然没什么资格,因为你父兄的军功,你的军功,足够让你高枕无忧一辈子。"

宋惜惜笑了:"你同我讲的话,我也会觉得幸福的。"

他的目光一动:"是吗?那我说句真心话,你不许逃开。我最初上南疆战场的那会儿,心里只有一个信念,收复南疆,回去娶宋惜惜。"

他稍微用力一拉,她便坐在了他的腿上,宜姑姑见状,立刻带人退出去。

宋惜惜伏在他的肩膀上:"你如愿了。"

"那你呢?"他的声音有些紧张,"嫁给我,你如愿了吗?"

宋惜惜笑着,下巴稍微用力地压着他的肩膀:"如愿,也幸福。"

他双手的力量瞬间加重,勒得她几乎喘不过气来:"惜惜,那我别无所求了。"

宋惜惜在他的怀中待了好一会儿,才推开他,道:"你叫'棍儿'建立府兵的事,如今进行得怎么样?"

"已经开始了,'棍儿'没同你讲吗?之前随我出征的人里,有一百多人是王府里的人,如今我要把他们从北冥军里抽调回来,这件事还得跟皇上和王彪大将军说一声。"

"嗯,我是见王府那块空地已经在修建了,但没见到府兵入府,才问你的。"

"这些事情你不必操心,府中的庶务你想管便管,不想管的话,路总管如今管得也不错,于先生这段日子都要随我去大理寺,所以不太得空管府里的事。"

宋惜惜道:"我也只是偷闲一阵子,哪里有王府主母不管事的?过几日我便同路总管交接。"

"嗯,府里新人多,其余的有些是从宫里跟着我出来的,年纪不大,却也算是府中的老人了，路总管也是跟着我从宫里出来的，跟了我很多年，是绝对可以信赖的，其他人你看着用。

"至于母妃那边，她素来喜欢睡懒觉，你别太早去给她请安，可以多睡一会儿。"

宋惜惜笑着道："我嫁进来后就只给她请过一次安，之后都是她过来找我一起用早膳，你出门早，不知道这件事。"

谢如墨很讶异："是吗？"

他知道母妃如今和惜惜的关系好，但是没想到竟然好到不需要惜惜去请安的份儿上，甚至母妃还亲自过来找惜惜。

他不禁笑道："你们相处得这么融洽，实在是我之前没有想到的。"

"我也没想到。"宋惜惜笑着说。

今日难得早回来，谢如墨便想着和大家一起用膳。

没想到慧太妃听到他要一起用膳，竟然说身子不舒服，叫人把饭菜端到她的屋中。

谢如墨还以为她真的不舒服，便要去探望一下，却被宋惜惜拉住了："她没有不舒服，是你最近早出晚归，很少给她请安，也很少同她讲话，今晚忽然说要一同用膳，她以为你要说她。"

谢如墨诧异得很："为什么她会这样想？我几时说过她？她是我的母妃，我做儿子的，有什么资格说她？"

宋惜惜用手掐着他的脸颊："你少在她面前摆这张臭脸，她就不会觉得你要说教了。"

谢如墨抓住她的手，顺势往她的唇上一啄，笑着道："真没办法，本王天生威严。"

"你对着我的时候不是经常笑吗？对她也多笑笑。"

谢如墨点头："行，都听你的。"

宋惜惜出去吩咐，不用给太妃屋里送饭，她亲自请太妃到饭厅去。

慧太妃扭扭捏捏的，问了好几次谢如墨今日心情如何，宋惜惜都宽慰她："好着呢，他的心情很好。"

慧太妃这才放心地同她去了饭厅。谢如墨已经坐下了，见她来，便起身道："母妃，来了？"

挺拔修长的身姿，沉稳的面容，谢如墨的身上充满了武将的威严肃杀之感。

然后，他很听媳妇的话，缓缓地对慧太妃露出了一个微笑。

慧太妃愣住了，脑海中回忆起先帝发怒之前的征兆，也是这样缓缓地露出一个微笑或冷笑，之后便要龙吟虎啸了。

谢如墨如今越发像他爹了。

不过，她还是点了点头："坐吧。"

她自己也缓缓地坐下。有宋惜惜在，他是变不成先帝那样的。

片刻后，娴宁和瑞儿也到了，一同入座。

食不言，寝不语，母子之间零交流，连眼神都没有对视一次。

不过，宋惜惜给慧太妃布菜，挑的都是她爱吃的，可见这个儿媳妇有多细心，多记着她的口味喜好。

想到这里，慧太妃心情大好，汤也多喝了一碗。

用了膳，上了茶，看着下人把碗筷收拾好，慧太妃忽然有点儿想落泪。

不知道为何，她忽然觉得心酸又幸福。

其实她期盼的生活不就是这样的吗？儿女都在身旁，安安静静地吃一顿饭，她不抱怨儿子，儿子不瞪她，没有啰唆与责怪，也没有反驳与不耐烦。

喝茶的时候，几人说了会儿话，说起了建康侯老夫人的事，路总管道："外边的流言蜚语还是没有停止，声讨易昉的声音也越来越大，听闻战将军带她去建康侯府道歉，如今的建康侯却把他们拒之门外，那个易昉见状，一生气，就跑了。"

如今府中也不忌讳说将军府的事情，因为大家都知道，王妃不在意。

路总管继续道："听闻老夫人对建康侯的做法也不满意，她说自己压根儿没把易昉的话放在心上，既然做了此事，就随便别人怎么说，她不在乎这些。"

宋惜惜正想着老夫人境界高，慧太妃却拧起眉毛说："怎么能不在乎呢？她若是敢这样说哀家，哀家定要把她的嘴巴打肿。建康侯老夫人就是太好欺负了，这么好欺负的话，以后儿孙也是要被人欺负的。"

谢如墨道："老夫人活到了这个年纪，怕是什么事都见过了，再难听的话也听过，她是个心善之人，几句羞辱的话她肯定不会放在心上。"

"那怎么行？老夫人分明是行好事，却被人说成老乞丐，她可是诰命夫人，易昉算个屁啊！"

意识到自己说了粗话，她又讪讪地补了句："易昉这般不知分寸，也不知道那个王家姑娘是如何治家的。"

路总管笑着道："太妃，您是不知道，将军府的内宅乱得不行，王家姑娘倒是有心想要治家，可惜易夫人是平妻，占了个'妻'字，便不如妾好管，而且易夫人懂得功夫，王家姑娘想要立规矩也立不起来，听闻她带过去的两个婆子都被易夫人打了，战将军日日一归家便要处理这些内宅事端，怎么有心思办差？"

慧太妃道了一句："那个王家姑娘也太可怜了。"

沈万紫冷笑一声："可怜什么？一丘之貉。你们是不知道，当日惜惜和元帅成亲，她也嫁入将军府，她却处处想压惜惜一头，还跟伺候她的侍女说过，咱家惜惜的嫁妆寒酸，后来很多人来添妆，她的脸色不知道有多难看呢。"

"有这事？你是怎么知道的？"慧太妃问道。

"自然是我的人调查出来的。王家治家也就那样，管不住下人的嘴巴，反正王清如也是恼恨咱们惜惜的。"沈万紫略显骄傲，她如今发现惜惜二师姐给的人那是真的好用。

宋惜惜想起自己和王清如就见过两次，第一次倒是没什么，第二次便感觉到对方的敌意了。

她道："反正也不来往，让她恼恨吧。"

慧太妃啐了口："不知好歹。"

她随即想到自己儿子的兵权就是被王家的人拿了去，当即道："方才说她可怜，实则可怜之人必有可恨之处，她们一家子都不是什么好东西，还夺我儿兵权……"

"母妃！"谢如墨的脸色顿时一沉，"胡说什么？"

慧太妃吓得一个哆嗦，急忙挽住了宋惜惜的手臂，跟受委屈的小媳妇似的。

她就是替他感觉不值，她只是想表现母爱，不知道他凶什么。

宋惜惜道："母妃，这话确实不可以乱说，即便是在府里也不能说，这是皇上的决断。"

慧太妃点头："哀家知道了。"

宋惜惜这才轻轻地拍了谢如墨一下："别这么大声。"

谢如墨见到母妃的反应，也知道自己凶了点儿，道："母妃恕罪，儿子一时大声了些。"

慧太妃委屈巴巴地说："你确实不该大声同母妃说话的，若是让旁人看见了，会说你不孝。"

谢如墨看了宋惜惜一眼，顿了顿："嗯，儿子谨记。"

慧太妃茶也不喝了，回屋去了。

天色已经黑了下来，天气没有那么冷了，吹过来的风透着一丝丝暖意。

夫妻二人牵手在院子里散步，谢如墨顺便告知她："燕王妃被葬在了燕州的灵脉山，丧事是按照亲王妃礼制办的，人死了，反而给了她王妃该有的尊荣。"

因为冻雨，燕王妃才出殡不久，宋惜惜和谢如墨都没去，叫了于今先生过去。

宋惜惜只觉得心寒："不过是做戏罢了。"

"莫要难过，至少她走之前，你去陪伴过她。"谢如墨握紧她的手，轻声说。

"嗯。"宋惜惜垂头，没说什么。

"于先生说那个谢如龄倒是真心待表姨的，丧礼上哭得情真意切，倒是玉莹和玉轻，不过是挤出几滴眼泪，做出悲伤之色罢了。"

宋惜惜的脑海里浮现出那对姐妹的面容：听见她们母妃的死讯时，她们一开始是无动于衷的，仿佛母妃在她们的心里早就死了一般。

宋惜惜转开这个话题："我给承恩伯府递了帖子，明日去探望澜儿。"

"要我陪你去吗？"谢如墨问道。

宋惜惜笑了笑："我们姐妹二人说话，你去干什么？而且你明日也不休沐。"

"陪你的话，我便当一回昏官，不回大理寺。"

宋惜惜道："不用，我叫了滋滋陪我，而且我叫了红雀一同去，让红雀给她把个脉。梁绍纳妾的事，想来给了她很大的打击。"

"嗯。"谢如墨蹙起眉头，对这个梁绍，他实在没有什么好感。

宋惜惜忽然幽幽地道："澜儿很爱梁绍，可惜错付了真心。"

谢如墨把她拥入怀中，道："我也很爱你，但我知道我没有错付真心。"

宋惜惜伏在他的胸口，身体僵硬了片刻，但心头慢慢地沁出暖意，这胸膛怎么如此温暖和坚实呢？

谢如墨等了好一会儿，她都没说话，他心里也没有失望，迟早她会真正爱上他，然后亲口跟他说的。

他们的一辈子这么漫长，他慢慢地等。

第二天，宋惜惜带着沈万紫和红雀去了承恩伯府，带去了厚礼。

承恩伯夫人带着家眷出迎。

梁绍是嫡长子，也是伯府世子，有家世，有功名，有长相，确实有很多女子喜欢他。

宋惜惜是王妃，承恩伯府对她隆重招待。

听闻承恩伯妾室众多，不过今日宋惜惜并未见到，只见到二房、三房、四房的夫人带着孩子们出来。

承恩伯夫人也就四十岁左右的样子，身子有些发福，但浑身上下透着一股当家主母的精明和玲珑之感。

承恩伯府的哥儿姑娘都出来拜见，宋惜惜亲自送了礼物，又和蔼地同他们讲了一会儿话，承恩伯夫人才叫他们出去。

宋惜惜的目光这才落在澜儿的脸上，她还不太显怀，红着眼眶坐在一旁，整个人瘦了一圈。

宋惜惜满眼心疼之色。

承恩伯夫人看在眼里，笑着说："郡主自从有孕，便一直吃不下，吃什么吐什么，这几日才好些。"

宋惜惜知道女子怀孕辛苦，需要加倍爱护，不管是身体上，还是心理上。

承恩伯夫人瞧着精明，但应该不会是那种刻薄对待儿媳妇的人，她看着澜儿的眼神是温柔的，当然，也有可能是装的。

二夫人笑着说："因为郡主有孕，我们府中禁吃羊肉，她闻到羊肉的味道便要吐。"

二夫人这话说得有深意，就是全府的人都会迁就澜儿，不会亏待她。

二夫人说话玲珑，那位四夫人却是个愣的，道："是啊，咱们都避着这羊腥味，偏偏那个烟柳喜欢吃炙羊肉，世子日日陪着她吃呢，吃完之后，又借口说浑身羊膻味，不去陪郡主。"

承恩伯夫人狠狠地瞪了她一眼，她才意识到失言，连忙噤声。

宋惜惜瞧了澜儿一眼，她的眼泪都快要掉下来了。

宋惜惜心中叹息，表面上却只当没听到四夫人的话，道："我今日带了大夫来，她是丹神医的弟子，我想让她给澜儿诊脉，看看胎象如何。"

听到是丹神医的弟子，承恩伯夫人连忙站起来行了个礼，恳切地道："有劳女大夫了。"

红雀回礼，然后径直走到澜儿的身边坐下，铺好垫子之后，澜儿把手伸出来。

两只手的脉都切过了，红雀道："她肝气郁结，神思不宁，胎象也不稳，应该已经用过保胎药了，对吗？"

承恩伯夫人迟疑了一下，道："确实，自有孕之后，便一直在用保胎药。"

"效果甚微，我开个方子服用几日试试吧。"红雀也不多说别的，拿出药笺开起了方子。

承恩伯夫人身边的婆子过来取药方，红雀道："随便哪家药铺都可以买，每日煎服，早上、中午各一次，晚上就不服了。"

"多谢大夫。"承恩伯夫人又站起来道谢，示意那个婆子给诊金。

红雀收下，又瞧了澜儿一眼，便坐了回去。

诊脉之后，气氛就有些尴尬了。

其实大家都心知肚明，澜儿为何会肝气郁结，神思不宁，以致胎象不稳，但这话是不能放在明面上说的。

承恩伯夫人见北冥王妃的脸色有些沉，刚想说些什么来圆场，却听到外头传来清冷的声音："怎么？世子说过我可以在府中随意行走，如今怎么去不得花厅了？"

"不是，烟姨娘，夫人在招待贵宾。"

那道声音十分冷傲："什么样的贵宾是我见不得的？"

承恩伯夫人脸色一变，猛地给婆子使眼色。

可惜已经太迟了，婆子还没走出去，方才说话的女子已经进来了。她穿着一身海棠红织锦绣缠枝纹襦裙，身上还披着一件名贵的狐裘披风。

宋惜惜看了一眼，只见此女发丝漆黑柔亮，眉若远山，肌肤胜雪，五官精致得挑不出一丝瑕疵，望仙髻上插着一支如意纹头白玉簪子，发髻边戴了花钿，耳垂上挂着一双红宝石耳环，腰身极细且柔，行动间摇曳生姿，娇美而又不失妩媚，妩媚中见清冷。

承恩伯夫人见她进来，眉头便皱起了：这小贱人不好好地在屋中待着，出来冲撞了贵客。

只见她进了花厅之后，目光扫了一圈，甚是不在意，福了个身，道："见过夫人。听闻府中来了贵客，不许妾身入花厅，妾身特意来见过贵客，免得失了礼数。"

澜儿本来一直没说话，见她这般倨傲地进来，完全没把表姐放在眼里，当即颤声斥道："你进来做什么？出去！"

"呵，原来这个贵客是见不得人的？世子夫人可别动怒，免得回头动了胎气，便又是我的错了。"

"你！"承恩伯夫人脸色铁青，只是碍于北冥王妃在，不好发火，"你胡言乱语些什么？还不快些给王妃行礼！"

烟柳的目光投向了宋惜惜和沈万紫，最终定在了宋惜惜的脸上，眼中闪过一丝诧异之色，似是没想到她这么美，心道：不知比起自己来如何呢？

她淡淡地道："京城有这么多王妃，不知道是哪一位王妃来了？"

她说完，在几房夫人的怒目之下，随意地行了个礼："不管是谁，妾身见过王妃便是。"

沈万紫不看她，而是看着承恩伯夫人："在我们沈家，这样没规矩的妾是要被拖出去杖责的，不知道承恩伯府是否也这般规矩严明？"

沈万紫的手心都痒了，恨不得过去照着那张脸抽几巴掌，解解痒。

宋惜惜比她好不了多少，但是这些年被磨平了性子，沉稳了许多。

这是承恩伯府的事，但如果承恩伯夫人视若无睹，那么她是不会阻止沈万紫的。

所以，她只是端着茶饮了一口，并没有用正眼看烟柳。

承恩伯夫人见状，知道北冥王妃是给伯府面子，她当即脸色一沉："来人，把她带下去。"

两名婆子上前便要把烟柳拖出去，烟柳冷冷地瞪着她们："什么脏手，敢碰我？"

她"哼"了一声，转身出去，到了外头，她清脆的声音传入："呵，什么王妃？连我这青楼出身的人都比她清白。"

沈万紫眼中的怒火燃烧起来，她很有礼貌地福身："失陪一下！"

她大步走出去，在外头抓住那个烟柳的肩膀："老娘，看过来！"

"你做什……"

清脆的巴掌声响起，连续四下，再添一脚。

惨叫声响起。

沈万紫抓住烟柳的头发，将她拽起来，拍着她的脸："记着我，江南沈家沈万紫。只要我从你的嘴里听到一句诋毁北冥王妃的话，我听一次，揍一次，而且一次比一次狠。"

承恩伯府的几位夫人神色难看，觉得今日真是丢人丢大了，既恼怒烟柳无礼，更恼怒外人管她们家的内宅之事。

澜儿气得浑身颤抖，原本明媚的眸子盈满了泪水，尽是悲苦之色。

567

宋惜惜放下茶杯，道："澜儿，陪我看看承恩伯府吧。"

她说完了，才问承恩伯夫人："介意我到处看看吗？"

承恩伯夫人勉强笑了笑，知道她们是要单独说话，自然也不敢阻止，道："王妃自便。澜儿，好生招待王妃。"

澜儿起身带着宋惜惜出去，刚好看到被沈万紫抓住头发的烟柳。

这会儿，烟柳也不高傲了，也不清冷了，两边脸颊上的几道巴掌印十分清晰，脸颊都肿起来了，可见沈万紫下手之狠。

沈万紫见她们出来，厌恶地推了烟柳一把："滚！"

烟柳勉强站定，却依旧抬起下巴看着澜儿："世子夫人，你的客人真是野蛮，但也要多谢你的客人，世子会更加疼惜我。"

说完，她捂着肚子，在侍女的搀扶下离开了。

澜儿的脸色顿时变得苍白起来，泪水"吧嗒吧嗒"地落下。

宋惜惜带着澜儿回到她居住的院子的侧厅，拿手绢给她擦拭泪水，叹息了一句："她就这么骑在你的头上？澜儿，你是郡主！"

澜儿抽泣着："郡主有什么用？他也不需要依仗我的父王母妃。再说了，我父王母妃想在仕途上帮他还帮不上呢。"

一个闲散亲王，没有实权在手，又不善于经营，手头更无多少余钱，全靠吃食邑，偏偏娶了一大堆侧妃姬妾，各个都要吃好喝好住好穿好。

而淮王妃那个懦弱胆小的样子就更不用说了。

他们如何能为澜儿撑腰？

"她一直都这么放肆？"宋惜惜问道。

"她进门给我敬茶的时候，把茶倒在我的鞋子上，我说她两句，夫君还骂我。"澜儿擦着眼泪，眼里是深深的绝望之色，"表姐，我该怎么办啊？我这么爱他，他怎么能这样伤我的心啊？我怀着孩子，他就娶花魁娘子进门了，你见过哪家勋贵世族会娶花魁娘子的？"

沈万紫道："得了吧，承恩伯府算什么勋贵世家？若不是出了个探花郎，都没落了。"

澜儿抽抽搭搭地说："我原先想着自己多幸运啊，那么多贵女喜欢他，他偏偏娶了我。我知道自己长得不如烟柳，可我到底是王府出身的郡主，他怎能如此漠视我？自打烟柳进门，他都不愿意来我的屋中了，即便我怀孕难受，他也只是派个人过来问两句。"

"不是还有一个文姨娘吗？"宋惜惜替她擦着眼泪。

"文姨娘倒是个安分的人，她只求用家财换个好婚事。她一个商贾之女嫁入伯府，拿了五万两嫁妆进门，三万两银子给了夫君娶花魁娘子，她是心甘情愿的。"

"和离！"沈万紫虽然不觉得和离是简单的事，但梁绍这个人负心薄情，真的不能托付终身。"

澜儿凄凉一笑："和离？我一旦和离，父王和母妃都不会让我进门。表姐，还记得你和离的那一次吗？她连你给我的添妆都不要，嫌晦气。"

"他们不知道你过的是这样的日子吗？没上门来跟梁绍谈过？"

"知道。父王是知晓的，但他说男人三妻四妾是再正常不过的事，叫我不要拈酸吃醋。母妃虽心疼我，可是一样叫我忍着，说我反正是世子夫人，等日后他袭爵了，我就是主母，说过两年，等世子玩腻了，便会嫌弃她的，让我先忍着。"

沈万紫骂道："淮王夫妇真是窝囊废！"

"可这样的日子怎么忍啊？她若只在自己的屋中待着也就罢了，偏偏世子宠着她，她日日到我跟前，让我难堪，总说与夫君晚上……"

澜儿没说下去，掩面痛哭。

虽然她没说下去，但是大家都知道她是什么意思。

那个烟柳到她跟前挑衅，连与世子的床笫之事都用来刺激她。

"你且安心养胎，等孩子出生了，你再慢慢收拾她。"宋惜惜如今也不能教她怎么做，她的胎儿都没稳呢。

"收拾不了的，我说一句都不行，世子护着她，分明给她赎身的银子都是文姨娘给的，他却因为文姨娘的一句话就掌掴了文姨娘。"

沈万紫和宋惜惜都愤怒异常：这个梁绍是何等的狼心狗肺，拿了人家文姨娘的银子娶了心爱的人进门，却因为一句话就掌掴文姨娘。

宋惜惜立刻愤怒地问道："他打过你吗？"

澜儿道："那倒是不曾。"

宋惜惜道："他现在没打，谁知道以后会不会？那个花魁娘子今日在我面前都如此放肆，难保日后不会继续挑衅你，她出身青楼，虽说是清倌，可手段多着呢。"她扶住澜儿的肩膀，"你陪嫁带来了多少个人？足够护着你吗？"

澜儿道："带了四个侍女，一个婆子。"

宋惜惜想着回去同"棍儿"商量一下，请他写信回师门，请两位师姐过来当个护卫。

就是不知道他师父是否同意，他师父原先是不同意女弟子下山谋生的。

只要短暂的几个月，等孩子出生满月了，便让她们回去，希望"棍儿"的师父能答应。

这件事她暂时没跟澜儿说，等确定了，直接把人送进来。

离开承恩伯府，在马车上，红雀说："王妃，其实郡主的情况并不乐观，她忧思过重，应该是日日伤心哭泣导致，如果再这样下去，什么保胎药都不管用，这孩子保得住保不住另说，只怕还会导致她落下病根儿。

"还有，她应该是咳嗽过一阵子，这咳嗽在前三个月最损害身体，她的肺经、心经瘀滞严重,还是要想开一些啊！"

红雀的话让宋惜惜更担忧了。

想开一点儿,说来容易,做到极难。

澜儿自小就不是个坚强的孩子,遇到事就只会哭,身为郡主,淮王夫妇软弱,导致她也软弱怕事。

尤其是她还深爱着梁绍。嫁入承恩伯府之前,她满怀憧憬,没想到这么快就有新妾入门,而且梁绍还专宠新妾,对她不管不顾。

沈万紫冷冷地道："要我说,刚才打那老姨不尽兴,应该打那个梁绍才是。"

宋惜惜淡淡地道："他的心爱之人挨打了,你猜他会不会上门讨要个说法？"

沈万紫摩拳擦掌："很好,来一次打一次。"

红雀迟疑了一下："其实,打了他们,郡主的日子会更不好过,梁世子只怕会更加恼恨郡主,若在这期间他对郡主冷言冷语,只怕会惹得郡主更伤心,这一伤心……"

这一伤心,胎儿还能不能保住,就是很大的问题了。

沈万紫气道："反正他现在也待郡主不好,何不教训他一下,让他收敛些？"

宋惜惜想了想,道："你打他,便是殴打朝廷命官,而且他一个文人挨了女人的打,丢了大面子,肯定会迁怒澜儿,我倒是有个办法。"

"什么办法？"沈万紫连忙问道。她现在很热衷于打击渣男。

宋惜惜道："这件事,要拜托敏清长公主了。走,我们去敏清长公主府。"

敏清长公主嫁给了许御史的公子许乐天,这位许御史眼里揉不得沙子,不管是前朝还是内宅,只要有人被他逮到把柄,他就参,往死里参。

梁绍不是前途无量吗？那就将他内宅的事传出去,让许御史拿出来做文章,反正御史台最近也很闲,不是吗？

对于宋惜惜和沈万紫的冒昧到访,敏清长公主一点儿都不介意,十分热情地把人迎了进来。

宋惜惜告罪："本该先送来拜帖,只是事出突然,冒昧到访,实在抱歉。"

"你我说这些话岂不是显得生分了？"敏清长公主笑着道,"正好今日徽峥也在我这里做客,她贪吃,吃坏了肚子,这会儿去了净房,一会儿你便可以见到她了。"

"什么贪吃吃坏了肚子？长姐休得胡说。"

说话间,徽峥长公主带着侍女进来了。她用手捂住腹部,显然还有些不适,但反击敏清长公主的话铿锵有力。

敏清长公主道："惜惜在这里,你要面子,不承认也成,你就是贪吃,娴宁也随了你。"

宋惜惜带着沈万紫、红雀行礼："见过徽峥长公主。"

徽峥福身回了个礼："都坐,站着做什么？惜惜,你今日这面容怎么惨白惨白的？谁欺负你了？"

宋惜惜坐下，把去承恩伯府后发生的事全部说了出来，照实说，并未添油加醋，当然，连沈万紫打了那个花魁娘子的事也说了出来。

徽峥长公主先向沈万紫投去一道赞许的目光："打得好！"随即一拍桌子，"什么贱人？敢如此放肆，挑衅主母，连你这个王妃都不放在眼里！可见堂妹往日在承恩伯府里过的是什么日子，如今怀着身孕，也得不到夫婿半点儿爱怜，以后这日子还怎么过得下去啊？"

敏清长公主一听，便知道宋惜惜今日的来意了。

她端着茶杯慢慢地饮了一口，眼中的怒气若隐若现，只是因为她的公公是御史大夫，所以她的一言一行都比较沉稳。

她喝了茶之后，道："徽峥，你发这么大的脾气干什么？冷静些。"

"冷静？我可冷静不了。"徽峥长公主虽不是鲁莽之人，但身为女子，她太能体会女子的艰辛了，她这个当公主的自然活得恣意，可身为皇室公主，她也不是没有体察过民情。

"虽说我朝是允许纳妾的，"敏清长公主慢慢地说，"但是，纳妾也是有明文规定的，只不过天下是由男子做主的，虽然有律法保障主母的权益，却很少有女子用，男子也不会遵守。"

商国律法对男子纳妾是有规定的，正妻必须年过四十无所出，男子才能纳妾。

只是没有官员或者勋贵人家能做到这一点。

这条律法形同虚设，约束不了任何男子，因为普通百姓娶一个妻子已甚是艰难，而富商三妻四妾藏于府中都无人会过问，至于官员，上峰送一两个女子当玩物，本人没有不收下的道理，所以，若参纳妾，那么满朝文武没几个屁股是干净的。

但这梁绍不一样，梁绍纳的是花魁娘子。官员禁止去秦楼楚馆，这是先帝三令五申的。

只不过当今皇帝登基之后，对官员狎妓的管制渐渐放松了些，加上梁绍自诩才气过人，最喜欢到书斋楚馆这样的地方，挥洒自己浑身的才情，吸引女子崇拜的眼光，一不小心和这位花魁清倌看对了眼，便迫不及待地娶回来。

逛秦楼，纳花魁娘子做妾，而且是在正室夫人有孕的时候纳进门的，里头还藏着一些让人恶心的作为，那就是同时娶两房妾侍，一房妾侍出银钱让他娶花魁娘子，如此，得了心爱之人，还不花一文钱，简直是男人之耻。

敏清长公主道："我公爹掌着御史台，他是御史台的主官，前阵子回府用膳，听他说起如今要肃清官员风气，重拾先帝朝的纲纪，务必要让官员做到清正廉洁，这几日他与御史中丞正在商议这件事情，那个梁世子正好撞到枪口上了。"

宋惜惜闻言，笑着道："那不是巧了吗？不过倒是可以多等一两日，那个花魁娘子今日挨了打，世子不知道有多心疼，我与他见过一面，他对我甚是不齿，想来会登门兴师问罪，不知道这冒犯王妃算不算罪名呢？"

敏清长公主道："听闻梁世子自诩文曲星转世，才气过人，他是皇上钦点的探花郎，是天子门生，天子门生更应该约束自身，做好表率，如今他内宅混乱，公然逛秦楼楚馆，还将花魁纳回家中做妾专宠，为了一个花魁娘子冷落正妻，更因她而冒犯王妃，本宫相信御史台的墨条会磨出火星子来。"

有敏清长公主这句话，宋惜惜算是放心了。

打梁世子只会让他记恨，对澜儿更加不利。

现在有御史台盯着他，他还敢如此放肆吗？如果他真的敢这么放肆，他的前程也不用要了。

徽峥长公主发了一通火之后，不禁又说起了澜儿："她就是性子太软弱了，好歹是郡主，怎能容他们承恩伯府如此欺负？"

"她素来是个软弱性子，加上咱们皇叔是个什么德行，你也是知道的，在这样的环境下长大，她怎么会有刚毅之气？换作别人，就不说郡主了，随便一个世家女，他们承恩伯府敢这般欺辱？"

沈万紫郁闷地道："要我说，她就是太爱那个梁绍了。也不知道梁绍有什么好的，披着人皮，却不干人事，换作我，定要让他日日挨揍，打得他的花花肠子变成一条硬筋才好。"

敏清长公主叹息："所以说，咱们当女子的，即便夫婿眼下待自己再好，也得给自己留三分余地，莫要将全部真心交托出去，否则一旦被伤害，那就是灭顶之灾。"

说到这里，她看了一眼惜惜，毫不避讳地问道："当日战北望伤你，你二话不说便和离，可见你对那个战北望也没有几分真情。"

宋惜惜道："出嫁时，我也是真心实意要过日子的，至于真情，都不曾相处过，没有机会好好认识他，不至于喜欢上他。"

"这也算是幸事。"徽峥眼里透着厌恶之色，"那个易昉是什么东西？竟敢骂建康侯老夫人，本宫都想叫人上门去打她个耳光。"

敏清长公主道："当初她打了胜仗回来被捧得有多高，如今便跌得有多重，只要心怀不轨，总会被反噬的，听闻如今还有人日日去他们家门口泼粪扔烂菜。"

"战北望不是被御史台参了吗？"徽峥长公主问道。

"是，皇上还令他带着易昉去道歉，但是没道歉成功，这件事如今就这么不清不楚地拖着，反正将军府和建康侯府算是结怨了。"

这些话，宋惜惜没搭腔，听听无妨，发表意见大可不必，她倒是有点儿心疼二老夫人，他们还没分家出去，住在一起，那日日得多臭啊！

还有府中的下人，怕是都要恨死易昉了，日日这般清理门前的粪便，实在恶心得很。

老百姓大多是爱憎分明的，可以把你捧得很高，日日吹嘘；也可以把你踩作地下泥，日日践踏。

回府之后，宋惜惜便问了"棍儿"能不能请他的师姐过来给澜儿当护卫，"棍儿"先问了一个问题："开多少工钱？"

宋惜惜知道轻易请不来，唯有在金钱上多给些，才有可能让他师父松口。

宋惜惜道："直到孩子顺利出生并满月，也就几个月，来两个人的话，我一共给一千两银子，你觉得如何？"

"棍儿"将双手往发间一插："不如何，我马上去写信，王府有专门送信的人吧？请务必立刻、尽快、马上把信送到我师父的手中。"

宋惜惜笑了："请你务必立刻、尽快、马上把信写出来。"

一千两银子，真的不少了。

他师父不许弟子们下山，是因为当女护卫保护高门大户的主母撑死二两银子的月钱，还得受气。

现在去保护郡主，不用受气，不用干别的活儿，只用护着她不被人伤害，最多再负责盯着她的保胎药，只干几个月，两个人就可以拿到一千两银子，他相信师父会动心的。

信送出去后的第二天，承恩伯世子梁绍果真带着两名小厮登门了，指名道姓，要见宋惜惜。

他是趁着谢如墨出门后才来的，可见他也不是那么目中无人，只是觉得宋惜惜一个二嫁妇好欺负。

门房看到他如此嚣张，得知了他的身份之后，马上禀报了于先生，于先生往门口一站，儒雅斯文，说出口的话却十分冷冽："要么滚蛋，要么挨打。"

于先生的身后站着几名侍卫，都已经扬起了鞭子，所以没等见到宋惜惜，他就灰溜溜地走了。

沈万紫听了于先生的禀报之后，觉得十分遗憾，她有两个巴掌想送给梁世子，送不出去，很难受。

自从那一日之后，倒是没见到他再上门了，宋惜惜甚是担心他会把怒气转嫁到到澜儿的身上。

七八日之后，"棍儿"的两位师姐骑马来到。

"棍儿"一听："骑马来的？"

"租的。"两位师姐都是同样的装束，薄棉袄，里头是石青色粗布短襟，年纪二十岁上下，但是打扮确实显老，皮肤也甚是粗糙，这与她们日常耕作有关。

"棍儿"带着师姐去见宋惜惜，宋惜惜一见便认出来了，连忙拱手道："箩师姐好，石锁师姐好。"

沈万紫也连忙跟着见礼。

573

她们二人当初是被"棍儿"的师父捡回去的，笋师姐被装在笋筐里头，而石锁师姐身上除了衣裳，就只有一个石锁。

笋师姐的本名叫笋筐，打小被人"小笋筐""小笋筐"地叫着长大，只不过长大了，大家觉得笋筐不好听，便叫她阿笋。

石锁师姐如今依旧还叫石锁，石锁倒还好，大家便没有改别的叫法。

"惜惜好，滋滋好。"两位师姐也不卑不亢，并没有因为来了王府就觉得自己卑微。

笋师姐问道："屎棍可有给你们带来麻烦？有的话尽管说，我抽他。"

"棍儿"急忙去捂她的嘴巴："师姐，我是府兵教头，你不能这么叫我，否则他们会不服从我的管教，我这教头的年例就拿不到了。"

还是钱重要，笋师姐改了口："好，知道了，天生。"

"棍儿"，孟天生。

宋惜惜和沈万紫都有些疑惑："棍儿"不就是"棍儿"吗？什么时候变成了"屎棍"？

一问之下，二人才知道他得了赏金之后买了许多胭脂、口脂回去，被师父指着痛斥"搅屎棍"，因此喜提"屎棍"的称号。

"棍儿"当着她们的面一再强调："以后在王府必须叫我的名字，我叫孟天生，不是'棍儿'，也不是'搅屎棍'，更不是'屎棍'。"

沈万紫耸耸肩："'棍儿'这个名字早就传出去了，不过，你高兴便唤你天生咯，横竖在我们心里，你永远是根棍儿。"

宋惜惜叫人把两位师姐带下去洗漱，再出去买几身成衣，明日一早便去承恩伯府。

刚好红雀让沈万紫送一张方子给平阳侯老夫人，路上要经过将军府。

经过将军府的时候，沈万紫掀开帘子看了一眼，见没什么异常，便不管了。

等把方子交给了平阳侯府的管事，她们也不逗留，抓紧时间去承恩伯府。

在马车里，宋惜惜跟笋师姐和石锁师姐说了进府之后要注意的事情。

"咱们不主动打人，不主动出手，但不可让那个叫烟柳的姨娘接近郡主，如果梁世子来郡主屋中撒气，惹得郡主伤心落泪，你们就把梁世子架出去。

"她每日服的药，每天吃的饭菜，都要用银针检查。我知道石锁师姐懂得一些药理，适时的汤水什么的，也命人给她安排上，但不必您亲自动手做。

"还有，谨记一点儿，如果有什么危急的情况，你们处理不来或者不好出手，记得留一人护着郡主，另外一人马上来告诉我。"

宋惜惜事无巨细地叮嘱着，也让她们尽量少和府中其他的主子接触。

宋惜惜虽然觉得承恩伯夫人不会害澜儿，但是难保她们这样的人家会瞧不上武夫，所以没必要让两位师姐去看她们的脸色。

总而言之，防的就是梁世子和烟柳姨娘。

石锁师姐听完，点了点头："都记住了，惜惜，你放心，那个烟柳没福气，如烟似柳，都不是自己能立住的东西，风一吹就没了，你不用太过担心。"

"嗯，反正小心为上。还有，大户人家里也是有规矩的，我跟你说……"

宋惜惜这边说着，忽然闻到外头一阵臭烘烘的味道飘来，还伴随着咒骂声。

她惊愕，侧头却见沈万紫趴在马车窗口上，掀开窗帘子往外看。

她凑过去瞧了一眼，看到了很熟悉的门口，是将军府。

将军府的门口被人泼粪了，但这个人很倒霉，被抓住了，将军府的下人正把他往里头拖，那人也是个倔的，被拖着也不害怕，嘴里还在咒骂易昉。

沈万紫收回视线，放下帘子："这么多日了，还没消停，真想看看战北望此刻的脸色到底是黑的还是灰的。"

宋惜惜也觉得这件事情确实持续很久了，不过，建康侯那边不接受道歉，估计此事还得闹一阵子。

"你怎么还掀开帘子了？"宋惜惜觉得那股味道钻到马车里来了，出了巷子口，便打开帘子吹一吹。

"看看热闹啊！"沈万紫笑着说，"贱男的热闹不能错过。"

石锁师姐满脸遗憾地道："浪费了那些粪，用来做肥种菜是极好的。"

笋师姐点点头："是啊，京城人好浪费。"

一辆马车迎面从正街驶来，宋惜惜掀开帘子的同时，迎面马车里的人也刚好掀开帘子。

和宋惜惜的视线一对上，王清如立刻命令道："停！"

马车停在了王府马车的前面，王清如下了马车。

她穿着一件绯色褙子，底下是黑色织金线百褶裙，发髻如云，斜插了一根流苏簪子。

她眼下乌青，可见长时间没睡好觉，这么一大早从外头回来，估计是因为泼粪的事情，回娘家躲避了几日。

"北冥王妃！"她来到王府的马车前，福身行了个礼，语气却有些冷傲。

宋惜惜想起了沈万紫说的那些话，王清如在嫁妆上想与她一较高下，加上之前见面也不欢而散，所以她只是淡淡地颔首："战夫人。"

"王妃这么空闲，一大早来看我们将军府的热闹啊？"王清如的脸色甚是难看，说话也尖刻，"还是说王妃忘记了回府的路，以为将军府还是自己的家？"

沈万紫当即便要下车，宋惜惜摁住了她，然后看着王清如，扬起了一抹淡笑，道："偶尔还是要来祭一祭自己的过往，顺便看看将军府里那一窝蛇鼠是否过得好，也算尽了一番心意。"

王清如脸色铁青："说谁蛇鼠一窝呢？王妃是想看将军府的笑话吧？那就下车去

575

看啊，亲自去看，亲自去闻，喜欢的话，还可以上手去擦。"

宋惜惜笑着道："本妃已非将军府的人，此等沟渠粪坑，就留给战夫人去擦吧。"

王清如怒道："堂堂王妃，竟然当众诋毁将军府是沟渠粪坑，也不怕失了涵养，惹人笑话。"

宋惜惜拿出手绢挥了挥："本妃不怕惹人笑话，战夫人怕吗？不怕的话，要不要我同外人讲一讲，你想同本妃比嫁妆？"

王清如脸色一变：她怎么会知晓此事？

王清如冷笑一声："荒谬，嫁妆有什么好比的？黄白之物，俗不可耐，而且我也没有什么要同王妃比的，你有的，我可能没有，但我有的，你也不一定有。"

宋惜惜伸手往后面的将军府大门指了指："确实，你有的，我们王府没有。"

在王清如的脸色再次变冷之时，宋惜惜继续道了句："黄白之物，俗不可耐，却是将军府之人的最爱，战夫人，没少拿自己的嫁妆出来补贴公中吧？"

王清如扬起下巴："我乐意，夫君爱我敬我，为了他，我愿意付出一切，这才是为人娘子的本分。"

宋惜惜看了她好一会儿，才道："本妃认识药王堂的丹神医，要不要给你一张名帖，让他来给你看看脑子？"

"我说的有什么不对？北冥王妃，我夫君不要你，你想想自己的原因。"

宋惜惜都气笑了："你夫君不要我？你怕不是忘记了是我求的旨意要和离吧？王清如，你听清楚，是我不要他，你那个敬你爱你的夫君，是被我抛弃的，是我不屑要的，是我像扔垃圾一样扔掉他的，够清楚了吗？"

跟傻子实在是没什么好说的，宋惜惜放下帘子："走吧！"

车夫扬鞭，马儿撒腿，王清如吓得连忙躲开，气得脑袋"嗡嗡"作响。

她凭什么这样说夫君？凭什么？

马车里，石锁师姐有些疑惑："京城的规矩这么奇怪吗？她这样说话，咱们也不动手打她吗？"

宋惜惜把手绢放好，道："在京城，口舌之争也是少的，大多数人是口蜜腹剑，暗暗算计人，王清如这样明目张胆地跟我叫嚣，我命人打她两个耳光也不为过，只是我身边没带婆子，我不好亲自动手，也不能让你们动手。"

沈万紫身份特殊，背后有一个大家族，自然不能因她而得罪王彪。

至于两位师姐，是去保护澜儿的，最好不得罪任何人，以确保不会有人去寻她们的麻烦，一丁点儿得罪人的可能都不要有。

沈万紫道："吵架都吵赢了，不需要动手，你没见她气得脸色都青了吗？"她支着下巴，"其实打女人挺无趣的，我们上过战场之后，都不想轻易动手，那日打烟柳，一点儿成就感都没有，这个王清如也不会武功，打她也不爽快。"

石锁师姐想了想："但我挺想打她的。"随即又添了句，"到了承恩伯府，我不会动手的。"

宋惜惜舒了口气，石锁师姐说出想打王清如的时候，宋惜惜还真的怕她在承恩伯府里看到不顺心的人，一言不合就开打。

她相信她们也是知道分寸的。

宋惜惜对于王清如，实在是觉得莫名其妙。说实话，她也没得罪过王清如，王清如为何如此恼恨她？

不过她稍微一想，大概也能明白，那位老夫人怕是没少在王清如面前说她的坏话。看来那位老夫人对她嫁入王府之事，实在是嫉恨得很啊！

只是那个王清如到底也是在方家当过媳妇的，方十一郎是何等豁达有远见的人，为何她半分都学不到？

宋惜惜一行人来到承恩伯府，承恩伯夫人连忙把人迎入花厅。

她心里有些忐忑不安，因为梁绍早几日去王府闹事，她总担心王府的人上门问罪。

她等了几日，也没见人来，今日听到禀报说北冥王妃来了，她的心一下子提到了嗓子眼儿。

她担心的是，自己儿子的仕途眼看着一片光明，但有消息说，如今御史台准备参他，如果北冥王府的人也来问罪，御史台再以此事做文章，那么参他的奏本只怕会如雪花一般飞到御前去。

御史台素来是闻风上奏，但这一次压了好几天都没有上奏本，这使得她提心吊胆起来。

承恩伯夫人心怀忐忑地道歉了："早几日，犬子不懂事，带人到王府去打扰了王爷和王妃，妾身在这里给王妃赔罪，王妃莫要同他一般见识。"

宋惜惜这一次的态度没有上一次好了。

"世子出身伯爵门第，饱读诗书，更是天子门生，夺得探花郎之荣耀，只是年少得志切忌目空一切，任谁都不放在眼内，否则迟早闯出大祸，坏了自个儿的前程。"

承恩伯夫人的面容僵了僵："是，王妃所言甚是。"

"忠言逆耳，本妃知道夫人未必爱听，本妃也不多言，但那日世子敢直接到王府叫嚣，可见昔日也没把郡主放在眼里。如今郡主怀有身孕，是夫人的嫡出孙子，还望夫人多爱护一些。"

"那是一定的，那是一定的。"承恩伯夫人连忙说。

"我今日带来二人，她们懂得一些药理，往后郡主的饮食和汤药便由她们二人负责，等郡主平安诞下麟儿，本妃会把她们带走。她们不收伯府的月例，一切费用皆由本妃来出，这是本妃对表妹的一点儿心意，相信夫人不会拒绝。"

承恩伯夫人知晓北冥王妃是真心为郡主好，王妃送来的人若是懂得些药理，倒是可以避免一些内宅里的她瞧不见的腌臜手段。

儿子如今出息了，许多话，她这个当母亲的也说不得，他的性子傲着呢。

有王妃派来的人，倒是可以护着郡主。

她道："那不能让王妃出月例银子，既然是伺候郡主的，应该由伯府出才是。"

宋惜惜摇头："这就不必了，她们并非丫鬟侍女，是本妃特意请来的，自然由本妃给俸金。"

这话就是告知承恩伯夫人，莫要把她们二人当丫鬟使唤。

她们不拿承恩伯府的月例，自然就不必服从府中的安排。

承恩伯夫人也听出了弦外之音，道："那一切就按照王妃说的去做吧。妾身不胜感谢。"

说了一会儿话，宋惜惜还是没见到澜儿出来，便问道："澜儿怎么还没来呢？"

承恩伯夫人连忙吩咐："去，再去催一催郡主。"

宋惜惜道："不必了，她怀着身孕，跑来跑去不方便，你们领着我去见她吧。"

承恩伯夫人知道她们姐妹俩是要说说话的，便叫婆子领路，带宋惜惜等人去见郡主。

宋惜惜看着澜儿那一双红肿的眼睛，她还试图以团扇遮脸掩饰，宋惜惜叹了一口气："所以你知道我来了，也不愿意出来见我？"

澜儿的鼻音很重："表姐，我这双眼睛见不得人。"

宋惜惜瞧了一眼："确实，肿得跟桃子似的。"

"表姐……"澜儿的声音又哽咽起来，"因为那日的事，他天天来说我，他怎么就那么狠心？"

宋惜惜皱眉："他骂你，你不会骂他吗？"

"我……"澜儿的眼泪又"吧嗒吧嗒"地落下，"我不知道怎么骂人。"

宋惜惜实在是拿她没办法，转头问石锁师姐："师姐，您会骂人吗？"

"哦，那太会了。"石锁师姐说。

"行，以后如果梁世子过来骂郡主，你就骂回去，你记住一条原则，他骂，你骂；他动手，你动手。"

"那太行了。"石锁师姐道。

"表姐，这二位是？"澜儿止住泪水，疑惑地问道。

"她们是我在梅山上认识的师姐，懂得一些拳脚功夫，也懂得一些药理，可以监督你的膳食，还有，可以帮你对付那些你对付不了的人。"

"多谢表姐。"澜儿的泪水像是不要钱一样，又往外涌。

"行了，不要哭了，整日哭哭啼啼，对孩子不好。"宋惜惜的脾气也上来了，"你是郡主之尊，嫁入他们伯府，本就是低嫁，你还日日受气，哪家郡主像你这么不争气？我只希望你学一学嘉仪郡主，她虽惹得夫家厌恶，但好歹没吃亏，你净吃亏了。"

说完，宋惜惜又觉得拿嘉仪那种黑心肝的人跟她比实在是不该，又道："你给我争气一点儿行不行？你是郡主，是世子夫人，在这个府里，没有人可以真正欺负你，你不要这么软弱。"

"我只是受不了夫君对我的态度，他怎么一而再再而三地为了那个女人同我置气？"

宋惜惜拍了她的脑袋一下："你就当他死了，行吗？为了你自己，为了孩子，你给我把眼泪擦干，再敢哭哭啼啼的，我以后就不会来看你了。"

澜儿擦干眼泪，点了点头："我知道了。"

宋惜惜知道她知道了，但也知道她做不到，否则也不需要自己送人过来。

安抚了一番，宋惜惜辞别澜儿回府。

将军府今日抓到了那个泼粪的人，拖进去摁住就是一顿打。

王清如受了宋惜惜的气，回府后见下人在踢一个百姓，一问才知晓他是那个泼粪之人，当即命人打断了他的一只手，再扔出去。

看着那人惨叫，却依旧吼着将军府无道，得罪仁善长辈，她气不打一处来，直奔易昉的院子。

易昉用轻纱遮面，正在院子里练武，见王清如带着人来势汹汹地闯进来，她长剑一伸，指着王清如，冷冷地道："滚出去！"

王清如心头委屈至极，握拳冲她怒吼："你有本事，便把那些骂你的人全部杀了！日日被人在门前泼粪，将军府俨然成了京中的笑话，不，不是笑话，是人人唾骂，这都是你惹出来的祸。"

"跟你没有关系吗？那日如果不是你来寻我的麻烦，我怎会如此生气？"易昉收了剑，冷冷地道。

"本来就是你做错了。如今府中艰难，你分明有银子，却不愿意拿出来。我补贴了多少，账本上写得清清楚楚；你拿了夫君那么多聘礼，却一毛不拔。你心里根本就没有将军府，却还要日日好吃好喝地伺候你，身边的丫鬟小厮一个也不能少，哪里有这么便宜的事？我养着府里的人便算了，还要养着你，凭什么啊？"

"凭你傻！"易昉"哼"了一声，"我屋中的人，你撤走试试，看我不把将军府闹个天翻地覆。"

"你简直欺人太甚！"王清如气得脸都红了，"你可知道，连那个宋惜惜今日都过来看将军府的热闹了。"

易昉眸子一眯，全身僵硬，怒意从眼中喷出，但她很快又装作不在乎的样子："那又如何？她要看热闹是她的事。"

王清如噎了一下："你……易昉，算我求你了，你能不能再去建康侯府道一次歉？你这样既影响了将军府，又影响了夫君的仕途。"

"夫君？叫得可真是顺口。"易昉冷冷一笑。

"我这么叫有什么错？他不是我的夫君吗？"

易昉冷冷地道："是，他是你的夫君，所以他的前程你去谋划，要道歉你去，要拿银子你拿。"

"你这是什么态度？"

易昉把剑一划："我的态度就是，你滚出这里，不要来招惹我。"

王清如气得浑身颤抖。她实在是不明白，同为一家人，她还是正妻，易昉怎么敢如此放肆无礼？

她在宋惜惜面前说她愿意拿出嫁妆贴补将军府，实则心里不知道有多憋屈。

"易昉，我兄长乃是北冥军的主将，我娘家是平西伯府，你怎敢如此不敬我？"

易昉"呵"了一声，讽刺地反问："怎么？你要让你兄长带着北冥军来杀我吗？还是你平西伯府想仗势欺人，欺负我这个皇上赐婚的将军府平妻？"

王清如深感无力："无赖，你就是一个无赖，当初夫君怎么会看上你？定是你在战场上勾引夫君，你真的和那宋惜惜不相伯仲，你们都是无耻之徒。"

易昉笑了："那可真是让你失望了，在战场上，是他先对我表示好感，是他先说喜欢我的。至于你拿我同宋惜惜比，她算什么东西？一个二嫁妇，不知廉耻。"

她说二嫁妇不知廉耻的时候，目光一直在王清如的脸上打转，寓意不言而喻。

王清如气得泪水都出来了："我今晚必定会告诉夫君的，你给我等着。"

"好，我等着！"易昉转身进了屋，把王清如丢在了院子里，嘴里还要说上一句，"二嫁妇，不知廉耻。"

王清如哭着转身出去，直接去了老夫人的屋中。进门前，她擦干了眼泪。母亲该喝药了，她这个当儿媳妇的自然要来侍疾。

她虽请不来丹神医，但是凭借娘家的人脉，请了薛大夫给母亲看病，可母亲偏说要吃丹雪丸，她只能每月掏银子，叫娘家的人去买了送过来。

老夫人对如今的儿媳妇是满意的，孝顺又懂事，可惜有个易昉，否则北望的前程也不需要担心了，有王清如的娘家助力，定会蒸蒸日上。

只是论起伺候人，王清如是远不如宋惜惜的。

宋惜惜可以在她发病期间跟她睡一间屋，晚上她有什么不适，宋惜惜立马便起来照顾她。

王清如从不愿意这么做，夜夜都要缠着北望，唯恐北望被易昉叫了去。

所以老夫人一边恨着宋惜惜，一边念着宋惜惜。

以前宋惜惜在的时候，府中哪里短缺过银子？四季衣裳，绸缎首饰，一日三餐加点心，那时候大家享福享得太理所当然了。

而且宋惜惜从来没抱怨过，有时候二房那个老泼妇说她，她还说夫君在战场上杀敌，不能让他忧心家里。

军侯世家出身的姑娘就是有这种觉悟，战事是最重要的，所以府中的事情，她事事周全。

如今王清如虽有拿嫁妆出来贴补，可总说要裁减人手，节衣缩食，一日三餐是有供应，但是点心没了，而且三餐也远没有以前丰盛。

再看那个易昉，口出恶言，弄得将军府日日臭气熏天。

这王清如治家也不怎么样，那些下人懈怠偷懒，她也管不住。如今日日被人泼粪，她连个招儿都想不出来。

如果是宋惜惜……唉，如果是宋惜惜，那么捐献榜上肯定有他们将军府的名字，怎么会被人泼粪？

第二日早朝，许御史和御史中丞带着御史台的好几位老喷子上了奏本，参探花郎梁世子在正房夫人怀孕的时候纳花魁娘子，宠妾灭妻，刻薄对待郡主，又参将军府不敬建康侯老夫人，导致民怨四起，百姓泼粪泄愤，却被他们拖进去打断了手，此人如今已经到京兆府报案，承认了泼粪之事，但也追讨赔偿。

战北望没能入朝堂，上朝时，只能在外头与一众品阶低的官员一起站着，所以里头议什么政事，他本来是听不到的，可御史们的声音太大了，传到了外边，他一听到自己又被参，一颗心都要凉透了。

他恨不得抽自己两个耳光，当初怎么会为了易昉放弃了宋惜惜？如今连累家宅不宁，前途也一片渺茫。

梁绍站在朝堂上，却还在争辩，不服御史的参奏。

他自诩满腹经纶，定能同御史辩一辩，但是御史台的人可不是吃干饭的，他们最擅长的就是打嘴仗，任他引经据典地说历朝历代的花魁如何才情过人，甚至有诗画传世，都没有一点儿用。

御史台就咬定了一点儿：他犯了律法，且有违先帝遗训。

许御史厉声道："任那女子才情堪比探花郎，你在正妻有孕期间纳妾，就是没把律法放在眼里。而且先帝三令五申，官员不得去秦楼楚馆，你是如何认识那个花魁娘子的？你认识了也就罢了，还纳了回家，我朝未曾有官员敢如此作为，明目张胆地纳秦楼女子回家当妾，即便有些色胆包天的，也只敢偷偷地在外头置办宅子。探花郎，你你这是公然同律法作对，你知法犯法，罪加一等。

"你同那个花魁娘子的事，传得街知巷闻，如今百姓皆以为官员都爱去秦楼楚馆，认为官员不作为，只知道酒色财气之事，你败坏了我朝官员的风气，简直罪不可赦。

"臣恳求皇上，严惩探花郎，以正官员风气。"

"臣恳求皇上，严惩探花郎，以正官员风气。"

御史台的人跪在地上，声音铿锵有力，末了又添一句："也请殿中文武百官，没有逛过秦楼楚馆的,一并恳求皇上严惩探花郎。"

这句话的杀伤力极大。

满朝文武谁敢不跪下恳求?谁不跪下,谁就逛过秦楼楚馆。

所以,不管逛没逛过,大臣们这会儿都被御史台的人架上去了,跪在地上,一同恳求严惩探花郎。

其中以大理寺卿谢如墨的声音最为响亮。

皇帝之前并不知晓此事,今日一听,本已满腹怒气,再看满朝文武都跪下来恳求严惩梁绍,而梁绍却站着,一副老子没错的样子,顿时雷霆大怒:"梁绍,你可知罪?"

梁绍再觉得自己没错,在皇帝的龙威之下,也只能慢慢地跪下,藏起满腹不甘,道:"臣……臣知错。"

"是有罪,不是有错。"皇帝看他那副样子,怒气更盛了,喝道:"看样子,你还没意识到自己哪里有罪,今日起,罢免你的一切职务,回家反省去。"

梁绍脸色惨白,实在没想到后果会这么严重,以为顶多被申饬几句。

他慌乱地道:"皇上,臣知错……不,臣知罪了,求皇上轻饶。"

"拖出去!"皇帝扬手。梁绍乃天子门生,如此败坏朝廷的名声,皇帝是真的被他气到了,一时对他厌恶至极。

禁军进来把他拖了出去,他一路哀号,叫着"知错了",完全没了探花郎的傲气。

"传战北望!"皇帝怒气冲冲地道。

战北望进殿,皇帝看着他苍白的脸、乌青的眼,想起自己几番信任他,想要扶持他,他却跟一块烂泥似的,怎么都扶不上墙。

皇帝咆哮的声音响彻整个大殿:"你们将军府是什么地方?竟敢私设刑房,把百姓的手脚打断?如此一来,有你们将军府便可以了,还要京兆府、刑部、大理寺做什么?"

战北望压根儿不知晓此事,但既然御史参奏,想来是真的有人到京兆府去告状了。

他没别的话可以辩解,只能不断地说着:"皇上恕罪,皇上息怒。"

"朕息什么怒?叫你带着易昉去道歉,建康侯不许你们进去,你们居然就这么转身走了,道歉是你们这种态度吗?你们不积极地争取原谅,居然还敢找百姓出气?你们就活该被人泼粪,朕也想泼你一脸!"

皇帝气得口不择言,实在是战北望太让他失望了。

若不是自己当初亲自赐婚,肯定了战北望的军功,现在又何必一再抬举他?想着给他机会,也好给自己这个皇帝挽回面子,没想到他是真的不成器啊!

满朝文武无一人出来为他说话,就连王清如的堂兄,也就是户部给事郎中也没有出面为他说一句话。

为他说话，便会得罪建康侯老夫人，引起众怒。

战北望想着自己大概连京卫这差事都保不住了，心情很是复杂，差点儿眼泪都要落下，只能哽咽地道："臣知罪，请皇上责罚。臣一定会再去给建康侯老夫人道歉，争取她的原谅。"

皇帝看到他的模样，想起他战胜归来时的意气风发，再看如今，简直就是一条丧家之犬。

皇帝胸口起伏，想起了战家那位老将军，老将军若在天有灵，看到战家子孙如此没出息，不知道会不会气得三魂七魄都不宁。

皇帝冷冷地道："战北望治家不严，后宅混乱，差事敷衍，降为九品，任普通京卫，如若再犯错，朕便收回将军府，战北望，这是朕给你的最后一个机会。"

战北望只觉得头顶雷声"轰轰"，震得脑子一片空白，脸色也惨白无比，他艰难地伏地："臣谢恩！"

他伏在地上，久久不敢起身，只觉得满朝文武大臣的目光都落在他的身上。

最让他觉得难堪的是北冥王也在场，他不想看到北冥王，或者说不想让北冥王看到他此等狼狈的模样。

新婚第二天的傍晚，他在府中后院，有几个人潜入，将麻袋往他的头上一套，一顿拳打脚踢。

他知道是北冥王干的，就是因为成婚当日，他与北冥王擦肩而过时的那一句龃龉。

可他没有证据，自然不敢胡乱报案，说出去的话，一则丢了脸面，让人觉得将军府的防护就跟筛子似的；二则他不想让人知道他堂堂武将，竟然在自己的府中被人暗算，还没看到对方是谁。

如果有证据，那就不一样了，他必定要告谢如墨仗着亲王身份，仗着军功，肆意潜入别人的府邸殴打朝廷命官。

"还不滚出去？"皇帝的声音在他的头顶上炸开。

战北望磕了头，站起来，弓着腰慢慢地退后，余光能看到谢如墨站立的地方，能感受到对方嘲讽的目光，他只觉羞愧愤恨，恨不得当场死了算了。

回到府中，他直奔易昉的忘情居而去。

这个院子原先不叫忘情居，是易昉与战北望闹翻之后，特意叫人改的，为的就是恶心战北望。

看到不愿意踏进她院子一步的战北望，易昉先是有些错愕，但看到他眼中的阴沉与怒气，她退后一步："你干什么？"

战北望上前抓住她的手腕："走，跟我去建康侯府。"

易昉用力地挣脱他的手："我不去。"

战北望站在院子里，目光阴沉："你不去，我便绑着你去，你是要自己去，还是要我绑着你再背上荆条？"

"你敢？"易昉又急又怒，心里更委屈了，"我不过是说了一句话，犯下了什么滔天大罪，要去负荆请罪啊？"

战北望咬牙切齿："你做了什么，你心里有数，你的那些罪，莫说是负荆请罪，杀了你都不为过。"

他扫了一眼旁边的侍女，咆哮道："滚！"侍女们吓得急忙跑出去。

易昉看着他，双眼发红："你现在待我，可有半分如从前？你真是厌恶极了我，既然如此，那你为何娶我？"

战北望整个人已经濒临崩溃的边缘，他冲易昉怒吼："我犯贱，我瞎了眼，我识人不清，我以为你真的如你说的那样磊落勇毅，可你不是！"

易昉捂住耳朵："你闭嘴！分明是你想错了，你以为宋惜惜能够容纳我，你才要了我，结果宋惜惜不容许你娶平妻。你当初说喜欢我，不过是图新鲜。你没有良心，你忘情负心，战北望，是我看错了你。"

战北望的脸色变得灰白，似乎被她的话击中了心底最深处。他站直，冷冷地道："那些前尘过往，我不同你说了，但你今日必须跟我去建康侯府。还有昨日被你打断手的那个人，你拿出银子来赔偿，否则你就要下大牢。"

"你休得胡说，我昨日哪里打过人？"她猛地想起，"是不是王清如说的，说我打了她？"

战北望怒道："你休要在这里装糊涂！昨天泼粪的那人，你抓住了，把他的手和腿打断，那人已经告到了京兆府，你就等着京兆府的人上门吧。今日上朝，御史们参了我一本，说我治家不严，纵容家仆打伤百姓。整个将军府，除了你，还有谁如此暴戾？"

易昉气得脸色发青："不是我，我昨日连院子的门都没出去过，不信你去问问管事，问问我身边的人。"

她忽然不再暴躁，冷冷地看着他："你不如去问问王清如，是不是她叫人打的。"

战北望一扬手，立刻否定："不可能，清如温婉贤淑，断然做不出这种狠戾的事。"

易昉心寒至极："所以在你心里，只有我才会做狠戾的事，她王清如就是菩萨心肠。战北望啊战北望，你说得一点儿都没错，你是瞎了眼。"

战北望自然不相信王清如会吩咐下人这样做，所以，他一口咬定是易昉干的："你又不是第一次做了，你做过什么事，你我都很清楚，敢做不敢当，怪不得别人轻贱你。"

易昉狂怒，大喝一声："来人，把王清如叫到忘情居来，把昨日发生的事情清清楚楚地告诉他。"

侍女颤抖着进来，嘴唇都哆嗦了："回将军的话，如果您说的是昨日泼粪的那个人，确实……确实是夫人吩咐把他的手打断的。"

另外一名侍女也进来说："回将军，确实是夫人，不过夫人只叫人打断他的手，没让人打断他的腿，是他嘴里不干不净，才……"

战北望深深地吸了一口气，眼中充满了不可敢置信之色。

是王清如？

易昉看着他的表情，心里并未觉得痛快，反而更加委屈了，但是嘴里还讥讽道："这就是你口中端庄贤淑的夫人。"

战北望再一次遭受了打击。

他整个人忽然像是没了主心骨，连精气神都不复存在。他觉得自己如今就像一条丧家之犬，连个可以去的地方都没有。

之前战北望还觉得王清如端庄贤淑，知书达理，也十分孝顺，对待下人宽容仁慈，还想着毕竟是平西伯府出来的姑娘，嫁入过方家，方家是武将之家，方十一郎也是武将敬佩的人，他的遗孀，理当如他一般磊落坦荡，勇毅果敢，且心怀仁慈。可如今，她因为一句话就断了一个人的一只手。

他也恼恨那些泼粪的人，可逮着打一顿再放走便是了，何苦使人断手？

他倒不是仁慈，只是不想再惹众怒，想尽快平息此事，现在将军府的人打断了那人的手，只怕这件事情会越闹越大。

他看着易昉，态度依旧十分强硬："我会去问阿如，等我回来，你还是要跟我去道歉。"

易昉凄凉一笑："阿如？你已经很久没有叫过我阿昉了，都是直呼我的名字，战北望，我真是错付真心了。"

战北望转身，沉默了片刻，道："谁又不是？"

一声呜咽从易昉的嘴里发出，但很快就被她咽了回去，她不容许自己弯腰折骨，她要维护自己的尊严，可心里因为他曾经的爱而建筑起来的高墙已经在不断地崩塌。其实，从她看到宋惜惜和谢如墨的婚讯传出时他的反应，这堵高墙就开始崩塌了。

她怎么会把王清如放在眼里？

她从来不把王清如放在眼里，因为她很清楚，在战北望的心里，王清如永远比不上宋惜惜。

失去的，才是最好的。

她的敌人永远是宋惜惜，不是王清如，王清如不配。

战北望大步走出去。

王清如也知晓了昨日被打断一只手的那个人去告官了，因为京兆府已经派人上门。

管家过来回禀时,她心里也有一点儿慌乱。

她没有见京兆府的人,吓得躲在屋子里,叫管家出去应付。

战北望刚好过来,听到管家跟捕头交代:"本来没有说要打断他的手,只是想着打他一顿,好给他一个教训,没想到护卫下手重了。"

战北望走上前去,对捕头拱手:"这件事情,是否能和解?"

捕头拱手:"战将军!"打了招呼之后,捕头神色严肃地说,"能否和解,那就由你们去和他谈,我们大人交代过了,能和解的话最好,若是不能和解,指使者与打人者便要下狱。"

战北望皱眉道:"但毕竟是他在我们的府门口泼粪,是他挑衅侮辱我们在先,按理说这种情况,不是赔偿些汤药费,再让打人者道个歉就行了吗?"

捕头道:"战将军请放心,他往将军府门口泼粪之事,我们会追究,等他伤愈,我们会关押他。但是,将军府的人殴打他,导致他断了一只手,他要追究也是有律可依的。"

战北望压低声音:"劳烦你帮我打点打点,我一定……"

捕头退开一步,唇角泛起了冷笑:"将军莫不是要贿赂我吧?这可使不得,我们京兆府办案,清正严明,绝不收受贿赂。"

战北望一时有些尴尬,看着捕头脸上的冷色,他知道,京兆府尹孔阳这一次一定不会轻易放过将军府。

孔阳的妹妹就是宋家的二少夫人,是宋瑞的母亲,他肯定会为宋惜惜出头。

战北望只得先让管家带着打人的侍卫、小厮去京兆府。管家等人临走之前,他给管家使了个眼色,管家的脸色瞬间变白,犹豫半晌,还是跟着京兆府的人走了。

花厅里,战北望和王清如相对而坐。

王清如用手绢擦拭泪水,哽咽着辩解:"那日我实在是一时气愤,刚从娘家回来,就看到北冥王妃的马车从我们府门口经过,夫君,我只是气不过,我怀疑那些泼粪的人是她找来的,只是苦于没有证据,所以只同她说了几句别的话,没想到被她辱骂了一顿,回到府中,我见抓住了那个泼粪的人,一时气恼,才会叫人打断他的手,我不知道下人下手这么重。"

战北望从她的话里抓住了一个点:"你说宋惜惜昨日来过将军府?"

"肯定是没进将军府的,但是她刚从我们巷口出去,那个泼粪的人便被抓住了,如果有证据,我肯定当场指证她,可惜没有。"

"你跟她吵了?她说了什么?"战北望双手握住椅子扶手,指甲几乎要陷入木头里。

王清如怔了一下:他没听清楚吗?

"夫君,我没同她争吵,是她辱骂了我。"

战北望坐着不动:"她不轻易与人吵架,她甚至都不轻易与人说话。"

王清如像不认识他似的，猛地抬头："你说什么？"

战北望的神色始终冰冷："所以，你对她说了什么？她又说了什么？她说为什么要来将军府了吗？"

"她……"王清如看着他的表情，心倏然一沉，声音显得有些气急败坏，"她辱骂了我，也骂了你，说你是她不要的垃圾，我捡了去，我气不过，就跟她吵了几句，但那个泼粪的人肯定是她带来的，否则她为什么会那么巧，同那个人一起出现？"

"垃圾？"战北望扬眸，眼中晦暗不明，"她这样说我？"

王清如点头："她就是这样说的，我气不过，才同她争辩了几句，她的人还想打我呢。"

她起身走到战北望的面前，然后蹲下，将双手搭在他的膝盖上："夫君，你这反应，莫非对她有过感情？"

据她所知，夫君是被易昉蒙蔽，才与宋惜惜和离的，和离的旨意，她也知道是宋惜惜求来的，一个不容许夫婿纳妾的妇人，怎么当得了主母？所以，她一直瞧不起宋惜惜。

自从嫁入将军府，府中上下包括夫君都对她很好，易昉除外。

夫君对她嘘寒问暖，关心备至，她觉得夫君是爱她的，但现在他的神情，让她生出了疑窦。

战北望缓缓地握住她的手，又缓缓地摇头："她恨我至深，以后尽量少招惹她。"

他没回答。

他对宋惜惜是否有过感情？

王清如觉得自己可以容忍易昉，但是她不能容忍夫君心里有宋惜惜，即便宋惜惜现在已经是北冥王妃。

她心里忽然有些慌：自己能容忍易昉，是不是因为清楚夫君厌恶她？

如果夫君不厌恶她，那么自己心里也是介意的吧？

王清如立刻打断这个想法：不，自己和宋惜惜不一样，自己是不会像宋惜惜这么小气善妒的。

"夫君，你对她没有半分情意了，对吗？"王清如站了起来，立于他的面前，眼中盈满了泪水。

战北望把纷乱的心思压下，道："没有。"

他顿了顿，又十分肯定地说了句："绝对没有。"

王清如扑入他的怀中，哽咽地道："夫君，我只是恼怒她视你为垃圾，在我心里，你是世上最好的男儿，没有人比你更好。那个泼粪的人一定是她叫来的，她侮辱了你，所以我回府后看到那个人才会一时愤怒，叫人断了他的手。"

战北望张张嘴，神色有些复杂：最好的男儿？

他想问：那方十一郎呢？那位战死在沙场上的方十一郎呢？在你心里也半分位

587

置都没有吗？

战北望听了她的深情告白，心里半点儿欢喜都没有。

他似乎也没有真正了解过王清如。

只是当初方家放她回府，让她不必守寡，他想着多半是因为她温柔仁慈……

他有些看不透她了。

管家没有回来，连带着那几名护卫、小厮也没回来，那人不要和解，只要打他的人接受严惩。

管家主动招认，说是他下的命令，保下了王清如。

京兆府把他们都关押了起来，刑事上这一块算是了了，但因为那人断了手，需要治疗，他依旧可以索要医药费。

王清如想尽快息事宁人，免得他再胡搅蛮缠，所以派人送了一千两银子过去。

老夫人得知此事后，斥责王清如："那个人是不是真的断了手？怎么也不派个人去看看？搞不好是讹人的，他来我们将军府门口泼粪，还有道理了？

"而且，手断了也是能治好的，又不是砍断的，顶多是骨头断了，治好都花不了一百两银子，你出手就给了他一千两银子，这么好赚的生意，以后岂不是日日都有人来讹我们？"

王清如道："母亲别生气，不会再有人来讹我们了，那人肯定是宋惜惜派来的，而且只要易昉去道歉，这件事就平息了。"

"什么？那个日日来泼粪的人是宋惜惜派来的？"老夫人眉心一跳，眼神瞬间阴沉下来。

王清如把那日在府门口看到宋惜惜的事说了出来，老夫人怒不可遏："她……她已经贵为王妃，为何还不愿意放过我们将军府？她就是恨不得我们将军府的人死绝了。"

看到婆母痛斥宋惜惜，王清如既高兴又放心："她的心肠如此歹毒，定会有报应的。"

她隐隐是有一些担心的，因为自从她掌家以来，婆母和小姑对她颇有微词。

夫君虽然什么都没说，可他沉思的时候，总是给她一种冰冷疏离的感觉。

还有府中的下人，连管家在内，都不曾说过宋惜惜半句不好的话，甚至有时候她故意引导，他们也仿若没有察觉，依旧说宋惜惜待人宽厚，是位好主子。

二房那位老夫人更是直接说宋惜惜在的时候，府中如何如何好，连大嫂闵氏都附和她的话。

嫁入将军府之前，她以为将军府上下必定对宋惜惜厌恶至极，毕竟像她这般狭隘善妒之人，必定会薄待下人，下人也会对她骂声一片。

可偏偏只有对她颇有微词的婆母与小姑才对宋惜惜恨得咬牙切齿。

她的恐慌之处就在于，她似乎掌握了一切，又似乎什么都没掌握。

她发誓要比宋惜惜做得好，要比她更有容人之量，让天下人知道，纵然同是二嫁妇，她也比宋惜惜更识大体，更有治家能力，把将军府里里外外操持得妥帖。

她也决心和易昉把关系处好。易昉既然是平妻，也占了个"妻"字，且是皇上赐婚，她这个主母只要对易昉足够宽容，那易昉定然会感激不尽。

毕竟易昉曾被宋惜惜厌弃过。

但她连这一点都估计错误。

易昉根本就不领情，她对易昉的善意，易昉冷冷的，没有任何回应，甚至总会因为一些小事跟她闹起来，且闹得不可开交，有时候她想息事宁人，可易昉没有这样的想法，仿佛不争论出个对错就不罢休。

而且在易昉看来，自己做什么都是对的，而她这个主母正妻反而样样都是错的。

这么颠倒黑白，真是让人生气啊！

嫁进来之后的日子真是一地鸡毛，和她嫁进来之前所想的完全不一样。

除了夫君待她还可以，别的事情没有一样是顺心的。

战北望再一次带着易昉到了建康侯府，这一次带来了不少礼物，战北望甚至跪在门口求见。

也算是他运气好，建康侯没在府中，老夫人得知此事之后，请了他们进去。

易昉全程阴沉着脸，一点儿道歉的意思都没有，可建康侯老夫人仿佛毫不介意，还命人给他们上了茶水。

老夫人的儿媳妇和孙媳妇还有重孙媳妇在一旁站着，全都用敌视的目光看着易昉。

战北望跪下来："晚辈战北望拜见老夫人，愿老夫人福泰康健。"

易昉也不情不愿地跪了下来，只是什么都没说，遮着面纱的嘴像是被堵住了。

老夫人免了他们的礼，请他们坐下。

战北望十分惶恐地道："老夫人，那日内人说话鲁莽，得罪了老夫人，还望老夫人海涵。"

"是鲁莽吗？是口出恶言！"老夫人的孙媳妇陈氏怒道。

"没错，那日我们也没想着进去求你们捐献，就是祖母走得累了，想进将军府讨杯水喝，坐下来缓一缓。"

"没想到她一见到我们就说了一句'老乞丐'，我们向你们乞讨了什么？你们又施舍了什么？"

孙媳妇发泄着心头的怨气，她们的老祖宗做的是好事，怎容得她易昉如此侮辱？

战北望心头惶恐，想着此行虽然见了老夫人的面，大概也是得不到原谅的。

他看了易昉一眼，示意她道歉，但易昉仿佛看不见，也听不见建康侯府的那些夫人说什么，就这么木然地坐着。

她能来，已经是最大的妥协。

"好了。"老夫人缓缓地发话，"客人在这里，不得无礼。"

老夫人一发话，所有人都止住了话。

老夫人看了易昉一眼，再看向战北望："这件事，老身没有放在心上，是儿孙们气恼，老身同他们说过很多次，既然做了此事，好话坏话都会有人说，堵不住悠悠众口，那做好自己，问心无愧即可。"

易昉这个时候开口了，声音淡淡的："老夫人如此豁达，我辈难以企及，只是若真这么豁达大方，丝毫不记恨，为何上次我们来，却被拒之门外呢？"

"易昉！"战北望惊出了一身冷汗，猛地看着她，警告道，"闭嘴。"

老夫人意味深长地看了她一眼："你们上次来，老身并不知道，如果老身知道，也会告诉你们，没有必要来表达歉意，你没有侮辱老身，你侮辱的只是你自己。"

她端起茶，慢慢地饮了一口，继续道："老身这一辈子见过的人多了，有本事的，没本事的，低调的，倨傲的，大奸大恶之人见过，仁善慈爱者见过，像你这般拧巴的人，老身也见过不少。"

"你说我拧巴？"易昉冷笑了起来，眼中已有了愠怒，道，"我哪里拧巴？还请老夫人指点。"

"不肯承认自己的失败，把自己的失败记在别人的身上，总觉得时运不济，意难平、不甘心，想胜过某些人，想着如何能扳回一局，好让天下人对你另眼相看。"老夫人说着，缓缓地摇头，声音不疾不徐，如和风拂过，"可你纠结这些做什么？你赢了那人，那人就会过得不如意？你赢了那人，你就会过得很快活？不会的，你的悲欢，她丝毫不在意，她的幸福同你没有一点儿关系，你在她的心里连一道痕迹都没有留下，她却日日在你的心头折磨着你，你说，你拧巴吗？"

易昉面色大变，老夫人的这些话，算是直击她的内心，说得再准确不过。

她在找一个机会，胜过宋惜惜的机会，以此证明她比宋惜惜强。

这个念头日日夜夜折磨着她，让她睡不好、吃不下，日日心里都燃着一道怒火。

她这般日日记恨的人，却完全没把她放在心上？

她不信！

她握住拳头，道："老夫人见过很多人，但是见过虚伪成精的人吗？见过踏着别人的军功爬上去的人吗？见过那种把父兄的军功利用到极致还不知足的人吗？见过那种公然不顾战友死活，任由战友被俘虏虐待的人吗？这种人，居然可以成为王妃。老夫人，您觉得老天爷开眼了吗？"

老夫人笑了起来，眉眼间的皱纹堆起来，却显得特别慈祥："这样的人只活在你一个人的心里，老身如何得见？"

易昉的脸色很难看，即便用轻纱遮面，旁人也能看出她此刻的愤怒："老夫人根本不信我的话。"

"老身信与不信，一点儿都不重要，重要的是你自己信了，还因此折磨自己。你不快乐，你浑身都是戾气，你每日所思所想，无一分一寸是为了自己，只为把心中的不甘与怒气堆积上去，而这些最终会反噬到你自个儿的身上。"她扬扬手，"行了，老身倦了，你那日与老身说过什么，老身已经不记得了，建康侯府的人也不记得，你今日从侯府走出去，大家都是能看见的，相信以后也不会再有百姓与你们为难。"

战北望绷着的一根弦终于缓缓地放松了。他本以为易昉这样出言无状，老夫人是要生气的，到底老夫人境界高，并未同她一般见识。

只是老夫人苦口婆心的话，易昉是不会听进去的，她的心已经被不甘和恨意充斥，容纳不了半点儿友善的建议。

从建康侯府出来后，易昉神情冰冷地上了马车，战北望看了马车好一会儿，最终还是坐了上去。

二人一路无言，甚至都不想看对方一眼，曾经互相诉说一辈子只爱对方的两个人，相看两相厌了。

建康侯老夫人坐在花厅里，慢慢地喝着茶。

陈氏道："祖母，方才您不说她便算了，还跟她讲什么道理？她根本没把您的话听在耳中。"

老夫人慢慢地道："她曾经爬得很高，立下首功，太后亲自赞赏，皇上赐婚，那时候的宋惜惜在她的眼里，只是被她践踏在脚下的狗，她俯视宋惜惜，以为从指缝里流出一点儿善意，便足以让宋惜惜感恩戴德。但她没有想到的是，宋惜惜只是蹲下来，并非被人踏在脚下，当宋惜惜站起来时，站得比许多人都高，也高于她很多很多，她反而从云端跌进泥潭，于是，她心里不平衡、不甘。天下的女子都可以比她好，唯独宋惜惜不行，这就是她如今的心态。"

"真是个疯子！"陈氏说。

"贪嗔痴欲，磨人啊！"老夫人缓缓地站起来，"她处处盯着北冥王妃，可人家压根儿就没用正眼看她。"顿了顿，她又教导儿媳妇、孙媳妇、重孙媳妇，"你们多跟北冥王妃学一学，自己得到了，就要乐于奉献出去，目光要长远，要有格局，要有境界。"

大家应道："是，谨遵老祖宗的教诲。"

战北望被贬为九品京卫的消息最终还是没能瞒住老夫人，老夫人得知后，捶着胸口痛哭，破口大骂，说都是因为娶了易昉这个丧门星进门，才会害得战北望断了前程。

她派人去叫易昉来，但是易昉压根儿不理她，直接把老夫人身边的婆子撵了出去。

这真是气死老夫人了,她捶着床板对战北望说:"你当初怎么就找了这么个破落户啊?家门不幸啊!"她一把鼻涕一把眼泪,"当初她还没进门的时候来见我,把我哄得多高兴,一口一个以后你们俩的前程不需要担心,将军府有你们两个人,会平步青云的,结果呢?现在你只是个九品,当个巡视兵,有什么前程可言?"

被贬被降品,在朝中也不是没有的事,但他一下子就被降到了九品,在京城,有九品的官员吗?连个小吏都能瞧不起他。

战北望静静地坐在一旁。说起之前的事,他觉得仿佛过去了一辈子那么久。

带易昉回来那一次是什么情况,他的脑子里也有些模糊了,只记得他曾对宋惜惜说过,母亲很喜欢易昉,而且等他日后和易昉有了孩子,会交给她这个嫡母来带,也不会夺她的掌家之权。

那时候,他觉得自己做得足够仁慈,如今回想起来,竟然觉得有些可笑,他就像是对一个富人说,我给你一个铜板,你要感恩。

他真的从来都没有了解过宋惜惜,虽然知道她被送去习武了,但是想着她这样的贵女,能学到什么本事回来?

易昉那番关于女子的言论简直颠覆了他的认知,世上竟有如此自立自强的女子,这个女子更有超乎常人的心性与韧劲。

他以为宋惜惜是比不上她的,但他也不愿意辜负宋惜惜,所以只求娶易昉为平妻。

是后来宋惜惜闹得太过分,他才会休妻。

那时候,他迫不及待地要娶易昉,因为对男子来说,事业尤其重要,他更肩负着重振将军府的重担,他除了真心喜欢易昉,也希望得到易昉的助力。

但是,他万万没有想过事情会变成今天这个样子。

面对母亲的怒骂声和哭声,他的喉咙苦涩得一个字都发不出来,这一切确实是他造成的,而他和易昉,也从最初自以为的深爱对方,变成了相厌。

娶王清如,他也有自己的打算,想得到王家的助力。他心里很明白,皇上给了他机会,现在却因为易昉的一句"老乞丐",他被参了,更因为王清如吩咐打断泼粪之人的手,他被皇上斥责在将军府私设刑堂。

这一项一项罪名扣在他的头上,升迁是没有机会了。

他一时心灰意冷,面容颓然,任由母亲责骂而不辩驳半句。

可分明他是可以有一个很好的前程的,为什么宋惜惜要藏起她的本事?

没错,他确实承诺过宋夫人此生不纳妾,可他承诺的时候没有想过会在战场上遇到易昉。

军旅生涯太苦、太难、太煎熬,他只是遇到了志同道合的人,而且她时常开解他,他们并不是无媒苟合,他们是对月誓盟,以天地为证的。

是宋惜惜没有容人之量。他倒是要看看,谢如墨娶侧妃的时候,她是否也会闹和离。

如果宋惜惜没有闹，归根到底，就是她宋惜惜贪慕权贵，区别对待，瞧不起他战北望。

谢如墨娶侧妃之日还会久吗？慧太妃都住在府里了，今年必定会给他张罗，让他开枝散叶。

到时候，宋惜惜你最好也去求一道和离的旨意。